内蒙古师范大学学术著作出版基金资助出版
内蒙古师范大学文学院学术出版基金资助出版

康熙年间
手稿本
《迦陵词》
研究

刘伟 著

中华书局

图书在版编目(CIP)数据

康熙年间手稿本《迦陵词》研究/刘伟著. —北京:中华书局,
2020.10
ISBN 978-7-101-14778-0

Ⅰ.康… Ⅱ.刘… Ⅲ.词(文学)-诗词研究-中国-清代
Ⅳ.I207.23

中国版本图书馆 CIP 数据核字(2020)第 181662 号

书　　名	康熙年间手稿本《迦陵词》研究	
著　　者	刘　伟	
责任编辑	吴爱兰	
出版发行	中华书局	
	(北京市丰台区太平桥西里 38 号　100073)	
	http://www.zhbc.com.cn	
	E-mail:zhbc@ zhbc.com.cn	
印　　刷	北京市白帆印务有限公司	
版　　次	2020 年 10 月北京第 1 版	
	2020 年 10 月北京第 1 次印刷	
规　　格	开本/920×1250 毫米　1/32	
	印张 14¾　插页 2　字数 340 千字	
国际书号	ISBN 978-7-101-14778-0	
定　　价	88.00 元	

目　录

上篇　陈维崧家族前世今生

序

王志民

刘伟君是内蒙古师范大学文学院培养的优秀本科学子,2004年考入我门下攻读硕士研究生,硕士毕业后又考入南开大学攻读博士研究生。2010年金秋,刘伟君怀着对母校的憧憬与眷恋,放弃在很多大城市的入职机会,毅然回归母校任教。刘伟君在本科、硕士、博士读书阶段,一直勤奋好学,肯于专研,取得了很好的成绩,如内蒙古师范大学优秀硕士毕业生、南开大学优秀博士毕业生等荣誉,均记载了他的成长与进步。君子有"三乐",得天下英才而教之为其一也,刘伟君乃吾之所由乐也!

自入师门弹指十几年过去,刘伟君在学术造诣上已经取得不俗的成绩,其先后出版《生命美学视域下唐代文学精神》《苏东坡佛禅诗全注全疏》《内蒙古民族乡土故事编萃叙录》等多部有影响的学术专著,在《文学遗产》《南开学报》《中央民族大学学报》《天津社会科学》《天津大学学报》、中国人民大学《复印报刊资料》等核心期刊上发表多篇有见地的学术论文,并于2013年获批国家社科基金项目"康熙年间三色汇评手抄本《迦陵词》研究",该项目于2019年顺利结题。己亥岁末庚子春初,天降疠疫,侵害生灵,阴郁恐惧持续数月。在党和国家正确坚毅的领导下,全国各族人民团结协作,万众一心,守望相助,取得了抗击新冠病毒的阶段性胜利,举国鼓舞振奋!进入4月份,师大文史楼前春桃盛开,梨花绽放,心结稍解,眉头始展,更喜一日刘伟君打来电话,告知余其国家社科基金项目结项成果通过中华书局编委会权威审稿,列入书局年度出版计划,定名为《康熙年间手稿本〈迦陵词〉研究》。刘伟君又一部新书即将付梓,嘱余作序,弟子又登高峰,老夫九十华龄亦为之振跃,虽清初词宗迦陵巨子本非吾之学术所长,但仍然愿意为弟子鼓噪,以壮声势!

　　陈维崧是清初词坛大家,如陈廷焯在《白雨斋词话》中评其为:"国初词家,断以迦陵为巨擘。"陈维崧词结集,前期以《乌丝词》为开端,后期以《迦陵词》为续,前后一千八百余首,汇成湖海气象,终成一代词坛大家。在陈维崧众多词本中,竟然有一部康熙年间的《迦陵词》没有付印,而是一直以手稿本形式在陈氏子孙中流传承继。这个手稿本经专家考证,乃为陈维崧四弟陈宗石编订《迦陵词全集》之重要底本,其上不仅收录陈维崧词作一千四百余首,还汇集历代评家评点一千八百余条,而且还存有众多印章,这些汇评和印章是重要的密码钥匙,可以考证手稿本的传承轨迹、收藏保存、赏鉴观识等情况,是研究陈维崧不可多得的重要文献资料。叶嘉莹先生视这部手稿本《迦陵词》为清词文献珍宝,曾表达出"天下之宝,当与天下共之"的美好愿望,刘伟君该书的系统研究即是将叶先生的愿望推向新的高度。据我所知,目前学界对陈维崧这部词稿的研究还不够深入系统,因而刘伟君此书的研究就显得十分有意义。他从稿本文献资料的整理、传播路径的爬梳、编辑校勘的考证、词学理论的总结等多方面入手,对陈维崧这部手稿本《迦陵词》进行了全景式爬梳探索,系统揭示了这部孤本词集中的系列"迦陵奥秘",为陈维崧研究提供了新的资料支持和视角路径。

该书研究视野宏阔，考辨功夫厚重扎实，全书上、中、下三篇，共八章内容。上篇梳理陈维崧家族前世今生之演进、中篇考释陈维崧词集之流传、下篇总结手稿本《迦陵词》学术之价值，三篇环环相扣，互为掎角之势。书中八章内容有很多学术亮点和创建，如作者先是纵向全面深入梳理了陈氏家族的繁衍谱系，详列陈傅良以下宜兴—商丘—天津陈氏二十四代世系表，重点考察了陈氏家族由永嘉至宜兴、陈宗石由宜兴至商丘、陈重由商丘至天津的迁徙过程；然后横向维度对陈氏家族的具体人物进行挖掘考述，进而总结这个家族的总体文化品格。在此基础上，作者厘清了陈维崧词的结集与传播情况以及手稿本《迦陵词》的基本体系建构，对为手稿本传承起到重要作用的人物进行了深入细致的考证，进而全面系统地阐释了手稿本《迦陵词》的词本文献价值、编辑校勘价值、词学评点价值。

当然，该书有些地方仍有改进提高的空间，如稿本中词评者的深入考辨、集中汇评与清人评点风气的关系阐述、稿本评语与其他清词文献评语的综合对比等方面，均还有继续探讨的学术阐释余地。但无论如何，该书是刘伟君六年刳心呕血的研究结晶，他对陈维崧这部手稿本《迦陵词》做出了极为深刻的考证与阐释，并提出了很多有意义的学术新见，填补了陈维崧研究的系列学术空白。刘伟君能够弘吾师道，令老夫鲐背之年欣喜不已，愿意将弟子这部新的力作推荐给大家！

我奉书山为赠品，君收云海作诗声。海阔凭鱼跃，天高任鸟飞！愿刘伟君以这部书为新的学术起点，继续精进学业，相信自强不息，天道酬勤，盼其能够写出更多"守正出新"的研究著作。是为序！

东莲老人谨识

2020 年 4 月 8 日

绪　论

　　陈维崧(1625－1682)，字其年，号迦陵，江苏宜兴人，康熙十八年(1679)举博学鸿词科，官翰林院检讨。陈维崧学识渊博，吴伟业曾誉之为"江左凤凰"，乃清一代词人大家，其词宗苏辛，尤似稼轩，语多豪壮。陈维崧为阳羡派领袖，《乌丝词》是其刊行的第一部词集，后来陈维崧将《乌丝词》之后出版的所有词集和其他作品汇校成编，定名《迦陵词》。由于各种原因，稿本《迦陵词》并没有刊印成书，而是一直以手抄稿本的形式流传，因而被称为手稿本《迦陵词》①。

一、问题缘起及选题意义

　　手稿本《迦陵词》是一部珍贵的词集，陈维崧在世之时就对这个词本极为重视，随身珍藏，及时增补，蔚为大观。手稿本《迦陵词》价值极高，为蒋景祁《陈检讨词钞》、陈宗石《迦陵词全集》、陈淮《湖海楼词》等词本的重要底本。手稿本《迦陵词》不仅收录陈维崧词作一千四百余首，还汇集历代评家评点一千八百余条，其中留存名字的就有五十七家之多。这些评点批语用红、黑、蓝三种墨色书写，因而被称为"三色汇评"。手稿本《迦陵词》中存在着

———————

①康熙年间三色汇评手抄本《迦陵词》，以下简称手稿本《迦陵词》，或手稿本。

如此密集、生动鲜活、质量极高的汇评，在清代词坛上实属罕见，这就使词集变成兼有文本和评点双重内涵的文学评点本，这是手稿本最重要的价值所在。

手稿本《迦陵词》一共有八册，按照"八音"为部，共分为金、石、丝、竹、匏、土、革、木各册。每册卷首有名家题词书名，包括李放、李准、冒广生、孝胥、陈曾寿、朱孝臧、胡嗣瑗、温肃八人。手稿本为线装古籍，白棉纸，无栏格，页面书写行数、字数均不等，很多册页上印有各类人名或校勘铃章。由于流传年代久远，手稿本《迦陵词》原稿已有很大破损，原书稿白棉纸纸色已经变得暗黄，后有人以"金镶玉"的形式重新衬裱保护起来。手稿本《迦陵词》现存于南开大学图书馆古籍部，珍藏在一个材质精美的木函里，木函封上刻有"先检讨公手书词稿"一行题字，下书"六世从孙实铭谨藏"。作为一部保存较好的清代手抄稿本，理应对其进行深入研究，但现在学界对其关注尚且不够，研究还待向前推进，笔者认为对手稿本《迦陵词》进行深入研究具有以下几点意义：

1. 文献意义：陈廷焯在《白雨斋词话》卷四中说："国初词家，断以迦陵为巨擎。"①手稿本《迦陵词》内收录保留陈维崧《岁寒词》《病余词》《广陵倡和词》《乌丝词三集》《乌丝词第三集》五种词集，亦包含大量其他词家的原词及和作之词，尤其附带其间朱、墨、蓝三色不同之评语，并密布诸人眉批及旁批，更可贵者，稿中存有陈维崧亲笔批注数条。手稿本精美绝伦，为海内外孤本，实为不可多得的珍本古籍。对陈维崧这位创作冠绝古今词家的作品进行收集、整理、编校是非常必要的，而手稿本《迦陵词》研究正是很好的学术切入点。

---

① [清]陈廷焯《白雨斋词话》，上海：上海古籍出版社 2009 年版，第 82 页。

2.**传播史意义**：这部《迦陵词》一直以手抄稿本的形式流传。康熙二十八年(1689)，陈维崧胞弟陈宗石刊印"患立堂"版《迦陵词全集》，将《迦陵词》稿中的绝大多数作品都收录集中。陈宗石在完成《迦陵词全集》的编纂工作后，将《迦陵词》稿原集珍存保藏并传诸子孙，很长时间内该书都是以陈氏家传模式承继。此后，词稿落入坊间，几经辗转易手，直至1957年被南开大学图书馆购买收藏。在传播过程中，《迦陵词》手稿本上留下了不同时期珍贵的润改、批注、印章等传播痕迹。对手稿本的传承轨迹进行穷本溯源，并以其为研究主线，能够将众多历史名家集于一处，可以清晰地看出手稿本的传承、收藏、品鉴、评点的历史过程，因而具有重要的传播史意义。

3.**校勘学意义**：手稿本《迦陵词》是陈宗石编选《迦陵词全集》的重要底本，因而其上保留着大量编订校勘信息。手稿本《迦陵词》编校团队阵容强大，陈维崧、陈宗石、陈履端、曹亮武、毕汾等人，对手稿本的校勘都极为认真负责，专业而细致。手稿本上存有密密麻麻的校勘痕迹，如校对印章、校勘批语、校勘符号等，我们从这些校勘痕迹中可以看出，手稿本曾经过无遗漏、无死角的地毯式的细致校对。可以这样说，这部手稿本是清代手抄词本校勘的经典样本，人们可以从这部词稿所存校勘信息中看到清人在书籍编订校勘方面的理念、方法及技巧，因而极具校勘学意义。

4.**词史意义**："词"到了清代呈现"中兴"的繁荣景象，涌现了大批成就卓越的词坛巨匠，陈维崧就是其中杰出的帜首代表。陈维崧以毕生精力致力于填词，开创并领导了清初叱咤一时的阳羡词派。阳羡词派的群体特征还待进一步研究，而不能简单以地理划分论之。手稿本《迦陵词》联结并记录了大量阳羡词家，留下了大量评语批注，生动立体地展现了阳羡词派的风格特征。通过对手稿本《迦陵词》上留存评语的系统研究，可以爬梳出阳羡词派的人员构成、创作倾向、风格理念等诸多词学理论，这样有利于全面深刻认识阳羡词派在词史上的地位。

自陈维崧、陈宗石以降，手稿本《迦陵词》在陈氏家族中一直是以"传家宝"形式代代相承的，因而具有珍贵的文物价值属性；手稿本之上印有几十枚不同印章，一千八百余条批注评语，里面蕴含着巨大的历史文化信息；该稿本作为一部手抄词本，是珍贵的线装古籍，手稿本的各册题名及里面的批注评语有很多都是名家书写，书法精美考究，因而具有极高的艺术收藏价值。所以，手稿本《迦陵词》又是一部巨大的文化宝藏，还待学界进一步展开深入的挖掘研究。

二、研究现状与文献综述

手稿本《迦陵词》和普通词集相比，评点批注丰富，校勘精良，其上题名、印章甚多，可以这样说，手稿本已经不仅仅是一部词集那么简单，而是一部跨越三百年历史积淀而成，融词本、汇评、版本、校勘、辑佚等于一体的清代重要词本文献，因而研究价值极高。由于手稿本《迦陵词》的珍贵罕见性，到目前为止对其展开研究的论著并不多见。

南开大学图书馆古籍部的江晓敏老师所作《手稿本〈迦陵词〉校读记》①一文，是第一篇专门介绍手稿本存书及版本价值情况的学术文章。该文将手稿本与陈维崧系列词集（如《迦陵词全集》）进行细致的对比核校，得出"词稿系陈词清稿本""是稿为《迦

---

① 江晓敏《手稿本〈迦陵词〉校读记》，《古籍整理出版情况简报》第 166 期，1986 年 11 月 10 日，第 12—15 页。

陵词全集》梓行之底本"等重要结论,并详细指出手稿本《迦陵词》
与诸刻本之间的异同,从而廓清了这套"三色汇评、手抄稿本"《迦
陵词》与《迦陵词全集》本之间的渊源关系,最终奠定了此手稿本
珍贵的文献校勘价值。江晓敏老师后来在《南开大学图书馆古籍
藏书概览》一文中对手稿本《迦陵词》有着更为详细的考述,兹引
部分重要论述于此:

> 《迦陵词》不分卷,清陈维崧撰,稿本。白棉纸无栏格,行
> 数、字数不等,一木匣八册。陈维崧字其年,号迦陵,清康熙
> 间举博学鸿词,官翰林院检讨。平生嗜于诗余,总计填词一
> 千六百余阕,系清代第一大家。馆藏手稿装一木匣内,匣盖
> 刻"先检讨公手书词稿","六世从孙宝铭①谨藏"字样,内含八
> 册,题签或为"先检讨公手书词稿",或为"陈检讨词稿",由朱孝
> 藏、冒广生、郑孝胥、李准等人书写。逐册钤有"陈维崧印"、"其
> 年"朱文方章,首册有清诸生蒋平阶序。词稿多有圈点钩乙,上
> 有吴菌次、史蕙庵、尤悔庵诸家题识。其中一阕词后题:"此数
> 页词稿系西樵所弹,向在广陵,忽焉失去,遍搜箧衍,怅惋久之。
> 已酉(笔者按:当为己酉)冬过东皋何子龙寓,从他处收得,遂以
> 见还。喜逾望外,虽中间颇有残简,然亦顿还旧观矣。书以志
> 之。辛亥六月二日大梁署中。其年自记"。此段题识证明词稿
> 乃陈氏随身之物,一向被视若拱壁(笔者按:当为拱璧),什袭珍
> 藏,无疑系陈词之清稿本。

清康熙二十八年(1689)陈维崧之弟陈宗石刊行了《迦陵词全集》
三十卷。据馆藏词稿逐页必钤"彊善堂主人对讫"长方朱印,又卷十后
题记落款为"四弟宗石谨志于彊善堂",可证该词稿乃为《迦陵词全集》

---

① 此处当为"六世从孙实铭谨藏",江晓敏误识。

之底本。二者相校,可发现仍有数阕词稿未收入刻本,又可看出该词稿除具有较高的文物收藏价值外,还具有校勘研究价值①。

经国务院批准,南开大学图书馆藏稿本《迦陵词稿不分卷》,史可程 蒋平阶 尤侗 吴琦跋 朱孝臧 胡嗣瑗 陈曾寿 冒广生题款,入选第二批《国家珍贵古籍名录》(编号 06534)。

特颁此证。

二〇〇九年六月十二日

图 1:《迦陵词稿》入选《国家珍贵古籍名录》证书

叶嘉莹先生《记南开大学图书馆所藏手抄稿本〈迦陵词〉——为南大图书馆八十周年馆庆作》一文是研究手稿本《迦陵词》极为重要的一篇论文,文章对手稿本的基本面貌做了细致的梳理考察,并对其存词数量、群体和作以及评点特征等进行了精准的学术考证。叶先生从文献价值和文论价值两方面高度肯定了手稿本的价值和研究的重要意义,表达了"天下之宝,当与天下共之"②的美好

---

① 江晓敏《南开大学图书馆古籍藏书概览》,《津图学刊》1996 年第 3 期。

② 叶嘉莹《记南开大学图书馆所藏手抄稿本〈迦陵词〉——为南大图书馆八十周年馆庆作》,原见《南开大学图书馆建馆八十周年纪念集》,天津:南开大学出版社 1999 年版,第 473－480 页。后来这篇文章成为南开大学出版社所出版的稿本《迦陵词》卷首序,见稿本《迦陵词》,天津:南开大学出版社 2009 年版。

愿望。叶嘉莹先生在为南开大学出版社所出版的《康熙年间手抄稿本三色汇评〈迦陵词〉》的《校读后记》中指出："前文是我于一九九九年为南开大学图书馆八十年馆庆所写的一篇文字,主要在介绍馆中所藏的一部珍贵的古籍,那就是手抄稿本《迦陵词》。其目的原只是想向外界研读清代词与词学的朋友们推介此书,希望能引起一家出版社的注意,使此一珍贵古籍得以公诸于世。因为此一册手抄稿本中有极为丰富的研究词学的资料,那还不仅是手抄稿本《迦陵词》而已,更可重视的实在乃是遍布全书字里行间以及书眉之上的难以计数的三色评点。这些评点者都是与陈维崧同时的一些词坛精英。能把这些资料公诸于世,必能对词学方面的研究做出极大的贡献,这是可以断言的。"①后来叶嘉莹先生在《陈维崧词讲稿之一:从云间到阳羡词风的转变》一文中曾详细梳理陈维崧词集整理刊刻的情况,明确指出藏于南开大学图书馆的手稿本《迦陵词》乃为陈宗石编刻《迦陵词全集》的底本,并着重指出手稿本《迦陵词》的珍贵文献价值:"它的珍贵不止因为它是海内孤本,是《迦陵词》原稿的手稿,还因为这个原稿在刻印之前,陈宗石曾经把它给很多朋友看过,这个手稿也是不同的人整理抄写的,很多人在手稿的旁边写了很多评语、批语,为了有所分别,就用了不同的颜色,有黑笔的,有红笔的,有蓝笔的,还有紫笔的评点。而后来刊出的时候,只把陈维崧的词刊出来了,所有的四色评点都没有刊出来,所以很少有人见到过。那些评点的人都是当时有名的词人,在他们的评语里边,可以看到当时词的风格及理

---

① [清]陈维崧著,叶嘉莹主编《康熙年间手抄稿本三色汇评迦陵词·校读后记》,天津:南开大学出版社 2009 年版。

论,是非常珍贵的词学资料。"①叶嘉莹先生以上这些关于手稿本《迦陵词》的考证阐述,都为此后学界进一步深入研究陈维崧及其词作奠定了坚实的基础。而南开大学出版社最终将手稿本《迦陵词》按原貌出版,无疑实现了叶嘉莹先生"天下之宝,当与天下共之"的美好愿望。

目前学界对于手稿本《迦陵词》研究最为深入的当属叶嘉莹先生的弟子白静博士。白静的博士论文即为《手抄稿本〈迦陵词〉研究》(南开大学 2007 年博士学位论文)。该文详尽细致地对该手稿本进行了梳理考查,从稿本的文献价值、稿本评点、评语作者、文学思想等方面对手稿本做了详细的阐梳介绍。白静这篇博士论文考述深入,功力颇深,尤其对手稿本之中的所有评语进行辨认识别并加以辑录,对于手稿本研究来说可谓功勋卓著。白静这篇研究手稿本《迦陵词》的博士论文文献丰富,考证扎实,但亦留下许多未解决的问题,如陈氏家族的族风及品格特点、手稿本传承的具体线路途径、词页上印章的归属、诸多评点者的考证、手稿本校勘的细节信息、手稿本评语的深度挖掘等方面,还待学界进一步考证推进。白静未解决的问题正为笔者留下了足够的研究空间,我们在白静论文的基础上,更加全面深入地对手稿本展开了系统性研究。

近年来陆勇强、周绚隆两位学者所著《陈维崧年谱》陆续出版,他们均运用了手稿本《迦陵词》中的最新文献。周绚隆先生的《陈维崧年谱》(人民出版社 2012 年版)充分利用南开大学图书馆馆藏的陈维崧手稿本《迦陵词》,根据手稿中相关词作的接抄来判

---

① 叶嘉莹《陈维崧词讲稿之一:从云间到阳羡词风的转变》,《西北大学学报》2014 年第 2 期。

断相关词作的写作年月,从而对陈维崧的一些词作给予了最大限度的编年,对陈维崧生平的挖掘与考证亦达到了新的高度。章培恒为陆勇强《陈维崧年谱》(中国社会科学出版社 2006 年版)所作序之中已指出,该年谱运用到了手稿本《迦陵词》中关于蒋景祁的批语,即手稿本石册《愁春未醒·墙外丁香花盛开感赋》一词之后所留蒋景祁之批语:

> 此先生四月十三日作,绝笔也。先生三年冷署,人情炎凉,往往托之笔墨,此词其一也。时先生索予辈属和,予草草命笔,实不知先生意指所在。不意此篇而后遂如《广陵散》不复弹矣。噫！壬戌端阳后三日京少记。①

蒋氏这则评语不仅点出了词作的写作时间,还说明这首作品是陈维崧生平的最后一次创作,从而为作者生平的厘定和作品的编年都提供了富有价值的参考。

此外,手稿本《迦陵词》内附诸家原词及和词甚多,其中有很多是不见任何其他典籍所载的宝贵佚词,因而价值巨大。而张宏生主编的《全清词顺康卷补编》将其全部收录,成为清词研究的重要词本文献。朱君、刘伟《试论陈维崧对辛弃疾豪放词风的承继》②一文,运用手稿本《迦陵词》中的评语论述了迦陵词对稼轩词豪放风格的承袭关系,进而对清初"稼轩风"回归的走向进行细致的梳理。

笔者有幸较早接触到南开大学图书馆所藏手稿本《迦陵词》,

---

① [清]陈维崧著,叶嘉莹主编《康熙年间手抄稿本三色汇评迦陵词》(上),天津:南开大学出版社 2009 年版,418 页。
② 朱君、刘伟《试论陈维崧对辛弃疾豪放词风的承继》,《名作欣赏》2016 年第 8 期。

并对其产生深厚的研究兴趣。南开大学出版社于 2009 年全集彩印出版了这套手稿本《迦陵词》,这为学界研究陈维崧词提供了新的文献支持,做出了巨大的出版贡献。南开大学出版社彩印出版的这套手稿本《迦陵词》印量极少,只印 350 套,因而价格极高(上、下册合计人民币三千元),笔者在第一时间就购买了这套词集,经过多年来的积累研究,也取得了一定的成果。手稿本《迦陵词》中还含有大量珍贵可供研究的词学资料,但目前学界对其还是关注不足,研究力度还待加强,因而还需要进一步向学界推介这套珍贵词本。以上为手稿本《迦陵词》研究的简要文献综述,希望对广大关注手稿本《迦陵词》研究的朋友有所参考。

三、设想思路及研究方法

陈维崧推为清代词坛一代宗主,《迦陵词》是其艺术创作成熟期最重要的一部词集。手稿本《迦陵词》在陈氏家族中一直是作为家藏圣物存在的,历经三百多年的流传承继,它由江苏宜兴辗转到过扬州,到过河南商丘,到过北京,到过天津等地,最后落身于南开大学图书馆。手稿本《迦陵词》内附一千八百余条评语批注,我们通过对其展开深入系统研究,可以在大的历史背景下、在丰富评点视域中审读陈维崧词作,进而深度挖掘其词学思想。手稿本《迦陵词》中的评点者包括兄弟、亲戚、同僚、同道、朋友、同学、弟子等,其中很多是陈维崧的阳羡同乡,所以这部词本有着鲜明的阳羡地域特色,因而,手稿本是研究阳羡词派的重要资料,据此可以推求阳羡词派的人员构成、风格特点及系列词学理论。

1. 基本观点和创新之处

本书通过大量的文献爬梳整理,对手稿本《迦陵词》进行全面深入的考析,厘清了以下几个重要问题:一、手稿本《迦陵词》的版本的形成和传播情况以及其重要的文献价值。二、借助考证手稿本《迦陵词》中的大量批注、印章以及内存词集和附词,以陈维崧为中心,展开清初词人群体研究。三、以手稿本《迦陵词》为研究操作平台,探寻陈维崧与阳羡词派的理论和审美风尚,还原那一时代的文人结社和唱之风,借以窥探当时的世风与文风。四、由手稿本《迦陵词》词作结合具体评点归纳陈维崧的词学理论主张以及其在词坛上的卓著地位。

本书研究的创新之处在于:手稿本《迦陵词》中保留大量词人汇评,文献价值极高,从手稿本出发,将陈维崧置于阳羡词派大的学术背景之下进行群体研究,可以真正地走进清初词人的精神世界和情感世界,拓宽清代词学的研究视域。由于受手抄形态、传播模式和地域限制等因素的影响,手稿本《迦陵词》研究存在一系列难点:一、研究资料稀少。二、手稿本《迦陵词》校勘研究难度大。三、由于手稿本《迦陵词》是手抄本,笔迹辨识极为困难,生字、偏字极多,众多批注不署姓名无从考究。四、以陈维崧为中心,从手稿本评语入手研审其与阳羡词派的内部学术关联,探寻清初词风的形成原因,需要一定的理论素养。以上这些研究困难的突破正是体现着一种研究创新,笔者对手稿本进行全景式文献梳理与历史探源,并融入深入的学理性思考,从文学、历史学及文献学等角度进行综合研究。我们以手稿本为学术研究操作平台,将陈维崧研究推向一个新的视域。

2.基本研究思路和方法

本书一定程度上突破了学科细化的研究方式,代之以多种学科交叉研究。我们努力挖掘《迦陵词》稿本本身的内蕴特质,并与清初阳羡词派的词学背景联结起来,为陈维崧研究提供新的视角和范式。就其"实践性"而言,目前学界对此尚涉及不够,这是本书的独到之处。我们将在文学、文献学、批评学视野下,结合考古学、传播学知识,坚持用材料说话,具体研究方法包括:

(1)文献溯源法。笔者充分掌握和占有大量与本书密切相关的原典资料,收集与陈维崧相关的书籍,尤其重视其词集的不同版本,并对其进行认真和严肃的梳理与分析,为课题开展研究打下坚实的文献基础。如本书对宜兴-商丘陈氏二十四代谱系的考证,对手稿本从阳羡、商丘、北京、天津等地流传线路轨迹的考证,都是建立在详实文献基础之上的。

(2)文史互证法。我们坚持以史为纲、以词为目、文史结合的研究思路,运用历史唯物论观点分析、解决问题。尤其希望在对各种陈维崧相关文史资料考索中捡见新证,为手稿本《迦陵词》研究提供多维支持。如我们从宜兴档案馆藏乾隆三十三年(1768)所刊《亳里陈氏家乘》中梳理陈氏族人谱系,从李放《皇清书史》中挖掘陈氏家族的书法艺术传统,从天津档案馆中查阅陈实铭在天津政府的任职情况,从敦煌文献造型艺术中审视"迦陵"一词的含义,这些都是典型地运用到了文史互证之法,取得了可喜的研究效果。

(3)理论分析法。我们在读阅相关文献典籍的基础上重视理论阐释与分析,重视文本细读与深读,如在厘清陈氏二十四代谱系基础上归纳总结陈氏贤良忠正的族风,将桃花扇传播与手稿本《迦陵词》传播放在同一时代背景下考察,从陈氏书法绘画、文物品鉴的家族传统反观手稿本《迦陵词》的保护与传播,以手稿本为契机在陈维崧与阳羡词派之间架构起研究的桥梁纽带,进而立体审视阳羡词派的群体特点,思考其深刻的词学理念,以上都运用到了理论分析法,提升了研究的整体理论水准,极大增加了研究的可信性。

　　(4)图表统计法。笔者查阅了大量的文献资料,种类繁杂,有很多地方很难梳理出清晰的线索,于是本书尝试使用图表统计法,如在陈氏家族谱系、钤章印迹、评语批注、校勘信息、国家图书馆经眼重要图书等方面,都用到了该方法。这样有利于增强研究的逻辑性,化繁为简,整合信息,便于统计分析。

　　总之,笔者在研究过程中以文献材料为依据,还运用到了归纳法、考古法、排除法、抽样法等研究方法。方法为题旨服务,创新研究方法,是为了更好地阐释研究题旨。笔者整理出《稿本〈迦陵词〉评点人物小传》《陈维崧大事年表》《陈维崧传记》等重要资料,并将手稿本全部输入计算机,实现文本电子化,以上这些都为本书奠定了坚实的基础。

上　篇
陈维崧家族前世今生

第一章　陈氏家族繁衍脉络考

陈维崧,字其年,号迦陵,江苏宜兴人。明熹宗天启五年(乙丑)(1625)腊月初六生于江苏宜兴亳村,清康熙二十一年(壬戌)(1682)五月初七卒于京师寓所,享年五十八岁。陈维崧幼年而有才华,作文敏捷,辞采瑰丽,十七岁于宜兴应童子试,被县令何明瑞拔为第一。但陈维崧生于明清易代的极为动荡的历史时期,少有文名的他在明亡(1644)时正值青年(刚刚年满20岁)。国变以后,入清的陈维崧经历坎坷,虽被当朝补为诸生,但两次应乡试,俱报罢黜,无法得到官职,加之家道中落,生活无着,遂长期飘零,乞食四方。直至五十五岁时,才应博学鸿词科试而入仕,授官翰林院检讨一职,但三年后,一生奔波积劳的陈维崧孤居京都,悲郁而逝。故其一生命运多舛,困窘相随,可谓少年遭遇亡国之变,中年尽受颠沛之苦,晚年更是孤危无助,尤其身后凄凉,膝下无儿,由师友出资才简单含殓入葬。一代文豪凄凉至此,怎不教人垂泪相怜!

人世间仿佛有一种补偿原则,作为社会生活中弱者的陈维崧,在文学世界中却是异常强大的人物,这是因为,孤苦贫困已经成为他文学创作的不竭动力。陈维崧有"玉麒麟"之称,因文学而实现不朽,他与吴绮、章藻功并称为"骈体三家",吴伟业将其与吴兆骞、彭师度并称"江左三凤凰"。台湾学者张仁青就对陈维崧骈文极为推崇:"珠排玉夏,宫沈羽振,其体丽以则,其词博以赡,往往驱悬孤绝,灌溉芳润,山崖屋壁金石之文,以及稗官杂记怪迁之说,无不据摭搜采,尽罗腕底,论者以为上追徐庾,下揖王杨,可无愧色。"①诚如陈维崧本人在《五哀诗·吴汉槎兆骞》中所云:"娄东吴学士,斯世之纪纲。常与宾客言,江左三凤凰。阳羡有陈生,云间有彭郎。松陵吴兆骞,才若云锦翔。三人并马行,蹀躞紫绒缰。三人同入门,漏卮文酒浆。三人飒挥毫,秦汉兼齐梁。坐中千万人,皆言三人强。"②陈维崧诗、词、文赋靡不精擅,但其更多是以词名世,被誉为一代清词大家,堪称清代词坛执牛耳者。陈维崧与朱彝尊、顾贞观并称词坛"京华三绝",他以超拔雄越之姿,开宗立派,成为清词阳羡派首领。翻阅词史可知,词的发展大致经历了这样的一个历史过程:起源于隋唐,发展前进于五代,造极昌盛于两宋,式微休眠于元明,而中兴重振于清代。清代词人中,陈维崧、朱彝尊、纳兰性德最负盛名,为"康熙词坛三鼎足",又称"清词三大家",而三者之中陈维崧更是大手笔,自成一家。陈维崧一生痴情赋词,其词丰美绝伦,豪迈奔放,直逼苏辛,堪称明末清初词坛第一人。陈维崧在近六十年的岁月中,共存词一千六百余首,他在词中抒写一腔报国的豪情壮志、殷殷思念的师友之情、诗词唱和的雅聚愉悦以及祖国河山的壮丽多姿。需要指出的是,陈维崧词主体色调更多是悲郁的,即他用词作记录了明清易代的悲沉痛苦、剪不断理还乱的故国之思、入仕还是守节的心灵痛苦;他用词记述了大半生的颠沛流离、科举的失意以及抱负成空的忧

①张仁青《中国骈文发展史》,台北:中华书局1970年版,第591页。
②周韶九选注《中国古典文学名家选集·陈维崧选集》,上海:上海古籍出版社1994年版,第268页。

愤;他用词描绘了亲人相继离逝后形单影只、青灯黄卷时的内心孤独以及年老体衰风烛残年时的落寞无依。要更加深入了解陈维崧其人,必须对其家世渊源、所处的时代特征、师承交游以及阳羡词派的形成做一番知人论世的学理梳理考察。

第一节　宜兴地理人文特点

陈维崧(1625—1682),出生于江苏宜兴,陈氏家族在宜兴是名门望族,科举入仕者繁多,并且家族中出过科考状元(陈于泰)。宜兴档案馆所藏《亳里陈氏家乘》①,对宜兴陈氏家族的由来演化及兴衰记载极为清楚。随着该卷《家乘》被陈氏后人捐公,学界对此极为重视,取得了可喜的研究成果。

宜兴,位于江苏省南部,太湖西岸,现属江苏省无锡市所辖县级市。宜兴古有"荆邑"之名,春秋时吴国属地,后秦时改称"阳羡"。宜兴气候温和,山清水秀,物产丰富,人杰地灵,故此地历史悠久,古韵悠扬,是著名"陶都",盛产紫砂壶,素有"宜兴紫砂甲天下"之美誉。宜兴自古文运昌盛,吸引无数文人墨客怀咏,如宋代大文豪苏轼一生多次到过阳羡(即宜兴),认为自己和这里极有缘分,如其在《浣溪沙·送叶淳老》中说:"阳羡姑苏已买田,相逢谁

---

① 《亳里陈氏家乘》:现馆藏于宜兴市档案,系民国二十九年(1940)开远堂藏本。该《家乘》珍存于宜兴陈氏后人手中,最先由严迪昌发现于民间,抄录部分内容。后来陈氏后人将该族谱文献捐献于宜兴市档案馆。此《家乘》文献研究价值巨大,如对阳羡词派研究、对宜兴地域家族文学文化研究均有着重要意义。

信是前缘。"①苏轼极为喜欢阳羡的风物民俗,以致想在这里买田置地以养终老,他曾写有一首《菩萨蛮》,称赞此地极为适合人居:

> 买田阳羡吾将老,从来只为溪山好。来往一虚舟,聊随物外游。有书仍懒著,水调歌归去。筋力不辞诗,要须风雨时。②

苏轼是一代文化大师,雅兴斐然,他曾撰写过著名的《楚颂帖》,又称《种橘帖》,亦称《买田阳羡帖》,其文曰:

> 吾来阳羡,船入荆溪,意思豁然,如惬平生之欲。逝将归老,殆是前缘。王逸少云:"我卒当以乐死。"殆非虚言。吾性好种植,能手自接果木,尤好栽橘。阳羡在洞庭上,柑橘栽至易得。当买一小园,种柑橘三百本。屈原作橘颂,吾园若成,当作一亭,名之曰"楚颂"。元丰七年十月二日书。③

苏轼被宜兴风土文化所深深吸引,如宋人周辉在《清波杂志》卷三中就明确指出:"东坡初入荆溪,有乐死之语,盖喜其风土也。"④严迪昌先生在《清词史》中写到阳羡派时指出:"地处太湖西侧、江浙接壤而又遍布山陵水川的宜兴,在常州府属八县中不仅人文荟萃,而且是个政治最为敏感的城邑。在明末,东林、复社的好些魁首和骨干是宜兴人,著名的如史孟麟、陈于廷等即是。

---

① 谭新红等《苏轼词全集汇校汇注汇评》,武汉:崇文书局 2015 年版,第361 页。
② 谭新红等《苏轼词全集汇校汇注汇评》,武汉:崇文书局 2015 年版,第286 页。
③ 郭英德《唐宋八大家散文总集·苏轼·杂体》,石家庄:河北人民出版社 2013年版,第 6481 页。
④ 上海古籍出版社编《宋元笔记小说大观》(五),上海:上海古籍出版社 2007年版,第 5045 页。

后者乃陈维崧之祖父。"①号称"清华百年历史上四大哲人"之一的潘光旦先生在人才学上十分重视从人文地理学方面的考察,如他在研究人才群体时指出,任何一地人才之盛都要考察三个因素,即地理因素、生物因素、文化因素②。阳羡就是这样,以其优越的人文地理环境滋养了一方人杰。宜兴陈氏家族之所以由永嘉迁宜兴,就是看中宜兴的山川秀丽、人文资源丰富,如据陈维岳《家风赋》所言:"由永嘉以卜筑兮,买田宅于阳羡。谓此地之孔乐兮,傍铜官与善卷,山窈窕以苍蒨兮,水蕴藉而浏夷。"③在古城阳羡(即宜兴),还有一个文化特点,即家族文化繁荣,一些文化家族往往都是一门风雅,盛出学者、诗人、书法家、画家、陶艺大师等。如以词而论,有些家族词人辈出,满门词客,正如邢蕊杰《清代阳羡文化家族联姻与词文学集群生成》一文采取了共时性探讨与历时性分析相结合的研究方法,其在谈到宜兴词家的繁盛时所讲:

> 陈氏家族有陈维崧、陈维嵋、陈维岳、陈宗石、陈维岱、陈履端、陈枋等,储氏家族有储福宗、储欣、储贞庆、储方庆、储国钧、储秘书等,万氏家族有万树、万锦雯、万廷仕、万松龄等,徐氏有徐苏、徐喈凤、徐翔凤、徐瑶、徐玑、徐洪钧等。④

宜兴自古以来在文化方面积淀就很深厚,尤其到了明朝中后期,可以说宜兴文化达到了鼎盛时期,为社会输送了大量各方面

①严迪昌《清词史》,南京:江苏古籍出版社 1990 年版,第 159—160 页。
②潘光旦《近代苏州的人才》,《潘光旦文集》第 9 卷,北京:北京大学出版社 2000 年版,第 125 页。
③[清]陈维岳《家风赋》,见《亳里陈氏家乘》卷十八(现馆藏于宜兴市档案),民国二十九年(1940)开远堂藏本。
④邢蕊杰《清代阳羡文化家族联姻与词文学集群生成》,《苏州大学学报》2012 年第 3 期。

的杰出人才。仅以科举考试通过进士第为例,据统计,宜兴在古代共有 386 人中进士第,而在明代就有 136 名,其中包括状元二位、榜眼三位、探花一位,并且他们大多集中在明代中晚期①。由上可知,宜兴虽地处三吴边缘的县邑,但此间文化发达,滋养了无数文化名人,如此耀眼的社会知名度与影响力,实在令人油然而生敬意。在素有"教授之乡"的宜兴,陈家可谓是诗礼传家,词客满门,而陈维崧就是这片沃土上生长出来的一朵耀眼的词家芬葩。

第二节　宜兴陈氏家族世系考略

关于宜兴陈维崧的家族世系脉络,学界基本考证清楚,如清代章学诚《宜兴陈氏宗谱书后》一文对宜兴陈氏家族源流支脉考述颇详②。目前学界共有三本陈维崧《年谱》,即陆勇强《陈维崧年谱》(中国社会科学出版社 2006 年版)、马祖熙《陈维崧年谱》(上海古籍出版社 2007 年版)、周绚隆《陈维崧年谱》(人民出版社 2012 年版)。三本年谱虽繁简详略不一,但都文献功夫深厚,因而各具特色,相得益彰,将陈维崧的族谱脉络、生平事迹、作品系年等问题详加梳理,精心辨别考证,对于学界陈维崧研究做出了最为基础而重要的贡献。

陆勇强先生《陈维崧年谱》的长处在于对于谱主心灵世界的挖掘与感悟,如其导师章培恒为此书所作之序所言:"这部《陈维

①统计数据参见殷亚林《明清之际宜兴曲家群体及其家族传承——以吴炳、万树为中心》,《玉溪师范学院学报》2013 年第 10 期。

②[清]章学诚《校仇通义》,北京:古籍出版社 1956 年版,第 92 页。

崧年谱》的价值也就在于其研究的深入和由此所显示的时代的若干真实样相以及谱主的复杂的内心活动。以年谱类研究著作而论,这样的深度,在我看来,实在是难能可贵的。"①陆勇强《陈维崧年谱》在"传略"部分从陈维崧先祖南宋名臣陈傅良②开始,至陈维崧嗣子陈履端结束,对陈维崧的祖上及妻儿子女的生平事迹做了详尽的梳理考述,列陈傅良(先祖)、陈一经(曾祖)、陈于廷(祖父)、陈贞慧(父)、汤氏(母)、时氏(庶母)、陈维嵋(二弟)、陈维岳(三弟)、陈宗石(四弟)、陈维岗(五弟)、妹二人(名不详)、储氏(妻)、妾某(名不详)、三女(名不详)、子狮儿(夭折)、嗣子(即过继子)陈履端等十九人生平文献介绍③。此处有一点需要指出,陆勇强先生依照陈维崧《敕赠征仕郎翰林院检讨先府君行略》记述其祖脉渊源:"自宋大儒止斋公居永嘉,由永嘉徙义兴,生仓四公,仓四公生四子……"④其实这一段文字需要进一步考证,仓四公应为陈傅良之孙,而不是"止斋公居永嘉,由永嘉徙义兴,生仓四公",后文有详尽考述。

马祖熙先生乃学界老前辈,工诗善词,在诗词文献整理方面著作颇丰,和陈维崧相关的研究论著除《陈维崧年谱》一书外,还有《迦陵词选注》和《论迦陵词》等论文。马祖熙《陈维崧年谱》虽然在三本年谱中最为简短,但该书脉络分明,考证凝练准确。全书引言、世系表、传略、年谱、附录环环相扣,文气舒宕。该书陈氏

---

① 陆勇强《陈维崧年谱》,北京:中国社会科学出版社2006年版,第2页。
② 陈傅良,也有典籍记作"陈传良","传"的繁体字"傳"与"傅"极为相近,故讹误。在陆勇强、马祖熙、周绚隆三位学者所编著《陈维崧年谱》中均为"陈傅良",故本书采用"陈傅良"说。
③ 陆勇强《陈维崧年谱》,北京:中国社会科学出版社2006年版,第1—16页。
④ 陆勇强《陈维崧年谱》,北京:中国社会科学出版社2006年版,第1页。

"世系表"一章据《重刊宜兴县旧志》《清史稿》《迦陵文集》等资料，以横式树状图列陈傅良(止斋公)、陈仓四(称仓四公,有四子)、陈弘甫(卫辉丞,迁亳村)、陈远(称耕隐公)、陈邦(称思堂公)、陈宪章(称古愚公)、陈一经(称怀古公)、陈于廷(维崧祖父)、陈贞贻(维崧大伯)、陈贞裕(维崧二伯)、陈贞达(维崧三伯)、陈贞慧(维崧父)、陈维岱、陈宗大(维岱子)、陈维崧、陈维嵋、陈维岳、陈宗石、陈维岗、陈时英(宗大子)、陈履端(维嵋子,出嗣大伯维崧)、陈履和、陈某(维岳子,名不详)、陈履平(溶)、陈履中(沔)二十五人①。此处有一点需要指出,马祖熙先生也引用陈维崧《敕赠征仕郎翰林院检讨先府君行略》这则文献材料,对陈傅良儿孙两辈人失考。另外,马祖熙先生对陈履平、陈履中长幼排序失考,其实陈履中是陈宗石长子,陈履平应为次子。

但随着新文献材料的出现,关于陈维崧家世的研究日益深化,宜兴陈氏支脉谱系越发清晰,周绚隆先生的《陈维崧年谱》最为晚出,但所利用的新的珍贵文史资料,使宜兴陈氏谱系得到新的补充。该年谱乃周先生历时十余载,查阅上千种文献资料而成,洋洋数十万言,此书一经出版,学界评价极高,被誉为陈维崧生平研究集大成之作,如张晖《第三本陈维崧年谱》一文所说:

> 周绚隆先生的《陈维崧年谱》(人民出版社 2012 年 4 月)最为晚出,在充分吸收陆谱和学界研究成果的基础上,对陈维崧生平的挖掘与考证达到了新的高度,可谓集大成之作。周著《陈维崧年谱》最大的价值在于发现并利用了一批珍藏于各地的家族、地方文献,将陈维崧的家世、生平、交游活动

---

① 马祖熙《陈维崧年谱》,上海:上海古籍出版社 2007 年版,第 1—3 页。

等前所未有地清晰化。①

又如张明强《文学与史学融通的典范——评周绚隆〈陈维崧年谱〉》(《社会科学辑刊》2013年第5期)一文从扎实的文献学功夫、对陈维崧之行实与交游圈深入而全面的考索、对陈维崧作品的深入分析与系年三个方面评价周绚隆的《陈维崧年谱》:

> 周先生《陈维崧年谱》达到了精核考据的水准,该著运用文学与史学结合的方法,占有和利用丰富的文献资料,对陈维崧一生事迹和交游网进行详实的考索,并在细读文本的基础上将陈氏作品编年,不论是家世、生平,抑或交游、系年皆事无巨细地罗列出来,是几十年来关于陈维崧研究的集成式力作,也是近年来年谱编撰方面具有重要启发意义的著作。

清代著名学者阮元文献考功极为深厚,他在为书法家桂馥所作的《晚学集序》一文中曾由衷地说道:"为才人易,为学人难;为心性之学人易,为考据之学人难;为浩博之考据易,为精核之考据难。"②可以说,学者能够将文献中的事情原委、人物关系考证清楚十分困难,周绚隆先生于陈维崧研究文献收索之全面、考核之精到,达到了极高的成就,诚如祁雪芬《考证细致背景宏阔——评周绚隆先生〈陈维崧年谱〉》一文所评价的那样:

> 一、文献的搜求极尽所能,资料翔实,考证细致,严谨扎实。二、通过考证作者的行踪与交游,展现了当时文坛的群体风貌。揭示出了当时文人士大夫之间的交往关系以及清词中兴的背景与原因。三、书中穿插的一些重大社会政治事件,使读者得以一窥明清易代之际的大时代风云和当时文人

---

① 张晖《第三本陈维崧年谱》,2012年8月22日《中华读书报》。
② 阮元《晚学集序》,见桂馥《晚学集》卷首,《续修四库全书》1458册,第642页。

士大夫们的普遍心态。①

周绚隆先生《陈维崧年谱》一书所作《亳里陈氏家系表》用纵式树状图列陈傅良以下宜兴陈氏十六世家族世系表,包括陈仓四(宜兴陈氏初祖)、陈官四(二世)、三世祖(失考)、宏甫(四世,入赘宜兴亳村)②、五世祖(失考)、六世祖(失考)、陈伯敬(七世)、陈玘(八世)、陈瓛(八世)、陈远猷(九世,猷字为"㵅")、陈淞(九世)、陈浦(九世)、陈邦(十世)、陈郊(十世)、陈祁(十世)、陈郁(十世)、陈宪章(十一世)、陈大章(十一世)、陈表章(十一世)、陈孝章(十一世)、陈万章(十一世)、陈守章(十一世)、陈建章(十一世)、陈奎章(十一世)、陈谏章(十一世)、陈九章(十一世)、陈道章(十一世)、陈儁章(十一世)、陈孟章(十一世)、陈寿章(十一世)、陈王章(十一世)、陈格章(十一世)、陈纯章(十一世)、陈一经(十二世)、陈一敬(十二世)、陈一教(十二世)、陈于廷(十三世)、陈于明(十三世)、陈于宸(十三世)、陈于泰(十三世)、陈于鼎(十三世)、陈贞贻(十四世)、陈贞裕(十四世)、陈贞达(十四世)、陈贞慧(十四世)、陈宗大(十五世)、陈维岑(十五世)、陈维崇(十五世)、陈维岩(十五世)、陈维巍(十五世)、陈维峻(十五世)、陈维生(十五世)、陈维岱(十五世)、陈维岐(十五世)、陈维崧(十五世)、陈维嵋(十五世)、陈维岳(十五世)、陈宗石(十五世)、陈维岗(十五世)、陈履端(十六世)、陈履和(十六世)、陈履中(十六世)、陈履平(十六世)、陈履吉(十六世)、陈履祥(十六世)、陈履顺(十六世)六十六人③。

---

① 祁雪芬《考证细致背景宏阔——评周绚隆先生〈陈维崧年谱〉》,《博览群书》2015 年第 4 期。

② 马祖熙《陈维崧年谱》中宜兴陈氏四世祖"宏甫"为"弘甫"。

③ 周绚隆《陈维崧年谱》,北京:人民出版社 2012 年版,第 83 页。

需要指出的是，周绚隆先生《陈维崧年谱》有宜兴陈氏三世祖、五世祖、六世祖三位失考，笔者查阅大量资料，考证出二世"官四"有子三人，其名分别为亨一（居叶塘）、亨二（守祖居）、亨三（居武进），以为亨二为三世祖；亨二子为云衢公（即四世弘甫，亦称卫辉公）；另外根据笔者梳理查询，十三世陈于宸也有后人，其名为陈贞禧，乃陈维崧族叔，擅长戏剧创作，著有《梅花梦传奇》，嘉庆《增修宜兴县旧志》卷八有其"忠义"事略记载。另据相关文献记载，陈履端亦有子，叫作陈克猷。

陆勇强、马祖熙、周绚隆三位先生之《陈维崧年谱》对宜兴陈氏家族世系已经做了细致深入的研究，对其家族人员生平事件做了基本介绍，考察极为详略。此外，陆勇强《陈维崧家世考述》（《暨南学报》2002 年第 1 期）、邢蕊杰《清代阳羡文化家族文学活动研究》（苏州大学 2008 年博士论文）、吕杨《陈于鼎事迹述略及其评价》（《常州大学学报》2015 年第 6 期）、吴春彦《亳里陈氏家乘所收钱谦益、吴伟业佚文考论》（《文献》2016 年第 2 期）、吴春彦《清初戏曲家陈于鼎生平事迹考论》（《中华戏曲》2015 年辑，总第 50 辑）、殷亚林《明清之际宜兴曲家群体及其家族传承》（《玉溪师范学院学报》2013 年第 10 期）、王也《论陈维岳对阳羡词派的发展》（《牡丹江大学学报》2015 年第 11 期）等论文，也对宜兴陈氏家族世系有着重要的论述。各种文献交差对比后，可基本厘清宜兴陈氏家族世系脉络。笔者在三家年谱和诸篇论文等文献对比梳理的基础上，另根据宜兴档案馆藏乾隆三十三年（1768）所刊《亳里陈氏家乘》《清史稿》《商丘陈氏家乘》以及江苏宜兴地方志（如《高塍镇志》）、陈维崧系列诗文集等文史资料，对宜兴陈氏家族作详要概述：

一、陈氏祖源南宋名臣陈傅良概述

　　江苏宜兴高塍镇亳村陈氏家族为南宋名臣陈傅良（1137－1203）之后。陈傅良（1137－1203），字君举，温州瑞安人，又号止斋，世称止斋先生，登进士甲科，谥号"文节"。陈傅良三十六岁进士及第，在地方先后任过迪功郎、承奉郎、福州通判、台州崇道院主管、湖南桂阳军知军、提举湖南常平茶盐事、湖南转运判官、浙西提点刑狱公事等，在京曾先后任过礼部员外郎、实录院检讨官、秘书省少监、起居舍人、集贤殿修撰、宝谟阁待制〔宝谟阁是南宋宁宗赵扩嘉泰二年（1202）所设立，内藏其父宋光宗赵惇作品〕等职位，是当时著名的政治家、思想家、教育家，深厚的学养使其成为一代学者、理学大家，是永嘉"事功学派"的巨擘，有《止斋文集》等著作传世。叶适在《温州新修学记》一文中谈到永嘉学派构建时指出："故永嘉之学，必弥纶以通世变者，薛经其始，而陈纬其终也。"①叶适也是永嘉学派重要代表人物，他用比喻把永嘉学派喻为一幅精美绣帛，薛季宣（永嘉学派创始人）织经线，陈傅良则织纬线，最后由叶适经纬合一，三位大师奠基了永嘉学派。

　　陈傅良早孤，九岁时即父母双亡，靠祖母吴氏养育成人。年幼失亲，家境贫寒，但陈傅良聪颖好学，不惧磨难，迎难而上，少年期间的不幸遭遇反而帮助他铸就了朴实真诚、善良正直、坚韧实干的品格。陈傅良为人居正，学风严谨，反对性理空谈，主张经世致用，因而最终成为南宋一代名臣，名列《宋史·儒林传》。陈傅良还是南宋著名诗人，存诗五百余首，郑振铎在其《插图本中国文

---

①冯克诚《陈亮、叶适"事功"教育思想与教育论著选读》，北京：中国环境科学出版社、学苑音像出版社2006年版，第256页。

学史》中将陈傅良诗风概括为"苍劲"①。又如，钱锺书在《谈艺录》中比较了朱熹、陈傅良、叶适三者诗歌，认为陈诗"刚健"，而且明确指出"朱不如陈"："朱子在理学家中，自为能诗，然才笔远在其父韦斋之下；能之同辈，亦尚逊陈止斋之苍健、叶水心之遒雅。"②叶适在《题陈止斋帖》中对陈傅良诗的成就有一段全面的评价："余尝评公不用诗家常律，及其意深意精，自成宫徵，而工诗者反皆退舍，殆过古人矣。然惟公能之，欲拳者辙不近也。"③

　　陈傅良子嗣颇旺，据叶适、楼钥、蔡幼学为其所作《墓志铭》《神道碑》《行状》等文记载，他身后共有子女九人，二男七女。陈傅良的两个儿子，其中大儿师辙并非其所亲生，是因为妻子初生得女，于是乃从其兄那里过继而来，陈傅良《令人张氏圹志》自言道："令人初得女，遂以余兄子师辙为己子，以进贺太上皇帝登位表，补迪功郎福州罗源县主簿；次子师朴，以绍熙五年大飨恩，补承务郎。"④陈傅良两个儿子分别叫作陈师辙、陈师朴，据蔡幼学《宋故宝谟阁待制赠通议大夫陈公行状》交代："（傅良）子男二人，师辙承务郎，新监临安府盐官县买纳盐场（楼钥《神道碑》所记与此不同，为'迪功郎，安丰军寿春县主簿'），师朴承务郎。"⑤陈傅良曾因为朱熹仗义执言，得罪权相韩侂胄而被免官，从此闭门静

① 郑振铎在其《插图本中国文学史》，人民文学出版社 1982 年版，第 605 页。
② 钱锺书《谈艺录》，北京：中华书局 1993 年版，第 88 页。
③ ［宋］叶适《题陈止斋帖》，见叶适《水心集》卷二十九，北京：中华书局 1989 年版，第 252 页。
④ ［宋］陈傅良著，周梦江点校《陈傅良先生文集》卷五十，杭州：浙江大学出版社 1999 年版，第 631 页。
⑤ ［宋］陈傅良著，周梦江点校《陈傅良先生文集》附录二，杭州：浙江大学出版社 1999 年版，第 696 页。

居,并将居室改称"止斋"。陈傅良晚年生活贫苦,加之次子师朴不幸早亡,极惹人怜,如作为至交老友的楼钥就曾向宋宁宗写了一篇言辞恳切、感人至深的《乞录用陈傅良之后疏》,为陈傅良长子提请进用:

> 故中书舍人陈傅良以一世名儒,为嘉邸直讲,最蒙恩遇。陛下践阼之初,置之从列尔后困于排抵,几至危殆。起知泉州,不及赴而卒。其家索然;次子已夭;长子师辙,穷匮孤独,曾经一任,改奏京秩,年过五栖迟逆旅,所向不偶,诚为可悯。臣与傅良为布衣交,后又同朝,俱掌内外制,情义至厚,真是畏友。其学问文章过臣远甚,实不忍其后之不振。窃见绍熙中陛下生辰,傅良献诗大蒙嘉赏,亲御翰墨写其诗篇,反以赐之,臣尝再拜而为之跋。奎墨既已刊之乐石,敢以墨本及臣跋语同以上进。伏望圣慈俯赐睿览!兴念簪履之遗,特降恩旨,录其嗣子,上以见圣主甘盘遁野之思,下以慰傅良沉泉之痛。①

陈傅良为一代名士学者,其生平可参见《宋史》《止斋文集》等资料,另南宋同是著名永嘉学者的叶适,作有《宋故通议大夫宝谟阁待制陈公墓志铭》;另一位南宋著名学者楼钥,作有《宋故宝谟阁待制赠通议大夫陈公神道碑》,陈傅良的弟子蔡幼学作有《宋故宝谟阁待制致仕赠通议大夫陈公行状》,陈傅良乃瑞安名人,所以《瑞安县志》也多有记载其生平事件。清人孙衣言所撰《瓯海轶闻》②一书中对陈傅良的先祖、本人生日、夫人之贤、弟子学生等

---

① [宋]楼钥著,顾大朋点校《楼钥集》卷十七,杭州:浙江古籍出版社2010年版,第363页。

② [清]孙衣言《瓯海轶闻》(上),上海:上海社会科学院出版社2005年版,第205—215页。

方面多有记述,是研究陈傅良不可或缺的宝贵文献资料。目前学界共有两本关于陈傅良的年谱,分别是清人孙锵鸣《宋陈文节公傅良年谱》(文言,未标点)、今人周梦江《陈文节傅良公年谱》(点校孙锵鸣之年谱)。再加上周梦江整理点校《陈傅良先生文集》,以上所列,系为研究陈傅良的最重要的学术文献资料。陈傅良的道德品行、文章诗理不仅称道于当时,更延及子孙,其后子孙出现了很多名人贤达,继承发扬了优秀祖风。

二、陈氏家族由永嘉至宜兴的迁徙过程

由上可知,宜兴陈氏家族系出南宋永嘉大儒陈傅良一脉。陈傅良之后由永嘉而迁至宜兴,那具体是由谁迁来的呢?陆勇强先生《陈维崧家世考述》一文指出,南宋末陈傅良由永嘉徙居宜兴湖南,成为当地的新兴世族①。陆勇强认为陈傅良自己已经迁来宜兴,马祖熙《陈维崧年谱》依照陈维崧《敕赠征仕郎翰林院检讨先府君行略》记述,亦认为是陈傅良本人由永嘉徙居宜兴,还有一些学者推断,是陈傅良的儿子迁居宜兴。但据笔者考证,陈傅良并没有徙居宜兴之举,此其裔孙陈仓四(承先公)所为也,后文将具体论及。另外,陈氏迁于宜兴的具体时间也值得推敲,陆勇强、马祖熙、周绚隆三家年谱一致认为是南宋末年,如周绚隆先生《陈维崧年谱》明确断定"陈氏家族是南宋末年才移居宜兴的"②。其实,陈氏搬来宜兴是在元初,据《亳里陈氏家乘》和陈维岳《家风

---

① 陆勇强《陈维崧家世考述》,《暨南学报》2002年第1期。
② 周绚隆《陈维崧年谱》(上),北京:人民出版社2012年版,第4页。

赋》记载,陈傅良裔孙陈仓四(即承先公)"爱义兴①山水,卜居滆湖南(亦称西滆湖,位于江苏宜兴与武进之间)白塔里"②,陈仓四生于宋恭帝德佑元年乙亥(1275),四年后南宋即灭亡(1279),故其迁宜兴当在元初。陈行山《戊子续修家乘述》更是明确指出"自指挥使承先公于宋元之际由永嘉迁徙到义兴湖头白塔里"③。所以,仓四公被后人称为宜兴陈氏始祖,陈行山在《亳里陈氏家乘》中专门为其立传——《始祖宋亲军指挥使承先公小传》。由该小传可知,陈氏自南宋灭亡以后迁往宜兴。但这里有一个疑问,即南宋灭亡时,陈仓四才四岁,但为什么陈行山为其所立小传称之为"宋亲军指挥使",是《亳里陈氏家乘》记载有误,还是其他原因,有待进一步考证!

　　自承先公陈仓四迁居宜兴,元大德五年(1301)生子官四,官四字达之,因而被后世子孙称为"达之公"。官四在元代做过仪宾(仪宾乃公主之婿),《亳里陈氏家乘》介绍官四道:"来宜方二世,而克振家声。"④称其有才器,闻望过人,可惜没有详细事迹。"官四"有子三人,其名分别为亨一(居叶塘)、亨二(守祖居)、亨三(居武进),后世以为亨二为三世祖。亨二有子称弘甫,后世子孙称之为四世祖"云衢公",曾任河南卫辉府同知,治政颇佳,所以子孙亦

① 义兴,即宜兴,宋太宗赵光义太平兴国元年(976),因避太宗年号讳,改义兴县为宜兴。直至朱元璋洪武二年(1369)才复改回宜兴。
② [清]陈行山《始祖宋亲军指挥使承先公小传》,《亳里陈氏家乘》卷十一,民国二十九年(1940)开远堂藏本。
③ [清]陈行山《戊子续修家乘述》,见《亳里陈氏家乘》卷首,民国二十九年(1940)开远堂藏本。
④ [清]陈行山《二世祖元仪宾达之公传》,《亳里陈氏家乘》卷十一,民国二十九年(1940)开远堂藏本。

称其"卫辉公"。弘甫还隆任广东南雄府尹,任上致仕,因"配亳村吴太四女,因徙居焉"①,自此始定居宜兴高塍镇亳村。陈行山《戊子续修家乘述》亦称弘甫"以人才明经荐任河南卫辉府同知,升南雄府尹,赘亳村吴氏"②。就这样,陈氏就从宜兴滆湖之南迁到了亳村,从此,"云衢公"即亳村始祖。陈行山在《始祖宋亲军指挥使承先公小传》一文中详细梳理了陈氏宋末元初的一段家族迁徙史:"我陈氏居亳村自南雄府尹云衢公始,而由浙之永嘉徙义兴,则自府尹之曾祖承先公……公系出宋儒止斋先生裔,生宋德佑元年乙亥,又七年而宋亡,其迁宜当在元初。"③这样一次跨朝代、跨地域的迁徙,不仅仅是生存所需,更是铸就了一个家族的荣耀,正如黄宗羲在为陈维崧父亲陈贞慧所作墓志铭所说:"(陈氏)由永嘉徙宜兴,遂为望族。"④从"云衢公"弘甫开始,江苏高塍亳村陈氏一支繁衍,人丁兴旺,后代名人辈出。

三、宜兴亳村陈氏家族支脉繁衍梳理

根据前文所知,能够反映陈氏由永嘉迁徙宜兴的文献材料盖有以下三种:陈维崧《敕赠征仕郎翰林院检讨先府君行略》、陈维

---

① [明]陈于廷《府尹云衢公小传》,《亳里陈氏家乘》卷十一,民国二十九年(1940)开远堂藏本。

② [清]陈行山《戊子续修家乘述》,见《亳里陈氏家乘》卷首,民国二十九年(1940)开远堂藏本。

③ [清]陈行山《始祖宋亲军指挥使承先公小传》,《亳里陈氏家乘》卷十一,民国二十九年(1940)开远堂藏本。

④ [清]黄宗羲《陈定生先生墓志铭》,见《南雷文定前集》卷七,《国学基本丛书》,北京:商务印书馆1937年版,第124页。

岳《家风赋》①、郭则沄《陈踽公都尉浮湘集序》②以及最新的《亳里陈氏家乘》。由于陈维岳《家风赋》亦存于《亳里陈氏家乘》之内，故以往学界多以陈维崧《敕赠征仕郎翰林院检讨先府君行略》之自述为陈氏迁徙过程之依据，如陆勇强、马祖熙二位先生的《陈维崧年谱》均依陈维崧《行略》所记载："自宋大儒止斋公居永嘉，由永嘉徙宜兴，生仓四公，仓四公生四子，五传生卫辉丞弘甫公，由湖南徙亳村。又五传生耕隐公远猷。耕隐公以名德重一时，文待诏征明尝作《乐耕图》赠之，并系以诗，有'旧说子真矜谷口，今输元亮傲柴桑'之句。耕隐生思堂公邦，为桐庐丞。思堂生古愚公宪章，古愚生怀古公一经。"③其实，陈维崧《行略》所记亦有不准确之处，即家族迁徙由谁完成、迁徙的集体时间、陈傅良与仓四公之关系，根据前文考证，陈氏家族迁徙宜兴是由承先公仓四在元初完成的，陈傅良与仓四公是祖孙关系，而不是父子关系。之所以出现这个情况，概其时代久远，维崧记忆未细、考证未精之故也。

　　自云衢公弘甫因入赘来到宜兴亳村，从此枝蔓繁衍亳里陈氏一脉。宜兴陈氏家族，诗书传家，追求仕进，通过科举考试，后人名人辈出，成为当地名门望族。根据《亳里陈氏家乘》及《常州府志》(康熙年间)、《宜兴县志》(嘉庆年间)等文献记载可知，陈维崧祖上自亳村弘甫世系如下：云衢公弘甫生三子(三子名不传)，由

---

① [清]陈维岳《家风赋》，存于《亳里陈氏家乘》卷十八，民国二十九年(1940)开远堂藏本。

② 郭则沄《陈踽公都尉浮湘集序》，《龙顾山房全集》之《骈体文抄》卷二，民国二十五年(1936)刊本。

③ [清]陈维崧著，陈振鹏标点，李学颖校补《陈维崧集》(上)，上海：上海古籍出版社2010年版，第101页。

于《亳里陈氏家乘》残损缺失，弘甫子孙两代失考，即周绚隆先生《陈维崧年谱》所缺宜兴陈氏五代、六代祖也。直至七代伯敬公，人丁兴旺，植基深厚。据邢蕊杰《清代阳羡文化家族文学活动研究》①一文考证，伯敬公讳以恭，字伯敬。伯敬公有二子，陈玘、陈瓛，耕隐、隐樵两支皆为伯敬公后裔。在《亳里陈氏家乘》卷三、卷六中有清楚的记载：《耕隐公支十世至十七世世传》《隐樵公支十世至十七世世传》，家乘脉系明细，可观陈玘一支尤盛。邢蕊杰博士考证"耕隐公本为廷璧公冢子，后出继同高祖之介轩公"②，如此可知，陈玘为"介轩公"，而陈瓛或为"廷璧公"。其后，"耕隐公"陈远猷生"思堂公"陈邦（曾任桐庐丞），陈邦生"古愚公"陈宪章，陈宪章即为本书传主陈维崧之高祖也。陈宪章生"怀古公"陈一经。怀古公陈一经笃良品性，以孝廉文明，后世子孙尊之为"怀古公""孝洁公"，陈一经为陈维崧曾祖父。陈一经有三子：陈于廷、陈于明、陈于宸③。其中"少保端毅公"陈于廷，即陈维崧之祖父。陈于廷，明朝万历二十三年（1595）进士，官至左都御史（官居正二品），谥号"端毅公"，南明弘光政权追赠"太子少保"（官职为从一品），为宜兴陈氏家族官位最高的一位成员。陈于廷生有四子：陈贞贻、陈贞裕、陈贞达、陈贞慧。其中，有"明末四公子"之称的陈贞慧即是陈维崧父亲。陈贞慧生五子：陈维崧、陈维嵋、陈维岳、陈宗石、陈维岗。至此，本书传主一代清词大家陈维崧呼之欲出，他与纳兰性德、朱彝尊并称"清词三大家"。陈维崧身后有一子三

---

① 邢蕊杰《清代阳羡文化家族文学活动研究》，苏州大学 2008 年博士论文。
② 邢蕊杰《清代阳羡文化家族文学活动研究》，苏州大学 2008 年博士论文。
③ 殷亚林《明清之际宜兴曲家群体及其家族传承》一文为"陈于虔"，见《玉溪师范学院学报》2013 年第 10 期。周绚隆《陈维崧年谱》中为"陈于宸"。

女,多不育。幼子狮儿及两幼女早夭,唯长女长大,适万某,在生育一儿一女后亦夭。维崧亡后,其弟维嵋子履端出嗣大伯一支。维崧生前坎坷多艰,死去亦身后寂寞,唯其所传《迦陵词》稿光耀词坛,不至使维崧英名泯灭。

需要指出的是,宜兴陈氏家族还有另外一支,门庭也极为显赫,举第荣耀。与陈维崧高曾祖父陈宪章同宗远房兄弟的陈儒章,有子名陈一教,陈一教万历二十九年进士,有子陈于泰(称为"状元公",又称"谦茹公")。陈于泰科考极为成功,为明崇祯四年(1631)辛未科状元,与吴伟业、夏曰瑚同为一甲前三名。据《明史·余应桂》本传记载:"殿试读卷,取陈于泰第一。于泰者,首辅周延儒姻也。"①周延儒宜兴人,少聪明,有文名,年二十连中会元、状元,其后累升其官,最终成为大明王朝的最后一位首辅大臣。陈维崧祖父陈于廷和"状元公"陈于泰是同辈伯兄弟关系,陈于廷一生耿直磊落,虽与首辅周延儒是同乡,周延儒与陈于泰还有姻亲关系(二者是连衿),但陈于廷从未利用这层关系依附周延儒。另据周绚隆先生考证,陈于廷与周延儒不但不交好,还形成世仇积怨,陈于廷被罢免官职都与周延儒有着密切的关系,就连陈于廷去世后,周延儒还欲加害陈于廷后世子孙②。

四、陈傅良以下宜兴－商丘陈氏二十四代世系表

远祖:陈傅良,傅良有子二人:陈师辙、陈师朴(早夭),陈师辙子仓四公迁居到宜兴,从此宜兴陈氏繁衍支脉,遂为望族。

---

① 许嘉璐主编,章培恒、喻遂生分史主编《二十四史全译·明史》第八册,上海:汉语大词典出版社2004年版,第5328页。
② 周绚隆《陈维崧年谱》(上),北京:人民出版社2012年版,第10—11页。

一世：陈仓四（宜兴陈氏初祖）

二世：陈官四

三世：三世祖（失考）

四世：宏甫①（入赘宜兴亳村，亳村陈氏初祖）

五世：五世祖（失考）

六世：六世祖（失考）

七世：陈伯敬

八世：陈玘、陈瓛

九世（陈玘之后人）：陈远猷、陈淞、陈浦

十世（陈远猷之后人）：陈邦、陈郊

十世（陈浦之后人）：陈祁、陈郁

十一世（陈邦之后人）：陈宪章、陈大章、陈表章、陈孝章

十一世（陈郊之后人）：陈万章、陈守章

十一世（陈祁之后人）：陈建章、陈奎章、陈谏章、陈九章

十一世（陈郁之后人）：陈道章、陈儁章、陈孟章、陈寿章、陈王章、陈格章、陈纯章

十二世（陈宪章之后人）：陈一经

十二世（陈儁章之后人）：陈一敬、陈一教

十三世（陈一经之后人）：陈于廷、陈于明、陈于宸

十三世（陈一教之后人）：陈于泰、陈于鼎

十四世（陈于廷之后人）：陈贞贻、陈贞裕、陈贞达、陈贞慧

十四世（陈于宸之后人）：陈贞禧

十五世（陈贞贻之后人）：陈宗大

十五世（陈贞裕之后人）：陈维岑、陈维崇、陈维岩、陈维巍、陈

---

① 马祖熙《陈维崧年谱》中标列宜兴陈氏四世祖"宏甫"为"弘甫"。

　　　　　维峻

十五世（陈贞达之后人）：陈维生、陈维岱、陈维岐

十五世（陈贞慧之后人）：陈维崧、陈维嵋、陈维岳、陈宗石、陈

　　　　　维岗

十六世（陈维崧之后人）：陈履端（维嵋子，过继给陈维崧）

十六世（陈维嵋之后人）：陈履端、陈履和

十六世（陈维岳之后人）：陈履祥（维岗子，过继给陈维岳）

十六世（陈宗石之后人）：陈履中、陈履平

十六世（陈维岗之后人）：陈履吉、陈履祥、陈履顺

江苏宜兴陈氏十七代世系表

代别	人物	地点	称谓	备注
远祖	陈傅良	永嘉	止斋公	南宋永嘉学派重要代表人物
前代	陈师辙 陈师朴	永嘉		陈傅良之长子、次子
一世	陈仓四	宜兴南湖	承先公	宜兴陈氏初祖，宋亲军指挥使
二世	陈官四	宜兴滆湖	达之公	
三世	亨二	宜兴滆湖		
四世	宏甫	宜兴亳村	云衢公，亦称卫辉公	入赘宜兴亳村，亳村陈氏祖
五世	五世祖	宜兴亳村		失考
六世	六世祖	宜兴亳村		失考
七世	陈伯敬	宜兴亳村	伯敬公	

代别	人物	地点	称谓	备注
八世	陈玘、陈瓛	宜兴亳村	陈玘：介轩公 陈瓛：廷璧公	
九世	陈玘后人：陈远猷、陈淞、陈浦	宜兴亳村	陈远猷：耕隐公 陈浦：隐樵公	耕隐公以贤德闻名乡里
十世	陈远猷后人：陈邦、陈郊 陈浦之后人：陈祁、陈郁	宜兴亳村	陈邦：思堂公	
十一世	陈邦后人：陈宪章、陈大章、陈表章、陈孝章 陈郊后人：陈万章、陈守章 陈祁后人：陈建章、陈奎章、陈谏章、陈九章 陈郁后人：陈道章、陈偶章、陈孟章、陈寿章、陈王章、陈格章、陈纯章	宜兴亳村	陈宪章：古愚公	
十二世	陈宪章后人：陈一经 陈偶章后人：陈一敬、陈一教	宜兴亳村	陈一经：怀古公,亦称孝洁公 陈一教：硐云公	
十三世	陈一经后人：陈于廷、陈于明、陈于宸 陈一教后人：陈于泰、陈于鼎	宜兴亳村	陈于廷：端毅公 陈于泰：状元公,亦称,谦茹公	

代别	人物	地点	称谓	备注
十四世	陈于廷后人:陈贞贻、陈贞裕、陈贞达、陈贞慧 陈于㝷后人:陈贞禧、陈贞元 陈于泰后人:陈玉铸、陈玉蟾	宜兴亳村		陈贞慧:"明末四公子"之一 陈贞禧:有节义,抗清而死 陈玉铸:陈于泰三子,字卫玉,陈维崧族叔,顺治间被流放宁古塔
十五世	陈贞贻后人:陈宗大 陈贞裕后人:陈维岑、陈维崇、陈维岩、陈维巍、陈维峻 陈贞达后人:陈维生、陈维岱、陈维岐 陈贞慧后人:陈维崧、陈维嵋、陈维岳、陈宗石、陈维岗	宜兴亳村	陈维崧:检讨公,亦称美冉公 陈宗石:农部公	陈维崧:号迦陵,江左三凤凰之一 陈维岗:小名阿龙,文献失考
十六世	陈维崧后人:狮儿(早夭)、三女(失考)、陈履端(过继子) 陈维嵋后人:陈履和 陈维岳后人:陈履祥 陈宗石后人:陈履中、陈履平 陈维岗后人:陈履吉、陈履顺	宜兴亳村 河南商丘		陈履端:维嵋子,过继给维崧 陈履祥:维岗子,过继给维岳 陈宗石:入赘商丘侯府
十七世	陈履端后人:陈克猷 陈于泰曾孙:陈枋	宜兴亳村		陈枋:字次山,崧从侄,诗文词工绝一世,与崧齐名

　　笔者在查阅文献时，还发现大量清代宜兴陈姓诗人，陈玨（字映玉）、陈长庆（字其白）、陈斑（字彬友）、陈闻（字闻生）、陈玉瑮（字椒峰）、陈经（字景辰，号墨庄）、陈天策等，这些人都是宜兴人。如陈经，《中国词学大辞典》介绍他为清宜兴人，字景辰，著有《碧云山房诗》《荆南小志》《墨庄古文》《寒庖录》等，编有《续太平广记》。以上这些陈姓诗人是否也属于陈维崧家族一脉，待详加考证！另外，还有一些非宜兴籍的同源陈氏宗亲，如陈世祥，字散木，南通人，陈维崧在文集中常常以"兄散木"称之。

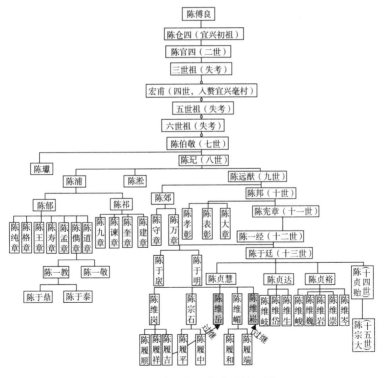

图 2：宜兴陈氏十七代世系树形图

　　笔者绘制了宜兴陈氏十七代世系树形图,图中加黑部分为陈维崧在族谱世系中所处位置(见图2)。

　　宜兴亳村陈氏后来有一脉迁入河南商丘,即陈维崧四弟陈宗石入赘归德府(即商丘)侯府(即侯方域家)。据笔者考证,陈宗石有二子:履中、履平。其中,履中一脉往下为陈淮(弟:陈洛)－陈崇本(二弟陈懋本,三弟陈邦燮,四弟陈传霖);而履平一脉往下为陈濂－陈彬(弟:陈杲)－陈燕(堂弟:陈焯)－陈重(从弟:陈振斋、陈坛)－陈实铭。自此,中州商丘陈氏一支子孙昌旺,渐为望族。商丘是历史悠久、文化底蕴深厚的著名古城,明清以来城内居民素有"八大家""七大户"之说,其中,陈家即为"七大户"之首。直至今日,人们在河南商丘陈家大院还能听到大量有关陈氏家族荣耀的溢美之词,最常见的赞美之词是"一门五翰林""兄弟双御史""四世词馆"等。

河南商丘陈氏七代世系表

代别	人物	地点	官职	备注
一世	陈宗石	河南商丘	山西黎城县丞、河北安平、饶阳知县、户部陕西司主事等。	陈宗石:字子万,入赘归德府侯方域家,被后人称作"农部公"。
二世	陈履中 陈履平	河南商丘	陈履中官御史,甘肃布政参议,长守宁夏道;陈履平官工科给事中、太常寺少卿,升通政司副使等。	陈履中:字执夫。陈履平:字勉夫。陈履平被后人称作"银台公"。

续表

代别	人物	地点	官职	备注
三世	陈淮（陈履中后人）陈濂（陈履平后人）	河南商丘	陈淮官湖北布政使、江西巡抚等；陈濂任国史纂修馆、编修等。	陈淮：字望之。陈濂：字澄之。
四世	陈崇本、陈懋本、陈邦爕、陈传霖（陈淮后人）陈杲、陈彬（陈濂后人）	河南商丘	陈崇本官御史；陈杲官编修；陈彬官天津知府。	陈崇本：字伯恭。陈懋本：字季驯。陈杲：字宜叔。陈彬：字谨斋。
五世	陈焯（陈杲后人）陈燕（陈彬后人）	河南商丘	陈焯官浙江道御史；陈燕官刑部郎中。	陈焯：字度光。陈燕：字乙莘。陈燕乃陈焯堂兄。
六世	陈坛（陈焯后人）陈重、陈执（陈燕后人）陈振斋（陈重从兄）陈可斋（陈重从兄）陈景雍（陈坛从弟）	河南商丘	陈坛官礼科给事中；陈重官天津河防同知；陈景雍官通山县令。	陈重：字小蕃，乃陈彬之孙。陈执：人称敬持茂才，为陈重亲弟。陈景雍：字希唐，殉难于太平天国战乱。
七世	陈实铭（陈重后人）陈芳畹（陈重后人）	河南商丘天津	陈实铭官山东临朐县令，曾任南开大学教授。	陈实铭：字葆生，号蹋公，清末拔贡诗人，书画收藏家。陈芳畹：陈实铭之庶弟。

第二章　陈氏家族文化品格考

中国古代一直以家族为社会的基本单位,因而十分重视家风建设和家族文化传承,如杨知勇《家族主义与中国文化》一书就曾指出"家族主义是中国传统文化的重要构成因素","其内核是家族至上的价值观"①。家族与家族成员的关系是辩证统一的,二者相互影响,相互作用。可以这样说,一个家族的家风教育模式、文化传承方式必定会于潜移默化之中影响着家族成员,而成员的行为必然也以维护家族利益为旨归。

自南宋大儒陈傅良裔孙承先公仓四由永嘉而迁徙宜兴,又经官四、亨二两公,到云衢公弘甫定居亳里,宜兴亳里陈氏家族枝蔓繁衍,终成一门望族。宜兴陈氏家族在明朝时候出过状元(状元公陈于泰),出过高官(少保端毅公陈于廷),出过大戏剧家(陈于鼎),出过抗清义士(陈贞禧),也出过晚明名士(陈贞慧),尤其陈于廷、陈贞慧等陈氏成员都属于东林派正人君子,以忠孝气节著称。但这个家族经历了明清易代的大动荡,被动接受时代洪流的冲洗磨刷,到陈维崧这一代已经式微衰落。直到陈维崧四弟陈宗石入赘河南商丘,继承前代优秀家风,门楣始重振。陈宗石长子履中、次子履平,是兄弟双御史;陈宗石之孙陈濂,曾孙陈崇本、陈

---

① 杨知勇《家族主义与中国文化》,昆明:云南大学出版社 2000 年版,第 1 页。

昊,玄孙陈焯,来孙陈坛,祖孙四代五翰林,堪称河南望族第一家。宜兴—商丘陈氏一门子孙众多,名人辈出,形成了独具特色的家族族风品格和家族文化精神。而本书所研究的手稿本《迦陵词》,即是陈氏族风与文化精神的记录。

第一节　陈氏家族族风品格
——守望祖训,忠孝节义传家

陈氏家族自南宋陈傅良至清末陈实铭历时二十四代,跨越宋、元、明、清四朝,繁衍于江苏宜兴—河南商丘两地。与家族繁衍相承的过程中,既经历了江山之易代,也遭遇了族群发展之低谷,但这个家族的族风品格还能得到传承与弘扬,实属难能可贵。概括而将,陈氏家族血脉之中流淌着忠孝节义的品格精神。近年来,随着一部家乘的出现,更是全面深刻地揭开了陈氏家族的神秘面纱——这就是宜兴档案馆藏乾隆三十三年(1768)所刊《亳里陈氏家乘》。诚如家乘卷首曹炳燮作《陈氏缵修宗谱序》所言:

> 垚家巨族,奕业簪缨,文章学行彪炳寰区。考厥所由,代有潜德,而忠孝名节之传,尤足光日月以耀史册,鉴纲常所擅名教,所系缵其绪者,自可觇其兴以卜其盛。吾邑亳村陈氏盛于前明,掇巍科,魁天下,才学行喧显于弌(即"一")时,而少保端毅公望重东林,又特以忠说著二朝。其后以忠壮继者,则有青溪;以才德称者则澹慧;以文行节气称者则又有定生。定生有子曰迦陵,才朝特又自博学宏词选入史馆,其弟寓园赘于商丘侯氏,亦复洊登显仕,代著科名,天下士大夫固

皆叹端毅有后又将兴于中州矣！①

家乘中明确概括了陈氏家族的族风品格："垚家巨族，奕业簪缨，文章学行彪炳寰区。考厥所由，代有潜德，而忠孝名节之传。"此句说明陈氏家族为"望族"，世代子孙显宦贵族累计，市里簪缨自家，雅爱文章，学行正派，祖德优秀且能得到继承，而"忠孝名节"族风价值代代相传。文中所举人物事例包括：名满东林的少保端毅公陈于廷（官拜左都御史，敢于弹劾阉党群小），壮怀激烈的陈贞达（闻崇祯自尽，亦自尽殉国），戏曲作家陈玉蟾（号澹慧居士，明代江苏宜兴人士，作有《凤求凰》传奇一部），文行气节俱佳的陈贞慧（明末四公子之一，与吴应箕张贴《留都防乱檄》，声讨南明奸党阮大铖），阳羡词宗、名震词坛的陈维崧（江左三凤凰之一，一代清词大家），入赘侯府重振门楣的陈宗石（其子孙"兄弟双御史，四代五翰林"，名望中州大地）。由上可知，提倡文章德行、重视忠孝名节是陈氏家族一贯的族风，这一点在《亳里陈氏家乘》卷首所载的另外一篇序言（任烜《庚辰重修族谱序》）中同样得到证明：

> 家乘由是而先人之德善勋烈表彰殆尽，若邵太君之奇节，怀古硐云之孝悌，端毅之忠谠，青溪之壮烈，澹慧定生之学行，迦陵之文采，风流一展卷而昭然在目，补史书之阙略，备志乘之收罗。②

任烜这段文字高度概括了陈氏族风之关键词：德善勋烈、节

---

① 曹炳燮《陈氏缵修宗谱序》，《亳里陈氏家乘》卷首，民国二十九年（1940）开远堂刻本。
② 任烜载《庚辰重修族谱序》，《亳里陈氏家乘》卷首，民国二十九年（1940）开远堂刻本。

义孝悌、忠谠壮烈、学行文采等。文中列举了几位代表人物——邵太君、怀古、碉云、端毅、青溪、澹慧、定生、迦陵。其中，邵太君其人文献罕载，此人应是陈氏家族中一位有奇节大义的母亲。邹漪《启祯野乘一集》卷二中有《陈左都传》，文中所载陈于廷"祖母（陈宪章妻）邵以节闻"。据笔者考证，明清时代的宜兴，有吴、邵、史、陈、储、徐、蒋、路、任等名家大姓。其中邵氏也是著姓大族，如《宜兴县志·文物古迹》"东坡海棠"条记载："在闸口乡永定村。北宋元丰七年（1084），文学家苏轼应邵民瞻之邀抵宜兴，把携带的蜀中'西府海棠'赠给邵民瞻，并亲手植于邵氏庭院。"①东坡手植海棠年年开花，至今宜兴"天远堂"古迹遗墨犹存，遂有"天远海棠香万里"之说。宜兴各大姓氏之间为了保持家族地位而相互通婚，文中的"邵太君"就是一位嫁入陈家的邵姓女子，因其有奇节而被写入家乘事迹。文中的"怀古""碉云"二公是指陈一经、陈一教兄弟，皆以孝悌闻名，后文有记述，此处不展开介绍。文中的"端毅"公是指陈于廷，明末东林党人，清正廉洁，《明史》有传。文中的"青溪"是指陈贞达，他性情刚正，曾任顺天府的知事，在李自成攻入京城的时候骂贼守节而死，他的儿子入清以后，也是继承家父遗志，终身不仕。文中的"澹慧"指的是陈玉蟾，其号为澹慧居士，有才德，作有《长铗记》《凤求凰》等传奇。文中的"定生"指的是陈维崧家父陈贞慧，其文章风采著名于时，是明末复社的骨干成员，与侯方域、冒襄、方以智，合称明末"四公子"②。而文中

---

① 江苏省宜兴市地方志编纂委员会编《宜兴县志》，上海：上海人民出版社1990年版，第689页。

② 陈贞慧、冒襄、侯方域、方以智，合称"明末四公子"，四人风流倜傥，出则忠义，入则孝悌，爱宾客广交游，冠绝一时。

的"迦陵"就是本书传主陈维崧,维崧堪称清词大家,其词豪迈俊逸,直逼苏辛。《家乘》所列陈氏子孙可谓乡里人杰,登科取第繁多,果然是"风流一展卷而昭然在目",正如邢蕊杰《清代阳羡文化家族联姻与词文学集群生成》一文所言:"陈氏家族于晚明因陈于廷、陈一教、陈于泰、陈于鼎等人先后登第、同朝为官而称望于乡邑……由此可见,阳羡文化家族以追求科举功名作为家族发展的重要途径。"①为了更加全面了解陈氏一门族风品格,笔者特列陈氏家族名人品行事例如下,以观其祖品族风。

一、祖风品正贤良——从陈傅良到陈于廷、陈贞慧

陈傅良作为宜兴一商丘一脉陈氏子孙所追慕的先祖,其品行历来受人称道,如在温州陈文节公祠堂内写有一联:"东瓯理学无双士,南宋文章第一家。"②对联运用"无双、第一"等语,可见陈傅良古今之影响。又如,清末学者孙衣言为自家私塾学堂——"饴善祠塾"所撰门联云"务求知古如君举,尤喜能文似水心"③,"君举"乃陈傅良的字,"水心"乃南宋大理学家叶适的称谓(叶适世称"水心先生")。可见,孙衣言认为陈傅良和叶适堪称为子孙后辈们的学习楷模,正如陈傅良第二十八代子孙陈志坚所说:

> 陈公傅良终其一生,爱国忧民、刚正忠直、好学事功、清白安贫,这些品质作为族风族训,一脉相承……对于小家庭

---

① 邢蕊杰《清代阳羡文化家族联姻与词文学集群生成》,《苏州大学学报》2012年第3期。
② 周崖冰主编《瑞安历代楹联选》,北京:中国文联出版社2013年版,第264页。
③ 余振棠主编《瑞安历史人物传略》,杭州:浙江古籍出版社2006年版,第123页。

而言,这是家风家训的传承;放大来说,这是族风族训的传承。陈傅良思想有太多东西值得我们传承、学习。①

《诗经·大雅·桑柔》云"维此良人,作为式谷",陈傅良人如其名,学风优良、心地善良、为官贤良,因而被称为一代"良人",故其故里至今有陈傅良故里、陈傅良墓、陈傅良纪念馆(温州市下辖瑞安市塘下镇凤川村)等名胜景迹,在温州市瓯海区还留有陈文节公祠。陈傅良少年图强,发奋读书,立志成才,其题材还被拍成微电影《一代宗师少年陈傅良》在浙江省少儿频道播出。我们可以以事观人,通过《宋史》所记载陈傅良的一系列进谏行为来看其道德品行:

> 绍熙三年,除起居舍人。明年,兼权中书舍人。初,光宗之妃黄氏有宠,李皇后妒而杀之。光宗既闻之,而复因郊祀大风雨,遂震惧得心疾,自是视章疏不时,于是傅良奏曰:"一国之势犹身也,壅底则致疾。今日迁延某事,明日阻节某人,即有奸险乘时为利,则内外之情不接,威福之柄下移,其极至于天变不告,边警不闻,祸且不测矣!"帝悟,会疾亦稍平,过重华宫。而明年重明节,复以疾不往,丞相以下至于太学诸生皆力谏,不听,而方召内侍陈源为内侍省押班,傅良不草词,且上疏曰:"陛下之不过宫者,特误有所疑而积忧成疾,以至此尔,臣尝即陛下之心反覆论之,窃自谓深切,陛下亦既许之矣。未几中变,以误为实,而开无端之衅;以疑为真,而成不疗之疾。是陛下自贻祸也。"书奏,帝将从之。百官班立,以俟帝出。至御屏,皇后挽帝回,傅良遂趋上引裾,后叱之。

---

①陈志坚《"好学"之风一脉相承》,2017年3月31日《瑞安日报》。陈志坚,乃陈傅良第二十八代子孙陈志坚,瑞安塘川陈氏宗亲会秘书长。

傅良哭于庭。后益怒,傅良下殿径行。诏改秘阁修撰仍兼赞读,不受。①

　　从此则史料可以看出,陈傅良忠良可嘉,敢于抗颜直谏。又如,南宋宋光宗绍熙五年(1194),赵汝愚等权臣发动宫廷政变,理由是太上皇(宋孝宗赵昚)病故,宋光宗赵惇竟以自己生病为借口,不为父皇举行丧仪。赵汝愚等权臣逼宋光宗退位做太上皇,而拥立宋光宗次子赵扩为皇帝,是为宋宁宗,这次政变史称"绍熙内禅"。宋宁宗即位后,召回陈傅良再任兼侍讲,兼直学士院同实录院修撰。南宋后期党争严重,吏治黑暗,后来赵汝愚与一代奸相韩侂胄(外戚)争权失势而被贬。韩侂胄因朱熹"道学"集团帮助赵汝愚争权,便阴谋进行报复,屡屡在宋宁宗面前进谗言意欲斥逐朱熹。宋宁宗便命陈傅良草诏罢免朱熹,但正直的陈傅良一片公心,抗命直言:"熹难进易退,内批之下,举朝惊愕,臣不敢书行。"②陈傅良抗命之事受到韩侂胄百般打击迫害,终以"依托朱熹"的罪名参劾而罢官。韩侂胄还觉得不解恨,进而发动"庆元党禁",斥责朱熹之道学为"伪学",而把朱熹、叶适、陈傅良、蔡幼学等五十九人列入"伪学"名单。从此,陈傅良远离污浊官场,闭门静居,一心韬晦,并将自己的居室称为"止斋"。直至嘉泰二年(1202)复官,但均以年老为由请辞不就。后卒于家中,赐谥"文节"。陈傅良作为陈氏先祖,于公尽职、于君忠贞、于友爱善,堪称一脉楷模。陈傅良《止斋文集》及其诗作之中,一派忠贞之气,可

---

①　［元］脱脱等撰,刘浦江等标点《宋史》,长春:吉林人民出版社1995年版,第8940页。
②　［元］脱脱等撰,刘浦江等标点《宋史》,长春:吉林人民出版社1995年版,第8940页。

以说,他的道德品行很大程度上奠定了这个家族的族风。其后人(如陈于廷、陈贞达、陈贞慧等)多侠情古道,骨鲠正义,概出于祖脉贤良方正之风。

陈傅良之优秀道德品行被其后世子孙广泛继承并延续,如宜兴陈氏九世祖耕隐公陈远猷慷慨豁达,名重一时,其"为人豁达有大度,慷慨赴义,能缓急人""里中有大徭役,率推为长卒治辩,盖其才周也"①。耕隐公陈远猷有松菊之性,心向渊明,据陈维崧《敕赠征仕郎翰林院检讨先府君行略》一文记载,明正德间翰林待诏、书画大家文徵明尝作《乐耕图》赠与耕隐公,图上赋诗云:"旧说子真矜谷口,今输元亮傲柴桑。"又如,陈维崧之曾祖陈一经品性良笃,以孝廉文明,《亳里陈氏家乘》对其事迹记载颇详:陈一经,字伯常,至孝,别号怀古,即怀其父古愚公之义也。陈一经在很小的时候父亲就去世了:"公在襁褓,古愚翁先朝露(按:朝露讳少年而亡),公无貌于心,延ıldı戚长老曾耳而目之者,偏问其象,以其象属画史谨仪之,悬之壁,公不能仰视,澜然而涕下,至忌日悬而哭曰:此吾终身之丧也。"②陈一经由于年幼不记得父亲容貌,便遍向乡里老人咨询,据其概述,画之成像,悬之于壁,时常祭拜,每拜必潸然泪下,尤其在父亲祭日哀痛恸哭,其性纯至孝之品格感人至深。父亡早孤,陈一经对待母亲更加孝顺,"公伤不及事父,故事母独挚"③。陈一经不仅有对长辈之孝尊,还有善兄弟之

①[明]陈一教《耕隐公小传》,《亳里陈氏家乘》卷十一,民国二十九年(1940)开远堂藏本。

②[明]郭子章《陈孝洁先生传》,《亳里陈氏家乘》卷十一,民国二十九年(1940)开远堂藏本。

③[明]郭子章《陈孝洁先生传》,《亳里陈氏家乘》卷十一,民国二十九年(1940)开远堂藏本。

悌爱,如其从弟陈一教(其父陈儁章)亦幼孤,一经将其抚育成人,凡事能做到视如己出,"受经于富室,必携公(陈一教)与其子于廷"①,尤其教授陈一教课业,鼓励其成就科举事业。陈一经不仅自己考中进士,而且其子陈于泰还考中状元。陈一经不仅对本家照顾有加,而且能够仁爱乡里,如"设义塾,置义田"②,陈一经事亲至孝,而立身以洁,《宜兴县志》卷八记载:"(一经)年十六,有里艾私挑,正色拒之后,每迁步弗过其门。"③可见,陈一经品行端正,严于律己,持正守规,故里中称其为"孝洁先生",而后世子孙尊之为"孝洁公"。

　　陈维崧的祖父陈于廷(1566—1635),乃大明嘉靖—崇祯年间一代贤臣,名垂青史。陈于廷,字孟谔,是万历年间进士出身,做过御史、太仆少卿、户部和吏部侍郎、太子少保等职,是宜兴陈氏家族官位最高的一位。其一生行略《明史》有传,其事俱详:

　　　　陈于廷,字孟谔,宜兴人。万历二十三年进士……征授御史。甫拜命,即谕救给事中汪若霖,诋大学士朱赓甚力……劾职方郎中申用懋、赵拱极、黄克谦为宰相私人,不宜处要地,又劾赓及王锡爵当斥……光宗立,擢太仆少卿,徙太常。议"红丸"事,极言崔文升、李可灼当斩……再进大理卿、户部右侍郎,改吏部,进左侍郎。尚书赵南星既逐,于廷署事。大学士魏广微传魏忠贤意,欲用其私人代南星,且许擢

①[明]郭子章《陈孝洁先生传》,《亳里陈氏家乘》卷十一,民国二十九年(1940)开远堂藏本。
②[明]郭子章《陈孝洁先生传》,《亳里陈氏家乘》卷十一,民国二十九年(1940)开远堂藏本。
③[清]李先荣等原本,阮升基增修,宁楷等增纂《重刊宜兴县旧志》卷八《人物志·孝友》,清嘉庆二年(1797)增补康熙刻本。

于廷总宪,于廷不可,以乔允升、冯从吾、汪应蛟名上。忠贤大怒,谓所推仍南星遗党,矫旨切责,并杨涟、左光斗尽斥为民。文选郎张可前、御史袁化中、房可壮亦坐贬黜。自是清流尽逐,小人日用事矣。

崇祯初,起南京右都御史。与郑三俊典京察,尽去诸不肖者。南御史差竣,例听北考,于廷请先考于南,报可。召拜左都御史。以巡方责重,列上纠大吏、荐人才、修荒政、核屯盐、禁耗羡、清狱囚、访奸豪、弭寇盗八事,请于回道日核实课功。优诏褒纳……秩满,加太子少保。三疏乞休,不允……

于廷端亮有守。周延儒当国,于廷其里人,无所附丽。与温体仁不合,故卒获重遣去。[1]

陈于廷乃东林党魁,品行端正,为人耿直,为官清廉,在各个职位上都尽职尽责,刚正不阿。陈于廷勤于治政,敢于进谏,不为阉党魏忠贤利诱,并与之做坚决果敢之斗争,积极营救被阉党迫害的贤臣。他做御史巡抚各地,积极治理,裁仰豪强,凡所至处皆有政声。从其"纠大吏、荐人才、修荒政、核屯盐、禁耗羡、清狱囚、访奸豪、弭寇盗"[2]八事可以看出,陈于廷能力突出,颇有治世良策。但其忠耿为官、甘于奉献的精神并没有得到明朝皇帝很好的奖掖回报,反而受到贬官惩罚,即所谓"后因所行为援引悉不当帝意。疏三上三却,竟削籍归"[3]。陈于廷家居二年而卒。南明福

---

① [元]脱脱等撰,刘浦江等标点《宋史》,长春:吉林人民出版社 1995 年版,第 8940 页。

② [元]脱脱等撰,刘浦江等标点《宋史》,长春:吉林人民出版社 1995 年版,第 8940 页。

③ [元]脱脱等撰,刘浦江等标点《宋史》,长春:吉林人民出版社 1995 年版,第 8940 页。

王时，感其忠义，复赠少保。陈于廷之道德品行上继先祖贤德，下启后世子孙，家学清流延嗣不断，得以为继。

陈于廷记事传略另见清人王铎《少保御史大夫中湛陈公墓志铭》〔《拟山园选集》卷六十九，清顺治十年（1653）王铸王鑨刻本〕、邹漪《陈左都传》（《启祯野乘一集》卷二，明崇祯刻清康熙重修本）等文，兹不赘述。

陈维崧之父陈贞慧（1604－1656），字定生，人如其名，忠贞慧智，操守有节。陈贞慧风雅豪放，继承了其父陈于廷刚直耿正之品格，立身以节，行事以忠。吴梅村《赠阳羡陈定生》诗云：“溪山罨画好归耕，樱笋琴书足性情。茶有一经真处士，橘无千绢旧清卿。知交东冶传钩党，子弟南皮负盛名。却话宋中登望远，天涯风雨得侯生。”[1]民国赵尔巽《清史稿·遗逸传》（列传二百八十八）作有小传如下：

> 陈贞慧，字定生，宜兴人，明都御史陈于廷子。于廷，东林党魁。贞慧与吴应箕草《留都防乱檄》，摈阮大铖。党祸起，逮贞慧至镇抚司，事虽解，已濒十死。国亡，埋身土室，不入城市者十余年。遗民故老时时向阳羡山中一问生死，流连痛饮，惊离吊往，闻者悲之。顺治十三年卒，年五十三，著有《皇明语林》《山阳录》《雪岑集》《交游录》《秋园杂佩》诸书，子维崧，见文苑传。[2]

陈贞慧，明末诸生，曾乡试副榜第二名，是当时讲求“经世致

---

① [清]吴伟业著，李学颖集评标校《吴梅村全集》，上海：上海古籍出版社1990年版，第183页。

② 赵尔巽等《清史稿》卷五百〇一，长春：吉林人民出版社1998年版，第10477页。

用之学"的复社重要成员,与贵池吴应箕同为复社后期领袖。复
社作为明末民间的一支重要政治力量、文学团体,成员之间经常
集会讲学,切磋学问,砥砺学行,所论宗经复古而切实尚用;为文
则关注现实社会,勇于揭露社会黑暗腐朽,同情民生疾苦,歌咏抗
清之志,抒发报国之豪情。陈贞慧为人豪放,喜与贤明雅士论道,
遍散家财结交天下名士。崇祯十一年(1638),李自成农民军日益
壮大,又加清军犯境,大明形势风雨飘摇。陈贞慧"聚太学之清
流"①,与复社同人(顾杲、黄宗羲、吴应箕、侯方域、沈寿民等)愤
而起草声讨东林党叛徒阮大铖的《留都防乱公揭》(又称《留都防
乱公檄》,一种文体,相当于大字报)。阮大铖先依东林,但为了权
位而投靠了阉党魏忠贤,因而为东林党人所不齿。《留都防乱公
揭》一出,舆论力量声势浩大,使得权奸阮大铖如过街之鼠人人喊
打,阮氏遂被驱逐,闭居不敢出门。陈贞慧因《留都防乱公揭》而
名震天下,但后来也因此被得势的阮大铖疯狂报复②,几乎被迫
害至死,柴德赓《明季留都防乱诸人事迹考》一文考论颇详③。
《留都防乱公揭》是明末复社核心成员的一篇战斗檄文,对明季社
会起着积极的正面作用,因而影响巨大,兹录全文如下:

　　为捐躯捊虎,为国投豺,留都可立清乱萌,逆当庶不遗余
　孽,撞钟伐鼓,以答升平事。杲等伏见皇上御极以来,躬戡党
　凶,亲定逆案,则凡身在案中,幸宽鈇钺者,宜闭门不通水火,

①《高塍镇志》编纂委员会编《高塍镇志》,北京:方志出版社2005年版,第422页。
②明亡后,阮大铖拥立福王朱由崧在南京称帝,建立南明弘光朝,官至兵部
　尚书等要职,大兴党狱,迫害东林党人及复社中人。南明亡,阮大铖又降
　清,不得善终。其一生污行累累,为士林所唾。
③柴德赓《明季留都防乱诸人事迹考》(上),柴德赓《史学丛考》,北京:中华
　书局1982年版,第1页。

庶几腰领苟全足矣。矧尔来四方多故,圣明宵旰于上,诸百职惕励于下,犹未即睹治平,而乃有幸乱乐祸,图度非常,造立语言,招求党类,上以把持官府,下以摇通都耳目,如逆党阮大铖者可骇也。大铖之献策魏珰,倾残善类,此义士同悲,忠臣共愤,所不必更述矣。乃自逆案既定之后,愈肆凶恶,增设爪牙,而又每骄语人曰:"吾将翻案矣,吾将起用矣。"所至有司信以为实然,凡大铖所关说情分,无不立应,弥月之内,多则巨万,少亦数千,以至地方激变,有"杀了阮大铖,安庆始得宁"之谣。意谓大铖此时亦可稍惧祸矣。乃逃往南京,其恶愈甚,其焰愈张,歌儿舞女,充溢后庭;广厦高轩,照耀街衢。日与南北在案诸逆,交通不绝,恐喝多端。而留都文武大吏半为摇惑,即有贤者,亦嗫不敢发声。又假借意气,多散金钱,以至四方有才无识之士,贪其馈赠,倚其荐扬,不出门下者盖寡矣。大铖所以怵人者,曰:"翻案也。"曰:"起用也。"及见皇上明断,超绝千古,以张捷荐吕纯如而败,唐世济荐霍维华而败,于是三窟俱穷,五技莫展,则益阳为撒泼,阴设凶谋,其诪张变幻,至有不可究诘者,姑以所闻数端证之,谓大铖尚可一日容于圣世哉。

丙子之有警也,南中羽书偶断,大铖遂为飞语播扬,使人心惶惑摇易,其事至不忍言。夫人臣挟邪行私,幸国家有难以为愉快,此其意欲何为也?

且皇上何如主也,春秋鼎盛,日月方新,而大铖以圣明在上,逆案必不能翻,常招求术士,妄谈星象,推测禄命,此其意欲何为也?

杲等即伏在草莽,窃见皇上手挽魁柄,在旁无敢为炀灶丛神之奸者,而大铖每欺人曰:"涿州能通内也。在中在外,吾两人无不朝发夕闻。"其所以劫持恫喝，欲使人畏而从之者，皆此类。至其所作传奇，无不诽谤圣明，讥刺当世。如《牟尼合》以马小二通内，《春灯谜》指父子兄弟为错，中为隐谤。有娘娘济，君子滩，未诋钦案，有"饶他清算，到底糊涂"，甚至假口□□（缺二字当为"羯胡"），为"咒泄天关，陇住山河，饮马曲江波，鼾睡朝玄阁"等语，此其意抑又何为也？

夫威福，皇上之威福也。大铖于大臣之被罪获释者，辄攘为己功，至于巡方之有荐劾，提学之有升黜，无不以为线索在己，呼吸立应。即如乙亥庐江之变，知县吴光龙纵饮宛监生家，贼遂乘隙破城，杀数十万生灵，光龙奉旨处分。大铖得其银六千两，致书淮抚，巧为脱卸，只拟杖罪，庐江人心至今抱恨。又如建德何知县两袖清风，乡绅士民戴之如父母，大铖使徐监生索银二千两于当事开荐。何知县穷无以应，大铖遂暗属当事列参褫职，致令朝廷功罪淆乱，而南国之吏治日偷。至于挟骗居民，万金之家，不尽不止，其赃私数十万，通国共能道之，此不可以枚举也。

夫陪京乃祖宗根本重地，而使枭獍之人，日聚无赖，招纳亡命，昼夜赌博，目今闯、献作乱，万一伏间于内，酿祸萧墙，天下事将未可知，此不可不急为预防也。迹大铖之阴险巨测，猖狂无忌，罄竹莫穷，举此数端，而人臣之不轨无过是矣。当事者视为死灰不燃，深虑者且谓伏鹰欲击，若不先行驱逐，早为扫除，恐种类日盛，计画渐成，其为国患必矣。夫孔子大圣人也，闻人必诛，恐其乱治，况阮逆之行事，具作乱之志，负坚诡之才，惑世诬民，有什焉者！而陪京之名公巨卿，岂无怀忠报国，志在防乱以折衷于春秋之义者乎！杲等读圣人之书，附讨贼之义，志动义慨，言与愤俱，但知为国除奸，不惜以身贾祸,若使大铖罪状得以上闻,必将重膏斧锧,轻投魑魅。即不然,而大铖果有力障天,威能杀士,杲亦请以一身当之,以存此一段公论,以寒天下乱臣贼子之胆! 而况乱贼之必不容于圣世哉!

　　谨以公揭布闻,伏维戮力同心是幸。①

　　陈贞慧豪爽大器,一代风流,名列"明末四公子"(另外三位是冒襄、侯方域、方以智),诚如吴伟业《冒辟疆五十寿序》所形容的那样:"往者天下多故,江左尚晏然,一时高门子弟,才地自许者,相遇于南中,刻坛坤,立名氏,阳羡陈定生、归德侯朝宗与辟疆为三人,皆贵公子。定生、朝宗仪观伟然,雄怀顾盼,辟疆举止蕴藉,吐纳风流,视之虽若不同,其好名节持议论一也。以此深相结,义所不可,抗言排之,品核执政,裁量公卿,虽甚强梗,不能有所屈挠。"②文物鉴定专家蔡国声先生曾收藏一枚陈贞慧使用过的端砚,砚上刻有几句砚铭:"毋谓尔白,日即惟墨,毋谓尔坚,磨之可穿,和其光而葆其璞,君之比于玉。崇祯癸未铭于邗江寒舍。定生。"③寻史可知,砚铭中所说的"崇祯癸未"就是崇祯十六年(1643),这是一个极为不寻常的年份,当年十月李自成占领陕西全境,在西安称帝,建立大顺政权,次年即东征北京,攻破城日,崇祯帝吊死煤山。正是在这样的一个山河破碎大动荡时代背景下,落寓邗江(江苏扬州)的陈贞慧心潮翻滚,但又报国无门,遂以砚石喻其志。砚铭强调"坚白"之品,只有做到勿骄勿躁,方可忠节

---

① 见南京市秦淮区地方志编纂委员会编《秦淮区志》,北京:方志出版社 2003 年版,第 966—967 页。

② [清]吴伟业《吴梅村全集》(中),上海:上海古籍出版社 2007 年版,第 773 页。

③ 蔡国声《明末四公子陈贞慧的水坑端砚》,《检察风云》2007 年第 7 期。

永葆。该砚铭虽简短,但是可以看出陈贞慧守身如玉,勉励自己
以清白做人为座右铭。陈贞慧早年加入复社,他出则忠义,入则
孝悌,人品高清,爱宾客,广交友,文采风流冠绝一时。他深恶痛
绝于当时的阉党及余孽阮大铖辈奸诈之徒,洁身自好与之斗争了
前半生。胸有大志的陈贞慧经历了明清易代的社会巨变,南都破
灭(1645),理想亦随之破灭。入清之后,陈贞慧不谋出仕为官,过
起隐居生活,藏身于乡间简陋土室,十余年不入城市。但其心依
旧怀念故国,情至伤处万念俱灰,常独行至城外山野中,长啸恸
哭,使闻者无不悲彻。诚如黄宗羲在《陈定生先生墓志铭》中所
云:"而遗民故老时时犹向阳羡山中一问生死,流连痛饮,惊离吊
往,恍然如月泉吟社也。"①陈贞慧文章风采婉丽娴雅,骈散兼擅,
一生著述颇丰,尤多追忆故国往事,吟咏遗物,寄托哀思。有《山
阳录》《秋园杂佩》《书事七则》《雪岑集》《交游录》《皇明语林》等传
世,其中前三种,被《太仓先哲遗书》收录,合称《陈定生先生遗书
三种》。

二、承继弘扬族风——陈维崧五兄弟及其后代

宜兴亳村陈氏传至陈维崧一代,优良的族风依然得到很好传
承,维崧、维嵋、维岳、宗石、维岗兄弟五人均能牢记祖训、修身守
正、勤勉好学、砥炼人格,继续使族风得以承继光扬。作为一个端
正贤德人,影响其品格修养的内在高度与深度的一个重要方面就
是家庭环境的熏陶渐染,因为家庭不仅是一个人成长的港湾,而
且还是启蒙教育的第一学校,由祖辈传袭下来的家训族风文化构

---

① [清]黄宗羲《陈定生先生墓志铭》,见《南雷文定前集》卷七,《国学基本丛
书》,北京:商务印书馆1937年版,第124页。

成了重要的成长环境。在这样的环境中,个人的思想性格、人生理想、价值追求等文化品格逐渐培育生发,为以后的成长奠定了重要的基础。以陈维崧为例,其祖父陈于廷为明末东林党魁,为官于公,刚正不阿,坚决不与阉党魏忠贤合作;其父陈贞慧,为著名的"明末四公子",复社后期重要领袖,其讨伐阮大铖的《留都防乱公揭》使其名播四海,获得无数清流赞誉。陈于廷、陈贞慧用他们一以贯之的言行品格为后代梳理了光辉的榜样,如陈于廷与"东林六君子"①之一的杨涟是与阉党坚决斗争的亲密战友,并与左光斗等同被削职为民。杨涟被阉党迫害而死,陈于廷感其忠烈勇敢,遂藏"杨忠烈公"遗像于家中,这种节义品行对于陈维崧而言,无疑是重要的启蒙教育。陈贞慧对陈维崧也影响巨大,明亡之际,他不仅愤而为文痛斥权奸,而且多方奔走呼吁救亡图存,显至与陈子龙等仁人志士商讨组织义军抗击清军大事,微至日常生活教导子女言行小事,都能以自己的行止为楷模训诫子弟。身为长子长孙的陈维崧,生于这样一个操守正直、富有节义情结的家庭环境中,自然从小就培育了贞仁匡正的品格。为文为诗心灵激越,极富批判精神。如《清史稿·文苑传》云:

> 陈维崧,字其年,宜兴人。祖于廷,明左都御史。父贞慧,见遗逸传。维崧天才绝艳,十岁,代大父撰杨忠烈像赞。比长,侍父侧,每名流宴集,援笔作序记,千言立就,瑰玮无比,皆折行辈与交。补诸生,久之不遇。因出游,所在争客之。尝由汴入都,与朱彝尊合刻一稿,名《朱陈村词》,流传至

①东林六君子:明朝天启年间杨涟、左光斗、袁化中、魏大中、周朝瑞、顾大章六人以大无畏的牺牲精神与阉党斗争,天启五年(1625)六人殉难,时称"六君子"。

禁中,蒙赐问,时以为荣。逾五十,始举鸿博,授检讨,修明史。在馆四年,病卒。

维崧清癯多须,海内称陈髯。平生无疾言遽色,友爱诸弟甚。游公卿间,慎密,随事匡正,故人乐近之,而卒莫之狎。著《湖海楼诗集》《迦陵文集》。时汪琬于同辈少许可者,独推维崧骈体,谓自唐开、宝后无与抗矣。诗雄丽沉郁,词至千八百首之多,尤前此未有也。①

陈维崧承继族风品格,没有辜负祖父的希望,在其十岁时就替祖父陈于廷代作《杨忠烈像赞》,一鸣惊人,足见其品行和价值取向。杨涟(1572－1625),字文孺,号大洪,东林党人,明末著名谏诤大臣。杨涟乃明末一代忠臣,其重要事迹与明代“争国本”“晚明三大疑案”密切相关。“争国本”即“国本之争”,在中国古代历来重视储君,故有“太子者,国之根本”之说,所以争立太子就被称为“国本之争”。明代的“争国本”即是明神宗朱翊钧(万历帝)册立太子的问题,明神宗正妃孝端显皇后王氏无子嗣,而王恭妃和郑贵妃各生有皇子,且王恭妃所生皇子朱常洛年长于郑贵妃所生皇子朱常洵。当时有慈圣皇太后(即万历帝生母李太后)和众大臣拥护的皇长子朱常洛与郑贵妃所生福王朱常洵争夺太子位,引发国本之争。当时情况是,明神宗宠幸郑贵妃,不喜欢王姓宫女(后封为恭妃)所生的长子朱常洛,且有意立郑贵妃的皇子朱常洵为太子。然而朝廷大臣按照明朝册立长子为太子的原则,大多拥戴皇长子朱常洛,极力反对神宗废长立幼。最终结局虽然是明神宗迫于压力立长子朱常洛为太子,但其后连续发生“梃击案”

---

① 赵尔巽等《清史稿》卷四百八十四,长春:吉林人民出版社1998年版,第10136页。

"红丸案""移宫案"(三案被称为"晚明三大疑案"或"明末三大案"),这三起事件直接标志着明末纷乱和衰亡的开始。

"梃击案"发生在明神宗万历四十三年(1615),当时有一个叫张差的人,手持木棍闯入太子朱常洛居住的慈庆宫,打伤了守门太监,试图袭击刺杀太子,不成被捕。张差被严刑拷审,后来供出自己受郑贵妃所属太监刘成、庞保所指使。这场太子朱常洛险遭刺杀的事件,时人多怀疑是万历帝宠妃郑贵妃策划的政治阴谋,即她想通过谋杀太子,从而实现自己亲生儿子朱常洵继任太子。当然,也有人认为这是有人设计陷害郑贵妃。当时很多大臣都主张彻查此事,但是神宗皇帝出于不扩大事态的目的,有意做淡化处理。最后的结果是以"疯癫"为名将嫌犯张差凌迟处死,而后又密杀了刘成、庞保两位太监,迅速结案。

"红丸案"发生在明光宗泰昌元年(1620)。万历四十八年太子朱常洛登大宝位,改年号"泰昌",是为泰昌帝。泰昌帝即位不久染疾病重,鸿胪寺丞李可灼进献两粒红丸丹药(称是仙丹),泰昌帝服用后先是顿觉周身轻畅,直呼李可灼为"忠臣",但隔一日即暴毙身亡。朱常洛做太子时险遭不测,当了皇帝也没有逃脱命运的捉弄。朱常洛为明朝第十四位皇帝,在位时间仅一个月,故被称为"一月天子"。李可灼原为郑贵妃内侍太监,被首辅大学士方从哲推荐给泰昌帝,其实方从哲也与郑贵妃暗中结交甚密。关于"红丸案",时人多怀疑是郑贵妃唆使李可灼下毒,很多大臣如御史王安舜、左都御史邹元标、礼部尚书孙慎行、给事中惠世扬等均主张弹劾李可灼,治其弑君之罪。新君暴死,举国震动,旋即展开了一系列的追查元凶的行动,其间,各方力量角力,党争与私仇夹杂其中,连坐罪死者众矣。但重要嫌犯李可灼并没有受到重惩,直到天启二年(1622)才被遣戍。

"红丸案"之后紧接着是"移宫案"。万历四十八年明光宗朱常洛即位之时(1620)，泰昌帝宠妃李选侍为了方便照顾年幼的皇长子朱由校而住进乾清宫。但不到一个月，明光宗朱常洛即死于"红丸"之祸，于是皇长子朱由校被拥立登基，是为明熹宗(就是后来被称为"木匠皇帝"的熹宗皇帝)。明熹宗做了皇帝，李选侍还想继续住在乾清宫侍奉熹宗。当时，朝政混乱，郑贵妃、李选侍与阉党魁首魏忠贤交往甚密。魏忠贤为了把持朝政大权，就乘熹宗年幼，鼓动李选侍继续居住在乾清宫内侍奉熹宗皇帝。熹宗已经登基即位，李选侍如果继续居住在乾清宫容易干预朝事，所以不合规制，于是清廉忠义的都给事中杨涟与号称"铁面御史"的左光斗等激烈反对，最终逼迫李选侍移居到仁寿殿哕鸾宫。这就是史称"移宫案"的事件。在议"移宫"事中，杨涟出力最多，居功至伟。"移宫"之后，朝廷风气一新，一度出现了"众正盈朝"的良好局面。

明熹宗朱由校为明朝第十五位皇帝，明光宗朱常洛长子，生母王选侍(实由李选侍抚养)，明思宗崇祯帝朱由检异母兄。明熹宗十六岁即位，在位也很短暂，仅仅七年(即 1620－1627)。明熹宗天启年间，魏忠贤专权，宦官干政愈演愈烈，大肆打击迫害追求改良的东林党人，冤狱迭起，各种社会矛盾激化，加之满洲后金威胁日益严重。由万历到天启，经历了"梃击案""红丸案""移宫案"的大明一代不如一代，民生凋敝、日薄西山、风雨飘摇。

晚明江山破败，颓势不可阻挡，但有一批仁人志士铁肩担道义，积极施政，尽职尽忠，试图挽救时局，如陈于廷议"红丸"事、杨涟议"移宫"事、左光斗"抗魏忠贤"事等，末世之秋更见其精忠奋斗之品格。杨涟一生忠贞孤介，嫉恶如仇，慷慨自许，慨然以澄清天下为己任，尤其于"梃击案""红丸案""移宫案"三案中，正宫闱、反阉党、战逆贼，力主除恶务尽，敢于和反动黑暗势力做坚决果敢之斗争,如弹劾兵部尚书黄嘉善八大罪、抗光宗封郑贵妃为皇太后、专劾讨伐魏忠贤等。魏忠贤对杨涟恨之入骨,先是将其削职为民,接着令锦衣卫将其逮捕审问,最后将其残忍杀掉。杨涟临刑前,慷慨咬破手指,写下感人肺腑的血书:"涟今死杖下矣。痴心报主,愚直仇人,久拚七尺,不复挂念,不为张俭逃亡,亦不为杨震仰药,欲以性命归之朝廷,不图妻子一环泣耳!"①血书写就仰天大笑,慷慨赴死。后来崇祯皇帝为杨涟平反,并追谥"忠烈"。杨涟之忠烈精神感染着幼小的陈维崧,其代祖父所写的《杨忠烈像赞》饱含激情,尽书杨涟一生英烈事迹:

> 江河纬地,日月经天,谁其参之,曰维圣贤。有明御宇,两杨媿哲,前为忠愍,后为忠烈。呜呼忠烈,秉国之纲,英风毅骨,千载芬芳。越稽光宗,庚申之际,鼎湖升天,实公是恃。越稽熹庙,践祚之秋,撤帘即位,实公是谋。协律小侯,延年女弟,谁在掖房,曰李选侍。西园校尉,北府侍中,谁掌貂珰,曰魏进忠。故剑虽嗃,遗簪莫惜,移宫一疏,列宗动魄。五侯辇下,七贵长安,二十四罪,宵人胆寒。呜呼忠烈,忠构身祸,锻炼熊王,深文杨左。棘亭锁钥,北寺银铛,谁收李固,孰讼王章。衣冠之祸,剧于娆圣,六月飞霜,白虹贯井。呜呼!涿鹿之滨,萧萧策蹇,维予三人。应山桐城,留丹化碧,余独何人,须鬓如雪。圣人褒恤,炳爝乾坤,老臣拜颂,聊阐忠魂。②

可以说,陈维崧天资聪颖,少负才名,受家风熏陶耳濡目染,自幼聆听诸名士议论,仰慕英烈先贤,心怀充满家国情怀,学益大

---

① 吴曾祺《历代名人小简》,长沙:岳麓书社1984年版,第170页。
② [清]陈维崧著,陈振鹏标点,李学颖校补《陈维崧集》(上),上海:上海古籍出版社2010年版,第500页。

进,所以小小年龄就能代祖父作《杨忠烈像赞》,使人惊异。陈维崧诗、词、歌、赋无不精善,援笔挥就顷刻千言,直抒胸臆,瑰玮无比,令人惊叹。在其诗文作品之中,有很多哀悼明末抗暴义士、抗清殉国英雄以及南明死难君臣的内容,这在清初文字狱高压的时代,显得尤为难能可贵,彰显着陈维崧正直正义的个人品质。陈维崧对抗清将领极为崇敬,时常缅怀,他几乎年年以词悼念南明抗清的民族英雄史可法。如其《贺新郎·蘧庵先生五日有鱼酒之饷,醉后填词》词云:

> 蒲酒浓如乳。更为我、东溟斫鲊,大鱼就脯。携酒石榴花下醉,还选腹腴亲煮。耳热也、休提今古。只有寒潮围故国,叹龙舟、寂寞无寻处。风乍起,瘦蛟舞。　何须远望悲荆楚。暗想像、广陵旧事,泪多如雨。火照佛狸城下水,丞相孤军难渡。记时节、也邻重五。儿女谁知英雄恨,辟兵符、戏向钗头赌。葵影绿,小窗午。①

蘧庵是史可法之弟史可程的号,史可程,字赤豹,明崇祯十六年(1643)进士,晚年客居宜兴,常与陈维崧切磋诗词,时有唱和。这首词当是史可程家中宴请宾客("鱼酒之饷")时陈维崧席上和作,从这首词题标"五日"可以看出,该词作于端午节,端午节是纪念爱国诗人屈原的日子,作者酒醉之余抒发怀古之韵,对前明旧事多有慨叹。寻史可知,清初顺治二年(南明弘光元年,即1645)农历四月二十五日,清初著名战将多铎率清军精锐攻克扬州,对城中无辜百姓大肆屠戮劫掠,连续十日,直至端午才肯封刀,城中老幼妇孺殉难者甚众,城中积尸如乱麻,其后所收殓的尸体就有

---

① [清]陈维崧著,陈振鹏标点,李学颖校补《陈维崧集》(下),上海:上海古籍出版社2010年版,第1536页。

八十余万具,几世繁华的扬州城毁于一旦,史称"扬州十日"。"扬州十日"屠城之祸史界与民间多有记载,如清初名士戴名世①《乙酉扬州城守纪略》、明末史学家记六奇《明季南略》等书籍均有涉录,尤以扬州屠城幸存者王秀楚所著《扬州十日记》最为详细,诚如作者告诫后世人所言:

> 自四月二十五日起,至五月五日止,共十日,其间皆身所亲历,目所亲睹,故漫记之如此,远处风闻者不载也。后之人幸生太平之世,享无事之乐;不自修省,一味暴殄者,阅此当惊惕焉耳!②

在扬州战役中,南明著名将领史可法率军殊死抵抗,但终因"四镇"(高杰、刘泽清、刘良佐、黄得功)佣兵自保,坐视不救,而不幸被俘,拒降,慷慨就义。史可法死后南明朝封谥"忠靖",清乾隆皇帝追谥"忠正"。五月端午,陈维崧在史可法弟弟史可程家中,即词中所说的"记时节、也邻重五",这样的时节自然地"暗想像、广陵旧事"。该词壮怀激烈,对史可法的孤军无援之危困处境深表同情,对"四镇"以"兵符"自保并整日听歌赏舞之卑劣行径则给予无情的斥责,词中字里行间寄予满腔的悲与恨,表达着对大明"龙舟"倾覆的深哀巨痛,充满着对民族英雄的崇敬与怀念。史可法英勇就义后,尸骨遗骸无法辨识,其义子史德威与扬州民众将其衣冠葬于扬州城外梅花岭上。明亡百年后,清代著名史学家、文学家全祖望登

---

① 戴名世,明末清初名士,清初康熙年间著名文字狱受害者。康熙五十二年(1713),左都御史赵申乔,据《南山集·致余生书》中引述南明抗清事迹,参戴名世"倒置是非,语多狂悖","祈敕部严加议处,以为狂妄不敬之戒"。由是,《南山集》案发,戴名世被逮下狱,次年三月被杀于市,史称"南山集案"。

② 夏于全、齐豫生主编《四库禁书精华经史子集》第5卷,长春:吉林摄影出版社2001年版,第53页。

上梅花岭,写出了著名的《梅花岭记》,作者饱蘸情感飞驰笔墨,深刻详细地描写了史可法以身殉国的悲壮事迹,高度歌赞了史可法为民族大义杀身成仁的义举,对其视死如归的忠勇壮烈行为表达无限崇敬之情。可以说,史可法义薄云天的壮举、崇高不屈的民族气节,感染着一代代后人,人们怀念英雄,遂用文字为这位风骨凛然的民族英雄树立起不朽的丰碑。陈维崧在另一首赠予史可程的《扬州慢·送蘧庵先生之广陵,并示宗定九、孙无言、汪蛟门、舟次诸子》词中继续表达了对史可法民族气节的崇敬思慕之情:

> 十里珠帘,半城画艇,百年花月维扬。有君家丞相,梅岭旧祠堂。每到清明赛社,倾城士女,愁弄丝簧。只无情、堤柳舞腰,还斗宫妆。　扁舟上冢、听邻船重话兴亡。奈石马嘶风,银蚕吊月,往迹全荒。我亦当年薄幸,曾吹过、一帽红香。问桃花认否,风前前度刘郎。①

陈维崧的名篇词作《水调歌头·东海黄门老》,也是一首歌咏忠烈英雄兼故国之哀的力作。该词所追悼的是明末清初著名诗人姜垓,其词云:

> 东海黄门老,疾革话悲酸。呼儿吾骨累汝,霜剪一灯寒。休返田横岛上,何用要离冢侧,莫恤道途艰。忆奉重华命,遣往敬亭山。　三十载,怜弱水,几回千? 铁衣生既未著,鬼亦戍其间。此地层崖杳嶂,正接蒋陵钟阜,紫翠拥千盘。若有人兮在,竦剑守重关。②

---

① [清]陈维崧著,陈振鹏标点,李学颖校补《陈维崧集》(下),上海:上海古籍出版社2010年版,第1292页。
② [清]陈维崧著,陈振鹏标点,李学颖校补《陈维崧集》(中),上海:上海古籍出版社2010年版,第1248页。

　　该词前有一段小序,颇为精警,具体交代了姜垓其人及写作因由:

　　　　莱阳姜如农先生,前朝以建言予杖,遣戍宣州。会遭甲
　　申之变,不克往戍所。僦居吴门者几三十年。癸丑夏,先生
　　疾革。遗命家人曰:"必葬我敬亭之麓。"其子勉仲、学在从
　　之。闻者悲其志,重其节,私谥之曰:"贞毅先生。"维崧填词
　　以代迎神送神之曲焉。

　　姜垓是明末清初著名学者,为崇祯四年(1631)的进士,初为
县令,有政绩,后升为礼部主事。姜垓为人忠直抗上,终因弹劾权
贵,受廷杖下狱,几至毙命,后被谪戍宣城卫,但是由于此间李自
成攻下北京而"不克往戍"。姜垓为人为官忠贞可嘉,例如,崇祯
皇帝曾对姜垓廷杖责罚并贬谪地方,但是姜垓对崇祯皇帝不但不
记恨,还以贤明的君主"重华"称之。尤为感人的是,李自成攻陷
北京,崇祯皇帝吊死煤山,姜垓在已知形势之下,仍尊奉皇命到贬
戍之地服役。这种至死不改初衷的坚贞精神,《诗经》中称之为
"矢死靡它"。以上可以看出,姜垓之忠贞可谓惊天地、泣鬼神,着
实感人肺腑,因而陈维崧《水调歌头·东海黄门老》对姜垓颇为崇
敬歌赞。

　　姜垓在明亡后入清不仕,以遗民终老吴下。姜垓善诗,著有
《敬亭集》,诗风壮烈,有少陵遗风。钱仲联主编《清诗纪事》对姜
垓其人品格及作品风格有着详细的记述:

　　　　姜垓字如农,自号敬亭山人,宣州老兵,山东莱阳人。崇
　　祯四年辛未进士,官礼科给事中。以建言廷杖下狱,谪戍宣
　　城卫。入清不仕,与弟垓卜居吴门以终。有《敬亭集》十一
　　卷。朱彝尊《明诗综》引黄九烟云:"先生诗发乎性情,本乎忠
　　孝,名实交孚,缠绵尽致。"又引钱幼光云:"先生诗大抵取法

于柴桑、浣花,其志同,其调不觉其同也。"又《明诗综诗话》:
"公晚岁始为诗,风格一本杜陵。"其自序云:"托哀鸣于异鸟,
感音节于候虫。"可谓善于喻物者也……《四库全书总目》谓
其"诗才本清刚,气尤激壮,故诗文皆直写胸臆,自能落落不
凡"。①

陈维崧《水调歌头·东海黄门老》一词记述崇祯、姜埰诸人,
颇涉前明旧事,用语极为诚切,在清初康熙年间文网甚严、屡兴文
字狱的时势背景下,陈维崧敢于回顾历史直陈其事,对前朝遗民
故老一抒崇敬之情,鲜明地体现了他的人格品质,着实令人佩服
其胆识与魄力。

陈维崧有着强烈的故国之思,常以词为悼,最具代表性的就
是《沁园春·题徐渭文〈钟山梅花图〉同云臣、南耕、京少赋》:

> 十万琼枝,娇若银虬,翩如玉鲸。正困不胜烟,香浮南
> 内;娇偏怯雨,影落西清。夹岸亭台,接天歌板,十四楼中乐
> 太平。谁争赏?有珠珰贵戚,玉佩公卿。　如今潮打孤城,
> 只商女船头月自明。叹一夜啼乌,落花有恨;五陵石马,流水
> 无声。寻去疑无,看来似梦,一幅生绡泪写成。携此卷,伴水
> 天闲话,江海余生。②

本词中的钟山即南京紫金山,明洪武大帝朱元璋和皇后即葬
于钟山南麓,是为明孝陵。另外,南京为明朝留都,两京之一,所
以在清初时,文学作品中的"南京""钟山"等意象往往是故国之思

---

① 钱仲联主编《清诗纪事》一《明遗民卷》,南京:江苏古籍出版社 1987 年版,
　第 229—230 页。
② [清]陈维崧著,陈振鹏标点,李学颖校补《陈维崧集》(下),上海:上海古籍
　出版社 2010 年版,第 1499 页。

的象征。据考,本词当作于康熙十年(1671),时逢徐渭文去南京,陈维崧作有《赠徐渭文序》一文,嘱咐他到南京后一访故友:"过钟山,有吾友半千龚先生,吴门有孝章金先生、是二先生者,皆畸人而隐于绘事者也。"①所谓"畸人而隐于绘事者",即指不同流俗,以从事绘画为事,隐于朝野之人,实则是指那些心怀兴亡之痛的隐逸之人,实乃陈维崧同道者也。后来徐渭文自南京归来,将所见所感绘成《钟山梅花图》,旋即掀起一场题咏凭吊的文学和唱活动。这首词,作者将历史故实、眼前事物、梅景画面、胸臆所想全都摄纳词中。词中之梅有品,高洁雅致,铁骨铮铮,词人通过对《钟山梅花图》的描述,同几位交心故友凭吊故国往事,真挚地抒发了"孤臣孽子"式的遗民情感。可以想象,这实际上是一次诸位词人借钟山梅花哭祭孝陵的诗词集会,词中"寻去疑无,看来似梦,一幅生绡泪写成"诸句情真意切,极其形象地剖示了他们共怀的苦情、思念、自责、无奈等诸多情愫涌于心头,哀痛沉烈,感人至深,陈廷焯《白雨斋词话》卷三即对本词推崇备至,评价极高:"情词兼胜,骨韵都高,几合苏、辛、周、姜为一手。"②本词强化冷色调的画面感,词心突出寒苦之味,词中上片既写梅花之皎洁,又极力渲染昔日之虚浮繁华;下片转写故国之哀思,抒发当下"泪写成"的现实痛苦。此词以梅花兴入,凭吊哀思,深沉厚重,其意有三:一是哀痛故国沦亡("一夜啼乌,落花有恨");二是怨慨于弘光小朝廷苟安"乐太平"("夹岸亭台,接天歌板");三是抨击朱紫权贵误国之害("珠珰贵戚,玉佩公卿")。词中意象及情感紧扣画意,

---

① [清]陈维崧著,陈振鹏标点,李学颖校补《陈维崧集》(上),上海:上海古籍出版社 2010 年版,第 78 页。

② [清]陈廷焯《白雨斋词话》,上海:上海古籍出版社 2009 年版,第 87 页。

构思缜密,词情几番折叠。正如严迪昌先生评价本词所说:"以情遣辞,调动平素艺术积累,运以才气,一吐块磊,不名一家,自成其为横绝一世之开山手,这就是《湖海楼词》本色。"①

本词题目中诸人皆为宜兴名流,阳羡词派重要成员。徐渭文,名元琭,字渭文,又作文清,乃名家子,阳羡著名画家,人有藏画,辄借临摹,亦工诗文词,乃陈维崧朋友、阳羡著名词人徐喈凤的堂弟。人们经常将其与明代著名画家"徐渭"混淆。云臣,是指史惟圆,字云臣,号蝶庵,别署荆水钓客,著有《蝶庵词》,本书后文对史惟圆有详细介绍,此处从略。词中的南耕是指曹亮武,字渭公,号南耕,是陈维崧表弟,著有《南耕词》。京少是指蒋景祁,字京少,一作荆少,自称"阳羡后学",阳羡词派著名代表,有《梧月亭词》《罨画溪词》等。陈维崧晚年孤身在京,最终病卒时,仅有蒋景祁一人在侧陪伴。陈维崧临终时,将毕生手稿全部托付给蒋景祁,成为感人至深的词坛佳话。

此外,陈维崧还有很多词作描写明清易代之际的伤逝怀思,如《洞仙歌·途次曹县》《贺新郎·感事》无情嘲笑了叛明降清的刘泽清、马逢知之下场;《六州歌头·邗沟怀古》表达了对南明君臣纸醉金迷、不思进取、醉生梦死终导致国家覆灭的批判;《贺新郎·鸳湖烟雨楼感旧十用前韵》表达了对南明重臣吴昌时逍遥自在、奢靡堕落生活的揭露;《喜迁莺·咏滇茶》表达了对桂王殉国的哀悼;《望海潮·题马贵阳画册》表达了对马士英、阮大铖权奸的愤怒与呵斥。

陈维崧心怀天下,在其系列的诗词作品中,对贫苦苍生能抱以极大的同情,对统治者的暴行暴政能给以深刻的批判。如《南

---

① 严迪昌编注《元明清词》第二册,成都:天地出版社1998年版,第131页。

乡子·江南杂咏》批判了官府差役催租逼税、百姓横遭盘剥、民不聊生的黑暗现实;《金浮图·夜宿翁村》以无比沉痛同情之笔,描绘了在洪水灾害侵袭下农家啼泣声与风雨声相杂的悲惨画面;《水调歌头·夏五月大雨》用对比手法,将无锡农村遭受水灾的惨状和地主官僚依然清歌作乐的形象描述出来,鲜明地揭示了当时尖锐的阶级矛盾;《八声甘州·客有言西江》深刻鞭挞了清兵掳掠妇女的无耻罪行,对民族矛盾作了极为有力的揭露与批判。陈维崧能够躬行底层民众生活,因而作品真切、生动、形象,描绘了原生态的社会现实矛盾,如《贺新郎·纤夫词》即深刻揭露了异族统治者为了"真王拜印",征发十万民众拉纤,使得沿江百姓鸡犬不宁,人民悲痛无处申诉,深刻揭露了清朝新政权欺压荼毒人民的巨大罪行:

> 战舰排江口。正天边、真王拜印,蛟螭蟠钮。征发櫂船郎十万,列郡风驰雨骤。叹闾左、骚然鸡狗。里正前团催后保,尽垒垒锁系空仓后。捽头去,敢摇手?　稻花恰称霜天秀。有丁男、临歧诀绝,草间病妇。此去三江牵百丈,雪浪排樯夜吼。背耐得、土牛鞭否?好倚后园枫树下,向丛祠亟倩巫浇酒。神佑我,归田亩。①

　　在陈维崧的诗集中亦不乏描写社会黑暗与民生凋敝的现实主义作品,如《大水行》《长安老屋行》《地震行》等作品,一如少陵"三吏""三别",充满现实主义光芒。尤其他的七古《地震行》犹如长篇叙事诗,反映民瘼与灾乱,尤其深刻沉痛:

> 六月十七风满天,围屏杯碗大剧颠。都门簸荡犹未甚,

---

① [清]陈维崧著,陈振鹏标点,李学颖校补《陈维崧集》(下),上海:上海古籍出版社2010年版,第1545页。

齐鲁消息分喧阗。山东大吏羽书至,急装快马相勾连。相传
日入星未起,可怜人命薄如纸。琅琊城外千村尽,李家庄上
万人死。我昨扬鞭夸驴背,一路村墟记其概。夜火常从饼师
乞,晨蔬或向园官贷。讵知瞬息遭风雷,震霆一击坤维开。
久嗟民力亦已竭,颇怪天怒殊难回。我生未习天官书,谁从
薄蚀占盈虚。五行妖诊干皇极,一片寒芒射帝车。是日白日
为之昏,海天汹洞波涛奔。泰山坼裂井泉移。变故难以恒情
论,填溪塞坑须臾耳,篝里何从辩妻子。长平之坑四十万,积
尸未必甚与此。骸骨撑柱如山高,阴阴鬼伯求其曹。天无紫
凤有底急,以人为戏争雄豪。我向司天验箕柳,寒灯一夜成
白首。都亭讹言日数至,三市居人悉狂走。或云彰义门下水
拍天,其势竟欲冲甘泉。或云七月大地复将震,鸡狗惊窜如
秋烟。我时作客望眼枯,家书何日来天衢。欲归未归不称
意,攫翅学作饥鹰呼。秋月如珪复如玦,不为愁人洗烦热。
已分残年饱乱离,那得他乡暂欢悦。嗟嗟我生已后时,祁寒
暑雨常相随。宵旰已知圣主意,燮理终籍群公为。诛求江左
尚官府,诟租胥吏打门怒。君不见吴越家三伏雪,江淮田涨
一春雨。①

据记载,康熙七年(1668)六月山东发生剧烈的大地震(郯城
地震,震级为8.5级)。本次地震强烈程度古之罕有,郯城北七十
里的李家庄是震中,因灾死者有五万众。据康熙《泰安州志·舆
地篇》载:

十七日戌时(十九点至二十一点)忽有白气冲起,天鼓忽

①[清]陈维崧著,陈振鹏标点,李学颖校补《陈维崧集》(中),上海:上海古籍
出版社2010年版,第695页。

鸣,城随大震,声如雷鸣,音如凤吼,隐隐有戈甲之声。或自东南震起,或自西北震起,势若掀翻,树皆仆地,食时方止。城垣、房屋塌滩(坍)大半,城市、乡村人昏露处。当夜连震六次,比天明震十一次。自后常常震动,至次年六月十二日犹震。城西南故县村地裂深不见底,宽狭不等,其长无际;城东梭村庄地裂出水;东南留宋、羊楼等庄地陷为坑,大小不等皆有水;朱山崩裂,石上有文,人不能辨;泰山顶庙钟鼓皆自鸣有声,或见马蹄迹其大如斗,或见大人之(足)迹其长尺许。①

清代诗人彭孙贻曾亲眼目睹了这次泰山地震的剧烈景象,地震发生时他正夜宿泰山东北方向的杜家庙,他在《夜宿杜家庙作》一诗中详细介绍了本次地震经历:"杜家庙南鸟欲栖,客子初眠驴夜嘶。大声摇撼梦翻侧,土床扑剌茅茨泥。主人叫呼客尽出,扪衣跣足袴倒提。屒然重簸荡,狂走鸣犬鸡。排墙倒瓦声,奔进尘目迷。"②这次地震山崩地裂,平地水涌黑沙数尺,造成了重大的人口伤亡和经济财产损失。由于地震的破坏,震区城垣房舍塌毁殆尽,压毙居民无数。陈维崧在震后路过震区,看到了地震造成的巨大灾害:"琅琊城外千村尽,李家庄上万人死。我昨扬鞭夸驴背,一路村墟记其概……变故难以恒情论,填溪塞坑须臾耳,篝里何从辩妻子。长平之坑四十万,积尸未必甚与此。骸骨撑柱如山

---

①泰安市地方史志编纂委员会编《泰安市志》,济南:齐鲁书社1996年版,第84页。

②彭孙贻《夜宿杜家庙作》,《茗斋集》卷十四,四部丛刊续编。另见谢毓寿、蔡美彪主编《中国地震历史资料汇编》第三卷(上),北京:科学出版社1987年版,第174页。

高,阴阴鬼伯求其曹。"①可以看出陈维崧极为善良,深刻同情底
层民族的疾苦。

　　陈维崧崇尚祖德,在其诗、词、文创作中多赞述清芳祖德、贤
良家风,最为典型的即是《敕赠征仕郎翰林院检讨先府君行略》一
文。该文详细梳理了宜兴陈氏祖脉源流,在此基础上介绍了祖父
少保公(陈于廷)之忠义、父亲先府君(陈贞慧)之贞烈。此外,文
中还写到母亲(汤太孺人)之端淑贤惠、族叔之精忠报国等事迹。
文中字里行间充满对先辈的追慕,充溢着家族的荣耀。陈维崧曾
为诸多名流写下大量记述赞颂一类文章,如其《陈迦陵俪体文集》
中专有寿序文(卷八)、墓志文(卷九)、祭赞文(卷十)②。陈维崧
为文则能推己及人,对所写传主均重视祖德叙述,如其十岁时代
其祖陈于廷所撰《杨忠烈像赞》高度赞扬了明代与阉党英勇斗争
的名臣杨涟。又如,他在为清初鸿儒、书法家、绘画家安邱张贞
(张贞,字杞园,历史学家黄宗羲弟子)所作《述祖德赋》中,称张杞
园高祖、曾祖以来代有盛德,家风贤良,山高水深,泽润子孙:

　　　　牟山岧峣,潍水汪洋,华子鱼掷金之所,赵邠卿卖饼之
　　乡。则有天上张星,人间公子,旧家漂母祠旁,凤住淮王城
　　里,常负笈于中原,遂卜居于仁里……髫龄读诸父之书,壮岁
　　撰一家之史。思亲则独行深醇,述祖则高文清绮。夫乃怆孝
　　廉之早坳,悲大阮之先零。仅驰情于想象,终结念于平
　　生……安邱之山,郁然苍兮,安邱之水,浩无方兮。畴为寓

----

① [清]陈维崧著,陈振鹏标点,李学颖校补《陈维崧集》(中),上海:上海古籍
　　出版社 2010 年版,第 695 页。
② [清]陈维崧著,陈振鹏标点,李学颖校补《陈维崧集》(上),上海:上海古籍
　　出版社 2010 年版,第 403—501 页。

公,临淮张兮。山高水深,并无疆兮。宜尔子孙,永悦康兮。①

综上所述,陈维崧秉承古直忠正的家风,心存家国,忠孝雅正,感念天下苍生,故其词中抒发亡国之恨,故国之思,对那些具有高尚民族气节之人给以热烈赞颂,对社会黑暗现实给以深刻批判,对底层百姓的悲苦生活给予巨大的同情。

正是因为陈维崧有着高尚的人格品质,所以才能写出具有高尚品格的文学作品。正如王国维《文学小言》所言:"故无高尚伟大之人格,而有高尚伟大之文学者,殆未之有也。"②我们从其大量的赠答诗词中可以看出,陈维崧朋友遍天下,很多人愿意与之交善。而由于个人人格品质之故,他所创作的诗词歌赋系列文学作品,得到广泛的认可与传阅收藏,以手稿本《迦陵词》为例,其上留存的大量批语就是对陈维崧词的具体感悟,同时又何尝不是对陈维崧人格品质的高度赞颂。

宜兴陈氏家族自先祖陈傅良以下,受祖风家承影响,累出忠孝贤达之士,除前文所述人物之外,陈贞达、陈贞禧等人在人格品质方面均可称道。陈贞达,字则兼,号青溪,曾任顺天府的知事。陈贞达性情忠贞刚正,在李自成攻入京城的时候,壮怀激烈,骂贼守节而死。他的儿子入清以后,也是继承家父遗志,终身不仕清廷。陈贞禧,字寿先,乃陈维崧族叔,擅长戏剧创作,著有《梅花梦传奇》。陈贞禧是一位抗清义士,死于清初的江南抗战。嘉庆《增修宜兴县旧志》卷八有其"忠义"事略记载。宜兴陈氏家族门风耿

---

① [清]陈维崧著,陈振鹏标点,李学颖校补《陈维崧集》(上),上海:上海古籍出版社 2010 年版,第 166—168 页。

② [清]王国维《人间词话》附录《文学小言》,苏州:古吴轩出版社 2013 年版,第 106 页。

正忠贞，代代不绝，正如邢蕊杰《清代阳羡文化家族文学活动研究》一文所言：

> 陈氏昆仲的文学才华得益于家族文化的濡染……陈贞贻行文风格与眉山苏轼相似，文名赫赫冠于一时，被江左文坛推为主盟。仲兄陈贞裕，字孙绳，号雪林；陈贞达，字则兼，号青溪，耿介忠诚，为时人所称。贞慧父陈于廷，字孟谔，号中湛，又号湛如、定轩，以刚正气节著称于朝。陈于廷父陈一经，字怀古，以孝行著称于乡里，人称孝洁先生。①

宜兴陈氏家族门风对后世子孙影响巨大，邢蕊杰认为"陈氏昆仲的文学才华得益于家族文化的濡染"正是抓住了这种家风文化的精神内涵。尤其是陈维崧的三弟陈维岳专门写有《家风赋》，详细记述了历代祖先的高尚人格品质和优秀的家族门风传承。陈维崧的四弟陈宗石将这种优秀的族风带入河南商丘陈氏。商丘陈氏后来成为当地望族大姓。商丘清代称归德府，此间盛传"八大家""七大户"之说，而陈氏为"七大户"②之首。商丘陈氏家族人丁兴旺，名贤辈出，最著名的就是商丘陈氏家族中出现了"祖孙四代五翰林"的盛况，这不能不说是陈氏优秀族风所起到的决定作用。商丘陈氏家族成员后文有详细记述，此处从略。这里我们重点介绍一下陈维岳的《家风赋》。

陈维岳，字纬云，晚号苦庵，江苏宜兴人，为陈维崧的三弟。陈维岳刻苦学习，砥砺德行，与其兄陈维崧、陈维嵋等皆有文名。陈维岳散文、诗词冠于一时，著有《秋水阁古文》一卷、《潘鬓诗》二

---

① 邢蕊杰《清代阳羡文化家族文学活动研究》，苏州大学 2008 年博士论文。
② 归德府"八大家"包括：沈、宋、侯、叶、余、刘、高、杨；"七大户"包括：陈、蔡、穆、柴、尚、孟、胡。这些姓氏是当地望族大姓。

卷,尤其是其《红盐词》三卷①,清词名家朱彝尊为之序。陈维岳自其父陈贞慧去世后,多年漂泊在外为幕客,如施闰章《送陈纬云》诗云:"比邻斗酒数同倾,忽漫关河是客程。木落地看三晋远,云开见山太行晴。单车诗思从霜雪,半路官斋接弟兄(此时陈维崧四弟陈宗石官黎城)。待到春风回骑好,江城还遂故乡情。"②后来陈维岳曾以太学生考选州判,但未赴任,晚年终老于家。陈维岳词清雅沉厚,朱彝尊、陈维崧、徐乾学等词名家皆推重之。陈维岳的《家风赋》保留在《亳里陈氏家乘》之中,是研究阳羡陈氏族谱十分重要的一篇文章,其他文献罕有所载,因而文献价值巨大。

　　陈维岳《家风赋》一文细述家史,追思祖德,表达了自己传承族风家训的历史使命:"荷国宠荣,本望族华胄也。遭乱流离,中运颓落。昔陆机、潘岳并有文辞以述扬先德,小子何敢忘焉。"③在陈维岳看来,陈氏一门家世虽经历代流变,但门第之清华依稀可见,传承族风、铭记家训,自己责无旁贷。的确如此,陈氏家族自先祖陈傅良以来,名人辈出,忠贞贤孝的品德修养、刚正有为的精神气质,成为这个家族保泰持盈的传家法则。正因如此,优秀的族风、家风使陈氏一门文化望族的血脉得以长期持存,正如储掌文所云:"陈氏夙称吾宜华望,与东海延陵诸巨室相颉颃。"④祖辈创业的艰辛苦难、家国的荣辱兴衰、族群的演变消散,当现实环

---

① 陈维岳《红盐词》,原集未及刊刻,其词作今仅见于各选本留存四十余首。

② [清]施闰章撰,何庆善、杨应芹点校《施愚山集》四,合肥:黄山书社 1993 年版,第 197 页。

③ [清]陈维岳《家风赋》,《亳里陈氏家乘》卷十八,民国二十九年(1940)开远堂刻本。

④ [清]储掌文《新修亳村陈氏宗谱序》,《云溪文集》卷五,清乾隆三十六年(1771)在陆草堂刻本。

境与家族理想渐行渐远之时,以陈维岳为代表的陈氏后人深深地
怀念与追忆族风祖德,义不容辞地担负起光大祖先德业的重任,
《家风赋》正是表达了这样的意旨。我们可以这样说,阳羡陈氏之
所以在乡邑得以称望,很大程度上缘于该家族世代传承的道德教
养、精神品质,及在此基础上形成的价值准则。望名在外,对陈氏
子孙有着重大的心理影响,陈维岳《家风赋》对此详细叙之:"吾家
自宋南渡,世袭亲军指挥使。元初由浙江徙居江南宜兴县,盖十
六世矣。荷国宠荣,本望族华胄也。遭乱流离,中运颓落。昔陆
机、潘岳并有文辞以述扬先德,小子何敢忘焉,延为家风赋。"陈维
岳《家风赋》篇幅很长,选录部分如下:

> 迄有宋之中衰兮,从播迁于南土。肇止斋之理学兮,列
> 名臣之豆俎。负豪迈以不羁兮,湛磊坷乎同甫。伊皇明其浚
> 源兮,号仓四翳始祖。由永嘉以卜筑兮,买田宅于阳羡。谓
> 此地之孔乐兮,傍铜官与善卷。山窈窕以苍蒨兮,水蕴藉而
> 浏夷。斩长蛟而射虎兮,乃孝侯之风期。登钓台而周览兮,
> 循水榭而怀思。景芳轨其可作兮,将溯洄而遇之。越四世惟
> 卫辉兮,徙湖南而居亳(四世祖卫辉公从宜兴之湖南徙居亳
> 村云)。面南山以寄胜兮,背渭湖以为泽。砚蓬匕之云气兮,
> 日爱止而爱托。既高风之耕隐兮,图乐耕以尚羊(余七世祖
> 号耕隐,绘《乐耕图》,文待诏有《题乐耕图诗》)。更廉丞之美
> 政兮,存遗爱于桐乡(余六世祖名邦,号思堂,为桐庐县丞)。
> 高祖维古愚兮,嗟不禄而早世(余高祖名宪章,号古愚)……
> 鞠孝洁以成立兮,名五经之铿匕(予祖名一经,谥孝洁)。秉
> 天资之纯粹兮,昉古哲之德音。俨戠匕于衣冠兮,宛蔼匕于
> 琴瑟。洵乡党之响慕兮,雅荐绅之悦钦……丕笃生我显祖兮
> (予祖少保公讳于廷,字孟谔),幼卓荦而俊雄……长射策而

登甲榜兮,乘凫舄于浙中。轶卓鲁而考绩兮,乌府而骤青骢……缵厥志于吾父兮,金日贤于季子。早束发而爱书兮,髦英多而特起。缔缟带于出门兮,历九州而高视。悯皇舆之多故兮,悲越石之暮齿。首大难而击奸兮,驰檄书于都邑(先君讳贞慧,字定生,与贵池吴应箕、梁溪顾杲布留都坊乱攻阮大铖)聚太学之清流兮,咸顾厨与俊及……铁骑蔽江而下兮,举半壁而全掷。信天命之莫挽兮,徒结乎枕戈。愿塞海而无力兮,欲移山其奈何。极侘傺而靡聊兮,发悲愤于浩歌,采芙蓉于秋岸兮,摘丛菊于山阿。比墙东之避世兮,等公干之沉痾。①

宜兴陈氏到陈维岳时期,明清易代,时势难测,仕途蹇涩,更加家道中落,导致陈维岳等兄弟内心无比惶恐失落,仕与隐的纠结,理想与现实的巨大反差,生活的艰辛困顿,这些都造成了心灵的无比煎熬。在这痛苦郁闷、迷茫难耐的阶段,祖先的荣耀、家训的激励为陈氏子孙照亮了一盏指路的明灯,正如陈维岳《家风赋》所言:"予小子茕茕其奚凭兮,庶几矢恭人之集木。联孺爱于昆弟兮,奉前人之芳躅。访南皮之旧游兮,记东都之品目。愧作赋于三张兮,怜入洛之二陆。遭士贱而儒困兮,见芝焚而鹤哭。无黄金之满箧兮,有父书之可读。凛庭训之斤斤兮,展中夕而反覆。更冬月之练裙兮,吹乌生之断竹。感王谢之华堂兮,数乐郃之旧族。策十上而不见收兮,空见嗤于仰屋。追往事而怀念兮,悲陆续而难足。抚栝栝之手泽兮,腹车轮以驰逐。薄商歌而出金石兮,永勿告乎苴轴。"

_____

①[清]陈维岳《家风赋》,《亳里陈氏家乘》卷十八,民国二十九年(1940)开远堂刻本。

宜兴陈氏家族祖风清芳,贤良忠孝的家风清誉乡邑,着实为世人称赞,诚如清代邹锺泉(字鸣鹤)《道南渊源录》所云:

> 陈总宪于廷当权,奄辟相之时,力伸其节,乃其世德艰贞,有开之者,有继之者。先是祖母邵之节、父一经之贤、能自同时名位烜赫者,视之特乡间小节耳。而论道者重焉,昔王荆公为钱公辅题其母墓铭,不称其科甲,以为太君荣,公辅意不满以书冀,改荆公不可曰,文自有意不能改也。一科第市井小儿,少能诗赋者,皆可得何足道哉!时于廷从叔一教,以参议豪弟于鼎、于泰,以翰撰显而亡也忽焉,然后三节之坊重于朝孝洁之祠,重于国厩。后贞达殉节,贞慧逊荒,贞慧之录山阳也,史笔仿之维崧之举制科也,史馆重之逮,派衍中州家世兴替之分,壹如阳羡其于前贤为道,自有浅深惟修之吉,而悖之凶是在君子。①

宜兴陈氏家族族风贤良品正,对此学界已有共识,如章学诚《宜兴陈氏宗谱书后》即云:"宜兴陈氏江南望族,自前明少保端毅公以来世有闻人。少保四子,贞贻、贞裕、贞达、贞慧。贞达以忠义著,贞慧以名节显,其最表者也。贞慧四子,其长子翰林检讨维崧以文采著于宜兴,其第三子户部主事宗石迁于商邱(同'丘'),有二子履中、履平,俱官科道京卿,履中子淮,为布政使,孙崇本,为翰林侍讲学士;履平子濂,为翰林编修,家世贵显,宜兴之族莫能及焉。贞达殉忠,事已显著,有妾王殉烈,王生子崐(同'昆')

---

① [清]邹锺泉《道南渊源录》卷十一,清道光刻本。据张利文《清代古籍〈道南渊源录〉之成书考辨——兼论清代禁书政策对东林书院史的影响》(《求索》2017年第12期)一文考证,《道南渊源录》一书的实际纂修者应是汪士侃。

生,有后,于今百五十年,名不相通,而宜兴本支,无能知者。幸商邱(同'丘')学士君得见画像,始为覈(通'核')而通之,则知谱系之叙,虽赖子孙世守,亦必搢绅通籍,世阀昭明而后,能征流失之派,考沈沦之迹也。古人之贵右族,岂无谓哉!第名门世族,谱牒记载,必有可观。"①在章学诚看来,宜兴陈氏乃江南望族,名门贵第,古今可观。宜兴陈氏家风祖训影响巨大,历来深受称赞,时至今日,宜兴当地还有状元公园、状元坟、陈氏孝洁公墓牌坊等古迹②,这些都彰显着陈氏家族昔日的辉煌,也传达着当地百姓对陈氏家族的认可与爱戴。

　　宜兴陈氏家风被陈维崧四弟陈宗石带到河南商丘,并进一步发扬光大。陈宗石(1644-?),字子万,号寓园,监生。在南明小朝廷时期,宜兴陈贞慧(定生)与商丘侯朝宗(方域)都是爱国志士,为家国兴亡奔走呼吁,与奸佞之臣阮大铖等坚决斗争,他们在时代的苦难中休戚与共,建立了金子般的情谊(侯方域曾在宜兴陈家避难,也曾营救陈贞慧出狱)。侯方域、陈贞慧二人理想抱负相似,志同道合,因而成为患难与共的挚友,并最终结为儿女亲,即侯方域将年仅三岁的女儿许配给陈贞慧二岁的儿子陈宗石(陈维崧之四弟)。陈家后来家境极为贫困,陈宗石十四岁时由哥哥陈维崧护送赴商丘侯家入赘,此时侯方域已经逝世,侯夫人常氏深明大义不弃前约,终以侯氏祖宅东园作为嫁妆将女儿嫁与家道中落的陈宗石。陈维崧《祭侯仲衡先生文》云:"嗟嗟余弟(谓家四弟子万),十四称孤,作赘睢阳,单衣路隅,上鲜郲公,畴怜淳于,卵

---

① [清]章学诚《校仇通义》外编,北京:古籍出版社1956年版,第92页。
② 参看网络《宜兴高塍镇"状元坟"初考》《宜兴高塍镇寻古迹陈氏孝洁公墓牌坊》《状元坟石刻修复完成》等文章和报导。

翼维翁,立其户枢。"①从此,宜兴陈氏一支落居商丘繁衍生息,陈宗石成为商丘陈氏一世祖。陈宗石在商丘落户后,勤俭持家,诗书为伴,但屡试不第,授例选山西黎城县丞,擢河北安平县知县,颇有政声,如康熙朝理学名臣汤斌(时任江苏巡抚)称赞他为"三不负"县令(上不负君,中不负身,下不负民)②,后擢升为京官(户部陕西司主事)。陈宗石做人正道,尤崇天良,如其在为吕简叔《呻吟语》一书的序跋中所道:"人心易放而难存,人欲易炽而镇遏;则人人在疾痛中,而人人不知其呻吟也,先生身无疾痛而不忘其呻吟,此先生呻吟所以传也。倘后之学者读先生之书,而各知己之疾以呻吟之,则物欲渐消,天良渐见,庶几先生之呻吟不仅自治其疾,并以治人之疾矣。"③陈宗石教子有方,他的两个儿子陈履中和陈履平都学有所成,科举得第,后兄弟二人双双入职御史。商丘陈家连续四代出了五个翰林,逐渐成为当地望族,现如今商丘陈家大院依然有"一门双御史,四代五翰林"的美誉。陈宗石承继族风,诗书传家;为人尚名节,讲义气;为官清廉,有政绩,口碑极高,遂将陈氏祖风发扬光大。

我们可以从这里得到一种启示:陈维崧手稿本《迦陵词》作为一部清词著作,跨越明末清初 300 余年,历经无数家族苦难与烽火侵袭,完好传承至今,其中所传承的不仅仅是作为文学本身,亦

---

① [清]陈维崧著,陈振鹏标点,李学颖校补《陈维崧集》(上),上海:上海古籍出版社 2010 年版,第 470 页。

② 参见搜狐网文:《这个家族了不起! 只有三个字的家训,竟创造出兄弟双御史,一门五翰林的官宦家族奇观》,网址:http://www.sohu.com/a/221061500_691859。

③ 宜兴市政协文史资料委员会编《宜兴人物志》(上),江苏政协宜兴市文史资料研究委员会 1995 年印刷,第 145 页。

是一种家族精神、一种祖训品格、一种贤良家风……人们看重手稿本《迦陵词》，就是因为从迦陵词作中读出了一种令人敬仰的家族精神信仰和族风品格。

第二节　陈氏家族文化特点
——雅爱文艺，工于收藏品鉴

宜兴陈氏是一个文化荣兴的家族，家族文化源远流长，优秀的文化基因代代承继。在这个家族里涌现出许多文人、诗人、词人、书法家、绘画家、戏剧家、音乐家。可以说，宜兴陈氏家族浓郁的文化氛围，孕育出诸多文学艺术家，他们雅爱诗书文艺，而且尤喜收藏品鉴。手稿本《迦陵词》之传世，与陈氏家族的文化特点密不可分，手稿本《迦陵词》在很大程度上不仅仅是作为一部词集，更是作为陈氏家族极为珍贵、重要的文化艺术典籍收藏品代代相传，保存至今。

宜兴陈氏远祖陈傅良乃南宋一代鸿儒，是著名的理学家、文学家，有《止斋文集》存世。陈傅良的族弟是南宋名家陈亮。陈亮，字同甫，号龙川，被后人称为龙川先生。陈亮状元及第，南宋著名词家，词风慷慨激烈，大气磅礴，与辛弃疾一同扛起南宋豪放词派的大旗，是重要的词场干将。宜兴陈氏家族后来涌现出众多的诗词名家，概与先祖陈傅良、陈亮的文学基因一脉相承，继其文化渊源，受其艺术滋养所致。

陈维崧的曾祖父陈一经品性良笃，以孝廉闻世，为后世子孙尊为"孝洁公""怀古公"。陈一经有三子，其一即为陈维崧之祖父陈于廷。陈于廷，明朝万历朝进士，官至左都御史，谥号"端毅公"，为宜兴陈氏家族官位最高的一位成员。陈于廷生有四子：陈贞贻、陈贞裕、陈贞达、陈贞慧，皆有义名，其中，陈贞慧(陈维崧父亲)为"明末四公子"之一，有《陈定生先生遗书三种》等存世，其《留都防乱檄》①一文痛斥阮大铖，使其名垂千古。陈贞慧生五子：陈维崧、陈维嵋、陈维岳、陈宗石、陈维岗，皆工于诗词创作，尤其陈维崧乃是清词巨擘，与纳兰性德、朱彝尊并称"清词三大家"。

　　需要补充的是，陈维崧高曾祖辈陈一教为万历朝进士，陈一教有子陈于泰、陈于鼎。其中，陈于泰(字大来)自幼颖悟好学，博通经史文集，为崇祯朝状元(与吴伟业、夏日瑚同为一甲前三名)，因而被称为"状元公"。陈于鼎(名玉田)②是清初著名戏曲家，曾作杂剧《翠钿缘》《中郎女》《长公妹》《京兆眉》《半臂寒》五种。陈于鼎是一位才子，对《北西厢古本》所做校定与批点亦很有影响。陈一教时常因儿子于泰、于鼎骄傲自豪，此时正值族侄陈于廷报升都察院左堂，位列九卿，权贵荣耀一时，但陈一教却言："左堂右堂，不及我家三郎四郎。"陈一教之所以有如此不以为然之言论，"盖泰、鼎将露头角时也"③。《高塍镇志》④之中记有关于陈于廷、陈于泰、陈于鼎、陈贞慧、陈维崧等人的专门记载。时至今日，人们还能在宜兴高塍镇见到陈氏"孝洁公"墓牌坊(位于高塍镇亳村村北 300 米处)，足见这个家族的荣耀。

---

① 《留都防乱檄》又称《留都防乱公揭》，主笔是复社的吴应箕、顾杲，陈贞慧参与起草并广为张贴传播。

② 关于陈于鼎生平简介参见［清］顾予咸《翰林院左春坊左庶子晨公墓表》(《宜兴亳里陈氏家乘》卷十一，宜兴档案馆藏)。另见孙金振《陈于鼎生平事迹证补》一文。

③ ［清］花村看行侍者《花间谈往》卷二，《补遗·甘梦枭首》，民国适园丛书本。

④ 《高塍镇志》编纂委员会编《高塍镇志》，北京：方志出版社 2005 年版，第 438 页。

一、一门词客光耀阳羡

说到手稿本《迦陵词》的流传，我们不得不提陈维崧的四弟陈宗石，手稿本就是从他手中流传给陈氏后世子孙的，关于《迦陵词》的流传后文有专论，兹处从略。顺治十四年（1657）十四岁的陈宗石跟着哥哥陈维崧来商丘到侯家投亲（事见陈维崧《四弟子万诗序》）。陈宗石重情谊，讲信义，有战国信陵君之风。陈维崧一生著作极多，尤其是词，多达一千六百余首，他在临终之际嘱托四弟陈宗石，希望他能够将自己的平生著作整理出来并付梓出版。陈宗石与哥哥陈维崧感情极好，最终完成了他的遗愿。陈宗石在编订《迦陵词全集》的时候，广泛收集陈维崧词集的各种版本，其中就包括并未刊行的手稿本《迦陵词》。待《迦陵词全集》编纂工作完成并付梓刊印之后，陈宗石将手稿本《迦陵词》珍藏起来，视为家宝，并传诸子孙世代相承。陈宗石才学渊博，工诗词，有《陈氏琬琰集》《二峰山人诗集》等著作传世（见《中州艺文录》卷九）。陈维崧作有《四弟子万诗序》一文，文中与弟弟一起交流了作诗心得：

> 余弟生十三岁而孤，十四岁而赘婿睢阳。家贫苦不能读书。然见诸兄辈为诗，又心窃好之。间岁一相见，弟辄出其诗示余，时露警句。今春余从许下来视弟，得阅其近作数十首，气格深稳，卓卓欲度骅骝前。余大喜称善。弟揖余言曰："弟不幸，赘居妇家，离诸兄僻远，自伤年少而孤，未得一日之优游挟书以学。夫学诗者则如何？"余曰："弟亦知骑乎？余少长东南，性不善骑。岁暮，由汴梁抵洛阳，则学乘马。乘之一日，惴惴焉踧踖以惊，瞿瞿焉抱鞍而骇，且恐。其二日，则怦怦焉，犹若有未释于中也。至三日，则施施焉、扬扬焉，上

下虎牢、成皋诸绝坂,盘旋萦绕,曾不知身之附于鞍,手之丽于辔也;骋铜驼,失足堕马,头目尽肿;于是顿怯甚,视旁之骑且行者,胆颤魄悸,口呿舌挢而不敢下,乃与向之未尝骑者无以异。噫,是曷故哉? 畏难而改,一蹶而偾事也。吾弟今日,其盘旋绝坂之日也;他日者慎毋畏难而改,一蹶而偾事哉! 睢阳有仲衡、恭士、叔岱诸先生,诗中之王良、造父也;余且归矣,弟其试以此问之。"①

此段文字陈维崧以骑马喻作诗之难,极为生动形象,诚如王阮亭评点云:"全以'难'字'乐'字相激射,生出文情。文凡四段,作两层,极唱叹之致。"(同上)陈宗石后来诗词有了很大长进,如其《南岳山行》诗云:"出郭寻幽径,愁怀次日开。秋光生薜荔,晴色老莓苔。叶黑随风落,山空任客来。云封看渐近,前路足徘徊。"②此诗情感深郁,意象经典,对仗精工,是一首上乘的五言律诗。徐世昌《晚晴簃诗汇》卷六十二亦载有陈宗石七言绝句《立夏后二日雨中答侯敩文见柬》,其诗云:"毵毵柳絮春刚去,细雨如丝绿欲流。喜得故人新酿熟,挑镫相对竹窗幽。"③此诗语词精炼,清新别致,颇具诗味。在《全清词·顺康卷》第十四册中收录陈宗石词二首:

鹢首浦帆,看两岸萧萧,千林索索。半生怀抱,大抵哀多于乐。埙篪才和,早又是、兄南弟朔。叹萍踪、归来何日,再

---

① [清]陈维崧著,陈振鹏标点,李学颖校补《陈维崧集》(上),上海:上海古籍出版社 2010 年版,第 32 页。

② 政协宜兴县文史资料研究委员会、宜兴报社编,许周溥主编《古诗咏宜兴》,《宜兴乡土丛书》,宜兴印刷厂 1985 年印刷,第 156 页。

③ 徐世昌《晚晴簃诗汇》,北京:中华书局 1990 年版,第 2524－2525 页。

到故园酬酢。　莫问此番行橐。且狂歌起舞，不妨飘泊。荤上诸弟，休哂谢家中落。富贵浮云，且还我，青山芒鞋。衔杯笑、纷纷项领，何限眼中轻薄。

　　　　　——《汉宫春·将归荆西，次梁棠村先生赠别韵》

　　蓼莪罢咏，叹兄南弟北，顿成离别。一夜西风驱断雁，月冷后湖空阔。千里睢阳，三更梁苑，梦里思乡切。悲来欲语，口中无奈衔阅。　幸喜故里重来，对床风雨，细把离情说。毁卵破巢多少恨，赢得孤身天末。倏忽春深，无端秋尽，看到枫成血。扁舟江上，可怜明又将发。

　　　　　——《念奴娇·将返梁园和大兄韵》①

　　笔者从《迦陵词全集》卷十八附录中亦搜罗出陈宗石词二首②：

　　并州渐近，想草堂无恙，初冬景物。罨画溪云曾饱玩，怕玩乌衣巷壁。两月家乡，十年客路，多少风和雪。故园同辈，谁为扪虱之杰。　可惜击楫中流，英雄人去，萧瑟西风发。我倚帆樯无个事，夜看疏星明灭。沧海何心，桑田增感，此理真如发。行藏随遇，试看天上明月。

　　　　　——《念奴娇·将至梁园，舟中有感和大兄韵》

　　式微王谢，叹飘蓬感慨，悲歌欲绝。记得承欢联雁序，啸咏何时暂歇。故国江山，梁园风景，梦里增凄切。登高怅望，孤儿泪尽成血。　恨少十万黄金，供吾挥洒，意气何曾灭。成败总同焦鹿梦，好似春花秋月。健笔元方，饥驱阿季，相对

---

① 南京大学中国语言文学系《全清词》编纂研究室编《全清词·顺康卷》第十四册，北京：中华书局 2002 年版，第 8317 页。

② [清]陈维崧《迦陵词全集》卷十八附，清康熙二十八年(1689)患立堂刻本。

愁难豁。遥思远阁,有人闲把香蓺。

——《念奴娇·感旧》

从以上词作可以看出,陈宗石词雅丽深婉,饱含情感,诗词之中有对友情的珍惜,有对兄弟情谊的不舍,有对故乡的思念。陈宗石词时而舒缓,时而豪迈,用语考究,次韵流畅,大有乃兄迦陵风范。

陈维崧的二弟陈维嵋,也擅长诗词创作,在当时乡邑颇具诗名。陈维嵋(1630—1672),字半雪,一字文鹭,庠生。作为陈贞慧次子、陈维崧仲弟,受家庭陶冶,亦工于诗词创作,为阳羡派作手之一。陈维嵋性情豪爽磊落,嗜酒,每每饮酒赋诗,一时乡里名士多与之游。有《亦山草堂诗》《亦山草堂诗余》《亦山草堂南曲》《亦山草堂遗词》(二卷)等著作,《中国历代人名大辞典》收录其名。徐世昌《晚晴簃诗汇》卷五十三收录陈维嵋古风、五言律诗、七言律诗共六首,兹录于下:

村居杂咏

其一

依依墟落里,作息皆农家。柴门闹鹅鸭,园场种桑麻。鸡犬各熙熙,风俗非浮夸。沿门水一湾,碧树漾明霞。时见钓鱼者,持竿来日斜。予亦忘机人,对之乐无涯。

其二

新雨长禾苗,老屋覆古瓦。耕罢牸牛间,横眠绿杨下。今岁膏雨多,田水日日泻。农夫鼓腹游,桔槔可无假。安稳庆西成,蜡腊酒堪把。

江南秋思

昨夜西风起,江南秋草长。良人新出塞,荡子未还乡。画角边烽白,楼船海气黄。南来有鸿雁,先到郁金堂。

闻钟

月落乌啼后,其如酒易醒。五更谁独省,百感我曾经。敲断霜林寺,声传云母屏。年年离思搅,不异客舟听。

新雁

十二楼中锦字回,潇湘极望正堪哀。汉臣音信经年隔,江岸寒花几日开。霜冷金椎关外到,秋高玉帐月中来。极天兵甲愁如此,嘹唳还过何处台。

怀四弟子万入赘商丘

云树萧萧独倚楼,飘零骨肉黯离忧。最怜弱弟逢多难,新作孤儿更远游。日落夷门千骑隐,雪高中岳大河流。遥怜坦腹郗家婿,几度吹篪起暮愁。①

陈维嵋词清雅别致,《全清词·顺康卷》卷九录其词四十六首,其中蒋景祁《瑶华集》选入《浣溪沙·春思》《南乡子·苏子瞻体·除夕怀弟纬云》《齐天乐·咏秋海棠》三首词:

绿蓑堤边杨柳丝,红堆门外小桃枝,一春人在谢家池。事去已荒前日梦,情多犹忆少年时,江南红豆最相思。

　　　　　　——《浣溪沙·春思》

翠烛坐更阑。柏叶传觞强自宽。绕柱腾腾思阿纬,燕关。三度梅花未共看。　何必锦衣还。竹杖荷裳好是闲。大有故园兄弟在,盘桓。雪后烟蓑雨后山。

　　　　　　——《南乡子·春思》

宋郎未做悲秋赋,亭亭几枝堪语。雨湿荒台,云封石径,都是缤纷开处。娇姿如诉。正独坐无聊,香添一缕,孤馆萧

----

① 以上诗歌见徐世昌《晚晴簃诗汇》卷五十三,北京:中华书局 1990 年版,第2097-2098 页。

萧。看时有甚好情绪。　当时绣窗绮户，记谁同玩赏。翠朝
珠暮。紫竹廊边，双文内里，浥露连阶无数。年来羁旅。只
秋到人间，此花还吐。谱入新词，怅韶光不驻。

——《齐天乐·咏秋海棠》①

《南乡子·苏子瞻体·除夕怀弟纬云》一词在《全清词》中题
目为《南乡子·己酉除夕怀纬云弟都下》。陈维嵋早卒，年四十
三，陈氏兄弟皆沉痛悼念之，如陈宗石《亦山草堂遗词序》云：

> 呜呼！此仲兄遗词也。仲兄生年不永，词止四十五
> 首……仲兄词虽不多，如集中《怀三弟都下》【南乡子】"中三
> 度梅花，不共看，雪后烟蓑雨后山"，【浣溪沙】《春思》："江南，
> 红豆百相思"，【鹧鸪天】《寄内》"到门流水绿于烟"诸句，直撮
> 豪苏腻柳之胜，虽老兄不逮也。②

陈维嵋所传《亦山草堂词》，乃其弟陈宗石康熙三十年(1691)
彊善堂所刊刻，如陈宗石有序所言，"词虽不多"，但维崧生前亦称
赞有加，呼为"直撮豪苏腻柳之胜，虽老兄不逮也"。陈维崧作有
《亦山草堂南曲序》，叙述二弟维嵋作品深挚，能够引起共鸣，深深
打动人心：

> 嗟乎！叔宝情人，畏听金陵之乐；牧之荡子，愁过明月之
> 桥。银雁飘零，谁为供奉；翠蝉呜咽，总是燕支。黄羊野马，
> 已知皆河北之人；皓齿红牙，何物是江南之曲。况乎关河风
> 月，颇足伤心；台榭绮罗，都为触目。徐之才之帐底，泪湿罗

---

①以上三首词见南京大学中国语言文学系《全清词》编纂研究室编《全清
　词·顺康卷》第九册，北京：中华书局2002年版，第5469－5477页。
②孙克强等编著《清人词话》(上)，天津：南开大学出版社2012年版，第
　366页。

巾,李商隐之奁前,心灰绛腊。五更白马,偏向人鸣;一夜栖乌,又憎人别。粉浓袖口,想像同心;花近钗头,依稀连理。仆本断肠之辈,怯见金荃;余尤失志之人,愁亲锦瑟,归之予仲,序以短章。①

陈维崧三弟陈维岳(字纬云)也是著名词家,《全清词·顺康卷》卷十一录其词二十三调四十五首。陈维岳以《红盐词》名传阳羡词派,朱彝尊《红盐词序》对其词作给以极高评价。陈维岳本书后文有专论,兹处从略。

值得一说的是,陈氏兄弟一门词人,陈维崧与其弟维嵋、维岳、宗石均有词存世,刻入《陈氏家集》(《陈氏家集》七种十三卷,康熙年间彊善堂本、患立堂刻本,见《清史稿艺文志拾遗索引》②)。陈氏诸兄弟之间情感深厚而真切,时常以词切磋,以词表达思念之情,并以词抒发悼亡之意,如陈维崧悼亡弟陈维嵋《念奴娇》词云:

　　嗟乎余仲,叹诗颠酒渴、化为异物。记把一樽长忆弟,白昼吟声撼壁。每到梅开,便啼鹃血,红了千林雪。金台可怪,是他羁绊英杰。　　今日鬌画溪桥,天涯人到也,梅花重发。只是题诗人去久,字迹也应磨灭。故国茱萸,残年棣萼,恨事多于发。水明楼上,窗楞界上残月。③

陈维嵋曾作《南乡子·春思》一词:"翠烛坐更阑。柏叶传觥

①[清]陈维崧著,陈振鹏标点,李学颖校补《陈维崧集》(上),上海:上海古籍出版社2010年版,第362页。

②王绍曾主编《清史稿艺文志拾遗索引》,北京:中华书局2000年版,第2497页。

③[清]陈维崧等著,钱仲联选编《清八大名家词集》,长沙:岳麓书社1992年版,第230页。

强自宽。绕柱腾腾思阿纬,燕关。三度梅花未共看。　何必锦衣还。竹杖荷裳好是闲。大有故园兄弟在,盘桓。雪后烟蓑雨后山。"该词书写兄弟间离散,以未能共赏梅花为憾,真挚地抒发了手足之情。梅花三度开亦飘零,作为兄长的陈维崧十分牵挂羁旅京城三年之久的三弟陈维岳,希望其早回故里,共赏家乡湖山之美,而不必衣锦还乡、荣归故里,故《南乡子》词云:"何必锦衣还,竹杖荷裳好自闲。大有故园兄弟在,盘桓。雪后烟蓑雨后山。"陈维崧拳拳之情表达了对三弟陈维岳早日归乡的殷切期盼,在其看来,衣锦还乡并不重要,重要的是兄弟几个能够及早团圆,竹杖荷裳流连于"雪后烟蓑雨后山"的荆溪①美景之中,过上安闲自在的生活。令人悲怆的是,曾经思念三弟归来的陈维崧,并没有等到兄弟团圆的那一天。

陈维崧《念奴娇》这首词乃追忆维崧旧作,词中侧浸润着真挚深厚的生离死别之情。该词前有小序云:"忆半雪怀纬云《南乡子》词有云'燕关,三度梅花不共看之句',今梅花开候,纬云南返,而半雪之墓已宿草矣,词以志痛,并示犹子履端。"该词序交代了创作心理动因,《南乡子》"燕关。三度梅花未共看"之句以兄弟之间没能共赏梅花为憾,即表达了维崧思念三弟维岳之情深。今梅花又开之时,纬云亦南返故园,而维崧斯人已去,且墓草荒芜,可谓物是人非,痛可言哉!"词以志痛,并示犹子履端",履端者陈维崧长子,出嗣为陈维崧子。词示履端,孤子失怙,更增其痛。词中上阕首三句以嗟叹入笔,突出悼亡主题。陈维崧二弟陈维崧性情豪杰,文采风流,喜好饮酒赋诗,词场行当名擅当时,然天妒英才,

---

① 荆溪,古地名,清雍正二年(1724)分宜兴县(今县)置。以荆溪得名,治所与宜兴县同城。

四十三岁竟逝，其志未竟，情何以堪。词中"记把一樽长忆弟……是他羁绊英杰"，是写陈维崧品读维嵋生前所作《南乡子·己酉除夕怀纬云弟都下》(翠烛更阑)，感受兄弟之情深，思绪尤为激荡。维崧忆维嵋以梅思弟之句(即词序中所说"忆半雪怀纬云《南乡子》词有云'燕关，三度梅花不共看'之句")，梅经年盛开，而维嵋却已不在，更觉痛惜。维崧该词情感绵厚深挚，而构思更加令人惊叹，他不先写自己思念维嵋，却从维嵋思念维岳写起。可以说，"忆半雪怀纬云"句十分有讲究，一忆一怀告诉人们这样的道理：生离犹有重逢日，死别再无会面期。维嵋已逝，故曰"忆"，维岳亦在飘零，故曰"怀"。兄弟之间死生而阴阳两隔，维崧以生离衬托死别，层层深入，更衬其哀。词中下阕，首先以乐衬哀，维嵋日夜思念期盼的三弟维岳天涯归来(从京城返回)，更加梅开时节，也即序中所说的"今梅花开候，纬云南返"，兄弟终于相逢，着实令人欣喜；但生者的团圆愉悦(维崧与维岳)终究难掩兄弟永逝的悲凉惨淡，即作者所云"只是题诗人去久，字迹也应磨灭"。维崧极写二弟维嵋早已作古，"而半雪之墓已宿草矣"，兄弟之间再也无法家庭全聚，于是形成一种心中永远无法排解的悲痛，即如序言所云"而半雪之墓已宿草矣"。维崧乃词家巨擘，深于用典，词中"故国茱萸，残年棣萼，恨事多于发"三句，化引王维《九月九日忆山东兄弟》"遥知兄弟登高处，遍插茱萸少一人"、杜甫《至后》"梅花一开不自觉，棣萼一别永相望"诗句，"茱萸""棣萼"意象都是用来比喻兄弟的，这就进一步营造了悲伤哀痛的氛围，这种伤痛加上"故国""残年"的衬托，越发变得深沉、哀婉。结尾两句尤为绝妙，可以想象，作者此时的心境无比哀伤，无法用言辞形容，于是将难言之语赋于"水明楼上，窗棂界上残月"，残月无声，但此时无声胜有声，因为，最大的悲伤，是无言的沉默。陈维崧在此词中将怀念之思、悼亡之意嵌于"国破家亡"的大时代背景（"恨事多于发"）之中，亦融入了人生迟暮的憾事悲凉，深化了主题，实现了"词以志痛"的目标。

每当梅花盛开之际，都是陈维崧思念弟弟维嵋之时，他在另外一首《念奴娇·南耕堂前，绿萼梅花下作，仍用前韵》词中同样写到这种真挚的手足深情：

> 空庭何有，笑幽花以外，都无长物。一树绿毛幺凤挂，零乱明窗粉壁。斜倚阑干，微抛酒盏，笑玩林间雪。春寒犹沍，冻禽惊起杰杰。　可惜花似当年，看花人渐老，悲歌空发。料得前村花更好，和了水云明灭。欲折繁英，倩他压帽，绝称萧萧发。角声吹落，阶前堆满晴月。①

不仅是作为哥哥的维崧思念亡弟维嵋，作为弟弟的维岳也思念亡兄维嵋。陈维岳在羁旅京都八年之后重回故里宜兴，当他来到悼亡兄故宅亦山草堂（陈维嵋有《亦山草堂诗》《亦山草堂词稿》《亦山草堂南曲》等著作），诵陈维嵋写给他的《南乡子·春思》一词，内心无比沉痛，再也抑制不住自己的情感，长歌当哭，凭吊亡兄，写出著名的《念奴娇·亦山草堂哭仲兄半雪》一词：

> 家园重到，最萧条满目，都无故物。老屋东头深巷闭，一带冷窗荒壁。问讯山堂，春风颠剧，乱飐梨花雪。阿兄顿往，当年诗酒英杰。　可叹八载燕关，人琴增恸，豪气凭谁发。旧墨数行经泪眼，半夜青灯明灭。蜡凤心情，骑羊年纪，往事

---

①〔清〕陈维崧等著，钱仲联选编《清八大名家词集》，长沙：岳麓书社1992年版，第230页。

多于发。绕廊吟罢,忧思难掇华月。①

　　陈维岳在这首词中,书写自己多年漂泊在外终于回到家中,不想家园萧条,家兄亡故,作者以最沉痛的心境书写了对仲兄维嵋的悼念。上阕首三句以物起兴,"家园重到,最萧条满目,都无故物",作者抒发重回故园之感:八年未归,家园变故满目,都无旧物,尽显萧条之境,作者在这里极写故园萧条,为全词奠定了悲怆浓郁的感情基调;作者最牵挂的就是老屋东头仲兄维嵋的亦山草堂,但是"老屋东头深巷闭,一带冷窗荒壁",斯人已去,老屋周围环境极为寂寥,这一带巷门深闭,罕有人迹,窗冷墙荒,积尘芜草,一派萧杀景象;作者来到山堂,凭吊亡兄,"问讯山堂,春风颠剧,乱飐梨花雪",山堂处,往昔兄弟间赏花赋诗,其乐融融,而此时亦山草堂已非旧日景象,只觉春风颠剧,吹落梨花似雪,随风乱舞,催人回忆遐想;"阿兄顿往,当年诗酒英杰"两句抒发主题,仲兄维嵋当年被称诗酒英杰,名震阳羡,但如今已成故人,阴阳两隔,一个"顿"字,透露出一种突然、无法接受,继而感到无限遗憾的复杂感情!词中下阕"可叹八载燕关,人琴增怆,豪气凭谁发"三句,书写自己离别家乡八年,仲兄已逝,死生契阔,由思化悲,彼此豪气凭谁发问;作者接着写到"旧墨数行经泪眼,半夜青灯明灭",白天问询山堂凭吊,夜深人静之时,在明灭青灯之下,阅读仲兄怀念自己的文字(维嵋《南乡子》词中有"绕柱腾腾思阿纬,燕关。三度梅花未共看""何必锦衣还。竹杖荷裳好是闲。大有故园兄弟在,盘桓。雪后烟蓑雨后山"等思念弟弟维岳的句子),阿哥词句字里行间都是手足之意,满满的深情,作者此时阅读这样的话语更觉思

①南京大学中国语言文学系《全清词》编纂研究室编《全清词·顺康卷》第十一册,北京:中华书局2002年版,第6599页。

念亡兄，读至伤心处，泪落如雨，模糊了视线；作者接着用了"蜡凤""骑羊"两个典故，凸写对兄长的深切悼念。"蜡凤"典出《南史·王僧虔传》："父昙首与兄弟集会子孙，任其戏适。僧达跳下地作彪子，时僧虔累十二博棋，既不坠落，亦不重作，僧绰采蜡烛珠为凤凰。"①这个典故描写的是王僧虔儿时和众兄弟一起嬉戏玩耍的美好情景。"骑羊"典故出西汉刘向《列仙传·葛由》，是指得道成仙之意，这里指代仲兄逝世。正如僧虔儿时，作者此时思绪万千，往昔兄弟相娱相乐诸多美好事件涌来，历历在目，记忆犹新；结尾"绕廊吟罢，忧思难掇华月"两句将情景引到月亮，与陈维崧前面两首《念奴娇》一样，将一切思念、话语和遗憾都推向了无言的月夜，遥和苏轼"但愿人长久，千里共婵娟"的深刻真挚涵义。全词上阕侧重叙事与写景，下阕侧重叙事与抒情，睹物思人，悼念真挚，感人至深。正如严迪昌《清词史》所云："陈维岳词早年多绮丽，寄食四方后转为苍凉，尤以思念手足之情显得百感深沉……陈维岳最擅将骨肉亲情的忆念与身世遭际、家国巨变的沉痛掺合一起来抒述。"②陈维岳此词作中，也不无身世遭际、家国巨变的沉痛，只是一切尽在无言中③。

陈氏家族后世子孙词客颇多，且举族秉承诗书传家之祖训，遂蔚为诗词望族。有诗名可考者如陈履端（字求夏）、陈履中（字执夫）、陈履平（字勉夫）、陈淮（字望之）、陈濂（字澄之）、陈崇本（字伯恭）、陈坛（字杏江）、陈燕（字诒堂）、陈重（字小蕃）、陈实铭

---

① 马宗霍《南史校证》（一），长沙：湖南教育出版社 2008 年版，第 399 页。
② 严迪昌《清词史》，南京：江苏古籍出版社 1990 年版，第 212 页。
③ 陈景周《苏东坡词历代传播与接受专题研究论稿》，苏州：苏州大学出版社 2014 年版，第 231 页。

（字葆生）等均有诗词存世。其中,有诗词集存世者亦十分可观,如陈履中《雁桥诗钞》《尘定轩诗稿》、陈履平《南原诗稿》、陈濂《秘香龛诗稿》、陈重《花著龛诗存》（含《浣露词》《寒木春华词》）、陈执《投辖轩剩稿》等在诗词界皆有盛名。陈宗石长子陈履中,诗豪健沉雄,如其《怀古》诗云:"三尺荒坟约略存,笔花曾否伴吟魂? 白杨一片西风里,空与寒鸦长子孙。"①陈履中之弟陈履平亦有存诗,诗风古雅,玲珑别致,如其《东阿道中》诗云:"荦确东阿道,疲驴策不前。乱峰围落日,野水浸遥天。林闪孤村火,云深古寺烟。遥闻钟梵动,欲借上方眠。"②又如其《花下独酌》一诗,以花开落喻人生沉浮,极为精巧生动,诗云:"花枝娅姹摇春风,纷纷蜂蝶争繁丛。我来提壶饮花下,闲愁如雪皆消融。枝头黄鸟声更好,似借春光怨春老。少年乐事那复得,只今空忆长安道。救人无术廿载中,归来两鬓已成翁。故交如花渐凋落,欲话衷曲谁人同? 且拼烂醉花阴卧,明日呼童扫落红。"③又如商丘陈氏六世子孙陈景雍(字春台,号熙堂),其生平文学虽文献中鲜有提及,但他确为一位诗家。陈景雍早年受学于清代著名学者、教育家钱仪吉。陈景雍咸丰二年(1852)进士第,曾官湖北通山知县。陈景雍颇为忠义,屡与太平军战,终捐躯战阵。陈景雍工诗能文,与其甥李仁元(济源人)合称"南陈北李"。陈景雍著有《春影楼诗文集》,其诗多反映战乱之作,风格苍凉;其文亦慷慨沉雄,情感充沛。商丘陈氏

---

① 张久德《民权历代名人诗选》(《民权文史资料》第6辑),中国人民政治协商会议河南省民权县委员会(学习文史委员会)2000年版,第42页。

② [清]杨淮辑,张中良、申少春校勘《中州诗钞》,郑州:中州古籍出版社1997年版,第273页。

③ [清]沈德潜《清诗别裁集》(下),上海:上海古籍出版社2013年版,第1180页。

子孙文学极盛，累出诗人，流传作品颇丰，其中有著作结集者亦有多位，据王惠敏《清代商丘家族文学著述考》一文考证：

> 商丘陈氏自宗石以下五代 7 人有著作结集。宗石有《安平县志》10 卷、《彊善堂臆说》5 卷、《峰山人诗集》10 卷；其长子履中（1692—1759）有《四书臆说》4 卷、《四书三传合考》8 卷、《孟子论文》《西台奏稿》1 卷、《河套志》6 卷、《神州山水志》8 卷、《宋州人物志》4 卷、《金石文字考》2 卷、《性理诠》1 卷、《寓园纂集》6 种、《尘定轩诗稿》《雁桥诗抄》10 卷、《乐府津梁》及《中原二子七律选》；次子履平（1699—1749）有《陈通政奏草》2 卷、《南园诗稿》2 卷，孙濂（1731—1794）有《秘香奁诗稿》；孙淮（1732—1810）有《玉楮斋法帖》4 卷、《赵松雪四体千字文》1 卷；濂少子彬（1771—1844）有《介福楼诗存》；孙燕有《尔雅补注》。①

陈氏子孙词人辈出，诚如清人谢章铤《赌棋山庄词话》卷四"陈氏一门词"条所概括的那样：

> 陈氏门材最盛，《乌丝》一篇，既推老手。而半雪（维崤）有《亦山草堂词》，纬云（维岳）有《红盐词》，鲁望（维岱）有《石间词》，皆迦陵兄弟行，莫不含宫咀商，埙篪迭奏。半雪"除夕怀弟纬云"《南乡子》云："翠烛坐更阑。柏叶传筋强自宽。绕柱腾腾思阿纬，燕关。三度梅花未共看。　何必锦衣还。竹杖荷裳好是闲。大有故园兄弟在，盘桓。雪后烟峦雨后山。"纬云有"忆旧"《满江红》云："脉脉濛濛，是谁把、繁华吹去。斜阳外，故家亭榭，乱烟凝竚，仿佛细闻丝竹响，飘零碎落银灯雨。记当场、一曲牡丹亭，销魂侣。　锦帐里，春无数。绮席

① 王惠敏《清代商丘家族文学著述考》，《商丘师范学院学报》2008 年第 4 期。

畔，人如许。几番趁、遍了差池燕羽。有恨罗裙寻画蝶，无情纨扇销金缕。问溪边、一带白杨花，应能语。"《虞美人·春闺》云："乍寒乍暖春无赖。门掩蔷薇外。小楼朝雨忒恹恹。最是冷清清地傍妆奁。　愁来无那愁人老。可惜韶光好。海棠吹落满园中。又是一池红浪皱东风。"鲁望"五陵侠少"《水调歌头》云："白面谁家子，腰下佩锟铻。短衣匹马驰骤，游侠遍三吴。更向长安道上，不惜黄金千镒，调笑酒家胡。兄尚平阳主，弟拜执金吾。　行乐处，追从者，绿幨奴。一生有力如虎，人号小于菟。最爱灌夫籍福，暇日吹箫击筑，自笑一愁无。朱邸春留客，红烛夜呼卢。"盖定生先生为党人魁首，名在三公子之列，文采炳蔚，贻为渊源，故不独迦陵有凤凰之誉（迦陵与彭古晋、吴汉槎并称"江左三凤凰"，见《今世说》中），即群从亦半是惠连。①

　　谢章铤确实抓住了"陈氏一门词"的家族特色，陈氏一门重词风，由江苏宜兴至河南商丘，可谓词客丰盈，而以陈维崧为最著名。陈维崧堪称清词巨擘，一代经典词家，他所留存的手稿本《迦陵词》不仅仅作为一部词稿，更是作为家族的荣耀，作为家族的重要文化遗产，甚至是作为家族的最为可贵的精神圣物，而被后世子孙一代代珍惜相传。这也是手稿本《迦陵词》能够在陈氏家族几经衰落沉寂，甚至经历太平军战火而保存完好流传至今的重要原因。关于手稿本《迦陵词》的流传过程，后文有专门论述，兹处暂不细论。

---

①［清］谢章铤著，陈庆元主编，陈庆元、陈昌强、陈炜点校《谢章铤集》，长春：吉林文史出版社2009年版，第555页。

二、收藏品鉴世代相传

陈氏家族是一个文化大家族，除了重视词风延继外，还有一个鲜明的特点，那就是具有良好的艺术氛围，家族之中不仅出词客，也出现了很多书法家、绘画家、文物收藏家等艺术人才。这就使得这个家族成员，喜爱收藏图书古籍、金石字画等文物，并进行艺术品鉴，最终代代相传。尤其是河南商丘陈宗石一支，后世子孙为官者颇多，如陈履中、陈履平、陈濂、陈杲、陈崇本、陈焯、陈坛、陈重、陈实铭等皆有名望，甚至出现"一门双御史，四代五翰林"①的盛况，声誉称于一时。在这些陈氏子孙中，不仅官名显著，还有很多书画家、收藏家、品鉴家，艺术造诣非凡。前文已经详细梳理，商丘陈氏脉系如下：

陈宗石——一世祖

陈履中（陈宗石长子）——二世

陈履平（陈宗石次子）——二世

陈淮（陈履中子）——三世

陈濂（陈履平子）——三世

陈崇本、陈邦燮、陈传霖（陈淮子）——四世

陈杲、陈彬（陈濂子）——四世

陈焯（陈杲子）——五世

陈燕（陈彬子）——五世

陈坛（陈焯子）——六世

---

① 陈宗石之子陈履中、陈履平均官至御史，孙子陈濂，曾孙陈杲、陈崇本，玄孙陈焯，来孙陈坛，一门五翰林，四代词馆家，名噪一时。

陈重、陈执(陈燕子)——六世

陈振斋(陈重从兄)——六世

陈景雍(陈坛从弟)——六世

陈实铭(陈重子)——七世

陈芳畹(陈重庶子)——七世

下面我们拣有代表性的人物概要介绍:

陈履中(1692－1759),字执夫,号雁桥,河南商丘人。陈履中为陈宗石长子,出身名门,早慧多聪,才华出众,十岁能作文赋诗,十九岁中举〔康熙五十一年(1712)举人〕。陈履中中举后授官中书,雍正三年(1725)出任甘肃布政司参议、分巡宁夏兵备道,后升工部员外郎,御史署给事中。陈履中任官时颇有政声,他刚直不阿,体察民情,整顿刑讼,平反冤狱,政绩卓著。其具体生平在《国朝耆献类征》卷二百零九有传。陈履中有节操,因办理军需与同僚不合去官,潜心整理文献,一生著述丰广,经史、博物、地理、诗文均有传世①,其尤喜收藏补遗典籍书册,"生平嗜学,于前贤遗集,辄购求补辑,裨无散亡。藏书数万卷,披诵刻苦若寒峻。其评论古人文集最富,所著有《四书直解》《孟子论文》《河套志》《宋州人物志》《寓园纂案》《雁桥诗钞》,皆可传"②。作为当时名家才子,海内名流以其年齿英妙,俶傥敏捷,文辞豪健,争相友之。尤其在京日,一时卿相僚友与之交契往来甚为频繁密切。陈履中之弟陈履平(1699－1749),字勉夫,康熙时监生,以国子监生往勘畿

---

①陈履中作品具见《四库全书存目》《中州艺文录》《中州诗征》《元明清中州艺文简目》等书籍。

②忒莫勒《建国前内蒙古方志考述》,呼和浩特:内蒙古大学出版社1998年版,第252页。

辅水利后官吏部文选司郎中，迁巡城御史，太常寺少卿，通政司右通政。陈履平为人耿正敢直言，尝力劾御史，抗争廷议。母终，六年忧归不复出，日与诸兄弟优游林泉，诗文唱和，整理典籍，田居十年而卒，时人皆称誉之。陈履平喜文卷，以诗书重公卿间，著有《南原诗稿》《奏稿》等存世。

　　陈淮（1732—1810），陈履中子，字望之，号药洲，河南商丘人。陈淮乾隆十八年（1753）拔贡，捐纳知府，几经起落，历官安徽按察使、贵州巡抚、江西巡抚等职。《清史列传》《国朝耆献类征》《中州先哲传》《清诗纪事》等文献均有陈淮事迹介绍。陈淮是清代著名书法家，据清代李放《皇清书史》卷八记载："陈淮，字望之，号药洲，商邱（同'丘'）人……其年检讨幼弟子石大令宗万之后，工书善鉴，所藏碑版书画之富，与毕氏经训堂相埒，官江右时，定制白地青花瓷轴头甚多，有药洲楷书款识。"①据清人张伯英《独坐》一书记载，陈淮藏有《玉楮斋法帖》四卷，《赵松雪四体千文》一卷，标注为"商丘陈氏本"，均为陈淮所辑刻收藏。书中如此介绍陈淮道："清陈淮辑。淮，字望之，号药洲，精赏鉴，富收藏。同时盛流如成邸、王梦楼诸人均与往还。"②"清陈淮刻。淮，字望之，号药洲，精于鉴赏，收藏书画甚富。"③另据《中州文献总录》记载："《玉楮斋法帖》四卷，淮为维崧从孙，诗文清妙，其诗集多方搜求，未见

①［清］李放《皇清书史》卷八，见金毓绂辑《辽海丛书》第五集，沈阳：辽沈书社 1933 年版，第 102 页。

②［清］张伯英著，戚云龙、韩宜锋编《独坐》，北京：中国文史出版社 2017 年版，第 59 页。

③［清］张伯英著，戚云龙、韩宜锋编《独坐》，北京：中国文史出版社 2017 年版，第 165 页。

著录。嗜翰墨，精鉴赏，富收藏。"①陈淮还藏有清乾隆五十九年（1794）刻本《迦陵先生填词图题词》，据清人李集所撰人物记《鹤征录》卷一记载，"是图今藏先生从孙中丞淮家"②。陈淮是清代著名书法家，其行书极佳，李放《皇清书史》卷八引用清代著名学者、诗人、书法家王文治《快雨堂题跋》评语，称其"能书"③；《国朝书品》称其"行书逸品下"④，清代著名书学理论家包世臣《艺舟双楫》对其书法亦有着极高的评价。陈淮出身官宦世家，是著名收藏家、书法家，极精鉴赏，其很多藏品流传至今，如保利香港拍卖有限公司2014年所拍黄慎《草书七言诗〈镜心〉水墨纸本》上即有一枚"陈淮审鉴"鉴藏印。

　　关于陈淮，需要指出，他亦有不光彩的一面，其在浙江盐驿道任内，曾因为陈辉祖贪赎案欺饰徇隐，被革职往河南河工效力赎罪。后补授山东青州知府，擢湖北布政使。陈淮在湖北任职期间，名声极为不好，据秦榆《政事行与失》一书中"湖北谣"所言："毕不管，福死要，陈倒包。"⑤即是指毕沅担任两湖总督、福宁任湖北巡抚、陈淮任湖北布政使的时候，三人朋比为奸，徇私舞弊，相互勾结，遂致民怨沸腾。正如刘江华《王朝死劫》一书所说："官吏的贪污，让农民恨入骨髓，在白莲教起义时，就提出了'官逼民

---

① 吕友仁主编《中州文献总录》（下），郑州：中州古籍出版社2002年版，第1419页。

② 见刘荣平校注《赌棋山庄词话校注》：厦门：厦门大学出版社2013年版，第271页。

③ 见杨钟义《辽海丛书》（第3、5、7、9集），沈阳：辽海书社1985年版，第1462页。

④ [清]李放《皇清书史》卷八，见金毓绂辑《辽海丛书》第五集，沈阳：辽沈书社1933年版，第102页。

⑤ 秦榆编《政事行与失》，北京：京华出版社2006年版，第362页。

反'的口号。"①

　　陈濂(1731—1794),陈履平子,字澄之(一作"澂"),河南商丘人。乾隆三十一年(1766)进士第,被选为翰林院庶吉士,官授编修,其后以母优归,不再出仕,在乡以诗书字画自娱二十余年以终。著有诗集《秘香龛诗稿》,有抄本传世(李敏修《中州艺文录》十收录)。陈濂事迹生平具见《商丘县人物续志稿》。李放《皇清书史》卷八亦有其简介:"陈濂,字澄之,淮弟,乾隆三十一年进士,官编修。未馆选时与王梦楼(按:即书法家王文治②)太守同居京师,始订异姓昆弟之欢,继联儿女娴娅之好,互相师友,真行书极似梦楼,四十后忽患手战,不复能作楷矣。"③陈濂书法极佳,与清代大书法家王文治(号梦楼)为至交,并结为儿女亲家。陈濂亦喜收藏,藏品中最著名的就是画有"香君小像"的一把纨扇。据张一民先生《"桃花扇"真迹考》一文考证,王文治曾作有《薛素素自写小照为陈伯恭太史》二首,其二诗云:"香君小像断纨存,扇上桃花若有魂。惆怅南都风月稿,只今收拾付梁园。"王文治同时题识"伯恭令叔澂道人藏有李香自写小照"④。王文治所题伯恭令叔"澂道人"即为陈濂(字澂之),而陈伯恭即陈濂之侄陈崇本(字伯恭),他是清代乾隆年间著名的书法家。按张一民先生《"桃花扇"真迹考》一文所说,商丘陈氏家族之中最重要的藏品就是侯方域

---

①刘江华《王朝死劫》,北京:西苑出版社2014年版,第331页。

②王文治(1780—1802),字禹卿,号梦楼,江苏丹徒人,乾隆二十五年(1760)进士,官侍读。王文治艺术修养极高,工诗词,擅书法,精鉴赏,著有《梦楼诗集》。

③见杨钟义《辽海丛书》(第3、5、7、9集),沈阳:辽海书社1985年版,第1463页。

④张一民《"桃花扇"真迹考》,《淮阴师范学院学报》2013年第6期。

妻李香君血溅、杨龙友钩染的"桃花扇"。商丘陈氏与当地望族侯方域(朝宗)家族关系极为密切,陈维崧四弟陈宗石十四岁时即奉父令入赘侯府,其子孙遂占籍商丘,关于陈、候二家关系后文有详细介绍,兹处从略。

　　陈崇本,字伯恭,号榕园,河南商丘人。陈崇本为陈宗石之重孙,陈履中之孙,陈淮之子。据陈国钧编著《陈姓源流史》第十三篇《进士名录》所记载,陈崇本为乾隆四十年(1775)进士(二甲第十二名)①,曾任国子监祭酒、侍讲学士、光禄寺卿、宗人府府丞、湖北学政、副都御史等职。陈崇本官位极高,以其多艺才能深得乾隆皇帝重视,据清皇室重臣、大学士勒德洪等修纂《大清高宗纯(乾隆)皇帝实录》记载,乾隆曾命侍讲学士陈崇本在尚书房行走。陈崇本于乾隆、嘉庆间曾四任会试同考官,两次做地方(福建、江西)乡试副主考。陈崇本是清代书画大家,斋其名为"莱轩""登善堂",钟银兰主编《中国鉴藏家印鉴大全》共收录陈崇本十六枚印章,分别是"陈崇本印"(大)、"陈崇本印"(小)、"莱轩""崇本审定""伯恭秘笈之印""臣崇本印""伯恭所藏""崇本平生真赏""枢言""伯恭""翰林学士""希世之珍""崇本鉴藏""陈崇本书画印""陈氏登善堂书画记"(粗)、"陈氏登善堂书画记"(细)②。从这些印章我们就可以看出,陈崇本创作作品之多,收藏字画文物之盛。

　　陈崇本善书画,尤擅长山水与楷书。其山水画宗法黄公望("元

---

①陈国钧编著《陈姓源流史》,武汉:武汉出版社 2016 年版,第 139 页。

②钟银兰主编《中国鉴藏家印鉴大全》(下册),南昌:江西美术出版社 2008年版。

四家"之一）；其楷书笔法流畅，深于唐人碑版，清包世臣《艺舟双树》评其小真书为佳品。他一生收藏书画图籍金石甚富，字画如安岐纂《墨缘汇观》抄本四卷、《迦陵先生填词图》、张照①《行、楷书册页》（若干卷）、《西岳华山庙碑拓本》（四明本）、《薛素素自写小照》②等，精版书籍如《四家诗集》《杜审言诗集》《常建诗集》《岑嘉州诗集》等，其后有"陈崇本书画印""崇本私印""伯庵崇本珍藏"等收藏印章③。其经眼品识并留有题签印章的字画书籍更是不计其数，如北宋著名画家胡舜臣《送郝玄明使秦书画合璧》遗卷有陈崇本观署题识④，著名藏书楼天一阁很多藏品上亦有陈崇本观款题识印章。黄宾虹、邓实编《美术丛书》中收录的"冯氏"印章，其注解云："京师过陈伯恭（崇本）斋观宋搨（通'拓'）《圣教序》，跋尾金栗笺，有梅花印。"⑤这段文字说明，陈崇本乃为当时收藏界名流，很多人能以看到他的藏品为荣。

　　陈崇本本人的作品及其书画藏品（有其观款题识印章）一直是博物馆收藏的佳品，如天津博物馆所收元代赵孟頫行书《洛神赋》卷，卷尾有元代何心山、倪瓒题记，此卷曾被陈准、陈崇本所鉴藏。陈崇本作品及藏品也是拍卖界的知名拍品，网络拍品极多，

---

① 张照（1691—1745），字得天，号泾南，亦号天瓶居士，江南娄县人。康熙四十八年（1709）进士。清代著名藏书家、书法家、戏曲家、书画目录整理者。张照不但书艺造诣颇深，而且右手左手兼能挥毫，因而被称为"造化手"。其"名楼、妙文、好字"，合为"三绝"。

② 见张一民《"桃花扇"真迹考》，《淮阴师范学院学报》2013年第6期。

③ 叶恭绰著，姜纬堂选编《遐庵小品》，北京：北京出版社1998年版，第288页。

④ 周积寅等编著《中国历代画目大典·战国至宋代卷》，南京：江苏教育出版社2002年版，第502页。

⑤ 黄宾虹、邓实编《美术丛书》，南京：江苏古籍出版社1986年版，第1035页。

如北京保利国际拍卖有限公司 2016 年秋季拍卖会所拍宋代著名书法家张即之楷书《华严经》残卷，惊人地拍出了 6325 万人民币的高价。这幅《华严经》残卷与故宫博物院所藏宋代张即之《华严经》第五卷同为一纸，该残卷前纸有清代著名书画家、篆刻家陈曼生题跋，说明书卷的流传演变脉络①。后纸有钱樾、翁方纲、陈崇本等十五人题跋。其中陈崇本所书内容为："乙丑（作者按：即1805 年）仲秋十日，雪苑陈崇本偕小山编修、益亭侍讲观于侍御桐寿山房，快结墨缘，并识友朋暇日文酒之胜。"②留有"陈崇本印""莱轩"钤印两枚。又如，陈崇本所藏如明代苏州著名画家陈淳所作《墨花卷水墨手卷一册》，上有崇本收藏题签，2007 年西泠拍卖秋季艺术品拍卖会中该手卷被高价拍卖。网络之上还有很多拍品，如陈崇本书札③、石介行楷书《与长官执事札》册、《明人尺牍》册、《淳化阁帖》等书画作品，均有"商丘陈崇本藏印""崇本审定印"等钤印。清代书学理论家李放《皇清书史》一书评陈崇本道："精楷法，深于唐人碑版，银钩铁画，劲妍绝伦，所居名万墨斋，图籍碑帖收藏极富，成哲亲王、翁阁学（方纲）诸公皆极推重之。"④

---

①残卷题跋之上有"得之古刹""分赠荷屋太史"等语，可窥看卷本源流。

②见网文：张即之《楷书华严经残卷——宋代楷书书法华严经残卷赏析》，网址：http://www.simayi.org/97692.html。

③孔夫子旧书网：陈崇本书札，上书"齿录须迟四五日，始能录完即当送缴耳。须请大兄台安不具。年愚弟崇本顿首"。网址：http://pmgs.kongfz.com/item_pic_700826。

④[清]李放《皇清书史》卷八，见金毓绂辑《辽海丛书》第五集，沈阳：辽沈书社 1933 年版，第 1463 页。

　　陈崇本作为一位清代著名文化名人,在书画创作及金石文物收藏方面具有突出的造诣,所以他能够交结很多当时的社会名流,如纪晓岚(《四库全书》总编修)、刘墉(著名宰相)、王尔烈(乾隆重臣)、王文治(书法名家)、翁方纲(文学大家)等,均是当时叱咤风云的人物。这里举一个经典的例子,乾隆年间著名官员、学者纪昀(字晓岚)曾收藏一枚"钟砚"。所谓"钟砚",取其形似古钟义。纪晓岚所收藏这枚"钟砚"背作抄手式,玲珑古雅,更兼是名人使用过的器物,因而颇受纪晓岚所珍惜喜爱。那么这枚"钟砚"是怎么到纪晓岚手里的呢?其中一个重要的因素就在于陈崇本。纪晓岚于砚背题有一段重要的文字:

　　　　此迦陵先生之故砚,伯恭司成以赠石庵相国。余偶取把玩,相国因以赠余。迦陵四六(骈文),颇为后来所嗤点,余撰《四库全书总目》,力支拄之。毋乃词客有灵,以此示翰墨因缘耶?嘉庆戊午(三年)十月,晓岚记。①

　　"石庵相国",即清乾隆年间大政治家宰相刘墉,字崇如,别号"石庵"。刘墉是当时著名学者、书法家,喜欢书画,是一位研究碑帖学问的大家,因而被人誉为"浓墨宰相"。纪晓岚题识所说"伯恭司成以赠石庵相国",就说明这枚古砚乃是"伯恭司成"赠与"石庵相国"的礼物,"伯恭司成"即陈崇本(字伯恭),时陈崇本官职为国子监祭酒。后来刘墉又将此"钟砚"赠与纪昀,于是成为纪晓岚所珍视的藏品。且因为这枚古砚,纪晓岚力挺陈维崧四六骈体散文,成为影响文学史的一件盛事。

---

① 欧忠荣《三老砚事考》(黄任・纪昀・阮元),北京:文化艺术出版社 2015 年版,第 317 页。

图 3：纪昀所藏"钟砚"

陈维崧四六骈文创作颇丰，蔚为大家，但对其评价也有很大争议，正如纪昀所言"颇为后来所嗤点"。如邵齐焘以骈文颇受时人称誉，他意欲以一己之力矫陈维崧、吴绮、章藻功三家之失，《四库全书总目提要》卷一百八十五对邵齐焘《玉芝堂集》之提要写到："为四六之文者，陈维崧一派以博丽为宗，其弊也肤廓。吴绮一派以秀润为宗，其弊也甜熟。章藻功一派以工切细巧为宗，其弊也刻镂纤小。齐焘欲矫三家之失，故所作以气格排奡，色泽斑驳为宗，以自拔于蹊径，而斧痕则尚未浑化也。"①作为《四库全书》总编修的纪昀，他的评价对于陈维崧四六地位而言极为重要，《四库全书总目提要》之《陈检讨四六》提要云：

　　《陈检讨四六》二十卷（庶吉士祝堃家藏本），国朝陈维崧撰，程师恭注。维崧有《两晋南北朝史集珍》，已著录。

---

① 司马朝军编撰《四库全书总目精华录》，武汉：武汉大学出版社 2008 年版，第 859－859 页。

国朝以四六名者,初有维崧及吴绮,次则章藻功《思绮堂集》亦颇见称于世。然绮才地稍弱于维崧,藻功欲以新巧胜二家,又遁为别调。譬诸明代之诗,维崧导源于庾信,气脉雄厚如李梦阳之学杜。绮追步于李商隐,风格雅秀,如何景明之近中唐。藻功刻意雕镂,纯为宋格,则三袁、钟、谭之流亚;平心而论,要当以维崧为冠,徒以传诵者太广,摹拟者太众,论者遂以肤廓为疑,如明代之诟北地,实则才力富健,风骨浑成,在诸家之中,独不失六朝、四杰之旧格。要不能以捋搅(即"捋扯")玉溪,归咎于三十六体也。①

纪昀对陈维崧四六评价客观公正,"平心而论,要当以维崧为冠"之评价,廓清了当时陈维崧四六骈文的争议。因而,作为陈维崧的亲密朋友,王士禛②在其《古夫于亭杂录》卷五对程师恭所注《陈检讨四六》给以极高的评价:

昔人云:"一人知己,可以不憾。"乃亦有偃蹇于生前,而振耀于身后者。故友阳羡陈其年(维崧),诸生时老于场屋,厥后小试亦多不利。己未博学宏辞之举,以诗赋入翰林,为检讨,不数年病卒京师。及殁,而其乡人蒋京少(景祁)刻其遗集,无只字轶失。皖人程叔才(师恭)又注释其四六文字,以行于世。此世人不能得之于子孙者,而一以桑梓后进,一

①魏小虎编撰《四库全书总目汇订》(九),上海:上海古籍出版社 2012 年版,第 5695 页。
②王士禛,原名王士禛,盖为避讳雍正皇帝(爱新觉罗·胤禛)而用"禛"字。在古籍文献中二者同时使用,本书根据所用文献确定"王士禛"或"王士禛"。

　　以平生未尝觌面之人，而收拾护惜其文章如此，亦奇矣哉！①

　　我们从纪晓岚所藏这枚"钟砚"的题识中所言"迦陵四六，颇为后来所嗤点，余撰《四库全书总目》，力支拄之"，即可以看出，纪晓岚曾撰文力挺陈维崧四六骈文之成就，后来从陈崇本、刘墉手中喜得陈维崧之故砚，仿佛因缘和合，因而才发"毋乃词客有灵，以此示翰墨因缘耶"之感慨。

　　我们还可以通过陈崇本与乾隆时期重臣王尔烈的交往，看出他在当时的社会地位及艺术影响。陈崇本所交结的人物多为官员、学者兼艺术家，王尔烈就是一个十分典型的例子。王尔烈（1727—1801），又名仲方，字君武，号瑶峰，关东辽阳人。王尔烈出身于累世官宦之家，书香门第，父亲王缙学识渊博，工诗画事，交结许多文艺名流，如他与曹雪芹祖父曹寅交往甚密。受家风熏染，王尔烈自幼性情诚笃，聪颖异人，喜读书，勤于研习书法。王尔烈以其深厚的才学，获得乾嘉时期"关东第一才子"的美称，尤其是其书法，宗法王羲之、王献之父子，造诣极深，乾隆曾赐其"神笔书士""神笔御使"之称，《辽阳县志》称赞其"词翰书法著名当世者，清代第一人"②。乾隆三十六年（1771），王尔烈在其四十四岁之时，以二甲第一名中进士第（即殿试第四名，仅排在状元、榜眼、探花之后），官授编修，参与《四库全书》修撰工作。后历任陕西司郎中、刑部主事、甘州府知府、顺天府府丞、陕西道监察御史、通政司副使、大理寺少卿等职，累迁内阁侍读学士。王尔烈做了十八年翰林御师，获得无数荣耀，如乾隆御赐"才高六十里""好好先

①［清］王士禛《王士禛全集》六《杂著》，济南：齐鲁书社2007年版，第4933页。
②邹宝库辑录《辽阳碑志选编》，沈阳：辽宁民族出版社2011年版，第138页。

生""老实王",以及"老主同年少主师"①之美称,所以后人称其"十全翰林"。

王尔烈是乾隆时期重要谋臣,亦是当时著名艺术名家,其一生不仅以聪明辩才、诗文书法见称于世,更以其纯正廉明、淳朴笃诚的清誉受人敬仰,留芳青史。

王尔烈家风朴厚、家规严正,其家族世代秉承着"谨言慎行、宽厚忍让、抱诚守真、廉而不刿"②的门风。王尔烈的祖父王天禄精通儒史与医道,不仅以妙手仁心悬壶济世、治病救人,更以儒家文化传统教育子孙后代。父亲王缙学识渊博,酷爱读书,历来遵循"训士有道,虑事有方"③,王尔烈自幼受到良好家风文化的滋养和教育,为其清正廉明的一生打下了深刻的文化基础。王尔烈同样重视家风教育,注重道德培养,力争促进"智"和"仁"合一,号召子孙尽孝于家,尽敬于师,尽忠于上,尽诚于事。王尔烈临终前给儿孙立下了三十二字的家训:"耕田为本,读书为上;居官莫狂,为民莫惘;本事吃粮,筋力求裳;豆腐家长,不可奸商。"④他还进一步解释道:

> 耕田也好,读书也好,居官也好,为民也好,都莫气馁,亦莫张狂。要凭本事吃饭,靠筋力所得,切不可巧取豪夺,

---

① 所谓"老主同年少主师",一方面是指乾隆曾经与王尔烈一起参加过会试,有同学之谊;另一方面是说王尔烈是嘉庆皇帝的老师,有师生之谊。关于这一传说,有学者考证是后人附会之说。

② 见中央纪委监察部网站"中国传统中的家规"专栏第 44 期,网址为:http://v.ccdi.gov.cn/ctjg/zgctzdjglnlywei/index.shtml。

③ 马宪丽、邹宝库编著《王尔烈史料集》,长春:吉林文史出版社 2009 年版,第 11 页。

④ 吕峰《翰林王尔烈》,长春:吉林人民出版社 2005 年版,第 568 页。

毋占他人便宜。处事者以亏己为尚,不得少斤短两;即便有富,不得有为富不仁。秤钩秤杆,皆积子孙;粥粥饭饭,俱管平安。①

正是这样严厉的家规、深厚的家风文化,滋养造就了王氏一门有清一代出了三十多位进士。王尔烈一生光明磊落,俯仰无愧,正如其自挽联所云:

> 戊申来也,一身负重叩天地,向虚向幻茫茫日;
> 辛酉去矣,两肩卸任慰山河,归真归本苍苍年。②

可以说,时至今日,王尔烈其人其事仍在关东大地上广为传颂。辽宁省辽阳市至今保存着王尔烈故居"翰林府",并建有王尔烈纪念馆。20世纪80年代,辽宁电视台曾根据王尔烈的事迹,拍摄了一部六集的电视连续剧《木鱼石的传说》,其主题歌《一个美丽的传说》脍炙人口,红遍大江南北。2016年5月,中央纪委监察部网站推出"中国传统中的家规"专题栏目,其中就有《双肩明月,两袖清风——关东才子王尔烈的传世家训》③一期,社会反响极好。王尔烈的德行文采、名气威望与当时的宰相刘墉、著名学者纪晓岚并驾齐驱,三人亦同气为友,情谊笃厚,后人称他们三位为清中叶"三奇才"。正如吕峰《翰林王尔烈》一书所云:"王尔烈逝后三年,即嘉庆九年,他的好友刘墉过世;逝后四年,即嘉庆十年,他的好友纪昀过世;逝后十四年,即嘉庆二十年,他的好友高鹗过世;逝后十七年,即嘉庆二十三年,他的好友程伟元过世。自此,

---

① 吕峰《翰林王尔烈》,长春:吉林人民出版社2005年版,第568页。
② 吕峰《翰林王尔烈》,长春:吉林人民出版社2005年版,第569页。
③ 中央纪委监察部网站"中国传统中的家规"专栏第44期,网址为:http://v.ccdi.gov.cn/ctjg/zgctzdjglnlywel/index.shtml。

一代才人皆尽结束。大清朝康乾盛世的鼎盛时期也结束了,大清朝从此走向衰败。"①

正是由于王尔烈清誉极盛,威望极高,影响极大,因而在嘉庆元年(1796),正逢其七十寿辰之际,天下名流汇至,其同僚好友(包括124位政府官员和社会名流)为其题赠书画作品一百余幅,这些作品最终制成九面屏风,作为特殊的寿礼。作为王尔烈七十寿辰寿礼的九扇寿屏又称"百寿图",因为这其中包含九十二幅由汉、满、蒙、藏文所书"寿"字(并有署名钤印)。这些"寿"字之中,有一楷书"寿"字特殊,没有留有署名钤印,相传此"寿"字乃嘉庆皇帝所书。寿屏由上等木材为框,屏上透雕上述名家所书"寿"字,并配以泥金书画为衬,光彩照人。王尔烈寿屏现存于辽宁省辽阳市博物馆,是该馆名副其实的镇馆之宝。需要指出的是,这些在王尔烈寿屏之上留下墨宝的一百多位人物可谓是龙虎榜,据人考证,光状元、榜眼、探花就有八十八位,如刘墉、王文治、纪昀、董诰、戴震、翁方纲、高鹗、王念孙、程伟元等。王尔烈"百寿图"中就包括陈崇本所书"寿"字(排列在53位),可见其书法造诣颇受时人重视喜爱。

陈崇本是清代著名书画家,曾参与《四库全书》的编撰工作,据《乾隆实录》卷之一千一百四十九卷记载,乾隆四十七年(1782)正月《四库全书》修撰完成,乾隆召见全体编撰人员,并对编撰有功之人进行奖掖表彰,其中就包括陈崇本:

> 丙寅,《四库全书》告成,总裁质郡王永瑢等、带领总纂、提调、纂修、分校、督催收掌等员引见。得旨:孙士毅著补授太常寺少卿、韦谦恒著补授赞善。吴省兰、王坦修、李尧栋、

---

① 吕峰《翰林王尔烈》,长春:吉林人民出版社2005年版,第569页。

李镕、吴裕德、汪学金、陈崇本、许兆椿、于鼎、俞大猷、彭元瑞、百龄、周兴岱，俱著照所请，遇有应升缺出，与俸深人员轮班分次带领引见，其有应行开列之处，仍与俸深人员分单进呈。其汪学金俟散馆后，陈崇本俟扣满五年后，归入此次议叙人员内，按照名次一体办理。①

陈崇本对其先祖陈维崧极为敬仰，收藏了有关陈维崧的不少文物，如前文所提陈维崧使用过的"钟砚"，另外他还藏有一幅著名的《迦陵先生填词图》。清代词家吴锡麒《有正味斋词》中有一首《百字谣（念奴娇）·陈伯恭同年（崇本）属题迦陵先生填词图》，其词云：

公真健者，记昔日、词坛交推青兕。醇酒妇人供跌宕，学得信陵生计。笔秃枯毫，衫横老泪，谁晓琵琶意。功名五十，马周头早白矣。　　啸向玉宇琼楼，欲乘风去，只有髯苏比。一百年来朋辈尽，今日玉梅花底。井水依然，旗亭故在，莫说先生死。安排铁笛，玉龙夜半催起。②

喜欢收藏的陈崇本思慕先祖，收藏了许多关于陈维崧的文物。手稿本《迦陵词》就是商丘陈氏传下来的，所以陈崇本一定见过手稿本《迦陵词》，他对于手稿本的流传与保护一定做出过重要的贡献。由上可知，陈崇本善书法，精鉴别，富收藏，喜交天下名贤之士，在清代书画艺术史上具有重要的地位与影响。

---

① 中国第一历史档案馆编《清代档案史料·纂修四库全书档案》（下），上海：上海古籍出版社1997年版，第1459页。
② 孙克强等编著《清人词话》（上），天津：南开大学出版社2012年版，第241页。

图 4:陈崇本书法存迹

图 4 上所写实在为一个借条,其文字为:"齿录须迟四五日,始能录完即当送缴耳。须请大兄台安不具。年愚弟崇本顿首。"其上留有"铁城刘泉家藏"印章。河南商丘陈氏一支家族中还有很多在书法绘画、金石收藏方面很有造诣的人,有些人物的书画作品至今还是拍卖界的珍贵拍品,如陈坛,字杏江(一作"少文"),室名约斋,道光十五年(1835)庶吉士,散馆授编修,曾任礼科掌印给事中、福建道御史、湖南学政等值。其父陈焯,其祖陈呆,其曾祖陈濂。北京传是国际拍卖有限责任公司 2004 年拍卖会曾拍陈坛所书杜甫五言律

诗《舟泛洞庭》（水墨纸本立轴）①一幅，其形如下：

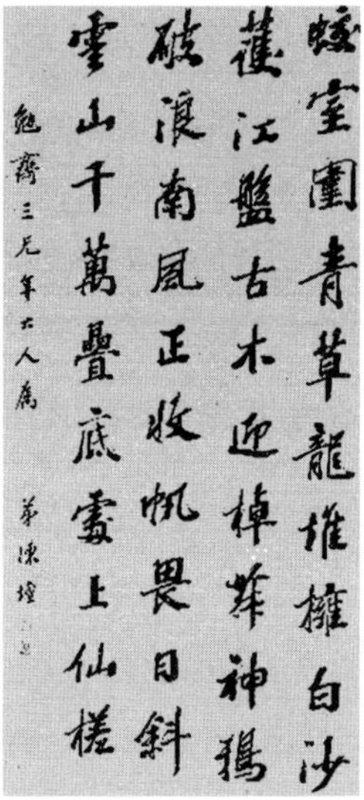

图5：陈坛书法存迹

　　图5题识为："勉斋三兄年大人属。弟陈坛。钤印：陈坛私印、杏江。"另外，陈坛的一纸《书札》曾与道光年间的另三位书法名家周尔墉、李振祜、程同三人作品一同出现于北京保利2015秋季拍卖会②。又如，陈崇本三弟陈邦燮，也是一位著名的书画收藏家，其家收藏有一幅宋代名画——《宋李公麟画大阿罗汉像轴》（据考，李公麟曾画过十六幅大阿罗汉像）。这幅卷轴是宋代专攻人物画的大画家李公麟所作，乃为精美绢本，画面上有元代元仁

---

①陈坛书杜甫《舟泛洞庭》（一作《过洞庭湖》）诗："蛟室围青草，龙堆拥白沙。护江盘古木，迎棹舞神鸦。破浪南风正，收帆畏日斜。云山千万叠，底处上仙槎。"见网址：http://auction. artron. net/paimai-art26580226。

②见网址：http://auction. artron. net/paimai-art5080023595。

宗(孛儿只斤)延祐三年(1316)时人所留题字。该画堪称李公麟代表作中的精品,曾先后为商丘陈邦燮、东莞陈伯陶所收藏①。商丘陈氏一门子孙的确受家学渊源影响,涌现出了多位书法家,光被清代书学理论家李放《皇清书史》收入的就包括陈杲、陈彬、陈焯、陈坛、陈重、陈执诸人,书中对其评价如下:

> 陈杲,字宣叔,濂子,嘉庆六年进士,官编修。善真行书,酷似其妇翁王梦楼太守(《家传》)。②

> 陈彬,字谨斋,濂子,嘉庆十六年进士,官天津知府署天津河间兵备道。精八法,新城陈尚书孚恩以书名一时,实为公弟子,其笔法胥受自公(《家传》)。③

> 陈焯,字度光,彬从子,嘉庆十六年进士,官浙江道御史,能书。④

> 陈燕,字乙葊,彬子。嘉庆二十二年进士,官刑部郎中,书承家学。⑤

> 陈坛,字杏江,御史焯子,道光十五年进士,官礼科给事

---

① 见罗雨林《"岭南碑帖第一人"——已故西关著名文物鉴藏家罗原觉传略》,广州政协门户网站《广州文史》,网址:http://www.gzzxws.gov.cn/qxws/lwws/lwzj/lxd_4/201012/t20101206_19843.htm。

② [清]李放《皇清书史》卷八,见金毓绂辑《辽海丛书》第五集,沈阳:辽沈书社1933年版,第1465页。

③ [清]李放《皇清书史》卷八,见金毓绂辑《辽海丛书》第五集,沈阳:辽沈书社1933年版,第1465页。

④ [清]李放《皇清书史》卷八,见金毓绂辑《辽海丛书》第五集,沈阳:辽沈书社1933年版,第1465页。

⑤ [清]李放《皇清书史》卷八,见金毓绂辑《辽海丛书》第五集,沈阳:辽沈书社1933年版,第1465页。

中,工真行书(《家传》)。①

陈重,字子蕃(笔者按:"子蕃"当作"小蕃"),彬孙,咸丰二年举人,官天津河防同知,涑陞道员。总督李鸿章奏补通永道,已前卒,书有祖风。②

陈执,字敬持,重弟,诸生,咸丰三年粤匪陷归德阵亡,年二十四,工诗与书。(李)放按:茂才阵亡之次日即降乩,有七律一章,汴人多传诵之。③

江苏宜兴－河南商丘陈氏子孙,家族文化传统世代沿袭传承,直到陈实孙、陈实铭辈,依然有很大的影响。如陈实孙,亦善书法,据李斗《扬州画舫录》记载:"陈实孙,字又群,号师竹。如皋诸生。善书法。"④陈实孙还精通医法,著有《时疫大意》一卷〔见清道光三十年(1850)《仪征县志》〕⑤。作为陈宗石第七代子孙的陈实铭,亦是晚清、民国时期著名人物,善书法,精于文物品鉴,与齐白石等名家交好,关于陈实铭的具体情况后文有专章介绍,兹处从略。

① [清]李放《皇清书史》卷九,见金毓绂辑《辽海丛书》第五集,沈阳:辽沈书社 1933 年版,第 1467 页。
② [清]李放《皇清书史》卷九,见金毓绂辑《辽海丛书》第五集,沈阳:辽沈书社 1933 年版,第 1468 页。
③ [清]李放《皇清书史》卷九,见金毓绂辑《辽海丛书》第五集,沈阳:辽沈书社 1933 年版,第 1468 页。
④ 乔晓军编著《中国美术家人名辞典》(补遗一编),西安:三秦出版社 2007年版,第 305 页。
⑤ 裘沛然主编《中国医籍大辞典》(下),上海:上海科学技术出版社 2002 年版,第 1705 页。

中　篇

陈维崧词集流传考释

第三章　陈维崧词结集及传播概述

　　手稿本《迦陵词》作为海内外孤本,现存于天津市南开大学图书馆古籍部,以其巨大的文学、文献以及史料价值,当仁不让地成为该馆的镇馆之宝。手稿本《迦陵词》始于江苏宜兴陈维崧寓所书斋,终存于南开大学图书馆,中间三百余年,历经各种承继、搬迁以及战火洗礼,就其文献的流传与保存而言,何其困难艰辛,而又弥足珍贵。正如南开校友白静博士论文《手抄稿本〈迦陵词〉研究》所说:"这部未刻的《迦陵词》一直都是以手抄词稿的形式流传。值得欣慰的是,这样一部珍贵的词集并没有因为它的稿本形式而散佚失传,它经历三百年余,至今依旧保存完好,现珍藏于南开大学图书馆古籍部。"①那么手稿本《迦陵词》是以怎样的轨迹辗转流传、最终珍藏于南开大学图书馆的呢? 笔者经大量文献检索,爬罗剔抉,基本理清了手稿本《迦陵词》的前世今生。

　　词兴盛于宋,经元明之沉寂,于清代开始复现中兴之态势,而清词中兴的一个重要表现就是大范围编纂词选风气的形成。鲁迅先生说:"选本可以借古人的文章,寓自己的意见。""凡是对于文术自有主张的作家,他所赖以发表和流布自己的主张的手段,

①白静《手抄稿本〈迦陵词〉研究》,南开大学 2007 年博士论文。

倒并不在作文心，文则，诗品，诗话，而在出选本。"①早在清初顺治、康熙年间，编纂词选就已经开始，据考，清代最早的词选本是宋征璧于顺治五年（1648）编选的《唐宋词选》。宋征璧（约1602—1672），字尚木，华亭（上海松江）人。明代崇祯年间进士，入清后曾任潮州知府等职。宋征璧是云间词派重要旗手，有《三秋词》存世。宋征璧之弟宋征舆与陈子龙、李雯并称"云中三子"。宋征璧以《花间》《草堂》二书为样本，补以诸家名篇佳作，编为《唐宋词选》一书，其弟宋征舆为之序。宋征舆之序文表达了尊崇婉约词派的观点，其具体推尊的对象就是"三李"（李白、李煜、李清照），认为李白开词兼有婉约、俊逸两种风调，李煜词则有"雍门琴"哀婉感人之妙，而李清照词实开宋词之盛。宋征璧后来自己亦编选了一部《宋名家词品》的宋词选本（今已不见传），重点选辑了"北宋七家"——晏殊、苏轼、秦观、张先、晏几道、贺铸、李清照。正如陈水云《云间派对唐宋词的接受——以陈子龙、蒋平阶、宋征舆为例》一文所说："云间派的出现，开了有清一代唐宋词接受的先声，也开了清代词学复兴的先声。"②从某种程度上说，以宋征璧、宋征舆兄弟《唐宋词选》《宋名家词品》等为代表的云间派词作选本的出现，吹响了清词中兴的号角。此后，清人词选蔚为大观，据陈水云《论清代词选的编纂及其意义》（《沧州师范专科学校学报》2002年第1期）、孙克强《词选在清代词学中的意义》（《南京大学学报》2006年第2期）等文考述，清代词选名家辈出，呈现有清一代词坛之盛事。如邹祗谟、王士禛共辑《倚声初集》，吴绮编辑《记

①鲁迅《集外集》，北京：人民文学出版社1998年版，第123页。
②莫砺锋编《谁是诗中疏凿手》，见《中国诗学研讨会论文集》，南京：凤凰出版传媒集团2007年版，第490页。

红集》,宋元鼎编辑《花细集选》,张渊懿编辑《清平集初选》,陈维崧、潘眉、吴逢原同辑《今词苑》,纳兰性德、顾贞观合编《今词初集》,蒋景祁编辑《瑶华集》,朱彝尊、汪森共辑《词综》,卓回、周在浚同选《古今词汇》等。到了康熙十八年(1679)博学鸿词科考试①之后,随着大批词人入京为官,编撰词选风气更胜,如陈水云先生所言:

> 特别是在康熙十七年前后,各地被征诏应试博学鸿儒的士子咸集京师,他们常常相聚宴饮洽谈,赋诗填词活动也达到高潮,编纂词选此时亦蔚成风气,出现了许多名家名选,如陈维崧、潘眉、吴逢原同选的《今词苑》,纳兰性德、顾贞观合编的《今词初集》、蒋景祁的《瑶华集》以及朱彝尊、汪森共辑的《词综》,卓回、周在浚同选的《古今词汇》等等。在康熙中叶以后,编辑词选是清代出版业的重要组成部分,如康熙四十六年由沈辰垣主持的《御选历代诗余》,姚阶编选的《词雅》,蒋重光编选的《昭代词选》,夏秉衡的《清漪轩词选》;不仅如此,不同的词派都编有各个词派的选本,如浙派词人王昶的《明词综》《国朝词综》,周之琦的《心日斋十六家词录》,常州词人张惠言的《茗柯词选》,周济的《宋四家词选》,谭献的《箧中词》,陈廷焯的《云韶集》《词则》,冯煦的《唐五代词选》《宋六十一家词选》,这些都是流传至今的绝妙好词选。②

需要指出的是,清代词选编撰与当时一些词坛名家的参与有

---

① 关于康熙十八年(1679)博学鸿词科考试的时间,有典籍记载是康熙十七年,经笔者考证,康熙十八年更为准确。

② 陈水云《论清代词选的编纂及其意义》,《沧州师范专科学校学报》2002年第1期。

着重要的密切的关系，以著名的神韵派诗人王士禛为例，他为官颇具政声，继钱谦益之后主盟诗坛，与朱彝尊称为"南朱北王"。王士禛在扬州曾任职五年，其间写下了很多诗词和游记，并与陈维崧、张养重、陈允衡、邱象随等江南词人诗酒酬答。王士禛在扬州修禊红桥，使得冶春社和红桥成为文化胜地，一些声气相求的词人，和唱活动频繁一时，据李斗《扬州画舫录》卷十记载："贻上（王士禛）司理扬州，日与诸名士游宴，于是过广陵者多问红桥矣。"①又如宗元鼎诗云："休从白傅歌杨柳，莫遣刘郎唱《竹枝》。五日东风十日雨，江楼齐唱冶春词。"②王士禛因为修禊红桥而蜚声文坛，冶春和红桥彰显着当时词坛的繁荣盛况。如《赌棋山庄词话续编》卷三引顾贞观语曰：

> 国初辇毂诸公，尊前酒边，借长短句以吐其胸中。始而微有寄托，久则务为谐畅。香岩，倦圃，领袖一时。唯时戴笠故交，担簦才子，并与谦游之席，各传酬和之篇。而吴越操觚家，闻风竞起，选者作者，妍媸杂陈。渔洋之数载广陵，实为斯道总持，二三同学，功亦难泯。③

王士禛等诸词家将唱和作品编为《红桥倡和集》，词集斐名海内，扬州因此成为清初士大夫的向往之地，如陈维崧就曾多次到扬州，留下了诸多唱和之作，如其在王士禛主持的《红桥倡和词》中存词三首（即《浣溪沙·红桥怀古》（历历寒田），《浣溪沙·红桥

---

① [清]李斗《扬州画舫录》卷十，见张连生编《扬州名人传》，扬州：广陵书社
　　2013年版，第84页。
② [清]李斗《扬州画舫录》卷十，见张连生编《扬州名人传》，扬州：广陵书社
　　2013年版，第84页。
③ [清]谢章铤著，陈庆元主编《谢章铤集》，长春：吉林文史出版社2009年
　　版，第641页。

感旧》(凤炯龙船)、《浣溪沙·红桥即事》(斑竹帘开);在曹尔堪主持的《广陵倡和词》中存词十二首①,词调均为《念奴娇》。扬州发生的《红桥倡和词》与《广陵倡和词》涉及了众多词坛名宿,具体可参看沈松勤《在唱和中"逼出妙思"——明清之际词坛中兴的运行模式》一文。

　　陈维崧乃清词一代大家、词坛巨擘,与朱彝尊、纳兰性德并称清词三大家,其词作良多而质量高,故广为流传,以各种抄本、刻本传世。清代词坛编撰词选,人们纷纷将编选视角聚焦于陈维崧的词作,因而他的词作都作为重要一家被广泛收录在各种词选之中。

第一节　清初三大词选选词标准
及对陈维崧词的收录情况

　　陈维崧才气敏捷,尤擅填词,他将毕生深情倾注于词的创作,存约一千八百余首,实为古今词人之楷模。陈维崧用词记录了他所经历的独特时代的生活,因而题材极为广泛,可谓一部清词话苦辛。陈维崧作词崇尚苏、辛,兼得杜甫沉郁之气,因而他词风气势凌厉、波澜壮阔、精悍横霸,形成了豪放雄健、沉郁壮丽的迦陵词风格。陈维崧词创作数量巨大,质量极高,气象万千,令世人惊叹,他以卓越才华成为清词阳羡派开山之祖,蔚为清词大家。清词中兴,陈维崧作为清词一派领袖,有继往开来之功。正如同代词人赵吉士一首《沁园春》词所歌赞的那样:"遗书流落人间。爱寿入、名山尽可传。更羌笛秋筋,吟成锦字,红牙翠袖,谱出金荃。

---

① 《广陵倡和词》十二首,见叶嘉莹主编稿本《迦陵词》(下),天津:南开大学出版社 2009 年版,第 435—451 页。

疑有五丁,驱来双腕,重辟词家混沌天。人何处,向迦陵集里,想杀陈髯。"①陈维崧的词作在当时影响巨大,被收录各种词集中,广为世人传播吟唱。其中,清初三大词选《倚声初集》《今词初集》《瑶华集》都收录有陈维崧的词篇佳作。

一、邹祗谟、王士禛《倚声初集》收录陈维崧词情况

由邹祗谟和王士禛共同编选的《倚声初集》,是明清之际一部极有影响的词选本,共收录明清词家 475 人(具体为:明中晚期万历朝 45 人、天启朝 15 人、崇祯朝 91 人、清初顺治朝 324 人),收词作近 2000 首。《倚声初集》依小令、中调、长调三部分编次,计分二十卷,其中小令十卷,中调四卷,长调六卷。《倚声初集》汇合众流,撷萃群英,备陈诸体之要,其对保存明末清初词人词作具有极为重要的作用与影响。

《倚声初集》的编选者邹祗谟是清初较早积极填词并专心研究词家的一位词坛实践者,如陈维崧《直木斋诗余序》曾对其评价道:"忆在庚寅、辛卯间,与常州邹(邹祗谟)、董(董以宁)游也,文酒之暇,河倾月落,杯阑烛暗,两君则起而为小词。方是时,天下填词家尚少,而两君独矻矻为之,放笔不休,狼藉旗亭北里间。"②邹祗谟(1627—1670),字讦士,号程村,清武进(今属江苏省常州)人,顺治十五年(1658)进士,工诗词。著有《讦士诗选》《丽农词》《远志斋词衷》等。其《丽农词》与王士禛《衍波词》、彭孙遹《延露词》并称"三名家词"。邹祗谟与王士禛编选大型词选《倚声初集》

---

①南京大学中国语言文学系《全清词》编纂研究室编《全清词·顺康卷》第九册,北京:中华书局 2002 年版,第 5122 页。

②冯乾编校《清词序跋汇编》第一册,南京:凤凰出版社 2013 年版,第 160 页。

始于顺治十七年(1660)，即王渔洋赴任扬州任职司理官之年。可以说，该部词选是对明清之际词坛一个阶段性的深刻总结，在当时是扬州词坛的一件盛事，大大凝聚并推进了广陵词人群体的创作，对整个清初词坛也影响巨大，如严迪昌先生称其是："清词初始时期的一部汇合众流、备陈诸体的要籍，对词坛繁荣起了积极的推波助澜作用。"①沙先一《〈倚声初集〉与明清之际词学的建构》一文亦指出，《倚声初集》最主要功绩在于搜罗保存明末清初的词坛文献，具有弥足珍贵的文献价值②。王士祯和邹祗谟各为《倚声初集》作有一篇序文，王士祯之序主要从声律的角度来追溯词的源流：

> 甚矣，声音之道，讵不大哉？古者歌诗三百，弦诗三百，意三百五篇之外，可以被管弦谐金石者，篇目甚众，特其声弗传耳。然余又考诸《史记》，古诗盖三千余篇，孔氏删取三百五篇皆弦歌，以合《韶》《武》之音。则所谓歌弦之诗，殆即今所传"关雎"以下正变之词，独歌弦之法不传，而歌弦之诗固在也。《小雅》"南陔"、"白华"、"华黍"三篇，有其义而亡其辞。孔颖达以为此三篇在武王之时，周公制礼用为乐章，吹笙以播其曲。孔氏删定有三百一十一篇，遭战国及秦而亡。由是推之，则知三百一十一篇皆歌弦之文，乃其声自秦火而后阙轶，固已久矣。汉末社夔号娴雅乐，而所得止"鹿鸣"、"驺虞"、"伐檀"、"文王"四篇，至太和中又失其三。左延年所得仅"鹿鸣"一笙耳。夫师旷觇风而识盛衰，季札观乐而知兴

---

① 严迪昌《清词史》，南京：江苏古籍出版社 1990 年版，第 62 页。
② 沙先一《〈倚声初集〉与明清之际词学的建构》，《徐州师范大学学报》2007
　年第 3 期。

废。非声音之为道,何以感人如此其深耶?郑樵考定汉魏以来乐府之诗,自"铙歌"、"鞞舞"而下系之《风》《雅》,"郊祀"而下系之《颂》声,"三侯"而下系之别声。大抵世代升降不同,而声音之道则一。故乐辞曰诗,诗声曰歌。尼父之删诗也,得诗而得声者则列之《风》《雅》,得诗而不得声者则置之逸诗。善读诗者,由声以考义,而与圣人之志庶几其不远乎?唐诗号称极备,乐府所载,自七朝五十五曲之外不少概见,而梨园弟子所歌率当时诗人之作,如王之涣之《凉州》,白居易之《柳枝》,王维《渭城》一曲,流传尤盛,乐府谱为三叠。此外虽以李白、杜甫、李绅、张籍之流,因事创调,篇什繁富,要其音节,皆不可歌。诗之为功既穷,而声音之道势不可以终废。于是温、和生而《花间》作,李、晏出而《草堂》兴,此诗之余而乐府之变也。诗余者,古诗之苗裔也。语其正,则景、煜为之祖。至漱玉、淮海而极盛,高、史其大成也。语其变,则眉山导其源,至稼轩、放翁而尽变,陈、刘其余波也。有诗人之词,唐蜀五代诸君子是也;有文人之词,晏、欧、秦、李诸君子是也;有词人之词,柳永、周美成、康与之属是也;有英雄之词,苏、陆、辛、刘之属是也。上而朝堂宴飨,下而士流赠答,西凤白雁、折杨怨别之词,朔雪黄龙、横槊临江之赋,无不属辞比事,动魄而惊心;依永和声,投袂而赴节。夫至是,声音之道乃臻极致。而诗之为功,虽百变而不可以穷。①

而邹祗谟为《倚声初集》所作长序,其核心意旨顺应了明清以来词体复盛的时代趋势,可以说,它是清初时期极为重要的一篇

①[清]王士禛《倚声初集序》,邹祗谟、王士禛《倚声初集》,顺治十七年(1660)大冶堂刻本。

词学理论著作：

> 仆乃与渔洋山人综核近本，揽撷芳蕤，被以丹黄，申之辨论，为时不及百年，而为体与数与人，仿佛乎两宋之盛。凡名公巨卿之剩艺，骚人逸友之遗音，无不推本性情，标举风格，庶几数百年而后，得比于"花庵"、"尊前"诸选，不零落于荒烟蔓草之间，以存一时之啸咏，何莫非灵均"骚辨"之余，靖节"闲情"之继？而猥云桃彼元声，荐斯近曲子，何见之陋耶？①

邹祗谟之序文较长，此处不具录。严迪昌在《清词史》中指出，邹祗谟在《倚声初集》序言中有几点值得赞扬的观点：一是辟头巾气之迂腐；二是肯定了"变"的必然之势，屏斥僵硬凝滞观念；三是着眼于"今"而不泥于"古"②。邹、王二家将明清之际的词学发展视为一个演进与发展的有机整体，动态审视明清两代词学的复起振衰。需要指出的是，《倚声初集》是明末清初词坛风貌的鲜活记录，真实地反映了明清之际词学发展的历史进程，而编选者都亲身经历了明清易代的时代阵痛，他们内心深处普遍具有故国之思，于是通过编选词集表达对故国的怀念之情，这也是《倚声初集》深蕴其中的特殊命意所在。可以说，《倚声初集》操选者本着以词存人之精神，保存了一代珍贵的词学文献，并且在选词下附精要之词评，不失真知灼见，实属弥足珍贵。诚如张宏生《〈倚声初集〉的文献价值》一文所指出的《倚声初集》中的评语在词学批评史上有着重要价值，尤其对研究清代词风，意义重大主要体现

---

① [清]邹祗谟《倚声初集序》，邹祗谟、王士祯《倚声初集》，顺治十七年（1660）大冶堂刻本。
② 严迪昌《清词史》，南京：江苏古籍出版社1990年版，第63—64页。

在以下三个方面:鲜明的中兴意识;推尊词体的观念;史事的考索①。明代词历来受人贬议,而邹祗谟、王士禛二人能秉持公心,客观存词,可谓功莫大焉!清代词学在对明代词学批判与继承的基础之上建构自己的特质风貌,而《倚声初集》就是这种理念指导下的具体文本呈现,因而对清初词学发展与词风演进有着重要理论意义与现实指导意义。

《倚声初集》对清初词坛名家多有关注,尤其是陈维崧,《倚声初集》共选陈维崧词四十首,其中有三十一首不见于今存陈维崧诸词集,现将三十一首词作具体篇目抄录如下:《荷叶杯·所见》《蕃女怨·五更愁》、《醉公子·艳情》(二首)、《浣溪纱·红桥感旧和阮亭韵》《纱窗恨·梁溪即事》《清商怨·兹泠戒家优留饮索程村文友属和》《菩萨蛮·入花丛抓鬓》《菩萨蛮·席间有感》《阮郎归·咏幔》《阮郎归·冬闺》《画堂春·护灯花》《眼儿媚·夏夜》《桃源忆故人·冬怀》《红窗睡·夏闺》《浪淘沙·春恨》《虞美人·镜》《南乡子·咏阑干》《踏莎行·春寒》《踏莎行·晏起》《蝶恋花·偶感》《锦帐春·画眉》《渔家傲·采莲》《定风波·杏花街纪事》《苏幕遮·咏枕》《金人捧露盘·咏汉史》《蓦山溪·感旧》《愁春未醒·和文友青儿曲》《法曲献仙音·冬夜愁》《金浮图·小武当烧香曲》《念奴娇·新月娟牡丹初放同二弟漫咏》。

陈维崧是一位自我要求极高的词作家,其早年很多自己不满意的词作均被他生前自我整理时删除掉了。如陈维崧在《任植斋词序》中即说:"顾余当日妄意词之工者,不过获数致语足矣,毋事

_____

① 张宏生《〈倚声初集〉的文献价值》,《古籍整理研究学刊》1996 年第 1 期。

为深湛之思也,乃余向所为词,今复读之,辄头颈发赤,大悔恨不止。"①蒋景祁《陈检讨词钞序》亦云:"济南王阮亭先生官扬州,倡倚声之学。其上有吴梅村、龚芝麓、曹秋岳诸先生主持之,先生内联同郡邹程村、董文友,始朝夕为填词,然刻于《倚声》者,过辄弃去。间有人诵其逸句,至哕呕不欲听,因厉志为《乌丝词》。"②《倚声初集》保存了陈维崧珍贵的早期词作,并且留有对陈维崧词的评语十八条,这些都对研究陈维崧词具有重要的文献价值。《倚声初集》正是出于保存文献的考虑,且抱着与词作者不必相同的审美标准,为后人保留下来陈维崧早年的四十首词作,这就可以使人们能够比较完整而全面地了解陈维崧在不同时期的创作情况以及风格演变。

二、纳兰性德、顾贞观《今词初集》收录陈维崧词情况

《今词初集》是由清初著名词家纳兰性德和顾贞观共同编选的一部词选,初刊于康熙十六年(1677),收录了明末清初近四十多年间的优秀词作,共选录一百八十四位词人,词作六百余篇。与《倚声初集》相比,《今词初集》虽然只有二卷,篇幅相对较小,但从其选词的标准来看,既能从词坛整体风貌角度审视并选取有代表性的名家词人,又可以体现出编选者的词史眼光和批评意识。正如张宏生著《清词探微》一书所言:"《今词初集》的编者在总结清初词风的发展时,既从当下的角度,看到词坛所具有的凝聚力

----

①孙克强等编著《清人词话》(上),天津:南开大学出版社2012年版,第172页。

②孙克强等编著《清人词话》(上),天津:南开大学出版社2012年版,第237页。

所在，又从历史的角度，看到了词坛将要展开的趋势，有着比较深刻的眼光。"①《今词初集》前有一序，后有一跋，是研究清代词学的重要理论文献。其中序言是会稽名士鲁超②所写：

《诗》三百篇，音节参差，不名一格，至汉魏诗有定则，而长短句乃专归之乐府，此《花间》《草堂》诸词所托始欤？词与乐府有同其名者，如《长相思》《乌夜啼》是也，有同其名亦同其调者，如《望江南》是也。

溯其权舆，实在唐人近体以前，而后人顾目之为诗余，义何居乎？吾友梁汾常云：诗之体至唐而始备，然不得以五七言律绝为古诗之余也；乐府之变得宋词而始尽，然不得以长短句之小令、中调、长调为古乐府之余也。词且不附庸于乐府，而谓肯寄闰于诗耶？

容若旷世逸才，与梁汾持论极合，采集近时名流篇什，为《兰畹》《金荃》树帜，期与诗家坛坫并峙古今。余得受而读之。余惟诗以苏、李为宗，自曹、刘迄鲍、谢，盛极而衰，至隋时风格一变，此有唐之正始所自开也。词以温、韦为则，自欧、秦迄姜、史，亦盛极而衰，至明末才情复畅，此昭代之大雅所由振也。

词在今日，犹诗之自初唐。唐人之诗不让于古，而谓今日之词与诗，必视体制为异同，较时代为优劣耶？兹集俱在，即攀屈宋宜方驾，肯与齐梁作后尘。若猥云缘情绮靡，岂惟不可与言诗，抑亦未可与言词也已。书以质之两君子。康熙

①张宏生《清词探微》，上海：上海古籍出版社2008年版，第254页。
②鲁超，字文远，号谦庵，监生，曾任广州布政使、松江知府，有善政。喜藏名家诗文集，曾为著名医书《景岳全书》作序。

丁巳嘉平月，会稽同学弟鲁超拜撰。①

鲁超在序言中梳理了诗歌发展演变的历史，继而重点论述了"词"名之"诗余"的非正确性，然后交代了《今词初集》的编撰动机，即"容若旷世逸才，与梁汾持论极合"。原来，兴趣相投的纳兰性德和顾贞观二人，着力于打破人们"词是艳科小道"的传统认知，合力倡导词可与诗并峙，意在提升词的地位。可以说他们二人为清初词坛的风气树立了一面旗帜——词并不是诗的附庸，而是一种独立的文体，完全可以与诗并驾齐驱。鲁超序言引杜诗"即攀屈宋宜方驾，肯与齐梁作后尘"，旨在强调词并不是诗的附属品，"岂惟不可与言诗"，填词也可出大手笔。在《今词初集》的跋文中，被称为清代"浙中三毛"之一的毛际可②亦推波助澜地阐释道：

> 少陵云：读书破万卷，下笔如有神。千古奉为诗圣。至于词，非天赋以别才，虽读万卷书，总无当于作者。使少陵为《忆秦娥》《菩萨蛮》诸调，必不能与青莲争胜，则下此可知矣。
>
> 近世词学之盛，颉颃古人，然其卑者掇拾《花间》《草堂》数卷之书，便以骚坛自命；每叹江河日下。今梁汾、容若两君权衡是选，主于铲削浮艳，抒写性灵，采四方名作积成卷轴，遂为本朝三十年填词之准的。
>
> 丁巳春，梁汾过余浚仪，剪烛深宵，所谈皆不及尘俗事。酒酣，出斯集见示，吟赏累日，漫附数语归之。余赋性椎朴，不能作绮语，于词学有村夫之诮，无足为斯集重。顾平生读

---

① 苏缨等编著《纳兰容若词传》，南京：江苏文艺出版社2009年版，第159页。
② "浙中三毛"指清初浙江文学家毛奇龄、毛先舒和毛际可，时称"浙中三毛，文中三豪"。

书不及少陵之半,而谬托以解嘲,益令有识者揶揄。两君其为余藏拙可也。遂安毛际可识。①

毛际可高度评价了近世词学大兴,足以"颉颃古人",但亦看到一些作品不过是沿袭《花间》与《草堂》,格调有待提高。毛际可主张填词要抒写性灵,而纳兰容若和顾贞观所编选的《今初词集》,以铲除词坛的陈词滥调、浮华艳语为务,成为清初词坛发展前进的标杆。《今词初集》的一序一跋具有重要的理论价值,鼓励人们不再将词看作诗的附庸,切实提升了词的地位。可以说,这反映了清初词人对词体认识的新高度,吹响了词体中兴的号角。而且,他们为清代词坛指明了具体的发展方向,即填词需要别才,词有自己的文体特点,它既不是附庸于诗的附属品,也不是逞博炫才的工具,更不是浮华低俗的演练场,它唯一的审美追求就是"抒写性灵"。也就是说,填词并不是为了交际游戏,而是为了以真挚之心写真挚之情。在此后近四十年,袁枚在清代文学中提倡"性灵"之说,由此可以看出这部《今词初集》的独特价值。正如苏缨所说:

> 两位志同道合的奇男子,以毫无功利的童心合作着他们心目中的伟大事业,全然不管旁人是怎么看的。这实在是很奢侈的镜头,奢侈得令人极度羡慕。于是,这样两颗超然物外的童心一起协作,要为天下词坛树立起太高的一支标杆,多年不曾坠落。今天我们了解清代文学,无论如何都避不开这部《今词初集》,尤其是鲁超与毛际可的一序一跋,把那两个大孩子的天真面目都写尽了——他们是如何地做起这些事情来,投入了多少的热诚、理想和幻想。他们就可以这样

---

① 苏缨等编著《纳兰容若词传》,南京:江苏文艺出版社 2009 年版,第 160 页。

不管功名利禄,只一味地沉迷在自己的兴趣中了,没日没夜地搭建着自己的空中楼阁。①

《今词初集》对于清初词坛具有巨大的影响,学者张宏生在《〈今词初集〉与清初词坛》②一文中,总结了该部词选的四个方面功绩:一、关于词坛领袖的论说;二、独抒性灵的追求;三、对词坛流变的体认;四、关于陈维崧词坛地位的认识。

《今词初集》收录了当时很多位名家词作,其中,见录10篇以上的词人如下:陈子龙二十九首、龚鼎孳二十七首、顾贞观二十四首、吴绮二十三首、朱彝尊二十二首、宋征舆二十一首、丁澎十九首、李雯十八首、成德十七首、严绳孙十七首、曹溶十六首、吴伟业十三首、王士禛十三首、陈维崧十一首、彭孙遹十首、顾氏(顾贞立,顾贞观之妹)十首。《今词初集》共选录陈维崧词九调十一首,具体词牌篇目如下:《少年游·奉诚园内》《探春令·过先叔修撰故居见杏花有感》《南乡子·邢州道上》《步月·小市门东》《东风齐着力·春困初浓》《满江红·溪上感旧》《满江红·赠何廷瑞先生是识余童子时者》《玉山枕·咏白鹦鹉和程村》《沁园春·赠友》《沁园春·经邯郸县丛台》《玉女摇仙佩·大梁署中月夜》③。

《今词初集》编订的时间前后,正是陈维崧由于《乌丝词》刊行而名满天下的时候。陈维崧在当时词坛可谓如日中天,但从上述统计数据可以看出一个奇怪的问题:《今初词集》只收录陈维崧十一首词,而许多词名没有他显著的人所收录的词都远多于他,这

①苏缨等编著《纳兰容若词传》,南京:江苏文艺出版社2009年版,第161页。

②张宏生《〈今词初集〉与清初词坛》,《南开学报》2008年第1期。

③[清]纳兰性德、顾贞观《今词初集》下卷,康熙十六年(1677)刻本,《续修四库全书》第1729册,第111-119页。

是为何呢？学界有人认为纳兰性德和顾贞观对陈维崧词存在较大偏见，对其评价偏低，所以收录其词亦少。其实，纳兰性德、顾贞观与陈维崧私交甚密，彼此仰慕且往来唱和亦多。在笔者看来，《今词初集》选录陈维崧词相对较少，可能是审美观不同造成的，并不是文人相轻式的主观贬损。陈维崧词风雄豪，如陈廷焯在《白雨斋词话》卷四中就如此评价陈维崧之词风："迦陵词，沉雄俊爽，论其气魄，古今无敌手。若能加以浑厚沉郁，便可突过苏辛，独步千古。"①而纳兰性德和顾贞观主张作词独抒性灵，注重典雅清空的审美风格，如纳兰性德自己曾在《渌水亭杂识》中云："《花间》之词如古玉器，贵重而不适用。宋词适用而少贵重。李后主兼有其美，更饶烟水迷离之致。"②纳兰词风气质极像李后主，就连陈维崧也评其《饮水词》"哀感顽艳，得南唐二主之遗"③。清代著名画家、诗人张祥河在给纳兰词集所作之序中亦如此表达："余在桂林，侧闻大中丞稚圭先生绪论及词学，推容若为南唐后主真派，令曲胜于慢序。"④如果我们仔细品读《今词初集》所选录陈维崧九调十一首词，就会发现入选的词正是这种风格，而不是陈维崧沉豪雄肆的主体风调。由此可见，纳兰性德、顾贞观与陈维崧在词的审美风格上有着较大不同，陈维崧之词总体而言，粗豪俊放有余，而温雅涵咏不足。正如顾贞观之门生杜诏所道：

---

① [清]陈廷焯:《白雨斋词话》,上海:上海古籍出版社2009年版,第82页。

② [清]谢章铤著,陈庆元主编《谢章铤集》,长春:吉林文史出版社2009年版,第574页。

③ [清]冯金伯《词苑萃编》卷八引,唐圭璋编《词话丛编》(第二册),北京:中华书局1986年版,第1937页。

④ [清]纳兰性德著,张草纫笺注《纳兰词笺注》附录三,上海:上海古籍出版社1995年版,第418页。

"迦陵之词,横放杰出,大都出自辛苏,卒非词家本色。"①这就是说,陈维崧词学苏辛过甚,非婉约之正脉,正如张宏生《清词探微》一书所总结的那样,陈维崧词过于粗豪,一览无余,不符合独抒性灵的审美要求,于是纳兰性德、顾贞观在《今词初集》中"才在基本肯定的同时,作出这样的选篇安排"②。《今词初集》较早地提出了陈维崧在词坛地位方面的评价论争,在词史上具有重要的学术影响。

三、蒋景祁《瑶华集》收录陈维崧词情况

继邹祗谟和王士禛共同编选《倚声初集》、纳兰性德和顾贞共同编选《今词初集》之后,蒋景祁的《瑶华集》将清初的词选推向了一个新高度。蒋景祁(1646—1695),字京少(一作荆少),江苏宜兴人。宜兴蒋氏一门为当地最早、最大的望族之一,家族人丁兴旺、人才辈出。蒋景祁父亲蒋永修(一作允修、胤修)为著名的阳羡派词人,与陈维崧相交颇深,同为宜兴词社(秋水社)社友。蒋景祁与陈维崧同乡,二人亦极为交厚,蒋景祁以师事陈维崧,自称"阳羡后学",形成彼此敬重的忘年交情谊。他们际遇也极为相似,长年游食,一生落魄,尤其蒋景祁一生未中举业,仅以岁贡生至府同知。蒋景祁曾与陈维崧一起参加康熙十八年(1679)举行的博学鸿词考试,惜其未遇。蒋景祁虽不得志,但他"笃学嗜书,不屑为章句之业,尤肆心风雅,于《花间》《草堂》盖兼综而条贯之"③。蒋景祁一生勤

---

① 孙克强等编著《清人词话》(上),天津:南开大学出版社2012年版,第537页。
② 张宏生《清词探微》,上海:上海古籍出版社2008年版,第254页。
③ [清]宋荦《瑶华集序》,见蒋景祁编《瑶华集》,天籁阁影印本,北京:中华书局1982年版,第4页。

奋,笔耕不辍,著有《梧月亭词》2 卷、《东舍集》5 卷、《罨画溪词》1 卷,尤其他所编选的《瑶华集》22 卷,奠定了他在清词史上的重要地位。

作为阳羡派干将的蒋景祁,工词喜收藏,其词题材广泛,词风追步陈维崧,豪放雄肆。蒋景祁年少有为,20 岁时即著有《梧月亭词》240 首,因而词名远著,当时陈维崧、朱彝尊、王士禛等名家对其均褒赞有加。蒋景祁于康熙二十五年(1686)完成了《瑶华集》的编选工作,他以独特的视角、多元的审美,爬罗剔抉清初顺治、康熙年间的词作精华,辑成 22 卷之巨的《瑶华集》这部大型清词选。《瑶华集》共计收清初词人 507 家,词作 2467 首①,将清初词坛名家名作皆有选择性地进行收录,正如蒋景祁自己在《刻〈瑶华集〉述》中所说的"萃当代之美而兼有前人矣"②,实践了保存一代词著盛事的编选意图。

蒋景祁编选《瑶华集》能够博采众家,不拘门户之见,但其选录标准又极为精细严格,如其所说:"凡有去取,必三复详慎而后定。"③《瑶华集》作为清初各种词选本中的巨制,其书按照小令、中调、长调类型排列,标明调题(凡原词有调无题者,为之拟制标题)。词选卷首有宋荦所作《瑶华集序》、顾景星所作《瑶华集序后》,尤其刻有蒋景祁自己所作《刻〈瑶华集〉述》38 则,极具词学理论价值。《刻〈瑶华集〉述》之后列有《瑶华集词人简表》(相当于目

---

①《瑶华集》收录词人词作数量见黄克《重印〈瑶华集〉序》之统计,北京:中华书局 1982 年版。

②[清]蒋景祁编《刻〈瑶华集〉述》,见《瑶华集》凡例,天藜阁影印本,北京:中华书局 1982 年版。

③[清]蒋景祁编《刻〈瑶华集〉述》,见《瑶华集》凡例,天藜阁影印本,北京:中华书局 1982 年版。

录：按照姓名、字号、籍贯、官职、存集排列），全集集后附卷一为《名家词话》、附卷二为《沈氏（谦）词韵略》。《瑶华集》成后多次刊刻，康熙天藜阁本是重要的版本。1982年中华书局出版天藜阁本影印本之《瑶华集》，并在卷前有黄克《重印〈瑶华集〉序》，卷最后制有《瑶华集词人姓名词牌索引表》。今将宋荦《瑶华集序》、顾景星《瑶华集序后》及《刻〈瑶华集〉述》（部分）内容兹录于下，以观该书之大概：

诗三百篇，皆可比之乐。汉魏以来，诗别为乐府，而诸不列于乐府之诗，乃不可歌，古乐府其继诗而起者乎？然乐府传千数百年，作者代有，皆仍其名，大概不异长短歌行，虽诗盛于唐，而旗亭酒家按拍能歌者，非五七言绝句无闻焉。若语以景星、斋房、青阳、西颢之曲，盖有不能举其音者矣，下此则为填词。填词之名，肇于唐李供奉《忆秦娥》《菩萨蛮》二阕，而其实自雅颂《繁》《遏》《渠》等篇已具错综抗坠之法，早为温、韦诸君子滥觞已。唐末五季，厥制未备。至宋周邦彦、万俟雅言，知音审声之士，迭起辈出，察律考度，不失尽寸，用之明堂，用之封禅，皆是物也。今天子右文兴治，挥弦解愠，睿藻炳然，公卿大夫精心好古，诗律之高，远迈前代，而以其余业为填词，咏歌酬赠，累有篇什，骎骎乎方驾两宋。呜呼！其盛矣。古之圣人悬六经以垂教，惟乐无传。太史公杂采《乐记》之文撰《乐书》，班掾且不敢别立篇名，仅与礼合为一志。而识者讥汉高好楚声，即《郊祀》《房中》诸什，拟诸往古，雅、郑分焉。乃数变而为填词，又数变而为南北剧。吾不知继此之变，其流极又将何如也。士君子不能生际三代，每乐取其近古者道之，而近古者要取轨度绳尺确然可守者而已。南北剧之弊，止以供优伶教场之所肄习，而向称古乐府诸调，复仍讹而不得其真。虽有延年协律,孙弘任官,终无当古人之万一也。夫填词非小物也,其音以宫商徵角,其按以阴阳岁序,其法以上生下生,其变以犯调侧调。调有定格,字有定数,韵有定声,法严而义备。后之欲知乐者,必于此求之。蒋子京少笃学嗜书,不屑为章句之业,尤肆心风雅,于《花间》《草堂》盖兼综而条贯之,犹以近日倚声未有全书,乃网罗数十年来填词宗工,荟萃成帙,命曰《瑶华集》,合二十二卷。蒋子(景祁)之意,盖将使后之学者,由此知乐也。何则? 古诗与乐一也,今诗与乐二也。诗自言志,而依永,而和声,而成文,而后谓之音。古乐不可得见,而宋之填词,太宗亲定之,大晟乐府领之,煌煌乎一代之制。今其声律较然可考,非如李、杜诗篇,短长随意,用以自适其指趣而已。胡致堂言童稚时获侍先生长者,见其酒酣兴发,多依腔填词歌之,曰:“此宋代慢也。”而晦翁朱氏亦传回文数阕。可知当时大儒皆所不废,则词其可以已乎? 今日诸名家之词,可任其湮没弗传矣乎。审音知乐者,知必有取乎尔也。若其淘汰之精核,搜采之奥博。文人才士镂肾鉥腑之所为,盖靡不具焉。善乎,史迁氏之序曰:“通一经之士,不能独知其辞,皆会五经家相与共讲习读之,乃能通知其意,多《尔雅》之文。”吾于是集,几几乎遇之矣。

> 康熙二十五年秋八月上
> 浣雪苑宋荦撰①

　　诗成为乐,导性情之自然;乐生于声,本天道之至教。自赋始于周,曲兴于汉,制作之变,自昔能言。然而淳于一石之对,实赋体之心宗;吴宫六字之谣,乃词家之鼻祖。六代三

---

① [清]蒋景祁编《瑶华集》卷首,天藜阁影印本,北京:中华书局1982年版。

唐,类能小调;两燕二宋,渐启长篇。缘彼从前,迨兹而降,情虽涉于涤滥,致颇极其精微。堂下按歌,丝竹之恬不如肉;腕中协律,刌度之苦则从心。《花间》《草堂》之慎,选于先啸,余韵谱之,赡论于后。久与诗人十体,表里为功;字母七均,低印(同昂)合度。至其神来合莫,妙极天然。冰瓦芙蓉,是谁雕镂;风丝袅娜,无心卷舒。能招造化之魂,亦动生灵之魄。填词之圣,实有如斯。遂觉李尉交河,翻成笨伯;江郎南浦,未尽幽情。然而吹毛索颣,披沙拣金。作者即盛于今,选者罕能称是,忾然叹矣,游目茫如。问谁擅长诸侯,厥有京少蒋子,蠙珠淮右,竹箭江东。玉台之生小清华,戟郎之行携油素。于是琉璃柙砚,玳瑁装书,买百锾之胡琴,售千金之堕珥。瑶函封至,遏云掷地之声;玉鬌投来,璧月琼枝之句。譬则波斯螺子,赠南国之双蛾;东海蚕娘,输吴宫以八茧。顿令选妆窗下,曼录腾光;刺绣床前,殷红满手,斯亦情文之绝丽,箧衍之殊观也矣。况夫白翎塞北,红豆江南。或赤风戍垒之场,素月江城之下。对关河而咄喏,顾光影以流连。燃烛绮筵,忽思崔九;落花时节,不见龟年。甚则卧阮尉之垆头,泣永新之舟尾。凡兹感动,能不噫嘘。若夫康衢击壤,顺帝则而不知;比户歌齰,听和平之自至。蒋子斯集,其亦少女之微风,元音之肇唱也欤?

康熙丁卯三月,玉山人顾景星书①

纵观词史,可以说,从苏轼开始很多词人都致力于对"词为艳科"格局的突破,注重提升词的文学地位,如清初的宋荦、顾景星也做出了相应的努力。以上两篇序言均是研究清初词坛理论的重要文献,二文从不同角度梳理了词的发展历史,阐明了词的文

---

① [清]蒋景祁编《瑶华集》卷首,天藜阁影印本,北京:中华书局1982年版。

体特征,从理论的高度廓清了"夫填词非小物也"(宋荦)、"诗成为乐,导性情之自然;乐生于声,本天道之至教"(顾景星)等词学理念。尤其宋荦,在对词之源流的认识上,他在《瑶华集序》中高喊"填词之名,肇于唐李供奉《忆秦娥》《菩萨蛮》二阕,而其实自雅颂《繁》《遏》《渠》等篇已具错综抗坠之法,早为温、韦诸君子滥觞已"。宋荦不同常人地认为词源于《诗经》,这极大地加长了词的历史。某种意义上说,宋荦此观点与苏轼认为词是"诗之苗裔"的观点同样重要,极为有利于破除诗尊词卑的传统观念,从而将词与诗相提并论,极大地提升词的文学地位。在对词功能的认识上,宋荦在《瑶华集序》中梳理了古代以乐为教的历史,认为"古之圣人悬六经以垂教,惟乐无传……夫填词非小物也。其音以宫商徵角,其按以阴阳岁序,其法以上生下生,其变以犯调侧调,调有定格,字有定数,韵有定声,法严而义备。后之欲知乐者,必于此求之"。宋荦从儒家诗乐教化的传统出发,把词的文学作用置于六经的教化功能系统之内,认为"填词非小物",可以说是对晚唐五代以来将词视为"小道""末技"的传统观念的纠正,这就将词上升到与经典同等重要的地位。在对词风审美认识上,宋荦强调填词倾向婉约,应注意合律,因而他论词倾向浙派,喜姜夔、张炎的醇雅词风,如其所说:"迨白石翁起,南宋玉田、草窗诸公,相互倡和,如野云孤飞,去留无迹,此竹垞论词所以必推南末。"①宋荦极为赞成朱彝尊"词至南宋始极其工"②之说,认为当今词坛学稼轩

①［清］宋荦《西陂类稿》卷二十八,文渊阁四库全书本。
②［清］朱彝尊《词综·发凡》云:"世人言词,必称北宋。然词至南宋始极其工,至宋季而始极其变。"见孙克强主编《中国历代分体文论选》(上),北京:北京交通大学出版社 2006 年版,第 308 页。

者常失之率,学耆卿者易失之淫,而陈维崧能够豪放与婉约兼具,犹得稼轩宗风。

　　宋荦为蒋景祁《瑶华集》所作之序文是清初的一篇重要的词学论文,他意在借这这篇序言宣传自己的词学观念,正如陈水云所说:

　　　　这篇序文在理论上归结起来有两点:第一,推尊词体。一方面他认为填词虽起自于唐人,但"错综抗坠之法"已滥觞于《诗经》。另一方面词被应用于人们社会生活的各个方面,如宋时便用之祭祀或封禅等重大的活动,而且连胡寅、朱熹这样的大儒都不轻视它,可见词在人们生活中占有较为重要的地位。第二,他把词的源头追溯到古乐,认为古人制乐以垂教,惜乎古乐未能流传下来,而填词正承续了这一古代的乐教传统,并在调、字、韵、法等方面发展和完善了古乐体系。①

　　蒋景祁《瑶华集》卷首宋荦《序》之后是顾景星的骈序《瑶华集序后》,作者以骈文之体重申了宋荦《瑶华集序》的基本观点,强调了词的独特文体特征,认为词非小道,词提高了词品。顾景星《瑶华集序后》后是蒋景祁自己所作的《刻〈瑶华集〉述》一文,共三十八则。该文是清初词学的重要文献,极具史料价值,如记述清初词作者的填词之盛、对具体词家的评价、词体风格论、清初一些重要词人的词学活动等,兹选有代表性的若干条如下:

　　　　今词家率分南北宋为两宗,岐趋者易至角立,究之,臻其堂奥,鲜不殊途同轨也。犹论曲亦分南浙,吾皆不谓之知音。

---

① 陈水云《清代前中期词学思想研究》,武汉:武汉大学出版社1999年版,第187—188页。

　　钱尚书(牧斋)、吴祭酒(梅村)、陈黄门(大樽)、龚宗伯(芝麓)、曹侍郎(秋岳)、宋宗丞(辕文)、李舍人(舒章),一时倡和,特绝千古。彭羡门、王阮亭、邹程村、董文友,廓清表章之力,大费苦心。

　　梁司农(棠村)、李少宰(容斋)、宋观察(牧仲),退食之暇,即促席为谭。每动毫楮,遍传都下。

　　王詹事(阮亭)精研诗格,《衍波》以后,禁不作词。尤检讨(悔庵)风华绝世,所撰乐府,巧夺元人。偶谱新声,皆足压卷。词多而工,莫若朱(竹垞)、陈(其年)两家。

　　顾舍人(梁汾)乃极口沈通声(丰垣),或有于人前短通声少年事者,舍人辄切齿。又其请生还吴孝廉(汉槎),亦只以一词感动公卿,至倾囊箧。

　　艳情冶思,贵以典雅出之,方不落黄莺挂枝声口,如竹垞《沁园春》诸作,摹画刻露,庶几靖节闲情之遗,非他家可到。填词与诗格等,而归于工妍,则为论尤严。小令约至十数字,长调衍至百十字,结构疏略,字法重见,作者草草,使读者兴味索然。近惟陈检讨(其年)惊才逸艳,不可以常律拘。而体制精整,必当以白石、玉田诸君子为法。守此格者,则秀水朱日讲(竹垞)耳。

　　《片玉》《珠玑》,体崇妍丽;《金荃》《兰畹》,格尚香纤。以是求词,大致具矣。集名《瑶华》,亦犹师古人之意云尔。①

　　蒋景祁《刻〈瑶华集〉述》一文有很多卓有价值的词学理念论述,系统阐明了《瑶华集》的选录范围、选择标准及编纂体例。该

---

① 以上俱见[清]蒋景祁编《瑶华集》卷首,天藜阁影印本,北京:中华书局1982年版。

《述》梳理词史,详尽记述了清初词坛的珍贵史料,因而极具文献价值。学者谭新红著有《清词话考述》①一书,对蒋景祁《刻〈瑶华集〉述》有着深刻的考述,兹不赘述。

自《瑶华集》刊行,好评如潮,如沈雄《古今词话·词品》引江尚质语云:"人文蔚起,名制若林。近披朱竹垞《词综》、毛驰黄《词谱》、邹程村《倚声集》、蒋京少《瑶华集》,家矶人璧,评者纷如。得与柳塘沈子,稽古证今,赞成是书。"②李一氓在《瑶华集跋》一文中更是给予了极高的评价,认为其"差足备顺康一代之典型,颇足观览。继《明词综》而后之《清词综》一系列选本,皆远逊之"③。1982年中华书局影印出版了天藜阁刻影印本《瑶华集》,黄克在《重印〈瑶华集〉序》里指出:

> 清初人编选清初人的词,顺、康年间,除《瑶华集》而外,还有邹祗谟、王士祯的《倚声初集》,纳兰成德、顾贞观的《今词初集》,佟世南的《东白堂词选》,卓回的《古今词汇》,聂先、曾王孙的《名家词钞》……选家既各具只眼,数量、质量也参差有别。《倚声》《今词》已有"搜罗未富"之讥;《东白堂》采摭虽堪称繁富,亦有"甄录未精"、"良楛杂陈"之病(《四库全书总目提要》)……因之,在清人选清初人词的选本中,《瑶华集》才显出其出类拔萃。④

蒋景祁编订《瑶华集》之时,正值清初词坛极其活跃,名家辈出,词体观念有了较大发展,但同时也出现了渐趋空疏的流弊,一

---

① 谭新红《清词话考述》,武汉:武汉大学出版社2009年版,第256页。
② 唐圭璋《词话丛编》,北京:中华书局1986年版,第881页。
③ 李一氓《一氓题跋》,北京:三联书店1981年版,第193页。
④ [清]蒋景祁编《瑶华集》卷首,天藜阁影印本,北京:中华书局1982年版。

些认知混乱也逐渐显露。在这种背景下,蒋景祁《瑶华集》旨在通过词选,萃集菁华(名家带动价值),保存词坛史料(文献价值),拨乱反正,引领清词方向(理论价值)。正如赵秀红《表艺林之骚雅,成一代之伟观——〈瑶华集〉编纂意图及价值》一文所认为的那样,《瑶华集》的编纂意图包括以下几个方面:取各家精华,成自家面貌;为清初词坛存史;纠弊匡俗,指示门径。《瑶华集》的编纂,一是为了萃集词坛各家各派菁华,保存清初"词为特盛"的一代史料;二是反映清初词坛由百脉汇流归于浙西一统的发展趋向,同时对词坛日渐显露的不良倾向进行反拨,其融通的词学观对后来的清词选本产生了较大影响①。《瑶华集》是清初一部价值巨大的词选本,正如严迪昌先生所言:"如果陈维崧以其创作实践宏开一派词风,万树编著《词律》梳理词的音韵格律,廓清词体词律的紊杂现象,那么蒋景祁以其出色的选政而堪称阳羡的三鼎足之一。"②蒋景祁是阳羡派代表词人,但其所编选的《瑶华集》不仅仅是阳羡一派之成果,从词史角度考察,它更是清词发展史上的一部极为重要的词选。

　　需要指出的是,作为学生的蒋景祁所编选的《瑶华集》,从某种意义上说是其老师陈维崧所编选的《今词苑》之续集。陈维崧、吴本嵩、吴逢院、潘眉等人合辑的《今词苑》"选清初钱继登、吴伟业以下,包括选辑者自制词,共132家,计460多首。书前有自序、《今词苑姓氏》。此书搜集未富,遗漏颇多。有康熙年刊

---

①赵秀红《表艺林之骚雅,成一代之伟观——〈瑶华集〉编纂意图及价值》,《中山大学学报》2006年第6期。

②严迪昌《清词史》,南京:江苏古籍出版社1990年版,第216—217页。

本"①。《今词苑》是清初阳羡词人的一部重要词选,兼收并采,对当时词坛阳羡、云间、广陵、西泠、兰陵、柳州等各家词派重要词人都有收录。蒋景祁《瑶华集》与陈维崧《今词苑》编选宗旨基本一致,他在《刻〈瑶华集〉述》里指出:"其年先生向有选本,颇嫌简略,兹编大约揽其所有而益补未备。"②相对而言,陈维崧《今词苑》较为简略,生当康熙盛世之际的蒋景祁,怀着极其神圣的历史责任感,本着弘扬拓展《今词苑》之意旨,荟萃当代词坛之美,拨正荡涤了明末以来浮艳轻薄的词风,引领了清初词坛的发展方向,为词在清代实现中兴拉开了序幕,因而极具词史意义。

作为同乡,阳羡陈、蒋两家时代交好,蒋景祁之父蒋永修曾为陈维崧立传,其《陈检讨迦陵先生传》中记述与陈维崧共同参与秋水社唱和之往事:"吾邑中订秋水社,罗致文士,择其尤。吴其雷清闻、卢象观幼哲、黄羲时宓公与焉。是时,独其年齿最少。"③蒋景祁亦为陈维崧别立外传,其《迦陵先生外传》云:"迦陵先生为吾乡名宿,景祁获侍先生于里中十有余载,及客燕台,往还尤密,文酒过从之暇,先生辄从容为道平生,谨次轶事数条别为外传,深恐失传都忘固陋云尔。"④蒋景祁对陈维崧极为仰慕,长期追随左

①何宝民主编《中国诗词曲赋辞典》,郑州:大象出版社1997年版,第325页。

②[清]蒋景祁《刻〈瑶华集〉述》,见《瑶华集》卷首,天藜阁影印本,北京:中华书局1982年版。

③[清]钱仪吉《碑传集》卷四十五,清道光刻本。见沈云龙主编,钱仪吉编《近代中国史料丛刊》第九十三辑《碑传集》,台北:文海出版社1973年版,第2260—2262页。

④[清]钱仪吉《碑传集》卷四十五,清道光刻本。见沈云龙主编,钱仪吉编《近代中国史料丛刊》第九十三辑《碑传集》,台北:文海出版社1973年版,第2262—2264页。

右,形成忘年之交,对陈维崧词风高度赞誉,如其在《陈检讨词钞序》中所评:"故读先生之词者,以为苏辛可,以为周秦可,以为温韦可,以为《左》《国》《史》《汉》唐宋诸家之文亦可。盖既具什佰众人之才,而又笃志好古。取材非一体,造就非一诣。豪情艳趋,触绪纷起,而要旨含咀酝酿而后出,以故履其阈,赏心洞目,接应不暇;探其奥,乃不觉晦明风雨之真移我情,噫其至矣!向使先生于词,墨守专家,沈雄荡激,则目为伧父,柔声曼节,或鄙为妇人。即极力为幽情妙绪,昔人已有至之者,其能开疆辟远,旷古绝今,一至此也耶。"①陈维崧去世后,蒋景祁极为伤感,曾创造多首怀念老师的词作,如以下两首:

> 几卜行期,今朝才是,冲泥冒雪前路。已别燕山,尚迟东国,屈指遥程三五。冷落关河也,怎踏遍、短长亭去。暮山何处孤烟,莫是有人炊黍。 我亦天涯羁旅,悔此日灞桥,未共凝伫。涿鹿城边,白沟河畔,多少凭陵怀古。戍垒星星在,几酿尽、酸风凄雨。过了烧灯,问君把鞭吟处。
>
> ——《探春慢·迦陵太史有雪中忆桐初东游之作予亦栖迟未归慨然属和》②

> 丝尽春蚕吐。检遗编、其人斯在,疾风吹暑。零乱瑶华诗千卷,只少狮儿似虎。论此恨、茫茫难渡。绝调广陵人解否?怕伤情、莫再冰弦鼓。铁马暗,檐前舞。 君才福报今如许!未争差、玉堂支俸,天厨酌醨。火浣奴衣何堪羡?负

---

① [清]陈维崧著,马祖熙笺注《迦陵词选》,南昌:江西人民出版社1986年版,第202页。
② 南京大学中国语言文学系编《全清词·顺康卷》第十五册,北京:中华书局2002年版,第8747页。

郭田荒稷黍。一笑耳、掀髯毋怒。蠹简流传人腹痛，料夜台、李白差无苦。伤往事，总成古。（原注：其年先有子，名狮儿，早亡。）

　　——《贺新郎·端阳后四日检迦陵遗集有感》①

　　身世飘零，天涯沦落，遂成知己，引以同调，从上述两首词中我们可以看出，蒋景祁曲调深沉，洋溢着知音顿失的伤痛之情。在对迦陵词风格特点的评论中，这两首词应该说极为精当准确。蒋景祁与陈维崧一脉相承，彰显阳羡派的共同特点，即借填词抒写人生遭际的艰辛不平与壮志难酬的悲愤。蒋景祁与陈维崧师生间感情深厚，关系密切②，心灵审美相通，因而词风极为接近。由上可知，蒋景祁极为追慕陈维崧，因而他在《瑶华集》中选录陈维崧词最多，共计八十三调一百三十六首。《瑶华集》选录陈维崧词具体词牌篇目如下：《春光好·咏橘》《减字木兰花·上巳后一日途次洧川》《卜算子·瓜步阻闸》《添字昭君怨·夜泊銮江》、《采桑子·正月二十五日接得纬云弟京邸罗敷娟词余亦百感风生遂和其韵》（三首）、《天门谣·汲县道中作》《相思引·元夕后二日夜雨即事》《忆少年·秋日登保安寺佛阁（梁溪）》《河渎神·临津古城隍庙下作》《西江月·喜见狮儿》（四首）、《探春令·咏杏花在叔祖殿元公宅内》《南歌子·蝶庵花下送苏仲补游京师》《河传（第四体）·黄蔷薇》《一剪梅·吴门客舍初度》、《定风波》二首（题目为：《赠牧仲歌儿阿陆》《又赠阿增》）、《似娘儿·舟过娄门即事》《喝火

①南京大学中国语言文学系编《全清词·顺康卷》第十五册，北京：中华书局2002年版，第8758页。

②陈维崧一生落魄，四海飘零，家破人亡，晚年孤身京城，最终病逝，仅蒋景祁一人视疾在侧。陈氏遗稿，尽悉托付蒋景祁整理。

令·偶忆》《凤衔杯·偶感》《品令·夏夜》《芭蕉雨·春雨》《酷相思·冬日行彰德、卫辉诸处马上作》《凤凰阁·汴京夜雨》、《感皇恩·晚凉杂忆》（六首）、《月上海棠·游顾龙山》《西施·玉峰公燕席上赠施校书》《归田乐引·题王石谷晴郊散牧图》《师师令·咏雏姬》《隔浦莲近拍·暮秋江上偶步万佛林》《下水船·暮次丹阳宿周丹申斋同汤谷宾夜话》《解蹀躞·夜行荥阳道中》《婆罗门引·香橼》《过涧歇·暨阳秋城晚眺》《新荷叶·夏日过天长放生池马上作》《拂霓裳·冬夜观剧》《洞仙歌·岵云上人兰若红梅》《惜红衣·苦热怀村居水木之胜》《鹊踏花翻·前题》《法曲献仙音·寄严览民、顾梁汾、钱宝汾三舍人》、《满江红·汴京怀古》十首、《满庭芳》四首（题目为：《顾梁汾扈驾诗题后》《咏宣德窑青花脂粉箱为莱阳姜学在赋》《蜀山谒东坡书院》《吾邑茶具俱出蜀山暮春泊舟山下赋此》）、《水调歌头·过长荡湖望三茅峰》《塞孤·宣武城外书所见》《征招·送宋性存归吴门》《汉宫春·春夜听盲女弹琵琶词》、《八声甘州》二首（题目为：《客有言西江近事者感而赋此》《南耕斋中食鲥鱼作》）、《黄河清慢·清江浦渡黄河》《醉蓬莱·碧山庄看杜鹃秦以新太翁留饮花下有怀对岩检讨》《扬州慢·送史蘧庵之广陵并示宗定九孙无言汪蛟门舟次诸子》《新雁过妆楼·虎丘感旧》《无闷·益都夫子饮我以太和春》《催雪·秋日过城南显亲寺》、《念奴娇》五首（题目为：《由亳州至归德途经木兰祠》《宋景炎席上赠柘城李蓼墅》《用前韵酬柘城李子金》《用前韵酬鹿邑张子武》《用前韵酬新城王叔平》）、《绕佛阁·寒夜登惠山草庵贯华阁》《四代好·泛艇春溪作》、《木兰花慢》二首（题目为：《过故友周文夏园亭》《戊午中秋同既庭赋昨岁中秋与既庭同在玉三友园》）、《水龙吟》二首（题目为：《秋日饮蝶庵纪坐上人语》《江行望秣陵作》）、《喜迁莺》三首（题目为：《粤东石濂和尚为予画

像志谢》《滇茶》《饮华汉章斋头听苏昆生度曲》)、《春从天上来·
壬子元夕》《眉妩·壬子除夕》《永遇乐》二首(题目为:《题惠山松
石》《京口渡江用辛稼轩韵》)、《花发沁园春·月夜饮绿萼梅下》
《望梅·春城望纸鸢》《望海潮·题马贵阳画册》《望湘人·寓楼微
雪咏隔垣所见》、《薄幸》三首(题目为:《阊门感怀用湘瑟词韵》《舟
次惠山再叠前韵》《山下与顾景行话旧三叠前韵》)、《一萼红·纳
凉梅庐》《一寸金·古冢》、《风流子》二首(题目为:《月夜感忆》《锡
山庆云庵感旧时末如上人新游》)、《慢卷绸·赋得秦女卷衣》《过
秦楼·松陵城外经疏香阁故址》《高山流水·即席别吴门诸子返
梁溪》《五彩结同心》《江南春》、《沁园春》十一首(题目为:《由丹阳
至京口舟中放歌》《月夜渡江》《题徐渭文种山梅花图》《邯郸县丛
台怀古》《秋夜听梁溪陈四丈弹琵琶》《晒书》《泊舟惠山看六朝松
并艮岳石》《咏砚为李若士赋》《戏咏闺人踢毽子者》《送友人入山
采茶》《芹野草堂感旧》)、《贺新郎》十首(题目为:《梁溪华子瞻与
秦对岩齐名均齿今对岩官禁近而子瞻沦落如故词以寄慨》《颜鲁
公八关斋碑》《上方寺铁塔》《东京旗亭纪事》《谯玉峰徐健庵太史
宅歌舞烟火甚盛》《作家书竟题范龙仙书斋芦雁图》《秋夜呈芝麓
先生》《送三韩李若士省亲之楚》《寄蒋驭鹿》《送四弟子万之任黎
城》)、《摸鱼儿》二首(题目为:《题徐电发枫江渔父图》《咏窝丝
糖》)、《夏云峰·蘧庵携秋岳先生新词奉柬》《瑞龙吟·春夜见壁
间三弦子感赋》《玉女摇仙佩·大梁署中月夜》《小诺皋·夏雨》
《哨遍·酒后柬丁飞涛》《莺啼序·春日游平山堂即事》《丰乐楼·
辛酉元夜同戢山赋》。

　　由上述选词作数量可以看出,蒋景祁对陈维崧词颇为偏好,
对其人亦极其仰慕,如其在为陈维崧另一部词选《荆溪词初集》所
作的序言中所评:"近则其年先生,负才晚遇,傲居里门近十载,专

攻填词,学者靡然从风,即向所等夷(同辈)者,尚当拜其后尘,未可轻颉颃矣。"①蒋景祁《瑶华集》虽然选陈维崧词较多,但他亦能不主一家,兼顾诸家精粹,继承《倚声初集》《古今词统》《今词苑》等名家词选的优良传统,如对《古今词统》的"言情说"、《倚声初集》的"推尊词体"、《今词初集》的"独抒性灵"、《今词苑》的"发真情"等词学观都多有继承,尤其对浙西词派领袖朱彝尊《词综》之词学思想十分赞许。蒋景祁《瑶华集》博采诸家之长,但又不失自己的真知灼见,他极其强调词言情写志的文体特色,坚持高标准、严法度、词言志、抒性情等选词理念。可以说,蒋景祁很好地整合了阳羡、浙西两家词派的优点,如其《刻〈瑶华集〉述》所云:"近惟陈检讨惊才逸艳,不可以常律拘,而体制精整,必当以白石、玉田诸君子为法。守此格者,则秀水朱日讲(竹垞)耳。"②既欣赏陈维崧豪放雄肆的词风,同时也注意吸收朱彝尊体制精工的优点,这种宽阔的选词视野为当时词的发展指明了正确的方向。诚如王士祯《居易录》卷四所云:"宜兴门人蒋(景祁)京少编《瑶华集》,凡二十卷,搜采国朝名家,填采甚富,二十年前,予在扬州,与故友武进邹(祗谟)程村撰《倚声集》,起万历末,迄顺治初年,以继卓珂月、徐野君《词统》之后。蒋此编又起顺治迄于今,以继《倚声》之后,合观三集,三百二十年间作者略备矣。"的确,《瑶华集》能够很好地继承前代各部优秀词选的选词传统,荟萃一代词坛之盛,存录当代词坛实绩,反映词史流变,规矩词风走向。蒋景祁《瑶华

---

① [清]蒋景祁《荆溪词初集序》,陈维崧、曹亮武、潘眉辑《荆溪词初集》卷首,康熙十七年(1678)刻本,现藏于国家图书馆。

② [清]蒋景祁《刻〈瑶华集〉述》,见《瑶华集》卷首,天籁阁影印本,北京:中华书局1982年版。

集》选词兼容并蓄,其"婉约与豪放并重"的词学主张,不主一格,持平开放,奠定了清词多元化之格局,这在明末清初词风的演变过程中,确实有着传承开拓之功,对有清一代词坛作出了极为重要的贡献,为清词中兴铺平了道路。

第二节　陈维崧词传播的几个重要钞、刻本

陈维崧以其豪放苍凉、雄肆沉厚的词风,在清初就开创了清词的一大方阵流派——阳羡词派,而他自己也以其深厚的词学造诣奠定了"清词三大家"的词坛地位,因而他的词在当时就广为流传。继清初三大词选(《倚声初集》《今词初集》《瑶华集》)大量选录陈维崧词之后,陈维崧词得到了更大范围的传播。笔者拣几部重要的钞、刻本,来梳理审视陈维崧词的传播情况。

一、《朱陈村词》

陈维崧与朱彝尊是清初词坛双子星,双峰并峙,堪称两大词家擅场。他们不仅词作数量巨大,质量上乘,而且都有着系统的词学理论,并都开宗立派,陈维崧开"阳羡词派",朱彝尊创"浙西词派",终成为有清一代词坛两面旗帜。陈维崧是本书传主,兹处介绍从略,待后文详述,而对朱彝尊略作介绍。朱彝尊(1629—1709),字锡鬯,号竹垞(又号"驱芳",亦作"醧舫"),晚年自号"小长芦钓鱼师"(尽显隐逸之调),又号金风亭长(嘉兴有金风亭)①,

---

① [清]曹寅《南辕杂诗·题撷韵后》有"金风亭里金针秘,秖度凡夫证小身"之诗句。

浙江秀水(今嘉兴市)人。康熙十八年(1679)举博学鸿词科,官授检讨,入值南书房,备受康熙皇帝宠遇,曾参与《明史》纂修。清代著名文学家,集官员、学者、诗人、词人、藏书家等身份于一身,为"浙西词派"的创始人,与陈维崧并称"朱陈"。朱彝尊博学多才,精通金石文史,爱好藏书,相传藏书八万余卷,书斋名为"曝书亭"。朱彝尊著作等身,有《词综》《曝书亭集》《明诗综》等传世。朱彝尊诗可与王士禛并道称誉南北("南朱北王"),作词尤好,开浙西一派①,词风清丽,存词六百余首。

　　朱彝尊于词建树颇丰,他批判明词学《花间集》《草堂》,气格卑弱、语言浮薄,于是力主清词宗法南宋姜夔、张炎,有"然词至南宋始极其工"②之论调,其《静志居诗话》云:"数十年来,浙西填词者家白石(姜夔)而户玉田(张炎),春容大雅,风气之变,实由先生。"③朱彝尊辑选唐至元人词成《词综》一书,标举"清空""纯雅",他自己所作词纯雅精巧,词律工严,用字清新。诚如雷广敬《咏朱彝尊》一诗所称:"悲凉慷慨金风亭,鼓吹元音出正声。崇雅只应门面语,风怀琴趣露真情。"④朱彝尊于词与陈维崧并称"朱

---

① 清代词人龚翔麟选朱彝尊、李符、李良年、沈岸登、沈皞日及本人词作《浙西六家词》,遂有"浙西词派"之称。"浙西词派"当时备受推崇,笼罩康熙、雍正、乾隆三朝百余年的词坛。

② [清]朱彝尊《词综·发凡》云:"世人言词,必称北宋。然词至南宋始极其工,至宋季而始极其变。"见孙克强主编《中国历代分体文论选》(上),北京:北京交通大学出版社2006年版,第308页。

③ [清]朱彝尊《静惕堂词序》,见《清名家词》第一册《静惕堂词》卷首,上海:开明书店1937年排印本,第233—235页。

④ 雷广敬著,马明编注《集云堂诗文选》,济南:济南出版社2003年版,第387页。

陈",曾与其年合刻一词稿,名为《朱陈村词》,为清初著名词本。《朱陈村词》影响很大,曾流入康熙书房,备受称赞,如徐珂《清稗类钞》所记:

> 宜兴陈其年检讨维崧,少清臒,冠而于思,须浸淫及颧准,侪辈号为陈髯。性好雅游,以文章钜丽,为海内推重。相与蹴角坛坫者,吴江吴汉槎、云间彭古晋也。吴梅村有江左三凤皇之目。其年未达时,尝自中州入都,与朱竹垞合刻所著曰《朱陈村词》,流传入禁中,曾蒙圣祖赐问褒赏。①

强强合作的《朱陈村词》之刊行被世人广为流传,备受词坛关注,甚至流传至禁中,蒙康熙皇帝赐问,荣耀一时。可惜《朱陈村词》词本今已失传,但这部词本在词学研究界多有人提及,如民国时期著名学者曾毅在其《中国文学史》中记述道:"而声教尤广者,更推朱竹垞、陈迦陵……陈其年与竹垞,并负轶世之才,同举博学鸿词,交又最深,其为词亦工力悉敌。乌丝载酒,一其正未易轩轾也。其年曾自中州入都,偕竹垞合刻所著,曰《朱陈村词》。"②孙文光《明清词举要》一书在介绍陈维崧时说:"陈维崧字其年,号迦陵。江苏宜兴人。清康熙十八年(1679)应博学鸿词试,授检讨,与修《明史》。与朱彝尊合刻《朱陈村词》,流传禁中。领袖清初词坛,开创阳羡词派。有《湖海楼词集》。"③何宝民主编的《中国诗词曲赋辞典》中"朱陈"条提及:"朱、陈二人分别创'浙西词派'、

①［清］徐珂编撰《清稗类钞》第二十九册"文学类",上海:商务印书馆1918年版,第166页。

②曾毅撰著《中国文学史》(下),上海:泰东图书局1932年版,第237页。

③孙文光、彭国忠《明清词举要》,芜湖:安徽师范大学出版社2015年版,第92页。

'阳羡词派',合刊词稿《朱陈村词》,'流传禁中,蒙赐问,时以为荣',故有'朱陈'之称。"①

　　康熙七年陈维崧入京寻求仕途机会,在京城结识了正在京师游历的朱彝尊,两位词坛名宿一见如故,终日相随,交游倡和,为词坛留下了一段佳话,而他们合刻的《朱陈村词》词稿既是二人之间友谊的桥梁,更是清初词坛发展史上的重要事件——两大词派掌门联手引领清词的发展方向。诚如白静博士所说:"它的成书却是两位词坛宗匠第一次联手的标志,反映出他们对词体文学的共同爱好与不懈追求,在文学史上具有划时代的意义。"②对于陈维崧来说,《朱陈村词》的刊行也使他的词作走出阳羡、如皋、广陵一隅,奔向更广阔的祖国大地,同时也融入了浙西词派的艺术风格,由此,陈维崧的词坛影响也就由江南被扩及全国范围。可以说,朱彝尊、陈维崧分别作为清初著名的浙西词派、阳羡词派之扛鼎领袖,他们合刻的《朱陈村词》昭示着一个词坛盛世的到来。

二、孙默《国朝名家诗余》

　　孙默所编《国朝名家诗余》是清初最早一部规模宏大的清词集丛书,共三十九卷。国家图书馆藏有康熙孙氏留松阁③刻本《国朝名家诗余》,国家图书馆出版社以该本为底本出版全套词集,并收入中华再造善本丛书。这套词集共收录十七家词,按编录顺序分别为吴伟业(梅村)、龚鼎孳(芝麓)、梁清标(苍岩)、宋琬

----

①何宝民主编《中国诗词曲赋辞典》,郑州:大象出版社1997年版,第280页。
②白静《手抄稿本〈迦陵词〉研究》,南开大学2007年博士论文。
③孙默室名"留松阁",故其所刻《国朝名家诗余》系列词集又称《留松阁词集》。

（荔裳）、王士禄（西樵）、尤侗（悔庵）、陈世祥（散木）、黄永（艾庵）、陆求可（密庵）、曹尔堪（顾庵）、邹祗谟（程村）、彭孙遹（羡门）、王士禛（阮亭）、董以宁（文友）、陈维崧（其年）、董俞（樗亭）、程康庄（坦如）。该词集于每篇末存有评语若干,全书附录收孙金砺辑《红桥倡和第一集》《广陵倡和词》各一卷。《国朝名家诗余》所选词集虽沿习明末风气,但能将当时词坛佳作集备,或主言情,或善哀怨,完整地反映出清初词家的风貌特色。

　　《国朝名家诗余》这部词集情况较为复杂,学界关于该书的书名由来、刊刻过程、版本系统等问题,一直存有不同说法,《四库全书》收录为《十五家词》,而著名词学研究专家刘毓盘《词史》说"康熙间孙默《清名家诗余》其最早者焉,凡十八家"①,历史学家邓之诚则云"《国朝名家诗余》十七种,孙默撰,凡十七家三十九卷"②,严迪昌《清词史》则说"《国朝名家诗余》（又名《十六家诗余》）,实际是 17 家,总数 40 卷"③,南开大学孙克强教授则认为"孙默《国朝名家诗余》历十三年陆续刻成刊行,共十六家,又称《十六家诗余》"④,学者李丹《顺康之际广陵词坛研究》一书则说:"故其最终编成之本命名《十六家词》,又名《国朝名家诗余》。"⑤《国朝名家诗余》一个重要版本是四库馆臣编订进献的浙江巡抚采进本《十五家词》,其奏云:

　　　　（臣等谨案）《十五家词》三十七卷,国朝孙默编。默字无

---

① 刘毓盘《词史》,上海:上海古籍出版社 2011 年版,第 168 页。第十八家为:孙金砺《红桥广陵倡和词》。
② 林玫仪《邹祗谟词评汇录》(三),《中国文哲研究通讯》2004 年第 3 期。
③ 严迪昌《清词史》,南京:江苏古籍出版社 1990 年版,第 75 页。
④ 孙克强《清代词学》,北京:中国社会科学出版社 2001 年版,第 420 页。
⑤ 李丹《顺康之际广陵词坛研究》,上海:上海古籍出版社 2009 年版,第 115 页。

言,休宁人。是编所辑国朝词共十五家,吴伟业《梅村词》二卷,梁清标《棠村词》三卷,宋琬《二乡亭词》二卷,曹尔堪《南溪词》二卷,王士禄《炊闻词》二卷,尤侗《百末词》二卷,陈世祥《合影词》二卷,黄永《溪南词》二卷,陆求可《月湄词》四卷,邹祗谟《丽农词》二卷,彭孙遹《延露词》三卷,王士禛《衍波词》二卷,董以宁《蓉渡词》三卷,陈维崧《乌丝词》四卷,董俞《玉凫词》二卷,各家以小调、中调、长调为次,载其本集原序于前,并录其同时人评点。案王士禛《居易录》曰:"新安孙布衣默居广陵,贫而好客,四方名士至者,必徒步访之。尝告予欲渡江往海盐,询以有底急,则云欲访彭十羡门,索其新词,与予及邹程村作,合刻为三家耳。陈其年维崧赠以诗曰:'秦七黄九自佳耳,此事何与卿饥寒?'指此也。"云云。盖其初刻在康熙甲辰,为邹祗谟、彭孙遹、王士禛三家,即《居易录》所云,杜濬为之序。至丁未,续以曹尔堪、王士禄、尤侗三家,是为六家,孙金砺为之序。戊申,又续以陈世祥、陈维崧、董以宁、董俞四家,汪懋麟为之序。此十五家之本,定于丁巳,邓汉仪为之序。凡阅十四年,始汇成之。虽标榜声气,尚沿明末积习,而一时倚声佳制,实略备于此。存之可以见国初诸人文采风流之盛。至其每篇之末,必附以评语,有类选刻时文,殊为恶道。今并删除,不使秽乱简牍焉。①

十五家词刊刻是有先后顺序的,据《四库全书总目》卷一百九十九《十五家词提要》云:

初刻在康熙甲辰,为邹祗谟、彭孙遹、王士禛三家,即《居

---

①[清]纪昀总纂《四库全书总目提要·词曲类·词选》,石家庄:河北人民出版社 2000 年版,第 5497 页。

易录》所云,杜濬为之序。至丁未,续以曹尔堪、王士禄、尤侗三家,是为六家,孙金砺为之序。戊申又续以陈世祥、陈维崧、董以宁、董俞四家,汪懋麟为之序。十五家之本定于丁巳,邓汉仪为之序。凡阅十四年始汇成之。虽标榜声气,尚沿明末积习,而一时倚声佳制,实略备于此,存之可以见国初诸人文采风流之盛。①

《国朝名家诗余》还有一个重要版本就是《十六家词》,四库馆臣所编《十五家词》采集之原书即是《十六家词》,唯独删去龚鼎孳的《香严词》,而成为《十五家词》。据黄裳对《十六家词》的考述:

> 十六家词。康熙刻。九行,二十一字。白口,左右双边。版心下有留松阁三字。前有康熙丁巳南阳邓汉仪孝威序。次目录。扉叶大书"十六家诗余",上下题"同学诸子评"、"留松阁藏板"。有"留松阁"白文大方印,"红雪歌唱"朱文圆印。集前各有序目,以梅村词为例,卷首大题下四行,属"太仓吴伟业梅村撰、黄冈杜濬茶村长洲尤侗悔庵选、休宁孙默无言较(笔者按:当为'校')"。他集俱如此题。收藏有"徐乃昌暴书记"(朱长)等三印。

> 梅村词二卷,吴门尤侗悔庵序。

> 香严词二卷,合肥龚鼎孳芝麓撰。已字山樵映钟序。

> 棠村词三卷,真定梁清标苍岩撰。江都汪懋麟序。

> 二乡亭词二卷,莱阳宋琬荔裳撰。云间董俞苍水小引。

> 南溪词二卷,嘉善曹尔堪顾庵撰。尤侗序。

> 炊闻词二卷,新城王士禄西樵撰。自序,尤侗序。

---

① 魏小虎编撰《四库全书总目汇订》(十),上海:上海古籍出版社2012年版,第6827页。

　　百末词二卷,长洲尤侗悔庵撰。嘉善曹尔堪序。

　　含影词二卷,通州陈世祥散木撰。慈湖孙金砺介夫序。

　　溪南词二卷,武进黄永艾庵撰。同郡邹祗谟序。

　　月湄词四卷,山阳陆求可密庵撰。尤侗序,自序。

　　丽农词二卷,兰陵邹祗谟程村撰。广陵宗元鼎定九序。

　　延露词三卷,海盐彭孙遹羡门撰。尤侗序。

　　衍波词二卷,济南王士禛阮亭撰。邹祗谟讦士序。

　　蓉渡词三卷,武进董以宁文友撰。成都杨岱东子序。

　　乌丝词四卷,宜兴陈维崧其年撰。江都宗元鼎定九序。

　　玉凫词二卷,华亭董俞樗亭撰。魏塘曹尔堪序。[1]

　　邓之诚(字文如)认为清初词家备出,孙默所辑十七家最著,他在《五石斋题识》中考述评价道:

　　　　国朝名家诗余十七家,三十九卷。孙默字无言,号桴庵。休宁人。家于扬州。清初各家集中多有送孙无言归黄山序。日日言归,得序数十篇、诗数百篇,而卒未归。以康熙十七年卒,年六十六。初默辑三家词,曰丽农、延露、衍波,刻于甲辰,合南溪、炊闻、百末曰六家,刻于丁未。合含影、乌丝、蓉渡、玉凫四家刻于戊申,始名国朝名家诗余。至丁巳又刻其余,始有十六家之称。衍愚又后来所刻。予别藏《越闻青芜词》二卷、《广陵唱和词》一卷,所未得者《红桥唱和词》一卷耳。盖默随时增刻,故世鲜全书。昔惟江南图书馆有十六家词,亦有缺卷,此本十七家为最完整可贵矣。[2]

① 见黄裳《来燕榭书跋》,上海:上海古籍出版社 1999 年版,第 278 页。
② 邓之诚《中华二千年史》卷五下(第一分册),北京:中华书局 1958 年版,第 564 页。

　　邓之诚这段文字交代了几个重要信息：一是考证了《国朝名家诗余》《十六家》的名字具体年份（"戊申，始名《国朝名家诗余》""丁巳又刻其余，始有十六家之称"）；二是考述了孙默刻《国朝名家诗余》系列词书是随收随刻的动态变化过程；三是指出《十七家词》的珍贵之处并提供了版本收藏等重要信息。关于到底是《十五家词》，还是《十六家词》，亦或是《十七家词》，以及《国朝名家诗余》版本、成书等问题，可以参考黄贤忠、郭远霜《〈国朝名家诗余〉版本及成书考辨》①一文的详细考述。

　　孙默（1613－1678），字无言，又字枡庵，号黄岳山人，休宁（今安徽歙县）人。其书室名留松阁，著《留松阁诗》。一介布衣，终生未出仕。在这里，我们需要对《国朝名家诗余》的作者孙默做一些必要的交代。孙默是清初一位怪士，其人不事生产，却性好与文士交往唱和，孜孜于刊刻出版事业。学界对孙默评价及积极从事刊刻出版事业的动机存在较大争议，如杜桂萍《"名士牙行"与清初文学生态》②一文就认为孙默是兜售名士风流的牙行。所谓牙行，又称牙人，即指在古代从事说合促成生意双方交易并从中收取佣金好处费的人。而所谓"名士牙行"，即当是为那些热衷于名士活动的人提供交接联络，最终从中获取利益的人。"名士牙行"应包括以下几个特点：生活穷窘但不坠青云之志、口齿伶俐而善于交际、性格豪爽且乐于助人、消息灵通且好为人谋等。杜桂萍教授通过详实的文献材料考述了孙默其人，尤其以"归黄山诗文

---

① 黄贤忠、郭远霜《〈国朝名家诗余〉版本及成书考辨》，《四川大学学报》2012年第4期。
② 杜桂萍《"名士牙行"与清初文学生态》，《文学评论》2010年第5期。

之征集"事①为例，着重探微孙默"名士牙行"之身份。在笔者看来，贫而好客、纵横游说、谈笑封侯的孙默优游于扬州文人圈中，令"四方名士至者必徒步访之"②，在某种程度上说，他在维扬广陵词坛唱和中的确起到了重要的沟通联络、出谋划策之作用，具备一些"名士牙行"的身份特点。但我们查阅大量文献，可以发现孙默在当时文人中口碑甚佳，尤其人们对其积极从事词集出版方面的重大贡献均给以了极大的肯定和极高的评价。如汪懋麟《百尺梧桐阁集》卷五《孙处士墓志铭》最有代表性：

　　余曰：然自处士去休宁而来游于扬也，居一椽从一奴，白衣青鞋，蔬食而水饮。乡人多大估居积于扬，竞尚居室、衣服、饮食、伎乐。处士望见，辄摇手闭目去。通人大儒，即折节愿交，而于寒人畸士，工文能诗，或书画方技，有一长必委曲称说，令其名著而技，售于时也然后快。以故四方知名及技能之士多归之。朝一客至，即叩诸闻人之门，曰某某来；暮一客至，又叩之不倦。处士长身高足，深目朗眉，服被甚古。见其遇风日以扇障面，疾行衢巷，或蹄躅霜雪、泥淖，知必四方客至，而处士为之来叩也。见即出卷帙阔袖中累累，曰此某某作也。如是者，自壮至老如一日。呜呼！善估以长子孙

---

① 邓之诚《五石斋题识》云："清初各家集中多有送孙无言归黄山序。日日言归，得序数十篇、诗数百篇，而卒未归。"邓之诚《中华二千年史》卷五下（第一分册），北京：中华书局1958年版，第564页。另据卓尔堪《明遗民诗》卷十一选孙默诗四首，小传云："欲归隐黄山，遍索赠诗，志竟未就。"见陈文新主编《中国文学编年史·明末清初卷》，长沙：湖南人民出版社2006年版，第325页。

② ［清］王士禛《居易录》卷六，见《王士禛全集》，济南：齐鲁书社2007年版，第3788页。

者,吾乡人之常也。假高蹈不仕,阴托王公贵人弋名利以自
丰者,从来处士之习也。而处士独不事生产,终其身于交友
文字中,未尝涉豪发私一子,亦不强教。而黄山去扬州非有
千万里之远也,竟谋归未得,亦当世贤人君子之责,而处士卒
不言,以穷老死,此余之深悲而重愧焉者也。处士尝索送归
黄山诗,四方之作,盈数千首。又集孙氏。凡以诗名者为一
家言,欲镂板以行。又尝集诸名家词,期足百人为一选,俱未
果。其属余序而先板行于世者,止十六家。死之日犹启敝
笥,理四方友朋,书疏,授其子,其重交好文固如是。处士讳
默,字无言,又字桴庵。人无识不识,皆称无言。因以字行。
卒之时,实康熙十七年五月二十八日,得年六十有六。归葬
白岳。铭曰:

　　拙于己,劳于人,善其善,如一身。耻言估,遑忧贫,黄山
高,而水清。室虽虚,归其神,欲考行,视贞珉。①

孙默将毕生精力奉献于收集刊刻事业,计划集诸名家词百人
许,惜其未果。又如清代毛先舒《致孙默》(原名《答孙无言书》)一
文亦对其称赞道:

　　昔者相如以赋为文,李、杜以诗为文,韩退之以文为诗,
欧、苏诸公以记为赋,揆之作者,元非本色,然乃有酷爱之者,
传至于今不废,何者? 文字以精神所至为主,而格律固不可
尽拘也。仆才劣劣,焉敢比方古人? 然小词历落疏纵,当其
神来,亦复自喜,豪苏腻柳,总付水滨,后有嗜痂之人,当必有
好之者。今人论文每云某家某派某格某调,不知所谓古人家

---

①[清]吴翌凤编《清朝文征》,见任继愈主编《中华传世文选》(下),长春:吉
林人民出版社1998年版,第1582—1583页。

派格调又从何出？其初亦皆是自创耳。方其一番开山，亦未
尝无纷纷同异，久之论定，遂更奉之为家派耳。古来作者率
如此规规然奉一先生而摹画之，不堪其苦矣。足下解人，闻
此或必有当心处，故相为陈之，仆词不足道也。①

布衣之身的孙默飘寄维扬而能孜孜于搜集刊刻词集，实数难
能可贵，诚如王士禛《渔洋文略》卷十一《祭孙无言文》所言："予与
无言交二十年，悉其为人，大抵忘机而认真，尚名义而鄙荣利；弃
妻子如脱屣，而于文章朋友之嗜，不啻饥渴之于饮食。故无言一
穷老布衣，而名闻天下。"②邓汉仪在《十六家词序》中更是深情歌
赞道："顾人各一编，咸矜秘帐，流通都市，裒集为艰。黄山孙子无
言以穷巷布衣，留心雅事，每有佳制，务极搜罗，如饥渴之于饮食，
甚至舟车裹粮糗，不惮冒犯霜露，跋涉山川以求之。故此十六家
之词，皆其浮家泛宅，殚力疲思而后得之者。予久憩维扬之萧楼，
无言时相过从，每出同人词稿，互相商略。一语之妙，必共嗟称；
一字之讹，必相校订……今日域中作者林立，十六家之外，宁无岸
然杰异，堪树词场之赤帜者？而无言曰：吾方以鸣始也！十六家
倡之于前，自此而数十家而百家，兹不其先声也欤？而无言之于
词学之理与体也，信可谓劳苦而功高者矣！"严迪昌先生在引述这
段文字后评述道："这诚是总结性的评价，孙默在清初词史上应有
的地位也就无须赘述的了。"③李丹于此具体阐述道："从约稿之

---

①［清］毛先舒《巽书》卷七，清康熙刻思古堂十四种书本，见杨传庆编，孙克
　强主编《词学书札萃编》，天津：南开大学出版社2015年版，第5页。
②［清］王士禛《渔洋文略》卷十一，钱钟联主编《清诗纪事》一《明遗民卷》，南
　京：江苏古籍出版社1987年版，第497页。
③严迪昌《清词史》，南京：江苏古籍出版社1990年版，第76页。

曲折,到评点之繁琐,至出版之艰难,孙默作为一个组织者,起到了一个很好的枢纽作用。孙默充分参与到了广陵选政的各个环节中来,扮演了作者与读者、文化与商业的中介角色,同时也在雅俗文化及社会各阶层人士的沟通与交流中起到了连接纽带的作用。"①由上可知,如果视孙默《国朝名家诗余》之巨大词史功绩于不顾,而纠结审问其"名士牙行"的身份而不放,这不免过于苛刻。更何况,孙默在搜罗刊刻《国朝名家诗余》的过程中,卖田掷地,甘为穷苦,耗费毕生精力,其功不可没矣! 诚如黄裳先生所言:"此本十六家俱全,大是难得。汪晋贤集中有悼栙庵诗,小注云其卖黄山田得钱以刻词,是倾毕生精力破产以刻词,诚词学之功臣矣。"②冯乾《序跋书写与清代词学生态》亦认为:"孙默是明末清初极为独特的一个人,其或狂捐或世俗的行为背后有着复杂而隐秘的动机,很难简单地给他贴标签。他狂热地刊刻词籍,参与词集评点,成为清初词坛意外的影响因子。无论孙默出于何等目的,《国朝名家诗余》无疑推动了清初词学的进程。"③张宏生《总集纂集与群体风貌——论孙默及其〈国朝名家诗余〉》一文亦肯定了孙默的功绩:"孙默是清初词坛上的一个特殊人物。他以一介布衣周旋于诸大家之间,刊刻词集,品藻作品,深得时人推重,在词学复兴的过程中,起到了重要的作用。"④孙默虽有给人牵线搭桥近似"名士牙行"角色身份之嫌,但他确确实实在扬州在词家交

①李丹《顺康之际广陵词坛研究》,上海:上海古籍出版社 2009 年版,第 114—115 页。
②黄裳《清刻本》,南京:江苏古籍出版社 2002 年版,第 63 页。
③冯乾《序跋书写与清代词学生态》,《南京大学学报》2018 年第 4 期。
④张宏生《总集纂集与群体风貌——论孙默及其〈国朝名家诗余〉》,《中山大学学报》2006 年第 1 期。

往、词篇编选、刊印传播等环节中发挥了不可替代的作用,为清代词学发展存一代之盛,树立起词坛正确发展方向之巨帜。

　　孙默长期飘寄扬州多年,他喜好交游,雅爱吟咏,重视文辞,并与当地文朋诗友交往甚密,"士大夫往来于兹,争欲造先生之庐,一聆言笑,以与于清流之目"①。居于交通要道的扬州经济发达,人文荟萃,名士云集,孙默当时与清初很多游居扬州的名士都建立了友好的情谊,因而他在维扬文场颇具声名。他在扬州所做的最重要的事就是为当时词作刊刻作品,最终刊刻成《国朝名家诗余》。《国朝名家诗余》先后汇编吴伟业、王士禛、陈维崧、龚鼎孳等十七位名家词集②,所收词作多与扬州地域相关,因而该书的刊刻对广陵词坛有着重大的影响。为学界探析清初扬州的文学生态提供了鲜活生动、内涵丰富的案例,也可以管窥江南经济文化发达地区的文学活动的频繁以及词坛创作之盛。

　　孙默于广陵词坛贡献巨大,作为广陵词坛中坚力量的陈维崧也受惠于孙默,因为《国朝名家诗余》就编选了陈维崧的《乌丝词》。当然,陈维崧对《国朝名家诗余》亦有推助作用,四库馆臣整理孙默所编《十五家词》中有原序四篇,作者分别为陈维崧、孙金砺、汪懋麟、邓汉仪。其中,陈维崧为《十五家词》所作原序抄录如下:

　　　　余始集三家词,又广以六家,寓内既传诵矣。因更搜罗,若波斯之购宝,贪获有加。得两陈子、两董子词,合而刻之。

---

① [清]董以宁《送孙无言归黄山序》,[清]董沛《正谊堂集》卷三,《丛书集成续编》本。

② [清]孙默《国朝名家诗余》最后刊刻的词集是程康庄《衍愚词》,许多词学文献不载。

四君子夙有才名,名非以词也,而才之余寄于词,是非诗之余而才之余也。比之于《味初集》则禁脔也,既则五侯鲭也,今乃大庖既盈,百牢具献也。钟鼓爱陈,歌舞肆列,飨以乐之。味有同嗜,不必指而品之,曰某山珍也,某海错也,然煎熬燔炙而进之。使嘉宾饫焉,则余其易牙也,夫笑而质诸嗜异味者。康熙戊申十月,宜兴陈维崧其年题识。①

孙默《国朝名家诗余》所收每家词集都有序,如陈维崧《乌丝词》之序是宗元鼎所题,序文如下:

丙午之秋,余与陈子其年俱落第,后会黄山孙子无言,意欲以吾两人诗合梓以行世者。嗟乎!余与陈子少志观光,许身稷契,意谓有神之笔。庶几致君尧舜上,再使风俗淳。谁知萧条瓠落,而与莺嘴啄红、燕尾点绿,争长于钩帘借月,染云为幌之间,岂吾两人之志哉?陈子叹曰:是亦何伤!丈夫处不得志,正当如柳郎中使十七八女郎按红牙拍板歌"杨柳岸,晓风残月",以陶写性情,吾将以秦七、黄九作萱草忘忧耳。虽然昔裴休为相,李群玉能诗,荐授校书郎,而陈去非长于歌词,亦为高宗所眷注。孰谓诗词一道,何尝不得知己于天子宰相哉。彼尤尚书谓程正伯之文每过于诗,说者以为是时当涂诸公方且以文章荐正伯,尤公之言,可谓识正伯之大者。但不知代往年遥,此事可传,而复可见否耶?为劝陈子生逢尧舜,垂翅青冥,此意宜付之悠悠,旷士之胸,且暂往东皋,与汝石交辟疆冒君,每得一好词,如沈廉叔、陈君宠辈,付莲、鸿、苹、云,品清讴为一笑乐。冬季归阳羡,当复借紫云相

①［清］孙默《十五家词》卷首,见《文洲阁四库全书》第一千四百九十四册,台北:台湾商务印书馆1986年版,第3页。

伴，又何减尧章过垂虹桥畔，小红低唱我吹箫也。至于裁云缝月之妙手，敲金戛玉之奇声，驱遣齐梁，舆台温李，则又当世传写，织帕机房，不必待余扬扢矣。时穷冬凛冽，不亚改之寒甚手颤时，陈子幸为余沽酒。江都宗元鼎定九撰。①

"丙午"当是康熙五年（1666），孙默起意要刊刻陈维崧的《乌丝词》。早在康熙二年（1663），陈维崧就曾作有一首《送孙无言由吴阊之海盐访彭十骏孙》诗："君言一事系怀抱，越中彭十今秦观。红牙小令风格妙，字字可付吴姬弹。我行适越苦为此，千里那顾行蹒跚。"陈维崧在该诗自注中说："时无言刻程村、骏孙、阮亭三家词，特过海盐索骏孙小令。"②可见，陈维崧与孙默交结较早，友情深厚，他们在词学审美方面极为相似。《十五家词》（即《国朝名家诗余》)不仅收录陈维崧《乌丝词》，还收录了其他词作名家对《乌丝词》的题评，如《十五家词》卷七宋琬《二乡亭词》有《题陈其年乌丝词》，卷十一王士禄《吹闻词》有《读陈其年乌丝词赋寄》等。关于《乌丝词》词集收录词作情况，后文有专门论述，兹处从略。

三、聂先、曾王孙《百名家词钞》

《百名家词钞》，亦名《名家词钞》，又称《国朝名家词钞》，是由聂先、曾王孙二人共同编纂选辑的一部清初大型词选总集。聂先，字晋人，号乐读居士，庐陵（今江西吉安）人，清顺治、康熙间人，余不详。聂先为居士，精于佛学。编撰有《续指月录》，著有

①［清］宗元鼎《乌丝词序》，冯乾编校《清词序跋汇编》第一册，南京：凤凰出版社2013年版，第92页。
②［清］陈维崧《湖海楼诗集》卷一，《四部丛刊》本。

《尊宿集》一卷。《续修四库全书总目提要》称其"研究经史，复沉酣与宗门家言"①，可知聂先精于研究经史文献，喜好佛门宗风。曾王孙（1624—1699），字道扶，秀水（今浙江嘉兴）人，顺治朝戊戌年进士〔与王士禛同举顺治十五年（1658）进士〕，授官汉中司理，后改知都昌县，历升部曹，四川按察司金事等职，著有《清风堂诗文集》存世。

　　聂先、曾王孙所编《百名家词钞》这部词集，词坛文献价值巨大，清初不少词家词作赖此词集得以流传。该部词选总集依词人辑录，每人选辑一集，集前有该名家入选词作目录，集后附时贤评语若干。《百名家词钞》常见版本分初集（采辑六十家）、甲集（采辑四十家），共一百卷。故称《百名家词钞》。与清初其他词选本不同的是，《百名家词钞》并不是仅仅一家别集的简单汇刊，编者对各家之词都有大量阅读，认真研究并精心遴选，将其最有代表性的佳词作品入集，所选少则十首，多则上百首，多少不等。故词集体量极大，且其分批多次刊刻，故传世数量众多。《百名家词钞》最原始版本为康熙金阊绿荫堂刻本，各家刻本均以此本为母本。书纸每页九行，序文每行十六字，正文词作每行二十字。上下黑口，单栏。版心刻有"名家词钞"四字以及该页所属词集名（如《迦陵词》），并标注页码。词集上有收藏印章若干枚，如"□香庵主"（白方）、"巢氏千峰"（朱方）、"叶恭绰"（白文套边方印）、"积学斋徐乃昌藏书"（朱长）、"遐庵经眼"（白方）。该词集卷首有两篇序言，作者分别是长水曾王孙、晋人聂先，之后是聂先所作例言。之后是《百名家词钞总目》，具体目次抄录如下：

---

① 汪泰荣编校《四库全书总目·吉安人著述提要》，长春：吉林摄影出版社
　2010年版，第203页。

　　吴伟业《梅村词》、龚鼎孳《香严词》、曹溶《寓言集》、李元鼎《文江酬唱词》、梁清标《棠村词》、宋荦《枫香词》、宋琬《二乡亭词》、何采《南硎词》、王庭《秋闲词》、曹尔堪《南溪词》、吴兴祚《留村词》、王士禛《衍波词》、尤侗《百末词》、高士奇《蔬香词》、丁澎《扶荔词》、李天馥《容斋诗余》、丁炜《紫云词》、郑侠如《休园诗余》、陈维崧《乌丝词》、彭孙遹《金粟词》、朱彝尊《江湖载酒集》、董俞《玉凫词》、徐喈凤《荫绿轩词》、严绳孙《秋水词》、秦松龄《微云词》、顾贞观《弹指词》、沈尔燝《月团词》、徐釚《菊庄词》、宋俊《岸舫词》、陈玉瑾《耕烟词钞》、龚翔麟《红藕庄词》、王晫《峡流词》、魏学渠《青城词》、孙枝蔚《溉堂词》、徐惺《横江词》、王琐龄《螺舟绮语》、毛际可《映竹轩词》、毛奇龄《当楼词》、顾景星《白茅堂词》、汪懋麟《锦瑟词》、陆葇《雅坪山房词》、吴绮《艺香词》、王九龄《松溪词》、周金然《南浦词》、纳兰成德《饮水词》、曹贞吉《珂雪词》、佟世南《东白词》、赵士吉《万青阁词》、张渊懿《月听轩诗余》、余怀《秋雪词》、唐梦赉《志壑堂词》、曹垂璨《竹香亭诗余》、周纶《柯斋词》、高层云《改虫斋词》、林云铭《吴山觳音》、姜垚《柯亭词》、汪鹤孙《蔗阁诗余》、吴秉仁《摄闲词》、徐来《一曲滩词》、张锡怿《啸阁余声集》、华长发《沧江草》、叶寻源《玉壶词》、徐瑶《双溪泛月词》、赵维烈《兰舫词》、狄亿《绮霞词》、邵锡荣《探西词》、徐允哲《响泉词》、王士禄《炊闻词》、曹亮武《南耕词》、王允持《陶村词》、龚胜玉《仿橘词》、冯云骧《寒山诗余》、李孚青《稻香楼词》、路传经《旷观楼词》、徐玑《湖山词》、何思《玉艳词》、杨通俹《竹西词》、李良年《秋锦山房词》、沈皡日《柘西精舍词》、李符《耒边词》、沈岸登《黑蝶斋词》、董元凯《苍梧词》、江皋《染香词》、范缵《四香楼诗余》、陆次云《玉山词》、孙致弥《梅沜词》、曹寅《荔轩词》、王辂《万卷山房词》、曹鼎会《清辉阁词》、郭士燝《句云堂词》、万树《香胆词》、顾岱《澹雪词》、吴秉钧《课鹉词》、吕师濂《守斋词》、史惟圆《蝶庵词》、吴棠祯《吹香词》、吕洪烈《药庵词》、高骞《罗裙谱》、吴之登《粤游词》、陈大成《影树楼词》、曹炯曾《采韵词》、陈鲁得《栩园词》、何五云《红桥词》、华胥《画余谱》、沈雄《柳塘词》、汪森《碧巢词》、陈履端《爨余词》、陈见龙《藕花词》、侯文耀《鹤闲词》、蒋景祁《罨画溪词》、江尚质《澄晖堂词》、郑熙绩《蕊栖词》、周志濂《容居词》、沈季友《红豆词》、江士式《梦花词》、余兰硕《团扇词》。①

《百名家词钞》以其影响巨大得以广泛传播，各大图书馆多有不同版本，情况较为复杂。据笔者所见版本，手录统计《百名家词钞》总目共计词人词集 116 部，但这应该不是最终数字。《百名家词钞》除康熙绿荫堂刻本母本外，还存有其他不同版本，如北京图书馆就馆藏六十家、九十九家、一百零六家不同版本的《名家词钞》(或称《百名家词钞》)；《续修四库全书》所采底本为上海图书馆藏本，一百卷；《四库全书存目丛书补编》所采底本为湖北省图书馆藏本，一百一十卷；浙江宁波天一阁文物保管所藏《名家词钞》无卷数；江西省图书馆藏有清刊七卷本。《百名家词钞》各地图书馆多见藏，但所藏颇有不同。如严迪昌先生《清词史》所云：

　　《百名家词钞》最完备的版刻为一百零八家。因为是分批多处刊刻，所以近今已有"自来藏家无获全帙者"之叹。由此而言，该《词钞》的"总目"本身就有重要参资价值。但《百名家词钞》显然是一部未完之编，尽管聂、曾二人或尚有续

---

① [清]聂先、曾王孙编《百名家词钞》一百卷，清康熙绿阴堂刻本。

《钞》的计划,但它毕竟给人一种"随到随梓"的随意性的缺憾。①

据闵丰《〈百名家词钞〉版刻源流探考》一文统计:"可得已刻、未刻词人共143家,词集148种,而这只是目前所掌握的资料,不排除他日新版本被发现,或者又有补充,由此亦可见当日进入聂先、曾王孙编纂视野的词人数量之巨,曾王孙序文中所云'汇集海内之词华,表章艺林之骚雅',诚非虚言。"②需要指出的是,《百名家词钞》数量巨大,是一部随到随刻,但最终并未刻完的词选。所以具体词名家人数并不是确数,如严迪昌先生在《清词史》中统计为108家,而孙克强教授《清代词学年表》一文则统计为110家。诚如四库馆臣所云:

> 《名家词钞》无卷数,浙江范懋柱家天一阁藏本。国朝聂先编。先字晋人,庐陵人。所选自吴伟业、龚鼎孳以下,凡三十家。考卷首曾王孙序称百家名词,与集中所载之数不符。又云:"词体之变迁,选者之诠次,《例言》自能详之。"而卷端亦无例言,似乎未完之本矣。③

藏书家黄裳先生曾收藏有三个《百名家词钞》残本,并最终从叶誉虎处得到一百家的全本。他亦指出,这套词选是"随到随刻,未及次序"的,《百名家词钞》所刻至少也在一百二十家以上,并具体列出别出"全本"之外诸名家,如米汉雯、严曾渠、陆菜、周金然、彭桂、丁漼、吴岩、徐吴升、侯文耀、沈季友、钱芳标等。黄裳先生

①严迪昌《清词史》,南京:江苏古籍出版社1990年版,第299—300页。
②闵丰《〈百名家词钞〉版刻源流探考》,《古典文献研究》2007年辑。
③[清]永瑢等《四库家藏集部典籍概览》(3),济南:山东画报出版社2004年版,第1287页。

认为这部《词钞》的价值巨大："不只在于收集了许多没有单刻传世的词人作品，即使已有专集的，内容也大有不同，足资比勘。它所提供的知识，也不只是文学史上的，更多的是政治史、社会史上的。"①

《百名家词钞》卷首分别刻有曾王孙、聂先所写《百名家词钞序》，鉴于这两篇序言交代了词选的编撰动机、词史演变理论、刊刻之艰难、存词之使命、刊刻之愿望、以禅解词等诸多方面内容，词史价值巨大，故全文兹录于下：

> 皇朝定鼎四十余年，礼乐文章，蔚然周汉，而长短填词，尤称极盛。吾乡采山侍郎、竹垞太史，逸才绝俗之流，岩穴知名之士，无不人握隋珠，家宝荆玉。南湖一片水，几于濯锦蜀江矣。独余不敏，不能审音顾曲，趋步词坛，比于邾莒之赋。薄宦都昌，又少词人倡和，终日卷帷挂笏，遥对香炉、五老清峰，望谷帘瀑布，洗十年尘土肠胃，以松声、鸟声当两部鼓吹。虽俗吏，实有余闲也，年来案头邮致，名稿川流，缮本山积。一日，聂子晋人索余同董《百家词钞》。余愕然曰：余安知词哉？然亦尝从采山、竹垞诸公窃窥词学之藩篱，间与考古论今。自陈隋倡绮靡之音，以及唐宋元明，迄于昭代，其间盛衰之故、雅俗之辨、正声变调之缘起，莫不州悉部居，了如指掌。则余虽不为词。犹能为闻弦赏音之师旷也。百家名词具在，每当抚琴饲鹤之余，展而观之。或如泛海游蓬莱阆苑，仙楼缥缈，金碧浮空；或如武库开张，森列戈戟；或如田僧超快马入阵，先为吹笳壮士之声；或如宭娘缠帛，飞燕牵裾，舞于莲心掌上；或如孟才人一声河满，泪落君前，时歌时泣，忽醉忽

---

① 黄裳《我的书斋》，南京：江苏文艺出版社 2011 年版，第 82 页。

痴。观百家之词,即见百名公于一堂。如延陵季子观六代之乐,至于《箫韶》,观止矣,蔑以加矣,安可不公诸海内卷以鸣一代之盛而定千秋之业哉?昔济南王阮亭先生司理扬州,与邹子程村有《倚声初集》之选,网罗浩博,考按精详,至今脍炙人口。余虽不敢望济南之月旦,而汇集海内之词华,表章艺林之骚雅,则晋人之功居多。若夫词体之变迁,选者之诠次,《例言》自能详之,余固存而不论也。①

　　聂子曰:"余何知词哉?"或者曰:"子不知词,《百名家词》胡为而刻也?"余应之曰:"偶然尔。于天地间偶然而有词,词偶然而有百家。辟如彩云丹霞,雄虹雌霓,煜烁变化,倏而光焰万丈,倏而销归无有;如大海水,澎湃浩漾,吞天浴日,鱼龙蛟螭,腾跃出没,倏而万顷无波。余偶然钞而刻之,辟如盲人摸象,聋者扣钟,小儿扪籥以为日也。余何知词哉?虽然,余不知词而知禅,请以禅喻。五祖举示佛果云'频呼小玉元无事,祇要檀郎认得声',果入室云'少年一段风流事。祇许佳人独自知',此绝妙好词也,近于丽纤。政黄牛云'解空不解离声色。似听孤猿月下啼',此绝妙好词也,近于清寒。端师子云'我本潇湘一钓客,自东自西自南北',此绝妙好词也,近于豪宕。洪觉范云'秋阴未破雪满山,笑指千峰欲归去',此绝妙好词也,近于淡冶。《首楞严》曰:'佛谓阿难,辟如琴瑟箜篌琵琶,虽有妙音,若非妙指,亦不能发。'今诸公之词,各以妙指而发妙音,有丽纤者,有清寒者,有豪宕者,有淡冶者,体各不同,情归一致。东寺当时止索一颗宝珠,仰山当下倾

_____

① [清]曾王孙《百名家词钞序》,见冯乾编校《清词序跋汇编》第一册,南京:凤凰出版社 2013 年版,第 276—277 页。

出一栲栳。今诸公倾出一栲栳宝珠,偶然被无我道人拾得,出其光明,照耀四天之下,使天下之人有目共睹,有耳共闻,尽使摸象之盲人、扣钟之聋者,忽如天眼,顿闻疾雷破柱,直得香象渡河、华鲸夜吼也,岂不快哉? 虽然,庄生有言:'文减质,博溺心。'余有灭质溺心之惧,故游戏三昧,以不解解之。正所谓索解人不得也。余何知词哉?"或者听然而笑,曰:"诚如子言,不惟知禅。亦知词矣。若曾民部深于词者也。诚如子言,所谓解人不当如是者耶?"遂书其语以为序。①

《百名家词钞》二序之后是聂先所写《百家名词钞例言》,交代了二人刊刻该套《词钞》的动机、目的,即为清词存一代之盛的文本史料:"宋元词人最盛,而所传词稿甚少。闻昔海虞吴氏有宋元百家词抄本,兵火之后,汲古阁购之不全,祇梓宋词六十家行世,可见传稿之有幸不幸也。今国朝四十年来,词人蔚起,几几乎驾宋轶元,无论英才怒生,作者林立,但以手稿本盈寸,自成一家,足供征选者,次第编入,以备一代伟观。"②

《百名家词钞》收词丰富,当时名家一应而录,或多或少,均有体现。如上海图书馆藏本《百名家词钞》收词最多的是浙江山阴吴棠祯《凰车词》,共收录词作一百四十二首,收录最少的是浙江余姚吴之登《粤游词》,收录词作九首。陈维崧作为清词大家,其作品势必为《百名家词钞》所辑录,据笔者统计,该部《词钞》辑录陈维崧的词集名曰《迦陵词》,在《百名家词钞》中位列二十九位,

---

① [清]聂先《百名家词钞序》,见冯乾编校《清词序跋汇编》第一册,南京:凤凰出版社 2013 年版,第 276—277 页。
② [清]聂先《百名家词钞序》,冯乾编校《清词序跋汇编》第一册,南京:凤凰出版社 2013 年版,第 276—277 页。

共辑录词作七十八首，具体词调题目如下：

《春光好·桐川道中作》《醉公子·艳情》二调、《纱窗恨·梁溪即事》二调、《浣溪沙·红桥感旧和阮亭韵》二调、《减字木兰花·上巳后一日途径洧川》《西江月·夜宿何雍南斋中》《探春令·庚戌元夕》《南柯子·午睡》、《鹧鸪天·寓兴用稼轩韵》二调、《玉楼春·春夜宴集原白池亭》《南乡子·邢州道上作》、《虞美人·端午闺词》二调、《踏莎行·帐钩》《临江仙·武塘赠钱严烛》《蝶恋花·和漱玉词同京少作》《一剪梅·吴门客舍初度作》《钗头凤·艳情》《系裙腰·咏裙》《似娘儿·舟过娄门即事》、《凤啣杯·偶感（又：春日游观音山）》二调、《芭蕉雨·春雨》《酷相思·冬日行彰德、卫辉诸处马上作》《青玉案·移寓积翠阁用艺香词韵》《凤凰阁·汴京夜雨》、《感皇恩·晚凉杂忆》三调、《于飞乐·鸳鸯》、《师师令·咏雏姬（又：汴京访李师师故里）》二调、《风入松·寒鸦》《一丛花·杨梅》《爪茉莉·月夜渡扬子江》《拂霓裳·冬夜观剧》《鹊踏花翻·春夜听琵琶作隋唐平话（又：健儿吹笛）》二调、《满江红·江村夏日（又：和贺天山见寄原韵二阕；前调；渡江后车上行二阕；前调）》五调、《庆清朝慢·徐健庵太史新筑憺园》《倦寻芳·早春偶过农部伯父废园》《琐窗寒·和棠村先生寒食悼亡》《金菊对芙蓉·禹州使院作》《燕山亭·和韵送魏禹平》、《念奴娇·送松之还吴江兼讯诸同人（又：尤展成招饮即席分赋用药园韵）》二调、《春夏两相期·初夏同友访吴绳圃园居》《琵琶仙·闻门夜泊用白石词韵》《换巢鸾凤·春感》《珍珠帘·题宋牧仲枫香词次曹实庵韵》《水龙吟·江行望金陵作》《石州慢·夏闺》《尉迟杯·许月度金陵归以青溪集见示》《春霁·春寒拨闷作》、《沁园春·同远公和云臣越生赠答之作（又：赠别芝麓先生）》二调、《贺新郎·南耕自郡至艾庵以溪南词见寄感旧（又：赠曹实庵珂雪词；

赠高内翰澹人）》三调、《摸鱼儿·听白生调琵琶（又：莼）》二调、《兰陵王·秋况》《瑞龙吟·送董舜民之庐山用周美成韵》。

　　《百名家词钞》保存了清初四十年词坛之珍贵集本，不仅文献价值巨大，而且也引领正确的词风发展方向，如况周颐《蕙风词话》卷五即认为，曾王孙、聂先所辑诸家词本"多沉著浓厚之作，近于正始元音矣"①。严迪昌在《清词史》中亦说："《百名家词钞》是考察清初期词百花齐放的'中兴'景象的巨帙标炳，是'皇朝定鼎四十余年，礼乐文章，蔚然周汉，而长短填词，尤称极盛'（曾《序》）的一个力证。"②足见，《百名家词钞》是一部最能反映清初四十年"英才怒生、作者林立"（聂先《例言》）词人蔚起盛况的词作总集。

第三节　陈维崧重要的几部词专集

　　陈维崧作为清词巨擘，是词在清代得以中兴的重要战将，其个人词集得以较好的保存。陈维崧的词集包括以下几种，按照刊刻先后顺序，首先是陈维崧自选词集《乌丝词》四卷，其次是蒋景祁、曹亮武同选的《陈检讨词钞》十二卷，再次是其弟陈宗石所刻最全的《迦陵词全集》三十卷（康熙患立堂刻本），最后是《湖海楼词》二十卷（乾隆浩然堂刻本）。以上《乌丝词》《陈检讨词钞》《迦陵词全集》《湖海楼词》即是陈维崧所存最主要的四部词集。他的词集包括自选集（如《乌丝词》）、合集（如《朱陈村词》）、全集（如《陈检讨词钞》《迦陵词全集》《湖海楼词》）等几类，下面笔者将对陈维崧的主要词集做详细的梳理考证：

①张璋等编纂《历代词话续编》（上），郑州：大象出版社2005年版，第44页。
②严迪昌《清词史》，南京：江苏古籍出版社1990年版，第299页。

一、《乌丝词》

《乌丝词》是陈维崧早期刊行的第一部自选词集,集中包括小令1卷、中调1卷、长调2卷,收录词作内容丰富,体现了陈维崧早期词作的艺术风格特点。具体篇目辑录如下:

小令(卷一):《竹枝·粤东词》4首、《二十六字令·咏便面上栀子花,为陆汉标赋》1首、《望江南·岁暮杂忆》10首、《如梦令·赠友》1首、《长相思·赠别杨枝》1首、《相见欢·初夏行舟》1首、《调笑令第二体》7首(分别为:《咏古·张女郎》《汜人》《茝奴》《安妃》《刘丽华》《蔡家娘子》《瑶方公主》)、《点绛唇》2首(分别是:《阻风江口》《咏枕》)、《女冠子·本事》2首、《浣溪沙·赠王郎》1首、《菩萨蛮》10首(分别是:《题青溪遗事画册,同程村、金粟、院亭、文友赋》8首:《乍遇》《弈棋》《私语》《迷藏》《弹琴》《读书》《潜窥》《秘戏》;《江行》2首)、《卜算子·阻闸瓜步》1首、《减字木兰花》12首(分别是:《秋雨过红板桥》《渡江宿弟斐玉家》《广陵旅邸送三弟纬云南归》《送四弟子万》《送五弟阿龙》;《岁暮灯下作家书竟,再系数词楮尾》7首)、《柳含烟·本事》1首、《好事近·坐姜家墩怀吕黍字》1首、《荆州亭·题扇上琵琶行图》1首、《眉峰碧·春夜见新月》1首、《武陵春·舟次虎丘》1首、《阮郎归·为灵雏题画》1首、《桃源忆故人》2首(分别是:《人日感旧》《春日过澹生校书所居旧址》)、《摊破浣溪沙》2首(分别是:《雨泊秦邮》《冬闺》)、《朝中措·平山堂怀古,用欧公原韵》1首、《海棠春》5首(《闺词和阮亭原韵》4首:《晓妆》《午睡》《晚浴》《夜坐》;《题美女图,为闺人称寿》)、《眼儿媚·过城南小曲感旧》1首、《三字令·闺情》1首、《极相思·夜饮友人所,阿云待余不至,留词而去,归后和之》1首、《河渎神·题秦邮露筋词》1首、《西江月》3首(分别是:《咏史》《过投金濑怀古》

《题六合孙公树捧书图》)、《少年游·感旧和柳屯田》1 首、《偷声木兰花·怀戴无忝客成都》1 首、《茶瓶儿·咏茗》1 首、《忆秦娥·梦至石城盘马,觉后赋此》1 首、《忆余杭·东皋客舍待毛亦史不至》1 首、《醉花阴·重阳和漱玉韵》1 首、《雨中花·雨中看桃花》1 首、《雨中花第二体·咏薰笼》1 首、《杏花天·咏滇茶》1 首、《鹧鸪天》2 首(分别是:《赠吴中狎客》《秋日拨闷作》)、《摘红英·咏落花》1 首、《南乡子·咏春兰》1 首、《玉楼春·生日邀陆景宣、崔不雕饮广陵酒家,醉后题壁》1 首、《虞美人》2 首(分别是:《渡江》《咏镜》)、《夜行船·月下泛舟水绘园,同冒巢民先生赋》1 首、《醉落魄·春夜微雪》1 首、《踏莎行》2 首(分别是:《次舟河桥》《咏帐钩》)、《虞美人第二体·春夜舟行》1 首、《七娘子·春闺》1 首。共计 47 调,98 首。

中调《卷二》:《临江仙》2 首(分别是:《偶作》《酬赠崇川陶月峤》)《蝶恋花》11 首(分别是:《纪艳》10 首:《避人》《促坐》《斗叶》《跳索》《听歌》《迷藏》《围炉》《教箫》《中酒》《潜来》;《春闺·同周文夏赋》)、《唐多令》2 首(分别是:《春愁》《广陵上巳》)、《摊破丑奴儿·纪艳》1 首、《渔家傲》2 首(分别是:《宣城道上》《闻西樵方为京口三山之游却寄》)、《定风波·怀颍川刘公勇,记与茂之、公勇小饮红桥,几历一年矣,故有此作》1 首、《醉春风·艳情》1 首、《青玉案》3 首(分别是:《咏糟蛏》《咏油车螯》《咏醉白虾》)、《隔浦莲近拍·饮小三吾亭前古梅下》1 首、《风入松第二体·上巳后二日,洗钵池泛舟即事,同亦史、山涛赋》1 首、《祝英台近·咏橘》1 首、《送入我门来·寄书》1 首、《红林擒近·咏佛手柑》1 首、《蓦山溪》2 首(分别是:《感旧》《天穿节。次葛鲁卿韵》)、《蕙兰芳引》2 首(分别是:《咏木瓜花》《洗钵池中有赠》)、《早梅芳近·咏玉蝶梅》1 首、《簌水·春雪》1 首、《步月·本意》1 首、《鱼游春水·春阴闺思》1 首、《宣清·春夜闻雁》1 首、《法曲献仙音·寄严览民、钱宝汾、顾华峰三舍人》1首、《东风齐着力·花朝》1首、《绛都春第一体·咏蛱蝶》1首。共计23调,39首。

长调(卷三):《满江红》33首(分别是:《怅怅词》5首;《咏雪》8首:《宫闱》《闺阁》《塞外》《楼中》《袁宅》《马上》《曲中》《酒家》;《陈郎以扇索书,为题一阕。父名陈九,曲中老教师》;《江村夏咏》10首;《岁暮渡江,用宋荔裳观察、曹顾庵太史、王西樵考功倡和原韵》;《舟次润城,谒程昆仑别驾,仍用前韵》;《怀阮亭。叠前韵》;《闻阮亭罢官之信,并寄西樵,再叠前韵》;《乙巳除夕立春。仍用前韵》2首;《将为邓尉看梅之行,先寄吴中诸子。叠前韵》;《赠朱亦岩先生,先生楚人》;《何明瑞先生筵上作。辛巳岁,先生在阳羡令幕中拔予童子第一》)、《满庭芳·纪梦》1首、《凤凰台上忆吹箫》2首(分别是:《闰六月七日为牛女作懊恼词》《和漱玉词》)、《水调歌头》2首(分别是:《被酒与客语》《题余氏女子绣西施浣纱图,为阮亭赋》)、《夏初临·本意》1首、《八声甘州·月夜守风江店》1首、《倦寻芳·早春偶过农部伯父废园感赋》1首、《玉人歌·杨枝今岁二十,为于齐纨上作小词》1首、《八节长欢·乙巳元日》1首、《闺怨无闷·春日见城上游女甚盛,戏作此词》1首、《琐窗寒·昔年楼上》1首、《花犯·咏白山茶,用周美成梅花韵》1首、《念奴娇》9首(分别是:《与任青际饮》《云间陈征君有题余家远阁一阕,秋日登楼,不胜蔓草零烟之感,因倚声和之》《题顾螺舟小影》《纬云弟三十作此词,因和其韵,同半雪弟赋》《送子万弟携五弟之睢阳,并令二弟、三弟、四弟同和,他日一展齐纨,便成聚首也》《龙眠公坐上看诸客大合乐,记丁酉中秋,曾于合肥公青溪宅见此,今又将十年矣。援笔填词,呈龙眠公并示楼冈太史、邵村侍御与三孝廉》《次夜,韩楼灯火甚盛,仍听诸君弦管,复填一阕》《乙巳中秋,用东坡韵寄广陵诸旧游》《酬归德侯仲衡》)、《瑶花·秋雨新晴,登远阁眺望》1首、《高阳台·题余氏女子绣高唐神女图,为阮亭赋》1首、《东风第一枝·咏绿萼梅,和吕圣求韵》1首、《解语花》2首(分别是:《咏美人捧茶,和王元美韵》《咏美人捧觞,和王元美韵》)、《夜合花·为丁子砡催妆》1首、《换巢鸾凤·咏烛》1首、《曲游春·花朝》1首、《绛都春第二体·乙巳元夜》1首、《石州慢·忆旧,用高季迪韵》1首、《玲珑四犯·月下闻笛》1首、《霓裳中序第一·咏水仙花,次尹梅津咏茉莉韵》1首、《忆旧游·寄嘉禾俞右吉、朱子葆、子蓉》1首、《齐天乐·暮春风雨》1首、《水龙吟·江行望秣陵作》1首、《瑞鹤仙》2首(分别是:《上元和康伯可韵》《邹程村母夫人寿》)、《南浦·泊舟江口》1首、《氐州第一·秋日怀东皋诸子,用周美成韵》1首、《绮罗香》2首(分别是:《清明感怀》《初夏连夜于许茹庵、仲修席上看诸郎演〈牡丹亭〉有作》)、《金盏子·咏灯》1首、《永遇乐·京口渡江,用辛稼轩韵》1首。共计33调,78首。

　　长调(卷四):《尉迟杯·别况》1首、《二郎神第一体·春寒感怀》1首、《二郎神第二体·咏梅子》1首、《合欢带·为吴陵宫掌雷赋催妆词》1首、《花发沁园春·月下布席,绿萼梅花下同友人小饮》1首、《潇湘逢故人慢》2首(分别是:《题余氏女子绣柳毅传书图,为阮亭赋》《送王亦世归汉阳兼寄怀人》)、《泛清波摘遍·咏沼内红鱼》1首、《击梧桐·酒阑感赋》1首、《一萼红·寒食记事》1首、《薄幸·赋得"水晶帘下看梳头"》1首、《风流子·南徐春暮,程昆仑别驾招饮南郊外园亭,同方尔止、孙豹人、谈长益、邹程村、何雍南、程千一赋》1首、《翠楼吟·席上赠伎,时伎三日后即落乐籍》1首、《小梅花·感事,括古语,效贺东山体》2首、《女冠子第二体·咏美人坐禅,和彭美门原韵》1首、《洞庭春色·甲辰除夕,怀西樵司勋、阮亭主客》1首、《玉山枕·咏白鹦鹉》1首、《沁园春》5首(分别是:《广陵客邸,送纬云弟之归德》《山东刘孔集招饮广陵酒家,系故郭石公宅》《冒天季五十书赠》《泊舟惠山,看六朝松并艮岳石》《为泗州谢震生广文题影,兼送其之任山阳》)、《八归·二月十一夜,风月甚佳,过水绘园,听诸郎弦管灯下。因遣家信,凄然不成一字,赋此以寄闺人》1首、《摸鱼儿·家善百自崇川来,小饮冒巢民先生堂中。闻白生璧双亦在河下,喜甚,数使趣之,须臾,白生抱琵琶至,拨弦按拍,宛转作陈隋数弄,顿尔至致,余也悲从中来,并不自知其何以故也。别后寒灯孤馆,雨声萧槭,漫赋此词,时漏已下四鼓矣》1首、《贺新郎》7首(分别是:《云郎合卺为赋此词》《贺阮亭三十》《瓜步与姜子羹》《甲辰广陵中秋,小饮孙豹人溉堂归,歌示阮亭》《月夜看梅花》《乙巳端午寄友,用刘潜夫韵》《为冒君苗催妆》)、《夏云峰第一体·夏雨》1首、《引驾行·柬既庭》1首、《兰陵王·春恨》1首、《十二时·偶忆》1首、《大酺·七夕坐客大合乐,漫赋》1首、《多丽仄韵体·题余氏女子绣陈思洛神图,为阮亭赋》1首、《前调平韵体·为李云田、周少君宝灯题坐月浣花图》1首、《个侬》(原名"六丑",杨升庵易今名)2首(分别是:《孙坦夫招饮女史澹容家分》《丙午元夕雨》)、《夜半乐·春夜观小伶演葛衣剧。任西华故事也》1首、《六州歌头·邗沟怀古》1首、《小诺皋·夏雨》1首、《宝鼎现·甲辰元夕后一日次康伯可韵。是岁元夜月食》1首、《怨朱弦·寄酋川毕载积使君》1首、《三台·春景。用万俟雅言清明原韵》1首、《抛球乐·咏美人蹴鞠》1首、《稍遍·咏弹筝》1首、《戚氏·柬程村、文友》1首、《莺啼序·春日游平山堂即事》1首。共计38调,51首。

由上统计可知,陈维崧《乌丝词》4卷共收录141调、266首词①。

---

①[清]陈维崧《乌丝词》四卷本,见孙默《十五家词》,四库全书本。

我们现在所能见到的《乌丝词》最早刊本是孙默的《国朝名家诗余》本。孙默在康熙五年（1666）刊刻该词集，并于康熙七年将其刻入《国朝名家诗余》。陈维崧《乌丝词》的刊刻在当时词坛产生了巨大的影响，引起了广大词作者的高度关注。可以说，《乌丝词》的问世在社会上掀起一场学词、赏赐、评词的风潮，这亦给陈维崧带来了极高的社会声誉，一时间词人们竞相传阅赏评，如"清词三大家"之一的著名词人纳兰性德就曾作有一首《菩萨蛮·为陈其年题照》，对陈维崧《乌丝词》给以极高的评价，既赏识其绮丽柔媚的方面，更称赞其湖海豪气的艺术风神："乌丝曲倩红儿谱，萧然半壁惊秋雨。曲罢髻鬟偏，风姿真可怜。　须髯浑似戟，时作簪花剧。背立讶卿卿，知卿无那情。"①纳兰一句"乌丝曲倩红儿谱"生动地描述出《乌丝词》在当时传播的盛况，如董元恺在其《瑞龙吟·陈其年属题乌丝词》词中亦评述道：

> 荆溪第。共羡仲举儿郎，元方兄弟。承家列戟云霄，三珠玉树，翩翩浊世。　南州士。传自梓州而后，还应屈指。惊人咄咄唯髯，英声籍籍，沾沾可喜。　大手文章燕许，挥毫落纸，渊渟岳峙。更工黄绢新词，乌丝妙伎。玉箫檀板，白雪移宫徵。忆当日、群公高会，国门争市。一曲梁尘起。岐王笑赐、千端绮。绝调谁堪拟。只海内佳人，世间才子。挑灯读罢，尽为情死。②

该词其后注解即引用王阮亭（王士祯）的话语："乌丝词乃十年

---

① ［清］纳兰性德著，邢学波笺注《纳兰词笺注全编》，天津：天津人民出版社2013年版，第238页。

② 南京大学中国语言文学系全清词编纂委员会编《全清词》（顺康卷）第六册，北京：中华书局2002年版，第3379页。

前仆与先考功兄所评较,今先兄殁已三年,辈亦判袂八载,仆伤逝之余,茌苒老矣。长安雨夜,篝灯读此,不禁百端交集。"①就连当时著名的广陵词坛之盟主王士禛都曾经与其兄长王士禄共同评校过《乌丝词》。陈维崧在《乌丝词》中所表现出来的这种既刚且柔的艺术风格,广受词人称赞,达到了"忆当日、群公高会,国门争市"的盛景,直至"只海内佳人,世间才子。挑灯读罢,尽为情死"的艺术影响。

清代康熙年间著名藏书家、版本学家、校勘家季振宜与陈维崧交好,曾为《乌丝词》作序。季振宜(1630—1673),字洗兮,号沧苇,生于明崇祯三年,卒于清康熙十二年,江苏泰兴县季家市(今靖江市季市镇)人,清顺治时进士,授任浙江兰溪知县,后升刑部主事、户部郎中、广西道监察御史等职。季家为江南望族,季振宜父亲季寓庸为官后将家迁入泰兴县城,他在县学馆附近营造园林,因其园内存有一株宋朝乡贤孙益手植桂树,该树根株蟠曲,粗壮茂盛,翁郁苍翠,故其园取名"嘉树园"。该园内建有亭台廊榭,高台碧池,山石曲折,环境极为优雅别致。园中有"静思堂""春柳读书堂""辛夷馆"等处,即季振宜兄弟幼时读书处。"嘉树园"是文人雅聚之佳地,园内花开之日,朱彝尊、陈维崧、严绳孙、姜宸英等当时词坛名士,常聚会于此,诗酒唱和,甚为欢愉,姜宸英曾作有《嘉树园记》。正因此故,陈维崧与季振宜结交深厚,陈维崧曾悉心指导过季振宜诗词创作之法,季振宜因此对陈维崧师事之,尊其为先生。作为一代著名的藏书家、出版家,季振宜对陈维崧的创作极为关注,十分赏识,因而他在《乌丝词序》中深情地赞颂了陈维崧其人及其词:

乐府云亡,郑声竞作,黄花满耳,白雪无人。律有迷于左

① [清]董元恺《苍梧词》卷十二,清康熙刻本。

高,声不辨夫下浊。阳羡陈其年先生,东吴鼎族,南国才人。首述家风,曾弄璋于汉殿;先陈世德,应进笏于唐朝。典午风流,既传桃叶之女谶;叔宝词藻,徒听蒋山之鸟啼。今同布衣,昔年公子。空存老屋,但守残书。泣不成章,慨当以慷。眼虽青而莫告,头难白以无成。无命有才,天只人只。去冬顾我,寒夜论文。烧烛惟嫌其不长,饮酒先忧其已罄。吃不能言,笑诸君之但知朋口;文未加点,惊阴座之如见有神。自尔别离,徒劳梦寐。近知栖迟京口,当痛饮之我师。复闻假息荆溪,异常州之上表。秋风初动,暑气已阑。三鳣未飞于庭前,双鲤忽传于江北。使同青鸟,集曰乌丝。斑竹驱驰,不仪风云月露;画船迎送,将无城郭山河。振宜幸得买山,何须种豆。虽不及郑五之歇后,敢轻嗤柳七之为词。庐陵《定风波》,歌清一曲;东坡《醉落魄》,醒酒三更。余也闲闲,君犹寂寂。或梦池塘之春草,何有于我;绕手顿足,不知其他。①

“使同青鸟,集曰乌丝”,可以看出,季振宜在《乌丝词序》中对陈维崧家风鼎望的族史极为恭敬称道,对其困顿漂泊的境遇深感同情,对其教授自己诗词创作表示诚挚的感谢。又如,刘榛在《沁园春·题其年乌丝词》中高度评价了陈维崧于词史的贡献,即改变词是“艳科”“小道”的传统认知,提高了词品:“小道亦入神超圣,继往开来,分明盛时鼓吹。宜荐郊奏庙,雅颂齐谐。吟讽下当,渐离击筑,曼倩诙排。”②刘榛认为陈维崧词“入神超圣”,“小道”

---

① 孙克强等编著《清人词话》(上),天津:南开大学出版社 2012 年版,第 232 页。
② 南京大学中国语言文学系《全清词》编纂委员会编《全清词·顺康卷》第十一册,北京:中华书局 2002 年版,第 6622 页。

之词亦可用于庙堂歌功颂德，"吟讽下当"，用于讽刺讥谏，这就是将词的表现功能提升到政治教化层面，极大地提高了词品。《乌丝词》的刊行使陈维崧誉满天下，深为词人所称赏，因而他曾陆续以《乌丝词》为名结集自己的词作，先后有《乌丝词二集》《乌丝词三集》《乌丝词第三集》等词本。其中《乌丝词二集》已轶失不可考，但手稿本《迦陵词》第八册中完整收录着《乌丝词三集》①、《乌丝词第三集》②两本词作，而且此二集中词作绝不相同。另外手稿本《迦陵词》中还附存宋琬《宋荔裳观察题乌丝词》、王士禄《王西樵考功题乌丝词》、曹尔堪《曹顾庵学士题乌丝词》、龚鼎孳《龚芝麓先生题乌丝词》等词，均对陈维崧《乌丝词》给以极高的评价，我们从中可观当时《乌丝词》声价溢都之盛状：

　　天上张星，游戏人间，我幸见之。叹太丘里第，曾占象纬，叔敖封邑，竟立期思。八斗才华，五陵逸气，蘦（通"斋"）白争传绝妙辞。旗亭上，有诸伶按拍，玉笛金徽。　奚囊白雪霏霏。信此曲、从来和者稀。似秦邮太史，风流旖旎，渭南老子，浑脱雄奇。扬子滔深，洞庭月冷，应有鱼龙骇且飞。观止矣，待曹王敌手，险韵重题。

　　　　——宋琬《沁园春·题陈其年乌丝词》

　　屈指词人，咄咄唯髯，跋扈飞扬。似波寒竟去，衣冠飒飒，烛昏欲醉，履舄茫茫。红豆筵中，白杨斋外，哀艳无端互激昂。凭人道，是秋坟唱苦，子夜歌长。　廿年落拓名场。

---

① ［清］陈维崧著，叶嘉莹主编《康熙年间手抄稿本三色汇评迦陵词》（下），天津：南开大学出版社 2009 年版，第 544—639 页。

② ［清］陈维崧著，叶嘉莹主编《康熙年间手抄稿本三色汇评迦陵词》（下），天津：南开大学出版社 2009 年版，第 640—784 页。

便历落、嵚崎也未妨。看祢生单绞，挝声慷慨，陈王芋蔗，舞态回翔。儿女情深，风云气在，同此牢愁一寸肠。君勿让，信黯如顾虎，狂比袁羊。

——王士禄《王西樵考功题乌丝词》

畏友颍川，绝艳惊才，鬓髯戟张。羡中丞祖德，丝毫能述，孝廉党祸，秘录尤藏。两世清坚，半生慷慨，不朽文章已擅场。雄而健，似怒猊抉水，俊鹘凌霜。　相寻隋苑凄凉。归太急、栖迟鸥鹭乡。向周侯桥畔，泛芙蓉艇，善权洞口，制薛荔裳。一卷新词，单行海内，笑则红牙哭白杨。吾老矣，且骚坛看尔，刻翠雕香。

——曹尔堪《沁园春·题乌丝词》

烟月江东，文采风流，旷代遇之。恰临春琼树，家称叔宝，黄初金枕，人是陈思。如此才名，坐君床上，我拜低头竟不辞。多情甚，倩花间锦笔，描画崔徽。　餐霞吐玉霏霏。任拍遍、阑干绝调稀。更雨铃风笛，伤心绮丽，云鬟雾鬘，过眼权奇。帘阁香浓，市楼酒罢，错落明珠万斛飞。须记取，有曲江红袖，围绕留题。

——龚鼎孳《沁园春·题陈其年乌丝词》①

上述词中，宋琬一词认为陈维崧才高气阔，"八斗才华，五陵逸气"，因而其词作在词坛中阳春白雪，和者甚稀。宋琬评陈维崧兼得秦观、辛弃疾两种艺术风格，"秦邮太史，风流旖旎，渭南老子，浑脱雄奇"，即迦陵词既有秦观之多情，又有稼轩之雄奇，因而极富艺术感染力；而王士禄一词也深切同情陈维崧情深命蹇的人

---

① 以上四首词具见陈维崧著，叶嘉莹主编《康熙年间手抄稿本三色汇评迦陵词》(下)，天津：南开大学出版社 2009 年版，第 551－553 页。

生命运,注意到了其词既有"跋扈飞扬"豪迈的一面,也有"哀艳无端"婉约的一面,即"儿女情深,风云气在,同此牢愁一寸肠"的艺术特点;而曹尔堪一词则将陈维崧置于明清易代的时代背景下加以审视,词中所说"孝廉党祸,秘录尤藏"即指出迦陵词体现着易代实录之悲。实际上,陈维崧虽经历的是动荡时势,却使其词作"绝艳惊才""雄而健",达到了"不朽文章已擅场"的艺术影响。尤其曹尔堪从陈维崧"两世清坚,半生慷慨"的品质中体察到,陈维崧虽然生活落拓无依,志不能遂,但可以凭其"一卷新词,单行海内",纵横词场,将来必定成为骚坛巨擘,即"吾老矣,且骚坛看尔,刻翠雕香";龚鼎孳一词将陈维崧比喻成卫玠、曹植这样"文采风流,旷代遇之"的才子,对其"雨铃风笛,伤心绮丽"的词风深感赞佩。据刘东海《顺康词坛群体步韵唱和研究》一书考证,上述四首词中,前三首作于陈维崧抵京之前,而最后一首龚鼎孳所作写于陈维崧抵京之后。龚鼎孳是明末清初著名诗人词家,与吴伟业、钱谦益并称"江左三大家",与陈维崧亦交结深厚。康熙七年(1668),陈维崧四十四岁时第一次来到北京,虽然他早有才名,但当时还没有中举,只是一个穷秀才,但当时在京任刑部尚书的龚鼎孳对陈维崧却极为赏识,并与之往来和唱。当时王士禛亦在京,龚鼎孳曾邀请王渔洋、陈其年等在宣南黑窑厂雅集。在手稿本《迦陵词》中,共收录龚鼎孳六首词牌为《沁园春》的唱和词①,完整保留着诸人间唱和往来的雅集过程,其中有三首是龚鼎孳步宋琬、王士禄、曹尔堪三人词韵。刘东海《顺康词坛群体步韵唱和研究》一书考述道:"以《沁园春》调为例,龚鼎孳在与陈维崧的递

---

① [清]陈维崧著,叶嘉莹主编稿本《康熙年间手抄稿本三色汇评迦陵词》(下),天津:南开大学出版社 2009 年版,第 552—556 页。

唱往来中,其词创作经过了以下三个阶段。第一阶段,初晤陈维崧,表现赏识之情;第二阶段,日渐相处,为陈维崧遭际叹息;第三阶段,从相识、相处到相知,借唱和抒发人生感遇。"①龚鼎孳极为同情陈维崧的壮志未酬之人生遭遇,如在手稿本《迦陵词》中有一首《沁园春·和曹顾庵》,词中有"相怜处,是君袍未锦,我鬓先霜"之句,当时陈维崧为生员,尚未进入仕途,龚鼎孳为其鸣不平。

我们从宋琬、王士禄、曹尔堪、龚鼎孳四人评点《乌丝词》的九首《沁园春》词中可以看出,这些人都一致地归纳总结出了陈维崧《乌丝词》的艺术风格,即"八斗才华,五陵逸气""屈指词人,咄咄唯髯,跋扈飞扬""雄而健,似怒猊抉水,俊鹘凌霜""更雨铃风笛,伤心绮丽""似秦邮太史,风流旖旎;渭南老子,浑脱雄奇"。陈维崧早期的作品不乏"旖旎语",但到《乌丝词》时,词风已有较大的转变,颇含湖海豪气。可以说,《乌丝词》所表现出来的豪放与婉约并存,已是陈维崧词风成熟的重要标志,因而在陈维崧个人词作发展史上占有重要的地位。

由上可知,《乌丝词》广为当时词坛所赞誉,陈维崧自己对《乌丝词》也颇为自得,他常以该词集为礼物,交结文友,如其《秋日贡鹰使者入关,接吾友汉槎书,兼乞药物。广平夫子既以枸杞、地黄二种缄寄,余则附寄〈乌丝词〉稿一部,仍系四绝句,兼呈卫玉叔》所记:

　　青海奇鹰雪不如,贡来都下北风初。自怜亦似离乡客,特为流人寄纸书。

　　缄题药裹出真颜,湮透红签泪点斑。更仗当归作庾语,

①刘东海《顺康词坛群体步韵唱和研究》,上海:上海古籍出版社 2013 年版,第 173—174 页。

金鸡竿下盼君还。

　　寄去乌丝十幅多，到时飞雪满篷婆。边墙讵少如花女，好谱新词马上歌。

　　殷勤并语长流叔，雪窖频年况铁衣。月底琵琶千帐起，听他弹罢定思归。①

学界一般认为，《乌丝词》为陈维崧自顺治十三年(1656)至康熙七年(1668)旅居京华时所填之词之结集。《乌丝词》一经刊行，誉满天下，为人称赏。可以说，《乌丝词》创作刊行的过程就是陈维崧词作逐渐成熟定型的过程，正如白静博士所说："《乌丝词》的结集和出版是陈维崧中期词创作的一个阶段性成果，它不仅是陈维崧湖海飘泊生活的真实写照，也是陈维崧转变词体观念、确立独特风格的初步探索，为他以后的创作奠定了很好的基础。"②的确，乌丝词的刊刻出版，标志着陈维崧词风的基本形成，也确立了他在词坛的地位。

二、《陈检讨词钞》

《陈检讨词钞》是陈维崧的一部重要词集，为蒋景祁、曹亮武共同选定。蒋景祁是宜兴人，与陈维崧同乡，而且蒋陈两家是世交，维崧年长蒋景祁二十余岁，堪称忘年之交，尤其陈维崧曾亲自教授蒋景祁作词之道，故蒋景祁以师事陈维崧。陈维崧晚年在京时，孤身孑立，直至病逝，时仅有蒋景祁一人视疾服侍，陈维崧十分看重自己的这个学生，所以临终之时将自己的遗稿悉付蒋景祁

---

① 李兴盛主编《吴兆骞杨瑄研究资料汇编》，哈尔滨：黑龙江大学出版社 2014年版，第 218—219 页。
② 白静《手抄稿本〈迦陵词〉研究》，南开大学 2007 年博士论文。

整理。蒋景祁也不负恩师重托,在陈维崧去世三年后,终于将其词稿付梓刊刻,名曰《陈检讨词钞》。该词集《序》曰:"计原稿未刻《迦陵词》合《乌丝词》几千八百篇,今选定凡若干首,颜曰《陈检讨词钞》。"①《陈检讨词钞》最主要版本为清康熙二十三年(1684)天藜阁刻本,首都图书馆、陕西省图书馆、常州市图书馆、安徽无为县图书馆均藏有这一版本。此外,中国人民大学图书馆馆藏古籍珍本《陈检讨集十二卷》《诗钞十卷》《词钞十二卷》,其中《词钞》亦是清康熙间天藜阁刻本。《陈检讨词钞》书纸每页十行,正文词作每行二十一字。上下黑口,单栏。版心刻有"陈检讨词钞"等字,并标注次序页码。现存蒋景祁所刻天藜阁本《陈检讨词钞》十分罕见,如《中国古籍善本总目》中仅记安徽无为县图书馆藏有这一版本。笔者通过查检中国知网,发现到目前为止还没有一篇研究《陈检讨词钞序》的论文发表。

《陈检讨词钞》以其版本罕见,往往为藏书界之珍本,如西泠印社 2012 秋季拍卖会古籍善本专场(西泠印社拍卖有限公司、西泠拍卖网)就曾以 57500 元拍卖一套(共一夹六册)保存完整的《陈检讨集十二卷》《诗钞十卷》《词钞十二卷》,书上有鉴藏印数枚:"雪渔"(朱)、"溪遯叟"(朱)、"吴县高德馨字远香"(白)、"以文"(朱)。经考证,"雪渔"当是杨文莹,"溪遯叟"当是高德馨、"以文"当是鲍廷博。据拍卖提要所记,此套藏书原为光绪间进士、藏书家杨文莹(杭州人,工书法)旧藏,后来被晚清民国吴县人高德馨得到。据《苏州历代人物大词典》记载:高德馨,字远香,号隐溪退士、转溪退士等,别号溪遯叟,附贡生,曾在浙江候选做过知县。高德馨工词,喜收藏,有《远香诗词遗稿》(苏州图书馆存稿本)、

---

① 冯乾编校《清词序跋汇编》第一册,南京:凤凰出版社 2013 年版,第 94 页。

《小逍遥行馆遗钞》(中国国家图书馆存朱丝栏抄本)、《陶楼文钞》十四卷(中国国家图书馆存朱格抄本)、《鲟隐词钞》(上海图书馆存 1935 年版)①。高德馨与近代著名藏书家、校勘学家章钰为同学,章钰藏书甚富,其藏书处为著名的"四当斋"②。据书上题跋可知,高德馨得到这套词钞之后即寄给同学章钰赏鉴,又通过章钰从陈维崧、陈宗石兄弟这一脉后人借到陈维崧手书词稿,抄录该手稿本评语,并与《湖海楼词集》互校,因而这部词钞文献价值巨大。手稿本上留有"章式之读书记"白文方章一枚,所以可以证明章钰是看过手稿本《迦陵词》的,本书后文还有专门考证。

蒋景祁在陈维崧去世后,用心整理点检其著作遗稿,选编了这套天藜阁本的《陈检讨词钞》,保存了有清一代词学巨匠陈维崧的大量珍贵词作,功莫大焉! 如朱㡾馨《阳羡词人蒋景祁生平事迹补考》一文在谈及蒋景祁的功绩时认为,京少一生功绩以选政、刊刻为主:"选编并出资刊刻了'天藜阁'本《陈检讨词钞》十二卷以及诗、文、骈体的选钞。这是陈宗石'患立堂'汇刻《湖海楼词》之前的一个重要版本。"③孙克强先生亦评价道:"陈维崧殁后,景祁用心点检整理维崧著作手稿,选编了天藜阁本《陈检讨词钞》以及众多诗文,保存了一代词学巨匠的大量作品。"④《陈检讨词钞》

---

①张耕田、陈巍主编《苏州民国艺文志》(下),扬州:广陵书社 2005 年版,第 707 页。

②章钰是著名藏书家,家有藏书处为"四当斋",取宋藏书家尤延之以书籍"饥当肉、寒当裘、孤寂当友朋、幽忧当金石琴瑟"之语。

③香港浸会大学《人文中国学报》编辑委员会编《人文中国学报》第 12 期,上海:上海古籍出版社 2006 年版,第 336 页。

④孙克强等编著《清人词话》(上),天津:南开大学出版社 2012 年版,第 592 页。

卷首有蒋景祁所作序言,这是研究陈维崧词史意义地位的一篇极为重要的文献,兹录于下:

予既序迦陵先生俪体集行世,他所著散体古文,悉归其季子万之手,而无副。然先生之词,则先生之真古文也。盖尝论之,文章之源流,古今同贯。而历览作者,其所成就,未尝不各擅一家。虽累百变而不相袭,故读之者亦服习焉而不厌也。五经文字,无敢轻议。后此则《离骚》祖风雅,词赋家祖骚,史家祖迁、固,体制殊别,不能为易。然纵横变化,存乎其人。譬如游蓬壶者。耳目睹记,大抵皆神仙窟宅。而所称三神山蓬莱、方丈之属,本倏忽变幻,不可方物。入之者目玩意移,至不能举其数。若规格一定,意境无异,如世摹画化人宫阙,纵极工丽,一览已尽,又况乎胶滞笔墨者耶?文章之道亦如是而已。词之兴,其非古矣。《花间》犹唐音也,《草堂》则宋调矣。元明而后,骎骎卑靡。学者苟有志于古之作者,而守其藩篱,即起温、韦、周、秦、苏、辛诸公于今日,其不能有所度越也已。其年先生幼工诗歌,自济南王阮亭先生官扬州,倡导倚声之学,其上有吴梅村、龚芝麓、曹秋岳诸先生主持之。先生内联同郡邹程村、董文友,始朝夕为填词。然刻于《倚声》者,过辄弃去,间有人诵其逸句,至哕呕不欲听。因厉志为《乌丝词》。然《乌丝词》刻,而先生志未已也。向者诗与词并行,迨倦游广陵归,遂弃诗弗作;伤邹、董又谢世,间岁一至商邱(同"丘"),寻失意返;独与里中数子晨夕往还,磊砢抑塞之意,一发之于词。诸生平所诵习经史百家古文奇字,一一于词见之,如是者近十年,自名曰《迦陵词》。夫迦陵者,西王母所使之鸟名也。其羽毛世不得而见,其文彩世不可得而知。划然啸空,声若鸾凤。朝游碧落,暮返西池。神仙之与偕,而缥缈之与宅。呜呼! 此其是欤? 故读先生之词者,以为苏辛可,以为周秦可,以为温韦可,以为《左》《国》《史》《汉》唐宋诸家之文亦可,盖既具什伯(笔者按:"伯"当为"佰"字,即"百"字)众人之才,而又笃志好古,取裁非一体,造就非一诣。豪情艳趣,触绪纷起,而要皆含咀酝酿而后出。以故履其阈,赏心洞目,接应不暇;探其奥,乃不觉晦明风雨之真移我情。噫! 其至矣。向使先生于词,墨守专家,沈雄荡激,则口为伧父;柔声曼节,或鄙为妇人。即极力为幽情妙绪,昔人已有至之者。其能开疆辟远,旷古绝今,一至此也耶? 计原稿未刻《迦陵词》,合《乌丝词》,几千八百篇。今选定凡若干首,颜曰《陈检讨词钞》,志其阙也。若世有锺(通"钟")期,爱其全操。则搜补遗缺,尚自有待。予且拭目俟之。同里蒋景祁。①

蒋景祁在这篇序言中讲述了系列问题,他首先交代了自己完成了为陈维崧俪体集作序,并指出其所著散体古文在陈宗石(维崧四弟)手中:"予既序迦陵先生俪体集行世,他所著散体古文,悉归其季子万之手,而无副。"然后重点阐述陈维崧在词方面的突出成就。蒋景祁明确提出自己的文学审美观,他认为文学创造和文学接受是一对密不可分的连续性过程,要求审美创造具有独创性,这样才能使读者获得深刻的艺术享受,即"文章之源流,古今同贯。而历览作者,其所造就未尝不各擅一家,虽累百变而不相袭,故读之者,亦服习焉而不厌也"。接着作者用大量笔墨梳理了各类文体特征及历史演变,阐述了自己的文学发展观:"后此则

---

① 冯乾编校《清词序跋汇编》第一册,南京:凤凰出版社 2013 年版,第 93—94 页。

《离骚》祖风雅,词赋家祖骚,史家祖迁、固,体制殊别,不能为易。"
然后蒋景祁阐释了陈维崧在词创作道路上的重要变化过程,即自
王士禛主政扬州后,极力倡倚声之学,加上吴伟业、龚鼎孳、曹溶
诸名家声援支持,形成一种社会审美风向。在这种背景下,一直
工于诗歌的陈维崧开始大量作词,同郡邹祗谟、董以宁等积极实
践,朝夕填词,取得了不小的成绩。通过创作摸索,陈维崧对词体
特征有了全新的把握与认知,对于自己过去词作亦能做出理性的
反思:"然刻于《倚声》者,过辄弃去。间有人诵其逸句,至哕呕不
欲听。因厉志为《乌丝词》。"作者接着阐述了这样的文学理论观
点,即陈维崧的词作是其不幸人生际遇、坎轲生活经历的形象记
录与艺术反映:"然《乌丝词》刻,而先生志未已也。向者诗与词并
行,迨倦游广陵归,遂弃诗弗作;伤邹、董又谢世,间岁一至商邱,
寻失意返;独与里中数子晨夕往还,磊砢抑塞之意,一发之于词。
诸生平所诵习经史百家古文奇字,一一于词见之。如是者近十
年,自名曰《迦陵词》。"作者接着阐释了陈维崧"迦陵"之含义,即
陈维崧有着宏大的理想抱负与多才多艺的才华气度,但其却没有
得到社会相应的肯定与重视,而维崧却能一生坚守,不坠青云之
志:"夫迦陵者,西王母所使之鸟名也。其羽毛世不得而见,其文
彩世不可得而知。划然啸空,声若鸾凤。朝游碧落,暮返西池。
神仙之与偕,而缥缈之与宅。"接着作者对陈维崧给以极高的词史
评价,将其词提高到史传、唐宋诸文的高度,进而全面而深刻总结
了陈维崧词的多种艺术表现:"故读先生之词者,以为苏辛可,以
为周秦可,以为温韦可,以为《左》《国》《史》《汉》唐宋诸家之文亦
可,盖既具什百众人之才,而又笃志好古,取裁非一体,造就非一
诣。豪情艳趋,触绪纷起,而要皆含咀酝酿而后出。以故履其阈,
赏心洞目,接应不暇;探其奥,乃不觉晦明风雨之真移我情。噫!

其至矣……其能开疆辟远,旷古绝今。"该序文最后交代了这套词钞的规模及命名:"计原稿未刻《迦陵词》,合《乌丝词》,几千八百篇。今选定凡若干首,颜曰《陈检讨词钞》,志其阙也。"进而指出刊刻这套词钞之目的在于存维崧之典籍,期遇异代之知音:"若世有锺期,爱其全操。"蒋景祁指出本套词钞还存在不足之处,"则搜补遗缺,尚自有待",即本词钞并没有收罗殆尽陈维崧所有词作,因而他提出期望,希望后人继续努力收集整理,"予且拭目俟之",能够早日刊刻陈维崧全词集。

蒋景祁这篇序言具有重要的词史意义,尤其对陈维崧词创作的心路历程与词风演变、人生境遇与文学创作的关系以及陈维崧在词史上的地位等问题均给以了深刻的阐释。可以这样说,陈维崧词坛地位之奠定与蒋景祁这篇序有着密切的关系。陈维崧虽然终其一生潦倒失意,但他能够长期坚持不懈并孜孜探索,专事倚声,专力为词,成为中国古代词史上少数几个专业词人之一。明清易代的社会背景、独特的人生境遇、热烈的创作激情、高超的艺术才华,使陈维崧打开了自己的创作心路,开创了独具韵味、影响深远的"阳羡词派"。著名学者叶公绰在《广箧中词》卷一中说:"清初词派,承明余波,百家腾跃。虽其病为犷芜,为纤仄,而丧乱之余,家国文物之感,蕴发无端,笑谈非假。其才思充沛者,复以分途奔放,各极所长。故清初诸家,实各具特色,不愧前茅,远胜乾嘉间之肤庸浅薄,陈陈相因者。"①明清易代之际,乱世春秋,面对明词"音如湿鼓,色若死灰"②之现状,陈维崧能够保持定力与

---

① 张璋等编纂《历代词话续编》(上),郑州:大象出版社 2005 年版,第 603 页。
② [清]陈维崧《词选序》,见陈维崧著,陈振鹏标点,李学颖校补《陈维崧集》(上),上海:上海古籍出版社 2010 年版,第 54 页。

清醒,并以词坛巨擘之大才,振臂高呼,提倡"独倡声教"①、自成一家的词学理论。正如梁鉴江先生所认为的那样,陈维崧是"清初词坛的革新者"②。虽然陈维崧在理论与创作实践上都取得了极高的成就,但在很大程度上说,他的系列词学观点及创作倾向在当时尤显异类,甚至带有一种非官方、反正统的主观色彩,这与官方所倡导的"清真雅正"之标准大有不合之处,因而陈维崧在清代词坛颇受贬抑,长期处于非"正宗"的从属地位。如与"浙西词派"比较,"阳羡词派"所受批评甚多。而作为阳羡词派主将之一的蒋景祁,正是意欲通过《陈检讨词钞序》这篇文章为陈维崧鸣不平,为阳羡派张目,也为当时词坛发展方向树旗立帜,进而传播自己的词学主张。

三、《迦陵词全集》

蒋景祁在《陈检讨词钞序》中曾指出,虽然自己尽力"搜补遗缺"陈氏遗作,但所辑依然不尽完善,所以期待后人继续努力收集整理陈维崧词作,"尚自有待。予且拭目俟之③,使迦陵词最终能够以全词刊刻传世。而这个任务就由陈维崧的四弟陈宗石来实现。陈宗石在蒋景祁刊刻《陈检讨词钞》〔清康熙二十三年(1684)天藜阁刻本〕后五年,即康熙二十八年完成患立堂刻本《迦陵词全集》三十卷的刊刻工作,共计收录陈维崧词作一千六百二

---

①聂先《荫绿词题词》,见冯乾编校《清词序跋汇编》第一册,南京:凤凰出版社 2013 年版,第 61 页。

②梁鉴江《走进高雅——梁鉴江文萃》,广州:广东人民出版社 2005 年版,第 135 页。梁鉴江先生为陈维崧研究专家,发表多篇关于陈维崧的研究论文,并著有《陈维崧词选注》等专著。

③冯乾编校《清词序跋汇编》第一册,南京:凤凰出版社 2013 年版,第 94 页。

十九首,这是陈维崧词稿最为完善的版本。据《续修四库全书·集部·词类》所收《迦陵词全集》,该词本首页正中竖版排列"迦陵词全集"五个大字(齐头并尾连接上下书口),右书"真定梁棠村先生鉴定"(竖行),左书"彊善堂本衙藏版"(竖行)。全卷书纸上下黑口,单栏,上下四页。序言部分每页十二行,每行二十二字;正文词作每页十二行,每行二十二字。版心刻有"迦陵词全集"字样,并标明卷次,版心底部刻有"患立堂"三字。《迦陵词全集》卷首有泾阳(陕西)任玑、秀水(浙江)高佑釲所作《迦陵词全集序》两篇,卷尾有陈维岳、陈宗石、吴璠三篇《迦陵词全集跋》①。

《迦陵词全集》自刻印之后,广为流传,以清康熙二十八年(1689)陈宗石患立堂刻本为母本,刊刻众多,各大图书馆及私人藏家多有收藏。据笔者查阅文献所见,《迦陵词全集》的刊印及各地收藏情况如下:

《陈迦陵文集》六卷、《俪体文集》十卷、《湖海楼诗集》八卷、《迦陵词全集》三十卷,影上海涵芬楼藏患立堂刊本,《四部丛刊初编》收录。

《迦陵词全集三十卷》,影印清康熙二十八年陈宗石患立堂刻本,《续修四库全书》收录。

《迦陵词全集》三十卷,清康熙二十八年宜兴陈氏刻本,国家图书馆藏。

《湖海楼诗稿》十二卷、《湖海楼诗集》八卷、《陈迦陵俪体文集》十卷、《陈迦陵文集》六卷、《迦陵词全集》三十卷,清康熙二十八年患立堂刻本,国家图书馆藏。

---

①《四部丛刊初编集部·陈迦陵诗文词全集》(第1—3册)所收《迦陵词全集序》是任玑序在前、高佑序在后。

《迦陵词全集》三十卷,清康熙二十九年(1690)刻本,国家图书馆藏。

《陈迦陵文集》六卷、《迦陵词全集》,清康熙刻本,国家图书馆藏。

《迦陵词全集》三十卷,清康熙二十八年宜兴陈宗石患立堂刻本,首都图书馆藏。

《陈迦陵文集》六卷、《俪体文集》十卷、《迦陵词全集》三十卷,清康熙二十五年至二十九年(1686－1690)患立堂刻本,首都图书馆藏。

《迦陵词全集》三十卷,清康熙二十九年患立堂刻彊善堂本,湖南图书馆藏。

《迦陵词全集》三十卷,清康熙二十六年至二十八年患立堂刻本,天津图书馆藏。

《迦陵词全集》三十卷,清刻本,陕西省图书馆藏。

《陈迦陵文集》六卷、《俪体文集》十卷、《湖海楼诗集》八卷、《迦陵词全集》三十卷,清康熙宜兴陈氏患立堂刻本,陕西省图书馆藏。

《湖海楼诗集》八卷、《陈迦陵文集》六卷、《俪体文集》十卷、《迦陵词全集》三十卷,清康熙二十八年陈宗石患立堂刻本,湖南图书馆藏。

《迦陵词全集》三十卷,清康熙二十八年陈氏患立堂刻本,徐州市图书馆藏。

《迦陵词全集》三十卷,清康熙二十八年患立堂刻本,兰州大学图书馆藏。

《迦陵词全集》三十卷,清康熙二十九年患立堂刻本,天津师范大学图书馆藏。

　　《迦陵词全集》三十卷,清康熙二十九年患立堂刻本,河南大学图书馆藏。

　　《陈迦陵俪体文集》十卷,附《迦陵词全集》十五卷,清道光刻本,河南大学图书馆藏。

　　《三色汇评手抄稿本〈迦陵词〉》,清抄本,南开大学图书馆藏①。

　　《迦陵词全集》卷首和卷尾共有任玑、高佑釲、陈维岳、陈宗石、吴璠五人所作序跋五篇,共同交代说明了《迦陵词全集》的刊刻因由经过及词坛意义,这些序跋词史价值巨大,是研究陈维崧的重要文献。任玑《迦陵词全集序》如下:

> 　　自昔风云之什,最数六朝;由来骚雅之遗,原非一格。故轮袍制曲,文人大抵风流;而玉宇关心,学士率多忠爱。南国陨江山之涕,楼上笙寒;东风牵离别之丝,桥边柳暗。青衣小婢,藉翻《红豆》之词;彩笔名流,惯着《金荃》之集。寄歌思于玉树,韵咽千秋;传节奏于霓裳,魂销一曲。凡属有情之语,多为见道之言。况乎万斛流泉,喷处即成珠颗;千端艳锦,着来尽是霞纹者乎? 迦陵陈太史先生,世擅清华,颈系苏瑰之子;门盈簪笏,玠为卫瓘之孙。钟灵气于玉女潭边,着义声于孝侯祠畔。英年吐凤,九苞栖食于桐花;晚岁佩鱼,六绝缤纷其藻彩。诗则三百篇而下,未是芭经;十九首以还,都非作者。文则叱诃徐、庾,灵蚕之冰茧能缲;凌轹谢、颜,赤水之珊瑚可碎。固已虱吟阿赋,鬼哭苍书矣。然且掷地鸿篇,兼

————————

① 《康熙年间手抄稿本三色汇评迦陵词》,这一稿本为海内外孤存,词学文献价值巨大。南开大学出版社于 2009 年全文彩印出版了这套《迦陵词》稿本,但印量极少,只印 350 套。

工镂雪；屠龙巨手，亦事雕虫。则有春闺《懊恼》之辞，子夜
《相思》之曲。陌头凝望，悔教夫婿封侯；洛下看花，为问良
人得意。泣秋风于扬子，未寄鱼书；惊残梦于辽西，生憎莺
闹。又有送君南浦，别客西江。渺渺春帆，绿遍王孙之草；
匆匆晓骑，青回酒市之旗。能不握手赠言，攀条增感？若乃
登临山水，凭吊兴亡。嗟仙掌之消沉，露零邺下；叹铜驼之
湮没，棘满华园。西京之禾黍芃然，东洛之衣冠邈矣。于斯
时也，不亦悲乎？至于江上琵琶，青衫泪湿；楼头珠斛，红粉
尘埋。僵碧玉于瓷泉，啼采蘋于翠竹。马嵬土涩，只剩香
囊；铜雀台空，不闻歌吹。斯又写牢骚于落日，抒哀怨于愁
云者矣。君为才子，仆亦恨人。身似陇禽，出潼关而未返；
梦成庄蝶，依吴树以常飞。曾叨缟纻之投，久抱人琴之痛。
西州门外，伤心不但羊昙；北海樽前，把袂更无文举。剧怜
香令，为述难兄。出遗稿于缥囊，聚回文于断锦。一声河
满，老泪横流；三迭阳关，仙踪竟去。试访红牙按拍，当年可
有何戡；若令铁拨调弦，今日难为贺老。一言弁首，万绪填
膺。康熙二十九年庚午仲冬长至前十日，泾阳任玑题于上
谷衙斋。①

　　任玑其人身份学界未明，其字号、官职、籍贯各种文献各有不
同，《咸阳市志》记载："任玑（生卒不详）字公羲。清西安府泾阳县
（治今泾阳县）人。顺治十八年（1661）进士。初任滕县（治今山东
省滕县）知县。后升任兖州府（治今山东省兖州市）通判。"②《中

①冯乾编校《清词序跋汇编》第一册，南京：凤凰出版社 2013 年版，第 89 页。
②咸阳市地方志编纂委员会编《咸阳市志》(5)，西安：三秦出版社 2000 年
　版，第 614 页。

国美术家人名辞典》记载："任玑字齐七，号讱庵，一号啸庵。泾阳人。官盐运使。工书……精赏鉴，富收藏，工画，多手跋。"①与任玑同时代的汪懋麟曾作有《重过南池，遇任讱庵郡丞，招饮署斋即别》一诗云："十年重问维舟处，细雨寒蝉异往时。几叶残荷依北渚，一行衰柳认南池。城隅却遇任明府，秋水还思杜拾遗。可惜相逢仍是别，酒楼回首意迟迟。"据胡春丽著《汪懋麟年谱》所述，"重过清事南池。遇任玑，饮于署斋"：

> 《百尺梧桐阁遗稿》卷一己未稿道光《滕县志》卷六："任玑，字淑源，号讱庵，陕之泾阳人。由辛丑进士来任滕……壬子，分校乡闱，所收多知名士……升沙河通判。"又乾隆《泾阳县志》卷七："任玑，字公羲，顺治辛丑进士，初任山东滕县令……升兖州府通判，历官直隶守道。"②

综上所述，可以确认的是，任玑乃陕西泾阳人，曾在山东滕县做官，有政声，主修《滕县志》，多才艺，善为序跋。任玑这篇骈体《迦陵词全集序》给以陈维崧极高的评价，认为其出身"世擅清华"，尤其是其文学成就巨大，其诗在《诗经》、古诗十九首及元、和诸君以上："诗则三百篇而下，未是范经；十九首以还，都非作者。"其文则凌轹徐陵、庾信、颜延之、谢灵运诸名家："文则叱诃徐、庾，灵蚕之冰茧能缫；凌轹谢、颜，赤水之珊瑚可碎。"任玑所论，虽有过誉之嫌，但他能看到陈维崧作品沉郁奔放、雄丽跌宕的特点，尤其能看出文学创作与人生际遇之间的重要关系已经实属难得。如果说任玑是以骈体丽词赞述陈维崧的词坛成就，那么，高佑釲

---

① 乔晓军编著《中国美术家人名辞典》（补遗一编），西安：三秦出版社2007年版，第90页。

② 胡春丽《汪懋麟年谱》，上海：复旦大学出版社2014年版，第306页。

则是以散体文章记述了《迦陵词全集》的刊刻过程,并高度肯定陈维崧"词学中绝唱"的地位,序文如下:

> 予固不知填词,间尝从先子坐隅窃闻春波词人钱而介先生之绪论矣。词始于唐,衍于五代,盛于宋,沿于元,而榛芜于明。明词佳者不数家,余悉踵《草堂》之习,鄙俚亵狎,风雅荡然矣。文章气运,有剥必复。吾友朱子锡鬯出而振兴斯道,俞子右吉、周子青士、彭子羡门、沈子山子、融谷、抟九、李子武曾、分虎共阐宗风。陈子其年起阳羡,与吾里旗鼓相当,海内始知词之为道,非浅学率意所能操管者也。其年王父少保左都御史中湛先生为东林领袖,尝令吾邑,多惠政,与先祖订交特厚。以故先子与定生先生昆仲世讲不衰云。忆癸未岁,先子以宝坻固守全城,功当超擢。忤权贵,听调赴京师。而少保叔子户部主事则兼先生亦以忤时左迁顺天府知事。盱衡时务,握手太息,共抱杞人忧。甲申三月,则兼先生殉国难。是岁,先子繇泾县令迁南工部,见马、阮执国命,遂奉大母归隐以殁。时定生先生亦日在风波震荡中,几为阮怀宁所杀。沧桑之后,予始得见其年及其三弟纬云,因尽读其先世遗书。辛酉九月,予从京师南还,其年尚赋诗二章赠别。迨壬戌之夏,而屋梁落月之思,遽变作人琴之感矣。今春,予归自河东,适家弟六谦为深泽令,遂憩装焉。其年季弟子万时令安平,安平与深泽接壤,子万以公事至上谷,纤道访予兄弟。一相见,即言及其年诗古文已刻成二十四卷(已刻成二十四卷,《湖海楼词序》作"已付梓"),词则海内尚未睹全本。方汇辑《迦陵词全集》三十卷,授梓单行(三十卷授梓单行,《湖海楼词序》作"行世"),属予为之序(《湖海楼词序》作"索予一言为序")。予既不知词,而其年之词世已推重,又何用

予序哉？予间至京师，偶与友人顾咸三共读其年之词，合小令、中调、长调计四百一十六调，得词一千六百二十九阕。咸三谓宋名家词最盛，体非一格。辛、苏之雄放豪宕，秦、柳之妩媚风流，判然分途，各极其妙。而姜白石、张叔夏辈，以冲澹秀洁，得词之中正。至其年先生纵横变化，无美不臻。铜琶（"琶"，原刻作"军"，据《湖海楼词序》改）铁板、残月晓风，兼长并擅。其新警处，往往为古人所不经道，是为词学中绝唱。予闻其言，而益信其年之词之必宜单行也。夫其年与锡鬯并负轶群才，同举博学宏词，入为翰林院检讨（翰林院，《湖海楼词序》作"翰苑"），交又最深，其为词工力悉敌。锡鬯《江湖载酒集》为友人选刻已久，今方高视词坛，著作且日新。其年词虽富，而今已矣。子万梓成后，锡鬯必竭力为之表章，又何用予序哉？特以子万惓惓为其兄身后名计，友于之谊，足以风世，不敢以不文辞。向者新城王阮亭先生梓其令兄西樵、东亭两先生遗集，海内重之。子万游先生之门，而亦不忍忘其兄，是刻也，又何渊源之无忝乎？以子万之孝弟，与其吏治学问，行且扬历中外，致君泽民，以绳其祖武，岂仅仅以词章为其兄不朽计者？独予以长贫，糊口四方，祖父遗诗，略已问世，而古文词未能授梓（"祖父遗词"三句，《湖海楼词序》作"祖父遗文，未能尽梓"），以竟后人之事。则见子万梓其年词，属为之序，而不忍固辞者，亦用以自志吾愧云尔。康熙二十九年秋七月，秀水同学弟高佑钯谨序（"康熙"二句，《湖海楼词序》作"秀水高佑钯"）。①

---

① 冯乾编校《清词序跋汇编》第一册，南京：凤凰出版社 2013 年版，第 87—88 页。

高佑釲(1627—1712),字念祖,清代浙江秀水(嘉兴)人,附贡生,考授州判,著有《怀寓堂集》传世。高佑釲与朱彝尊同乡交好,高、朱二人友情深厚,翰墨情深,高佑釲有《落帆亭别诸弟》等诗赠别朱彝尊,朱彝尊有《送高佑釲之江宁》《送高佑釲之安邑和魏坤韵》赠答。又如《今世说》卷八"醉卧垆下"条记载:"朱锡鬯诗才隽逸,文尤跌荡可观。然性好饮酒,尝与高念祖入都,每日暮泊舟,辄失朱所在。及高往求之,朱已阑入酒肆中,醉卧垆下矣。"①高佑釲比朱彝尊年长两岁,他们于顺治七年(1650)在嘉兴参加"十郡大社"上相识并深厚结交。高佑釲品正艺优,工诗善书,朱彝尊《曝书亭集》第三十一卷《与高念祖论诗书》评其道:"京师苦寒,念祖无恙;伏承手教再四,谆谆以诗律下问:念祖年齐于仆,而谦以自牧若此;又处客途穷乏之时,饥寒奔走,无一足以动其心,惟风雅之是务,是岂当世之士所能冀及者?故辄陈万一于左右,惟高明择之。"《论诗书》肯定了高念祖的诗"深有合乎古人恭俭、好礼、廉静、疏达之义,此非有本者不能为也"②。高佑釲不但与朱彝尊友情深厚,在词学审美及词坛理论主张上也极为相近,因而会不失时机地为朱彝尊增加影响,其所撰《迦陵词全集序》在评述陈维崧的同时,就多为朱彝尊美言张目。

高佑釲所撰《迦陵词全集序》是一篇重要的清词理论文献,他在明清之际词坛需要雅正革新的背景中审视陈维崧词作的风格特点及词坛意义。他在序言中首先简要地梳理了词的发展演变

①[清]王晫撰,吴晶、周膺点校《今世说》,北京:当代中国出版社2014年版,第154页。

②王云五总编纂,朱彝尊撰《曝书亭集》(三)第31卷,万有文库第二集七百种,上海:商务印书馆1935年版,第529页。

进程："词始于唐，衍于五代，盛于宋，沿于元，而榛芜于明。明词佳者不数家，余悉踵《草堂》之习，鄙俚袭狃，风雅荡然矣。"基于此，清词使命重大，需要杰出的重要人物引领，朱彝尊在词坛名声已振，建立宗风，其词集早已为友人所刊刻流传："吾友朱子锡鬯出而振兴斯道，俞子右吉、周子青士、彭子羡门、沈子山子、融谷、抟九、李子武曾、分虎共阐宗风……锡鬯《江湖载酒集》为友人选刻已久，今方高视词坛，著作且日新。"而陈维崧虽然词作甚多，但其词集尚未刊刻，"其年词虽富，而今已矣"，实为一大遗憾。在陈维崧三弟陈维岳、四弟陈宗石的诚恳请求下，尤其是自己认真系统品读陈维崧的词作后，高佑釲深深被其"纵横变化，无美不臻。铜琶铁板、残月晓风，兼长并擅"的艺术风神所打动，不禁惊叹其词乃"词学中绝唱"。所以，高佑釲感觉到自己有责任、有义务为陈维崧推介，加之，陈宗石几番恳请，其诚可感，又不能不为之辞，遂答应为其年词集作序，"则见子万梓其年词，属为之序，而不忍固辞者，亦用以自志吾愧云尔"，深情地表达了对陈维崧的无限崇敬之意，并以这篇序言引领当时词坛风尚及走向。

尤其值得注意的是，高佑釲在序中极为自谦，并以此推出朱彝尊，他有意识地将陈维崧和朱彝尊并举起来。序文开始他即以自谦的口吻说自己并不精于词，"予固不知填词……予既不知词，而其年之词世已推重，又何用予序哉……陈子其年起阳羡，与吾里旗鼓相当，海内始知词之为道，非浅学率意所能操管者也……夫其年与锡鬯并负轶群才，同举博学宏词，入为翰林院检讨，交又最深，其为词工力悉敌"。高佑釲认为，朱彝尊作为陈维崧的挚友，再加上他在词坛的地位影响，最适合为《迦陵词全集》作序："子万梓成后，锡鬯必竭力为之表章，又何用予序哉？"高佑釲在赞述陈维崧的同时，积极推介朱彝尊，可见其中和浙西词派和阳羡词派,取二家之长,共同推进清词的健康发展,因而词学理论影响深远。

《迦陵词全集》第一篇跋文是陈维崧三弟陈维岳所作,其文如下:

> 先伯兄中年始学为诗余,晚年尤好之不厌。至于赠送应酬,往往以词为之。或一月作几十首,或一韵叠十余阕。解衣盘薄,变化错落,几于昔人所谓嬉笑怒骂皆成文者。故多至千余,古今人为词之多,未有过焉者也。伯兄存日,有《乌丝词》一刻。身后,京少有天藜阁《迦陵词》刻,犹非全本。盖至今子万弟所刻,而后洋洋于大观矣。扬子云称"雕虫小技,壮夫不为",填词尤其小者,小过聊同弃日,差贤博奕耳。畴昔之日。尝戏语阿兄云:"兄词如此之多。不难为梨枣耶?"兄笑而颔之。假令伯兄至今存,恐亦未必尽付锓板。四弟勇往贾锐。有进无退。以下吏穷官作此举,不量其力,幸而成是。然而惫矣。《诗》曰:"岂无他人,不如我同父。"言及益慨然增棠棣之重也。伯兄后死有弟三人,乃独四弟仔之。梓成,寄索跋,因书以美四弟,且志维岳之愧而已。己巳冬杪,弟维岳谨跋。①

陈维岳(生卒年不详),字纬云,晚号苦庵,为陈维崧的三弟。陈纬云有才学,诗文词靡不精擅,著有《红盐词》三卷②,词风清雅沉厚,朱彝尊重之并为之序。陈维岳一生漂泊为客,晚年终老于家。陈维岳在这片跋文中,以生动的笔墨为世人还原了陈维崧钟情于词、勤于创作的热情,"先伯兄中年始学为诗余,晚年尤好之

---

① 冯乾编校《清词序跋汇编》第一册,南京:凤凰出版社 2013 年版,第 90 页。
② 陈维岳《红盐词》,原集未及刊刻,其词作今仅见于各选本留存四十余首。

不厌。至于赠送应酬,往往以词为之。或一月作几十首,或一韵叠十余阕"。并指出陈维崧之词在词史上的地位,即"解衣盘薄,变化错落,几于昔人所谓嘻笑怒骂皆成文者。故多至千余,古今人为词之多,未有过焉者也"。陈维岳还指出陈维崧词集得以刊刻的历史情况,尤其认为四弟宗石刊刻长兄维崧词全集功绩极大,即"伯兄存日,有《乌丝词》一刻。身后,京少有天藜阁《迦陵词》刻,犹非全本。盖至今子万弟所刻,而后洋洋于大观矣"。陈维岳对陈宗石刊刻家兄遗作之事极为赞颂,遂作跋文"因书以美四弟,且志维岳之愧而已"。跋文中陈维岳回忆昔日与长兄论词的生活片段,款款深情溢于言表,四弟陈宗石完成《迦陵词全集》刊刻,实乃替自己做了一件未竟的事业。

《迦陵词全集》第二篇跋文是陈维崧四弟陈宗石所作,其文如下:

> 先伯兄诗古文,予于丙寅、丁卯两年节俸金,次第付梓。惟词最富,因力不逮。至己巳春,又鸠工镂板。簿书之眼,反复校雠,不禁喟然叹曰:"伯兄之词富矣,伯兄之遇穷矣。"伯兄少年见家门煊赫,刻意读书,以为谢郎捉鼻,尘尾时挥,不无声华裙屐之好,多为旖旎语。未几鼎革,先大人裹足穷乡,誓墓不出,家日以促。至丙申先大人弃世,家益落,且有视予兄弟以为釜中鱼、几上肉者。各散而之四方,或孤篷夜雨,辘轲(同"坎坷")历落;或风廊月榭,酒枪茶董;或逆旅饥驱,或河梁赋别,或千里怀人,或一堂燕乐,或须髯奋张。酒旗歌板,诙谐狂啸,细泣幽吟,无不寓之于词。甚至俚语巷谈,一经镕化,居然典雅。真有意到笔随,春风物化之妙。计四百一十六调,共词一千六百二十九阕,分编三十卷。自唐宋元明,未有如吾伯兄之富且工也。呜呼!南宋李泳兄弟《花萼

词集》,后世称之。余少孤失学,碌碌无可表见,辄为涕泪。今读伯兄之词,能不怆予之芜落,而重有愧于前人也哉?康熙二十八年岁次己巳季冬朔八日,弟宗石谨跋于安平官署之彊善堂。①

陈宗石(1644—1720),字子万,号寓园,陈维崧四弟,监生,入赘商丘侯朝宗(方域)府。陈宗石为人尚名节,讲义气;为官清廉,有政绩,口碑极高。兄弟之间,陈宗石与长兄陈维崧感情极深,维崧在生活及为学等方面对四弟宗石都照顾有加,宗石十四岁时即由长兄陈维崧护送赴商丘侯家入赘。所以陈宗石收辑整理刊刻兄长词集既是一种出版行为,某种程度上说亦是一种报恩行动。先前陈维崧诗及古文已经通过"年节俸金,次第付梓",而其兄词最富,却"因力不逮",不能刊刻,实感遗憾。经过几年努力,刊刻之事终得以推进,"至己巳春。又鸠工镂板。簿书之暇,反复校雠",忆往惜今,尤为感慨"伯兄之词富矣,伯兄之遇穷矣"。陈宗石在跋文中归纳总结了陈维崧命运多舛的人生境遇及由此产生的多元题材内容,即"各散而之四方,或孤篷夜雨,辘轳历落;或风廊月榭,酒枪茶董;或逆旅饥驱,或河梁赋别,或千里怀人,或一堂燕乐,或须髯奋张"。陈宗石介绍其兄全身心投入填词创作,"酒旗歌板,诙谐狂啸,细泣幽吟,无不寓之于词",终汇成"计四百一十六调,共词一千六百二十九阕",成为古今第一词人,由此奠定了陈维崧在词坛不可替代的崇高威望与地位,即"自唐宋元明,未有如吾伯兄之富且工也"。陈宗石这篇跋文既有兄弟之情,又有存词一家之盛之义,因而成为研究陈维崧必引用的重要文献

①冯乾编校《清词序跋汇编》第一册,南京:凤凰出版社 2013 年版,第 90—91 页。

之一。

《迦陵词全集》第三篇跋文是陈宗石弟子吴璠所作,其文如下:

> 《迦陵陈先生词集》三十卷,余师子万先生刊竟,小子璠受读之,喟然曰:从来文章为性命朋友骨肉之遇,盖有天焉。作者固难,述者正不易也。摩诘殁,弟缙上诗五百余篇,辋川得不朽。尚友者览其高义,未尝不慷慨欷歔,以为有弟如斯,夫复何憾。先生与余师皆少保公孙,处士公子,家声旧矣。先生生而颖异,少为黄门舍人、楼山吉士诸前辈所赏识。嗣与梅村、合肥、西樵、阮亭、豹人、宇台、文友、程村诸先生相唱和,无不叹为惊才绝艳。不意先生晚拜一官,遽殁史馆。余师收其遗帙,如俪体、诗文咸捐俸汇刻。而诗余最富,盖千余阕云。灵思杳忽,蘸墨欲飞。随笔所之,天机锽锽勃发。凡可歌可泣者,胥寓于词,洵飘飘然空前而绝后矣。夫红杏花影,一经品题,便成佳话。倘铁板声歌,即苏髯风流,亦难如面也。作述之际,岂非天哉?呜呼!先生往矣,灏气长存。子山无零落之忧者,伊维余师之力,能不令人低徊于死生兄弟之间也乎?细雨梦回,小楼昨夜,迦陵有知,应必赋棠棣于九京矣。博陵后学吴璠奂若谨跋。①

吴璠,字奂若,博陵(河北定州)人,生平不详,跋文中交代他是陈宗石的学生。吴璠在与陈宗石的交往中,感受到了老师对其长兄的深情,看到了兄弟之悌,因而说"从来文章为性命朋友骨肉之遇,盖有天焉",并举例说明王维诗由于其弟王缙得以保存流

---

① 冯乾编校《清词序跋汇编》第一册,南京:凤凰出版社 2013 年版,第 91—92 页。

传。陈宗石亦费尽周折困难完成《迦陵词全集》的刊刻,那么,陈宗石之于陈维崧就相当于王缙之于王维。他在跋文中盛赞陈氏家族的历史门风清誉,并说陈维崧"先生生而颖异",为诸名家赏识,并叹其"惊才绝艳",惜其"晚拜一官,遽殁史馆"。吴璠对陈维崧词的评价极高,"灵思杳忽,蘸墨欲飞。随笔所之,天机铿锵勃发。凡可歌可泣者,胥寓于词,洵飘飘然空前而绝后矣""先生往矣,灏气长存"等。跋文结尾处,吴璠再一次表达了陈宗石在整理陈维崧词集方面的突出贡献,"子山无零落之忧者,伊维余师之力,能不令人低徊于死生兄弟之间也乎? 细雨梦回,小楼昨夜,迦陵有知,应必赋棠棣于九京矣",即子万之功绩可以招魂,慰藉长兄在天之灵。

四、《湖海楼词》

陈维崧的词集为何叫作《湖海楼词》,学界没有定考。"湖海"一词语出《三国志·魏志·陈登传》:"陈元龙湖海之士,豪气不除。"①遂后人以"湖海气"比喻豪侠之气,宋代万某《水调歌头·九日修故事访南山》一词即有"少年事,湖海气,百尺楼"②之语。正如陈廷焯《白雨斋词话》卷三所说:"迦陵词气魄绝大,骨力绝遒,填词之富,古今无两。"③而"湖海楼"则是指清代著名藏书家陈春的藏书处。陈春,字东为,浙江萧山人。陈春藏书甚丰,且多为善本,辑《湖海楼丛书》十二种。陈春"湖海楼"与王宗炎的"十

---

①[晋]陈寿《三国志》,北京:新世界出版社2008年版,第60页。
②唐圭璋编纂,孔凡礼补辑《全宋词》第五册,北京:中华书局1999年版,第4551页。
③[清]陈廷焯《白雨斋词话》,上海:上海古籍出版社2009年版,第82页。

万卷楼"、陆芝荣"寓赏楼"并称萧邑（浙江萧山）三大藏书楼。由此推测，"湖海楼词"盖指陈维崧洋洋大观、具有"豪雄俊爽"风格之词集。陈廷焯《词坛丛话》云："其年才大如海，其于倚声，视美成、白石直若路人，东坡、稼轩不过借径，独开门径，别具旗鼓，足以光掩前人，不顾后世。"①黄天骥亦说："不受词的传统观念羁缚，是《湖海楼词》一大特色。"②学者梁鉴江即总结道："陈维崧的词取法苏辛而能旁及各派，兼收并蓄，形成自己独特的风格，壮浪恣肆，雄劲无比。"③

　　陈维崧去世之后，其四弟陈宗石历经数年筹划，广泛收集其兄其年遗作，终于在康熙二十八年（1689）将陈维崧全部作品刊刻完成，即《陈迦陵全集》，其中包括《陈迦陵文集》六卷、《俪体文集》十卷、《湖海楼诗集》八卷、《迦陵词全集》三十卷，这就是患立堂本《陈迦陵全集》。乾隆（乙卯）六十年（1795），陈宗石之孙陈淮在患立堂本《陈迦陵全集》基础上重新刊刻了"浩然堂"本《湖海楼全集》，其中包括诗十二卷、词二十卷、散体文六卷、俪体文十二卷，共成五十卷，集前先后有徐乾学、杨伦、陈淮所作之序，如杨伦在《湖海楼全集》的序文中说到："伦少从阳羡储越渔先生游，侧闻陈检讨迦陵先生为文敏捷，每当对客，挥毫缅缅，数千言立就，真不愧才子之目。惜生也晚，读其书不及见其人。其全集久已衣被海内、沾丐来学。今大中丞商邱（同'丘'）药洲陈公博雅好古，于先

---

① 孙克强等编著《清人词话》（上），天津：南开大学出版社 2012 年版，第 249 页。

② 黄天骥《深浅集》，广州：广东高等教育出版社 1995 年版，第 212 页。

③ 梁鉴江《走进高雅——梁鉴江文萃》，广州：广东人民出版社 2005 年版，第 133 页。

生为群从。因旧板已多散佚,谋重付枣梨,属为釐订。伦读竟作而叹曰:以先生之才,足以盖代,乃晚得一官,复中道殂谢,故论者多痛惜之。然先生以诸生入史馆,受天子特达之知,橐笔禁近,锡赉有加,自汉司马相如、王褒、扬雄后罕与为比。"①杨伦对陈维崧评价极高,将其与司马相如、王褒、扬雄并列起来。而作为陈维崧孙辈的陈淮,则更是从家族荣誉角度高度赞扬陈维崧在诗、词、文方面所取得的巨大成就,如其《湖海楼全集序》所云:

> 先伯祖检讨公,以诗词、骈体文名天下,而古文亦自成家,久为士林所诵习。其全集先祖农部公曾刻之安平官舍,岁久板多漫漶不存。又壬子诗一卷,公自负生平绝艺,后忽失之,甚为怅惋。近荆溪任君安上得之败纸篓中,合浦珠还,殆有天数。合之从前《湖海楼稿》《射雉集》诸刻未经编入者,并蒋京少所选录,都为一集,属杨子西河详加参校。诗原本编年,因少作岁月无可考稽,易为分体,至各体部帙亦俱另为编订,加以搜采别本,补所缺遗,计得诗十二卷、词二十卷、散体文六卷、俪体文十二卷,共成五十卷。鲁鱼帝虎,亦复厘正颇多。而后检讨公著作衰然大备,无复遗憾,益足传之久远。庶不负先祖表章同气之盛心云。②

陈淮所述大意即自康熙二十八年(1689)患立堂本《陈迦陵全集》刊行之后,经康、雍、乾三代百余年的传承,其版刻多有散佚。为了保存和传播"先伯祖检讨公"的诗、词、文集,陈淮于乾隆六十

---

① [清]杨伦《湖海楼全集序》,《湖海楼全集》卷首,乾隆二十年(1755)浩然堂刻本。

② [清]陈淮《湖海楼全集序》,《湖海楼全集》卷首,乾隆二十年(1755)浩然堂刻本。

年(1795)重新编选刊刻陈维崧的全集著作,即浩然堂本《湖海楼全集》。总体而言,浩然堂本《湖海楼全集》基本上是以患立堂本《陈迦陵全集》为底本,参照了一些新得到的资料进行了增补完善,并且在编排体例次序上也做了一定的调整。其中,患立堂本《迦陵词全集》三十卷,整编成浩然堂本的《湖海楼词》二十卷,合计收录词作一千六百一十四首。与《迦陵词全集》相比,《湖海楼词》多出《渡江云·寒夜登城头吹笛有感作》一篇,而少收《二十字令·咏扇面上栀子花,为陆汉标赋》等十七篇词作。至此,陈维崧词在患立堂《迦陵词全集》三十卷本的系统之外,新增了浩然堂《湖海楼词》二十卷本的新系统。到光绪十七年(1891),弇山铎署所重刊《湖海楼全集》,即是以陈淮乾隆浩然堂刊本为底本。

需要指出的是,很多时候《湖海楼词集》就是《迦陵词全集》的别称,如《四部备要·集部》所收《湖海楼词集》三十卷,该词书名页正中竖版排列“湖海楼词集”五个大字,版权页竖版右书“四部备要·集部”,“上海中华书局据原刻本校刊”,“桐乡陆一逵总勘,杭县高时显、吴汝霖辑校,杭县丁辅之监造”,另书“版权所有不得翻印”字样。词集序言部分书纸上下黑口,单栏,上下双页,中间有一行空白上下分开。序言及正文均是每页三十四行,每行二十字。页侧竖版刻有“湖海楼词集”字样,并标明卷次页码。《湖海楼词集》卷首有泰兴季振宜、宜兴蒋景祁、秀水高佑釲、宜兴陈宗石所作序言四篇。其中,季振宜所作序言即为《乌丝词》之序言;蒋景祁所作序言即为《陈检讨词钞》之序言;高佑釲所作序言即为《迦陵词全集》之序言;陈宗石所作序言即为《迦陵词全集》之跋文。《湖海楼词集》相较于《迦陵词全集》,卷尾减少了陈维岳、陈宗石、吴璠三篇跋文。《湖海楼词》版本较多,最常见的版本是清乾隆六十年(1795)浩然堂刻本。除此以外,还包括清光绪十七年弇山铎署刻本、光绪十八年弇山铎署刻本、光绪十九年（1891）弇山铎署刻本等不同版本，如国家图书馆收藏有光绪十七年弇山铎署刻本，天津市滨海新区塘沽图书馆收藏有光绪十九年弇山铎署刻本，山西省图书馆收藏有乾隆六十年浩然堂刻本，福建省图书馆收藏有光绪十九年弇山铎署刻本。

据高阳所著传记《明末四公子》所统计，三十卷《湖海楼词集》共计小令五卷（含词390首）、中调六卷（含词295首）、长调十九卷（含词944首），合为1629首。高阳指出这部词集，除了卷帙之富古今第一以外，还有一项非常珍贵而权威的特色：

> 即一至二十一卷，每卷皆由四位至好或好其词者公选，一时名家，网罗殆尽。约略而数，有宋琬、曹尔堪、曹溶、汤赋、王士禄、纳兰成德、吴任臣、彭孙遹、曹贞吉、严绳孙、朱彝尊、朱实颖、杜浚、毛奇龄、姜宸英、方象瑛、宋荦、毛骥、王士祯、徐乾学、尤侗、吴绮、米汉雯、王鸿绪、徐嘉炎、梁佩兰、王掞、陆莱、邓汉仪、梅庚等等，泰半为文苑传中的人物。然而，此可资为谈助，并不足以使《湖海楼词集》增重生色。其年之词，自足千古！①

《湖海楼词集》通常亦称《迦陵词》，二者常常互称。如赵山林主编《大学生中国古典文学词典》中"迦陵词"条即云："又名《湖海楼词》。词别集。清陈维崧（号迦陵）著。30卷。集中小令、中调、长调共416调，词1629首，为历来词人中作品最多者。清康熙年间孙默《国朝名家诗余》辑入其《乌丝词》四卷。后有康熙年间天藜阁刊本《陈检讨集》中有《迦陵词》12卷；患立堂刊本《湖海楼诗文词全集》中有《词》30卷，《四部丛刊》所收即患立堂本。乾隆年

---

① 高阳《明末四公子》，北京：华夏出版社2008年版，第21页。

间浩然堂刊本《湖海诗集》中有《词集》20卷。通行的有近人陈乃乾编《清名家词》所收《湖海楼词》。今人校点本有陈铭《清八大名家词集》(岳麓书社)所收《湖海楼词集》20卷及补遗。"①而马兴荣主编《中国词学大辞典》"迦陵词"条亦云:"《迦陵词》三十卷。陈维崧撰。康熙二十八年(1689)患立堂刊本。初与朱彝尊合刻《朱陈村词》,今未见传本。康熙六年,孙默编《国朝名家诗余》,辑入陈氏《乌丝词》四卷,始有陈词专集。康熙二十三年,蒋景祁整理陈氏遗稿刻成《陈检讨集》,附入《迦陵词刻》十二卷,今有天藜阁刊本。其后刻成患立堂本《湖海楼诗文词全集》,包括《迦陵文集》六卷、《俪体文集》十卷、《诗集》八卷、《词》三十卷。共四百一十六调,一千六百二十九首,故又名《湖海楼词》。乾隆六十年(1795)浩然堂刊《湖海诗集》,中有《词集》二十卷。《四部丛刊》本则据患立堂本重刊。天津图书馆藏有《迦陵词》抄本一部,其编次与刻本异。陈乃乾编《清名家词》,亦收入《湖海楼词》。"②陈维崧的全部诗、词、文作品,常常被合称为《湖海楼全集》,孔子旧书网曾拍有一本"最足本"《湖海楼全集》,为陈维崧的诗文总集,具体包括《湖海楼诗集》(十二卷,补遗一卷)、《湖海楼词集》(二十卷)、《湖海楼文集》(六卷)、《湖海楼俪体文集》(十二卷),形式为竹纸、木刻、线装,精刻方体字,纸墨印工尤为上品,共二函十六册,乃清光绪十七年至十九年(1891-1893)弇山铎署精刻本③。关于陈维崧"湖

---

①赵山林主编《大学生中国古典文学词典》,广州:广东教育出版社2003年版,第231页。

②马兴荣等主编《中国词学大辞典》,杭州:浙江教育出版社1996年版,第370页。

③见孔夫子旧书网展列:http://book.kongfz.com/10349/266918554。

海楼"系列诗、文、词及俪体文集之版本情况,钱仲联等老一辈学者有着详细的考述:

> 《湖海楼全集》:诗文别集。清陈维崧著。五十四卷。凡《陈迦陵文集》六卷,《陈迦陵俪体文集》十卷,《湖海楼诗集》八卷,《迦陵词全集》三十卷。文集有李澄中、胡献征序,陈宗石、陈维岳跋,俪体文集有毛先舒、毛际可、陈僖序,陈宗石、陈维岳跋,诗集有任玑、李应鷃、徐乾学序,陈宗石、陈维岳跋,词集有高佑釲、任玑序,陈维岳、吴瑶、陈宗石跋。康熙二十五年、二十六年(1686、1687)间刻诗文,康熙二十八年刻词,是为患立堂本。民国八年(1919)商务印书馆据患立堂本影印,收入《四部丛刊》,总题《陈迦陵文集》。其骈文另有《陈检讨四六》二十卷,程师恭注,有康熙三十二年刊本、《四库全书》抄本、乾隆三十五年(1770)亦园重刊本及民国间上海文瑞楼石印本。其诗另有《湖海楼诗稿》十卷,有康熙六十年其子履端刊本、道光前后重刊本。其文另题《湖海楼文集》,有光绪十七年(1891)同邑任光其与《湖海楼骈体文》二十卷合刻本。《湖海楼集》另有五十一卷本,凡《湖海诗集》十二卷,《诗补遗》一卷,《词集》二十卷,《文集》六卷,《俪体文集》十二卷,诗词文序次与康熙本不同,乾隆六十年(1795)浩然堂刊。此外光绪、宣统间国学萃编社排印本《晨风阁丛书第一集》,收有《湖海楼集拾遗》一卷。①

综上所述,《湖海楼词集》即是《迦陵词全集》的另外一种称法。确切地说,清乾隆六十年(1795),浩然堂改《迦陵词全集》为

---

① 钱仲联等主编《中国文学大辞典》,上海:上海辞书出版社1997年版,第1346页。

《湖海楼词集》。两部词集卷数相同,所收词作数量①大体相同,序跋文有同有异。而上述二词稿之底稿均母源于一手抄稿本,即题为"三色汇评手抄稿本《迦陵词》"(共八册),现藏于南开大学图书馆,该汇评兼手抄稿本乃海内孤本,因而极其珍贵。关于手稿本《迦陵词》的基本情况后文有专章考述,兹处从略。

---

①据钱仲联《论陈维崧的〈湖海楼词〉》一文统计,其词有一千九百四十四首,是历代词人词作最丰富的,内容几乎无所不包,举凡慷慨激昂的爱国词、悲天悯人的社会词、悲怆沉郁的自伤不遇词、咏物词、怀古词等。

第四章　手稿本《迦陵词》基本情况

　　通过前文详细的文献梳理可知，作为清词大家的陈维崧，其词在清初就广泛被词选家收录传播，其词集也多次被刊刻出版。清初三大词选，即邹祗谟、王士禛编选的《倚声初集》，纳兰性德、顾贞观编选的《今词初集》，以及蒋景祁编选的《瑶华集》，对陈维崧词都有重点收录。其中，《倚声初集》共选陈维崧词四十首，《今词初集》共选录陈维崧词九调十一首，《瑶华集》中选录陈维崧词共计七十五调一百一十一首；在清初的几个重要钞、刻本中，陈维崧也都是词坛备受关注的重点作家。如作为清词两大领袖的朱彝尊、陈维崧（词坛并称"朱陈"），曾合刻一词稿，名为《朱陈村词》。该词集曾流入康熙皇帝书房，备受称赞，因而影响很大。孙默《国朝名家诗余》(《国朝名家诗余》亦称《十五家词》或《十六家词》)将陈维崧《乌丝词》全集收录，集中还收录了很多名家对《乌丝词》的题评。聂先、曾王孙所编撰的《百名家词钞》是清初一部影响深远的大型词选总集，清初不少词家词作赖此词集得以流传。该部《词钞》辑录陈维崧的词集名曰《迦陵词》，在《百名家词钞》中位列二十九位，共辑录词作七十八首；陈维崧词不仅被词选家所关注，也广被刊刻界所倚重。陈维崧共有四部重要词专集刊刻出版，其中《乌丝词》是陈维崧早期刊行的第一部自选词集（后为孙默《国朝名家诗余》收录刊刻）。蒋景祁（陈维崧之弟子）、曹亮武(陈维崧之表弟)共同选定的《陈检讨词钞》,用心整理点检陈维崧著作遗稿,保存了他大量珍贵词作,功绩巨大。陈维崧的四弟陈宗石经多年精心收录整理,终于成功刊刻《迦陵词全集》,使陈维崧词最终能够以全词刊刻传世,共计收录陈维崧词作一千六百二十九首,这是陈维崧词稿最为完善的版本。陈维崧词集还有一个重要的版本,即《湖海楼词集》,该集是《迦陵词全集》的另外一种称法。确切地说,清乾隆六十年(1795),浩然堂改《迦陵词全集》为《湖海楼词集》。除上述词选及词专集外,陈维崧之词集还收录在各种全集之中,如《陈其年全集》《陈迦陵文集》《陈检讨集》《湖海楼全集》等。

以上为陈维崧词及其词集的传播刊刻的历史文献梳理,除此以外,其实还有一部重要的词集,学界尚未广泛关注并研究,即题为"三色汇评手抄稿本"的《迦陵词》(共八册)。该套手稿本词集乃海内孤本,现藏于南开大学图书馆,以其手抄稿本兼汇评之特色,文献价值极其珍贵。手稿本已经出版近十年,学界研究还待推进,如在"迦陵"词名考、手稿本之"八音"体系编排、手稿本之存词集考、手稿本评语之阐析、印章题识之考证等诸多方面还需进一步研究考释。

第一节　《迦陵词》释名

陈维崧(1626-1682),字其年,号迦陵,江南宜兴人,一代清词大家,其生平事迹具见徐乾学《陈检讨维崧墓志铭》、尤侗《公祭陈其年检讨文》、蒋永修《陈检讨迦陵先生传》、蒋景祁《迦陵先生外传》及《清史稿》本传等。陈维崧品性真诚,才情雅富。诗、古文、骈文兼擅,俱称大家,尤其以词名世,后世誉为"阳羡词派"领袖。陈维崧词早年风华绮丽,人过中年,经历愈深,其词则苍凉激越,霸悍雄劲,豪放之余亦能深婉沉郁。陈维崧词集名曰《迦陵词》(亦称《湖海楼词》),凡三十卷,存词一千六百二十九首(实际应多于此数字),正如清代著名词论家陈廷焯《白雨斋词话》卷四所称:"迦陵词气魄绝大,骨力绝遒。填词之富,古今无两。"①陈维崧号迦陵,因而其词集称为《迦陵词》,这实属自然。但陈维崧为何号"迦陵",并以之为其词集名,文献未有明确刊载,学界亦无人论及阐释。其实,"迦陵"一词对于研究陈维崧及其词有着重要的意义。笔者爬罗剔抉文史典籍,归纳出"迦陵"应有三义:

一、道家青鸟说——西王母所使之鸟

陈维崧一生作词,笔耕不辍,其词作大体可分为早、中、晚三个时期。陈维崧早年词作致力于文辞华美、形式工巧,内容题材不甚深思,流传不多,赖邹祗谟、王士禛编选的《倚声初集》得以保存四十余首。陈维崧于词方面自我要求极高,故其很多早年词作自己深为不满,因而被他生前有意识地自我销毁删除,如其在《任植斋词序》中即说:"顾余当日妄意词之工者,不过获数致语足矣,毋事为深湛之思也,乃余向所为词,今复读之,辄头颈发赤,大悔恨不止。"②陈维崧从此一改追求形式华美的创作追求,整振词风,立志创作佳词。陈维崧中期词以《乌丝词》为代表,蒋景祁《陈检讨词钞序》亦云:"济南王阮亭先生官扬州,倡倚声之学。其上有吴梅村、龚芝麓、曹秋岳诸先生主持之,先生内联同郡邹程村、

---

① [清]陈廷焯《白雨斋词话》,上海:上海古籍出版社2009年版,第82页。
② 孙克强等编著《清人词话》(上),天津:南开大学出版社2012年版,第172页。

董文友始朝夕为填词。然刻于《倚声》者,过辄弃去。间有人诵其逸句,至哕呕不欲听。因厉志为《乌丝词》。"①学界一般认为《乌丝词》为陈维崧自顺治十三年至康熙七年(1656—1668)旅居京华时所填之词之结集。这部词本的结集刊刻在当时词坛产生了极大的影响,这给陈维崧带来了极高的社会声誉,也奠定了他在清词史上的地位,各大名家均高度关注,评点赞誉之声不绝于耳。相对于《乌丝词》而言,陈维崧之《迦陵词》是其晚年的词作。在《乌丝词》结集刊刻之后,陈维崧专心为词,基本不再作诗。十年中他辗转漂泊,加之数位好友故去,因而抑塞平生一发于词,正如蒋景祁《陈检讨词钞序》所云:"然《乌丝词》刻,而先生志未已也。向者诗与词并行,迨倦游广陵归,遂弃诗弗作;伤邹、董又谢世,间岁一至商邱(同'丘'),寻失意返;独与里中数子晨夕往还,磊砢抑塞之意,一发之于词。诸生平所诵习经史百家古文奇字,一一于词见之,如是者近十年,自名曰《迦陵词》。"②这也就是说,陈维崧在其最后十年中,即使颠沛流离而不改其心,怀念故友,感时伤情,专心作词,写出大量词作结集,并自取名为《迦陵词》。

　　蒋景祁在《陈检讨词钞序》中还交代了"迦陵"的具体涵义:"夫迦陵者,西王母所使之鸟名也。其羽毛世不得而见,其文彩世不可得而知。划然啸空,声若鸾凤。朝游碧落,暮返西池。神仙之与偕,而缥缈之与宅。"③在清人典籍中,这是唯一解释"迦陵"涵义的文献。蒋景祁作为陈维崧的学生,尤其是陈维崧临终之

①孙克强等编著《清人词话》(上),天津:南开大学出版社 2012 年版,第237 页。
②冯乾编校《清词序跋汇编》第一册,南京:凤凰出版社 2013 年版,第 93—94 页。
③冯乾编校《清词序跋汇编》第一册,南京:凤凰出版社 2013 年版,第 93—94 页。

时，唯有他一人在侧服侍，陈维崧极为看重相信的这个学生，所以临终之时将自己的遗稿悉付蒋景祁整理。依此看来，陈维崧与蒋景祁二人心灵极近，所以，蒋景祁对于"迦陵"一词的解读应是极为准确的。翻检典籍可知，西王母所使之鸟名为"青鸟"，如《山海经·西山经》说："西又西二百二十里，曰三危之山，三青鸟居之。"①郭璞注解说："主为西王母取食者，别自栖息于此山也。"西王母所使之"青鸟"还有一个职差，就是作为信使，据《艺文类聚》所引《汉武故事》记载："七月七日，上于承华殿斋。正中，忽有一青鸟从西方来，集殿前。上问东方朔，朔曰：'此西王母欲来也。'有顷王母至。"②可见，"青鸟"作为信使，在西王母未出现前来通风报信，李商隐《无题》亦云："蓬山此去无多路，青鸟殷勤为探看。"③诗中的"青鸟"也是信使之义。蒋景祁在《陈检讨词钞序》不仅明确指出"迦陵"的身份是西王母所使之鸟，而且还交代了这种鸟的品质："其羽毛世不得而见，其文彩世不可得而知。划然啸空，声若鸾凤。朝游碧落，暮返西池。神仙之与偕，而缥缈之与宅。"④可以看出，"迦陵鸟"居仙池，伴神仙，羽毛艳丽，非人间所有，而且声音鸣亮若鸾凤。其实"迦陵鸟"并非现实之物，乃为神话中的仙鸟，蒋景祁用"迦陵鸟"的品质来比拟陈维崧。陈维崧长髯飘逸，美风仪，恰似"迦陵鸟"羽毛文彩绚丽世之罕有；陈维崧乃清词大家，词风豪隽，声名远播，恰似"迦陵鸟"之"划然啸

①陈成译注《山海经译注》（全本·精译），上海：上海古籍出版社2014年版，第62页。
②金沛霖主编《四库全书子部精要》（下），天津：天津古籍出版社1998年版，第21页。
③宋金鼎《李商隐诗今译》，郑州：海燕出版社2012年版，第37页。
④冯乾编校《清词序跋汇编》第一册，南京：凤凰出版社2013年版，第93—94页。

空,声若鸾凤";陈维崧为名门之后,所交皆为当世名流,恰似"迦陵鸟"之"神仙之与偕"。"青鸟"作为信使,还起着对外交流的重要作用,早在陈维崧《乌丝词》刊刻传播之际,这本词集就作为陈维崧和其他词坛名家交流的中介,如季振宜《乌丝词序》即云:"使同青鸟,集曰乌丝。"①同样,《迦陵词》必然成为更大的"青鸟",在与当时词坛密切的交流过程中,传播了陈维崧的词名,扩大了他的影响。

综上所述,蒋景祁所塑造的"迦陵鸟"为仙鸟,高贵而有佳音,气质非凡,他以"迦陵鸟"这种品质来比喻陈维崧出身的清华高贵、气质的超凡脱俗、词作的佳名远播,十分形象,恰到好处。

二、佛家妙音说——迦陵频伽鸟

学界更多认为陈维崧之号"迦陵"与佛教密切相关,即"迦陵"乃是出自印度佛教中的一种神奇之鸟——名曰妙音鸟,即"迦陵频伽"(梵语 kalavinka),又有译作"歌罗频伽"等不同称谓,盖为音译之故。如唐代释玄应《大方等大集经》卷四载:"迦陵频伽,经中或作歌罗频伽,或云加兰伽,或云羯罗频伽,或言毗伽,皆梵音讹转也。迦陵者好,毗伽者声,名好声鸟也。"②《大藏经》中"迦陵频伽"条目解释就包括"歌罗频伽""加阑伽""羯罗频迦""毗伽"等,皆梵音讹转也,并解释道:"迦陵者,好毗者,声名好声鸟也。"(《大藏经》第54册)。"迦陵频伽"是佛教经典中经常提到的一种鸟,

①孙克强等编著《清人词话》(上),天津:南开大学出版社2012年版,第232页。

②[唐]释慧琳《一切经音义》,日本元文三年至延亨三年(1738—1746)狮谷莲社刻本。

此种鸟能发妙音,如鸠摩罗什所译《大智度论》卷二十八云:"如迦罗陵频伽鸟,在壳中未出,发声微妙,胜于余鸟,菩萨摩诃萨亦如是。"①唐释澄观《华严大疏钞》卷九十亦载:"迦陵频伽鸟,前已释竟,此云美音,或云妙声。此鸟本出雪山,在壳中即能鸣。其音和雅,听者无厌。"②这种来自印度雪山的鸟极为神奇,在其还未孵化出壳之前就能啼叫,声音美妙若天若人。如宋代释法云《翻译名义集》卷二即云:"经云山谷旷野,其中多有迦陵频伽,出妙声音,若天若人,紧那罗等无能及者。"③《妙法莲华经》卷六亦云:"山川险谷中,迦陵频伽声,命命等诸鸟,悉闻其音声。"④华希闵《广事类赋》卷二十四注曰:"迦陵,仙禽。在卵壳中,鸣音已压众鸟,佛法者似之。"⑤在印度和印度尼西亚的热带丛林中,有一种鸟颜色黑似雀,羽毛艳丽,喙部近赤色,能发嘹亮悦耳的歌声,因而被认为是"迦陵频伽"鸟的原型。在佛教经典中,"迦陵频伽"鸟往往被视为吉祥之物,其玄妙天音,能使众生生念佛、念法、念僧之心,因而深受人们喜爱。

　　有学者做过详细统计,在东晋以来所传佛教典籍文献中,以"迦陵频伽"为关键词的佛经记载一共 178 部,209 处;以"羯罗频迦"为关键词的 14 部,16 处;以"歌罗频伽"为关键词的一共 10 部,44 处;以"迦陵毗伽鸟"为关键词的佛经一共 6 部,7 处。此外,"妙音鸟"11 部,12 处;"美妙音"3 部,3 处;"羯毗鸟"3 部,3

①[南北朝]迦叶摩腾《大智度论》,大正新修大藏经本。
②[唐]释澄观《华严大疏钞》卷九十,大正新修大藏经本。
③[宋]释法云《翻译名义集》,《四部丛刊》影宋刊本。
④[南北朝]迦叶摩腾《妙法莲华经》,大正新修大藏经本。
⑤[清]华希闵《广事类赋》,清乾隆二十九年(1764)华希闵刻本。

处；"羯罗"593 部,1475 处①。由此可见,"迦陵频伽"在佛教典籍中非常普遍。而出现"迦陵频伽"往往有如下几种可能:一是释迦牟尼佛对诸菩萨、罗汉或众生说法之时,迦陵频伽鸟出现并鸣唱伴音,出和雅之妙音,这种美妙声音使闻之者侧耳倾心,迦陵频伽之妙音一般用来譬喻佛、菩萨说法之生动妙旨;二是迦陵频伽出现于庄严喜庆的特定场景之中(多为西方极乐净土世界),起着烘托氛围,具有象征意义,如五代释延寿《宗镜录》卷九即记载,菩萨生时,有迦陵妙音相伴:"最如太子生,具王仪相,大臣恭敬,有大声名如迦陵频伽鸟,壳中鸣声,已胜诸鸟,此菩提心。"②三是迦陵频伽常以其鸣声譬喻佛菩萨诵经之美妙,如《楞严经》卷一即说道:"迦陵仙音,遍十方界。"③佛教徒听到迦陵之"和雅音"便会生念佛、念法、念僧之心。迦陵妙音也是诗家常描述的对象,如唐代诗人元稹在其《度门寺》一诗中即云:"佛语迦陵说,僧行猛虎从。"④王小盾等学者编著的《汉文佛经音乐史料类编》⑤一书,专门有关于频伽鸟的详细考证,他们广泛列举了《华严经探玄记》(《大正藏》35:488)、《妙法莲华经释文》(《大正藏》56:163)、《金光明最胜王经枢》(《大正藏》57:710)、《净土三部经音义集》(《大正藏》57:433)等佛经例文,详细具体地介绍了"迦陵频伽"鸟。

---

①韩兰魁主编《敦煌乐舞研究文集》,北京:文化艺术出版社 2014 年版,第 300—301 页。

②[五代]释延寿《宗镜录》,大正新修大藏经本。

③[唐]般利密帝《大佛顶如来密因修证了义诸菩萨万行首楞严经》,大正新修大藏经本。

④谢永芳编著《元稹诗全集汇校汇注汇评》,武汉:崇文书局 2016 年版,第 263 页。

⑤王小盾等编著《汉文佛经音乐史料类编》,南京:凤凰出版社 2014 年版。

　　著名词学研究专家叶嘉莹亦号迦陵,她曾在《词学自述》一书中述其因由:"而嘉莹性情简率,素无别号。适方读佛书,见《楞严经》中鸟名迦陵者,云其仙音遍十方界,而'迦陵'与'嘉莹'之音,颇为相近,因取为笔名焉,是为第一次词作之发表。其后继有作品发表,无论为创作或论著,遂一直沿用此别号迄今,与清代词人陈维崧之号'迦陵'者,固不相涉也。"①陈维崧虽不信佛,但他十分崇佛,他以迦陵为号,并自名词集,说明他与佛教存在诸多因缘,如民间有传其前世为诵经猿之说法,如蒋景祁《迦陵先生外传》:"先生为善权山中诵经猿再世故,其性情萧淡,不耐拘检。"②我们查点陈维崧的诗、文、词集,可以发现他常游于名山寺庙间,与高僧往来,读佛书尽佛礼,他亦写过很多与佛教相关的文章,如《百愚师语录序》《寒松禅师指迷录序》《重修芙蓉寺碑记》《灵严寺重建大殿碑》③等。"迦陵频伽"一般可以译作"妙音鸟""妙声鸟""好声鸟""美音鸟"等,陈维崧为何以"迦陵"为号,并命名其词集?应该说正是表达了他的一种自我心理认同,即陈维崧其人乃人中凤凰(他与吴兆骞、彭师度并称"江左三凤凰"),举止风雅,被人尊称为"陈髯",言谈儒雅高致,堪称妙品。同样,词如其人,陈维崧作为清词第一大家,无论质量,还是数量,均傲视群英。他的词沉厚绵长,悦耳感人,若以音而论,手稿本《迦陵词》中有其一首《浣

<hr>

① 叶嘉莹《迦陵文集》第 10 卷,石家庄:河北教育出版社 1997 年版,第 133－
　134 页。
② [清]钱仪吉《碑传集》卷四十五,清道光刻本。见沈云龙主编,钱仪吉编
　《近代中国史料丛刊》第九十三辑《碑传集》,台北:文海出版社 1973 年版,
　第 2262－2264 页。
③ [清]陈维崧著,陈振鹏标点,李学颖校补《陈维崧集》(上),上海:上海古籍
　出版社 2010 年版,第 68、71、140、446 页。

溪沙·月夜虎丘纪所见》云:"小立山塘玩暝烟,市楼灯火未阑珊。暗中依约遇婵娟。　风里绣裙吹浪皱,雨余红屧印泥圆。一钩春月寺门前。"词中意象鲜活,声韵优雅,手稿本所存汇评语即曰:"娟秀古宕,南唐绝唱。"①又如手稿本中《朝中措·箫笛》一词云:"疏狂子野住台城,撷笛旧知名。劈裂铁龙醉吼,连环狞风娇鸣。

消磨岁月,千场蜡炬,一夜鹅笙。今日偶然闲想,因缘已似前生。"这首词对箫笛之声的描写形象生动,堪为妙音,如手稿本所存汇评语云:"铁龙狞风,如闻空中之声。"②陈维崧词极善写音,对各种声音的描摹刻画力透纸背,极为生动形象,如陈廷焯《白雨斋词话》卷四即云:

其年诸短调,波澜壮阔,气象万千,是何神勇。如《点绛唇》云:"悲风吼,临洺驿口,黄叶中原走。"《醉太平》云:"估船运租,江楼醉呼。西风流落丹徒。想刘家寄奴。"《好事近》云:"别来世事一番新,只吾徒犹昨。话到英雄失路,忽凉风索索。"《清平乐》云:"不见长洲苑里,年年落尽宫槐。"平叙中峰峦忽起,力量最雄。板桥、心余辈,极力腾踔,终不能望其项背。③

陈廷焯所引词中,悲风是"吼"的,江楼可以"醉呼",凉风亦如"索索",宫槐"落叶"生音。由上可知,陈维崧词中自含妙音,表达言此意彼的妙情妙意,使人听之心醉,读之感动,如获"迦陵频伽"

---

①[清]陈维崧著,叶嘉莹主编《康熙年间手抄稿本三色汇评迦陵词》(上),天津:南开大学出版社2009年版,第13页。
②[清]陈维崧著,叶嘉莹主编《康熙年间手抄稿本三色汇评迦陵词》(上),天津:南开大学出版社2009年版,第23页。
③[清]陈廷焯《白雨斋词话》,上海:上海古籍出版社2009年版,第83—84页。

之音,令人着迷神往。陈维崧之词,或宴饮欢娱,或伤时感世,或怀乡思友,或空寂自鸣,"我之色彩"既浓,自成妙音深意,所以,陈其年以"迦陵"为号,并命名其词集,正合其义。

三、双头共命说——以词自观,寄言心话

"迦陵频伽"鸟除了善发妙音外,还有一个重要的特点,就是这种鸟的身形极为罕见,作为极乐净土之鸟,"迦陵频伽"其形象为人头鸟身形,在敦煌壁画中多有"迦陵频伽"题材画像,如 12 窟、61 窟、85 窟、156 窟、196 窟等,皆绘有大量的"迦陵频伽"造像或"迦陵鸟乐伎"。"迦陵频伽"的确是神奇的,在佛教经典中,有传"迦陵频伽"乃如来变化而成,不仅声传妙音,而且造型奇特——长有双头,因称"同心鸟""共命鸟""双头鸟""并命禽""命命鸟""生生鸟""比翼鸟"等多种称谓。明人彭大翼《山堂肆考》卷一百四十五即云:"佛书有共命鸟,二首一身,即迦陵频伽鸟也。"[1]正因"迦陵频伽"鸟长有双头,发声相和,所以能形成美妙之音,即"迦陵音""迦陵舌""迦陵曲""迦陵仙音"等,如清人高士奇《续编珠》卷二即云:"有迦陵频迦共命之鸟,昼夜六时出和雅音。"[2]又如杜甫《岳麓山道林寺行》诗云:"莲花交响共命鸟,金榜双回三足乌……一重一掩吾肺腑,山鸟山花吾友于。"[3]在佛经典籍中,有很多关于共命鸟的记载,如在《涅槃经》中,称作"命命鸟";在《胜天王般若经》中,称作"生生鸟";在《阿弥陀经》《杂宝藏经》等经中,称作"共命鸟";在《法华经》《佛本生经》《法苑珠林》等

---

① [明]彭大翼《山堂肆考》,清文渊阁四库全书本。
② [清]高士奇《续编珠》,清康熙三十七年(1698)刻本。
③ 王士菁《杜诗今注》,成都:巴蜀书社 1999 年版,第 926 页。

经中均有记载①。在古代,"同心鸟",或曰"共命鸟",好声和雅,是吉祥之鸟,与德相配,如明代董斯张《广博物志》卷四十八即云:"同心鸟,王者德及遐方,四夷合同则至。比翼鸟,王者德及高远则至。"②可见只有德及遐方的王者才能使"同心鸟"到来。

在佛教典籍文献中有很多关于"双头"物记载,如双头佛、双头莲、双头鸟、双头怪、双头蛇等。其实,"双头"之物往往有着深刻的寓意,或是用来表达矛盾体的两个方面,或是表达同源而异体的两个事物彼此不可分割,或是表达佛的两种思想("福""慧"双修)。如《佛本生经》中有一个著名的故事:

> 往昔雪山有二头鸟,一头名迦喽茶,一头名忧波迦喽茶。其忧波迦喽茶头,一时睡眠。近彼寤头,有摩头迦树,风吹华落,至彼寤头。其头自念:"虽独食华若入腹时,俱得色力,不令彼寤。"遂默食华。其睡头寤觉,腹饱满,欬哕气出。问言何处得此美食,寤头具答,睡头怀恨。后时游行,遇毒树华,念食此华,令二头死。时忧波迦喽茶头,语迦喽茶头言:"汝今睡眠,我当寤住,彼头才睡,即食毒花。"其迦喽茶寤觉毒气,问:"何恶食,令我不安。"忧波头言:"食此毒华,愿俱取死。"于是彼头即说偈言:"汝于昔日睡眠时,我食妙花甘美味。其华风吹在我边,汝返生此大嗔恚。凡是痴人莫愿见,亦莫愿与痴共居,与痴共居无利益,自损及以损他身。"佛言:

---

① 参见刘政《吐鲁番出土双头鸟纹样与佛教"共命鸟"无涉》一文,吐鲁番学研究院、吐鲁番博物馆编《吐鲁番学研究》(《吐鲁番与丝绸之路经济带高峰论坛暨第五届吐鲁番学国际学术研讨会论文集》),上海:上海古籍出版社 2016 年版,第 226 页。

② [明]董斯张《广博物志》,清文渊阁四库全书本。

"迦喽荼鸟,即我身是,忧波鸟者,提婆达是。"①

这是一则著名的佛教故事,宣扬佛教教义,劝导人们要有"共命"观念,即以仁存心,以爱存心,利他而自利;相反,如果做事只顾自己,不考虑他人,往往亦给自己带来灾祸。这个故事充分说明,渡人即是渡己,人心为善,这个世界就会一天比一天美好!佛教艺术中的"共命鸟",作人头鸟身形(一个身子,两个头),后来逐渐演变成吉祥神鸟,常常出现在西方极乐净土世界,人们可以在敦煌壁画的《西方净土变》中看到它的身影。

双头"共命鸟"之意象,有时也用来表现一种看似矛盾分裂、实则圆融统一的佛家看待问题的独特状态,如段玉泉在《双头佛像的前世今世》阐释道:

> 如此看来,"双头"或许反映的是一对矛盾体,表现在佛像的塑造上,一种观点认为其表达的是佛心人性化的两种分裂状态。虽然人的状态有时候两面分裂,但本质上都是佛心。另一种观点认为这也表达了佛的两种智慧,佛性被分为佛和众生的事实。同时还表达了人们面对世间应有"世俗谛"和"胜义谛"两种看待方式。②

"世俗谛"与"胜义谛"并称修佛"二谛",这两种真理同时存在,互为依存,不可偏废。的确,"佛家三学"——戒、定、慧,其中"戒""定"是建立在"世俗谛"的基础上,包括人们的日常生活也属于"世俗谛";而"慧"则属于"胜义谛"。佛法中的慧学观照无常、苦、无我等究竟名色,亦称"究竟谛"(即佛法中的究竟法)。可以说,"世俗谛"和"胜义谛"某种程度上就是两种看待问题的方式,

---

① [宋]释法云《翻译名义集》集二,四部丛刊影宋刊本。
② 杜建录主编《解密西夏》,银川:宁夏人民出版社2016年版,第288页。

依世俗谛,修福德,成就色身。依胜义谛,修智慧,成就法身。因而,"胜义"是更高层次,能够超越世俗义理。是否能够正确认识"二谛",对于修行有着极为重要的影响。从本质上说"胜义"真理是根本,如自性空,开悟觉智,得无量佛法。

如上阐释,陈维崧以"迦陵"为号,并自名词集,就是借"迦陵频伽"双头意象,取"同心共命"之旨。在明清易代之际,清初以来,士人心态发生了巨大的变化,历经数十年的军事、文化的高压整肃,诗人精神经历了一个从坍塌到重构的过程,即由早期的反抗抵触、消极逃避,到愤懑不平且不合作,再到逐渐接受与服从。陈维崧即是一个典型的案例,在他身上体现着一个时代士人共同的遭遇。陈维崧生于忠正清华之家,由明入清,经过父子两代的操守考验,最后也走上了接受清王朝的道路,并入仕为官。但在这期间,发生了太多的困境磨难与灾害变故,故其心境比其他人更多悲切酸辛之感。他为了安身立命,不得不去参加乡试,并情非所愿结交名流,希冀得到他们的推荐提携,加之自己家道日衰,父母兄弟及亲朋好友离世,使他备尝人生苦辛。可以说,陈维崧的一生从缙绅之家、名满乡里的少年豪情义气,到饥驱四方、寄人篱下的中年浪荡游子,再到老年的仕途失意、贫病窘迫、乡梦难圆。艰难岁月摧残了他的身体,困难贫寒耗干了他的心力,终其一世可谓遍尝人生五味。正如袁世硕先生为周绚隆《陈维崧年谱》所作序言中说道:"个中包含了许多的辛酸、无奈,是不可以用功名利禄心说明得了的。"[1]陈维崧在其四十九岁的时候(康熙十二年,1710)作有一首《夏初临·本意,癸丑三月十九日,用杨孟载韵》,词曰:

---

[1]周绚隆《陈维崧年谱》(上),北京:人民出版社2012年版,第3页。

中酒心情，拆绵时节，蓾腾刚送春归。一亩油塘，绿荫浓触帘衣。柳花搅乱晴晖。更画梁、玉剪交飞。贩茶船重，挑笋人忙，山市成围。　蓦然却想，三十年前，铜驼恨积，金谷人稀。划残竹粉，旧愁写向阃西。惆怅移时，镇无聊、捐损蔷薇。许谁知？细柳新蒲，都付鹃啼。①

笺释此词，重点即在下阕"三十年前，铜驼恨积，金谷人稀"之语，作者抒发的是故国之思，谭献《箧中词》评此词道："故家乔木，语自不同。"②陈维崧晚年，心力憔悴，甚至绝望，如他在给宋德宜③的书信（《上宋蓼天总宪书》）中表达了生无可恋的心理世界，与其早年所比，可谓豪情渐趋式微："崧近况窘诎，所不待言。惟是年踰五十，一子复殇，神理荼酷，精魄溃裂，目今以往，崧殆无意人间世矣。"④他曾作有两篇《与王阮亭先生书》，其一同样表达了对生活的心灰意冷："崧老矣，年踰五十，一子复殇，自分此生已无意人间世矣。年来愁病侵寻，筋笴肉缓，益复不能为滑梯脂韦态，

---

① [清]陈维崧著，叶嘉莹主编《康熙年间手抄稿本三色汇评迦陵词》（下），天津：南开大学出版社 2009 年版，第 710 页。

② [清]谭献辑《清词一千首·箧中词》，杭州：西泠印社出版社 2007 年版，第50 页。

③ 宋德宜（1626－1687），字右之，别字蓼天，江南苏州府长洲县人。顺治十二年（1655）进士，选庶吉士，散馆授翰林院编修。历官国子监祭酒、户部侍郎、吏部侍郎、左都御史、刑部尚书、兵部尚书、吏部尚书、翰林院侍读学士、内阁学士，拜文华殿大学士，加太子太傅。丁卯六月以疾卒官，享年六十二。卒，谥文恪。宋德宜对陈维崧极为赏识，并有提携推荐之恩，二人为晚年之交，书信往来不绝。

④ [清]陈维崧著，陈振鹏标点，李学颖校补《陈维崧集》（上），上海：上海古籍出版社 2010 年版，第 96－97 页。

馨折群公项领前。"①知人论世,由上可知,迦陵诗、文、词俱佳,情感沉郁悲壮,殊不知,那是他经历了无数的痛苦磨难才换来的。尤其是他晚年心无旁骛,专心写词,如西谚所说"悲愤出诗人",不幸与磨难反而使陈维崧成就了一代大词人。正如陈维崧三弟陈维岳为《迦陵词全集》所作序文说:

> 先伯兄中年始学为诗余,晚年尤好之不厌。至于赠送应酬,往往以词为之。或一月作几十首,或一韵叠十余阕。解衣盘薄,变化错落,几于昔人所谓嘻笑怒骂皆成文者。故多至千余,古今人为词之多,未有过焉者也。②

陈维崧在其生平最后十年中,即使颠沛流离而不改其心,专心为词,感时伤情,怀念故友,写出大量优秀的词作,结集并自取名曰《迦陵词》。陈维崧在另一篇《与王阮亭先生书》中亦说道:

> 崧年来失一仲弟,又丧一姑母,骨肉之惨,略亦同之。惟是五十之年,始生一子。今年秋杪,挈过家园,惟此一事,稍可为知己慰。至于阮途已尽,冯铗息弹,思息交而绝游,将槁项以黄馘。善卷之间,有披裘而带索者,非他人,其必仆也。又数年以来,大有作词之癖,《乌丝》而外,尚计有二千余首,何日一陈之先生也?③

由上可见,仕路艰涩,生活贫苦,老病交加,亲友亡故,使这位词坛巨擘心力交瘁,几乎无恋于人间,已经打算余生"冯铗息

---

① [清]陈维崧著,陈振鹏标点,李学颖校补《陈维崧集》(上),上海:上海古籍出版社2010年版,第99页。
② 冯乾编校《清词序跋汇编》第一册,南京:凤凰出版社2013年版,第90页。
③ [清]陈维崧著,陈振鹏标点,李学颖校补《陈维崧集》(上),上海:上海古籍出版社2010年版,第97页。

弹,将槁项以黄馘"。"笼天地于形内,挫万物于笔端",陈维崧将
所有的悲情与不幸,一一付诸于词,他在词中找到了自己。陈维
崧号"迦陵",概取其觅知音、叙孤独、鸣和唱之意,一部《迦陵
词》大抵抒发时事艰难,知音难觅,自鸣孤意。陈维崧将词看作
生命,以词自观,寄言心话,从这个角度来说,他与词"同心共
命"——这即是"迦陵频伽"的第三层涵义。陈维崧自号"迦陵",
词集名亦为"迦陵",虽历经坎坷磨难,但他终于在词中找到了那
个不甘沉沦的自我,词中自有深情,词中自有洞天,词中自有力
量,因而他才能够产生"数年以来,大有作词之癖"之心态。陈维
崧以词为命,将创作当作生命,迦陵与词可称并命也。陈维崧是
孤独的,其一生心酸磨难困苦有时无以言说,亦或找不到倾诉对
象,甚至无人理解,但他可以在词中自叙自议,自鸣自唱,自怜自
艾,自抒自和。的确,陈维崧用自然而发的笔墨,在词中自发幽
冥,自剖心路,自我反省,自我救赎。正如蒋景祁《陈检讨词钞
序》所说:"磊砢抑塞之意,一发之于词。"①陈维崧赋情独深,美
词酝酿,日久生辉,光华四射,这种人与词同心共命的心灵和鸣,
成就了《迦陵词》,也成就了陈维崧,最终促使了清词阳羡派的
崛起。

　　以上乃作为陈维崧一生漂泊依人之生涯,以及以词同心共命
之心态的总述。无独有偶,《清代志怪小说观止》中有一篇《迦陵
配》的小说,主人公即为迦陵生。小说开篇交代,钟离笠乾寺先
住持懋公,精梵律,尤喜擢人才。一日,懋公偶扶杖水次(水次,
即舟泊岸也),见中流浮一木板,上卧小儿,白如瓠,啼呱呱。后
被比丘尼救下,懋公遂求之曰:"善哉善哉!然尺许褓裸物,非优

---

① 冯乾编校《清词序跋汇编》第一册,南京:凤凰出版社 2013 年版,第 93—94 页。

婆夷所宜,曷布施老僧?"老尼便嘱咐道:"此儿好骨气,读书可成名宿,人道可作飞仙,唯皈依佛则终一了不了汉也。公善抚之!"懋公携归,是为迦陵生也。迦陵生先后有"拾得子""昔美玉""风萍聚"等名。此生才气绝佳,日以书画自娱,性格桀骜不驯,因而其命运悲苦不幸,几经辗转漂泊流寄不见容纳。他在参加乡试考试时以文击节,直抒胸臆,并一诗曰:"一波才落一波生,白眼看他人世险。浇愁惯借杯中物,屈指归期应不远。旅馆频惊梦不成,黄金散尽我身轻。惹祸翻嫌榜上名,八公山下有疑兵。"幸得太守黄公赏识,点为乡试第二。后又为其选佳丽名巧巧者(貌艳而慧,且精律吕,解吟咏)婚配。巧巧亦是不幸女子,不知来自何方,寄居尼姑庵内,与迦陵生同命相怜,太守黄公为其主婚,可谓"不几如佛经之迦陵共命鸟耶"。其后夫妻恩爱和谐,堪称才子佳人:

> 生每作书画,署款必曰"风萍聚",或曰"昔美玉",或又曰"当年拾得子",志不忘也。且深知孙亦非己真姓也。女笑曰:"郎名忒琐琐。黄公曾以我两人比佛家迦陵鸟,郎曷名曰迦陵生,妾即名曰迦陵女?"生大喜,如其说。①

后来迦陵生与迦陵女吃仙药飞仙,后有人自海上采药回者云:"海上有桫椤岛,产药最夥,石径崎岖,颇不良于行。一日甫舣舟,忽见迦陵两婢子,蓬头赤足,走岛上如飞,追之莫能及。"此则故事虽与陈维崧无涉,但其故事中迦陵生之性格、才气、命运与维崧极为相似。尤其可感"共命鸟"一说,故引此为例。

---

①鲁直主编《女聊斋志异》(上),北京:大众文艺出版社2003年版,第296—301页。

第二节　手稿本《迦陵词》
的传承脉络概述

　　笔者在前文第一章已经详细梳理了江苏宜兴－河南商丘陈氏子孙的繁衍脉络,考证了该家族是一个文化气息浓厚的大家族,其后辈子孙重视诗词创作,精于书法,善于绘画,并有金石文物收藏鉴赏的家族传统。在这样的文化氛围内,手稿本《迦陵词》就不仅仅是一部普通的词稿而已,而是在很长时间内作为先祖遗物(圣物),以珍贵的家族文物形式传承于后世子孙。而手稿本《迦陵词》亦以其宝贵的文献价值、词学价值以及文化价值,备受这个家族子孙的珍视,代代传承珍藏。手稿本在传承过程中,陈维崧弟子蒋景祁受师之托,保管勘校其词,并刊刻了《陈检讨词钞》;陈宗石和其后世子孙陈履平、陈濂、陈昊、陈彬、陈焯、陈燕、陈坛、陈重、陈实铭等均对手稿本的承继保存做出了巨大的贡献。陈重将手稿本《迦陵词》从河南带到北京、天津,并重新装裱;陈实铭将手稿本封函保存,并请诸多名贤题写词集名,最后手稿本也是从陈实铭手中散入坊间。关于手稿本《迦陵词》的流传过程,学界鲜有人做出详尽的考证,笔者在对陈氏家族繁衍脉络、陈世子孙为官地域范围(重点是宜兴、商丘、天津、北京四地),以及手稿本内部的人物评语、印章等方面的考察基础上,详尽梳理出手稿本《迦陵词》是如何跨越三百年间辗转多地,最后终于被南开大学图书馆古籍部所收藏的过程。

一、手稿本传承基本路线轨迹考述

　　纵观陈维崧一生,其词可分为早、中、晚三个时期,早期“不无声华裙屐之好,多为旖旎语"①;中期雄浑豪宕,尽显湖海之气;晚期"霸悍"词风成熟,终成一代宗师。陈维崧早期词作柔媚侧艳,且数量很少;中期以《乌丝词》为代表,严迪昌先生认为《乌丝词》是陈维崧初、中期词风嬗变的标志②;而陈维崧自《乌丝词》刊刻后直至去世,则专力为词,十年中他辗转漂泊,数位好友故去,因而抑塞平生一发于词,正如蒋景祁《陈检讨词钞序》所云:"然《乌丝词》刻,而先生志未已也?向者诗与词并行,迨倦游广陵归,遂弃诗弗作;伤邹、董又谢世,间岁一至商邱(即'丘'),寻失意返;独与里中数子晨夕往还,磊砢抑塞之意,一发之于词。诸生平所诵习经史百家古文奇字,一一于词见之,如是者近十年,自名曰《迦陵词》。"③这也就是说,陈维崧将自己后期所创大量词作结集,并自取名为《迦陵词》,而手稿本《迦陵词》正是记载了这段创作历程。陈维崧最后十年漂泊流寄,辗转四方,历宜兴、中州、京城等地,燕集雅聚之余只有《迦陵词》稿相伴。陈维崧于康熙十八年(1679)参加博学鸿词科考试,名列一等第十名,授职史馆检讨,此后四年在京居住,直至疾发去世。蒋永修曾为陈维崧立传,其《陈检讨迦陵先生传》曰:"检讨虽晚达,然三十年来海内推其诗、古文、词,隆然首称,无与颉颃者……罹疾时,余子景祁适在京师,问疾拜床下。罹悉出所著诗、古文、词手授祁,命其校刊。"④这也就

---

① [清]陈宗石《迦陵词全集跋》,冯乾编校《清词序跋汇编》第一册,南京:凤凰出版社 2013 年版,第 90 页。

② 严迪昌《清词史》,南京:江苏古籍出版社 1990 年版,第 187 页。

③ [清]蒋景祁《陈检讨词钞序》,见冯乾编校《清词序跋汇编》第一册,南京:凤凰出版社 2013 年版,第 93—94 页。

④ [清]钱仪吉《碑传集》卷四十五,清道光刻本。见沈云龙主编,钱仪吉编《近代中国史料丛刊》第九十三辑《碑传集》,台北:文海出版社 1973 年版,第 2260—2262 页。

是说,陈维崧临终之时适蒋景祁在京,陈维崧将自己的著作托于蒋景祁保管校刊。作为弟子,蒋景祁精心保管了陈维崧的全部作品,并刊刻了《陈检讨词钞》(天藜阁刻本)。在手稿本石册有《贺新郎》(事已流波)一词,该词写陈维崧对龚鼎孳的怀念之情,蒋景祁检阅该词时被深深打动,因而在该词后留下一则长批语:"先生疾革前后一二日,执予手犹追感合肥先生不置。夫寒士孤穷牢落,中得当涂一盼,便欲心死,而怜才爱士之心出于真恳,使人没齿不忘,则合肥先生其仅见矣。适检集得此词,因忆此语,不特悲先生之遇,又以志合肥先生之盛节于不朽也。壬戌端阳后三日京少记。"①手稿本石册还有《愁春未醒·墙外丁香花盛开感赋》一词,词后留有蒋景祁批语一则:

　　此先生四月十三日作,绝笔也。先生三年冷署,人情炎凉,往往托之笔墨,此词其一也。时先生索予辈属和,予草草命笔,实不知先生意指所在。不意此篇而后遂如《广陵散》不复弹矣。噫!壬戌端阳后三日京少记。②

　　手稿本中还留存蒋景祁数条评语批注,可以这样说,蒋景祁是手稿本的重要传承者之一(甚至可以说是第一传承人)。所以后来陈宗石刊刻《迦陵词全集》时也邀请了蒋景祁参加。从陈宗石编《迦陵词全集》时开始,手稿本《迦陵词》就从蒋景祁那里转到陈宗石手中,并成为他编撰《迦陵词全集》的重要底本。陈宗石对长兄极为尊仰,因而为其遗作全集能够早日校刊出版而积极努

---

① [清]陈维崧著,叶嘉莹主编《康熙年间手抄稿本三色汇评迦陵词》(上),天津:南开大学出版社 2009 年版,第 418 页。

② [清]陈维崧著,叶嘉莹主编《康熙年间手抄稿本三色汇评迦陵词》(上),天津:南开大学出版社 2009 年版,418 页。

力,诚如其《迦陵词全集跋》所说:"先伯兄诗古文,予于丙寅、丁卯两年节俸金,次第付梓。惟词最富,因力不逮。至己巳春,又鸠工镂板。簿书之暇,反复校雠。"①

　　我们可以在手稿本《迦陵词》中看到陈宗石留下的大量校勘印记,如陈宗石号寓园,所以手稿本很多地方都题有"寓园抄校讫""寓园阅讫抄讫"等字样;陈宗石做过安平县令,其官署名"彊善堂",所以手稿本的绝大部分词作和目录词牌之上都钤有"彊善堂主人对讫"之印。陈宗石对于手稿本的校勘审订付出了巨大的劳动,经他精心整理编校,终于于康熙二十八年(1689)成功刊刻患立堂版《迦陵词全集》。陈宗石入赘河南商丘侯朝宗府,至此,宜兴陈氏一支就落户中州,繁衍生息,并逐渐成为商丘的名门望族。直至今日,人们在河南商丘还能听到大量陈家大院中"一门五翰林""兄弟双御史""四世词馆"的动人故事。陈宗石籍占商丘后,子孙繁衍甚茂,据笔者考证商丘陈氏谱系如下:

　　陈宗石——一世祖

　　陈履中(陈宗石长子)——二世

　　陈履平(陈宗石次子)——二世

　　陈淮(陈履中子)——三世

　　陈濂(陈履平子)——三世

　　陈崇本、陈懋本、陈邦燮、陈传霖(四人为陈淮子)——四世

　　陈杲、陈彬(二人为陈濂子)——四世

　　陈焯(陈杲子)——五世

　　陈燕(陈彬子)——五世

---

① [清]陈宗石《迦陵词全集跋》,见冯乾编校《清词序跋汇编》第一册,南京:凤凰出版社2013年版,第90—91页。

陈坛（陈焯子）　　六世

陈振斋（陈焯子，陈重从兄）——六世

陈可斋（陈焯子，陈重从兄）——六世

陈重、陈执（二人为陈燕子）——六世

陈景雍（陈燕子，太平军时期殉难）——六世

陈实铭（陈重子）——七世

陈芳畹（陈重庶子）——七世

陈宗石落籍商丘，生有履中、履平二子。陈履中，字执夫，号雁桥，商丘人，康熙五十年（1711）中举入仕。所著甚多，《国朝耆献类征》卷二百零九有传。陈履中一脉往下为陈淮（弟：陈洛）－陈崇本（二弟陈邦燮，三弟陈传霖）。但需要指出的是，陈宗石之孙陈淮于乾隆六十年（1795），在患立堂本《陈迦陵全集》基础上刊行了"浩然堂"本《湖海楼全集》，集中包括二十卷《湖海楼词》。陈淮在《湖海楼全集序》中说："而后检讨公著作衮然大备，无复遗憾，益足传之久远。庶不负先祖表章同气之盛心云。"①可以肯定的是，陈淮在编刻《湖海楼词》的时候，亦参照了手稿本《迦陵词》。陈淮没有很好地继承陈氏家族贤良方正的祖风，由于贪腐事件史留污名，据昭梿《啸亭杂录》（续录）记载：

> 毕公任制府时，满洲王公福宁为巡抚，陈望之淮为布政，三人朋比为奸。毕性迂缓，不以公事为务；福天资阴刻，广纳苞苴；陈则摘人瑕疵，务使下属倾囊解橐以赠，然后得免。时人谣曰"毕不管，福死要，陈倒包"之语。又言毕如蝙蝠，身不动摇，惟吸所过虫蚁；福如狼虎，虽人不免；陈如鼠蠹，钻穴蚀

---

① ［清］陈重《花著龛诗存》，高洪钧编《明清遗书五种》，北京：北京图书馆出版社 2006 年版，第 385－386 页。

物,人不知之。故激成教匪之变,良有以也。今毕公死后,籍没其产,陈为初颐园所劾罢官,惟福宁尚列仕版,人皆恨之。①

宋连生编著的《乾隆惩贪秘档》一书中亦记载了"陈辉祖侵盗赃款赃物案",里面介绍了陈淮被抄家事②。陈淮有三子,其中崇本较为有名望。陈崇本,字伯恭,号榕圃,一号弢园,乾隆四十年(1775)进士,官宗人府丞署左副都御史,善书法绘画,精于品鉴收藏。受陈淮抄家事影响,从此这一脉沦落不兴。

陈履平,字勉夫,商丘人,康熙时监生,官吏部文选司郎中,迁巡城御史,晋通政司右政。母终后不复出仕,优游林泉,探讨文史,人称誉之。陈履平有诗名,著有《南泉奏草》,《中州诗徵》收其诗六首。陈履平一脉往下较为隆盛,陈履平有子陈濂,陈濂(1731—1794),字澄之,商丘人,乾隆三十一年进士,改翰林院庶吉士,授职编修。后母优归,杜门不出,隐逸二十余年以终。著有《秘香龛诗稿》(抄本),《中州艺文录》卷十有著。《商丘县人物续志稿》有传。陈濂有二子,自此分为两支,其一为:陈濂—陈杲—陈焯—陈坛;其二为:陈濂—陈彬—陈燕—陈重—陈实铭。陈濂以下子孙优卓者不乏其人,如陈杲,字宣叔,商丘人,嘉庆六年(1801)进士,授官编修,善书法,其岳丈为乾隆间著名官员、书法家王文治。陈彬,字谨斋,商丘人,嘉庆十六年进士,官天津知府,署天津河间兵备道。精书法,称誉一时。陈燕(1778—1837),字诒堂,一字仲谋,商丘人,嘉庆二十二年进士,受职刑部主事,历员外郎、郎中。以疾乞归,卒于家,《商丘县人物续志稿》有传。其余陈焯、陈燕、

---

① [清]昭梿撰,冬青校点《啸亭杂录》(续录),上海:上海古籍出版社2012年版,第242页。

② 宋连生等编著《乾隆惩贪秘档》,珠海:珠海出版社2003年版,第293页。

陈坛、陈重、陈实铭等均有名望,陈重将手稿本带入天津,而陈实铭将手稿本封函保存,最后散入坊间。

总体而言,商丘陈氏子孙家门清华,书香门第,出了很多官员,而且工诗词善绘画者多,有收藏字画文玩之雅好。据清人李放纂录《皇清书史》记载,陈氏家族十余人上榜。以上笔者详列了商丘陈宗石以下七世族人谱系,那么手稿本《迦陵词》到底是怎样的传承路线呢?综观之,商丘陈氏子孙分支蔓衍,手稿本《迦陵词》随哪一支脉传承,大致有以下几种可能:

一、陈宗石—陈履中—陈淮—陈崇本(陈懋本、陈邦燮、陈传霖)—转同辈族人

二、陈宗石—陈履平—陈濂—陈彬—陈燕—陈重—陈实铭

三、陈宗石—陈履平—陈濂—陈杲—陈焯—陈坛(陈振斋、陈可斋)—转同辈族人陈重—陈实铭

在这三种可能之中,可能一有其合理性,即陈履中是陈宗石长子,而陈淮是陈履中长子,长子掌管祖上所传手稿本《迦陵词》,极为合理,更何况陈淮诗文清妙,嗜翰墨,精鉴赏,富收藏。陈淮在《迦陵词全集》基础上重新刊刻《湖海楼词》,必然参校手稿本《迦陵词》。由于陈淮后来因贪腐案被抄家,家道中落,那么手稿本由其子陈崇本转给其同一辈的陈氏族人(如陈杲或陈彬)。

可能二最为自然,不存在转承问题,也就是说手稿本《迦陵词》是按照陈宗石—陈履平—陈濂—陈彬—陈燕—陈重—陈实铭代代嫡系相传,后由陈重带到天津,陈实铭继承之,最后散入坊间。这种可能最简单,最理想,但几率反而会更低。

可能三最为复杂,笔者经过多方考证,发现这种可能反而最为可信。其一,从印章上看,古人一般收录珍本古籍会留有钤印。

手稿本之上除了陈维崧、陈宗石有印章之外，仅陈杲一人留有印章，即在木册末尾有"陈杲""宣叔"①两枚朱红钤章。木册为手稿本八册最后一册，在最后一册末尾加盖钤章也符合典籍收藏的惯例。所以手稿本沿陈宗石－陈履平－陈濂－陈杲路线传承基本可以确定。其二，从转承角度看，从陈焯－陈坛（陈振斋、陈可斋）之后，稿本发生转承问题，而不是嫡系传承。手稿本因何从陈坛、陈振斋、陈可斋手中转到陈重手中，笔者爬罗剔抉各种典籍，终于找到一个比较合理的理由，即咸丰三年（1853），太平军入河南，归德府（即商丘）不守，陈氏阖门殉难，惟有陈重在京城候官得以幸免，待战乱平息，陈重回到家乡重建陈氏家业，继承了陈氏全部家产，其中就包括手稿本《迦陵词》。陈重有《题亡弟投辖轩剩稿》一诗云："记得端居戏语时，夏卿好集辋川诗，红羊劫过吾偏在，白马篇成客自悲。同气凋零嗟梦幻，昔言颠倒费猜疑。不堪重唱团圆句，魂些归来慰我思。"诗后批语云："弟别余诗有'兄弟幸团圆'句。"②这首诗正好证明了发生在本家族中的这个著名的"红羊劫"③事件。陈重《花著龛诗存》卷一中还有《阅桃花扇传奇》五律

---

① ［清］陈维崧著，叶嘉莹主编《康熙年间手抄稿本三色汇评迦陵词》（下），天津：南开大学出版社 2009 年版，第 785 页。

② ［清］陈重《花著龛诗存》卷二，见高洪钧编《明清遗书五种》，北京：北京图书馆出版社 2006 年版，第 329 页。

③ 红羊劫，系古代一种谶纬之说，专代指发生巨大国难。古人以为丙午、丁未是国家发生灾祸的年份。以天干"丙""丁"和地支"午"在阴阳五行里都属火，为红色，而"未"这个地支在生肖上是羊，每六十年出现一次的"丙午、丁未之厄"，后便被称为"红羊劫"。如宋人最惨痛的记忆"靖康之耻"，就发生在丙午年（1126）。近代的太平天国起义，虽然并未发生在这两个年份，但由于挑旗者洪秀全与杨秀清的姓氏为（洪、杨）二音，亦被附会为"红羊劫"。

二首:"一卷乌丝格,千秋胜国悲。金轮罗织狱,元祐党人碑。曲比清芬诵,名同青史垂。板桥留合璧,扇底记曾窥。""燕都离乱俊,江左又期年。呜咽秦淮水,风流燕子笺。尚书工顾曲,天子梦游仙。一代兴亡事,收来付管弦。"第一首诗之后附有批注两则:"书中有先七世祖处士公入狱事。""原扇存振斋从兄处,并另有一扇画香君小像。香君母贞丽,有为先处士公画扇一柄,远山一角,绝似云林,款书:'定生词宗'。字亦淡雅有致。下署'贞丽'二字,盖一小印,印泥鲜艳如新,存可斋从兄处。"①这两则批注极为重要,涉及明末清初的著名历史事件、著名文学作品以及著名历史文物——桃花扇故事本末。材料说明,"香君小像"扇"存振斋从兄处",贞丽②所画"处士公(陈贞慧)"扇"存可斋从兄处",而振斋、可斋均为陈焯之后,陈重之从兄,可知陈重族兄一脉保藏着陈氏先人的系列珍贵遗物,那么手稿本《迦陵词》可能也是保存在他们手中。"桃花扇"在历史上是真实存在的,陈宗石入籍商丘,成为"桃花扇"主人公侯方域、李香君的女婿。侯、李二人将包括桃花扇在内的系列遗物传与陈宗石,并让其在陈氏后世子孙中世代相传。另据史挥戈《秦淮名艳李香君》等文献记载,李香君死后,"桃花扇"保留在侯府,侯方域正室常夫人,在其女儿出嫁时将桃花扇作为重要礼物嫁妆送给陈宗石。张一民《"桃花扇"真迹考》一文详细考证了作为"桃花扇"传承的重要轨迹,认为该文物在陈宗石以下商丘陈氏子孙人手中递藏,并亦指出由于太平军入河南商

①〔清〕陈重《花著龛诗存》卷二,见高洪钧编《明清遗书五种》,北京:北京图书馆出版社2006年版,第299页。
②贞丽即李贞丽,秦淮名妓,李香君义母,与陈贞慧交好,史挥戈、吴腾凰《秦淮名艳李香君》中有考述。

丘,陈氏族门倾覆,只有陈重在京候官得以避险,待陈重回商丘继承了陈氏全部家产,"桃花扇"也就到了他的手中。诚如张一民《"桃花扇"真迹考》一文所说:"笔者通过对几则有关'桃花扇'真迹的诗文材料进行梳理和考证,认为'桃花扇'真迹一直存放在商丘陈氏家族中,曾为陈宗石、陈履平、陈濂、陈坛、陈振斋、陈重、陈实铭等人递藏。它虽然时隐时现,但传存脉络有序,递藏痕迹清晰,它客观地存在于历史现实中。"①桃花扇所传承路线轨迹与手稿本所传承路线轨迹极为一致,最终都传到了陈重手中,后由其子陈实铭继承。

　　综上可知,笔者所列手稿本传承的三种可能之中,可能三可信度最高,笔者利用相关文献已经基本理清全部路线图,即手稿本《迦陵词》按照如下传承轨迹:陈宗石－陈履平－陈濂－陈杲－陈焯－陈坛(陈振斋、陈可斋)－转同辈族人陈重－陈实铭－散入坊间－南开大学图书馆收藏。

二、陈重与手稿本入津

　　在手稿本《迦陵词》传承的过程中,陈重是一个重要人物,他对手稿本的贡献极大。前文已经考述,手稿本从康熙朝陈维崧开始,跨越二百余年,又经历了太平军战火,辗转到陈重手中,此时手稿本已经很破旧,损毁严重,所以陈重将手稿本带入北京,重新以金镶玉形式加以装裱,并在其入职天津时将手稿本带到天津,这是手稿本入津的重要过程。

　　陈重(1827－1891),字小蕃,亦作筱帆,河南商丘人,咸丰二年(1852)举人,官天津海防同知。陈重富有才华,尤工诗词,有《花著龛诗存》等集行世。陈重生平事迹很少,典籍罕载,柯愈春

———————

① 张一民《"桃花扇"真迹考》,《淮阴师范学院学报》2013年第6期。

《清人诗文集总目提要》卷四十八简单介绍了陈重生卒年、籍贯、官职等基本信息:"重生于道光七年,卒于光绪十七年。河南商丘人。咸丰二年举人,任刑部主事,官至永定河道。"①另据乔晓军编著《中国美术家人名辞典》(补遗一编)记载:"陈重字子蕃。彬孙。咸丰二年举人,官天津河防同知,升道员。总督李鸿章奏补通永道,已前卒。书有祖风。"②经笔者详细梳理考证,商丘陈氏家族从陈宗石到陈重、陈实铭父子共七代,谱系脉络清晰:陈宗石—陈履平—陈濂—陈彬—陈燕—陈重—陈实铭。陈重是陈宗石五世孙,曾祖陈濂,祖父陈彬,父亲陈燕。陈宗石、陈濂前文均有介绍,此处不累述。陈彬(生卒年不详),字谨斋,商丘人,嘉庆十六年(1811)进士,官天津知府,署天津河间兵备道。陈彬精书法,称誉一时。陈燕(1778—1837),字诒堂,商丘人,嘉庆二十二年进士,受职刑部主事,历员外郎、郎中。后因疾乞归,卒于家,《商丘县人物续志稿》有传。陈重还有一个弟弟叫陈执,陈执(?—1853),字敬持,商丘人,为府增生。陈执性情豪俊,工诗与书,常饮酒赋诗,其诗有真刚之气,著有《投辖轩剩稿》。咸丰三年(1853)捻军陷商丘,陈执战死殉国,年二十四。《商丘县人物续志稿》有传。《商丘县人物续志稿》引其《行经六忠祠》诗云:"死能庙食胜封侯,张许声名百世留。只恨当时南八箭,不先上拟贺兰头。"③陈重作有《题亡弟投辖轩剩稿》④一诗

---

① 柯愈春《清人诗文集总目提要》,北京:北京古籍出版社2002年版,第1629页。
② 乔晓军编著《中国美术家人名辞典》(补遗一编),西安:三秦出版社2007年版,第290页。
③ 吕友仁主编《中州文献总录》(下),郑州:中州古籍出版社2002年版,第1679页。
④ [清]陈重《花著龛诗存》卷二,见高洪钧编《明清遗书五种》,北京:北京图书馆出版社2006年版,第329页。

沉痛悼念亡弟。

　　前文已述,咸丰三年(1853)太平军攻陷归德府(即商丘),陈氏阖门遇难,此时陈重正入京授官,从而躲过战火得以幸免。陈重在咸丰十年被派赴天津,官职为天津海防同知,其《庚申春》诗注为"时权天津海防丞篆"①,查《续天津县志·职官表》可知,该职即为"天津河防同知"。陈重祖父陈彬曾在天津做官(天津知府,署天津河间兵备道),因而陈重对天津也充满感情,其《泊天津》一诗深情表达道:"布帆又到析津城,小憩棠阴触旧情。七十二沽呜咽水,可能和我断肠声。"该诗后有批注云:"先祖曾典此郡。"②其《葛沽看花歌》诗亦云:"津沽本是钓鱼区,我祖此地曾缩符。"③陈重对天津感情深厚,写有很多首关于天津的诗作,如《天津》一诗云:"又凭春水逐春船,极目长空意惘然。乡梦易牵千里外,旧游重感廿年前。销磨豪气惭沧海,屏障枉流吁上天。曾是繁华行乐地,支离东北怆烽烟。"④该诗说明,陈重二十年前就曾随祖父陈彬来过天津,因而对天津怀有格外亲切的感情,其留有《津游小识》(抄本)⑤,详细记录了他在津期间的游览见闻。

　　陈重继承了诗书文化家族的传统,工诗善书,著有《花著龛诗

---

① [清]陈重《花著龛诗存》卷三,见高洪钧编《明清遗书五种》,北京:北京图书馆出版社 2006 年版,第 341 页。

② [清]陈重《花著龛诗存》卷二,见高洪钧编《明清遗书五种》,北京:北京图书馆出版社 2006 年版,第 318 页。

③ [清]陈重《花著龛诗存》卷三,见高洪钧编《明清遗书五种》,北京:北京图书馆出版社 2006 年版,第 342 页。

④ [清]陈重《花著龛诗存》卷三,见高洪钧编《明清遗书五种》,北京:北京图书馆出版社 2006 年版,第 340 页。

⑤ 李宗泉等编《中州艺文录校补》,郑州:中州古籍出版社 1995 年版,第 202 页。

存》(抄本)存世,该集包括诗四卷,《浣露词》一卷,《寒木春华词》一卷。陈重勤于诗词创作,如其《六洲歌头》(桃花笺色)一词后自注云:"诗则昔不如今,词则今不如昔。古人云:三日不弹手生荆棘,洵不我欺。咸丰纪元清和月筱帆自识。"①概而言之,其诗或赠答,或游子,或思妇,或咏史,或怀古,或悼亡,不一而足,情感真挚,章法有度,语言沧桑质朴。例如,其《偶感》一诗云:"民力东南困不禁,艰难越海似航琛。如何治粟承新职,校尉居然署摸金。"②该诗沉郁幽思,诗人原以为自己所任海防同知之职有如汉时的治粟都尉,当是专管军粮漕运的,却不想竟成了三国曹魏所设的摸金校尉,干起掘墓盗金的勾当来了,因而内心极为痛苦。陈重时常于诗中凭吊古代先贤,例如他极为崇拜诸葛亮,其《五丈原吊诸葛忠武》诗云:"出师心事宗留守,半世功名祖豫州。大树飘零人寂寞,寒风冷雪散关头。"③其《定军山诸葛忠武墓》亦云:"埋得千秋家国恨,定军抔土吊斜阳。"④前诗写诸葛忠武即诸葛亮生前的成就,为国家鞠躬尽瘁,赢得功名,但最终将星陨落,令人叹息。后诗写诸葛亮身死后,古战场埋葬着家国恩怨情仇,蜀最终也没能统一天下,诗人借以表达对于历史的遗憾和叹惋以及壮志未酬的心境。当然,陈重诗歌更多着眼于现实,关心民瘼,同

① [清]陈重《花著龛诗存》,见高洪钧编《明清遗书五种》,北京:北京图书馆出版社 2006 年版,第 364 页。
② [清]陈重《花著龛诗存》卷三,见高洪钧编《明清遗书五种》,北京:北京图书馆出版社 2006 年版,第 337 页。
③ [清]陈重《花著龛诗存》卷一,见高洪钧编《明清遗书五种》,北京:北京图书馆出版社 2006 年版,第 309 页。
④ [清]陈重《花著龛诗存》卷一,见高洪钧编《明清遗书五种》,北京:北京图书馆出版社 2006 年版,第 309 页。

情劳苦大众,如其《捉船行》诗云:"大沽耶?双港耶?鲸波滔滔,吾安往焉?吞声赴东去,不去州牧怒。牧怒尚可干,掾怒不可言?我欲言之摧心肝。"①该诗作正是社会动荡最真实的写照,具有显明的现实主义色彩。诗人站在一个客观的角度看当时社会的变迁,却又为这样翻天覆地的变化而心痛,便有了"我欲言之摧心肝"的哀叹。陈中亦作有很多词,其词构思精巧,豪气内彰,乃有迦陵之遗风,不具述。

陈重为官清廉,有政声,但他清风自守,不与世俗群小合流,后来弃官归隐,据郭则沄《十朝诗乘》所载《陈小蕃诗述军中事》云:"李文忠都直,屡招之,终不出。尘芥轩冕小蕃有焉。"后来李鸿章任直隶总督时,曾请陈重出山,但他决意不再出仕。陈重为人正派,道德文章大义凛然,故曾国藩引以为同道,并以兄弟称之。曾国藩与陈重往来书信甚密,笔者粗略统计曾国藩所传书信集,发现他有十余篇写给陈重的书信,兹录一篇于下:

　　筱帆年兄阁下:

　　接展惠书,具纫被饰。就审绾符佐郡,懋绩宣防,缵先德于津门,棠阴犹在;拜新恩于朵殿,芝轴绊膺。引睇吉晖,欣颂曷已!

　　国藩戎行久践,颇历艰辛。本年奉剿捻之命,五月杪自金陵启程,甫抵清江,该逆已由山东窜犯皖北之雉河。改驻临淮,至八月初始来徐州区画一切。捻匪自雉河败窜豫境,散处于徐、济、周口、归德、临淮等处各驻一军,另练两支游击之师与贼驰逐。新岁当进驻周家口,就近调度。

---

① [清]陈重《花著庵诗存》卷三,见高洪钧编《明清遗书五种》,北京:北京图书馆出版社 2006 年版,第 337 页。

贱躯粗适,惟老年意绪雕疏,不耐烦剧。自交卸两江篆务,公事已减去三分之二,然犹嫌其猥杂,殆亦古今人之常态也。知关廑念,聊布一二。复问台安。

国藩顿首![1]

陈重是手稿本后期的重要传承人,手稿本金册《念奴娇·题刘震修小像,即次原韵》词末收录题有两首七言绝句:"草色天光一抹青,月移双影度中庭。笑从乌鹊桥边指,依约郎星映小星。""乱余益怕说分飞,席帽冲炎计悔非。茶灶笔床安置好,与卿从此总相依。"签有署名"筱帆"。其后一段文字交代:"此余丁巳年自颍归里时所作,随手置检讨公词册内。次年入都,以词册付工装订,工人不谙文义,误将此纸裱入册中,可笑也。辛酉三月小蕃记。"[2]同册还有《归朝欢·寿马殿闻太史五十》一词,其后题有黑色墨笔草书一行:"歌喉历历转雏莺。态娉婷,意轻盈。袖卷红纱,婀娜可人情。"后面亦有陈重批注一则:"此数字是先从祖少编修公少时之书,余装订此册时,失于检点,遂为工人误裱册内。辛酉三月重记。"[3]这两则批注交代了这样的事实,陈重对手稿本有过认真的审读校对,并于戊午年,即咸丰八年(1958)将手稿本带入京城付工装裱,所以陈重对手稿本保护传承做出了重要的贡献。咸丰十年陈重出任天津河防同知[4],又将词稿随之带到了天

①[清]曾国藩《复陈筱帆》(同治四年十一月二十七日),见曾国藩《曾国藩全集·书信八》,长沙:岳麓书社1994年版,第5416页。

②[清]陈维崧著,叶嘉莹主编《康熙年间手抄稿本三色汇评迦陵词》(上),天津:南开大学出版社2009年版,第144页。

③[清]陈维崧著,叶嘉莹主编《康熙年间手抄稿本三色汇评迦陵词》(上),天津:南开大学出版社2009年版,第168页。

④《天津县新志》卷十七,职官表六,民国二十年(1931)刻本。

津。自此,手稿本便从陈氏故里河南商丘辗转流传到了天津境内。陈重去世后,这部词稿就传承到他的儿子陈实铭手中收藏。

手稿本《迦陵词》在陈家一直以先人圣物的形式得以世代流传,后世子孙均极为重视,手稿本中有几则陈重的重要批注,记录了对手稿本的修缮事件,以上批注可知,陈重曾于咸丰八年(1858)对词稿进行过一次重要的装订保护工作。

三、陈实铭与手稿本最终归宿

自陈宗石入赘河南商丘侯朝宗府,始振陈氏宗门,宗石自己官至户部主事,商丘陈氏从陈宗石传至第六世孙陈实铭,名贤辈出,共出举人和太学生十二人、进士八人,至今商丘人传着陈家"兄弟双御史""四代五翰林"的盛誉。陈实铭亦是手稿本《迦陵词》重要的传承人,而且是笔者所能确定商丘陈氏族人中最后一个可以确考的人物,手稿本《迦陵词》的最终命运与此人密切相关。

陈实铭(生卒年不详),字葆生,号跼公,商丘人,是陈宗石的六世孙,清末拔贡,曾试用任过知州,但被革职,据宣统三年(1911)《两广官报》记载:"试用知州陈实铭胆大妄为,声名恶劣,专营奔竞,有玷官常,着革职逐回籍,不准逗遛(即'逗留')。"①陈实铭于民国初年曾任费县和临朐县县令,据《临朐县志》记载:"河南商邱(同'丘')陈实铭1914年8月任临朐县长,在任一年零一个月。"②陈实铭颇具治理政务之才,如《临朐续志》卷十载:"民国

---

①两广官报编辑所《近代中国史料丛刊三编》,台北:文海出版社1989年版,第1207页。

②山东省临朐县史志编纂委员会编《临朐县志》,济南:山东人民出版社1991年版,第442页。

三年,经县知事陈实铭详请核定,民国白契税验按照调查之价分别等第收税,不依原注之价征收。"①陈实铭税改增加了政府财政收入,成效显著,为此得到财政部的嘉奖,如《财政部呈转陈山东省验契得力各知事请传令嘉奖文并批令》云:"今各知事勤奋从事者固多,而尤以商河县知事徐德润、临朐县知事陈实铭、泰安县知事冯汝骧办理最为出力。"②陈实铭商人出身,但为官知晓大义,对于金钱赏赐不执于心,能将误收钱税兴办实业,据《临朐续志》卷十记载:"民国四年,令募四年内国公债。县知事陈实铭误收验契费洋四千二百元移购债票,当经详请收回本息作为阖县公款兴办实业。"③为此财政部总长陈锦涛还为其向总统申请嘉奖④,详见《财政总长陈锦涛呈大总统山东调任清平县前临朐县知事陈实铭谨辞奖金廉让可风请传令嘉奖文》。陈实铭在临朐县的改革亦有很大争议,他以检验地契为名,实际增加地税,因而遭到当地农民的激烈反对。陈实铭还任过山东费县县长,据《费县简志》记载,民国时期 1919 年陈实铭任费县县知事(即县长)⑤,另据《临沂地区人事志》所附"县知事任职沿革表"记载:陈实铭大约于民国九年(1920)秋来费县任职,于民国十年春离职⑥。陈实铭在费县

①政协临朐县委员会编《临朐县旧志汇编》,潍坊:潍坊市新闻出版局 2002 年版,第 482 页。

②1915 年 8 月 1 日《政府公报》。

③政协临朐县委员会编《临朐县旧志汇编》,潍坊:潍坊市新闻出版局 2002 年版,第 487 页。

④1916 年 9 月 5 日《政府公报》。

⑤费县地方史志编纂委员会办公室《费县简志》,张伟祥、李延华主编,1987 年版,第 193 页。《费县简志》为内部刊物,山东省费县印刷厂印刷。

⑥临沂地区人事局编《临沂地区人事志》,北京:中国广播电视出版社 1992 年版,第 148 页。

任职曾受到中央政府惩戒,如《政府公报》记载:"大总统训令第八十六号命兼代内务总长张国淦:据署国务总理颜惠庆呈准,文官高等惩戒委员会咨呈议决前署山东费县知事陈实铭措置乖方办案,草率交付惩戒一案,依照文官惩戒条例应受降等处分等语,陈实铭着即降等,交内务部查照执行此令。"①由上可知,陈实铭在清末民初是个活跃人物,历史评价不一,是一个有争议的人物。

陈实铭陆续有很多任职,如他曾做过"倒戈将军"石友三②的少校参议,亦做过北洋皖系军阀张敬尧的秘书,在威海卫管理公署亦任过秘书,据传他还在南开大学当过教授。卢沟桥事件后,日本发动全面侵华战争,占领天津,天津于 1937 年 8 月 1 日成立伪"天津特别市公署",据张同乐《华北沦陷区日伪政权研究》一书附录二记载:"伪天津特别市公署:市长温世珍;秘书处秘书长陈啸戡;专员:宫占元、陈实铭、玉田中。"③1949 年天津解放后,温世珍被人民法院逮捕归案,1951 年 6 月,天津市军事管制委员会军法处兼市人民法院以其效忠日寇,出卖祖国,罪行极大,对其做出严正判决,判处死刑,同年 7 月执行枪决,结束了其罪恶的一生。温世珍是一个罪大恶极的卖国贼,但他的哥哥温世霖却是一个爱国人士,是天津著名的教育家。温世霖(1870－1934),原名温昱,字子英,晚号铁仙。温世霖少有报国之志,就读于北洋水师学堂,师从严复,著有《昆仑旅行日记》等。陈实铭与温世霖交情很深,温世霖死后其弟

---

① 1922 年 7 月 14 日《政府公报》。

② 石友三为人狡黠,一生中投机钻营,反复无常,曾先后多次投靠冯玉祥、蒋介石、阎锡山、汪精卫、张学良以及日本,被人称为"倒戈将军"。

③ 张同乐《华北沦陷区日伪政权研究》,北京:生活·读书·新知三联书店 2012 年版,第 446 页。

温世珍将《昆仑旅行日记》手稿整理校订出版,并邀陈实铭为此书作序。《昆仑旅行日记》是温世霖被发配新疆期间的见闻记载,体现了作者"屯而不困,穷而不厄"之志和忧国忧民之心。陈实铭序之曰:"细绎支翁之所记,其旷达之怀、闲适之趣为何如哉?昔苏长公有言:余之有所往而不乐,盖游于物之外者也。"[①]伪天津特别市公署市长温世珍解放后被正法,而陈实铭不知所终,但笔者在天津档案馆查到陈实铭在伪天津特别市公署任职的任命令与裁员令,其中《任命令》写着"兹派陈实铭为本署秘书,此令,代市长温世珍";而《本署裁减人员名单》则记录着陈实铭位列名单第一人,其他被裁人员均有备注,或标明"另有任用",或标明被裁原因,唯独陈实铭没有备注原因,给后人留下一个不解之谜(见图6、图7)。

河南商丘陈氏家族有文物鉴赏收藏的传统,前文已概述,陈家家藏最著名文物就是李香君血染的桃花扇。陈实铭书法绘画极佳,因而他也是一位书画收藏家。有传说陈实铭用家藏桃花扇换了两个县官的官印[②],此种说法不确考,不具论。由于文物收藏的原因,陈实铭还有"钱壮悔"这个化名。据笔者考证,南明灭亡后,侯方域回到家乡商丘,奉孝其父侯恂于南园,在其三十五岁的时候,筑壮悔堂,整理诗文,著书立说,并重建雪苑文学社,因而"壮悔"二字必出于此。陈实铭工诗书,善书法,和齐白石关系甚好。两人合作完成过许多书画作品,现在的艺术品拍卖市场依然有少量两人的遗作流传,其中也包括一些画扇作品。如,陈实铭

---

① 中国人民政治协商会议天津市北辰区委员会文史委员会编《北辰文史资料》第10辑《北辰文物》,2005年版,第129页。

② 具体参见枫舞秋山《真实历史的李香君探秘——真的存在桃花扇吗?》(四)一文,网址为:http://www.aihuau.com/a/25101013/177263.html。

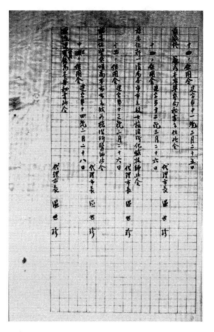

图 6：天津档案馆存陈实铭任伪天津特别市公署秘书任命令

曾为齐白石《许君得利图》题诗："紫房翠幄实累累，异种疑从西极来。味压酪奴堪解渴，偏供绛帻拨新醅。"（中国民族文博院收藏）关于陈实铭的收藏赏鉴之雅好，史挥戈、吴腾凰著《秦淮名艳李香君》一书后记①对此有着较为详细的介绍考证。另外，尚起兴、尚骥所著《商州史话》一书中，有《壮悔堂考》《李香君归宿考》《桃花扇轶事》《侯方域》②等文，对商丘侯、陈两家均有着细致的考证。

---

① 史挥戈、吴腾凰《秦淮名艳李香君》，合肥：安徽文艺出版社 2005 年版，第337—346 页。

② 尚起兴、尚骥《商州史话》，北京：新华出版社 2001 年版，第 236—433 页。

图 7：天津档案馆存陈实铭被伪天津特别市公署裁减文件

　　陈实铭与很多知名的近现代人物都有着交结来往，如军阀张敬尧、学者张伯驹、艺术家齐白石、词人郭则沄等，他还与袁世凯有着姻娅关系，即袁世凯的二祖母即是陈实铭的姑母[1]。而在文学界，陈实铭与天津须社诸多名流都比较熟悉。须社民国十七年（1928）成立于天津，该社成员多为前清遗老，人物众多，包括郭则沄、唐兰、查尔崇、章钰、陈恩澍、李孺、陈宝琛、周登皞、樊增祥、白廷夔、杨寿柟（同"楠"）、林葆恒、王承垣、郭宗熙、徐沅、陈实铭、周学渊、许钟璐、胡嗣瑗、陈曾寿、李书勋、周伟等。该社宴集频繁，

---

[1] 史挥戈、吴腾凰《秦淮名艳李香君》，合肥：安徽文艺出版社 2005 年版，第345 页。

每月三词,限调与韵,五年间多达百余次,后来由郭则沄主编刊刻成《烟沽渔唱》二册行世。赵润峰《中外文学知识大博览》一书细致介绍了须社的基本情况:

> 须社,近代词社。1928 年成立于天津。社员多为前清遗老遗少,文学思想保守落后。社员有 20 人:陈思澍、查尔崇、李孺、章钰、周登皞、白廷夔、杨寿枬、林葆恒、王承垣、郭宗熙、徐沅、陈实铭、周学渊、许钟璐、胡嗣瑗、陈曾寿、李书勋、郭则沄、唐兰、周伟。另有"社外词侣"13 人:陈宝琛、樊增祥、夏孙桐、陈懋鼎、陈毅、高德馨、邵章、夏敬观、姚蒪素、万承栻、袁思亮、钟刚中、黄孝纾。活动方式是每月集会 3 次,限题限调填词。至第 100 次,辑词作印为《烟沽渔唱》。①

陈实铭作为须社成员,积极参与词社宴集,多有诗词嘉篇,如陈实铭曾手书《台城路·甲戌上巳莹园禊集分韵得朗字》立轴一幅,其词曰:"五年不踏莹园路,重来顿生惆怅,径曲通溪,廊回引榭,花底游踪无恙。良辰肯放,祇旧雨晨星,浔思畴曩。照影澄波,怕看霜鬓受风扬。　　携壶邀约共赏坐,茵莎软藉,分席延爽。浅绎烘桃,轻黄染柳,渐觉韶善细酿。浓春半强续,故事流觞,隽怀豪宕,侧帽凭阑,豁眸晴昼朗。"立轴落款为:"葆生倚声"四字,留有朱色正方章"葆生填词"一枚②。

---

① 赵润峰《中外文学知识大博览》,长春:时代文艺出版社 1989 年版,第616 页。

② 见中国书法家网,网址:http://bbs. china－shufajia. com/thread－273138－6－1. html。

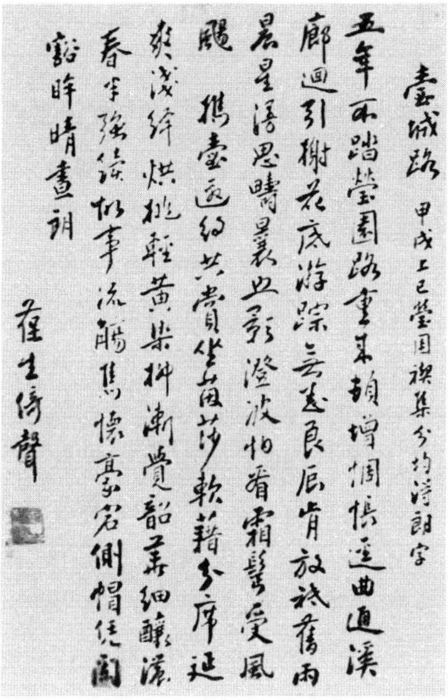

图 8:陈实铭书法存迹

经笔者考证,该词创作于 1934 年,是天津荣园雅集的一篇和作。"荣园"为天津"人民公园"旧称,须社核心成员、天津著名实业家杨寿枏(字味云),深爱荣园,从 1926 年发起荣园雅集,津门遗老常以"莹园"称之,如须社的社长郭则沄以其名俗,故改称"滢园"(民众习惯称"莹园"),郭则沄曾作有《莹园十六咏》。莹园时常有词社成员雅聚倡和,如郭则沄《滢园亭榭题榜》曰:"津沽乏园林之胜,独李学士园稍具丘壑。初名荣园,余易以滢园,憎其近俗也。园中亭榭,向阙题榜。余与太夷分拟其名,如把清堂、诗趣轩、因树榭、涵虚阁、窀堵台、蔓亭、淼薮,各有小诗纪之。自是春觞秋禊,必集是园。"①杨寿枬诗集《秋草斋诗钞》中收录有其四首在莹园书写的诗章。

陈实铭好诗词,时常吟唱,每有佳篇,如林葆恒在《词综补遗》"作者简介"中评价陈实铭道:"陈实铭,字葆生,河南商丘人,重子。光绪丁酉拔贡,直隶同知。君以拔贡中书改知州,官直隶,蹉跎不显。平生好为诗,出口辄成。李小石以河南诗人目之。词亦类其为诗,然时有佳语。"②陈实铭著有《浮湘集》,郭则沄为其作《陈踽公都尉浮湘集序》,该骈序介绍了陈实铭的生平家世、性情修养、胸襟怀抱、文学才华等方面,如序云:"踽公家依雪苑,系出迦陵,盖敬持文学之嗣君,而于通山明府为从子。"③陈实铭诗、词、文集均不见传,极为可惜。其词可见者除上述《台城路·甲戌上巳莹园禊集分韵得朗字》一词外,林葆恒《词综补遗》尚载其《瑞鹤仙》一首、《惜余春漫还》一首、《祝英台近》二首,共四篇词作④,兹全部录于此:

> 径幽疑断峤,乍乱叶飘愁,惊心秋早。寒堤被衰草,任游筇留影,碧泓回抱。凭高试眺,黯乡关,烟林缥渺,傍黄花、拥鼻微哦,不管冷风吹帽。　　休道,梁园携酒,杜曲延秋,卅年人老。芳枝低袅,拟簪鬟、学年少。记石阑西畔,旧题诗处,

---

①郭则沄著,曲兴国点校《清词玉屑》(下),杭州:浙江古籍出版社 2014 年版,第 476 页。

②林葆恒辑,张璋整理《词综补遗》第二册,上海:上海古籍出版社 2005 年版,第 748 页。

③郭则沄《陈踽公都尉浮湘集序》,《龙顾山房全集》之《骈体文抄》卷二,民国二十五年(1936)刊本。

④林葆恒辑,张璋整理《词综补遗》第二册,上海:上海古籍出版社 2005 年版,第 748—749 页。

曾是松敧翠窈，算多情、尚有寒晖，为留返照。

　　——《瑞鹤仙·窣堵台秋眺，用梦窗韵》(《烟沽渔唱》)

　　薄暝笼烟，番风飘雪，冉冉催移芳序。量愁锦瑟，恋梦银屏，惆怅鬓丝迟暮。无那闲凭画□，帘外斜阳，几番延伫。渐调莺歌倦，听鹃心怯，黯添离绪。　　拚打叠、芍药残尊，樱桃蛮樏，好揽风光留住。流云断影，逝水闲愁，悄向乱红低诉。偏是漫空絮狂，吹偏旧堤，难遮归路。问王孙踪迹，平芜天远，欲寻何处？

　　——《惜余春漫还·饯春》(《烟沽渔唱》)

　　绣帘低，珠阁悄，花外檀云衮。倩影偎帘，碧玉正娇小。最怜半面微迎，双心私印，刚含睐，对郎低笑。　　怨芳草，任教踠地千丝，不绊玉骢道。脉脉柔情，众裹怎分晓。可怜凤轸寻声，鸳弦引绪，偏容易、彩云飞了。

　　感青衫，怜翠袖，密意轻消受。一段春心，算我恰参透。分明款柳风姿，孔桃娇妩，怕负却、探梅时候。　　小眉皱，眼看绰约仙云，移过楚山岫。误了芙蓉，也似拒霜瘦。伤心命薄难留，魂柔易断，枉夸说、散花身手。

　　——《祝英台近》二首(《清词玉屑》)

　　陈实铭可见诗文不多，1931 年时，国民政府从英国收回威海卫，威海卫管理公署在鲸园内建塔以纪念，时陈实铭在威海卫管理公署任秘书，作有"建塔纪念"七绝一首，其诗云："卅年重睹汉官仪，禹迹茫茫复旧基。攘外功成侔破蔡，勒铭大笔共淋漓。"[①]陈实铭生时显赫，但死后寂寞，由于他做过日伪政府官员，后被削职，不知所终。有传言说他解放前病死，家道中落，家中收藏文物

①丛培威《威海景物记》，济南：黄河出版社 2009 年版，第 85 页。

字画殆尽,其祖传手稿本《迦陵词》可能就是这段时间内流落民间,幸被南开大学收购。虽然所存资料甚少,但是陈实铭不折不扣是一位被史家、词届、书画界、收藏界、政界所忽略的重要人物,对他的研究还有待于继续深入。

陈重去世后,手稿本传到陈实铭手中,作为著名词家之后,陈实铭是津门词社的活跃分子,他在参加词社宴集聚会的时候,曾携带手稿本与众词友同观,如手稿本金册卷首李放题记云:"乙丑四月十九日词龛小集,踽公丈携先集见过。与归安朱彊村侍郎、宛平查查湾观察、遵化李龠厂(庵)提学、开州胡悟仲阁丞、番禺黎潞厂(庵)参议、顺德温檗菴(庵)副宪同观。义州李放写记。"①这次雅集发生在 1925 年,也就是在这次聚会上,陈实铭邀请八位社会名流即李放、李准、冒广生、郑孝胥、陈曾寿、朱孝臧、胡嗣瑗、温肃为手稿本分册题写了书名。陈实铭是一个文物藏家,对自家先人手泽遗集都十分注意保护,如其在父亲《花著龛诗存》集末所云:

> 右《花著龛诗存》三册,《浣露词》一册,《寒木春华词》一册,皆先大夫自订稿也。光绪癸巳,伯兄携以来京。庚子之乱,不肖兄弟皆乞假旋里。干戈挠攘,仓皇出都,并是书亦未及载之以行。壬寅三月,实铭再到京华,检点劫余剩物,是书尚完好如故,私心不胜欣幸。亟付手民逐次装池,俾免散佚。前四册皆先大夫手自抄录,末一册乃亡友丁免斋茂才(佑申)所写也。先人手泽自宜护惜,而故人遗墨亦得附此以存。爰述颠末,以昭示后世子孙云。

————————

① [清]陈维崧著,叶嘉莹主编《康熙年间手抄稿本三色汇评迦陵词》金册卷首,天津:南开大学出版社 2009 年版,第 3 页。后文中"李龠厂""黎潞厂""温檗菴"一律写作"李龠庵""黎潞庵""温檗庵"。

光绪二十有八年岁在元默摄提格六月朔,次男实铭谨识于宣南寓庐。①

从这段文字中可以看出,陈实铭对其父陈重诗词集的珍护之情。同样,陈实铭对手稿本《迦陵词》更为重视,爱护更上一层,他将手稿本盛之以精美木函,木函封上刻有"先检讨公手书词稿"题字,下书"六世从孙实铭谨藏"。陈实铭是手稿本《迦陵词》的重要传承者,他不仅请名人为稿本各册分写提名,还在其父陈重保护修缮的基础上对词稿重新进行了装裱,并盛以木函封存,对手稿本做了最大程度的保护。但是造化弄人,在那个动荡的时代,军阀混战、日本侵华,战火频仍,人尚且不能自保,更况书籍乎?陈实铭因而就成为手稿本最后一个家族传承人。出于不明原因,陈氏家族的传家之宝手稿本《迦陵词》最后流入坊间。那么手稿本最终怎样进入南开大学图书馆的呢?白静博士多方查证,发现南开大学图书馆采编部存有《个人登录账本》一则重要的手抄收藏记录:"名称:迦陵手抄词(八册);时间:1957年11月19日;来源:图书馆;价格:180元。"②据此可知,手稿本《迦陵词》是在1957年被南开大学图书馆工作人员从天津古旧书店以180元的价格买入,从此手稿本收藏于南开大学图书馆,成为不可多得的镇馆之宝。诚如南开大学图书馆江晓敏老师《南开大学图书馆古籍藏书概览》一文所说:"南开大学图书馆经过多年孜孜矻矻,未曾稍懈地网罗搜求,在不断扩充馆藏刻本古籍规模的同时,也使稿、抄本数量日渐增多。现藏有稿本七十余部,写本四十余部。这些稿、

① [清]陈重《花著龛诗存》,见高洪钧编《明清遗书五种》,北京:北京图书馆出版社2006年版,第385页。
② 参见《南开大学图书馆个别登陆账本》,手抄本。

抄本大部分为明清学者所为,不乏具有较高史料价值和版本价值的精萃之作。在所藏稿本中,有些系缮录成帙,但已然付梓者;有些则未付剞劂,而成千古绝唱。后世读者漫游其中,则能强烈感受到前哲先贤励志向学不辞劳苦,以期中华文化传之久远的献身精神。"①白静博士还找到了当年南开大学图书馆参与采购手稿本的人员之一,即南开大学图书馆古籍部原主任陈作仪研究员,从其处得到很多细节信息②。

　　综上所述,笔者大致勾勒出手稿本《迦陵词》流传线路图,并对其重要传承人陈重、陈实铭父子详加考证。陈家是一个重视诗词的家族,有着绵延几百年痴心不变的创作传统。需要强调,陈氏家族有着浓厚的书画艺术氛围,出了很多艺术大家,故家族中形成了浓郁的文物收藏情结,加之陈氏家族成员累世频出进士、官员,生活富裕,客观上为手稿本《迦陵词》的传承保护提供了物质保障。

第三节　手稿本《迦陵词》的总体情况概述

　　陈维崧第一个词集为《乌丝词》,自后陆续有《乌丝词二集》《乌丝词三集》《乌丝词第三集》等词本。其中《乌丝词二集》已轶失不可考,但手稿本《迦陵词》第八册中完整保存着《乌丝词三集》③、《乌丝词第三集》④这两个词本。陈维崧最后十年的词作结

①江晓敏《南开大学图书馆古籍藏书概览》,《津图学刊》1996年第3期。
②白静《手抄稿本〈迦陵词〉研究》,南开大学2007年博士论文。
③[清]陈维崧著,叶嘉莹主编《康熙年间手抄稿本三色汇评迦陵词》(下),天津:南开大学出版社2009年版,第544—639页。
④[清]陈维崧著,叶嘉莹主编《康熙年间手抄稿本三色汇评迦陵词》(下),天津:南开大学出版社2009年版,第640—784页。

集为《迦陵词》,如蒋景祁《陈检讨词钞序》所记载:"如是者近十年,自名曰《迦陵词》。"①以上,除《乌丝词》刊刻出版外,均未出版。陈维崧去世以后,他的学生蒋景祁"计原稿未刻《迦陵词》,合《乌丝词》,几八百篇。今选定凡若干首,颜曰《陈检讨词钞》"②。之后,陈维崧的四弟陈宗石整理刊刻了《迦陵词全集》,"计四百一十六调,共词一千六百二十九阕"③。再后来,清乾隆六十年(1795),陈淮以浩然堂改《迦陵词全集》为底本刊印出《湖海楼词集》,以上即陈维崧的几个词集的历史脉络。而南开大学图书馆藏的手稿本《迦陵词》,因其为海内外孤本,文献价值极为珍贵。《迦陵词》的涵载内容极其丰富,但学界对其关注的还不够。

一、手抄稿本特性

手稿本《迦陵词》是一部保存较好的清代手抄稿本,它为一代清词大家陈维崧保存了大量词作。在陈维崧众多词集中,手稿本《迦陵词》是一个极为重要的版本。陈维崧在世之时就对这个词本极为重视,随身珍藏,及时增补,蔚为大观。根据目前学界的研究,手稿本《迦陵词》当为蒋景祁《陈检讨词钞》、陈宗石《迦陵词全集》、陈淮《湖海楼词》等词本的重要底本之一。

在手稿本《迦陵词》第八册中存有一则重要的说明文字,附在《贺新郎·贺程昆仑生日并送其之任皖城,五月十四日》(榴子红如绣)一词之后,这段黑墨笔迹尾批,字迹隽秀整齐,文字如下:

　　　　此数叶词稿,系西樵所评。向在广陵,忽焉失去,遍搜箧

①冯乾编校《清词序跋汇编》第一册,南京:凤凰出版社2013年版,第94页。
②冯乾编校《清词序跋汇编》第一册,南京:凤凰出版社2013年版,第94页。
③冯乾编校《清词序跋汇编》第一册,南京:凤凰出版社2013年版,第91页。

衍,怅惋久之。己酉冬,过东皋,何子龙若从他处收得,遂以见还,喜逾望外。虽中间颇有残简,然亦顿还旧观矣,书以志之。辛亥六月二日识于大梁署中。其年自记。①

这段文字之所以重要,因为"其年自记"四字,这就说明,这段文字乃陈维崧亲笔所写。手稿本《迦陵词》含有两个完整词集,即《乌丝词三集》和《乌丝词第三集》,在手稿本第八册卷首直至《乌丝词三集》中间共有二十七首词作,而陈维崧所指"此数叶词稿"即为这二十七首词。这段尾批文字交代了陈维崧二十七首词失而复得的过程,而这二十七首词均为以后陈维崧各词集收录,所以,手稿本即为陈维崧各刊刻词本的重要底本。我们根据陈维崧自己的叙述,还可获知以下几方面的重要信息:首先,陈维崧本人实际参与到手稿本《迦陵词》的收集与编纂工作,他在作品收集、整理、校对等方面均使力颇深,可以说,词本就是在他自己的规划指导下顺利展开的。其次,陈维崧在这段文字中提到了两个重要人物,即"西樵"与"何子龙若",一人(王士禄,号西樵)评点,一人(何铁,字龙若)提供词稿,这就具体展现了这二十七首词在当时的流传与接受情况,这样详尽的考证工作其他人根本无法做到。再次,这段文字对于陈维崧词的编年起着重要的作用,其中,"己酉冬"当为康熙八年(1669),"辛亥"当为康熙十年,"识于大梁署中"交代了校勘整理的地点,由此可断,这二十七首词当创作于康熙八年之前,而陈维崧康熙十年于大梁署中整理校勘,这对于作者及词作的编年都具有重要的学术参考意义。还有,手稿本中存下来的陈维崧亲笔书写字迹极为罕见。现在陈维崧的书法字体,

①[清]陈维崧著,叶嘉莹主编《康熙年间手抄稿本三色汇评迦陵词》(下),天津:南开大学出版社2009年版,第543页。

可见者仅有中国国家博物馆陈维崧《草书五言律诗轴》①、梁众异先生所收藏的"陈迦陵手书词稿"②二种。从笔迹上鉴定,此则尾批文字的书写结构特点与梁众异先生所收藏的"陈迦陵手书词稿"之文字极为相像,基本可以断定,乃出自同一人之手。所以,这条文字材料具有极高的文献价值,除了对文学研究有益以外,对于清代书法史亦有着重要影响。

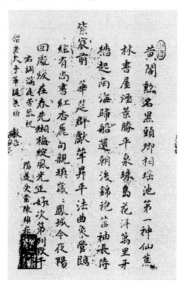

图9:梁众异先生所藏《陈迦陵手书词稿》

---

①陈维崧《草书五言律诗轴》,长132厘米,宽57厘米。卷上题诗:青山横北郭,白水绕东城。此地一为别,孤蓬万里征。浮云游子意,落日故人情。挥手自兹去,萧萧班马鸣。释文:康熙丙午春日,陈维崧。康熙丙午即康熙五年(1666)。此轴乃小莽苍苍斋旧藏,由田家英家属捐赠给中国国家博物馆。

②龙沐勋编《词学季刊》(上),上海:上海书店1985年版,第939页。

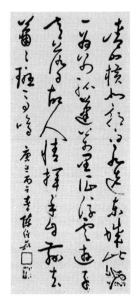

图 10:中国国家博物馆陈维崧《草书五言律诗轴》

二、装裱保护情况

　　手稿本《迦陵词》现存于南开大学图书馆古籍部,珍藏在一个材质精美的木函里,木函封上刻有"先检讨公手书词稿"一行题字,下书"六世从孙实铭谨藏"。可以看出,陈实铭作为手稿本的收藏者,是学界探知手稿本流传过程的最关键人物。该套手稿本一共有八册,都是手抄的稿本,为线装古籍,白棉纸,无栏格,页面书写行数、字数均不等。由于流传年代久远,手稿本《迦陵词》原稿已有很大破损,原书稿白棉纸纸色已经变得暗黄,后有人以"金镶玉"的形式重新衬裱保护起来。从手稿本金册《念奴娇·题刘震修小像,即次原韵》《归朝欢·寿马殿闻太史五十》两词后批语可知,陈重曾于咸丰八年(1858)将家传之手抄词稿带到北京装裱修复①。另据白静博士考证,"稿本《迦陵词》传至陈重、陈实铭父子之后,二人曾经两次对其进行过整理装订"②。陈重、陈实铭二人对手稿本传承与保护功劳巨大,而且还将其广泛传播,极大地提升了手稿本的知名度。后来由于时代变迁,陈氏家族中落,手稿本流传至民间,幸得南开大学图书馆采购人员在天津古旧书店购得,至此手稿本落户南开大学图书馆,作为镇馆之书,馆藏至今。

三、分册题名及校勘汇评

手稿本《迦陵词》按照"八音"为部,共分为金、石、丝、竹、匏、土、革、木八册。每册卷首有名家题词书名,包括李放、李准、冒广生、孝胥、陈曾寿、朱孝臧、胡嗣瑗、温肃八人。很多册页上印有各类人名或校勘钤章,如每册页首右下角盖有一枚"南开大学图书馆馆藏印"朱红大方章印,标明该部词集的现实所属。手稿本中"彊善堂主人对讫"和"履端"这两枚印章使用频率最多,几乎每页都有。"彊善堂主人"为陈维崧四弟陈宗石,"履端"为陈维崧之侄,过继为子。由此可见,陈维崧的二位至亲对于手稿本《迦陵词》的收集整理、编辑校勘付力最多。此外常见的印章还有"南耕"(曹亮武,号南耕,陈维崧表弟)、"素溪"(毕汾,名素溪,号绣佛主人,才女,毕沅之妹)③、"待吊青蝇"(待考)等印。经笔者考证观察,凡"待吊青蝇"印章出现的地方,往往是手稿本中陈维崧的

---

①陈维崧著,叶嘉莹主编《康熙年间手抄稿本三色汇评迦陵词》(上),天津:南开大学出版社2009年版,第144页、168页。
②白静《手抄稿本〈迦陵词〉研究》,南开大学2007年博士论文。
③"素溪"为毕汾是一种学术推断,亦有可能为王特达,后文有专述。

内附词集部分,且其位置一定置于"履端"印章之上。联系陈维崧一生悲情,死后寂寥,可谓只有青蝇为吊,所以,笔者认为"待吊青蝇"乃是陈维崧自己的一枚印章。另据余怀《永遇乐·为陈其年题小像》词云:"觏汝来前,我知汝心,汝知我意。湖海元龙,大床自卧,碌碌轻余子。骚耶奴仆,史耶牛马,总在书生笼里。乍相逢,虬须直视,五岳胸中坟起。　　六朝遗恨,半生落魄,都付马蹄秋水。我见犹怜,世皆欲杀,吊客青蝇耳。赋成穷鸟,命钟磨蝎,骂坐何知程李。看三毛、谁添颊上,磊砢如此。"①根据此词,"待吊青蝇"乃是陈维崧自况,基本可以坐实。手稿本《迦陵词》全套词本不仅收录陈维崧词作一千四百首左右(含若干重出之作),还汇集历代评家评点一千八百余条,其中留存名字的就有五十七家之多②。这些评点批语用红、黑、蓝不同墨色书写(严格意义上说还有紫色),因而被称为"三色汇评"。手稿本中存在着如此密集、生动鲜活、质量极高的汇评,在清代词坛上实属罕见,这就使词集变成兼有文本和评点双重内涵的文学评点本,这是手稿本最大的价值所在。

四、手稿本独特价值

南开大学所藏"康熙年间手抄稿本三色汇评"《迦陵词》,为一部海内外孤存的陈维崧遗词本,其词学文献价值巨大。南开大学图书馆江晓敏老师两篇文章(《手稿本〈迦陵词〉校读记》③、《南开

---

① 南京大学中国语言文学系《全清词》编纂研究室编《全清词·顺康卷》第二册,北京:中华书局 2002 年版,第 1271 页。
② 此数字依据白静《手抄稿本〈迦陵词〉研究》,南开大学 2007 年博士论文。
③ 江晓敏《手稿本〈迦陵词〉校读记》,《古籍整理出版情况简报》第 166 期,1986 年 11 月 10 日。

大学图书馆古籍藏书概览》①）将手稿本《迦陵词》推向学术前沿，自此手稿本不再是仅沉睡于南开大学图书馆的一部古籍，而是能够引起词学界的重大关注，进入研究者视野。应学界期待，南开大学出版社于2009年全集彩印出版了这套手稿本《迦陵词》（印量极少，只印350套），这为学界研究陈维崧词提供了新的文献支持，做出了巨大的出版贡献。

　　由上可知，手稿本《迦陵词》和普通词集相比，已经不仅仅是一部词集那么简单，而是一部跨越三百年具有深厚历史积淀，融词本、汇评、版本、校勘、辑佚等于一体的清代重要词坛文献，研究价值巨大。手稿本《迦陵词》保存着丰富而鲜活的第一手材料，它见证着陈维崧词具体而清晰的传播接受过程，承载着深厚的情感信息量，尤其是词集中所流存的那么多的评点批语，从不同侧面阐析评赏了陈维崧词作的独特美学意蕴，因而具有极高的文学、文献乃至文化价值。

---

① 江晓敏《南开大学图书馆古籍藏书概览》，《津图学刊》1996年第3期。

274

第五章 手稿本传承与重要人物考论

通过前文可知，手稿本《迦陵词》在陈氏家族中一直是以家藏圣物（或文物）存在的，历经三百多年的流传承继，它由江苏宜兴辗转到过扬州，到过河南商丘、大梁，到过北京，到过天津等地，最后落身于南开大学图书馆。正所谓因缘和合，陈维崧号迦陵，其手稿本《迦陵词》在其殁后三百年，由另外一个号迦陵的人，即叶嘉莹先生，为这部词集呐喊"天下之宝，当与天下共之"①，终于使其为天下所知。叶嘉莹先生弟子白静数年辛苦不寻常，一篇《手抄稿本〈迦陵词〉研究》的博士论文将手稿本《迦陵词》的研究推向一个新的高度。然而，这部手稿本因其珍稀所致，即使已经公开彩印出版，但由于印量太少，研究者还是不能普遍看到，其中很多问题还需进一步研究，继续使之发扬光大。

手稿本《迦陵词》在流传过程中，历经损坏、修缮、增补、完善，中间不知经多少人传阅鉴赏研究，其上面所载不仅仅是陈维崧的词本，更有数量可观的人物在上面题名、批注、留下评语、盖上印章，从而流传下来一群人物的名字。我们考释这些人物时发现，其实这就是一部清词史，就是一部陈维崧及其词的接受史。笔者

---

① ［清］陈维崧著，叶嘉莹主编《康熙年间手抄稿本三色汇评迦陵词·校读后记》，天津：南开大学出版社 2009 年版。

爬罗剔抉这部手稿本,将集中所出现人名一一辑录并详加考查。按照性质不同分类,手稿本《迦陵词》所出现人名,大致有以下几种类型:整理编校者、词集题名者、题序批注者、词作品评者、加盖钤章者、装函保护者、传播赏鉴者等。现将几类重要人物分叙考述如下:

第一节　整理编校者

手稿本的整理编校者包括陈维崧本人、陈宗石、蒋景祁、曹亮武、陈履端等人。陈维崧作为清词一代大家,于清代词坛贡献极多,在理论建树上,为词正名。他编过《词选》,参加过词社,教过别人写词之法,为很多名家词集作序(如《浙西六家词序》《蒋京少梧月词序》《徐竹逸词序》等)。陈维崧一生钟情于词,他在《叶桐初词序》中曾谈及自己作词被人讥笑而痴心不改的经历:

> 嗟乎!曾闻长者,呵《兰畹》为外篇;大有时贤,叱《花间》为小技。十年艳制,坐收轻薄之名;一卷新词,横受俳优之目。人讥周勃,仅解吹箫;世笑祢衡,惟工挝鼓。噬脐莫及,扪舌难追,乃犹恋恋不更弦,老偏见猎。恣情标榜,何能增才子之名;竭力庚扬,祗恐益小人之过。然而结习宁忘,鄙怀有在。遇成连于海上,情终以此而移;见美丽于中山,口遂不能无道云尔。①

陈维崧一改人们词为"小道""余技"的传统认知,用自己的创作实践加以反驳与抗争。他钟情于词,即使填词受"小人"轻视诋

---

① [清]陈维崧著,陈振鹏标点,李学颖校补《陈维崧集》(上),上海:上海古籍出版社2010年版,第386页。

毁,也始终不改其衷,依然"恣情标榜",虽老不衰,尽心竭力为词正名。陈维崧这种不计毁誉颂扬词道的精神已经很难能可贵,而他在《词选序》中更是将词提到了与经史并列的高度:"为经为史,曰诗曰词……选词所以存词,其即所以存经存史也夫。"①陈维崧"存经存史"之论放之整部词史之中也是振聋发聩之说,这种将词比肩经史的宏说巨论将词推向了一个新的时代高度。明人之词一般不被人称赞,但陈维崧在《词选序》中却极力为明代词人存词呐喊:"此则嘲诙隐廋,恐为词曲之滥觞,所虑杜夔左骧,将为师涓所不道,辗转流失,长此安穷。胜国词流,即伯温、用修、元美、徵仲诸家,未离斯弊,余可识矣。"②可见,他对人尚且如此,对自己的作品更会珍爱有加,手稿本木册中有一段十分重要的批注,说明了他对自己词作的珍惜,勤于收集整理:"此数叶词稿,系西樵所评。向在广陵,忽焉失去,遍搜箧衍,怅惋久之。己酉冬,过东皋,何子龙若从他处收得,遂以见还,喜逾望外。虽中间颇有残简,然亦顿还旧观矣,书以志之。辛亥六月二日识于大梁署中。其年自记。"③这则材料说明,陈维崧极为重视对自己词作的收集整理,他经常将手稿本带在身边,四方游历唱和,随时与友人赏读,友人也不啻赞美,留下诸多评语批注。可以说,陈维崧为手稿本《迦陵词》第一整理编校人。

　　手稿本《迦陵词》另外一位重要的整理编校人物是陈维崧四

---

① [清]陈维崧著,陈振鹏标点,李学颖校补《陈维崧集》(上),上海:上海古籍出版社 2010 年版,第 54 页。
② [清]陈维崧著,陈振鹏标点,李学颖校补《陈维崧集》(上),上海:上海古籍出版社 2010 年版,第 54 页。
③ [清]陈维崧著,叶嘉莹主编《康熙年间手抄稿本三色汇评迦陵词》(下),天津:南开大学出版社 2009 年版,第 543 页。

弟陈宗石,在其兄陈维崧去世后,他与家兄陈维岳、陈维崧弟子蒋景祁等人积极筹划刊刻《迦陵词全集》。而手稿本《迦陵词》正是《迦陵词全集》的重要底本,我们从手稿本中可以看到陈宗石留下的校勘印记,如陈宗石号寓园,手稿本金册、石册原稿封页上均题有"寓园抄校讫""寓园阅讫抄讫"字样;陈宗石做过安平县令,其官署名"彊善堂",所以手稿本的绝大部分词作和目录词牌之上都钤有"彊善堂主人对讫"之印。由此可以看出,陈宗石对于手稿本的校勘审订做出了不可替代的贡献,在此基础上,他经多年精心收集整理,终于成功刊刻《迦陵词全集》。他在为《迦陵词全集》所作跋文中交代,"至己巳春,又鸠工镂板。簿书之暇,反复校雠",终汇成《迦陵词全集》,"计四百一十六调,共词一千六百二十九阕"①。陈宗石在编刻《迦陵词全集》之时,广泛收集家兄词集遗作,其中就包括这套未刊版本的手抄词稿。出于编纂全集必须详实可靠的考虑,他对词稿做过极为细致的抄录、校对的工作。所以,陈宗石是陈维崧以外,对手稿本整理编辑贡献最大的人。陈维崧对四弟极为重视关爱,所以陈宗石对长兄陈维崧感情极为深厚。可以说,陈宗石广泛收集整理并最终刊刻兄长词集既是一种出版行为,某种程度上说更是一种报恩行动。陈宗石最终完成了《迦陵词全集》的编纂工作,并付梓刊行。此后,他就将此手稿本珍藏起来,传诸子孙。从此,手稿本《迦陵词》便以家传形式在陈氏后人中流传承继,一直到其六世孙陈实铭手中。

　　对手稿本进行校对的人还包括陈履端(陈维崧二弟陈维湄之子,过继给陈维崧为子)、曹亮武(号南耕,陈维崧表弟)、毕汾(或王特达)等人,这几人生平简介在本书其他处有介绍,兹处从略。

---

① 冯乾编校《清词序跋汇编》第一册,南京:凤凰出版社 2013 年版,第 90—91 页。

还有李方广、王镈两位人物对手稿本部分词作有过参阅核实工作。在手稿本木册中的内附词集《乌丝词》第三集卷首题名作者为"宜兴陈维崧其年撰",署名左侧标列"柘城李芳广(寥墅)、王镈(叔平)阅"(二人名字后被勾掉)。关于二人的生平资料,光绪《柘城县志》记载:"李芳广,字寥墅,节推荣长子。幼好学,与弟克广皆以文名一时……平喜为诗,游江南,多与诸名士相倡和。工书法,得者藏弄以为荣。""王镈,字叔平,号三雪。于书无所不读,尤有文名。己酉举于乡,明年成进士,官至内阁中书。"①天津图书馆历史文献部编《三十三种清代人物传记资料汇编》记载:"李方广,河南柘城人,康熙三年(1664)甲辰科进士,初山东寿光县知县,迁内阁中书舍人。"②另据王士俊《雍正河南通志》卷四十五记载:"王镈,柘城人,中书。"③王镈书法绘画水平很高,艺术拍卖届经常有其书画拍品④。

第二节　词集题名者

　　词集题名者包括李放、李准、冒广生、孝胥、陈曾寿、朱孝臧、胡嗣瑗、温肃八人。手稿本《迦陵词》共八册,按照金、石、丝、竹、

---

①上海书店出版社编《中国地方志集成·河南府县志辑》第三十二册《光绪柘城县志》,上海:上海书店出版社 2013 年版,第 152 页。

②天津图书馆历史文献部编《三十三种清代人物传记资料汇编》第四十三册,济南:齐鲁书社 2009 年版,第 622 页。

③[清]王士俊《雍正河南通志》,清文渊阁四库全书本。

④[清]王镈《墨竹水墨纸本立轴》,款识:筼洲镈。钤印:王镈之印(白)签条:筼洲公墨竹。壬申五月题记木盒谨藏。http://pmgs.kongfz.com/detail/49_813994/。

匏、土、革、木顺序排列。手稿本八册词集名称多不同,每册封面
题名之人也都不同,金册封面题"迦陵先生手书词稿",题署为"义
州李放敬题";石册封面题名"迦陵词",题署为"蜀中后学李准敬
题";丝册封面题名"迦陵词",题署为"通家后学冒广生敬题";竹
册封面题名"陈检讨词稿",题署为"乙丑仲春孝胥";匏册封面题
名"迦陵检讨手书乌丝词稿",题署为"踽公仁兄家藏,陈曾寿谨
署";土册封面题名"迦陵先生手书词稿",题署为"乙丑四月归安
朱孝臧";革册封面题名"迦陵先生手书词稿",题署为"乙丑四月
胡嗣瑗署";木册封面题名"陈检讨词稿",题署为"乙丑四月温肃
敬题"。以上八人均为陈宗石六世孙陈实铭同时代寓居天津的社
会名流,时有雅集唱和。

　　李放(1887—1926),字无放,号小石,一号浪公,又号词龛(亦
作词堪),奉天义州(今辽宁义县)人,是清末民初著名的书画家、
文物鉴赏家。李放曾任清政府度支部员外郎,辛亥革命后隐居天
津不仕。李放是当时天津著名的藏书家,其藏书处名"抱竹居",
收罗各类古籍善本甚富。李放是天津著名词社冰社(须社前身)
的核心人物,冰社之名即为李放所命,如郭则沄《冰社初集追怀浪
公》诗云:"社寒名亦寒,名者惟李子。"①该诗中所提到的"浪公"
"李子"就是李放。李放作为冰社盟主,其宅往往即是集会的场
所,郭则沄在《清词玉屑》中亦记载云:"乙丑丙寅间,冰社同人恒
过李小石词龛夜话。"②可见,冰社早在乙丑(1925)就已结社。李
放英年早逝,在他去世后,冰社社友周学渊曾作有一首《金缕曲·

---

① 郭则沄《龙顾山房诗集》,民国戊辰(1928)栩楼刊本。
② 郭则沄《清词玉屑》,朱崇才编《词话丛编·续编》,北京:人民文学出版社
　2010年版,第2796页。

题朱鸟庵旧藏万树凤砚》,怀念冰社美好时光,"恨冰社光阴如幻",其自注云:"小石在时,集冰社为消寒之饮,酬唱甚盛。"[1]可以看出,当日冰社文词唱和活动颇盛。李放著述颇丰,传有《画家知希录》《绘境轩读画记》《八旗书画录》《畿辅书录》《畿辅画录》等,尤其所著《皇清书史》收录了有清一代陈维崧家族中的众多书法名家,为研究陈氏族谱留下了许多宝贵资料。手稿本中多有李放所存印记,如第一册、第二册、第三册、第五册、第六册、第七册、第八册的题封页或目录页存有"词堪""词堪读过""李放曾蓳""词龛墨缘"等朱红方章,说明李放不仅为手稿本《迦陵词》金册题名,还担任了大量整理校对工作。

李准(1871—1936),字直绳(又字志莱),谱名新业(亦名木),号恒斋、默斋,别号任庵。李准生于清同治十年(1871),为四川省广安市邻水县太安乡柑子铺李家坝人,直到今天,当地还有关于他的故事传说[2]。李准四川籍,生于官宦世家,其父李徵庸有气节,官至钦差督办四川矿务商务大臣。1898年戊戌变法时,当"戊戌六君子"被杀于北京菜市口时,李徵庸敢于前往法场将四川籍杨锐、刘光第入殓安葬,并设法将他们的亲眷送回四川。李徵庸夫妇教子有方,从小培养孩子知晓大义,贤良方正。李准受到父母深明大义的家训教导,继承了李家世代忠厚孝义的美德,将自己锻炼得文韬武略,成为国家栋梁之材。李准年少得志,在1905年的时候,得受慈禧太后召见,升任广东水师提督。李准在中国近代海军史上功勋卓著,影响极大,最使其青史留名的事件是清

---

① 朱祖谋辑《烟沽渔唱》,须社 1933 年铅印本。
② 何正华、李茜芝著,邻水县柑子镇中心小学组织编写《李准故事》,成都:四川大学出版社 2014 年版。

宣统元年(1909),他在广东水师提督任上,"率海军官兵及工程师、化验师、测绘人员共 170 余人,分乘'伏波''琛航''广全'三舰前往西沙群岛复勘,查明岛屿 15 座,并一一命名刻石。同时公告中外,重申西沙是中国领土"①。可以说,李准的壮举是对西沙群岛实质性的行政管辖,这成为后来证明南沙群岛、西沙群岛属于中国领土的重要证据,因而历史意义巨大。李准被誉为"中国百年来维护主权第一人"②,直至今天,在南沙群岛西南处仍有一个地方以李准名字命名,即"李准滩",同时还以"琛航""广全""伏波"三舰之名分别命名了三处岛屿。李准曾有一枚刻有"上马击贼,下马作露布"的印章,"露布"即指捷报,足见其豪情壮志。李准的一生充满了传奇色彩,其个人的命运,始终与国家民族的兴衰息息相关,拳拳爱国之心,使他成为一位划时代的民族英雄。李准 1916 年离开官场隐居天津,终日研习书法,终成为书法名家,曾为《大公报》题写报名。李准 1936 年于天津病逝,享年 65岁。李准著作很多,传有《广东水师国防要塞图说》《任庵自编年谱》《任庵六十自述》、《文姬归汉》(剧本)等。

冒广生(1873-1959),字鹤亭,号疚斋,江苏如皋人,光绪二十年(1894)举人。冒广生先祖可远溯到元世祖忽必烈,冒氏家族乃著名的书香门第,为如皋大族。明末清初时,冒广生之先祖冒襄(字辟疆,号巢民)与陈贞慧(陈维崧父)、侯方域(陈宗石岳父)、

---

① 李盛慧主编《广安档案综合史料集萃》,《广安档案综合史料集萃》编辑部 2010 年版,第 59 页。

② 蓬州闲士《李准:中国百年来捍卫南海主权第一人》,见四川地方志网·巴蜀史志《蜀中人物》专栏。具体见网址:http://www.scdfz.org.cn/bssz/szrw/content_10059。

方以智并称"明末四公子"。陈、冒两家世代交好,尤其陈维崧在冒襄家中旅居八年,冒襄对其极为关照,两家后世子孙也世代传承情谊,所以,冒广生在手稿本丝册题款为"通家后学冒广生敬题"。所谓"通家",即指彼此交谊世代深厚、亲如一家,见《后汉书·孔融传》,孔融对李膺家护门者曰:"我是李君通家子弟。"冒广生是中国近代文化史上的著名学者,梁启超对其极为赞赏。作为知名历史人物,他一生经历清末、民国、新中国不同阶段,均留有清誉。在清末时,他历县、州、院三试皆列第一,被录取为举人。他曾参与戊戌维新,列名"公车上书"名单,历官刑部郎中、农工商部郎中。民国初,他曾任民国农商部全国经济调查会会长、江浙等地海关监督。抗战时留居上海,为太炎文学院词曲教授。抗战胜利后,任中山大学教授、南京国史馆纂修。新中国成立后,陈毅市长特地聘任他为上海市文管会特约顾问。冒广生还有一件著名的事,就是建国初期,他在《人民日报》署名鹤亭发表一篇文章——《对目前整风的一点意见》①,提出"爱人以德,相见以诚"等观点,得到了毛泽东的高度赞可,并请他在中南海吃饭,二人畅谈诗词创作。冒广生是诗词大家,早岁问学于外祖周星诒,又得粤东著名文人叶衍兰垂青,与郑文焯、朱孝臧、吴梅等诗词交往,故其词学功底深厚,著有《小三吾亭词话》五卷、《小三吾亭词选》一卷。冒广生一生著作颇丰,代表作包括《冒鹤亭词典论文集》《小三吾亭诗文集》《疚斋词论》《冒鹤亭诗歌曲论著述》《疚斋杂剧人物考》《倾杯考》《四声钩陈》《宋曲章句》《蒙古源流年表》等。

　　郑孝胥(1855,一说 1860－1938),字苏戡,一字太夷,号海藏,

---

① 蒋建农主编《毛泽东全书》第三卷《立业兴邦(1949－1962 纪实)》,石家庄:河北人民出版社 1998 年版,第 275 页。

福建闽县人，中国近代历史上著名的政治人物、书法家，朱信泉《民国人物传》第四卷中有其具体传记①。光绪八年（1882）举人，官至安徽、广东按察使，湖南布政使。辛亥革命入民国，以遗老自居，之后做出了一系列让历史倒退的事件，如极力策划清皇室复辟，1925 年，冯玉祥发动"北京政变"，迫使溥仪取消帝号（溥仪在1917 年张勋复辟时被拥立为皇帝），移出紫禁城，移居天津日租界"张园"。在津期间，郑孝胥为溥仪复辟活动出力颇多，深得溥仪信任器重。这期间，郑孝胥与日本人密切交往，成为溥仪唯有列强帮助"共管中国"才能复辟的理论干将之一。1931 年郑孝胥协助日本人将溥仪迁至东北，1932 年伪满洲国成立，他任国务总理兼文教部总长等伪职，从此沦为日本帝国主义侵华的反动人物，直至 1935 年下台，1938 年死于长春。郑孝胥主张清室复辟、供职伪满洲国等事，于名节有亏，但他在诗词、书法方面却较有成就。郑氏一门诗词氛围浓厚，其兄弟姐妹皆能为诗。郑孝胥为诗坛"同光体"倡导者之一，他曾在《日记》中回忆家庭诗词创作的诸多事件。关于他的诗词特色，钱锺书之父钱基博的《现代中国文学史》给予了很高的评价。郑孝胥诗崇中唐孟郊，著有《海藏楼诗集》。郑孝胥书法方面也造诣很深，流传作品很多，一般留有"郑氏孝胥""苏戡""岚堂逸人""富田荣"等钤印，"富田荣"和"岚堂逸人"为其在日本时使用的名字和别号（他曾做过清政府驻日使馆书记官、神户及大阪总领事等职）。郑孝胥在天津期间，与陈实铭交善，所以曾为手稿本题写过书名。

　　陈曾寿（1878－1949），字仁先，号耐寂、复志、焦庵，湖北蕲水（今浠水县）人，光绪二十九年（1903）进士，曾任刑部主事、学部郎

---

① 朱信泉《民国人物传》第四卷，北京：中华书局 1984 年版，第 148－153 页。

中、都察院广东道监察御史等职。进入民国,以遗老自居,筑室杭州小南湖,靠出售家产及自作书画为生,日与冯煦、朱祖谋、陈三立、郑孝胥、沈曾植、况周颐等一众遗老诗人、词人,交往唱和。后曾参与张勋复辟,任职伪满政权。陈曾寿家族名人辈出,尤其曾祖陈沆乃为清嘉庆朝状元,官入翰林;祖父陈廷经,为道光间进士,任内阁学士;父陈恩浦,科举不成,未仕。作为晚清、民国时期的著名官员、诗人,陈曾寿一生,尤爱诗词创作,感动兴发均寓之于诗。陈曾寿诗学杜甫、李商隐,其诗意境空灵,色彩特异,善用佛典、禅语,因而独具风格,自成一家,著有《苍虬阁诗集》十卷及续集二卷,《旧月簃词》一卷,并编有《旧月簃词选》。他在《旧月簃词选序》提出前人选词的四种弊病:"古今选本,微涉异同。酸咸之品,嗜好攸殊。丹素之分,是非在我。一也。区派别者,多门户之见;矜位置者,严升降之殊。兹则悦异暖姝,迹混爱薄。二也。义取别裁者,必审矜式之篇;志发幽潜者,每劳冈象之索。兹则染指不嫌乎异味,适口惟餍乎常羞。三也。网罗期乎备盛,燕雀贵乎均平;则江海只尝其一勺,涓滴或重乎千流。兹则或录多篇,或从盖阙;无事兼收,从吾所好。四也。具兹四异,趣向自殊。"①陈曾寿诗名很著,于清末民初间,与江西陈三立、福建陈衍并称"海内三陈"。

朱孝臧(1857—1931),即朱祖谋也,原名朱孝臧,字藿生,一字古微(一作古薇),号沤尹,别号"上彊村民",其室名为"无著庵""思悲阁"。很多文献记载朱孝臧为浙江吴兴人,这是不正确的,

---

① 见《同声月刊》第二卷第六号。据此序原稿后胡嗣瑗评语所署年月,序应作于癸亥岁(1923)。《同声月刊》发表时,文后署"丙子人日"(1937年2月17日),或为《旧月簃词选》在东北出版之年。

他自己在手稿本第六册题名页题署为"乙丑四月归安朱孝臧",由
此可知他是归安人。归安即浙江湖州也,确切地说,朱孝臧是湖
州埭溪渚上彊村人,所以,朱孝臧又号"彊村"。朱孝臧之父朱光
第乃咸丰循吏,曾官郑州知州,所以朱孝臧二十岁时随父来到河
南。朱孝臧于光绪九年(1883)考中进士,选进庶吉士,官授编修,
历任会典馆总纂、侍讲学士、礼部右侍郎,兼署吏部侍郎等职。光
绪甲辰(1904),出任广东学政,与总督不相洽,遂称病辞官,寓居
上海、苏州等地,曾受聘于江苏法政学堂。朱孝臧少年时即雅爱
文学艺术,书法、绘画俱佳,尤其工于倚声,与况周颐、王鹏运、郑
文焯并称"晚清四大词家",著有《彊村词前集》《彊村词别集》等传
世。朱孝臧词古雅沉厚,广为人所称誉,如张尔田《彊村遗书序》
所云:"而先生自所为词,亦复跨常迈浙,凌厉跞朱,迢然而龙鸾
翔,邑然而兰苕发。拟之有宋,声与政通,如范、如苏、如欧阳;深
文而隐蔚,远旨而近言,三薰三沐,尤近觉翁。"①其《与龙榆生论
彊村词书》又云:"古丈晚年词,苍劲沈著,绝似少陵夔州后诗。"②
陈三立在《清故光禄大夫礼部右侍郎朱文直公墓志铭》中对其词
给以极高评价:"其词独幽忧怨悱,沉抑绵邈,莫可端倪。"③叶恭
绰评《彊村语业》亦云:"彊村翁词,集清季词学之大成。"④朱孝臧
一生著作颇丰,如夏孙桐《清故光禄大夫前礼部右侍郎归安朱公
行状》一文记载:"遗稿亲授龙君榆生,所手定者《彊村语业》三卷

①陈良运主编《中国历代词学论著选》,南昌:百花洲文艺出版社1998年版,
　第724页。
②艾治平《清词论说》,上海:学林出版社1999年版,第601页。
③陈三立《散原精舍文集》,沈阳:辽宁教育出版社1988年版,第246页。
④叶恭绰《遐庵词话》,见张璋等编纂《历代词话续编》(上),河南:大象出版
　社2005年版,第603页。

（生前词已屡刻，以此为定本）、《彊村弃稿》一卷（手定诗集）、《词前》一卷（手选清词）、足本《云谣集》一卷（手校定本）、定本《梦窗词》不分卷（第四次校定）、《沧海遗音》十二卷（手辑友朋词十一家），又集外词一卷、遗文一卷，将总编为《彊村遗书》。"①龙榆生作为朱孝臧的学生，深爱其师，极崇其词，在《近三百年名家词选》②中共选朱孝臧词三十三首，并附小传，详述其生平及著作。朱孝臧为人诚挚，情感沉郁，其临终口占《鹧鸪天》词极为感人："忠孝何曾尽一分，年来姜被减奇温。眼中犀角非耶是，身后牛衣怨亦恩。泡露事，水云身，枉抛心力作词人。可哀惟有人间世，休结他生未了因。"③这首词中作者感叹自己一生忠孝未尽，加之弟兄分离，更伤一事无成，全词表现出他至死悔恨交加、哀怨不已的情愫。朱孝臧为人品正，但思想上却是个保守的人，在辛亥革命之后，他还常常怀念清王朝。如在 1925 年，他曾路经天津，特以君臣之礼叩见清废帝溥仪，临别时还涕泣不已。也就是这一年，他应陈实铭之邀，为手稿本《迦陵词》土册题书名——《迦陵先生手书词稿》。

　　胡嗣瑗（1869－1949），字晴初（亦作琴初），别字愔仲（一作翼仲），号自玉，贵州开阳人，祖籍广东顺德，光绪二十九年（1903）进士，任翰林院庶吉士，授职编修，后任天津北洋法政学堂总办等职，曾做过直隶总督陈夔龙的幕僚。胡嗣瑗入民国后，曾做过民国副总统冯国璋的重要幕僚，参与机要事务。胡嗣瑗在思想上也

---

①卜孝萱、唐文权编《民国人物碑传集》，南京：凤凰出版社 2011 年版，第 538 页。
②龙榆生《近三百年名家词选》，上海：上海古籍出版社 1979 年版，第 183 页。
③张学文等评著《千古绝唱：历代绝笔诗词大观》，北京：长征出版社 2004 年版，第 217 页。

是保守派，他曾多次参与清室复辟的谋划及行动。如 1917 年张勋复辟时，他出任内阁左丞。此后寓居杭州多年，与陈夔龙、沈曾植等沪杭遗老交游往来。1925 年，冯玉祥发动"北京政变"，溥仪被逐出北京，移居天津日租界。胡嗣瑗追随溥仪到天津，遂成其亲信，任办事处主管，参与机密。胡嗣瑗经常给溥仪进谏，是典型的遗老风格，如丁燕石《落日残照——溥仪与他的后妃近臣们》一书记载："陈宝琛、胡嗣瑗等人对溥仪买东西的挥霍浪费，是不过问的，至于溥仪私自上街游逛，则认为有失皇帝尊严，一经发现，必定坚决反对。"①胡嗣瑗在天津期间权力很大，其值班办事处地点称为"直庐"，类似于清代的军机处，很多事物必经其手，如溥仪在《我的前半生》一书中回忆道："胡嗣瑗在清末是个翰林，张勋复辟时与万绳栻同任内阁阁丞，在我到天津之后到了张园，被人起了个外号叫'胡大军机'，因为凡是有人要见我或递什么折子给我，必先经他过滤一下，这是由于我相信他为人'老实'而给他的职务，名义是管理'驻津办事处'。"②胡嗣瑗在津期间留下大量日记，称为《直庐日记》。胡嗣瑗《直庐日记》的原件藏于辽宁省图书馆特藏部，1994 年中华全国图书馆文献缩微复制中心将其影印出版，共 496 页。2017 年，凤凰出版社出版了由裘陈江整理的《胡嗣瑗日记》。这些日记既记载了胡嗣瑗自己的许多经历，也成为溥仪"天津小朝廷"的文献资料，较为完整地保存了溥仪在天津最后时期的重要历史实录。在"九一八事变"后，胡嗣瑗追随溥仪奔赴

①丁燕石《落日残照——溥仪与他的后妃近臣们》，北京：档案出版社 1988 年版，第 30 页。

②爱新觉罗·溥仪《我的前半生》（附十年日记），北京：同心出版社 2007 年版，第 186 页。

东北,1932年日本扶植溥仪在长春建立伪满洲国,胡嗣瑗受到溥仪重用,任伪满洲国执政府秘书长、参议府参议等要职。很多文献记载胡嗣瑗在东北任职终老,卒年为1946年前后。其实,根据《许宝蘅日记》①记载,胡嗣瑗卒于北京东受禄街,时间为1949年2月18日,时解放军已入北京城。胡嗣瑗的一生,思想守旧,跟不上历史潮流,但其人精通史学,擅长书法,工于诗词,与陈实铭友好,遂为手稿本革册题写书名。

温肃(1878—1939),原名联玮,字毅夫,又字清臣,号檗庵,晚号杜鹃庵主,室号"百甓斋"。温肃为广东顺德龙山人,是近代岭南著名书法家,曾做过清逊帝溥仪之师,"南书房行走""进讲官"。为光绪二十九年(1903)进士,选为翰林院庶吉士,后授编修。后历任国史馆、实录馆协修官,补授湖北道监察御史,其为人刚烈,任内上疏弹劾诸多权贵达官。温肃思想守旧,辛亥革命后,依然游说各地效忠清室,积极参与张勋复辟活动,受封都察院副都御史。温肃后追随溥仪来到天津,曾为其讲授《贞观政要》。其后南归,受聘香港大学教授之职。后又北上于热河拜见溥仪,旋又南归故乡不复北上。自辛亥革命以后,溥仪宣统"小朝廷"中郑孝胥专行政务,温肃备受排挤,一生未参与机要,如叶恭绰《书温毅夫集后》所说:"毅夫秉性刚正,以不明时代关系,其孤忠且不能自达,徒忧伤以死。"②温肃1939年病卒于家乡龙山,享年62岁,谥

---

① 许宝蘅(1875—1961),浙江杭州人,字季湘,号巢云。清末民国初著名人物,经历复杂。其日记从1892年至1960年,保存较为完整,为研究清末、民国历史提供了丰富史料。见傅谨主编,谷曙光、陈恬本卷主编《京剧历史文献汇编》清代卷七《日记》,南京:凤凰出版社2011年版。
② 叶恭绰著,姜纬堂选编《遐庵小品》,北京:北京出版社1998年版,第330页。

文节。温肃工书法、善属文，一生著述颇丰，著有《贞观政要讲义》《温文节公集》《陈独漉诗文集》《广东通志人物传》《龙山乡志人物传》等，主编《龙山乡志》。其书法学褚遂良、黄庭坚，字体隽秀苍劲，广东顺德市博物馆藏有他多幅书法著作。温肃于天津期间与陈实铭有交际，遂为手稿本《迦陵词》木册题写书名。

第三节　题序批注者

手稿本《迦陵词》共八册，其中第二册卷首有蒋平阶所作《陈其年词集序》。蒋平阶为明遗民，师从于抗清义士陈子龙，几社人士，工诗词，《清史稿》有传。蒋平阶在序言中着重称道其年之才：

今天下工文辞称才士者且甚多，而吾必以阳羡陈其年为之冠。盖以文章家所应有之事，其年无一不有，而其所有者又能度越余子故也。予与其年壬辰定交，早定此目，迄今二十五年。所见后来之俊不知凡几而终，不能易我昔日之言，何哉？岂天之生才止有此数乎哉？其年诗、古文，虽世人不能尽知，然大率震于其名，知与不知同声推服。独填词为其年生平所最忽，未有专书，予以为此不足轻重乎其年也。今复示予《迦陵词集》五卷，予发而读之，窃谓今日之为词者又可废矣。此如构名园者，必称主家沁水石氏金谷，盖以天家贵女、耦国高贵率其材力。虽构数十园而绰有余裕，然后以之构一园则雄观丽瞩，殆非耳目所常经矣。吴下有顾辟疆者，隐约之士，亦以园名。彼一丘一壑之幽奇，纵能穷天工、极人巧，而蹇啬之杂不觉自露，又何得比于煌煌钜丽哉？吾谓其年词之工，不工于其年之词，而工于其年之才，人必见其年之词而后称其工，何足以知其年矣。同学友弟蒋平阶大鸿撰。

蒋平阶年长陈维崧九岁,序中说他与陈维崧相识于壬辰,即康熙元年(1662)。将平阶字大鸿,有鸿鹄志,为人豪隽,所以评陈维崧词与别人不同,"吾谓其年词之工,不工于其年之词,而工于其年之才,人必见其年之词而后称其工,何足以知其年矣",即他强调先看之人,后看其年之词,不如此不可谓真知其年者。词序结尾盖有"蒋平阶印"白文方章、"大鸿"朱文方章各一枚,可见蒋平阶对陈维崧其人之情谊,对《迦陵词》之重视。

手稿本中除序言以外,还存有大量批注,分别用黑红墨笔书写。这些批注或是用来说明校勘修订情况,或是交代手稿本中所存在的特殊情况,或是说清事件的来龙去脉及缘由,极具历史文献价值。笔者挑选若干条批注加以说明:

手稿本金册(第一册)新裱的扉页有一条用黑墨细笔书写的题记:"乙丑四月十九日词龛小集,踽公丈携先集见过。与归安朱彊村侍郎、宛平查查湾观察、遵化李儁庵提学、开州胡愭仲阁丞、番禺黎潞庵参议、顺德温檗庵副宪同观。义州李放写记。"[1]乙丑是民国十四年,即公元1925年,百度上记载李放生卒年为1884—1924,根据此条批注可知,李放1925年还在世,并在手稿本金册题名页上留下这条批注语,所以,本条批注可以纠正百度李放卒年(1924)之错。

手稿本中留有批注最多的是陈宗石,他对全部手稿本进行了精细的校对,每页必钤"彊善堂主人对讫"印章,他还在手稿本中留下很多批注,说明校对过程,如金册(第一册)原稿封面存有陈

---

①［清］陈维崧著,叶嘉莹主编《康熙年间手抄稿本三色汇评迦陵词》(上),天津:南开大学出版社2009年版,第3页。

宗石用黑色墨笔题写的"寓园抄校讫"之语,其后继续批注道:"癸亥二月廿五俱抄副本交东海先生讫。"此处的"寓园"就是陈宗石,"东海先生"乃为陈维崧的重要友人徐乾学,他曾作有《陈检讨维崧墓志铭》。封页背面云:"除题目下有尖圈者不必抄,此本尚应抄五十二首,俱抄讫。"①除上述以外,手稿本中还存有陈宗石大量编校批注语,后文还详有专述。

　　手稿本中留有几则陈重的重要批注,文献价值极大。手稿本金册(第一册)中有一首《念奴娇·题刘震修小像,即次原韵》,词末收录两首七言绝句:"草色天光一抹青,月移双影度中庭。笑从乌鹊桥边指,依约郎星映小星。""乱余益怕说分飞,席帽冲炎计悔非。茶灶笔床安置好,与卿从此总相依。"诗后有"园中携姬人纳凉之作",并签有署名"筱帆"。其后有详细的批语阐释,具体交代了这两首绝句的作者,以及这两首诗因何会出现在手稿本《迦陵词》之册内:"此余丁巳年自颍归里时所作,随手置检讨公词册内。次年入都,以词册付工装订,工人不谙文义,误将此纸裱入册中,可笑也。辛酉三月小蕃记。"②这则批注十分重要,说明了绝句的作者是"筱帆",即是陈重(字小蕃,又字筱帆),乃陈宗石五世孙。此则批注交代了手稿本重要的传承信息——陈重于戊午年,即咸丰八年(1858)将手稿本《迦陵词》带入京城付工装裱,这则信息对于考证手稿本的流传轨迹极为重要。而"辛酉三月小蕃记",说明陈重是于辛酉年开始校订手稿本工作,辛酉年即咸丰十一年。据

①[清]陈维崧著,叶嘉莹主编《康熙年间手抄稿本三色汇评迦陵词》(上),天津:南开大学出版社2009年版,第4—6页。
②[清]陈维崧著,叶嘉莹主编《康熙年间手抄稿本三色汇评迦陵词》(上),天津:南开大学出版社2009年版,第144页。

柯愈春《清人诗文集总目提要》卷四十八记载,陈重咸丰十年
(1860)出任天津河防同知①,从此,手稿本《迦陵词》就来到了天
津,随后由其子陈实铭承继保存。同册还有一首《归朝欢·寿马
殿闻太史五十》,其后题有黑色墨笔草书一行:"歌喉历历转雏
莺。态娉婷,意轻盈。袖卷红纱,婀娜可人情。"后面亦有陈重批
注一则:"此数字是先从祖少编修公少时之书,余装订此册时,失
于检点,遂为工人误裱册内。辛酉三月重记。"②经笔者详细考
证,陈重之从祖乃陈杲,字宣叔,陈濂子,嘉庆六年(1801)进士,
官编修。手稿本木册末就盖有"陈杲之印""宣叔"两枚印章,可
见陈杲在手稿本传承过程中亦起到极为重要的作用。

　　手稿本中还存有一则极为重要的批注语,乃为陈维崧自己亲
笔所写。手稿本木册中有一首《贺新郎·贺程昆仑生日并送其之
任皖城,五月十四日》,词上空白处留有一则红色墨笔所写评语:
"殊有纵横排宕之气,不似贺贵人词。"词后存有陈维崧自己的一
条批注语,说明了他对自己词作的珍惜,勤于收集整理:"此数叶
词稿,系西樵所评。向在广陵,忽焉失去,遍搜篋衍,怅惋久之。
己酉冬,过东皋,何子龙若从他处收得,遂以见还,喜逾望外。虽
中间颇有残简,然亦顿还旧观矣,书以志之。辛亥六月二日识于
大梁署中。其年自记。"③这则批注形象地描写了陈维崧对自己词
作失而复得的喜悦心情,可见陈维崧对自己词作的珍惜程度。陈维

---

①柯愈春《清人诗文集总目提要》,北京:北京古籍出版社2002年版,第1629页。
②[清]陈维崧著,叶嘉莹主编《康熙年间手抄稿本三色汇评迦陵词》(上),天
　津:南开大学出版社2009年版,第168页。
③[清]陈维崧著,叶嘉莹主编《康熙年间手抄稿本三色汇评迦陵词》(下),天
　津:南开大学出版社2009年版,第543页。

崧存世书法极少,这则批语为后人留下了宝贵的书法文献资料,通过这则材料的笔迹特点,笔者还在手稿本中寻见多处陈维崧亲笔文字,这对研究陈维崧作品及书法均有着重要的意义。

手稿本侧内还有很多批注之语,后文还有专文介绍,此处不再累述。

第四节　词作品评者

手稿本《迦陵词》最大价值就在于其中所存的一千八百余条评语,这些评语出于多人之手,风调各异,有人留下评者姓名或字号,绝大多数没有留下个人信息,亦有些可以根据笔迹形体特点断定品评者姓名。手稿本中出现人物最多的地方,就是这些词作的品评者,笔者逐页翻检八册词稿①,按顺序将有姓名字号的品评者罗列如下:

所在册	姓名	字号	手稿本页码
金册(第一册)	徐喈凤	字鸣岐,号竹逸	上册 19 页
金册(第一册)	宋实颖	字既庭,号湘尹	上册 32 页
金册(第一册)	宋实颖	字既庭,号湘尹	上册 73 页
金册(第一册)	宋实颖	字既庭,号湘尹	上册 76 页
金册(第一册)	宋实颖	字既庭,号湘尹	上册 85 页
金册(第一册)	徐喈凤	字鸣岐,号竹逸	上册 98 页

① [清]陈维崧著,叶嘉莹主编《康熙年间手抄稿本三色汇评迦陵词》(下),天津:南开大学出版社 2009 年版。

所在册	姓名	字号	手稿本页码
金册（第一册）	宋实颖	字既庭，号湘尹	上册 103 页
金册（第一册）	陈重	字小蕃、筱帆	上册 144 页
金册（第一册）	徐喈凤	字鸣岐，号竹逸	上册 147 页
金册（第一册）	宋实颖	字既庭，号湘尹	上册 157 页
金册（第一册）	陈重	字小蕃、筱帆	上册 168 页
金册（第一册）	宋实颖	字既庭，号湘尹	上册 191 页
石册（第二册）	曹亮武	字渭公，号南耕	上册 251 页
石册（第二册）	史惟圆	字云臣，号蝶庵	上册 252 页
石册（第二册）	吴绮	字园次，晚号听翁	上册 253 页
石册（第二册）	尤侗	字展成，号悔庵	上册 264 页
石册（第二册）	丁澎	字飞涛，号药园	上册 268 页
石册（第二册）	徐喈凤	字鸣岐，号竹逸	上册 269 页
石册（第二册）	史可程	字赤豹，号蓬庵	上册 271 页
石册（第二册）	钱芳标	字葆酚、宝汾	上册 276 页
石册（第二册）	尤侗	字展成，号悔庵	上册 281 页
石册（第二册）	蒋景祁	字京少、荆少	上册 281 页
石册（第二册）	黄庭	字截山，号说研	上册 282 页
石册（第二册）	曹尔堪	字子顾，号顾庵	上册 298 页
石册（第二册）	史可程	字赤豹，号蓬庵	上册 357 页
石册（第二册）	毛先舒	字稚黄、驰黄	上册 363 页
石册（第二册）	史可程	字赤豹，号蓬庵	上册 378 页
石册（第二册）	陈玉璂	字赓明，号椒峰	上册 378 页

续表

所在册	姓名	字号	手稿本页码
石册(第二册)	史惟圆	字云臣、号蝶庵	上册 380 页
石册(第二册)	陈维岳	字纬云、号苦庵	上册 381 页
石册(第二册)	史可程	字赤豹、号蓬庵	上册 385 页
石册(第二册)	黄锡朋	字珍百、横柏	上册 385 页
石册(第二册)	曹亮武	字渭公、号南耕	上册 386 页
石册(第二册)	储贞庆	字雪持	上册 386 页
石册(第二册)	史可程	字赤豹、号蓬庵	上册 400 页
石册(第二册)	史可程	字赤豹、号蓬庵	上册 412 页
石册(第二册)	史可程	字赤豹、号蓬庵	上册 414 页
石册(第二册)	史可程	字赤豹、号蓬庵	上册 416 页
石册(第二册)	蒋景祁	字京少、荆少	上册 418 页
石册(第二册)	史可程	字赤豹、号蓬庵	上册 432 页
丝册(第三册)	陆莱	字次友、义山	上册 450 页
丝册(第三册)	李良年	字武曾、号秋锦	上册 458 页
丝册(第三册)	史惟圆	字云臣、号蝶庵	上册 529 页
丝册(第三册)	李良年	字武曾、号秋锦	上册 532 页
竹册(第四册)	王士禛	字子真、号阮亭	上册 647 页
匏册(第五册)	施闰章	字尚白、号愚山	下册 8 页
匏册(第五册)	邓汉仪	字孝威、号旧山	下册 8 页
匏册(第五册)	宋实颖	字既庭、号湘尹	下册 38 页
匏册(第五册)	宋实颖	字既庭、号湘尹	下册 44 页
匏册(第五册)	宋实颖	字既庭、号湘尹	下册 47 页

所在册	姓名	字号	手稿本页码
匏册(第五册)	何铁	字龙若,号金雨	下册 70 页
匏册(第五册)	宋实颖	字既庭,号湘尹	下册 72 页
匏册(第五册)	田茂遇	字楣公,田髯渊	下册 74 页
土册(第六册)	储贞庆	字雪持	下册 199 页
土册(第六册)	储贞庆	字雪持	下册 201 页
土册(第六册)	储贞庆	字雪持	下册 202 页
土册(第六册)	储贞庆	字雪持	下册 203 页
土册(第六册)	储贞庆	字雪持	下册 204 页
土册(第六册)	宋实颖	字既庭,号湘尹	下册 204 页
土册(第六册)	储贞庆	字雪持	下册 206 页
土册(第六册)	储贞庆	字雪持	下册 208 页
土册(第六册)	宋实颖	字既庭,号湘尹	下册 211 页
土册(第六册)	吴蔼	字虞升,号远翁	下册 211 页
土册(第六册)	宋实颖	字既庭,号湘尹	下册 212 页
土册(第六册)	储贞庆	字雪持	下册 212 页
土册(第六册)	储贞庆	字雪持	下册 213 页
土册(第六册)	宋实颖	字既庭,号湘尹	下册 213 页
土册(第六册)	史惟圆	字云臣,号蝶庵	下册 273 页
土册(第六册)	史可程	字赤豹,号蓬庵	下册 314 页
土册(第六册)	史惟圆	字云臣,号蝶庵	下册 316 页
土册(第六册)	史惟圆	字云臣,号蝶庵	下册 318 页
革册(第七册)	史惟圆	字云臣,号蝶庵	下册 388 页

续表

所在册	姓名	字号	手稿本页码
革册（第七册）	宋实颖	字既庭，号湘尹	下册 399 页
革册（第七册）	宋实颖	字既庭，号湘尹	下册 406 页
革册（第七册）	陈懋复	字泽来，号几士	下册 410 页
革册（第七册）	史惟圆	字云臣，号蝶庵	下册 433 页
革册（第七册）	徐喈凤	字鸣岐，号竹逸	下册 433 页
革册（第七册）	曹尔堪	字子顾，号顾庵	下册 436 页
革册（第七册）	王士禄	字子底，号西樵	下册 436 页
革册（第七册）	陈世祥	字善百，号散木	下册 436 页
革册（第七册）	宋琬	字玉书，号荔裳	下册 437 页
革册（第七册）	季振宜	字诜兮，号沧苇	下册 437 页
革册（第七册）	邓汉仪	字孝威，号旧山	下册 437 页
革册（第七册）	冒襄	字辟疆，号巢民	下册 438 页
革册（第七册）	汪辑	字舟次，号悔斋	下册 438 页
革册（第七册）	范国禄	字汝受，号十山	下册 438 页
革册（第七册）	宗元鼎	字定九，号梅岑	下册 439 页
革册（第七册）	季公琦	字希韩，号方石	下册 439 页
革册（第七册）	冒书丹	字青若，号卯君	下册 439 页
革册（第七册）	沈泌	字方邺	下册 440 页
革册（第七册）	孙枝蔚	字豹人，号溉堂	下册 441 页
革册（第七册）	李以笃	字云田，号老荡子	下册 441 页
革册（第七册）	宋琬	字玉书，号荔裳	下册 442 页
革册（第七册）	曹尔堪	字子顾，号顾庵	下册 442 页

续表

所在册	姓名	字号	手稿本页码
革册(第七册)	王士禄	字子底,号西樵	下册 442 页
革册(第七册)	杜濬	字于皇,号茶村	下册 443 页
革册(第七册)	纪映钟	字伯紫,号戆叟	下册 443 页
革册(第七册)	谈允谦	字长益	下册 443 页
革册(第七册)	方玄成	字孝标,号楼冈	下册 444 页
革册(第七册)	张恂	字穉恭、壶山	下册 445 页
革册(第七册)	刘师峻	字峻度	下册 445 页
革册(第七册)	雷士俊	字伯吁,艾陵先生	下册 446 页
革册(第七册)	费密	字此度,号燕峰	下册 446 页
革册(第七册)	王岩	字筑夫	下册 446 页
革册(第七册)	尤侗	字展成,号悔庵	下册 447 页
革册(第七册)	宋实颖	字既庭,号湘尹	下册 447 页
革册(第七册)	董以宁	字文友,号宛斋	下册 447 页
革册(第七册)	邹祗谟	字讦士,号程村	下册 448 页
革册(第七册)	陈维崧	字半雪、文鹭	下册 448 页
革册(第七册)	陈维岳	字纬云,号苦庵	下册 448 页
革册(第七册)	程邃	字穆倩,号垢区	下册 449 页
革册(第七册)	孙默	字无言,号黄岳山人	下册 449 页
革册(第七册)	宋实颖	字既庭,号湘尹	下册 450 页
革册(第七册)	徐釚	字电发,号虹亭	下册 450 页
革册(第七册)	宋实颖	字既庭,号湘尹	下册 452 页
革册(第七册)	史惟圆	字云臣,号蝶庵	下册 458 页

续表

所在册	姓名	字号	手稿本页码
革册(第七册)	史可程	字赤豹,号蓬庵	下册 474 页
革册(第七册)	宋实颖	字既庭,号湘尹	下册 484 页
革册(第七册)	史可程	字赤豹,号蓬庵	下册 498 页
革册(第七册)	史惟圆	字云臣,号蝶庵	下册 500 页
革册(第七册)	徐喈凤	字鸣岐,号竹逸	下册 500 页
革册(第七册)	黄锡朋	字珍百、横柏	下册 506 页
革册(第七册)	卢士登	字时谓	下册 506 页
木册(第八册)	王正子	不详	下册 547 页
木册(第八册)	王正子	不详	下册 701 页
木册(第八册)	王正子	不详	下册 707 页

　　如上表所记,笔者统计了手稿本中留有姓名字号的评点者共五十六家,评语一百二十四条。白静博士论文《手抄稿本〈迦陵词〉研究》中亦有具体统计,署名于前的评家有四十八位,署名于后的评家十五位,两种方式均有的十五位①。从统计数据来看,宋实颖、史惟圆、史可程、储贞庆、徐喈凤、曹尔堪等人评语署名最多,有些评语虽然没有署名,但对字体进行大量比对,辨认字迹,还是可以断定评语作者姓名,如手稿本中留下了宋实颖、徐喈凤、储贞庆等人的大量无署名评语。白静博士论文《手抄稿本〈迦陵词〉研究》已经对五位评语较多的人物——宋实颖(字既庭)、史可程(号蓬庵)、储贞庆(字雪持)、史惟圆(字云臣)、徐喈凤

---

① 白静《手抄稿本〈迦陵词〉研究》,南开大学 2007 年博士论文。

（号竹逸）①，做了较为详尽的考述介绍，兹处不再重复，笔者亦对手稿本中具有署名的评点者一一作有小传评述，参看本书附录。

<h2 style="text-align:center">第五节　加盖钤章者</h2>

手稿本《迦陵词》在传承的过程中，得到不同时代的社会名家赏鉴评点。除了陈维崧本人、陈宗石、陈履端、曹南耕、毕汾等参与手稿本的编订校雠以外，还有政界名流、词坛宿老、藏书家、书画家、文物鉴赏家、社会活动家等各界名绅达人，在手稿本上留下了数量众多的钤章印记，这些印章用途不一，有的印章是专门用来校对词本的，如"抄""对""彊善堂主人对讫"等；有的印章用来表示赏鉴钤识，如金册目录页所钤"词堪读过""李放曾藿"，石册序文页所钤"任氏振采"，丝册卷尾所钤"晴雪梅花"等；有的印章用来表示手稿本的主人身份，如木册集末之"陈维崧印""其年印"，木册卷尾之"陈杲""宣叔"（笔者按：陈杲其人前文有过详细考述，他是陈宗石的曾孙，是手稿本《迦陵词》重要的传承人，手稿本上留有他的印章，说明他曾经是手稿本的所有者），各册卷首或卷末之"南开大学图书馆藏书"印等。手稿本诸印章之中，"彊善堂主人对讫""抄""对""履端印""南耕""待吊青蝇""素溪"等印章使用率最高，尤其是"彊善堂主人对讫"印章几乎每页必钤、目录页每个词牌必钤，"履端印"使用频率也极高，几乎也是每页必钤。"彊善堂主人"为陈维崧四弟陈宗石，"履端"为陈维崧之侄，过继为子。由此可见，陈维崧的二位至亲对于手稿本《迦陵词》的收集整理、编辑校勘付力最多。此外常见的印章还有"南耕"（曹亮武，号南耕，陈维崧表弟）、"素溪"（毕汾，名素

____

① 白静《手抄稿本〈迦陵词〉研究》，南开大学 2007 年博士论文。

溪,号绣佛主人,才女,毕沅之妹)①、"待吊青蝇"(陈维崧)等印。手
稿本之中还有一些由于损毁不可辨识的印章,或是已经不可考人物
之印。下面笔者对手稿本各册所存印章制表,对手稿本中所存印章
一一登记并加说明②:

所在卷册	人名	字号	印文	印章形制	手稿本页码
金册			南开大学图书馆藏书	朱文方章	上册 4 页
金册	李放	字无放,号词堪	词堪墨缘	白文方章	上册 4 页
金册	李放	字无放,号词堪	李放曾堇	白文方章	上册 4 页
金册	李放	字无放,号词堪	词堪读过	白文方章	上册 4 页
金册	杨寿枬	字味云,晚号苓泉居士	杨寿枬印	白文方章	上册 5 页
金册	杨寿枬	字味云,晚号苓泉居士	味云	朱文方章	上册 5 页
金册	陈宗石	字子万,号寓园	彊善堂主人对讫	无框朱文长方章	上册 7 页
金册	陈维崧	字其年,号迦陵	待吊青蝇	白文椭圆章	上册 8 页

①"素溪"印主人尚不能确认,亦或为王特达,后文有专论。
②本表格对稿本中出现率极高的"彊善堂主人对讫""履端印""南耕""待吊青蝇""素溪"等印章只登记一次,其余有重复出现的印章只登记第一次出现处。

续表

所在卷册	人名	字号	印文	印章形制	手稿本页码
金册	毕汾（或王特达）	字素溪，号绣佛女史	素溪	朱文椭圆章	上册 8 页
金册	陈维崧	字其年，号迦陵	陈维崧印	白文方章	上册 10 页
金册	陈维崧	字其年，号迦陵	其年	朱文方章	上册 10 页
金册	陈履端	字求夏	履端印	朱文方章	上册 10 页
石册	李准	字直绳，号恒斋、默斋、任庵	李准印	白文方章	上册 223 页
石册			不可辨识章二枚	朱文长方章 白文长方章	上册 226 页
石册	任凤苞	字振采	任氏振采	朱文方章	上册 231 页
石册	蒋平阶	字大鸿	蒋平阶印	白文方章	上册 233 页
石册	蒋平阶	字大鸿，别号杜陵生	大鸿	朱文方章	上册 233 页
石册	沈廷芳	字畹叔，一字萩林，号椒园	古柱下史	白文方章	上册 233 页
石册	任凤苞	字振采	三残书屋	白文方章	上册 233 页
石册	章钰	字式之，号茗簃	章式之读书记	白文方章	上册 233 页

续表

所在卷册	人名	字号	印文	印章形制	手稿本页码
石册	曹亮武	字渭公，号南耕	南耕	朱文方章	上册 237 页
丝册			同春号精选洁白荆川太史帘	朱文方章	上册 547 页
丝册			晴雪梅花	朱文方章	上册 625 页
竹册	郑孝胥	字苏戡，一字太夷，号海藏	郑	白文方章	上册 627 页
竹册	康有为	字广厦，号长素	上下千古	相同白文长方章二枚	上册 636 页
竹册			江上峰青	朱文椭圆章	上册 646 页
竹册	齐白石	字渭清，号白石山人、寄萍老人	一片冰心	相同白文椭圆章二枚	上册 646 页
匏册	陈曾寿	字仁先，号耐寂	寿	朱文方章	下册 1 页
匏册			百尺楼	朱文圆章	下册 77 页
匏册	陈维崧	字其年，号迦陵	陈维崧其年氏	朱文长方章	下册 77 页
匏册			商丘	朱文长方章	下册 80 页
土册	陈维崧	字其年，号迦陵	乌丝	朱文椭圆章	下册 168 页
土册	吴蔼	字虞升	绮里	朱文长方章	下册 243 页

所在卷册	人名	字号	印文	印章形制	手稿本页码
土册	吴蔼	字虞升	吴蔼之印	白文方章	下册 243 页
土册	吴蔼	字虞升	虞升氏	朱文方章	下册 243 页
木册			天石评定古今之章	朱文长方章	下册 544 页
木册	陈维崧	字其年，号迦陵	陈维崧印	朱文方章	下册 775 页
木册	陈维崧	字其年，号迦陵	其年印	白文方章	下册 775 页
木册			古籍□□状元书纸	朱文长方章该章有残缺	下册 783 页
木册	陈杲	字宣叔	陈杲之印	白文方章	下册 785 页
木册	陈杲	字宣叔	宣叔	朱文方章	下册 785 页
木册			南开大学图书馆藏书	朱文方印	下册 786 页

　　从上表可知，手稿本《迦陵词》中留存的印章涵载着大量的珍贵信息，从这些印章可以看出手稿本的编修校对的过程以及流传的轨迹，同时还可以看出手稿本《迦陵词》作为清词大家陈维崧的一部重要词本，被词界的赏鉴并接受的心理机制以及具体的批评理念与方法。下面笔者将对手稿本中的重要印章及印章主人做些必要的说明介绍，以利于读者更好地了解手稿本的基本情况。

　　1. 陈维崧："陈维崧印"（白文方章）、"其年"（朱文方章）、"待吊青蝇"（白文椭圆章）、"乌丝"（朱文方章）、"陈维崧印"（朱文方章）、"其年印"（白文方章）。作为《迦陵词》的作者，手稿本上留有陈维崧的印章最多,共有六枚,其中"待吊青蝇"使用率最高,在目录及正文之中多有出现,一般以编订校对功能章出现使用。手稿本中有三处盖有"乌丝"印章(下册 168、514、775 页),《乌丝词》是陈维崧重要的词本,其为陈维崧获得了巨大的声誉,他以"乌丝"为印章,说明对《乌丝词》的喜爱与看重。

2.陈宗石"彊善堂主人对讫"(无框朱文)、陈履端"履端之印"(朱文方章)、曹亮武"南耕"(朱文方章)。陈宗石、陈履端、曹亮武三人都是陈维崧的至亲,对于《迦陵词》整理校对、出版刊刻贡献最多,手稿本之上密密麻麻地留下了他们的印章就足以说明情况。三人前文都有过考述,这里不再累述。

3.李放:"词堪墨缘"(白文方章)、"李放曾藏"(白文方章)、"词堪读过"(白文方章)。李放前文已经有过详细考述,他是清末民初著名的书画家、文物鉴赏家,亦是天津藏书界名人,天津词坛的领军人物(冰社核心力量)。这里需要指出的是,李放与陈实铭友善交好,所以他是手稿本金册(第一册)的题名者,并且在各册原稿封面①及目录等处盖有印章,这说明李放对手稿本全集都有着详细的审读鉴赏,他是手稿本的一个重要鉴赏者。此外,手稿本上留有印章的李准、郑孝胥、陈曾寿三人,都是手稿本《迦陵词》分册的题名者,前文都有介绍考述,兹处从略。

4.杨寿枏:"杨寿枏印"(白文方章)、"味云"(朱文方章)。杨寿枏(1868－1948),初名寿械,字味云,晚号苓泉居士,江苏无锡人。杨寿枏是清末举人,为清末及民国初的著名政要,致力于财政学,曾任北洋政府监政务总办、总统府顾问兼财政部次长、段祺

---

① 稿本《康熙年间手抄稿本三色汇评迦陵词》竹册(第四册)没有原集封面,所以该册没有留下李放的印章。

瑞政府财政部次长等。杨寿枏是一位具有改革精神的官员,主张仿效日本,改革官制,在其任上多有改革实践举措,袁宝华主编的《中国改革大辞典》(上)①对其有着详细的介绍,上海社会科学院经济研究所朱复康作有《杨寿枏传》②。杨寿枏1935年寓居天津,吟诗书画,闭门不问外事,有气骨,终不为日伪组织做事,直至1948年病逝。

　　杨寿枏不仅商业头脑精明,还是一位词坛高手,他年少即以诗词文赋著称,为时人所推重,入仕后公余之暇,常引僚属吟诗唱和。"九一八"事变,东北沦陷,举国哀痛,他作四律《秋草》诗以寄怀感发,海内为之共鸣,诗人争相传诵,先后和者百余家,后被辑成《秋草唱和集》,因而他被时人誉为"杨秋草"。杨寿枏对词亦极为喜爱,常吟赏名家词,学其精要,论词以味,如他在《趣园味莼词题辞》中所说:"仆每谓词之佳者。如绝代美人,却扇一顾,百媚横生。若厌夷光之美暗,故为折腰龋齿之态,见者却走矣。集中诸词,温婉如晏秦,清丽如张史,风韵天成,不假雕饰。至其写家国身世之感,则又碧山一派也。壬申九秋。年世愚弟杨寿枏拜读,并题简末。"③杨寿枏晚年自辑平生古文、诗词、笔记和书札,编为《云在山房类稿》刊印。杨寿枏喜云,由云悟道,故其多次以云名集,如《云迈漫录》《云迈书札》《云在山房骈文诗词选》等。杨寿枏以味论词,以云名集,故有一枚"味云"雅章,在手稿本上就留有这枚印章,其中"味云"印中的"云"字为象形字。

---

① 袁宝华主编《中国改革大辞典》(上),海口:海南出版社1992年版,第1008页。
② 中国社会科学院近代史研究所、中华民国史研究室合编《中华民国史资料丛稿·人物传记卷》第十九辑,北京:中华书局1984年版,第84—88页。
③ 冯乾编校《清词序跋汇编》第四册,南京:凤凰出版社2013年版,第1836页。

5.毕汾:"素溪"(朱文椭圆章)。毕汾,生卒年不详,字晋初,一字素溪,号绣佛主人,亦号绣佛女史,清代镇洋(今江苏太仓)人。毕汾乃毕镛之女,毕沅之妹,沈恭之妻,袁枚之弟子。毕汾是清代著名才女,女诗人,精通文史,诗风雅洁清隽,如《题采芝养鹤图》诗云:"兰摧空谷菊犹开,肯信同岑有异苔。一隔洞庭天样远,几曾相识散花来。"①毕汾著有《绣佛斋诗稿》《梅花绣佛斋草》等传世,王英志主编《清代闺秀诗话丛刊》②中有其相关记载。毕汾怎么成为手稿本《迦陵词》重要的校订者,原因还不甚详。据笔者推测,毕汾之兄毕沅为乾隆二十五年(1760)状元,乾隆五十年官至河南巡抚。而河南商丘陈氏家族中的陈崇本、陈杲等亦在乾隆朝为官,陈崇本乃是当时著名官员兼书画家,陈杲亦官编修,尤其他是毕沅同年、著名学者王文治的女婿。毕汾以其兄故,得以接近手稿本,并最终审读校对《迦陵词》,也就成为可能之事。

6.任凤苞:"任氏振采"(朱文方章)。任凤苞(1876－1953),字振采,江苏宜兴人。任凤苞是民国时期著名的金融家,历任交通银行、金城银行、中南银行、盐业银行董事、董事长等要职。据1935年《金城银行董事及监察人名册》可知,金城银行当时共设董事七人,任凤苞排在第三位,并标注曰"江苏宜兴人,现寓天津特别区大王庄"③。任凤苞从小喜爱藏书,经、史、子、集广集博采,后来专攻方志,藏志种类之全、数量之多、学术版本价值之高,国

---

① 嶙峋编《闺海吟》(上),北京:北京时代弄潮文化发展公司2011年版,第281页。

② 王英志主编《清代闺秀诗话丛刊》(一),南京:凤凰出版社2010年版,第825页。

③ 蒙秀芳、黑广菊主编《金城银行档案史料选编》,天津:天津人民出版社2010年版,第33页。

内外首屈一指,终成私家藏集方志之巨擘。任凤苞"七七"事变后在天津隐居,在家建藏书斋"天春园",开办任氏族塾,族塾后楼亦为著名藏书处,名为"清芬楼"。任凤苞曾收藏有原钞本《康熙大清一统志》、清殿版《方舆路程考略》和《皇舆全览》三部残本,所以他将自己书斋名为"三残书屋",手稿本《迦陵词》上即印有这枚"三残书屋"印章。任凤苞藏书不懈,他在 1936 年编成《任氏天春园方志目》,其中收录各类珍善之本志书达二千五百余种,很多为孤本、善本。任凤苞在解放后,将其全部所藏志书都捐赠给天津图书馆。关于任凤苞其生平事迹,刘尚恒《任凤苞先生和他的天春园藏志》①、江庆柏《任凤苞与天春园藏地方志》②二文最为详细,研究者可以参考。需要指出的是,任凤苞先祖任源祥与陈维崧、侯方域极为友善,尤其与陈维崧更兼同乡之谊。所以任凤苞在手稿本上留下印章,既是作为赏鉴钤识,更是对陈维崧表达尊重,也是为了传承任、陈两家的时代情谊。

　　7. 蒋平阶:"蒋平阶印"(白文方章)、"大鸿"(朱文方章)。蒋平阶(1616－1714)原名阶,又名雯阶,字大鸿,又字斧山,亦字驭阆,号杜陵生,华亭(今属上海市)人,明诸生。蒋平阶参加几社,曾师从爱国志士陈子龙学诗,其诗宗法唐人,才力富健,是云间词派后期重要人物,徐世昌《晚晴簃诗话》卷五十一评其云:"诗宗唐人,才力丰健,犹有几社遗风。"③蒋平阶著有《支机集》等传世,又善堪舆之学,明末曾与同道组织雅似堂文会,多次参与抗清活动,后隐居绍兴。"大鸿"印透露了蒋平阶的志向及性格,的确,蒋平

①刘尚恒《二余斋文集》,天津:天津古籍出版社 2013 年版,第 161 页。
②江庆柏《近代江苏藏书研究》,合肥:安徽文艺出版社 2000 年版,第 197 页。
③徐世昌《晚晴簃诗汇》卷五十一,民国退耕堂刻本。

阶为人豪迈爽逸,喜交结朋友,时人称其侠义,学界有传蒋介石为其后人。

8.沈廷芳:"古柱下史"(白文方章)。沈廷芳(1712－1772),字畹叔,一字萩林,号椒园,斋室曰砚林,清代仁和(今浙江杭州)人。乾隆朝召试鸿博,授庶吉士,授编修,出任山东道监察御史,后官至河南按察使。沈廷芳出身于文化世家,其外祖查昇为当世名士,父亲沈元沧亦有文名。沈廷芳自幼立志好学,雅好藏书,其藏书楼名曰"隐拙斋",藏书甚富,其藏印有"仁和沈廷芳字畹叔一字椒园""古柱下史"等,他常常以"古柱下史"自称。在书画收藏界,很多名人如徐渭、姚绶等字画之上常盖有"古柱下史"的收藏鉴识印鉴,沈廷芳之名亦多见于各大拍卖会。沈廷芳转益多师,学诗于查慎行,受古文法于方苞,其学尤精经术,著有《续经义考》《十三经注疏正字》《隐拙斋诗集》等。沈廷芳还热衷于讲学,曾掌教于敬敷、粤秀等书院,受聘福州鳌峰书院山长。

9.章钰:"章式之读书记"(白文方章)。章钰(1864－1934),字式之,一字坚孟,又字茗理,号茗簃,晚号霜根老人,江苏长洲(今苏州)人,光绪朝进士,官至外务部主事。章钰是清末民国时期著名藏书家、校勘学家、书法家。辛亥革命后,1912年他寓居天津近二十年(1930年移居北京),常年沉浸于收藏字画、校勘书籍、著述考证的学术乐趣中,书癖甚重,他自言在津门"以教书谋食,以校书遣生"①。章钰一生藏书甚富,储书万册,尤其收集各类拓片甚多,具有年代久远、种类齐全、保存完好、考订严谨、装裱精工、题跋钤印丰富等特点,其藏品在国家图书馆被列为专藏,范凤

①宫晓卫主编《藏书家》第十九辑,济南:齐鲁书社2015年版,第107页。

书所著《中国著名藏书家与藏书楼》一书有着细致的考证①。章钰校勘有"痴好",题署甚多,用过蛰存、负翁、晦翁、充隐、鸥边、北池逸老等署名,其藏书室名亦众多,有四当斋、永思堂、不斗斋、崇礼堂、听鹃僦舍、算鹤量鲸室等,其中四当斋名声最响。章钰"四当斋"有文化典故在其中,他在致缪荃孙信中说道:"'四当'二字,系兼取宋尤延之、明胡元瑞遗说。尚恨尤所谓饥当肉,寒当裘,孤寂当友朋,幽忧当金石琴瑟;胡所谓饥当食,渴当饮,诵之当韶濩,览之当夷施之外,乱离不能当桃源耳。鄙悃不能遍陈,文丈辱教有年,敬祈随时流喻,免为大雅所笑。"②据《章氏四当斋藏书目》附注记载,四当斋藏书总计 3368 部,72782 卷,21596 册③。章钰著述亦丰,有《四当斋集》《钱遵王读书敏求记校正》《胡刻通鉴正文校字记》等书传世。章钰在书法方面"诸体皆佳,尤擅行书,有向褚遂良学习的痕迹,雅健道深,堪为书坛佳品"④。章钰喜校名家抄本或稿本,所以手稿本《迦陵词》上留有他的钤印,说明他是手稿本在津的主要赏鉴者。

10. 吴蔼:"绮里"(朱文长方章)、"吴蔼之印"《白文方章》、"虞升氏"(朱文方章)。吴蔼(生卒年不详),字虞升,江苏长洲人,流传资料甚少。笔者通过梳理文献可知,吴蔼与陈维崧为同时代人,是当时著名的词评家,他在《名家诗选》序中品评过诸名家:"国初大家如钱牧斋公、梅村吴公、芝麓龚公、栎同周公,人人奉为

①范凤书《中国著名藏书家与藏书楼》,郑州:大象出版社 2013 年版,第 334 页。

②郑逸群主编《天地斯文——近现代学者书法作品选集》,杭州:西泠印社出版社 2012 年版,第 32 页。

③王文蓓、汪桂海《章钰藏书题跋补辑》,《文献》2010 年第 4 期。

④周斌编著《中国近现代书法家辞典》,杭州:浙江人民出版社 2009 年版,第 688 页。

楷模,推为盛唐正派。"①吴蔼与许多文坛名流有过交往,如姜宸英曾为其诗集作《吴虞升诗序》,称其诗"而见之于诗,不独志游览之壮观,为一时之唱酬已也"②。尤侗亦为其诗集序③,交代二人为同里关系,时常切磋诗艺,汪琬亦有《与吴虞升论殇服书》。可见,吴蔼乃是清初诗坛的知名人物。吴蔼家藏嘉靖年间刊本《杜工部文集》,著有《绮里诗选》一卷,故手稿本之上有其"绮里"印章一枚。吴蔼不但在手稿本上留有钤印,还在匏册写下评语:"其年先生词直鞭秦轹苏,三百年来,一人而已。长洲吴虞升识。"④可见,吴蔼与陈维崧也极为熟悉并交好。

11. 陈杲:"陈杲"(白文方章)、"宣叔"(朱文方章)。陈杲(生卒年不详),字宣叔,嘉庆六年(1801)进士,官编修。陈杲是著名书法家,善真行书,极具盛誉,"酷似其妇翁王梦楼太守"⑤。王梦楼即清代著名官吏、学者、诗人、书法家王文治,王文治将其女儿许配给陈濂第三子陈杲。陈杲亦工诗,北京图书馆所藏手稿本《七夕圆槎合记》二卷上收录其诗歌四首⑥。

---

① [清]吴蔼《名家诗选》,清康熙刻本,中国社会科学院图书馆藏《四库禁毁书丛刊》集部 170,第 3 页。

② [清]吴翌凤编《清朝文征》(下),见任继愈主编《中华传世文选》,长春:吉林人民出版社 1998 年版,第 778 页。

③ [清]尤侗《吴虞升诗序》,见台湾编译馆主编,吴宏一、叶庆炳编《清代文学批评资料汇编》(上),台北:成文出版社 1979 年版,第 139 页。

④ [清]陈维崧著,叶嘉莹主编《康熙年间手抄稿本三色汇评迦陵词》(下),天津:南开大学出版社 2009 年版,第 211 页。

⑤ 乔晓军编著《中国美术家人名辞典》(补遗一编),西安:三秦出版社 2007 年版,第 289 页。

⑥ 吴晓铃《吴晓铃集》第二卷,石家庄:河北教育出版社 2006 年版,第 169 页。

12.尚未确认主人之钤印:手稿本《迦陵词》上还有若干枚印章尚不能确认其主人,如"晴雪梅花"(朱文方章)、"天石评定古今之章"(朱文长方章)、"上下千古"(相同白文长方章二枚)、"江上峰青"(朱文椭圆章)、"一片冰心"(相同白文椭圆章二枚)、"商丘"(朱文长方章)等。这些印章虽不能完全确定其主人,但笔者翻阅大量图章文献资料,还是可以发现一些蛛丝马迹,如:"上下千古"印章主人可能为康有为,康有为曾在西安写下"文章千古事,花柳一园春"①的五言对联。宁夏大学所藏康有为《新学伪经考》②〔广州康氏万木草堂刻本,清光绪十七年(1891)刻〕六册,该书封套题签题有"西樵经考一"至"西樵经考六"(康有为曾号"西樵山人"),题签上钤盖有"上下千古"朱文方印。笔者考证,溥仪被冯玉祥逐出北京后移居天津,康有为曾亲往探视,应该就在此期间看过手稿本《迦陵词》,并留下鉴赏图章。

"天石评定古今之章"印章应当是一位字号为"天石"的人物,如:吴本嵩,原名玉麟,字天石,宜兴人,有《都梁词》一卷;吴孔嘉,字元会,号天石,安徽歙县人,明天启进士,高中探花,官编修。清顺治初曾冒险为民请命,深得民心,于康熙间卒,著有《玉堂视草》等;龚翔麟(1658—1733),字天石,号蘅圃,浙江杭州市人,清代藏书家、文学家。工词,与朱彝尊等一起被称为"浙西六家",著有《田居诗稿》《红藕庄词》;路一麟,字振公,号天石,陕西澄城县人。清康熙间人物,好读书,善书画;顾彩,字天石,号补斋,江苏无锡人,清朝戏曲作家,陈维崧同时代人;茅麟,字天石,浙江归安(今湖州市)人,工书画。笔者翻检陈维崧作品集,发现有多首词作题

---

① 参见网址:http://info.gift.hc360.com/2011/03/290952370930.shtml。
② 〔清〕康有为《新学伪经考》,广州康氏万木草堂刻本,清光绪十七年刻。

目中出现"天石"字样，如《沁园春·甲寅立夏日，同万红友、吴天石过云臣斋头赏牡丹作》《惜余春慢·立夏前一日，竹逸招同云臣、修承、红友、天石、惠文、补仲、云涛、放庵二上人赏紫牡丹用宋鲁逸仲原韵》《蓦山溪·虎邱送春，夜同顾伊人天石留宿山中，次伊人韵》《采桑子·正月二十日，从吴天石处获读纬云弟京邸春词，因和其韵。声情拉杂，百感风生，一夕遂得十首，不自知其所云也》《一丛花·咏白丁香。同远公、天石和原白韵》《玉楼春·春夜，同云臣、远公、天石诸子，宴集原白池亭，次云臣原韵》《水调歌头·题远公画洞山图送天石北上》《水调歌头·平远堂雨中即事。林天友使君席上同曹顾庵、丁药园、胡存人、吴园次、六益、余澹心、尤悔庵、宋既庭、钱宫声、顾云美、伊人、天石、赵旦夕、毛行九分赋，共用烟字》《贺新郎·见南苑阰熊而叹之同吴天石赋》等，陈维崧词中有多处提到吴天石，手稿本木册留有吴天石《贺新郎》词二首，分别为《吴天石赠别曼殊词》《天石赠别词》，查检《全清词》可知，《吴天石赠别曼殊词》一词作者就是吴本嵩。吴本嵩乃陈维崧族叔陈贞禧长婿，他与陈维崧交往甚密，曾与陈维崧、吴逢原、潘眉共辑《今词苑》，故通过比较排除，"天石评定古今之章"印章确为吴本嵩（字天石）。据马兴荣主编《中国词学大辞典》介绍：

　　【吴本嵩】(1630？—1685后)原名玉麟，字天石，江苏宜兴人。吴洪化子，戏剧家陈贞禧长婿。著有《都梁词》，已佚，今从各选本辑为一卷，凡三十八首。《感旧集小传》谓："天石与弟天篆俱善诗余，尝与曹南耕（亮武）作叠韵词，陈其年为之序，亟称之。"本嵩一生坎坷，奔走大江南北从幕以糊口，故其词多幽愤意，风格绵密中见清峭。事迹散见《荆溪词初集》

《瑶华集》及《宜兴县旧志》《亳村陈氏家乘》。①

"一片冰心"印章主人可能为齐白石,通过前文可知,齐白石与陈实铭交好,所以他应该赏鉴过手稿本《迦陵词》。北京匡时国际拍卖有限公司2008年春季艺术片曾拍卖一枚齐白石的印章,该印为齐白石为日本著名书法家水田竹圃所作,印文即是"一片冰心"②。陈维崧一生可谓冰玉之心,所以齐白石并加盖两枚"一片冰心"印章,确实属于深知于陈维崧者。手稿本"一片冰心"印章同页还有一枚"江上峰青"朱文椭圆印章,从印章风格来看,"江上峰青"可能亦为齐白石印,加盖此印也是表达了对陈维崧高洁品质的赞美。

"百尺楼"印章有可能为晚清篆刻大师黄牧甫,其《黄牧甫印谱》中存有"百尺楼"印花。此外,南社主要创始人之一陈去病的书斋称为"百尺楼",著名书法家洪丕谟的书斋亦称作"百尺楼",他也刻有"百尺楼"印章,著有《百尺楼印存》。

"商丘"印章,可以断定属于商丘陈氏后人(陈宗石之后),笔者前文已经将商丘陈宗石以下六代人详细考述。"晴雪梅花"印章当与商丘"雪苑社"有关,明末清初侯方域、贾开宗、徐作肃、徐世琛、徐隣唐、宋荦六人并称"雪苑六子"。《增广贤文》有"春风杨柳鸣金马,晴雪梅花照玉堂"之句,雪苑社与陈氏后人多有交善联结。

手稿本中还印有"同春号精选洁白荆川太史帘"长方朱红倒印章,同春号为商家(六合同春,又名鹿鹤同春,古代中国寓意纹

①马兴荣、吴熊和、曹济平主编《中国词学大辞典》,杭州:浙江教育出版社1996年版,第197页。
②雅昌拍卖网:http://auction.artron.net/paimai—art85831269/。

祥之一),清末民国初京津等地以"同春"为名字的商家极多,如"同春号书局""同春号酱园""同春号药铺"等,而本印章说明,这是一家卖纸张的商店,"荆川太史纸"[1]交代了这家商店纸张的具体类别,侧面说明了稿本使用纸张情况,稿本为白棉纸,正符合该印章所说内容。稿本木册最末该有一枚"古□(笔者按:当为'籍'字)□□状元书纸"残章,由于缺损,有几个字不知具体内容,但感觉此章亦为纸张商店名称,"状元纸"是抄本古籍常用纸张。此外,手稿本中还含有若干不可辨识印章,这些印章之中暗含着手稿本的某些密码。如手稿本上册226页就有两枚较大的朱红长方印,由于稿本破损,这两枚印章所刻文字已经不可辨识,即使如此,笔者仍请多位资深篆刻家研究辨识,确定其中一个印章中第一个字为"彰"字。

第六节　其他参与者

　　手稿本中还涉及一些重要人物,如修缮保护者、传播赏鉴者、抄工等。手稿本《迦陵词》从清初陈维崧到民国陈实铭,历经六代三百余年,流传承继,广为传播,但也不免多有损破,故手稿本在陈氏子孙中亦经历多次修缮加以保护,才得以完好保存,流传至今。

　　手稿本《迦陵词》在陈家一直以先人圣物的形式得以世代流传,后世子孙均极为重视,手稿本中有几则陈重的重要批注,记录了对手稿本的修缮事件,如手稿本金册《念奴娇·题刘震修小像,

---

[1]荆川太史纸为一种江西产的竹制熟纸,该种纸薄而透明,明清时期多印书使用。

即次原韵》词末收录两首七言绝句："草色天光一抹青,月移双影度中庭。笑从乌鹊桥边过,依约郎星映小星。""乱余益怕说分飞,席帽冲炎计悔非。茶灶笔床安置好,与卿从此总相依。"签有署名"筱帆"。其后一段文字交代:"此余丁巳年自颍归里时所作,随手置检讨公词册内。次年入都,以词册付工装订,工人不谙文义,误将此纸裱入册中,可笑也。辛酉三月小蕃记。"①这则批注交代了绝句的作者是"筱帆",即是陈重(字小蕃,又字筱帆),乃陈宗石五世孙。这也就是说,陈重于戊午年,即咸丰八年(1858)将手稿本《迦陵词》带入京城付工装裱。同册还有《归朝欢·寿马殿闻太史五十》一词,其后题有黑色墨笔草书一行:"歌喉历历转雏莺。态娉婷,意轻盈。袖卷红纱,婀娜可人情。"后面亦有陈重批注一则:"此数字是先从祖少编修公少时之书,余装订此册时,失于检点,遂为工人误裱册内。辛酉三月重记。"②以上批注可知,陈重曾于咸丰八年对词稿进行过一次重要的装订保护工作。陈重去世后,手稿本传到陈实铭手中,陈实铭是一个文物藏家,对自家先人手泽遗集十分注意保护,如其在父亲《花著龛诗存》集末所云:

> 右《花著龛诗存》三册,《浣露词》一册,《寒木春华词》一册,皆先大夫自订稿也。光绪癸巳,伯兄携以来京。庚子之乱,不肖兄弟皆乞假旋里。干戈挠攘,仓皇出都,并是书亦未及载之以行。壬寅三月,实铭再到京华,检点劫余剩物,是书尚完好如故,私心不胜欣幸。亟付手民逐次装池,俾免散佚。

---

① [清]陈维崧著,叶嘉莹主编《康熙年间手抄稿本三色汇评迦陵词》(上),天津:南开大学出版社2009年版,第144页。
② [清]陈维崧著,叶嘉莹主编《康熙年间手抄稿本三色汇评迦陵词》(上),天津:南开大学出版社2009年版,第168页。

前四册皆先大夫手自抄录,末一册乃亡友丁免斋茂才(佑申)所写也。先人手泽自宜护惜,而故人遗墨亦得附此以存。爰述颠末,以昭示后世子孙云。

光绪二十有八年岁在元默摄提格六月朔,次男实铭谨识于宣南寓庐。①

从这段文字可以看出陈实铭对其父陈重诗词集的珍护之情。同样,陈实铭对手稿本《迦陵词》更为重视,爱护更上一层,他将手稿本盛之以精美木函,木函封上刻有"先检讨公手书词稿"题字,下书"六世从孙实铭谨藏"。可以说,陈重、陈实铭二人在对手稿本《迦陵词》传承与保护方面功劳巨大,而且还将其广泛传播,极大地扩大了它的知名度。

陈实铭,字葆生,号踽公。善书法,工诗词,在清末民国初天津艺术界及词坛都是极有影响的人物,参加过天津著名的词学社团"须社",著有《浮湘集》存世,其友郭则沄作有《陈踽公都尉浮湘集序》一文。陈实铭常与诸位"须社"往来交游唱和,据马兴荣等主编的《中国词学大辞典》中"烟沽渔唱"条记述:

清朱祖谋、夏孙桐编选。五卷。天津须社刊印。为词社社课之选。民国十七年(1928)夏至二十年(1931)春,寓居天津的林葆恒、郭则沄诸词人结为须社,每月三聚首,限调限题填词,三年间凡百集会,得词千阕,影响颇巨。大江南北社外词人闻声相和者亦甚众。须社之后,沪之沤社、宁之如社、沪之声社、午社接踵而起。书前有"须社词侣题名",凡二十家:陈恩澍、查尔崇、李孺、章珏、周登皞、白廷夔、杨寿枬(笔者

---

① [清]陈重《花著龛诗存》,见高洪钧编《明清遗书五种》,北京:北京图书馆出版社 2006 年版,第 385—386 页。

按：当为"柟"）、林葆恒、王承垣、郭崇熙、徐沅、陈实铭、周学渊、许钟璐、胡嗣瑗、陈曾寿、李书勋、郭则沄、唐兰、周伟。又有"社外词侣题名"，为陈宝琛、樊增祥、夏孙桐、夏敬观等十三人。前六十集诸作由朱祖谋选定，后四十集诸作由夏孙桐选定。二十集为一卷，凡五卷。社外词人相和之作皆附录于每集之后。另有非社课分题之什，别为二卷附后（刊本未见）。以诸词人追汐社（笔者按：宋遗民谢翱创立的文社）之遗风，啸傲沧鸥之畔，喁予烟汐之间，故名之曰《烟沽渔唱》。有民国二十二年（1933）须社排印本，袁思亮、杨寿枬、徐沅、许钟璐、郭则沄各有一序。①

辛亥革命以来，特别是1925年初逊帝溥仪潜居天津，天津遂成为清朝遗老名流的朝圣地，诸多遗老来津拜谒溥仪，甚至有些遗老从此寓居津门陪伴溥仪。这些遗老一般多擅长诗词创作，因此，当时天津结社之风颇盛。其中，以郭则沄为领袖的须社就是最具代表性的一个词社。须社是天津著名的遗民词社，杨传庆《清遗民词社——须社》②一文对须社有着详尽的考述。由上可知，陈实铭早在加入须社之前，就与须社前身冰社交往甚密，因此得以与当时词坛名宿交往。作为津门冰社、须社重要成员，陈实铭定期参加词社宴集雅会，他在词社聚会的时候，曾将词稿携带与众词友同观，如手稿本金册卷首新裱扉页即有题记云："乙丑四月十九日词龛小集，踽公丈携先集见过。与归安朱彊村侍郎、宛平查查湾观察、遵化李龠庵提学、开州胡愔仲阁丞、番禺黎潞庵参

① 马兴荣、吴熊和、曹济平主编《中国词学大辞典》，杭州：浙江教育出版社1996年版，第295页。

② 杨传庆《清遗民词社——须社》，《北京社会科学》2015年第1期。

议、顺德温粤庵副宪同观。义州李放写记。"①乙丑为1925,说明
这次集会是民国十四年。在这次聚会上,陈实铭邀请词坛名流李
放、李准、冒广生、郑孝胥、陈曾寿、朱孝臧、胡嗣瑗、温肃八人为手
稿本分册题写了书名。陈实铭在对手稿本《迦陵词》保护的基础
上,也注意对其增益价值,将其推而广之,进一步扩大了其在词坛
上的影响。

　　在手稿本上留有工作痕迹的还有一类重要的人,即抄工、装
裱工,他们的名字虽不见记载,但是他们对手稿本的贡献同样重
要,正是他们的辛勤劳作才使我们能够看到手稿本的字迹、装裱
等工艺,感受清代古籍抄本的风貌特点。手稿本《迦陵词》的抄写
不是由一人完成的,白静在其博士论文《手抄稿本〈迦陵词〉研究》
中有《不同字迹词作一览表》②,统计甚详。笔者亦加详细考证统
计,发现手稿本抄工大体为两人,其一为主抄工,负责手稿本全卷
绝大部分词作抄写工作,还负责抄写部分评语;另外一人为辅抄
工,负责手稿本各册目录词牌及部分词作抄写(笔者按:主要是补
写)工作;集中极个别词作由其他抄者完成(如木册《凤凰台上忆
吹箫》)。主抄工抄写主要分大字体和小字体两种情况,全卷抄本
绝大部分为大字体,每行二十二字;小字体主要集中在手稿本内
附词集及评语,如手稿本的《乌丝词三集》全部,每行二十四字,个
别亦有每行二十三字。《广陵倡和词》评语也为小字体,每行字数
不定。辅抄工抄写基本上为小字体正楷字,每行二十三、二十四、
二十五、二十六字数不定。从字体审美来看,辅抄工字迹工整优

①〔清〕陈维崧著,叶嘉莹主编《康熙年间手抄稿本三色汇评迦陵词》金册卷
　首,天津:南开大学出版社2009年版,第3页。
②白静《手抄稿本〈迦陵词〉研究》,南开大学2007年博士论文。

美，比主抄工更胜一等。辅抄工抄写词作具体如下：

　　金册：《鹤冲天》（上册 72 页）、《水调歌头》（上册 97 页）；

　　石册：《偷声木兰花》（上册 242 页）、《满江红》（上册 292 页）、《满庭芳》（上册 310 页）、《长亭怨》（上册 323 页）、《高阳台》（上册 327 页）、《贺新郎》（上册 417 页）、《贺新凉》六首（上册 419—424 页）、《丰乐楼》（上册 439 页）、《岁寒词》十一首（上册 441—450 页）；

　　匏册：《穆护莎》（下册 156 页）；

　　木册：《水龙吟》（下册 709 页）、《夏初临》（下册 710 页）。

　　以上笔者从整理编校者、词集题名者、题序批注者、词作品评者、加盖钤章者、修缮保护者、传播赏鉴者、抄工装裱者等方面做了详细的考证梳理，试图完整勾勒出手稿本《迦陵词》的前世今生。后来由于时代变迁，陈氏家族中落，手稿本流传至民间，幸得南开大学图书馆采购人员在天津古旧书店购得，至此手稿本落户南开大学图书馆，作为镇馆之书，馆藏至今。

下　篇

手稿本《迦陵词》学术价值综论

第六章 手稿本《迦陵词》词本文献价值

陈维崧作为清词巨擘,一代词坛领袖,正如陈宗石《迦陵词全集跋》所说:"自唐宋元明,未有如吾伯兄之富且工也。"①而陈维崧词集卷宗之保存、篇什作品之传播、词史地位之奠定,均与手稿本《迦陵词》有着重要的关系。手稿本作为陈维崧作品的重要结集之一,为后世完好保存了一部词集。这部抄本词集从陈维崧手中经四弟陈宗石传诸后世六代子孙,跨越三百年历史,其上不仅存词,还写满了评语,盖遍了印章,圈点修改符号布满纸张扉页。手稿本《迦陵词》陪伴过陈维崧尝尽人间冷暖,跟过陈宗石在安平署中度过若干寂寞春秋;它亦随商丘"四世五翰林"的陈氏子孙入过朱门大院,进过诸多词社雅聚的唱和宴会,呈现于文物名家眼中;它亦经历过太平天国、庚子之乱、日本侵华等战火洗礼,也曾因主人家道中落而流入坊间。三百年来,由清代入民国,由民国进入新中国,手稿本以一纸之躯经历漫长历史,实在令人感慨万分。这部词集自从被南开大学图书馆收藏,经叶嘉莹等名家的介绍,逐渐引起学界的注意。

陈维崧同时代的史惟圆作有一首《沁园春·题其年乌丝词》:

---

① 冯乾编校《清词序跋汇编》第一册,南京:凤凰出版社 2013 年版,第 90—91 页。

"将古人诗,比似君诗,惟髯绝伦。更倚声写句,镂冰雕玉,风樯阵马,牛鬼蛇神。年事蹉跎,交游零落,短褐羸僮逐路尘。愁凝处,纵才如云锦,不疗饥贫。　乌丝谁和阳春。忆邹董、风流逝水滨。恐吟尽斜阳,莺花多怨,咏残夜月,蟾兔还嗔。我本痴顽,君应潦倒,白雪红儿寄此身。凭君问,唱江南曲子,更有何人。"①词后注云:"亡友邹程村、董文友俱善填词,追忆风流可为三叹。"史惟圆追忆与邹祗谟、董以宁、陈维崧三位词家的创作交往,感叹陈维崧的命运多舛而其词精彩绝伦。

　　手稿本《迦陵词》注定是一部不平凡的抄本,它为后世保存了有清一代最为重要的一部词集文献,其上蕴含着详尽细致的编订校勘记忆,一千八百多天评语形象生动地再现了清人评点的典型特征,集中的提名、印章记录着这部抄本承继传播的清晰轨迹。可以这样说,手稿本不仅仅是一部词集,它承载着丰富的历史文化信息,我们在手稿本中能看到诸多名家批注评语,可以具体而清晰地看到手稿本作为《迦陵词全集》重要校勘底本的印迹。这部抄本还能够让人具体了解阳羡词派的规模与体系,感知陈维崧在清初词坛的地位与影响。某种程度上说,手稿本《迦陵词》又何尝不是一件艺术收藏品,如那些艺术名家所留下的精美印章,还有陈维崧本人亲笔书写的清秀疏朗文字。

　　陈维崧一生中有两个重要词集,即《乌丝词》和《迦陵词》,其中《乌丝词》陈维崧生前已有刊刻,而迦陵词则未有过刊印。《乌丝词》刊刻后影响巨大,于康熙七年(1668)入选孙默的《国朝名家诗余》,为陈维崧带来了巨大的社会声誉,虽然如此,但其收词有

---

① 南京大学中国语言文学系《全清词》编纂研究室编《全清词·顺康卷》第七册,北京:中华书局 2002 年版,第 3837—3838 页。

限,仅二百六十六首,不足以代表陈维崧词的全部风貌。陈维崧继《乌丝词》之后,陆续又有《乌丝词二集》《乌丝词三集》《乌丝词第三集》等词集,其中《乌丝词二集》已经散佚不可见,而《乌丝词三集》《乌丝词第三集》则完好地保存在手稿本《迦陵词》中。陈维崧将《乌丝词》之后自己所有词集(手稿本中收录五种词集)和其他的集外作品汇总编成一稿,名曰《迦陵词》。手稿本《迦陵词》不仅收词数量巨大,里面还完整保存了陈维崧的五个单行词集,而且还附带收录当时其他名家词人的原词或和作五十七首,其中有很多作品是其他任何词集所不见载的珍贵佚词。由上可知,手稿本《迦陵词》作为一部手抄词本,是陈维崧词作品的重要结集,它以巨大的文献价值,成为研究陈维崧及其词作不可或缺的珍贵资料。

第一节　手稿本《迦陵词》的存词情况

陈维崧晚年弃作诗歌,专力写词,而《迦陵词》正是他后期作品的结集。据白静《手抄稿本〈迦陵词〉研究》一文统计,手稿本共收词三百五十八调一千三百九十一首,去掉重复收录的,实际存词一千三百六十四首[1]。《乌丝词》和《迦陵词》收词总数为一千六百三十首,与陈宗石所编订的《迦陵词全集》"计四百一十六调,共词一千六百二十九阕,分编三十卷"[2]极为吻合。具体而言,手稿本《迦陵词》金册(第一册)共收词八十六调一百七十三首,其中在《念奴娇》(平生谩骂)一词之后,有两首绝句:

---

[1] 白静《手抄稿本〈迦陵词〉研究》,南开大学 2007 年博士论文。
[2] 冯乾编校《清词序跋汇编》第一册,南京:凤凰出版社 2013 年版,第 90—91 页。

草色天光一抹青，月移双影度中庭。笑从乌鹊桥边指，依约郎星映小星。

乱余益怕说分飞，席帽冲炎计悔非。茶灶笔床安置好，与卿从此总相依。

这两首绝句之后有两则黑色墨笔批语："园中携姬人纳凉之作，筱帆。""此余丁巳年自颍归里时所作，随手置检讨公词册内。次年入都，以词册付工装订，工人不谙文义，误将此纸裱入册中，可笑也。辛酉三月小蕃记。"①这两则批语乃陈重所留，根据批语所示，此二绝句乃陈重自己所作，诗页夹在手稿本之中，装裱工误当陈维崧词装订在手稿本之中，所以金册实际存词一百七十一首。手稿本石册收词一百零五调一百六十九首，丝册收词三十八调一百一十首，竹册收词一百调一百五十首，匏册收词五十六调一百三十六首，土册收词一百三十四调二百三十一首，革册收六十调一百一十六首，木册收录九十二调三百零六首。

需要指出的是，手稿本之中共有二十七首词重录，有些重录之词并不是简单的二次复制粘贴，而是与原词有较大的文字差异，其中文字出入最大的一首词为手稿本下册 536 页所存《贺新郎》一词，该词原题为"作家书竟题芝兰堂书斋壁上芦雁图"，编校者用黑色墨笔将"芝兰堂"三字改为"范龙仙"，题目遂变为"作家书竟题范龙仙书斋壁上芦雁图"。这首词在手稿本下册 609 页又出现，题目即为"作家书竟题范龙仙书斋壁上芦雁图"。校订者用黑色墨笔在该词上部标示"重，不必写"。这虽然是一首抄录重复的词，但这首词不是简单的抄录于此，而是与原词有非常大的修

---

① ［清］陈维崧著，叶嘉莹主编《康熙年间手抄稿本三色汇评迦陵词》（上），天津：南开大学出版社 2009 年版，第 144 页。

改,原词和重录词分列如下:

> 剪烛裁书罢。绕廊行,偶然瞥见,壁间小画。一派离鸿
> 千万点,掩映渔村蟹舍。有飞且、悲而鸣者。回首萧关惊瘦
> 影,尽商量、说尽思乡话。捱不了,凄凉夜。 春城又听严更
> 打。镇无言、潸然红雨,泪如铅泻。嚓呖数声来纸上,如在芦
> 花之下。我亦浔阳司马,曾忆蓬窗逢落雁,便画图此景看还
> 怕。君莫向,高斋挂。

> 漏悄裁书罢。绕廊行,偶然瞥见,壁间古画。一派芦花
> 江岸上,白雁濛濛欲下。有立且、飞而鸣者。万里重关归梦
> 杳,拍寒汀、絮尽伤心话。捱不了,凄凉夜。 城头戍鼓刚三
> 打。正四壁、人声都静,月华如泻。再向丹青移烛认,水墨阴
> 阴入化。恍嚓呖枕棱窗罅,曾在孤舟逢此景,便画图相对心
> 犹怕。君莫向,高斋挂。

通过比较可知,两词在用语、字数、意境上都有很大的不同。很明显,后词试图对原词进行修改提高,重录词比原词用语更准,意境更空灵,如"再向画图移烛认,水墨阴阴入化"一句将"画图"改为"丹青",既避免了词汇重用,又有利于词的意境营造,《迦陵词全集》遂依照重录词定为"丹青"①传世。这两首词差别很大,甚至可以视为两首作品。陈宗石在编订《迦陵词全集》的时候曾发生一件事情,如其自述所言:"宗石校刊先伯兄词集将竣,忽于败箧中检得《贺新郎》一阕乃'作家书后,题范龙仙书斋壁上芦雁图'词,急读之,与刊本题同调同韵同起落同中多异,亦先兄自书者,王西樵先

---

① 南京大学中国语言文学系《全清词》编纂研究室编《全清词·顺康卷》第七
册,北京:中华书局 2002 年版,第 4220 页。

生所评骘,因并录楮尾。"①这也就是说,陈维崧本人曾对该词作较大修正,并得到了王士禄的评点,陈宗石认为这两首词有着前后修改的印迹,颇具创作指导意义,有助于读者在阅读之时对照参考,遂将二词同时保留在《迦陵词全集》之中。

手稿本《迦陵词》八册所收存词作共三百五十八调一千三百九十一首,去掉二十七首重录之词,再去掉误收陈重的两首绝句,实际收录共计一千三百六十二首。陈维崧是整个文学史上作词最丰者,其弟陈宗石为刊刻这些珍贵的存词用力颇深,如其在《迦陵词全集》跋文中所言:"先伯兄诗古文,予于丙寅、丁卯两年节俸金,次第付梓。惟词最富,因力不逮。至己巳春,又鸠工镂板。簿书之暇,反复校雠。"②陈宗石为了其兄遗作能够早日刊刻,"两年节俸金""反复校雠",用力之巨、用情之深,深感人心。全书密密麻麻所盖"彊善堂主人对讫"之印章,随处可见"寓园阅讫抄讫""寓园抄校讫"之字样,这些都使手稿本留下了陈宗石的辛勤烙印。手稿本作为陈维崧中后期词作的重要结集,为后世保存了陈维崧绝大部分词作,陈宗石以其作为编订《迦陵词全集》的底本,为后世研究陈维崧奠定了坚实的文献基础。

第二节　手稿本《迦陵词》中的内附词集

手稿本若以总数而论,共计存词一千三百六十二首。这些词并不是无序的堆积,而是有着很多排列准则的,如按照积累次序

---

① [清]陈维崧著,陈宗石编《迦陵词全集》卷二十六,康熙二十八年(1689)患立堂刻本,第362页。

② 冯乾编校《清词序跋汇编》第一册,南京:凤凰出版社2013年版,第90—91页。

排列、八音为序排列、词牌为序排列、修订次序排列等。翻检手稿本,可以发现集中还有一种重要的系统排列方式,即以词集排列词作。手稿本中共计存录陈维崧五部单行小型词集,按照集中先后顺序,分别为:《岁寒词》《病余词》《广陵倡和词》《乌丝词三集》《乌丝词第三集》。

一、《岁寒词》考述

该词集收录在手稿本石册卷尾(手稿本《迦陵词》上册第441—450页),共收录十一首词作。所谓"岁寒",作者所写皆为冬日或初春季节景象,盖为天寒地冻之时,情景催发所致之词。从抄工字迹来看,该部分词作统一为娟秀正楷小字,词作每行二十六字,抄写极为整齐精美,为全部手稿本抄写最精良的部分。词集共收《喜迁莺·立冬》(西风试峭)、《梦芙蓉·寒月》(倍觉姮娥)、《画堂春·小春》(不寒不暖)、《风入松·寒鸦》(欹斜懒漫)、《瑞鹤仙·慈人寺松》(尔头童齿)、《凄凉犯·寒栎》(一星星火)、《疏影·黄梅》(霜天残腊)、《霜叶飞·黄芽菜》(轻松纤软)、《宣清·玉河水》(结定银湾)、《花犯·西山晴雪》(遍崎崟玲)、《十二时·观猎》(尽生平骨)十一首词作。和手稿本其他词作动辄数条评语不同的是,《岁寒词》中评语极少,只有最后一首《十二时·观猎》附带陆棻一则评语:"望见高足昂眉,气岸咄咄逼人,直使稼轩、克庄俯首在下风。解岂能复与绛灌等伍?快读数过,如王家少年骑屋角挝鼓上树,操笔敼立名,傲睨一世,不意老奴狂态尔尔。弟陆棻僭评。"①《观猎》一词极为典型地体现了

① [清]陈维崧著,叶嘉莹主编《康熙年间手抄稿本三色汇评迦陵词》(上),天津:南开大学出版社 2009 年版,第 450 页。

陈维崧词雄豪劲放的风格，因而陆菜直呼"直使稼轩、克庄俯首在下风"，评价可谓精准。

　　需要指出的是，《岁寒词》与陈维崧及其表弟曹亮武等阳羡词人宴集唱和活动密切相关，他们曾在冬日共同组织了一次群体唱和活动，参与人数众多，所作多为描写岁寒景物，并最终结集名曰《岁寒词》，曹亮武将这些唱和作品收集整理并最后刊行。手稿本石册封面之背留有陈宗石一则批语云："此本除《岁寒词》已有刻本，当应抄十一首。"《岁寒词》首页上方亦有一则眉批道："此数词已有刊本。"陈维崧曾亲为该词集作《岁寒词小序》："斗室恒关，双扉久墐。饧香豆软，正当祀灶之辰；醲熟鸡肥，恰值消寒之会……传诸好事，目以词豪；播在通都，资为谈助。属鄙人之技痒，更我友之神来，和有数家，镂成一集。"①曹亮武作为陈维崧的表弟，亦是手稿本《迦陵词》重要的校对者。而曹亮武本人的词作品集除了《南耕词》六卷，还有《岁寒词》一卷，《四库全书总目·词曲类存目》中均有录，署"浙江巡抚采进本"，《四库提要》云："《岁寒词》则康熙癸亥、甲子两年所作，其同里陈枋遍和之，名《荆溪岁寒词》，亦附刻集内。亮武以倚声擅名，与陈维崧为中表兄弟，当时名几相埒，其缠绵婉约之处，亦不减于维崧，而才气稍逊，故纵横跌宕，究不能与之匹敌也。"②《续修四库全书》收录的《岁寒词》前有尤侗所作《岁寒词序》、陈枋（曹亮武表侄）所作《岁寒词小序》。由此可知，手稿本中的《岁寒词》即是陈维崧在阳羡岁寒雅集唱和中的

<hr>

① [清] 陈维崧著，陈振鹏标点，李学颖校补《陈维崧集》（上），上海：上海古籍出版社 2010 年版，第 398 页。
② [清] 纪昀总纂《四库全书总目提要》（1—4 册），石家庄：河北人民出版社 2000 年版，第 5516 页。

作品,集中抄录于此。

二、《病余词》考述

该词集收录在手稿本革册(自手稿本《迦陵词》下册第 378 页起),词集名没有写在词集卷首,而是写在该册目录页前面的封背上。《病余词》是一部其他典籍所不见载的词集,至今已不传于世,其存词情况亦无从考证。《病余词》与手稿本其他内附词集有着非常大的不同,它没有题名,没有标示作者,也没有单独使用有别于其他词作的字体。而《岁寒词》有词集题名,词集名左侧题署作者为"宜兴陈维崧其年号迦陵";《广陵倡和词》有词集题名,其下题有"念奴娇"三字(说明此次雅集的词调为《念奴娇》),其下题有"乌丝"二字,词集名左侧题署作者为"颍川维崧其年";《乌丝词三集》有词集题名,词集名下方题署作者为"阳羡陈维崧其年",还配有"天石评定古今之章"印章一方;《乌丝词第三集》有词集题名,词集名下方题署作者为"宜兴陈维崧其年撰",署名左侧还题有"柘城李方广寥墅、王锃叔平阅"(此二人名被黑细墨笔勾掉)。笔者仔细观察,发现"病余词"所在页还书写有"破阵子""渡江云""江上作""解蹀躞""荥阳道中"等片语,详细翻检陈维崧词集,上述片语当为《破阵子·江上作》《渡江云·江南忆和遽庵先生韵》《解蹀躞·夜行荥阳道中》三首词牌及题目,而这几首词都编排在手稿本木册之中,所写都是岁月艰难、年老体衰、天涯飘寄、旅途漫长等凄婉哀伤之调,全词分列如下:

峡劈成皋古郡,人杂猿猱过。断崖怒走,苍龙立而卧。此乃广武山乎?噫嘻古战场哉,悲来无那! 卸鞍坐,烟竹吹来入破。一林纤月堕。雁声不歇,砧声又捣和。历历五点三更,马前渐逼荥阳,城头灯火。

——《解蹀躞·夜行荥阳道中》①

千顷晴漪皱绿,四围晚髻粘红。蛋户蛮帆来海外,犀液龙蓺贮月中。寒潮打故宫。　雁叫酸然欲雨,鼍吟耆若成风。刘毅宅边堆蔓草,郭璞坟前拥断篷。秋江愁杀侬。

——《破阵子·江上作》②

江豚翻碧浪,凭高望极,折戟半沉沙。鸡笼山下路,记得凤城,数十万人家。貂禅掩映,钟山翠、叠鼓鸣笳。更参差、青溪红板,从古说繁华。堪嗟!齐台梁苑,残月晓风,剩颓墙败瓦。只苍凉、半林枫槲,四壁龙蛇。几番夜雨寒潮泊,空城下、浪打蒹葭。青衫湿,隔船同诉天涯。

——《渡江云·江南忆和遽庵先生韵》③

笔者又大量翻阅陈维崧词集,发现他晚年"述病"特别多,《病余词》在手稿本土册(第六册)、革册(第七册)之中连续有若干首词,如《贺新郎·暮秋卧病澄江客舍,承刘震修沛元秦其天贺天士椒峰弟诸君枉顾,因感亡友邹程村董文友,漫赋一首并示梅园主人韩尔铉》《沁园春·余卧病澄江不能应试,主者颇难之,竹逸为经营良苦,乃始得请,归来作此自嘲并以申谢》《沁园春·余既沉疴濒死,而远公亦一病累月,乃其病中独持斋甚坚,词以讯之》等,均抒写陈维崧被疾病缠身的痛苦煎熬,全词分列如下:

罗隐江东,老署秀才,不幸似之。怪自负上流,偏搜兔

①[清]陈维崧著,叶嘉莹主编《康熙年间手抄稿本三色汇评迦陵词》(下),天津:南开大学出版社 2009 年版,第 657 页。

②[清]陈维崧著,叶嘉莹主编《康熙年间手抄稿本三色汇评迦陵词》(下),天津:南开大学出版社 2009 年版,第 664 页。

③[清]陈维崧著,叶嘉莹主编《康熙年间手抄稿本三色汇评迦陵词》(下),天津:南开大学出版社 2009 年版,第 762 页。

册,曾称男子,却涸牛医。壮不如人,老之将至,那更空墙病马嘶。归去尔,尽嚇人腐鼠,笑我醢鸡。　纷纷路鬼相疑。疑小敌当场胡怯为。谢主臣不敏,怯诚有是,明公垂谅,病亦非欺。颜子屡空,伯牛有疾,合受先生谴责词。真穷矣,幸江城恰遇,鲍叔于斯。①

　　一病惊秋暮。暗澹煞、五更青鬓,万山红树。煎药真长高谊在,结驷连镳相顾。仆惫矣、诸君无苦。纵惫此心犹炯炯,试扶吾、一上秋城去。沙雁落,细如雨。　韩园旧日曾歌舞。有多少,缕金裙子,酒和墨污。那数三千珠履客,高会春申极浦。当日事、何人记取。黔董顾邹今不见,只十围、梅似青铜古。花尚好,人非故。②

　　濒死三秋,僵卧十旬,已而已而。叹参苓暴贵,妇难窃药,鸡豚差贱,妃可呼豨。黄雀披绵,紫鳌堆珀,更朵先生病后颐。属餍耳,任人呼其鄙,我举其肥。　相怜同病奚疑。只松下君偏折露葵。但瓠称折项,欣焉命匕,鱼名石首,誓不沾匙。我辈衰羸,全凭脍脯,待得生天是几时。言非戏,请相随果腹,莫漫攒眉。③

以上几首词作情词理句,感叹生命,感人至深,因而在手稿本里均留下大量词评,如《贺新郎》(一病惊秋暮)一词留有六条评语:"回风激楚之声,令我不堪多读。雪持。""感时伤往,绝似魏文

---

① [清]陈维崧著,叶嘉莹主编《康熙年间手抄稿本三色汇评迦陵词》(下),天津:南开大学出版社 2009 年版,第 204 页。
② [清]陈维崧著,叶嘉莹主编《康熙年间手抄稿本三色汇评迦陵词》(下),天津:南开大学出版社 2009 年版,第 208 页。
③ [清]陈维崧著,叶嘉莹主编《康熙年间手抄稿本三色汇评迦陵词》(下),天津:南开大学出版社 2009 年版,第 209 页。

《与吴质书》。""总觉此心犹炯炯,穷且益坚。""只十围、梅似青铜古,感慨系之。""风流云散,愁绪填胸,兴言及此,便觉酸风苦雨一齐俱集。""多少光阴都于酒和墨污中销磨过去,令人击唾壶欲缺。既庭。"根据以上考述笔者认为,《病余词》不是严格意义上的一本词集,而是有可能用来表现陈维崧病况好转但还未完全抗康愈的一种复杂的身体和心理状态。而把陈维崧病后初愈一段时间内的作品归为一类也能说得通,正如白静《手抄稿本〈迦陵词〉研究》一文推断"《病余词》应该是陈维崧后期创作中比较重要的一种词集,是他阶段性创作成果的总和"①。因此,某种程度上说,整个手稿本革册都有可能是《病余词》的作品。

三、《广陵倡和词》考述

该词集收录在手稿本革册(手稿本《迦陵词》下册第 435—452 页),题词下标有"念奴娇"三字,意在说明集中收录的都是《念奴娇》一调的作品。该集词文与评语皆由一人集中抄录,词文用楷体大字抄录,每行二十四字;评语用小字抄录,每行字数不等。每词之后定制附有评语三条,全集附录诸家评语共计三十六条,这在手稿本八册之内属于评语最为密集的地方。词集整体而言,整齐划一,每页只盖有陈履端一人之印章,全集只有少数几处补充修改,说明该集是精心设计、一次抄录而成。

清初的广陵词坛名家云集,群贤毕至,引领当时词林创作的潮流风尚。尤其是王士禛主政扬州后,他重文辞,好吟咏,喜交游,结交了当时最有成就的词人,诚如吴伟业评其道:"贻上在广

---

① 白静《手抄稿本〈迦陵词〉研究》,南开大学 2007 年博士论文。

陵,昼了公事,夜接词人。"①当时在扬州形成了以王渔洋为核心的广陵词作家群,而陈维崧正是这一群体中的活跃分子与活动主要应和者。康熙六年(1667),陈维崧等身在扬州的众多词人宴集红桥,以《念奴娇》为题,以"屋"为韵,填词倡和,之后结集《红桥倡和集》刊刻行世。笔者在前文"国家图书馆经眼陈维崧图书简介"章节中专门介绍考述了所见《广陵倡和词》七卷,抄录其上序言等重要内容。国家图书馆馆藏清王士禄、曹尔堪等撰《广陵倡和词》七卷(原件书书号 A04172,为馆藏清代善本古籍),卷内含宋琬、曹尔堪、王士禄、陈士祥、邓汉仪、范国禄、李公琦、谈允谦、孙枝蔚、冒襄、李以笃、陈维崧、孙金砺、宗元鼎、汪辑等词人和作。集中有孙金砺所作《广陵倡和词序》,详细交代了广陵红桥之集的人员构成、词家籍贯属地、倡和用韵情况、得词数量等信息,全面细致地还原了广陵词坛倡和的生态状貌:

> 广陵红桥之集,得四十六人,可谓盛矣。已而之远者,还故乡者,往京畿者,次第散去。四方之客,滞留于此,止予与荔裳观察、顾庵学士、西樵司勋、长益、其年、云田、方邺八人而已。惟定九为土著,巢民、散木、孝威、汝受、希韩属广陵州县者也。豹人、穆倩、舟次则侨家广陵者也,犹得十七人,诗酒燕聚,交欢浃月。初集时分赋五言近体,复限"屋"字韵,赋《念奴娇》词……康熙丁未正月上日四明孙金砺题于广陵寓舍。②

集中还存录龚鼎孳所作《广陵倡和词小引》,交代了广陵倡和

①[清]李斗著,潘爱平评注《扬州画舫录》,北京:中国画报出版社 2014 年版,171 页。
②冯乾编校《清词序跋汇编》第一册,南京:凤凰出版社 2013 年版,第 73 页。

的历史缘起,即广陵倡和是在宋琬、曹尔堪、王士禄三人《满江红》雅集基础上,发起的更大规模的词坛雅会活动:

> 向读荔裳、顾庵、西樵三公湖上倡和《满江红》词,人各八阕,缠绵温丽,极才人之致,叹为温、韦以来所未有也。今年三公复泊邗上,偕四方同人刻烛倚韵,更人得《念奴娇》词各十二首,猗与盛矣!①

陈维崧在这次广陵倡和雅集中所作十二首《念奴娇》词全部完整地保存在手稿本《迦陵词》之中,具体题目是:《小春红桥宴集同限一屋韵》(霜红露白)、《读曹顾庵新词兼酬赠什即次曹韵》(老颠欲裂)、《送朱近修还海昌,并怀丁飞涛之白下,宋既庭返吴门。仍用顾庵韵》(住为佳耳)、《被酒呈荔裳、顾庵、西樵三公,并示豹人、孝威、梅岑、舟次、方邺、希含、散木、汝受诸子,仍用曹韵》(仆何为者)、《红桥倡和集成,索李研斋序,孙介夫记,作词奉柬,并示冒巢民,仍用顾庵韵》(夔门蜀栈)、《赠阿秀,并示西樵》(晚风回处)、《曹顾庵、王西樵、邓孝威、沈方邺、汪舟次、季希常、李云田皆有送余归阳羡一阕,作词留别,并谢数公》(此诸公者)、《送沈方邺还宣城,兼怀唐耕、坞施、愚山、梅子、长同、西樵,用孝威韵》(归兮何暮)、《延令季苍苇席上,送周子叔计偕京师》(长途迫岁)、《广陵客夜,去意兴门同吴梅村先生,暨叶讱庵、盛珍示、王维夏、崔不离、李西渊、范龙仙、王升吉,饮金宫声宅,时有新凰、赖凤两校书在座》(月之十八)、《季沧苇宅夜看歌姬演剧,即席成词,并示张天、任五、丹九、仪戴、宏度、季孚、公希、韩李、三友、朱石钟诸子》(吾生讵料)、《重过广陵,同王西樵、孙介夫夜话,即宿西樵寓中》

---

① 冯乾编校《清词序跋汇编》第一册,南京:凤凰出版社 2013 年版,第 74 页。

（登车一叹）①。这十二首词后来被《迦陵词全集》全部原样收录，前后顺序亦同。

　　手稿本《迦陵词》所存《广陵倡和词》还有一个地方极具价值，即该词集在收录这十二词作的同时，还附录诸家评语。评语者均署名，包括：曹顾庵（曹尔堪）、范汝受（范国禄）、王西樵（王士禄）、陈散木（陈世祥）、宋荔裳（宋琬）、季沧苇（季振宜）、邓孝威（邓汉仪）、冒巢民（冒襄）、汪舟次（汪辑）、宗梅岑（宗元鼎）、季希韩（季公琦）、冒青若（冒丹书）、沈方邺（沈泌）、孙豹人（孙枝蔚）、李云田（李以笃）、杜于皇（杜濬）、纪伯紫（纪映钟）、谈长益（谈允谦）、方楼冈（方玄成）、张穉恭（张恂）、刘峻度（刘师峻）、雷伯籲（雷士俊）、费此度（费密）、王筑夫（王岩）、尤悔庵（尤侗）、宋既庭（宋实颖）、董文友（董以宁）、邹程村（邹祗谟）、陈半雪（陈维崤）、陈纬云（陈维岳）、程穆倩（程邃）、□□□（涂污）、孙无言（孙默）诸人。这些人物所留评语为人们形象生动地还原了广陵倡和的盛状，因而有着极为重要的词史文献价值。

　　四、《乌丝词三集》考述

　　该词集收录在手稿本木册（手稿本《迦陵词》下册第 544－628 页），为《乌丝词》之续编，共收录词作一百一十一首。《乌丝词》是陈维崧引以为傲的一部词集，这部词集给他带来了巨大的词坛声誉。《乌丝词》入选孙默的《国朝名家诗余》，刊行后广泛传播。陈维崧十分重视《乌丝词》，在其以后的创作中依然沿用这一名称为词集命名，手稿本之上有三处盖有"乌丝"的印章。《乌丝》系列曾

---

① ［清］陈维崧著，叶嘉莹主编《康熙年间手抄稿本三色汇评迦陵词》（下），天津：南开大学出版社 2009 年版，第 435－451 页。

有过多个词本:《乌丝词》《乌丝词二集》《乌丝词三集》《乌丝词第
三集》等,《乌丝词二集》今已不见传,手稿本中完整地保留着《乌
丝词三集》和《乌丝词第三集》。《乌丝词三集》词文由一位抄工一
次抄录而成,用楷书小体字抄录(每行二十二字,个别也有每行二
十三字),唯有最后一首《凤凰台上忆吹箫》是补录,为行草大字书
写(每行二十二字)。词集有若干处标注"以下不必写""重不写"
"重""不写""此首不必写""重不必写",亦有多处改换文字,"对"
字戳上加盖"待吊青蝇"印章较多,说明陈维崧本人对该词集颇为
用心,整理校对精细。该词集评语较少,除《菩萨蛮》一词附存一
则评语外,其他词作均无评语。《菩萨蛮·和龚伯通寄于生,用原
韵》词曰:"撩人最是眉烟皱,勾人不在春弓瘦。红烛奈他何,相看
泪孰多。　　别来浑不寐,梦里人谁至。拚倚钿筝眠,娇音落枕
边。"该词的评语者为王正子,评者评该词过于艳丽,尤其"撩人最
是眉烟皱。勾人不在春弓瘦"一句用黑线标示,认为有伤风雅,建
议删去:"此等词断宜删去,存之最伤大雅,不知先生以为然
否?"①关于王正子,其人生平不详,学界目前无定考,但可以肯定
的是,王正子与陈维崧、孙枝蔚、郑板桥等关系密切,相互之间有
赠答作品,如陈维崧即有《贺新郎·用辛稼轩陈同甫倡和韵,送王
正子之襄阳,明春归广陵,并嘱其一示何生龙若》。"正子"应为某
人字号,笔者查阅大量资料,康熙朝与陈维崧同时代但凡以"正
子"为字号的人,皆与"王"姓对应不上。如果以"王正"检索,康熙
朝有两位叫王正的人:

　　王正,楚雄人。康熙己酉(1669)副贡生,官禄丰县教谕、

------

① [清]陈维崧著,叶嘉莹主编《康熙年间手抄稿本三色汇评迦陵词》(下),天
津:南开大学出版社2009年版,第547页。

元江府教授。王正恢谐润达,归乡行李萧然。惟以教授生徒为务,是一教育家。著有《鹤林雅集》《微山诗品》。①

　　王正,原名桢,字彦倩,云梦人。康熙癸巳进士,官武昌汉阳府学教授,摄江夏县事,学者称深港先生。著有《读书管见迩言》《王氏家训质言》。②

如是男子,当时以"姓名"加"子"如"王正子",这种称呼不符合当时人称惯例;但若是女子,"姓名"加"子"则表示对该女子的尊重,则极为合适。按照这个思路,笔者再次翻检典籍,发现与陈维崧同时的扬州有一位叫作王正的闺秀才子。王正,字端叔,亦作端淑,又作端肃,是清初著名女画家,如李濬之《清画家诗史》云:"王正,字端叔,江都人。李若谷室。善花卉,布置工稳。诗受业于徐少宗伯倬。后入都,齐尝延为闺塾师。有《砚庐草》。"③王正诗学徐倬,而徐倬与如皋冒襄父子友善,交往倡和,受人称道。陈维崧长期寄居冒襄家里,因而他与徐倬、王正应亦有交善往来。王正善画花草,布置工稳,传有《王端容花卉册》,孙枝蔚作有《题扇上俞雪朗所画山水图奉酬王正子送予之屯留长句》,郑板桥之师陆震(号种园)亦作有《满江红·赠王正子》。手稿本之内有三处王正子评语,评点与众不同,敏感细腻,具有鲜明的女性视角特点。考虑到手稿本之中还有一位女性校对者——毕汾(字素溪),因而笔者大胆推测,王正子为康熙间扬州闺秀才子王正。《乌丝

---

① 陶应昌编著《云南历代各族作家》,昆明:云南民族出版社 1996 年版,第236 页。
② 湖北人民政府文史研究馆、湖北省博物馆整理《湖北文征》第七卷,武汉:湖北人民出版社 2000 年版,第 259 页。
③ 李濬之编,毛小庆点校《清画家诗史》(下),杭州:浙江人民美术出版社2014 年版,第 1450 页。

词三集》中这首《菩萨蛮》(撩人最是眉烟皱),虽然王正子建议删去,但还是被《迦陵词全集》收录①。

《乌丝词三集》是五个单行词集中收录作品数量最多的一部词集,共计一百四十三首,其中陈维崧本人词作一百一十一首,其他词人原词或和词三十二首。

陈维崧本人词作分别是:《念奴娇·咏玫瑰花》(陡惊春去)、《齐天乐·骥沙旅店纪梦》(坐来冷店)、《黄河清慢·清江浦渡黄河》(苍莽河声)、《婆罗门引·题露筋祠》(露筋祠下)、《春夏两相期·王家营客店排闷》(古黄河噜)、《菩萨蛮·和龚伯通寄于生,用原韵》(撩人最是)、《菩萨蛮·代于生答伯通仍用前韵》(舞余叠得)、《千秋岁·寿栢乡魏相国》(黑头台鼎)、《千秋岁·寿栢乡魏相国》(沙堤隐隐)、《行香子·为李武曾题扇上美人同弟纬云赋》(烟样罗襦)、《沁园春·赠别芝麓先生,即用其题乌丝词韵》(四十诸生)、《沁园春·赠别芝麓先生,即用其题乌丝词韵》(虽则毋归)、《沁园春·赠别芝麓先生,即用其题乌丝词韵》(归去来兮)、《满庭芳·过辽后梳妆楼》(细马轻衫)、《贺新郎·秋夜呈芝麓先生》(掷帽悲歌)、《贺新郎·秋夜呈芝麓先生》(俊鹘无声)、《贺新郎·送邵兰雪归吴门,仍用前韵》(易水严装)、《贺新郎·题沙介臣词并东周翼微郁东堂二子,仍用前韵》(健笔森擎)、《贺新郎·秋夜饮钱宫声寓中示谭舟石、周子俶、李西渊、章素文,仍用前韵》(故态狂奴)、《贺新郎·秋日行西苑,仍用前韵》(太液秋鲸)、《贺新郎·秋夜对月示弟纬云,仍用前韵》(戍鼓城楼)、《贺新郎·题郁东堂词,仍用前韵》(龙爪槐张)、《贺新郎·席上呈芝麓先生》

---

① 南京大学中国语言文学系《全清词》编纂研究室编《全清词·顺康卷》第七册,北京:中华书局 2002 年版,第 3896 页。

（打鼓船将）、《贺新郎·将之中州留别芝麓先生》（匹马冲寒）、《贺新郎·将之中州留别芝麓先生》（兽炭帘衣）、《念奴娇·八月初七夜对月示李湘北太史》（帝城今夜）、《念奴娇·初八夜对月饮纪伯紫处士寓》（挥杯一笑）、《念奴娇·初九夜对月饮吴默岩太史寓斋》（中宵狂叫）、《念奴娇·初十夜对月同山右吴天章、中州彭中郎、吴门周子俶、章素文饮汪钝庵户部寓庐》（虎丘石上）、《念奴娇·十一夜黑窑厂对月，龚芝麓先生招陪诸公送董玉虬侍御之任秦中。五叠前韵》（董公健者）、《念奴娇·十二夜对月，戏柬刘公戬史部，时史部新纳姬。六叠前韵》（今宵闲想）、《念奴娇·十三夜，大宗伯王敬哉先生招饮，是夜无月。七叠前韵》（先生语我）、《念奴娇·十四夜对月，同王阮亭员外。八叠前韵》（三更以后）、《念奴娇·十五夜，宋蓼天太史招饮，以雨不克赴。少顷月出，同纬云、鲁望两弟，暨曼殊小饮寺寓。九叠前韵》（吾生万事）、《念奴娇·十六夜对月，呈孙北海先生。十叠前韵》（浩歌被酒）、《洞仙歌·咏慈仁寺古松寿纪伯紫》（摩空翠鬣）、《念奴娇·看山如读画读书似看山，为周栎园先生赋用曹顾庵韵》（青天粉本）、《念奴娇·看山如读画读书似看山，为周栎园先生赋用曹顾庵韵》（平生癖爱）、《满庭芳·题顾梁汾舍人扈驾诗后》（万乘旌旗）、《念奴娇·巨鹿道中作》（雄关上郡）、《点绛唇·夜宿临洺驿》（晴翠离离）、《西江月·过冯唐故里》（酒罢燕歌）、《满江红·过邯郸道上吕仙祠示曼殊》（丝竹扬州）、《沁园春·经邯郸县丛台怀古》（匹马短衣）、《念奴娇·邺中怀古》（滏阳南去）、《沁园春·夜宿卫辉府使院》（白月明明）、《满江红·自封丘北岸渡河至汴梁》（潏潏河声）、《南乡子·邢州道上作》（秋色冷异）、《沁园春·桐川杨竹如刺史招饮，剧演党人碑，即席感赋》（屈指愍孙）、《贺新郎·赠程穆倩》（痛饮芜城）、《祝英台近·题季柔木小影兼志别怀》（红靺鞨紫)、《念奴娇·题季端木小影》(丹青一幅)、《水调歌头·宋荔裳、曹顾庵、王西樵招集刘峻度蕺园,即席限韵》(钿犊朱扉)、《水调歌头·送宋荔裳观察入都,并寄蓼天司业同顾庵、西樵赋》(酒冷天寒)、《水调歌头·留别阿云》(真作如此)、《西江月·夜宿何雍南斋中》(一榻奇书)、《点绛唇·江楼醉后与程千一》(绝忆生平)、《采桑子·送李云田之吴门迎侍儿扫镜》(一群荡子)、《采桑子·送李云田之吴门迎侍儿扫镜》(我言息国)、《烛影摇红·丁未元夜》(第一良宵)、《念奴娇·红桥园亭宴集限屋、沃韵》(霜红露白)、《念奴娇·读顾庵先生新词兼酬赠什,即次原韵》(老颠欲裂)、《念奴娇·送朱近修还海昌,并怀丁飞涛之白下,宋既庭返吴门,仍用顾庵韵》(住为佳耳)、《念奴娇·被酒呈荔裳、顾庵、西樵三公,并示豹人、孝威、梅岑、舟次、方邺、希含、散木、汝受诸子,仍用原韵》(仆何为者)、《念奴娇·红桥倡和集成,索李研斋序,孙介夫记,作词奉柬,并示冒巢民,仍用顾庵韵》(夔门蜀栈)、《念奴娇·赠阿秀,并示西樵》(晚风回处)、《念奴娇·曹顾庵、王西樵、邓孝威、沈方邺、汪舟次、季希常、李云田皆有送余归阳羡词,作此留别》(此诸公者)、《念奴娇·送沈方邺还宣城,兼怀唐耕、坞施、愚山、梅子、长同、西樵,用孝威韵》(归兮何暮)、《念奴娇·延令季苍苇席上,送周子叔计偕京师》(长途迫岁)、《念奴娇·广陵客夜,去意兴门同吴梅村先生,暨叶讱庵、盛珍示、王维夏、崔不离、李西渊、范龙仙、王升吉,饮金宫声宅,时有新凰、赖凤两校书在座》(月之十八)、《念奴娇·季沧苇宅夜看歌姬演剧,即席成词,并示张天任、五丹、九仪、戴宏度、季孚公、希韩、李三友、朱石钟诸子》(吾生讵料)、《念奴娇·重过广陵,同王西樵、孙介夫夜话,即宿西樵寓中》(登车一叹)、《洞仙歌·戊申上元阴雨示黄珍百、史云臣、任青际》(春阴春雨)、《贺新郎·徐竹亭招同几士兄阁上看梅》(一树都如)、《贺新郎·为徐晋遗催妆》(双绾同心)、《菩萨蛮·春日忆西湖次陆荩思、徐竹逸倡和原韵》(划波曾到)、《醉春风·上巳阴雨忆乙巳暮春与王阮亭主客修禊洗钵池上时慨然成咏》(风约飞红)、《水调歌头·舍南牡丹将放,词以催之》(峭冷侵金)、《稍遍·和丁飞涛东施愚山韵即寄飞涛》(大叫高歌)、《贺新郎·作家书竟题范龙仙书斋壁上芦雁图》(漏悄裁书)、《酷相思·冬日行彰德、卫辉诸处马上作》(赵北燕南)、《玉女摇仙佩·客大梁月夜感赋》(客愁无那)、《苏武慢·汴城晚眺》(暮色伤心)、《念奴娇·寄董玉虬侍御秦中》(黑窑秋夜)、《花犯·咏鄢陵腊梅花并寄梁曰缉侍御》(一枝枝末)、《沁园春·送谢云章之大名》(结束翩翩)、《多丽·刘公戬史部每为余言苏门百泉之胜,冬日行汲县道中,遥望峰峦幽异,未及登眺,感赋一阕并以寄刘》(记刘子语)、《沁园春·咏雪狮》(此物何来)、《贺新郎·都门洗象词同纬云弟赋》(百戏鱼龙)、《稍遍·读彭禹峰先生诗文全集竟,跋词卷尾兼示令子中郎直上两君》(自古穰城)、《踏莎行·冬行不寐》(旧恨如丝)、《沁园春·大梁署中对雪有感》(冻角无声)、《贺新郎·见南苑阱熊而叹之同吴天石赋》(南苑花如)、《鱼游春水·秋日过金鱼池》(韦曲光颓)、《满江红·汴京怀古》(坏堞崩沙)、《满江红·汴京怀古》(铅筑无成)、《满江红·汴京怀古》(氾水敖仓)、《满江红·汴京怀古》(太息韶华)、《满江红·汴京怀古》(野渡盘涡)、《满江红·汴京怀古》(宋室宣和)、《满江红·汴京怀古》(曲水金塘)、《满江红·汴京怀古》(北宋樊楼)、《满江红·汴京怀古》(古玉津园)、《满江红·汴京怀古》(汴水分藩)、《满庭芳·过虎牢》(氾水东来)、《水龙吟·己酉元夕,洛阳署中对雪》(一番宛洛)、《沁园春·客陈州使院花朝作》(归欤归欤)、《沁园春·三月三日尉氏道中作》(登尉缭台)、《减字木兰花·上巳后一日途次洧川》(花红草绿)、《借余春慢·梁园春,同侯仲衡、叔岱、徐恭、士田、梁紫、弟子万看牡丹作》(节过湔裙)、《凤凰台上忆吹箫·广陵送孙介夫之石城》(红板桥须)。

其他词人原作或和作分别是:宋琬《沁园春·宋荔裳观察题乌丝词》(天上张星)、王士禄《沁园春·王西樵考功题乌丝词》(屈指词人)、曹尔堪《沁园春·曹顾庵学士题乌丝词》(畏友颍川)、龚鼎孳《沁园春·龚芝麓先生题乌丝词》(烟月江东)、龚鼎孳《沁园春·龚芝麓先生题乌丝词》(彼美何其)、龚鼎孳《沁园春·龚芝麓先生题乌丝词》(髩且无归)、龚鼎孳《沁园春·芝麓先生再和》(若为吾歌)、龚鼎孳《沁园春·芝麓先生再和》(公勿过河)、龚鼎孳《沁园春·芝麓先生再和》(文士何如)、钱芳标《沁园春·钱宝汾赠别词》(如此寒威)、《沁园春·钱宝汾赠别词》(惜别匆匆)、钱芳标《沁园春·钱宝汾赠别词》(记十年前)、龚鼎孳《贺新郎·芝麓先生和词》(玉笛西风)、龚鼎孳《贺新郎·芝麓先生和词》(彩笔龙拏)、龚鼎孳《贺新郎·芝麓先生席上和词》(一曲骊歌)、龚鼎孳《贺新郎·芝麓先生席赠别词》(津柳霜飚)、龚鼎孳《贺新郎·芝麓先生席赠别词》(俊鹘盘空)、纪映钟《贺新郎·纪伯紫赠别词》(万籁笙竽)、纪映钟《贺新郎·纪伯紫赠别词》(腐肉鸥争)、钱芳标《贺新郎·钱宝汾赠别词》(粉蝶被笰)、钱芳标《贺新郎·钱宝汾赠别词》(健笔苍鹰)、钱芳标《贺新郎·宝汾再和词》(不寐霜钟)、钱芳标《贺新郎·宝汾再和词》(锦席骚坛)、吴本嵩《贺新郎·吴天石赠别曼殊词》(又送君南)、吴本嵩《贺新郎·天石赠别词》(所事人争)、周纲《贺新郎·周翼微赠别词》(车马争纷)、周纲《贺新郎·翼微赠曼殊词》(好句莺偷)、龚鼎孳《念奴娇·龚芝麓先生中秋和词》(霜新叶老)、钱芳标《念奴娇·钱宝汾中秋和词》(凤城秋半)、钱芳标《贺新郎·又附钱宝汾赠别和韵贺新郎词》

（仆马侵晨）、钱芳标《贺新郎·又附钱宝汾赠别和韵贺新郎词》
（世事看狙）、任绳隗《洞仙歌·青际和词》（云屏千顷）。

　　《乌丝词三集》收录词作虽多，但有很多词作是重复抄录。手
稿本八册之内共有二十七首重复抄录词作，其中此集中便有十五
首重录之作，如本集中有十二首词与前面革册《广陵倡和词》完全
重复，所以，手稿本该页有"念奴娇以下俱录过不必写"[1]之批注
说明。《乌丝词三集》还有一个特点，就是所收录词多是陈维崧与
人往来交流的酬赠唱和之作，如集中有十首《念奴娇》，交代作者
从八月初七一直到八月十六，每夜必与人宴饮唱和：《八月初七夜
对月示李湘北太史》《初八夜对月饮纪伯紫处士寓》《初九夜对月
饮吴默岩太史寓斋》《初十夜对月同山右吴天章、中州彭中郎、吴
门周子俶、章素文饮汪钝庵户部寓庐》《十一夜黑窑厂对月，龚芝
麓先生招陪诸公送董玉虬侍御之任秦中。五叠前韵》《十二夜对
月，戏柬刘公戭吏部，时吏部新纳姬。六叠前韵》《十三夜，大宗伯
王敬哉先生招饮，是夜无月。七叠前韵》《十四夜对月，同王阮亭
员外。八叠前韵》《十五夜，宋蓼天太史招饮，以雨不克赴。少顷
月出，同纬云、鲁望两弟，暨曼殊小饮寺寓。九叠前韵》《十六夜对
月，呈孙北海先生。十叠前韵》。这些词既说明了陈维崧朋友圈
极为广泛，及受人尊重爱戴的程度，同时亦反映出陈维崧四处漂
泊，强作笑颜，乞食朱门权贵的现实苦楚与悲凉。这些词还可以
用来定位陈维崧交际范围，反映其行踪信息等。如集中收有周绚
两首《贺新郎》，周绚乃当时著名篆刻家，江苏娄东（今太仓）人，精
于印刻，陈维崧曾作有《请周翼微篆刻图章启》四六文，对周绚极

---

① ［清］陈维崧著，叶嘉莹主编《康熙年间手抄稿本三色汇评迦陵词》（下），天
　津：南开大学出版社 2009 年版，第 597 页。

为称赞："伯仁饮酒之余,兼摹缪篆,烂铜破玉,频镌蝌蚪之形;汉印秦章,屡画蛟螭之状。"①可见,陈维崧所交不仅有词人,亦有各类艺术名家。

五、《乌丝词第三集》考述

该词集收录在手稿本木册(手稿本《迦陵词》下册第 640－649 页),亦为《乌丝词》之续编。该集除作者陈维崧本人外,还有李方广、王镈两位参阅者(不知何故,二人名字最后被勾划掉),集中有陈维崧酬赠二人的,即《念奴娇·宋景炎席上赠柘城李蓼墅》和《念奴娇·用前韵酬柘城王叔平》。该集词作与集外其他作品在抄录文字上没有特殊之处,为手稿本主抄录者完成,词集前有词集名及作者题名,但词集结尾处如何判断存在困难,因而词集所受录具体篇目亦较难断定。白静《手抄稿本〈迦陵词〉研究》一文以每页书写行数及字数作为判断词集的主要依据:"抄录虽然也出自稿本主要抄录者之手,但是排列方式却与众不同:每半叶九行,每行二十二字,这是我们辨别它和其他集外作品的主要依据。"②笔者经综合比较,依照字体痕迹粗细、页面清晰度、每行字数、评语颜色等"风格一致性"来考察判断词集的结尾处。具体来说,该词集文字书写较为纤细清秀,页面较为清晰,每页九行,每行二十二字,评语及圈点均为红色。而自《满江红·写近况酬寄曹顾庵学士,即用学士来韵》(黄雀银鱼)一词开始,直至手稿本卷末,与前述部分存在着明显的不同,即书写字迹变粗,书写密

---

① [清]陈维崧著,陈振鹏标点,李学颖校补《陈维崧集》(上),上海:上海古籍出版社 2010 年版,第 251 页。
② 白静《手抄稿本〈迦陵词〉研究》,南开大学 2007 年博士学位论文。

度加大,每页八行,每行二十四字,评语和圈点为蓝色。一般来说,作为一个词集,应该具有相对成型而稳定的特点,不宜改动太多,而《满江红》(黄雀银鱼)以下词作加盖"待吊青蝇"印章较多,说明陈维崧自己对这部分校对修改较多。综合以上比较分析,手稿本《迦陵词》下册第640-649页所收十三首词具有相对稳定而一致的风格,因而我们将其归为一个词集。这十三首词具体为:《念奴娇·宋景炎席上赠柘城李蓼墅》(中年以后)、《念奴娇·用前韵酬柘城李子金》(雪飞千里)、《念奴娇·用前韵酬鹿邑张子武》(升仙丈人)、《念奴娇·用前韵酬柘城王叔平》(丈人安坐)、《念奴娇·睢州田子益、唐昕林、孙啸史、徐次微、袁信庵、褚宸宣、吴子纯、侯长六诸子邸中沽饮我,别来数日,荒村风雪,有怀昨游,用前韵寄之》(三间老屋)、《念奴娇·梁紫有和予百字令词,因用前韵酬之,送其暂返锦池兼促郎来梁苑》(朝来急霰)、《沁园春·叔岱先生雅有鹌鹑之癖,友人田梁紫作书止之,戏括书语为词》(客语先生)、《沁园春·又戏代叔岱先生答》(先生得书)、《江城子·戏写姬人领巾》(石头城下)、《水调歌头·咏美人秋千》(昨夜湔裙)、《春从天上来·壬子元夕》(梁宋飘零)、《定风波·赠牧仲歌儿阿陆》(蝴蝶成团)、《定风波·又赠歌儿阿增》(持底尊前)。

　　《乌丝词第三集》所录词作多为酬唱赠答之作,考虑到《广陵倡和词》便以《念奴娇》为题雅聚宴集,而《乌丝词三集》中亦是存在多次以《念奴娇》为题雅聚宴集的实际情况,所以笔者推断,《乌丝词第三集》中的这几首《念奴娇》词也应该是雅聚宴集所用词牌,如集中《叔岱先生雅有鹌鹑之癖,友人田梁紫作书止之,戏括书语为词》《又戏代叔岱先生答》二首,陈维崧为侯方岩(字叔岱)、田兰芳(字梁紫)双方作词,侯方岩是侯方域伯兄弟,田兰芳为理学家,被誉为"中州名儒"。宜兴陈氏与商丘侯氏乃为世交,侯方岩、田兰芳相交甚善,因而在宴集之时,以《念奴娇》酬赠就属自然之事。集中在第一首《念奴娇》词之上存有一则墨笔眉批:"诸词满腹风雅,冲口动人。"①这则批语是对于《念奴娇》一调诸首词所作总评,可以说明《念奴娇》乃为宴集雅会之作。

需要指出,前述《乌丝词三集》统一书写,整齐划一,丰满完善,词集特征明显,而《乌丝词第三集》则相对简单,收词较少,处理较为随意。二集在手稿本之中距离极近,只隔十四首词作,某种程度来说,《乌丝词第三集》可能作为《乌丝词第三集》的一个补集。

第三节　手稿本《迦陵词》中的附录词作

手稿本《迦陵词》是一部较为成型完善的词本,收录了陈维崧《乌丝词》以后的全部作品,其中不仅收录陈维崧自己的作品,里面还收录很多陈维崧词坛同道、亲朋好友、达官贵人、社会名贤等诸家词作。据白静《手抄稿本〈迦陵词〉研究》一文统计:"稿本收录他人和作或原唱共计57首,其中12位作者的18首作品是不见载于其他著述的佚词。"②笔者通过认真仔细的查检,对白静相关统计数据加以修正,现以表格形式将手稿本中这些内附词作逐一标列如下:

---

① [清]陈维崧著,叶嘉莹主编《康熙年间手抄稿本三色汇评迦陵词》(下),天津:南开大学出版社2009年版,第640页。
② 白静《手抄稿本〈迦陵词〉研究》,南开大学2007年博士论文。

卷册	作者	词牌	题目	所在页码	原词题目	可见出处
石册	顾贞观	念奴娇	附梁汾原词	上册330页	荆溪雨泊，用史梅溪韵留别陈其年、史蝶庵诸同学	《全清词·顺康卷补编》第二册第1153页
匏册	梁清标	玉簟凉	梁棠村先生和	下册110页	次陈其年韵	《全清词·顺康卷》第四册第2283页
匏册	宋实颖	玉簟凉	宋既庭和	下册111页	和陈其年己未长安七夕	《全清词·顺康卷补编》第一册第582页
匏册	徐釚	玉簟凉	徐电发和	下册112页	己未七夕和陈其年韵	《全清词·顺康卷》第十二册第6805页
匏册	曹贞吉	玉簟凉	曹实庵和	下册113页	七夕有感，和陈其年	《全清词·顺康卷》第十一册第6492页
匏册	梁清标	百字令	附棠村先生和词	下册125页	咏米家灯，次陈其年韵	《全清词·顺康卷》第四册第2285页
匏册	梁清标	百字令	和词	下册127页	庚申长安闰中秋，次陈其年韵	《全清词·顺康卷》第四册第2287页

续表

卷册	作者	词牌	题目	所在页码	原词题目	可见出处
匏册	纳兰性德	贺新凉	附容若原词	下册 144 页	姜西溟言别，赋此赠之	《全清词·顺康卷》第十六册第 9562 页
匏册	梁清标	摸鱼儿	棠村先生和词	下册 152 页	咏窝丝饧，次陈其年韵	《全清词·顺康卷》第四册第 2285 页
匏册	汪懋麟	摸鱼儿	蛟门主事和词	下册 153 页	咏窝丝糖，和其年韵	《全清词·顺康卷》第十三册第 7740 页
土册	杜濬	西江月	茶村原词	下册 229 页	戏东庭柏，其年	《全清词·顺康卷补编》第一册第 228 页
土册	杜濬	贺新郎	附于皇词	下册 301 页	漫倚藜肠绣	《全清词·顺康卷补编》第一册第 229 页
木册	宋琬	沁园春	宋荔裳观察题乌丝词	下册 551 页	题陈其年乌丝词	《全清词·顺康卷》第二册第 902 页
木册	王士禄	沁园春	王西樵考功题乌丝词	下册 551 页	读陈其年乌丝词赋寄	《全清词·顺康卷》第八册第 4749 页

续表

卷册	作者	词牌	题目	所在页码	原词题目	可见出处
木册	曹尔堪	沁园春	曹顾庵学士题乌丝词	下册552页	题乌丝词	《全清词·顺康卷补编》第一册第323页
木册	龚鼎孳	沁园春	龚芝麓先生题乌丝词	下册552页	读乌丝集次曹顾庵王西樵、阮亭韵	《全清词·顺康卷》第二册第1139页
木册	龚鼎孳	沁园春	龚芝麓先生题乌丝词	下册553页	读乌丝集次曹顾庵、王西樵、阮亭韵	《全清词·顺康卷》第二册第1139页
木册	龚鼎孳	沁园春	龚芝麓先生题乌丝词	下册553页	读乌丝集次曹顾庵、王西樵、阮亭韵	《全清词·顺康卷》第二册第1139页
木册	龚鼎孳	沁园春	龚芝麓先生题乌丝词	下册554页	读乌丝集次曹顾庵、王西樵、阮亭韵	《全清词·顺康卷》第二册第1140页
木册	龚鼎孳	沁园春	龚芝麓先生再和	下册554页	读乌丝集次曹顾庵、王西樵、阮亭韵	《全清词·顺康卷》第二册第1140页
木册	龚鼎孳	沁园春	龚芝麓先生再和	下册555页	读乌丝集次曹顾庵、王西樵、阮亭韵	《全清词·顺康卷》第二册第1140页

卷册	作者	词牌	题目	所在页码	原词题目	可见出处
木册	龚鼎孳	沁园春	龚芝麓先生再和	下册555页	读乌丝集次曹顾庵、王西樵、阮亭韵	《全清词·顺康卷》第二册第1140页
木册	钱芳标	沁园春	钱宝汾赠别词	下册556页	戊申秋日,送陈其年还阳羡,兼读其乌丝词,同合肥先生次韵	《全清词·顺康卷》第十三册第7565页
木册	钱芳标	沁园春	钱宝汾赠别词	下册557页	赠别曼殊词	《全清词·顺康卷补编》第二册第1179页
木册	钱芳标	沁园春	钱宝汾赠别词	下册557页	戊申秋日,送陈其年还阳羡,兼读其乌丝词,同合肥先生次韵	《全清词·顺康卷》第十三册第7566页
木册	龚鼎孳	贺新郎	芝麓先生和词	下册565页	和其年秋夜旅怀韵	《全清词·顺康卷》第二册第1141页
木册	龚鼎孳	贺新郎	芝麓先生和词	下册566页	和其年秋夜旅怀韵	《全清词·顺康卷》第二册第1141页

续表

卷册	作者	词牌	题目	所在页码	原词题目	可见出处
木册	龚鼎孳	贺新郎	芝麓先生席上和词	下册566页	其年将发,秋夜集西堂,次前韵	《全清词·顺康卷》第二册第1142页
木册	龚鼎孳	贺新郎	芝麓先生赠别词	下册567页	和陈其年	《全清词·顺康卷》第二册第1156页
木册	龚鼎孳	贺新郎	芝麓先生赠别词	下册568页	即席送其年之中州,用前韵	《全清词·顺康卷补编》第一册第293页
木册	纪映钟	贺新郎	纪伯紫赠别词	下册568页	赠别曼殊词	《全清词·顺康卷补编》第一册第196页
木册	纪映钟	贺新郎	纪伯紫赠别词	下册569页	送其年之中州,次韵	《全清词·顺康卷》第一册第499页
木册	钱芳标	贺新郎	钱宝汾赠别词	下册569页	戊申秋日,送陈其年还阳羡,兼读其乌丝词,同合肥先生次韵	《全清词·顺康卷》第十三册第7567页

续表

卷册	作者	词牌	题目	所在页码	原词题目	可见出处
木册	钱芳标	贺新郎	钱宝汾赠别词	下册570页	戊申秋日,送陈其年还阳羡,兼读其乌丝词,同合肥先生次韵	《全清词·顺康卷》第十三册第7567页
木册	钱芳标	贺新郎	钱宝汾再和词	下册571页	戊申秋日,送陈其年还阳羡,兼读其乌丝词,同合肥先生次韵	《全清词·顺康卷》第十三册第7567页
木册	钱芳标	贺新郎	钱宝汾再和词	下册571页	戊申秋日,送陈其年还阳羡,兼读其乌丝词,同合肥先生次韵	《全清词·顺康卷》第十三册第7566页
木册	吴本嵩	贺新郎	吴天石赠别曼殊词	下册572页	赠别曼殊词	《全清词·顺康卷补编》第二册第1003页
木册	吴本嵩	贺新郎	天石赠别词	下册572页	赠别曼殊词	《全清词·顺康卷补编》第二册第1003页
木册	周绸	贺新郎	周翼微赠别词	下册573页	赠别曼殊词	《全清词·顺康卷补编》第二册第785页

续表

卷册	作者	词牌	题目	所在页码	原词题目	可见出处
木册	周绹	贺新郎	翼微赠曼殊词	下册574页	赠别曼殊词	《全清词·顺康卷补编》第二册第785页
木册	龚鼎孳	念奴娇	龚芝麓先生中秋和词	下册580页	中秋和其年韵	《全清词·顺康卷》第二册第1139页
木册	钱芳标	念奴娇	钱宝汾中秋和词	下册581页	中秋和词	《全清词·顺康卷补编》第二册第1179页
木册	钱芳标	贺新郎	又附宝汾赠别和韵贺新郎词	下册581页	戊申秋日，送陈其年还阳羡，兼读其乌丝词，同合肥先生次韵	《全清词·顺康卷》第十三册第7567页
木册	钱芳标	贺新郎	又附宝汾赠别和韵贺新郎词	下册582页	戊申秋日，送陈其年还阳羡，兼读其乌丝词，同合肥先生次韵	《全清词·顺康卷》第十三册第7566页
木册	任绳隗	洞仙歌	青际和词	下册605页	和其年上元遇雨，用元韵	《全清词·顺康卷》第五册第2917页

续表

卷册	作者	词牌	题目	所在页码	原词题目	可见出处
木册	史惟圆	沁园春	题其年乌丝集	下册 774 页	题其年乌丝集	《全清词·顺康卷》第七册第 3837 页
木册	史惟玄	摸鱼儿	清明感旧	下册 775 页	清明为其年悼歌者徐郎	《全清词·顺康卷》第七册第 3838 页
木册	史鉴宗	摸鱼儿	清明感旧	下册 776 页	和其年清明悼徐郎	《全清词·顺康卷》第六册第 3136 页
木册	蒋景祁	摸鱼儿	清明感旧	下册 777 页	清明感旧	《全清词·顺康卷补编》第三册第 1336 页
木册	储贞庆	摸鱼儿	清明感旧	下册 778 页	和其年清明悼徐郎	《全清词·顺康卷》第十册第 6093 页
木册	吴本嵩	摸鱼儿	清明感旧	下册 778 页	清明感旧	《全清词·顺康卷补编》第二册第 1004 页
木册	潘眉	摸鱼儿	清明感旧	下册 779 页	和其年清明词	《全清词·顺康卷》第十四册第 8336 页

卷册	作者	词牌	题目	所在页码	原词题目	可见出处
木册	徐喈凤	摸鱼儿	清明感旧	下册 780 页	为其年悼歌儿	《全清词·顺康卷》第五册第3082页
木册	黄锡朋	摸鱼儿	清明感旧	下册 781 页	清明感旧	《全清词·顺康卷补编》第一册第186页
木册	黄锡朋	摸鱼儿	清明感旧	下册 782 页	清明感旧	《全清词·顺康卷补编》第一册第186页
木册	任绳隗	摸鱼儿	清明感旧	下册 782 页	为陈子其年吊所狎徐云郎	《全清词·顺康卷》第五册第2926页
木册	史可程	摸鱼儿	清明感旧	下册 783 页	和其年清明词	《全清词·顺康卷》第一册第263页
木册	王干臣	摸鱼儿	清明感旧	下册 784 页	清明感旧	《全清词·顺康卷补编》第二册第785页

通过上表统计，手稿本《迦陵词》内附录词作共五十八首，其中有十八首不见于任何其他典籍的佚词，文献价值宝贵，如张宏生所编著《全清词·顺康卷补编》就将手稿本中的这十八首佚词

全部收录①。而手稿本中那些见载于其他词集的附词,很多与手稿本所收词作有较大的文字出入,异文情况较为常见,如手稿本匏册有陈维崧《贺新凉·送西溟南归和容若韵》一词,时姜宸英丁忧南归,纳兰性德作《贺新凉·姜西溟言别,赋此赠之》相赠,同是作为朋友,陈维崧亦用纳兰性德韵写词赠送姜宸英。手稿本在陈维崧词后附《容若原倡》:

> 谁复留君住。恨人生、一回相见,又成间阻。曾向乱红深处坐,春夜灯前联句。应不到、暂时相聚。无限长江多少泪,听遥天、一雁哀鸣去。黄叶下,秋如许。　　丈夫因甚伤离绪。忆年来,栖迟梵寺,冷烟寒雨。更是伤心君落魄,两鬓萧萧未遇。只凄恻、故乡儿女。一事无成身已老,叹古来、才命真相负。千万恨,共谁语。②

该词纳兰性德《饮水词》内有录,但其所录与手稿本有很大不同,连词牌都不一样,更有多处异文,现将原词《金缕曲·姜西溟言别赋此赠之》录此:

> 谁复留君住。叹人生、几番离合,便成迟暮。最忆西窗同剪烛,却话家山夜雨。不道只、暂时相聚。滚滚长江萧萧木,送遥天、白雁哀鸣去。黄叶下,秋如许。　　日归因甚添愁绪。料强似、冷烟寒月,栖迟梵宇。一事伤心君落魄,两鬓飘萧未遇。有解忆、长安儿女。裘敝入门空太息,信古来、才命

①张宏生主编《全清词·顺康卷补编》(全四册),南京:南京大学出版社2008年版。
②〔清〕陈维崧著,叶嘉莹主编《康熙年间手抄稿本三色汇评迦陵词》(下),天津:南开大学出版社2009年版,第144－145页。

真相负。身世恨，共谁语。①

又如，手稿本匏册《摸鱼儿》（袅春灯）之后附有梁清标《棠村先生和词》（《全清词》中题目为《咏窝丝饧，次陈其年韵》），《全清词》版本如下：

> □□□、升平节物，坊肆繁华重理。大官珍味流传久，饼饵当年曾嗜。春宵市，空想像，梦华昔日残编底。今尤存此。看雪片冰丝，攒成螺髻，贵与蔗浆齿。　天庖馔，官监厨娘能记。玉盘争叹佳制。诗中载得题酥处，旧说眉山苏子。谁当似？似虞栅、侯鲭不数枫亭荔。筵间琐事。入乐府新题，词入绣口，偏觉摹来细。②

《全清词》中该词词首脱缺三字，我们运用手稿本正好可以将其补全，即首句为"忆长安、升平节物"，而词尾亦有一字之异文，即"偏觉绘来细"，在《全清词》中作"偏觉摹来细"。手稿本中诸如此类的异文情况还很多，这对于词作的校勘与审定有着极为重要的作用。另外，手稿本内所录附词，能够做到将原词与诸家和词放在一起对照比较，可以形象系统地反映出当时词坛的唱和风气，这在词史研究方面具有极为重要的参考价值。

---

① 南京大学中国语言文学系《全清词》编纂研究室编《全清词·顺康卷》第十六册，北京：中华书局 2002 年版，第 9562 页。
② 南京大学中国语言文学系《全清词》编纂研究室编《全清词·顺康卷》第四册，北京：中华书局 2002 年版，第 2285 页。

第七章　手稿本《迦陵词》
校勘修改价值

　　手稿本《迦陵词》作为陈维崧本人积累整理并亲自参与校对核实的一部词集，对于后来陈宗石的《迦陵词全集》、陈淮的《湖海楼词》等版本均有着重要的版本校勘参考意义。笔者前文已经叙述，南开大学图书馆古籍部的江晓敏老师所作《手稿本〈迦陵词〉校读记》《南开大学图书馆古籍藏书概览》两篇文章，是最早专门介绍手稿本存书及版本价值情况的学术论文，得出"是稿为《迦陵词全集》梓行之底本"等重要结论，廓清了手稿本《迦陵词》与《迦陵词全集》本之间的渊源关系，最终奠定了此手稿本珍贵的文献校勘价值。笔者反复翻检手稿本，对其上的批注、修改等信息极为关注，发现很多有价值的校勘文献。

第一节　编订校勘队伍概述

　　手稿本《迦陵词》收录了陈维崧《乌丝词》以后的全部词作，体量巨大，因而手稿本收集整理、编校勘正、抄写装订等都是一个系统工程。手稿本的校勘编订工作任务量巨大，不是一人能够完成的，在其成书的过程中，有一个稳定的工作团队，对此付出了艰辛的努力。笔者前文"手稿本《迦陵词》重要人物考释"一

章所列第一类即是手稿本《迦陵词》的整理编校者,具体包括以下诸人:

一、作者陈维崧

作为词本的原作者,陈维崧可以说是手稿本《迦陵词》第一整理编校人,他在手稿本之上付出了巨大的心血,也留下了他的印记。前文考证,手稿本上的"待吊青蝇"白文印就是陈维崧的印章,这枚印章出现的地方往往是手稿本有较大改动的地方,且常与黑、红二色"对"字戳加盖一处。另外,手稿本木册《贺新郎·贺程昆仑生日并送其之任皖城,五月十四日》(榴子红如绣)一词之后,有一则黑墨笔迹尾批,字迹隽秀整齐,文字如下:

> 此数叶词稿,系西樵所评。向在广陵,忽焉失去,遍搜筐衍,怅惋久之。己酉冬,过东皋,何子龙若从他处收得,遂以见还,喜逾望外。虽中间颇有残简,然亦顿还旧观矣,书以志之。辛亥六月二日识于大梁署中。其年自记。①

这则批注说明陈维崧对自己词作的珍惜程度,他勤于收集整理,多方收集,力争全面保存自己的作品。陈维崧这则亲笔批注价值巨大,依照这个笔迹特点,笔者发现手稿本中还有多处陈维崧的亲笔校勘修改印迹,如下列词作之批注:

金册有《满江红》(偶尔相关)一词,题目为《玉峰沈天羽先生,词场耆宿也,选有草堂四集行世,不幸早逝乏胤,岁月不居,距今已四十余年矣。贤配钮夫人今年举七十觞,有从甥钮君南六,代为乞言,词以寄慨》,词旁有一则红色批注:"幽人词客,贞妇义姑,

---

① [清]陈维崧著,叶嘉莹主编《康熙年间手抄稿本三色汇评迦陵词》(下),天津:南开大学出版社 2009 年版,第 543 页。

不得此钜丽之笔写之，不传也，再吟再阅，每为三叹。"①经比对，此条批注字迹与手稿本下册543页所留陈维崧字迹一致，断为陈维崧词亲笔批注。另外，原词题目中"某"字后改为"钮"字，并盖有"待吊青蝇"印章，更加印证此条批注为陈维崧亲笔所题。

石册有《赤枣子·偶记》（春漠漠）一词，词牌下批注"小令二十七字"。"即桂殿秋"，词尾细黑墨笔批注"结句余旧作《无题》诗句"②。查看《迦陵词全集》可知，采用词牌即为"桂殿秋"，词尾亦含"结句余旧作《无题》诗句"（《全清词》第七册，第3883页）之语。该处几则批注乃陈维崧自己所写，翻检其诗集，"凝情低咏年时句，人在东风二月初"二句已经不可寻见，因而该词文献价值巨大，可补维崧诗之缺。

石册有《贺新郎》（六曲银屏），编校者用红细墨笔将"兴"字改为"尔"，词句"任相笑"改为"还自笑"（《全清词·顺康卷》第七册，第4250页），并交代了修改之理由，即"兴字犯重，故僭易数字"③。这条红色批语与手稿本下册543页所存陈维崧文字字体相同，可以断定为陈维崧本人所写。石册中还有《念奴娇·赠陈嘉玉》一词，原作为"赠程嘉玉"，编校者用黑色细墨笔将"程"圈点掉，然后在旁边补写一个"陈字"，以字迹判断当为陈维崧自己所改，后来《迦陵词全集》中依此改（《全清词·顺康卷》第七册，第4118页）。

竹册有《送我入门来》（松漱微波）一词，词旁有红色批注一

---

① ［清］陈维崧著，叶嘉莹主编《康熙年间手抄稿本三色汇评迦陵词》（上），天津：南开大学出版社2009年版，第81页。
② ［清］陈维崧著，叶嘉莹主编《康熙年间手抄稿本三色汇评迦陵词》（上），天津：南开大学出版社2009年版，第236页。
③ ［清］陈维崧著，叶嘉莹主编《康熙年间手抄稿本三色汇评迦陵词》（上），天津：南开大学出版社2009年版，第407页。

则:"此调比草堂原调共少四句廿六字,还须再订正。"①

匏册有《风流子》(故人新化鹤)一词,题目为《董樗亭来始见钱荪敏,寄我新词,而荪敏之墓已有宿草矣,怆怀我友,溃泪成词,即用荪敏来韵,并求竹垞朱十亦一继作》,词旁留有红色批语二则:"葆兄临别时以新词嘱致其老弟,甫出门而遽化去,读此更为泫然。""原韵甚属难闻得,另换一韵,弟亦当学步也。"②此则评语交代了陈维崧与董俞之间的深厚感情,作者审阅校勘本词时,联想当初作词情景,仍然不免伤怀,感人至深。

木册有《念奴娇·咏玫瑰花》一词,这是手稿本内附词集《乌丝词三集》中的第一首词,因而校勘较为认真详细,词中共有五处字句涂抹改动,涂抹处原来五字已经不可辨识,但分别用黑色细墨笔改为"逗""韵""底""碎""作"③。翻检《迦陵词全集》可知全词为:"陡惊春去,弄风光此际,又逢樱笋。拂晓谢娘帘阁畔,忽逗卖花声韵。篮底氤氲,担头狼藉,紫艳浓香喷。佳人竞捻,看来和露尤俊。　最爱别样心情,天然梳掠,偏厌红英衬。揉得花魂魂尽碎,另作一番安顿。焙入衾窝,薰归裙缝,细细调红粉。玉郎不觉,错疑戴向云鬓。"(《全清词·顺康卷》第七册,第4095页),所采用正是以上五字,可见手稿本确为《迦陵词全集》底本无疑。另外,此页修改的字体与上一页所存陈维崧亲笔字体书写笔迹极为相似,可以断定是陈维崧自己修改。

---

① [清]陈维崧著,叶嘉莹主编《康熙年间手抄稿本三色汇评迦陵词》(上),天津:南开大学出版社2009年版,第732页。

② [清]陈维崧著,叶嘉莹主编《康熙年间手抄稿本三色汇评迦陵词》(下),天津:南开大学出版社2009年版,第55页。

③ [清]陈维崧著,叶嘉莹主编《康熙年间手抄稿本三色汇评迦陵词》(下),天津:南开大学出版社2009年版,第544页。

　　陈维崧作为词集作者及手稿本的所有者,他于手稿本用力颇多,因而手稿本之上留有较多校勘印记。陈维崧在手稿本中的校勘主要表现在两个方面:一是他在编订审读中引起回忆式自我批注评点,一是自己直接修改词作具体字句。手稿本中在原词字句词语有变动的地方,往往是陈维崧的自我修订,所盖"待吊青蝇"印章即说明情况。如匏册有《满江红》(夜火春宵)一词,该词题目为《闻往岁帝城烟火之盛,甲于天下,今年元夜,作客都门,适逢新禁,凄然独坐,词以遣怀》,词旁留有红色批语一则:"元夕与阮亭先生闲步,感此寂寞,正相约作一词纪之,见先生妙词,为阁(同'搁')笔矣。"①这首词反映出,陈维崧孤身一人寓居京城,元宵佳节,孤寂漂泊之感尤烈,因与王阮亭相约作一词以纪之,王阮亭词先成,陈维崧认为其为妙词,遂为搁笔。这则批注形象地回忆了陈维崧当时寄居漂泊的复杂心境。木册有《沁园春》(四十诸生)一词,编校者用细红墨笔将词中"红烛夜"三字改为"氍毹暖",并交代了修改之理由,即"红烛"与"烛花"犯重②。我们可以这样思考,对于一个人的词作大范围换字修改,若非作者自己所为,那就极不符合常理;如果真是别人无端的篡改,那就更是不可理喻。手稿本中多处对于原词的修改,要么加盖陈维崧"待吊青蝇"印章,要么可以从笔迹上断定是陈维崧自己所改。所以,手稿本的校勘修订工作极为严谨,其真实性可以得到证明,手稿本上很多修改都在后来的《迦陵词全集》和《湖海楼词》中得以体现。

---

①〔清〕陈维崧著,叶嘉莹主编《康熙年间手抄稿本三色汇评迦陵词》(下),天津:南开大学出版社2009年版,第18页。
②〔清〕陈维崧著,叶嘉莹主编《康熙年间手抄稿本三色汇评迦陵词》(下),天津:南开大学出版社2009年版,第549页。

二、主编陈宗石

陈宗石是陈维崧的四弟,作为《迦陵词全集》的主编及刊刻者,他对手稿本《迦陵词》编订校勘出力最多。陈宗石在其兄陈维崧去世后,与陈维岳、陈履端、蒋景祁等人多方收集整理陈维崧遗作,积极筹划编订并刊刻《迦陵词全集》,而手稿本《迦陵词》正是《迦陵词全集》的重要底本之一。在编刻《迦陵词全集》时,出于对编纂全集详实可靠的考虑,陈宗石对词稿做过极为细致的抄录、校对工作。可以这样说,陈宗石是陈维崧以外对手稿本整理编辑贡献最大的人。陈宗石曾任安平县令,其官署名曰"彊善堂",所以手稿本的绝大部分词作和目录词牌之上都钤有"彊善堂主人对讫"之印。手稿本之中留有大量印章,而"彊善堂主人对讫"印章无疑是使用率最高的印章。

陈宗石号寓园,因而手稿本金册、石册原稿封页上均题有"寓园抄校讫""寓园阅讫抄讫"等字样。根据这些字迹特点,我们还在手稿本中找到多处陈宗石黑色黑笔所写校勘批注语,这些都是他在编辑《迦陵词全集》时所留痕迹。如金册原稿封面存有陈宗石用黑色墨笔题写的"寓园抄校讫"之语,其后继续批注道:"癸亥二月廿五俱抄副本交东海先生讫。"此处的"寓园"就是陈宗石,"东海先生"乃为陈维崧的重要友人徐乾学,他曾作有《陈检讨维崧志铭》。封页背面云:"除题目下有尖圈者不必抄,此本尚应抄五十二首,俱抄讫。"①石册原稿封面写有:"原本少《柳含烟》《二

---

① [清]陈维崧著,叶嘉莹主编《康熙年间手抄稿本三色汇评迦陵词》(上),天津:南开大学出版社 2009 年版,第 4—6 页。

郎神》。"该页反面写有:"此本除岁寒词已有刻本,当应抄十一首。"①丝册原稿封面题有陈宗石所写已经残缺之片语(均为黑色墨笔):"寓园要抄□□□□此册全了。"封页反面写有数个词牌及题目:"《沁园春》(《送友采茶入山》)以下寓园俱有,书乙卯端午颜鲁公八关斋(笔者按:《沁园春》全句均用黑色墨笔划抹掉);《春从天上来》(《钱塘徐野君王丹麓来游阳羡》);《金菊对芙蓉》(《九日牧仲招同山蔚振衣楼登高》《又次前韵酬别山蔚》《过侯敷文村居留赠》《舟次渐近江南》,抄讫);《念奴娇》(《赠雪笠上人》《开元寺纳凉》,抄);《贺新郎》(《颜鲁公八关斋》,抄讫);《安平乐》(《晴郊纪胜》,抄讫)。"②匏册原稿封题有陈宗石"写讫""罗敷媚"数字③。土册原稿封面残损严重,陈宗石所书多字已经不可辨识,可认及根据本册词牌目录可猜者,如"桃园忆故人""西江月""西河""浪淘沙""蝶恋花""南乡子"等文字④。革册原稿封页损毁严重,陈宗石所书多字不可辨识,仅仅"癸亥正月""抄讫""白苎""有词一""九十四叶"等文字尚存⑤。木册原稿封页题有陈宗石"癸亥二月廿日抄讫""哨遍"等语。由上可知,手稿本所存陈宗石之批语中

①[清]陈维崧著,叶嘉莹主编《康熙年间手抄稿本三色汇评迦陵词》(上),天津:南开大学出版社 2009 年版,第 225－226 页。

②[清]陈维崧著,叶嘉莹主编《康熙年间手抄稿本三色汇评迦陵词》(上),天津:南开大学出版社 2009 年版,第 453－454 页。

③[清]陈维崧著,叶嘉莹主编《康熙年间手抄稿本三色汇评迦陵词》(下),天津:南开大学出版社 2009 年版,第 3 页。

④[清]陈维崧著,叶嘉莹主编《康熙年间手抄稿本三色汇评迦陵词》(下),天津:南开大学出版社 2009 年版,第 161 页。

⑤[清]陈维崧著,叶嘉莹主编《康熙年间手抄稿本三色汇评迦陵词》(下),天津:南开大学出版社 2009 年版,第 377 页。

有三处提到"癸亥",时间集中在正月、二月间,经查《康熙朝年历表》可知,"癸亥"是指康熙二十二年(1683),即陈维崧去世的第二年。这也就是说,陈宗石在其家兄陈维崧去世第二年就开始大规模校对遗稿,为刊刻《迦陵词全集》积极准备。

三、其他编订校勘者

对手稿本进行编订校勘的人还包括陈履端、曹亮武(号南耕)、毕汾(名素溪)、李方广、王锌等人。以上几人对手稿本的编订校勘亦出力颇多,手稿本上印有他们的印章,其中"履端印"使用最多,每首词下都盖有他的印章,说明他是一位重要的词集通校者,每首词都经其审阅校对。虽然手稿本中没有交代陈履端具体做什么,但我们在《迦陵词全集》中可以看到诸人的具体分工,即"弟维岳纬云、宗石子万参阅,男履端、侄赐薛校"①,所以可知手稿本《迦陵词》中的"履端"印说明其负责校对工作。而曹亮武的"南耕"印章是从第二册才开始出现的,这说明他是稍后进入编订校对队伍并开展工作的。而毕汾之"素溪"印则往往出现在有改动的地方,说明她是词集重要的校勘修改者。而李方广、王锌两人则只是对手稿本部分词作有过参阅核实工作。

手稿本的校对者还应包括一个重要的人物,即蒋景祁。蒋景祁与陈维崧不仅有同乡之谊,而且还是陈维崧的学生,在陈维崧临终之时,只有蒋景祁一人在侧服侍。陈维崧将自己的著作托于蒋景祁保管,后来蒋景祁刊刻了《陈检讨词钞》。所以在陈宗石要刊刻《迦陵词全集》的时候也邀请了蒋景祁参加。在手稿本石册

---

① [清]陈维崧著,陈宗石编《迦陵词全集》卷一,康熙二十八年(1689)患立堂刻本。

有《贺新郎》(事已流波)一词,主要写陈维崧对龚鼎孳的怀念之情,蒋景祁检阅该词时被深深打动,因而在该词后留下一则长批语:"先生疾革前后一二日,执予手犹追感合肥先生不置。夫寒士孤穷牢落,中得当涂一盼,便欲心死,而怜才爱士之心出于真恳,使人没齿不忘,则合肥先生其仅见矣。适检集得此词,因忆此语,不特悲先生之遇,又以志合肥先生之盛节于不朽也。壬戌端阳后三日京少记。"①手稿本中还留存蒋景祁数条评语批注,说明他亦是稿本重要的编校者。

这里有一个问题必须交代一下,即手稿本中的"素溪"印章主人到底是谁。笔者遍检陈维崧词集,没有出现"素溪"一词,说明陈维崧与"素溪"没有交往,二者可能并不相识。前文已经交代,毕汾字"素溪",以其兄毕沅故,有可能与河南商丘陈氏族人那里看到手稿本《迦陵词》,并受托成为手稿本的校勘者之一。但随着笔者查阅资料范围的扩大,又有一个叫王特达(号"素溪")的人走入我们的视野。王特达(生卒年不详),字公升,号素溪,山东滕县(今山东省滕州市)人。活动于康熙朝后期,二十岁补博士弟子员,所作《阙里大成殿赋》入乾隆《兖州府志·艺文志》,著有《晴雪斋稿》。王特达之兄王特选(1680—1756),字策轩,号凫南,事迹主要见于清康熙五十六年(1717)《滕县志》等。

王特达生平资料甚少,《道光济南府志》卷三十二记载"王特达,滕县人,岁贡"②。清人李佐贤辑《书画鉴影》卷五中录有《道士方方壶□江秋兴短卷》一卷,卷后有朱文"晴雪斋鉴定"长方印

①[清]陈维崧著,叶嘉莹主编《康熙年间手抄稿本三色汇评迦陵词》(上),天津:南开大学出版社2009年版,第418页。
②[清]成瓘《道光济南府志》,道光二十年(1840)刻本。

一枚①。西南大学图书馆藏清康熙抄本《晴雪斋漫录》十四卷,署名"[清]笨老人辑"②。徐泳《山东通志艺文志订补》收录有《晴雪斋稿》一书,对该书有简单的作者介绍:"特达字公升,号素溪,特选弟,岁贡,授临邑训导已前卒。"③从以上文献零星记载,可以确定的是,王特达,字公升,号素溪,康熙后期山东鲁南著名学者王特选之弟,善书画,工于鉴赏,有《晴雪斋稿》存世,而手稿本丝册卷尾有"晴雪梅花"朱文方印一枚④。前文考证,毕汾以其兄毕沅故,有可能接触到商丘陈氏子孙所传手稿本《迦陵词》,手稿本上"素溪"印章有可能为毕汾。但王特达(号素溪)何以能够与手稿本《迦陵词》联结,目前文献不能提供支持,另外,手稿本丝册卷尾"晴雪梅花"印章是否与王特达《晴雪斋稿》书名有关亦无从考证,所以,参与手稿本编校的"素溪"到底是毕汾(字素溪),还是王特达(号素溪),亦或是其他人物,我们还有待进一步考证。

第二节　校对印章、校勘符号及批注标示语

手稿本《迦陵词》编校团队阵容强大,陈维崧、陈宗石、陈履端、曹亮武、毕汾(或王特达)等人,在校勘方面态度极为认真,专业而细致。我们从手稿本上密密麻麻的校勘痕迹可以看出,手稿

---

①[清]李佐贤辑《书画鉴影》二十四卷,同治十年(1871)利津李氏刻本。

②国家图书馆编《中国古籍珍本丛刊·西南大学图书馆卷》第十四册,国家图书馆出版社 2015 年版。

③徐泳《山东通志艺文志订补》集部第二册,济南:山东人民出版社 2016 年版,第 113 页。

④[清]陈维崧著,叶嘉莹主编《康熙年间手抄稿本三色汇评迦陵词》(上),天津:南开大学出版社 2009 年版,第 625 页。

本是经过地毯式的细致校对的,无遗漏、无死角。可以这样说,从这部词中我们能看到清人在书籍编订校勘中的理念、方法及技巧,而手稿本则可以称为清代手抄词本校勘的经典样本。手稿本《迦陵词》的校对工作体现在校对印章、校勘符号以及批注标示等方面。

一、手稿本编订校勘所使用的系列印章

手稿本《迦陵词》的编订校勘工作首先体现在系列印章的使用上,手稿本中有各式各样的印章,有的是赏鉴印章,有的是收藏印章,有的是题识印章,而更多的是校对印章。如前文所述,陈维崧有"待吊青蝇"印、"陈维崧印"、"其年印"、"乌丝"印,陈宗石有"彊善堂主人对讫"印、陈履端有"履端印"、曹亮武有"南耕"印、毕汾(或王特达)有"素溪"印等,以上印章都是有专门对应主人的。这些印章中,陈维崧"待吊青蝇"印、陈宗石"彊善堂主人对讫"印、陈履端"履端印"、曹亮武"南耕"印、毕汾(或王特达)"素溪"印被广泛使用在校对方面。此外校对章印还包括"抄""对"二戳。从全部手稿本范围看,"彊善堂主人对讫""抄""对"三种章戳使用频率极高。其中,"彊善堂主人对讫"校对章为无边框朱红阳刻,"抄"字校对章为朱红无边框阳刻,"对"字校对章为无边框朱红阳刻(亦有黑色,如手稿本下册第 325 页)。三种章戳使用没有固定规律,要么每页三种章戳都出现,要么"抄""彊善堂主人对讫"出现,要么"彊善堂主人对讫""对"出现,亦或各自单独出现(这种情况较少)。其中,"抄"字戳位置一般在词牌之上;"对"字戳位置一般在题目之右(或附近);而"彊善堂主人对讫"印章位置一般在题目之下(或附近)。如手稿本石册《画屏秋色·西城秋眺怀纬云弟

久滞都门未归用梦窗词韵》①一词标有两枚黑墨"对"字校对章，字上分别加盖"素溪""待吊青蝇"章，由前文可知，"素溪"是毕汾（或王特达）、"待吊青蝇"是陈维崧，由此可知，这首词经过了毕汾、陈维崧详细的校对。手稿本中还有多处黑墨"对"字戳上面均盖有"待吊青蝇"印章的情况，这说明，陈维崧本人对手稿本曾经有过认真细致的校对。综上所述，从手稿本上的诸多校对印章我们可以得出这样的一些结论：一是手稿本编订校勘工作由精干的团队来完成，且分工合理有序；二是编订校勘工作都极为认真细致，逢错必究，力求打造精品；三是从校对印章分布情况，可以看出手稿本的勘校编订谁出力最多，谁是主编领袖。某种程度上说，手稿本《迦陵词》不仅仅是一部手抄词本，它更为后世留存了一部清人文献典籍校勘的经典模板。

二、手稿本编订校勘所使用的系列符号

手稿本《迦陵词》的编订校勘工作还体现在系列符号的使用上。中国古代书籍校勘有着悠久的历史，亦有着成熟完备的校勘理念与方法，而手稿本《迦陵词》的校勘就是一个很典型的例子。手稿本经陈维崧、陈宗石、陈履端、曹亮武、毕汾（或王特达）等人的认真校对，留下了丰富而完整的校勘印迹，尤其是那些清晰的校勘符号，记录着手稿本的编校过程。经笔者多次对手稿本逐页翻检，发现手稿之中存在着"○""、""∽""△""□""ㄱ""∣""∣"等校勘修改符号，下面一一举例介绍：

"○"符号是手稿本中使用最多的符号，有红、黑、蓝不同颜

---

① ［清］陈维崧著，叶嘉莹主编《康熙年间手抄稿本三色汇评迦陵词》（下），天津：南开大学出版社 2009 年版，第 237 页。

色,其作用大体有三:分清词句句读,标示词牌或题目,标列词作之重点句。如手稿本金册有《南乡子·清明后一日,吴闻道中作》一词:"才过清明,东风怯舞不胜情。红袖楼头遥徙倚,垂杨里。阵阵纸鸢扶不起。"①在"明""情""倚""里""起"字旁均有黑色"○"符号,用以标明句读。手稿本中很多词牌和题目之上标有"○"符号,一个或二个黑圈较为普遍,亦有三个红圈(如下册第426、464页)、四个红圈(下册第410页)、四个黑圈(下册第408页)、二个黑圈加三个红圈(下册第267、283、314、347、355页等)、四个黑圈加三个红圈(下册第532页)等情况。词牌之上红色"○"符号居多,题目之上黑色"○"符号居多,也有时词牌题目上方同时存在红、黑"○"符号。笔者详加辨别,发现一个特点,即陈宗石在手稿本中所留多为黑墨笔迹,所以推测黑圈可能是由陈宗石留下;而当题目之上存在二个黑圈加三个红圈时,往往加盖"南耕"印章,如下册第267页、370页等处,这说明红色圈点可能为曹亮武所记,以和陈宗石黑色圈点区别开来。手稿本之中有些词只在个别词句上有"○"符号,用以标示该词的重点句,如手稿本金册有《绕佛阁·为李武曾题长斋绣佛图小像》一词:"冷笺雪研,纤腻滑笭,恰称烘写。偷玩闲把。有人认是,年时瘦司马。俊游都雅。帽影蘸粉,衫缕沾麝。蛮雨啼鹧。略记小驿,奢香醉题帕。

　旧事一弹指,可惜花开多易谢。此后鬓丝,吴霜将暗惹。且料理心情,消向莲社。茜竿低亚。捧一轴迦文,绡带轻洒。傍风前、

---

①[清]陈维崧著,叶嘉莹主编《康熙年间手抄稿本三色汇评迦陵词》(上),天津:南开大学出版社2009年版,第11页。

玲珑斜挂。"①只在上阕"有人认是,年时瘦司马"及下阕"且料理心情,消向莲社"二句有红色"○"符号,说明这两句系词眼所在,正合词后"武曾人淡如菊,此词描写可谓尽致""渲染苍秀,想见武曾风度"之评语旨意。手稿本中还有很多词作几乎每一个字都圈画"○"符号,笔者猜测可能是有核对字数之功用。

"、"黑色斜点符号在手稿本中亦常用,表示涂抹,其功用或是标示句读,或是用来标示涂抹勾划,如手稿本金册第一首《二十字令·咏扇面上栀子花,为陆汉标赋》:"纨扇上,谁添栀子花。搓酥滴粉做成他。凝蝉纱,夭斜。"词中"上""花""他""纱""斜"字后均有"、"黑色斜点符号,明显是用来标示句读。在手稿本下册第199、580页等处,原有"南耕"印章,但都被"、"黑色斜点符号所勾划掉,说明此处以黑色墨迹修改为准,而手稿本之中在校勘方面黑色墨迹正是陈宗石所留,这正说明了陈宗石在手稿本编校工作中的主体地位。

"｜"黑粗线涂抹符号在手稿本中亦是常用,此一符号主要用于涂抹废字废句,例如,手稿本石册有《贺新郎》(事已流波)一词,主要写陈维崧对龚鼎孳的怀念之情,蒋景祁在此词后留有一则评语,"先生疾革前后一二日,执予手犹追感合肥先生不置"②,评语中"先生"前有一条黑色粗线涂抹掉若干字。手稿本石册有《宝鼎现·题定武兰亭初拓和蘧庵先生原韵》一词,编校者用黑墨线划掉"和蘧庵先生原韵"③七字,有些文献资料题目就继承此修改,

①〔清〕陈维崧著,叶嘉莹主编《康熙年间手抄稿本三色汇评迦陵词》(上),天津:南开大学出版社2009年版,第147页。
②〔清〕陈维崧著,叶嘉莹主编《康熙年间手抄稿本三色汇评迦陵词》(上),天津:南开大学出版社2009年版,第418页。
③〔清〕陈维崧著,叶嘉莹主编《康熙年间手抄稿本三色汇评迦陵词》(下),天津:南开大学出版社2009年版,第327页。

将题目定为《宝鼎现·题定武兰亭初拓》①。在手稿本革册的《广陵倡和词》最后一首词《念奴娇》(登车一叹)词尾有一则评语者姓名被黑粗线"｜"涂抹掉,格式为:"｜(抹掉三字)曰:序事述情,缠绵辛苦。"②另在手稿本木册中有一首《绮罗香》(满院濛濛),题目部分内容亦被黑粗线"｜"涂抹掉,格式为:"咏落梅｜(抹掉三字)。"③这两处涂抹的地方均但是人名,而这个人名为什么被涂抹掉已经不可考证。笔者认为,这其中一定有其特殊原因,有可能是出于某种避讳的自我保护需要,毕竟清代文字狱极严,如果被涂抹之人是一个敏感的人,那么这种涂抹也就实属正常之举。笔者在陈宗石所编《迦陵词全集》卷二十二至卷三十也发现,原书编选者皆被涂损,不可辨识,盖出于同种原因。

　　"∽"符号在手稿本中用来标示前后内容互换位置。如手稿本木册有《满江红·渡江后车上作》一词,上阕原词为:"亦复何伤,终不掩、文章光价。曾抵突、不知屈宋,何论沈谢。一曲楚声愁筑破,半生情泪如铅洒。尽腹中、容得千百人,如卿者。"④词中"尽腹中、容得千百人"一句后用"∽"符号,将原作的"千百"颠倒前后字顺序变为"百千",此处改动是词律平仄要求的需要。又如手稿本木册有《蓦山溪·东溪雨中修禊》一词,上阕原词为:"蚁国

---

① 赵应铎主编《中国典故大辞典》,上海:汉语大词典出版社 2005 年版,第407 页。

② [清]陈维崧著,叶嘉莹主编《康熙年间手抄稿本三色汇评迦陵词》(下),天津:南开大学出版社 2009 年版,第 449 页。

③ [清]陈维崧著,叶嘉莹主编《康熙年间手抄稿本三色汇评迦陵词》(下),天津:南开大学出版社 2009 年版,第 697 页。

④ [清]陈维崧著,叶嘉莹主编《康熙年间手抄稿本三色汇评迦陵词》(下),天津:南开大学出版社 2009 年版,第 663 页。

蜗庐,不醉公何补。脱帽放狂歌,自古说、英雄无主。携朋命酒,船泊画溪东,挑荠菜,焙新茶,饱看浪花舞。"①词中首句原为"蚁国蜗庐"四字,后用"〜"符号颠倒前后顺序变为"蜗庐蚁国",此处改动也是出于词律要求所致。

"□"圈划符号在手稿本中用来圈划字句,然后对所圈之处进行字句替换修改,如手稿本金册《高山流水》(西风落拓)一词,词中一句原为"瓯如雪,真珠药玉齐倾"②,编校者用"□"将"雪,真珠药玉"一句圈划起来,在其旁边用红色细墨笔书写"玉,乳花雪浪"五字,观其字体当为陈维崧亲笔所改。又如手稿本石册中有《万年欢》(猿鹤相闻)一词,词中一句原为"开元旧事谁经眼",编校者用"□"符号将"谁经眼"三字圈起,然后用红色细墨笔改为"宜狎",并在旁边批注修改的原因为"多一字"③。该词在《迦陵词全集》中此句改为"谁识开元旧事"(《全清词·顺康卷》第七册,第4089页)。再如手稿本木册附有储贞庆《摸鱼儿》(记当年未)一词云:"记当年、未曾识面,如今一样伤旧。断肠(后改为'伤心')点点多情泪。不许眉头不斗。空回首,只此际,红稀绿暗谁携手。弦哀声骤。看谱就乌丝,题成黄绢,处处伤心(后改为'断肠')有。　三生事,早把今生参透。相思欲诉难又。怨春不待春归去,剩得春愁知否?残春候,便剪阙,新声杨柳风前后。情多魂

---

① [清]陈维崧著,叶嘉莹主编《康熙年间手抄稿本三色汇评迦陵词》(下),天津:南开大学出版社2009年版,第684页。

② [清]陈维崧著,叶嘉莹主编《康熙年间手抄稿本三色汇评迦陵词》(下),天津:南开大学出版社2009年版,第198页。

③ [清]陈维崧著,叶嘉莹主编《康熙年间手抄稿本三色汇评迦陵词》(上),天津:南开大学出版社2009年版,第351页。

瘦,猛回忆花筵,移箫换柱,谁转歌喉溜(后改为'铁马画檐吼')。"①该词三处换字句均使用"□"符号,清晰醒目。这首词为佚词,不见其他文件刊载(后来被收录在《全清词·顺康卷补编》第三册,第1336页)。

"|"符号在手稿本中多处使用,其作用有三:一是划线表示重点,二是作为间隔符,三是表示涂抹否定。如手稿本木册《乌丝词三集》中有一首《菩萨蛮·和龚伯通寄于生,用原韵》,其词曰:"撩人最是眉烟皱,勾人不在春弓瘦。红烛奈他何,相看泪孰多。别来浑不寐,梦里人谁至。拚倚钿筝眠,娇音落枕边。"该词首句"撩人最是眉烟皱,勾人不在春弓瘦"被品评者王正子用"|"符号重点划线,并附评语批注云:"此等词断宜删去,存之最伤大雅,不知先生以为然否?"②该词的评语者王正子认为该词过于艳丽,尤其"撩人最是眉烟皱,勾人不在春弓瘦"一句用黑线标示,最有伤风雅,建议删去。又如手稿本木册《采桑子·送李云田之吴门迎侍儿扫镜》(我言息国)一词编校者用一条红色"|"符号将两首相邻的词作分开,并用朱笔写下"是二首,又"等字,很明显这里的"|"符号相当于分隔符。手稿本之中还有大量"|"符号用来标示勾划涂抹,如木册中收录有《乌丝词第三集》,题下署名"宜兴陈维崧其年撰",开始还附有"柘城李方广蓼墅、王礀叔平阅"③两行文字,后被"|"符号抹去。这样的例子还很多,不一一举例,人们可

①[清]陈维崧著,叶嘉莹主编《康熙年间手抄稿本三色汇评迦陵词》(下),天津:南开大学出版社2009年版,第777-778页。
②[清]陈维崧著,叶嘉莹主编《康熙年间手抄稿本三色汇评迦陵词》(下),天津:南开大学出版社2009年版,第547页。
③[清]陈维崧著,叶嘉莹主编《康熙年间手抄稿本三色汇评迦陵词》(下),天津:南开大学出版社2009年版,第640页。

以从这些大量涂抹改写中看到手稿本的详细修改过程。

　　手稿本中还有"△""×""┓"等符号的使用，其中"△"符号常多用于题目之下，手稿本金册使用最多；"×"符号表示某字句错误，具有涂抹否定的作用，使用较为广泛；"┓"符号常用于词作题目或首句之上，用来标示区别间隔，如木册大量使用。手稿本《迦陵词》中的系列校勘修改符号，在手稿本的编订过程中起到了巨大的作用，这些符号用来说明如何修改校勘，也代表不同的分工。通过校勘团队的不懈努力，手稿本更加完善、精要、准确，为后来的《迦陵词全集》《湖海楼词》的编订刊印提供了重要的基础文献。

三、手稿本编订校勘所使用的批注标示

　　手稿本的抄、对工作量巨大，这项工作必须做到对每首词都通读、通抄、通对，因而手稿本之上存在大量此类批注之语。校对者在完成阅对、抄写等任务之后，会在该处标示"抄讫""写讫""对讫"等字样，手稿本中每一首词均标有这些"抄""对"章戳，可以看出手稿本的校订工作极为细致。陈宗石编刻《迦陵词全集》时，多方收集陈维崧各种遗著遗作，广发英雄帖，每一卷都邀请四位编选者：

　　　　卷一：任源祥、宋琬、曹尔堪、侯方岳；卷二：周启隽、曹溶、汤斌、纪映钟；卷三：王又旦、王士禄、董以宁、叶舒崇；卷四：史可程、纳兰成德、邹祗谟、吴任臣；卷五：魏勷、谢重辉、陆葇、冒丹书；卷六：徐喈凤、彭孙遹、李应廌、孙致弥；卷七：龚士禛、曹贞吉、严绳孙、吴玠；卷八：丘象随、朱彝尊、宋实颖、曹亮武；卷九：杜濬、毛奇龄、吴元莱、姜宸英；卷十：陆棻、沈珩、彭开祜、彭始奋；卷十一：李念慈、王泽弘、郑重、彭始搏；卷十二：董俞、方象瑛、许嗣隆、陈玉璂；卷十三：龚贤、汪

霈、林麟昌、吴璠；卷十四：邓汉仪、李天馥、宋荦、毛骙；卷十
五：宗元鼎、王士禛、徐乾学、梅庚；卷十六：史夔、尤侗、吴绮、
陈堂谋；卷十七：戴本孝、任玑、米汉雯、叶一鹏；卷十八：周清
源、高士奇、王鸿绪、叶淳；卷十九：戴迻孝、李基和、钱鼎瑞、
陈奕禧；卷二十：田兰芳、徐嘉炎、胡献徵、袁佑；卷二十一：高
佑釲、劳之辨、王掞、梁佩兰（卷二十二至卷三十，编选者题名
处版刻已经涂损，字迹不可辨认）①。

　　《迦陵词全集》除以上编选者，还有校阅团队"弟维岳纬云、宗
石子万参阅，男履端、侄赐薛校"②。手稿本《迦陵词》是陈宗石编
订《迦陵词全集》的重要底本，因而手稿本中有很多词作题目上
（或下）写有红黑不等的"选""此选""已选""补选入"等语字，如手
稿本上册第 81 页、74－82 页、97－112 页、180－207 页、531 页，
下册第 188 页、197－199 页、317 页、648－661 页等。笔者经过细
心辨认，但凡有"选"字的词作题目中多有人名，所以这些多为赠
答词。前面我们考述过，陈维崧编订《迦陵词全集》，参与人数众
多，广采诸家，所以笔者推断，手稿本中带"选"字的词作可能是别
的词集所不载，所以这里当为"必选""重点选"之含义，有些地方
当为"补选"，如手稿本上册第 539 页、553 页、564 页等处，直接书
写"补选"二字。

　　手稿本中有大量的词牌批注语，这些批注语往往是数字，写

①编选者不可辨别原因有二：其一或是因为原刻版已经腐蚀破损；其二或是
　因为这些人名中有敏感者，清代文字狱十分厉害，刊刻者有意涂抹所致。
　笔者更倾向于后者，因为稿本《迦陵词》中也有个别评点者名字被涂抹掉。
②［清］陈维崧著，陈宗石编《迦陵词全集》卷一，康熙二十八年（1689）患立堂
　刻本。

在词牌之下,其作用在于标明该词牌词作字数,如《蝶恋花》词牌下标注"六十字"(下册第 298 页)、《惜分钗》词牌下标注"五十八字"(下册第 298 页)、《采桑子》词牌下标注"四十四"(下册第 299 页)、《贺新郎》词牌下标注"百十六"(下册第 299 页)、《踏莎行》词牌下标注"五十八字"(下册第 303 页)、《玉簟凉》词牌下标注"九十七字"(下册第 308 页)、《望海潮》词牌下标注"百七字"(下册第 314 页)、《一萼红》词牌下标注"百八字"(下册第 315 页)等,手稿本中每出现一个新词牌,往往在该词牌的第一处标示具体字数。手稿本中还有一些批注用来标明选词数量,如金册《朝中措》词牌之上写有"选八"①二字。

前文交代过,手稿本中共有二十七首重录之词,因而手稿本中往往使用批注语具体标示出来,如"重出不写"(上册第 301 页)、"重出"(下册第 237 页)、"重出不录"(下册第 237 页)、"重不写"(下册第 590 页)、"重"(下册第 599 页)、"俱重"(下册第 603 页)、"此首不必写"(下册第 608 页)、"重不必写"(下册第 609 页)、"重不必写"(下册第 692 页)、"重出可删"(下册第 692 页)、"可删"(下册第 727 页)、"重出"(下册第 772 页)。手稿本木册所含《乌丝词三集》中《念奴娇》十二首与前面革册中《广陵倡和词》完全重复,故手稿本下册第 597－602 页所录《念奴娇》十二首词均标有"重""重出""俱重"等语。

手稿本《迦陵词》内还附录其他人词作共五十八首,前文已经有详细的数据统计,陈宗石编订《迦陵词全集》时十分注意区分,因而他在每一首附和词、原词旁边都会醒目标示"不写""不必写"

---

① [清]陈维崧著,叶嘉莹主编《康熙年间手抄稿本三色汇评迦陵词》(上),天津:南开大学出版社 2009 年版,第 22 页。

"以下不必写"等语,以免将别人词作混入陈维崧集中,如下册第580页、775页等。所以,这些标注"不录"的词作在编纂陈维崧词全集的时候,不再收录。

手稿本还有些地方用批注语标示对词作的处理说明,如革册中有《丑奴儿令》十首,词牌《丑奴儿令》亦称《采桑子》,所以陈宗石在此处用黑色墨笔标注"入采桑子刊"①,后来在《迦陵词全集》《湖海楼词》中该十首词词牌均采用"采桑子"。其中《湖海楼词》中此处"采桑子"注云:"一名丑奴儿令,一名罗敷令,一名罗敷媚。"②手稿本第五册封面即有"罗敷媚"三字。陈宗石在《丑奴儿令》十首中将原先所盖"南耕"印章划掉,其后《感皇恩》六首亦将所盖"南耕"印章划掉。这些修改都说明,手稿本经反复修改,校订极为细致。

手稿本中所存陈维崧、陈宗石、陈重、蒋景祁、李放等人若干条重要批注,文献价值巨大,对于整部词本研究都有着重要的意义,现集中录于此处:

> 此数叶词稿,系西樵所评。向在广陵,忽焉失去,遍搜箧衍,怅惋久之。己酉冬,过东皋,何子龙若从他处收得,遂以见还,喜逾望外。虽中间颇有残简,然亦顿还旧观矣,书以志之。辛亥六月二日识于大梁署中。其年自记。③
>
> 乙丑四月十九日词龛小集,蹋公丈携先集见过。与归安

---

① [清]陈维崧著,叶嘉莹主编《康熙年间手抄稿本三色汇评迦陵词》(下),天津:南开大学出版社2009年版,第383—386页。

② [清]陈维崧等著,钱仲联选编《清八大名家词集》,长沙:岳麓书社1992年版,第35页。

③ [清]陈维崧著,叶嘉莹主编《康熙年间手抄稿本三色汇评迦陵词》(下),天津:南开大学出版社2009年版,第543页。

朱彊村侍郎、宛平查查湾观察、遵化李龠庵提学、开州胡惜仲阁丞、番禺黎潞庵参议、顺德温檗庵副宪同观。义州李放写记。①

　　此余丁巳年自颍归里时所作，随手置检讨公词册内。次年入都，以词册付工装订，工人不谙文义，误将此纸裱入册中，可笑也。辛酉三月小蕃记。②

　　"歌喉历历转雏莺。态娉婷，意轻盈。袖卷红纱，婀娜可人情。"此数字是先从祖少编修公少时之书，余装订此册时，失于检点，遂为工人误裱册内。辛酉三月重记。③

　　此先生四月十三日作，绝笔也。先生三年冷暑，人情炎凉，往往托之笔墨，此词其一也。时先生索予辈属和，予草草命笔，实不知先生意指所在。不意此篇而后，遂如《广陵散》不复弹矣。噫！壬戌端阳后三日京少记。④

以上各条批注语校勘意义重大，通过这些信息我们可以查到陈维崧的亲笔字，断定陈维崧的笔体特征，进而能在手稿本其他地方发现更多陈维崧的校勘信息；通过这些信息可以断定手稿本的修缮装裱时间、手稿本进入天津的时间等重要信息；通过这些信息可以使我们看到哪些人参与了手稿本的编订校勘工作，以及

①［清］陈维崧著，叶嘉莹主编《康熙年间手抄稿本三色汇评迦陵词》（上），天津：南开大学出版社2009年版，第3页。
②［清］陈维崧著，叶嘉莹主编《康熙年间手抄稿本三色汇评迦陵词》（上），天津：南开大学出版社2009年版，第144页。
③［清］陈维崧著，叶嘉莹主编《康熙年间手抄稿本三色汇评迦陵词》（上），天津：南开大学出版社2009年版，第168页。
④［清］陈维崧著，叶嘉莹主编《康熙年间手抄稿本三色汇评迦陵词》（上），天津：南开大学出版社2009年版，第281—282页。

这些人所做分工、所投入的精力与情感。总之,以上批注里面暗含着大量破译手稿本的密码,对于梳理手稿本的前世今生、揭开手稿本的诸多谜团都有着重要的意义和作用。

第三节　手稿本校勘修改方式方法词例集锦

手稿本《迦陵词》既是陈维崧的一部重要词本,也是清人抄本校勘的一个经典代表,里面所承载的那些批注、评点、修改等信息对研究陈维崧词有着重要的指导意义,同时可以探观清人在文献校勘方面的系列理念与方法。笔者反复翻检手稿本,选出一些经典的、具有启发意义的修改例证,集中列于此处:

一、增补处理

手稿本中有很多词作经过增补处理,有些是增补个别字句,有些是增补整篇词作。例如,手稿本石册中有《长亭怨》一词,原题目为《送徐郿伯还西泠倚玉田词韵同桐初京少山次山赋》,集中用黑色墨笔补写一"葴"字,题目遂变为《送徐郿伯还西泠倚玉田词韵同桐初京少葴山次山赋》[1],后来《迦陵词全集》依此改(《全清词·顺康卷》第七册,第 4048 页)。石册中有《垂杨》(花间微雨)一词,原题目为《上巳万柳堂雨中即事用竹山词韵》,后在题目后用黑色墨笔正楷补写"同京少、葴山艾圃"七字,题目遂变为《上

---

① [清]陈维崧著,叶嘉莹主编《康熙年间手抄稿本三色汇评迦陵词》(上),天津:南开大学出版社 2009 年版,第 323 页。

巳万柳堂雨中即事用竹山词韵同京少、蕺山艾圃》①。石册中有《探春慢》（四野珑松）一词，原词题目为"连朝大雪，计桐初尚未达东阿也词以忆之"，后用黑色墨笔补加"索京少、蕺山和"，该词题目遂变为"连朝大雪计桐初尚未达东阿也词以忆之，索京少、蕺山和"②，后来《迦陵词全集》依此改（《全清词·顺康卷》第七册，4160页）。手稿本丝册有《贺新郎》（少日敦槃）一词，题目为《途次遇华子瞻，忆二十年前，子瞻与秦对岩太史齐名均齿，游处略同，对岩官禁，近居林下，已十余年，今复从军湘楚，行色甚壮，而子瞻沦落如故。词以寄慨》，原词题目中脱字"岩官"③二字，用朱红墨笔补全，后来《迦陵词全集》依此改（《全清词·顺康卷》第七册，4238页）。又如，手稿本土册中有《绮罗香·咏蔷薇和次京少韵》④一词，原题目缺一"少"字，经补写完善。手稿本下册第674、676、677、692、707、716页等处"蒋京少"均缺一个"少"字，编校者都用黑色墨笔补写完善，此种情况说明，抄工不熟悉蒋景祁，故抄录时漏掉该字。笔者还发现，以上几首词特意增补京少、蕺山二人名字，有着特殊的寓意，京少即蒋景祁，陈维崧最亲近的学生，他刻有《陈检讨词钞》；蕺山，即黄庭，清康熙十四年（1675）举人，精通诗律和篆书。陈维崧之所以在词中补写二人名字，就是表达

---

①［清］陈维崧著，叶嘉莹主编《康熙年间手抄稿本三色汇评迦陵词》（上），天津：南开大学出版社2009年版，第328页。

②［清］陈维崧著，叶嘉莹主编《康熙年间手抄稿本三色汇评迦陵词》（上），天津：南开大学出版社2009年版，第371页。

③［清］陈维崧著，叶嘉莹主编《康熙年间手抄稿本三色汇评迦陵词》（上），天津：南开大学出版社2009年版，第531页。

④［清］陈维崧著，叶嘉莹主编《康熙年间手抄稿本三色汇评迦陵词》（下），天津：南开大学出版社2009年版，第245页。

对其亲近重视之意,其中蕴含着浓浓的情谊。又如,手稿本革册《广陵倡和词》中有一首词原题目为《被酒呈荔裳、顾庵、西樵三公,并示孝威、梅岑、舟次、方邺、希含、散木、汝受诸子,仍用曹韵》①,补入"豹人",题目遂定为《被酒呈荔裳、顾庵、西樵三公,并示豹人、孝威、梅岑、舟次、方邺、希含、散木、汝受诸子,仍用曹韵》,后来《迦陵词全集》依此改(《全清词·顺康卷》第七册,第4100页)。手稿本革册《广陵倡和词》集中还有一首词原题目为《延令,送周子叔计偕京师》,编校者后用黑色细墨笔补入"季苍苇席上"五字,题目遂变为《延令季苍苇席上,送周子叔计偕京师》②。又如,手稿本石册中有《隔浦莲近拍·赏荷》一词,词尾有徐竹逸评语云:"如危峦仄径,幽窈深险,掉臂游行,良足为快。"后用黑色墨点删抹,用黑色墨笔修改数语,最终改为:"徐竹逸曰:如危峦仄磴,幽窈峭削,绝非恒境。"③又如,手稿本石册中有《解连环·弈用片玉词韵》一词,原评语为"峰峦奇巧,似米颠袖中石",集中用黑色墨笔将"奇巧"一词改为"皴瘦",并补写评语者"弟椒峰曰"④,后来《迦陵词全集》依此改(《全清词·顺康卷》第七册,第4171页)。而集中另一首词为《解连环·再咏弈用云臣原韵》,

---

①[清]陈维崧著,叶嘉莹主编《康熙年间手抄稿本三色汇评迦陵词》(下),天津:南开大学出版社2009年版,第438页。

②[清]陈维崧著,叶嘉莹主编《康熙年间手抄稿本三色汇评迦陵词》(下),天津:南开大学出版社2009年版,第445页。

③[清]陈维崧著,叶嘉莹主编《康熙年间手抄稿本三色汇评迦陵词》(上),天津:南开大学出版社2009年版,第269页。

④[清]陈维崧著,叶嘉莹主编《康熙年间手抄稿本三色汇评迦陵词》(上),天津:南开大学出版社2009年版,第379页。

其后评语增补评者"史云臣曰"①。又如,手稿本革册中有《鹊桥仙·七夕同蓬庵先生暨,诸公饮桢伯斋,珍翁道长兄堂中漫赋请正》一词(下册第387页),编校者用黑色墨笔补"桢伯斋"三字,然后将"珍翁道长兄堂中漫赋请正"②等字勾划掉,该词在《迦陵词全集》中题目为《鹊桥仙·七夕同蓬庵先生暨,诸公饮桢百堂中,漫赋》(《全清词·顺康卷》第七册,第3935页)。同册还有《满江红·吴园次挐舟相访,与予订布衣昆弟之欢而去,赋此纪事》一词,原词漏掉词牌,编校者在题目之上用黑色墨笔补写词牌"满江红"③三字。手稿本中不仅有字句增补的修改,还有整篇词作的增补,如手稿本木册有《凤凰台上忆吹箫·广陵送孙介夫之石城》,该词与前面词笔迹完全不同,前面是《乌丝词三集》(手稿本下册第544-628页),统一由黑色细墨笔楷书书写,工整划一,唯独这首《凤凰台上忆吹箫》是大书草字,与前面词集迥然不同。但从该页中还存有和前页同样字体文字来看,可断定该词仍属于《乌丝词三集》。此处笔迹与抄工笔迹完全不同,根据手稿本多处对比,该词应为陈宗石所抄录。手稿本中还有很多整篇补入的情况,白静《手抄稿本〈迦陵词〉研究》一文中附《不同字迹词作一览表》④,在这些与抄工不同字迹的词作中,就有一些是整篇补录的情况,此处不一一叙录。

---

①[清]陈维崧著,叶嘉莹主编《康熙年间手抄稿本三色汇评迦陵词》(上),天津:南开大学出版社2009年版,第380页。

②[清]陈维崧著,叶嘉莹主编《康熙年间手抄稿本三色汇评迦陵词》(下),天津:南开大学出版社2009年版,第387页。

③[清]陈维崧著,叶嘉莹主编《康熙年间手抄稿本三色汇评迦陵词》(下),天津:南开大学出版社2009年版,第405页。

④白静《手抄稿本〈迦陵词〉研究》,南开大学2007年博士论文。

二、修改撤换

　　手稿本中存在着大量的校勘修改印迹,系列词作通过改换字句,用语更加准确,词律更加严谨,词境更加优美。例如,木册有《玉女摇仙佩》(客愁无那)一词,原题目为"大梁署中月夜感赋",后改为"客大梁月夜感赋"①,一个"客"字凸显了作者的飘零之感。同页有《沁园春·客陈州署中花朝作》一词,编校者用黑色墨笔将"署中"二字改为"使院"②,后来《迦陵词全集》依次改为"使院"(《全清词·顺康卷》第七册,第4198页)。木册中有《沁园春·十月晦日怀庆署中望太行山积雪》一词,编校者用黑色墨笔将"署中"二字亦改作"使院"③,后来《迦陵词全集》亦改为"使院"(《全清词·顺康卷》第七册,第4198页)。木册中还有《水龙吟·己酉元夕,洛阳署中对雪》一词,编校者用黑色墨笔将"署中"二字亦改作"署寓"④,后来《迦陵词全集》依此改,遂为"署寓"(《全清词·顺康卷》第七册,第4139页)。以上若干地点名称的改变不是随意而为,而是体现着陈维崧常年在外、漂泊无依的特殊心境。又如,手稿本木册有《惜余春慢·梁园春,同侯仲衡、叔岱、徐恭、士田、梁紫、弟子万看牡丹作》一词,其中词中"节过湔裙,人稀扑

---

①[清]陈维崧著,叶嘉莹主编《康熙年间手抄稿本三色汇评迦陵词》(下),天津:南开大学出版社2009年版,第610页。
②[清]陈维崧著,叶嘉莹主编《康熙年间手抄稿本三色汇评迦陵词》(上),天津:南开大学出版社2009年版,第625页。
③[清]陈维崧著,叶嘉莹主编《康熙年间手抄稿本三色汇评迦陵词》(下),天津:南开大学出版社2009年版,第636页。
④[清]陈维崧著,叶嘉莹主编《康熙年间手抄稿本三色汇评迦陵词》(上),天津:南开大学出版社2009年版,第625页。

蝶,又是一番初夏"一句,编校者以黑色墨笔将"扑蝶"二字改为
"抛堶"①,后来《迦陵词全集》遂为"抛堶"(《全清词·顺康卷》第
七册,第4191页)。手稿本丝册有《千秋岁引·寿蓬庵先生七十》
一词,下阕原句为"丹房掩寻书共煮,酒旗挑处和愁卖。四时花,
三弄笛,身长在",编校者用黑色墨笔改掉六字,遂为"茶铛沸来同
字煮,酒旗挑处和愁卖。四时花,三弄笛,身长在"②,后来《迦陵
词全集》依此改(《全清词·顺康卷》第七册,第4134页)。又如,
手稿本土册有《春云怨》(春山六幅)一词,原词题目内有一处涂
黑,其旁补写"友人"③二字,题目遂为《泛舟过显德寺,友人同坐
僧寮茶话》,后来《迦陵词全集》题目为《泛舟过显德寺,逢友人同
坐僧寮茶话》(《全清词·顺康卷》第七册,第4157页)。后一页有
一首《临江仙》(春日过访),题目亦有两处涂黑,其旁补写"友人"
二字,题目遂为《春日过访友人村居,值其往郡,题词壁间而去》,
《迦陵词全集》中题目为《春日过访友人村居,值其往郡城,题词壁
间而去》④。笔者推断,这三处涂黑当为具体人名,而编校者将具
体名字涂黑,而代以泛称"友人",亦是因为被涂抹之人极为敏感,
出于文字狱的考虑,故涂抹之,使人不能辨别。前文已有论述,兹
不赘言。手稿本木册有《满庭芳》(武媚东巡)(下册第632页)原

---

① [清]陈维崧著,叶嘉莹主编《康熙年间手抄稿本三色汇评迦陵词》(下),天
津:南开大学出版社2009年版,第627页。

② [清]陈维崧著,叶嘉莹主编《康熙年间手抄稿本三色汇评迦陵词》(上),天
津:南开大学出版社2009年版,第738页。

③ [清]陈维崧著,叶嘉莹主编《康熙年间手抄稿本三色汇评迦陵词》(下),天
津:南开大学出版社2009年版,第245页。

④ [清]陈维崧等著,钱仲联编选《清八大名家词集》,长沙:岳麓书社1992年
版,第74页。

词题目为《距汝州四十里，山有温泉，相传为唐武后幸洛时浴处，聊系以词》①，后来去掉"聊系以词"四字，此修改处加盖"待吊青蝇""素溪"印章，后来《迦陵词全集》依此改（《全清词·顺康卷》第七册，第 4041 页）。手稿本石册有《木兰花慢》（东风昏似梦）一词，原词中一句为"空个池塘睡鸭，留些栏槛听莺"②，编校者用黑色墨笔将"个"改作"却"，将"听"改作"穿"，此句遂为"空却池塘睡鸭，留些栏槛穿莺"，后来《迦陵词全集》依此改（《全清词·顺康卷》第七册，第 4134 页）。又如，手稿本木册有《水调歌头》（峭冷侵金）一词，原词题目为《吴枚吉庭前牡丹将放，词以催之》，编校者用红色墨笔将"吴枚吉庭前"五字点抹掉，然后换为"舍南"③二字。在《迦陵词全集》中该词题目为《舍南庭前牡丹将放，词以催之》（《全清词·顺康卷》第七册，第 4041 页），其实此处手稿本中"庭前"二字亦是当删系列，但由于红点过小，抄工没有注意，以至于《迦陵词全集》中多出"庭前"二字。另外此处出现的"吴枚吉"值得考证，此人名为吴逢原，据孙克强主编《词学书札萃编》一书记载，王晫曾给吴逢原写过一封书信，即《致吴逢原》，其中论诗云："诗词一道，事关千古。能者自优为之，不能者无庸强也。"该书按语曰："此札原题为《与吴枚吉》。吴逢原，字枚吉，生卒年不详。江苏阳羡人。与陈维崧徐喈凤等为友，他与陈维崧、吴本嵩、

①［清］陈维崧著，叶嘉莹主编《康熙年间手抄稿本三色汇评迦陵词》（下），天津：南开大学出版社 2009 年版，第 632 页。
②［清］陈维崧著，叶嘉莹主编《康熙年间手抄稿本三色汇评迦陵词》（上），天津：南开大学出版社 2009 年版，第 564 页。
③［清］陈维崧著，叶嘉莹主编《康熙年间手抄稿本三色汇评迦陵词》（下），天津：南开大学出版社 2009 年版，第 607 页。

潘眉合作编刻的《今词苑》是清初阳羡词人的一部重要词选。"①又
如,手稿本木册有《爪茉莉·月夜渡扬子江》一词,原词中很多词句
都已勾划涂抹掉,但基本可以辨识,大致如下:

　　□岸帆轻,楚天笛响。□楼倚处,一川凄爽。六朝遗迹,
问风景、几曾无恙。只隔岸、建业城边深夜商女还唱。　一
轮团月,与船头,正相向。越显出,万层银浪。十年踪迹,寄
他州、句悲怆。且短衣、破帽过江东去。学他贩脂鬻酱。②

该词修改后为:

　　淼淼江天,听中流笛响。推篷看,一川凄爽。六朝遗迹,
问风景、几曾无恙。只隔岸、建业城边,有商女、深夜唱。
一轮团月,与船头,正相向。越显出,万层银浪。十年作客,
算将来、只悲怆。且渡江、阔迹骑奴厮养。学贩畚、兼鬻酱。

(《全清词·顺康卷》第七册,第3996页)

该词改动较大,后来《迦陵词全集》完全依此改。通过两词
比较,我们可以看出该词的详细修改过程,也可以看出作者的心
理变化。手稿本中还有一首词改动较大,即木册《哨遍·读彭禹
峰先生诗文全集竟,跋词卷尾兼示令子中郎直上两君》一词,题
目中"直上两君"乃后补,词句亦有多处改动,如原句"有千年、诸
葛旧隆中,萧萧英魂霸气",编校者用黑色墨笔改"旧隆中"三字
为"卧龙岗",原句"遗集"改为"全集",原句"有刀声飒沓,马声
呜咽"改为"有刀声戛触,人声嘈囋(通'杂')",原句"窗际"改为

①孙克强主编《词学书札萃编》,天津:南开大学出版社2015年版,第13页。
②[清]陈维崧著,叶嘉莹主编《康熙年间手抄稿本三色汇评迦陵词》(下),天
　津:南开大学出版社2009年版,第660页。

"林际"①,而这些修改均被后来《迦陵词全集》所采纳,形成定稿(《全清词·顺康卷》第七册,第4284页)。需要指出的是,手稿本中的很多改动多为后来《迦陵词全集》所继承,但也有个别改动《迦陵词全集》并没有完全听信,而是遵照原词,或另有改动,如手稿本木册有《祝英台近·元夕后一日,同雪持、京少饮云臣斋头》一词,原词一句为"醉后多恐尘寰,无计容留我",编校者黑笔将"容"改为"肯"②,但《迦陵词全集》中依然使用"容"字(《全清词·顺康卷》第七册,第3984)。而手稿本丝册有《念奴娇·南耕堂前绿萼梅花下作,仍用前韵》一词,词下阕原句为"可索萧踈(同'疏')发",编校者用黑色墨笔改为"绝称萧萧发"③,此处修改为后来《迦陵词全集》所遵照继承,但该词题目改为《渭公堂前绿萼梅花下作,仍用前韵》(《全清词·顺康卷》第七册,第4115页)。手稿本土册《南浦·秋景》一词下阕"极望溪山明瑟,向枫汀、茶崦眼偏明"句,用黑墨笔改"明瑟"为"萧瑟"④,但后来《迦陵词全集》并没采纳此处修改,依然为"明瑟"(《全清词·顺康卷》第七册,第4157页)。手稿本中"萧"字模糊,而"明"字又没有完全划掉,故为抄工疏忽所致,作者本意当改为"萧瑟"。手稿本土册有《临江仙》(春日过访)一词,题目亦有改动,后定为《春日过访友人村居,值

①[清]陈维崧著,叶嘉莹主编《康熙年间手抄稿本三色汇评迦陵词》(下),天津:南开大学出版社2009年版,第617页。

②[清]陈维崧著,叶嘉莹主编《康熙年间手抄稿本三色汇评迦陵词》(下),天津:南开大学出版社2009年版,第667页。

③[清]陈维崧著,叶嘉莹主编《康熙年间手抄稿本三色汇评迦陵词》(上),天津:南开大学出版社2009年版,第483页。

④[清]陈维崧著,叶嘉莹主编《康熙年间手抄稿本三色汇评迦陵词》(下),天津:南开大学出版社2009年版,第336页。

其往郡,题词壁间而去》,但在后来《迦陵词全集》中题目为《春日过访友人村居,值其往郡城,题词壁间而去》①,二者之间还是有着细微的不同的。

三、调换位置

手稿本中还有一类比较特殊的修改,不是撤换字句,而是调换相关词语位置。例如,手稿本石册有《城头月·月下》一词,词尾有黑色墨笔评语“胜读一卷老庄”,评者原写“史云臣”,后改为“曹南耕”。而其后一首《南柯子·午睡》,词尾有黑色墨笔评语“笑中了却几重旧鹿断案”,评者原写“南耕”,后改为“史云臣”②。笔者将这两处修改文字同梁众异先生藏《陈迦陵手书词稿》笔迹进行对比,可以断定此二处修改当为陈维崧自己亲笔所写,即陈维崧自己对手稿本评语最为熟悉,所以,他的改动也就最为权威可信。又如,手稿本木册有《洞仙歌》(春阴春雨)一词,题目为《戊申上元阴雨示桢百、云臣、青际》,原词首句为“春阴春雨,把碧天偷换,小亩冻云情思懒”,作者用黑色墨笔将“小亩”换为“赢得”,然后用“∽”符号颠倒前后字顺序,将“冻云情思”改为“情思冻云”,于是原句变为“春阴春雨,把碧天偷换,赢得情思冻云懒”③。经此改变,词境更加优美。词旁有黑色“对”字校对戳,加盖“待吊青蝇”印章。另外,我们将“赢得”二字与手稿本下册543页处所

①［清］陈维崧等著,钱仲联编选《清八大名家词集》,长沙:岳麓书社1992年版,第74页。

②［清］陈维崧著,叶嘉莹主编《康熙年间手抄稿本三色汇评迦陵词》(上),天津:南开大学出版社2009年版,第251—252页。

③［清］陈维崧著,叶嘉莹主编《康熙年间手抄稿本三色汇评迦陵词》(下),天津:南开大学出版社2009年版,第604页。

留陈维崧亲笔字迹相比对，可以看出这两处笔迹完全一致，由此可知，此处是陈维崧自己修改无疑。

四、批点结合

手稿本中还有一类批注修改较为特殊，即批注与评点融为一体，在批注中含着评点特色，在评点中含着批注信息。例如，手稿本石册中有《愁春未醒》（攀来尚隔）一词，原词题目为《墙外丁香花盛开感赋》，后用黑色墨笔补加"索京少、戢山和"，题目遂变为《墙外丁香花盛开感赋，索京少、戢山和》①，后来迦陵词依此改定（《全清词·顺康卷》第七册，第 4008 页）。此处修改盖有"待吊青蝇"印章，修改字迹与手稿本下册第 543 页所存陈维崧亲笔字极为相似，故笔者断定此处当为陈维崧亲笔所改写。该词乃陈维崧绝笔之词，所以评语也最多，且感人至深。

> 攀来尚隔，望处偏清。算开到此花，阑珊春已在长亭。滴粉搓酥，小红墙角倍分明。年年此际，笔归马上，递遍春城。　　昨岁看花，有人秃袖，擘阮摧筝。怅新来、梁间燕去，往事星星。只有邻花，依依不作路旁情。夜深难睡，缤纷花影，筛满空庭。

该词附录多条评语："是词谶""悔庵云：檐前空有丁香结，不见杨花扑面飞""花月迷离，情思惝恍，抚弦按节，殊难为怀""此先生四月十三日作，绝笔也。先生三年冷署，人情炎凉，往往托之笔墨，此词其一也。时先生索予辈属和，予草草命笔，实不知先生意指所在。不意此篇而后，遂如《广陵散》不复弹矣。噫！壬戌端阳

---

① ［清］陈维崧著，叶嘉莹主编《康熙年间手抄稿本三色汇评迦陵词》（上），天津：南开大学出版社 2009 年版，第 281 页。

后三日京少记('京少记'三字后被涂掉)""三载联吟,一宵歇绝,梦回酒醒,不堪再读。蕺山"。这些评语批注中包含很多重要信息,即该词为陈维崧绝笔之词,交代陈维崧卒年信息,尤侗为该词作评,蒋景祁最知道陈维崧临终之情况,该词极为感人,《红楼梦》黛玉葬花词盖受该词影响。陈宗石在《迦陵词全集》卷十末注此词云:"此先兄壬戌年四月十三日作也,先兄即于五月初七日捐馆。读'算开到此花,阑珊春已在长亭'十二字,竟成词谶,宗石于乙巳年捐俸授梓校阅之余,不觉声泪俱下。此阕以后,广陵散不复弹矣!呜呼痛哉!四弟宗石谨志于彊善堂。"①手稿本中还有很多评语和批注融为一体的校勘词例,此处不一一罗列。

　　通过上述各种校勘修改词例,我们可以全面、直观地感受手稿本《迦陵词》的编校体例,完整而深刻地体会该部抄本不断完善、充实、精要的发展过程。这些校勘修改不仅对手稿本《迦陵词》本身极为重要,对人们了解清人典籍校勘也具有十分重要的参考意义。可以说,手稿本《迦陵词》既是一部陈维崧极为重要的作品集,又是清人文献校勘的一部经典样板。

①［清］陈维崧著,陈宗石编《迦陵词全集》卷十,康熙二十八年(1689)患立堂刻本。

第八章 手稿本《迦陵词》词作评点价值

词于元明处于沉寂休眠之状态,但入清后终于复盛中兴,大家辈出,词坛活跃,一派云蒸霞蔚之气象,诚如吴梅在《词学通论》中所说:"词至清代,是为极盛之期,惟门户之派别,颇有不同,二百八十年中,各尊所尚。虽各不相合,而各具异彩也。"①阳羡词派是清初开派最早的词群体,以其雄浑粗豪、悲慨健举之声在清初词坛上占有重要地位。该派词人在创作中往往展现出一种踔厉发扬的艺术生命力,其词宗领袖便是宜兴人陈维崧。陈廷焯在《白雨斋词话》中称他为"国初词家巨擘"②,谢章铤亦赞其"国初词人,迦陵最健"③。"拈大题目,出大意义"④的陈维崧在清代词家中甚为后人所重,成为清人评点的重要词家之一。而手稿本《迦陵词》中附存一千八百余条宝贵的评语,我们可以在这些评点中看出陈维崧词的独特艺术风神。

---

① 吴梅《词学通论》,上海:上海古籍出版社2010年版,第158—159页。
② [清]陈廷焯《白雨斋词话》卷四,上海:上海古籍出版社2009年版,第82页。
③ [清]谢章铤《赌棋山庄词话》卷一,清光绪十年(1884)刻赌棋山庄全集本。
④ [清]谢章铤《赌棋山庄词话》卷八,清光绪十年(1884)刻赌棋山庄全集本。

第一节 清人评点理论考述

评点在清代是词人生活的一部分,亦是清词复兴的一种重要表现。清人的词学评点著作极多,繁复大观,如吴衡照《莲子居词话》,陈廷焯《白雨斋词话》《词坛丛话》《云韶集》,沈雄《古今词话》,谭献《箧中集》,谢章铤《赌棋山庄词话》,丁绍仪《听秋声馆词话》,胡薇元《岁寒居词话》,郭麐《灵芬馆词话》,张德瀛《词征》,况周颐《蕙风词话》,蒋敦复《芬陀利室词话》,夏敬观《忍古楼词话》,田同之《西圃词说》,李渔《窥词管见》,徐珂《近词丛话》,李宝嘉《南亭词话》,黄苏《蓼园词评》,蔡嵩云《柯亭词论》,邹祗谟《远志斋词衷》,李佳《左庵词话》等,均有精妙之谈。这些评点家对陈维崧也颇多关注,他们从不同角度评价陈维崧词的艺术个性及创作特点,在肯定陈维崧词地位的同时,也有些评家较为理性客观,能够指出陈维崧词所存在的不足,为人们认识了解陈维崧及其词作提供重要的理论基础。评点与词话关系密切,清人评点最为生动形象地反映出当时的词坛生态。清人评点多以文人间相互交流的形式出现,诸多读者参与其中,且以圈点、批注和主观论说等为主要方式。关于清人评点的特征,一些学者已经有很好的总结,如沈松勤《明清之际词集评点的理论意义与认识价值》一文将其归纳为具体性、丰富性、生动性①等方面;而朱秋娟《清初清词评点的风尚成因与原生面貌》一文则从批评性、文献性、评比性、历

---

① 沈松勤《明清之际词集评点的理论意义与认识价值》,《文学遗产》2017年第4期。

时性、对话性、宣传性①等方面,具体概括清人评点特点。从这些特点中不难看出,清代词人对评点的功能作用给予了相当程度的重视,他们的评点已经具备了很高的理论水准,且成体系化发展,为清词复兴提供了坚实的理论支撑。

清人评点盛行,有其特殊的历史原因,如沈松勤《明清之际词集评点的理论意义与认识价值》一文所揭示,清人评点动因与当时的社会风气、"文以评传"的传播思想、明中后期刊刻业的发展与书坊和书商获利需求、词人振兴词坛的强烈愿望等因素密切相关②。加之清人对待词的态度真诚而投入,如赵敏俐在《中国诗歌史通论》一书中指出:"在近三百年的时间里,无论是在朝代更替、充满血腥和痛苦的清初,还是在号称盛世却危机潜伏的乾嘉时期,抑或进入衰世、面临着内外交困的清末,清人都创作出了大量的诗歌作品,他们将此作为自己抒写生存感受、确认自我价值的重要方式和途径。"③振兴包括词在内的文学是清代文人所普遍怀有的一种文化责任感与使命感,词作评点应运而生并发展繁荣。此外,文学的自身积累与发展也是清词复兴的重要原因,我们通常讲"一代有一代之文学",历史上每一种新文体的产生都意味着文学体式的不断丰富。经历各代历史积累,有清一代的文化可谓异常繁荣,呈现出一种蔚为大观的集大成景象。郭绍虞在其《中国文学批评史》绪论中论及清代学术之集大成时说:"就拿文学来讲,周秦以子称,楚人以骚称,汉人以赋称,魏晋六朝以骈文

①朱秋娟《清初清词评点的风尚成因与原生面貌》,《文艺研究》2008年第11期。
②沈松勤《明清之际词集评点的理论意义与认识价值》,《文学遗产》2017年第4期。
③赵敏俐《中国诗歌史通论》,北京:人民文学出版社2013年版,第280页。

称,唐人以诗称,宋人以词称,元人以曲称,明人以小说、戏曲或制艺称,至于清代的文学则于上述各种中间,或于上述各种之外,没有一种比较特殊的足以称为清代的文学,却也没有一种不成为清代的文学。盖由清代文学而言,也是包罗万象而兼有以前各代的特点的。"①一方面,词在有清一代发生转机,出现了宋代以后的第二次高峰,地方性词人群体和唱和活动活跃,为评点者留下可供评点的丰富材料;另一方面,在中国古代社会后期不再有新的文体产生,文人们更多地把眼光放在旧文体的新探索中,所以,这亦是词集评点在有清一代达到鼎盛的一个重要原因。

第二节　手稿本《迦陵词》评点研究

陈维崧作为清词大家,创下无数第一,获誉无以复加,因而他必然成为清词评点最受追捧的明星作家之一。手稿本《迦陵词》中附存一千八百余条宝贵的评语,数量之多,参与人数之众,评点之集中,评点之精妙,均堪称清人评点的一部教科书。综观手稿本中对陈维崧词的汇评语录,可以说是全方位、多角度地道出了陈维崧词的艺术魅力。笔者反复审读这些评点语录,发现其大致从以下七个方面关注评价陈维崧之词,即感其真情、赞其风格、赏其词境、论其词史、究其章法、味其语言、置其比较,这七方面全面深刻地解读了迦陵词的艺术风神。

一、真情论

陈维崧为人赤诚,其词感情真挚,沈祥龙《论词随笔》即云:

---

① 郭绍虞《中国文学批评史》,上海:上海古籍出版社1979年版,第6页。

"词之言情,贵得其真。"①陈维崧身世浮沉的痛苦与对亲朋的真挚情谊都在其词作中有所体现,如其弟陈宗石在《迦陵词全集跋》中说:"各散而之四方,或孤篷夜雨,辙轲历落;或风廊月榭,酒枪茶董;或逆旅饥驱,或河梁赋别,或千里怀人,或一堂燕乐,或须髯奋张。酒旗歌板,诙谐狂啸,细泣幽吟,无不寓之于词。"②凡有所遇,皆可入词,陈维崧能够把自己所经历的种种生活都通过词作记录下来,其情真语挚的表达备受评点者所称道。陈廷焯《白雨斋词话》卷九评陈维崧道:"词以气胜,然亦是以情胜。盖有气以达情,而情愈出。情为主,贵得其正。气为辅,贵得其厚。后人徒学其矜才使气,殊属无谓。"③手稿本《迦陵词》中所存评语对陈维崧词作所展现出的深情给以极高的评价,大量词评从不同角度赞颂了陈维崧词以情胜的艺术风神。陈维崧在词中情感表达极为质朴自然,宛如平常语,有如家书一般,以直抒胸臆的方式最为直观显豁地展现真情。如手稿本丝册《贺新郎》一词云:

> 废堞经秋坏。削巉岩、下临绝洞,奔浑澎湃。俯仰浮生身世感,满眼黄榆紫塞。笑一碧、关河无赖。多事刘郎题糕客,便彭城、戏马皆安在。贤豪迹,总秭秭。　横刀舞槊平生快。却胡为、丹阳男子,迩来殊惫。细把茱萸簪破帽,何限楼船下濑。历历在、阑干之外。粗饭浊醪吾事毕,傍东篱、且了黄花债。今古恨,漫兴慨。

作者平铺直叙,读后其义自现,如该词所附评语云:"如农父

①[清]沈祥龙《论词随笔》,见霍松林主编《中国历代诗词曲论专著提要》,北京:北京师范大学出版社1991年版,第525页。
②冯乾编校《清词序跋汇编》第一册,南京:凤凰出版社2013年版,第90—91页。
③[清]陈廷焯《白雨斋词话》,上海:上海古籍出版社2009年版,第221—222页。

话桑麻,历历言之,无不沉挚。"①陈维崧在词中用语明快,而绝无呼号大语,仿佛在与人慢慢倾诉自己的经历与烦恼,词评者正是抓住了陈维崧该词"农父话桑麻"的艺术特点进行评点,可谓精准恰当。又如手稿本革册《念奴娇·送沈方邺还宣城,兼怀唐耕、坞施、愚山、梅子、长同、西樵,用孝威韵》一词云:

> 归兮何暮,叹风尘经岁,迷阳却曲。忆我同君为狎谰,夜夜弹丝吹竹。弟蓄余髯,人呼沈瘦,侧帽谈公谷。人身似此,安能仰面看屋。　故里才子都官,舍人唐老,英妙兼耆宿。更有肩吾偏善我,客舍绨袍情笃。归见三君,雪深一尺,定理寻诗蹻。尺书好寄,江船不乏千斛。

该词方楼冈评曰:"真至如作家书,尤为词家所难。"②陈维崧在词中的话语有如家书的味道,字里行间均是对家中亲朋的无限回忆与思念。正所谓"诗穷而后工",词人独特而敏感的心灵能够使其在万事万物中找到情感的凭寄之所在,进而顺势阐发出自己的真情。又如手稿本革册《金明池·茉莉》一词云:

> 海外冰肌,岭南雪魄,销尽人间溽暑。曾种在、越王台下,记著水、和露初吐。遍花田、千顷玲珑,惹多少、年小珠娘凝觑。奈贾舶无情,茶船多事,载下江洲溢浦。　姊姊飘流离乡土。怅异域炎天,黯然谁与。燕姬戴、斜拖鬌发,朔客嗅、烂斟驼乳。望夜凉、白月横空,想故国帘栊,旧家儿女。只鹦鹉笼中,乡关情重,相对商量愁苦。

---

①[清]陈维崧著,叶嘉莹主编《康熙年间手抄稿本三色汇评迦陵词》(上),天津:南开大学出版社2009年版,第409页。

②[清]陈维崧著,叶嘉莹主编《康熙年间手抄稿本三色汇评迦陵词》(下),天津:南开大学出版社2009年版,第444页。

　　茉莉花是中国南方的一种常见花卉,它往往象征友谊持久、纯洁。陈维崧善于感物起兴,再平常不过的事物亦能引起他无限的情思,该词就通过对茉莉花的描绘抒发了个人漂泊之感及对家乡及亲人的思念之情。所以,该词所附评语曰:"风土景物,写出寻常花鸟,多情如许。"①陈维崧诸如此类的词作还有很多,如手稿本丝册《换巢鸾凤》词云:"月暖丝柔。正花枝麗覯,鸟语钩辀。斜桥云似粉,合涧水如油。临风却忆少年游。闲踪迹、遍旗亭酒楼。如今也,只浅淡、眉痕相斗。　知否? 人感旧。满砌蘼芜,糁绿窗清昼。记得年时,暗曾经处,深巷红栏弱柳。飘尽杨花雨偏肥,摘来梅子春先瘦。怅风光,更消人、几遍回首。"该词慨古思今,充满空幻感,如其评语云:"雨花晴柳,触绪深愁,所谓'一寸相思千万缕,人间无个安排处'也。"②陈维崧是由明入清的人物,由旧入新,心理是充满矛盾的。经历过易代之痛,这种遭遇促使陈维崧将自身之痛转为家国之悲,在张扬个性情感的同时,亦产生了与时代的强烈共鸣。

　　陈维崧生于清华之家,经历明清易代的时代痛苦,大半生落魄飘零,晚年凄清,其所作诗词乃其生活轨迹的形象记录与一生思想的深刻感悟,尤其他后期的词作(《迦陵词》)真挚度在整个词史上都罕有匹敌。陈维崧词有至情至性的特质,作者一旦真情激荡,所写之词定然感人至深,正如陈廷焯《词坛丛话》所云:"每读其年词,则诸家尽皆披靡。以其情胜,非以其气胜也。盖有气以

<hr />

①[清]陈维崧著,叶嘉莹主编《康熙年间手抄稿本三色汇评迦陵词》(下),天津:南开大学出版社 2009 年版,第 502 页。

②[清]陈维崧著,叶嘉莹主编《康熙年间手抄稿本三色汇评迦陵词》(上),天津:南开大学出版社 2009 年版,第 477 页。

辅情,而情愈出。情为主,贵得其正。气为辅,贵得其厚。后人徒
学其矜才使气,殊属无谓。"①陈维崧于词中叙述自己的深情、柔
情、愁情、悲情、闲情,这些丰富多彩的表达方式,使得迦陵词更加
形象生动,引发读者同感共鸣,进而积极进行评价阐发。综上所
述,我们可以从手稿本中的系列评语中感受到,陈维崧创作满怀
真挚情感,他将凡有所遇皆写入词中。词以言情,心灵相通,因而
众多陈维崧的追随者感其词诚,在手稿本之中留下了大量的评
语,高度赞颂陈维崧及其词作的真挚情感。手稿本上的这些评语
鲜活而系统,将陈维崧词所蕴含的深挚情感形象抽绎展现出来,
这些词评者以其心灵相惜的共鸣感动、超捷敏锐的生活悟性,以
及生动形象的描摹概括,向人们揭示了陈维崧词之所以感人至深
的奥秘所在,进而客观上扩大了陈维崧词的传播范围,同时促进
了人们对陈维崧词的接受。

二、风格论

陈维崧坎坷不易的人生经历、发自内心的词人气质、腹中
万卷书的自身涵养,使迦陵词形成了独特的艺术境界。迦陵
词既有婉约细腻、缠绵悱恻之作,又有雄奇飘逸、豪爽激荡之
作,亦有旷达空灵、明丽清雅之作。蒋景祁在《陈检讨词钞序》
中云:"故读先生之词者,以为苏、辛可;以为周、秦可。"②陈维
崧词在创作上不主一格,多元并存,形成了其独特的"取裁非一

---

① 孙克强等编著《清人词话》(上),天津:南开大学出版社 2012 年版,第 250 页。
② [清]蒋景祁《陈检讨词钞序》,见冯乾编校《清词序跋汇编》第一册,南京:
　凤凰出版社 2013 年版,第 94 页。

体,造就非一诣"①的特点。手稿本《迦陵词》中所附评语甚多,对陈维崧词的艺术风格多有评鉴,概括而言,评者多以雄傲豪宕、婉丽萧散、苍凉沉郁来评价陈维崧词的风格。

陈廷焯在《白雨斋词话》卷四中概括陈维崧词风格时以"迦陵词沉雄俊爽,论其气魄,古今无敌手"②为评。的确如此,陈维崧继承了苏、辛的豪放特点,情感厚积而有气势,这在大量词作及词评中极为明显,如金册《水龙吟·寿黄珍百七十,仍用前韵》词云:

> 楚天解组归来,颠狂肯放杯辞手。黄鸡一曲,千场保社,百年亲旧。起舞婆娑,好风吹帽,野花簪首。试酒酣重问,渚宫烟景,仍髣髴(同"仿佛"),从前否。　君说崖嶔峡斗。乱猿啼、绝无昏昼。岳阳楼阁,洞庭波浪,银飞雪走。一笑浮生,杜陵花鸟,信陵醇酒。问彭钱骄语,尔曹还总,让才人寿。

该词用语豪迈,所选取意象如"楚天""崖峡""岳阳""洞庭""飞雪"等均气势博大,因而其情表达喷涌激情如注,正如该词评语所云:"慷慨豪宕,不落祝嘏常套,视稼轩作又加一等矣。"③该评将陈维崧与辛弃疾并举,评价可谓高矣。又如革册《唐多令》一词云:"无菊底须愁,桂花香正幽。与诸君、且筑糟丘。不记昨宵重九节,风雨里,怕登楼。　半醉睨吴钩,吾生行且休。任古来、割据孙刘。龙额岸头浑不羡,偏只爱,内黄侯。"该词乃作者重九后食蟹半醉作,意在学辛,辛弃疾在词中喜用"孤楼""吴钩""刘

---

①[清]蒋景祁《陈检讨词钞序》,见冯乾编校《清词序跋汇编》第一册,南京:凤凰出版社2013年版,第94页。

②[清]陈廷焯《白雨斋词话》,上海:上海古籍出版社2009年版,第82页。

③[清]陈维崧著,叶嘉莹主编《康熙年间手抄稿本三色汇评迦陵词》(上),天津:南开大学出版社2009年版,第160页。

郎"等意象,表达那种英雄失意之悲,陈维崧在这首词中也同样寄寓了词人深厚的情感,如评语所云:"气韵沉雄,如幽燕老将。"①手稿本中评语普遍认为,陈维崧词的豪放风格鲜明显著,其成就直抵辛弃疾之高度。

陈维崧作词不仅仅能为豪放语,其词作中亦多有柔情婉丽之风。王士禛在《倚声初集》卷四评价邹祇谟《菩萨蛮》(席间有感)一词时说:"近日名家,作丽语无如程村,作情语无如其年。"②可以看出,情柔语丽的风格也是陈维崧词中不可忽略的一大特点,如手稿本丝册《昼锦堂》一词云:

> 昨日浓阴,今朝新霁,戏鼓歌扇相宜。一路花摇绮幰,草暗金羁。空园秋千犹未拆,小楼香粉已全施。春山畔,绕涧萦岩,顿添无数钗笄。　　离离。城上寺,墙外店,和烟著水参差。翻借通明帘子,映出纤肌。堤边丝柳飘成梦,桥头新月鉴于眉。无情绪,独对裙边蝴蝶,细语移时。

该词使用类似于蒙太奇的手法,"昨日浓阴,今朝新霁""堤边丝柳飘成梦,桥头新月鉴于眉"等句,今昔不停转换,似梦非梦,极力追求情思,但又能做到情转自然,丽语流畅。如其评语所云:"水嬉盛事,裙屐胜游,柔情妍婉,忽经冷眼人拈出,便成佳话。"③又如竹册《醉春风》一词云:"红老莺偏趁,绿暗窗难认。等闲扬起楝花风,闷,闷,闷! 妆阁凭殷,舞衫叠皱,玉钗敲罍。　　不放东皇

---

①[清]陈维崧著,叶嘉莹主编《康熙年间手抄稿本三色汇评迦陵词》(下),天津:南开大学出版社 2009 年版,第 391 页。

②孙克强等编著《清人词话》(上),天津:南开大学出版社 2012 年版,第 358 页。

③[清]陈维崧著,叶嘉莹主编《康熙年间手抄稿本三色汇评迦陵词》(上),天津:南开大学出版社 2009 年版,第 575 页。

闰，权取榆钱赆。送春暂去几时归？问，问，问！明岁新年，水边郭外，候伊来信。"该词陈维崧借陆游《钗头凤》词情及意境，表达自己的孤寂情思。词中语言婉转流丝，竟可读出陆游、唐婉之气调情感，低声耳语又深情绵长，正如其评语所云："柔情婉转，竟似小窗人语。"①

　　陈维崧词风尽管有旖旎风格，但其间仍存文人风骨，这是其才情使然，如金册《水龙吟》一词云：

　　　　曾经天语怜才，如今老却凌云手。开元鹤发，茂陵铅泪，海天非旧。长乐笙箫，连昌花竹，可堪回首。算软裘快马，呼鹰鞢犬，当时事，还能否？　　摘尽瑶台星斗。水哉轩、夜明如昼。离骚一曲，清平三调，小盘珠走。汉殿唐宫，能消几度，花阴杯酒。闹筝琶腰鼓，红樱紫笋，上先生寿。

　　该词既刚且柔，如评语云："如许悲凉激壮，缠绵恺至，以苏、辛之历落写周、秦之温丽，遂成独绝。"能在一首词之中如此融合多种看似难成一体的风格，不得不说是陈维崧词独步所在。正如陈廷焯所言："闲情之作，非其年所长，然振笔写去，吐弃一切闺襜泛话，不求工而自工，才大者固无所不可也。"②陈维崧不仅创作了大量豪放词作，而其同时还能驾驭婉约风格，更为难得的是，他往往能够在一篇之中融合不同风格，体现多样创作特点，即如陈廷焯赞陈维崧《沁园春·题徐渭文钟山梅花图》一词所云："情词兼胜，骨韵都高，几合苏、辛、周、姜为一手。"③刚柔相济，齐头并

①［清］陈维崧著，叶嘉莹主编《康熙年间手抄稿本三色汇评迦陵词》（上），天津：南开大学出版社2009年版，第706页。
②［清］陈廷焯《白雨斋词话》，上海：上海古籍出版社2009年版，第90页。
③［清］陈廷焯《白雨斋词话》，上海：上海古籍出版社2009年版，第87页。

进,陈维崧不愧为清词大手笔者。

　　陈维崧词除豪放、婉约二体外,还有一个重要的风格,即郁纡。虽然陈廷焯在《白雨斋词话》卷四中多次提到其年词亦有不足,即少沉郁之质,如其所云:"迦陵词不患不能沉,患在不能郁。不郁则不深,不深则不厚。发扬蹈厉,而无余蕴,究属粗才。"①"迦陵词气魄绝大,骨力绝遒,填词之富,古今无两。只是一发无余,不及稼轩之浑厚沉郁。"②学界有很多学者认为陈廷焯所论对于陈维崧过于苛刻,缺少同情之理解。笔者认为,其实不然,陈廷焯是将陈维崧置于"清词巨擘"的高度,但同时又理性看待其词的不足,实为客观评说。更何况,陈廷焯对陈维崧横空蹈厉的气魄予以了更大肯定:"然在国初诸老中,不得不推为大手笔。"③"蹈扬湖海,一发无余,是其年短处,然其长处亦在此。盖偏至之诣,至于绝后空前,亦令人望而却走。其年亦人杰矣哉。"④这也就是说,陈维崧在郁纡方面不如豪迈方面做得更好,而不是说他没有沉郁的风格。手稿本评点中有很多认为迦陵词有着鲜明的沉郁风格,如竹册《十拍子》一词云:"昨夜雏寒侧侧,今晨小雨濛濛。屡拟寻花过涧北,屡约听莺到水东。心情无那慵。　　丽景偏怜易谢,冶游最惜难逢。四百八十南朝寺,二十四番花信风。鹃啼催落红。"该词评语曰:"怨雨心情,恁般沉郁,令我读之,辄唤奈何。"⑤词中作者喷薄的情感呼之欲出,在发而为言时又克制哀

---

①[清]陈廷焯《白雨斋词话》,上海:上海古籍出版社2009年版,第83页。

②[清]陈廷焯《白雨斋词话》,上海:上海古籍出版社2009年版,第82页。

③[清]陈廷焯《白雨斋词话》,上海:上海古籍出版社2009年版,第82页。

④[清]陈廷焯《白雨斋词话》,上海:上海古籍出版社2009年版,第82-83页。

⑤[清]陈维崧著,叶嘉莹主编《康熙年间手抄稿本三色汇评迦陵词》(上),天津:南开大学出版社2009年版,第704页。

怨,沉郁之情亦在其间展现得淋漓尽致,令人读后仿佛也置身词中。基于生活美学品鉴,陈维崧有些词萧散简远,平白如小品文,如金册《传言玉女》(半载繁台)、《传言玉女》(记得寻君)词评曰:"似魏晋人小品,萧散不羁""孤清潇洒,似晋人小品"①。这类词作清新自然,在陈维崧词作之中堪称另类神品,令人读之神清气爽。

　　综上可以看出,陈维崧词作体现出多种艺术风格,豪雄为本,又具清爽飘逸、旷达空灵、明丽清雅之致。尤其需要指出的是,词界对陈维崧及其词风总是以雄豪宏放评价,而对其沉郁萧散、婉约空灵的风格认识不足。而手稿本中的词评家们能够准确把握陈维崧词的多元艺术风神,并对其作出精彩绝伦的点评之语,这就深化了词界对陈维崧多样词风的理解领悟,使得对陈维崧及其词的认识更加全面立体,更加公正客观。

三、词境论

　　在中国古典诗词创作中,诗词意境的营造论可以说构成了诗词最核心的审美特质。清初词人在词境创造过程中,随着清朝统治的逐渐稳固、民族主义情绪在诗词中的淡化,词作的意境营造别开生面,促进了清初词坛的中兴。正如陈维崧,他凭借自己丰富的创作经验,以词写心,以词入境,更以词记载生命。陈廷焯在《白雨斋词话》中说:"其年诸短调,波澜壮阔,气象万千,是何神勇。平叙中峰峦忽起,力量最雄。"②陈维崧《迦陵词》纵横捭阖,

----

①[清]陈维崧著,叶嘉莹主编《康熙年间手抄稿本三色汇评迦陵词》(上),天津:南开大学出版社2009年版,第56页。
②[清]陈廷焯《白雨斋词话》,上海:上海古籍出版社2009年版,第83—84页。

其词境艺术在整个清代词史上都具有典型意义,无论是其情感真挚流露,还是借景色物象表达细腻感触,抑或说是从多重视角对词境的调动审视,都让迦陵词品风貌有了极大的拓宽。陈维崧词的创作是建立在时代巨变历史轨辙之上的,故在词境营造方面,时而沉郁委婉,时而又吞天走地,这其中既包含着词人主观的思想情感以及鲜活的个性特点,又包蕴着社会时代内容特质。我们从手稿本《迦陵词》的大量评语中可以系统地看出陈维崧词境创作的方法手段,无论其词境中情感表达、景色描写,还是自我情感的生命沉入,都为后世的诗词创作和评论提供了有益的借鉴。

　　陈维崧作词时着力于对词境的营造,手稿本中对于陈维崧词境的评点比较集中在禅境和画境两方面。其禅境如手稿本竹册《隔溪梅令》一词云:"花前小寺背春城,不知名。森森夕阳金刹,着波平。风光难画成。　　阿师洗钵趁新晴,隔溪行。闲锁阶前梅萼,一枝横。僧雏学弄笙。"夕阳中的金刹,新晴里的阿师,景与色的调谐令人身醉其中。如该词评语所云:"时中景,景中人,大有禅机在,莫错过。"①又如手稿本石册《偷声木兰花》一词云:"六朝僧话三生事,雨后人归花下寺。我最怜渠,不数琴聪与蜜殊。借师禅板为歌板,唱到江东春又晚。晴絮茫茫,纵使无愁也断肠。"雨后人归、江东春晚、晴絮茫茫,在这些恬淡的景致中,伴随僧话,词人感到"无愁也断肠",个中滋味也只有身陷于此方能感受,如其评语云:"致在淡中,得此禅为不枯。"②此外,手稿本中

---

① [清]陈维崧著,叶嘉莹主编《康熙年间手抄稿本三色汇评迦陵词》(上),天津:南开大学出版社 2009 年版,第 654 页。

② [清]陈维崧著,叶嘉莹主编《康熙年间手抄稿本三色汇评迦陵词》(上),天津:南开大学出版社 2009 年版,第 250 页。

《南乡子》(才过清明)、《祝英台近》(研光笺白)、《系裙腰》(满园草色)、《凤凰阁》(枉东风费)、《辘轳金井》(落灯风定)等词的评语中均有"此中大有禅机(意)在"的表达,不具述。

陈维崧在词中还善于营造画境,使人读之眼前宛然已呈现词中图景,如《似娘儿》一词云:"渡口绿蓑斜。绕子城、碧浪周遮。谁知我是玄真子,卖饧天气,凭桡心事,荡桨生涯。　水面小窗纱。响枨枨、谁摘琵琶。东风似梦回头望,绝无人影,粉墙之内,一树桃花。"该词极具生命气息,词中所有意象都散发着春天已至的芬芳与光辉,如评语所云:"一幅春游图,画工从何着笔。"①又如手稿本木册《蝶恋花》一词云:"五月荆南新涨至。一片菱芦,总把川光罥。阁外溪风来也未,阴阴先作铿锽势。　水郭涟漪逾十里。买件蓑衣,走入渔翁队。日落笛声篷背起,封侯不换垂纶戏。"该词如画师执笔,生机满纸,所附评语云:"一幅渔钓图,满纸涛声浮动。"②能于纸上泛出涟漪,实乃词人大手笔所在。手稿本词评之中还有"出水芙蓉图""高士闲居图""奇松怪石图""秋游图""溪村图"等以画评词用语,都对陈维崧自然恬静的词境表达赞叹欣赏。手稿本中在此类的画境评语中多以王维为比,如手稿本石册《潇湘逢故人慢》(今秋吟艇)评语为:"真情真景,一幅秋游图,恨无摩诘画之。"③手稿本丝册《琵琶仙》(倦客心情)评语为:

————————

① [清]陈维崧著,叶嘉莹主编《康熙年间手抄稿本三色汇评迦陵词》(上),天津:南开大学出版社2009年版,第46页。

② [清]陈维崧著,叶嘉莹主编《康熙年间手抄稿本三色汇评迦陵词》(下),天津:南开大学出版社2009年版,第735页。

③ [清]陈维崧著,叶嘉莹主编《康熙年间手抄稿本三色汇评迦陵词》(上),天津:南开大学出版社2009年版,第372页。

"一幅辋川图,人景香幽。"①手稿本木册《蝶恋花》(六月荆南)评语为:"'蒲苇成丛'一幅辋川图。"②众所周知,"诗中有画,画中有诗"乃是王维诗作最大特点,而手稿本中也有很多评语认为其年词具有画境优美的艺术特点,如在手稿本土册《行香子》(磐石支泉)一词中,储贞庆评道:"小园佳景,直可谱入画图。"③手稿本土册《轮台子》(别浦莲歌)评语为:"幽景清芬,写出水光花气,图画难足。"④以上评语对陈维崧词所营造的画境都给以极高的评价。

　　词境是情景的高度契合,在宇宙领域中的事事物物都有其独特的表达方式,没有绝对相同的情趣,亦无绝对相同的景致。迦陵词中的境界融合了眼前景色和心中情感,加上词人用独辟蹊径的深度描绘阐释,使读者赏析时有极大的心灵共鸣。陈维崧是创作词境的高手,他往往能抓住读者内心所需,其所摄取的物象通为常人所见,咏写的风光也极为自然,但是难就难在词中所营造的意境很少受到时空限制,能够达到浑融一体的高妙意境,如手稿本土册《贺新郎》词云:

　　　　吴苑春如绣。笑野老、花颠酒恼,百无不有。沦落半生知己少,除却吹箫屠狗。算此外、谁欤吾友。忽听一声河满子,也非关、雨湿青衫透。是鹃血,凝罗袖。　　武昌万叠戈船

①[清]陈维崧著,叶嘉莹主编《康熙年间手抄稿本三色汇评迦陵词》(上),天津:南开大学出版社2009年版,第510页。
②[清]陈维崧著,叶嘉莹主编《康熙年间手抄稿本三色汇评迦陵词》(下),天津:南开大学出版社2009年版,第739页。
③[清]陈维崧著,叶嘉莹主编《康熙年间手抄稿本三色汇评迦陵词》(下),天津:南开大学出版社2009年版,第206页。
④[清]陈维崧著,叶嘉莹主编《康熙年间手抄稿本三色汇评迦陵词》(下),天津:南开大学出版社2009年版,第320页。

吼。记当日、征帆一片,乱遮樊口。隐隐柁楼歌吹响,月下六军搔首。正乌鹊、南飞时候。今日华清风景换,剩凄凉、鹤发开元叟。我亦是,中年后。

该词词境感人至深,物是人非今非昨,锦绣季节中却是家国风景换、人已中年后的无奈以及无法言说的情愫,如评语所云:"婉丽流畅中有悲壮苍凉之致,读一过,令人击碎唾壶。"①陈维崧词中所创之境独具魅力,深为手稿本中诸评家赞颂,有些词境他们认为是人间无存的佳境,如手稿本金册《定风波》云:"身是荆南白鹭群,拍波只爱絮纷纷。自笑此生饶水癖,为客,那能长弄画溪云?　竹径粉墙泉又冽,清绝。人间何处有尘氛?浴罢簟痕冰雪做,闲卧。快吹长笛送斜曛。"词中白鹭、纷絮、溪云、簟痕,尘世能得几回见,更为难得的是词中主人公闲卧吹笛的情致,有如仙态,令人超凡脱俗,正如该词评语所说:"清露滴花,微风吹酒,人间恐无此境界也。"②又如金册《多丽》一词云:"玉壶中,井花彻底都凝。讶涟漪、风吹难皱,潺湲一夜无声。太玲珑、鳞堂贝阙,偏确荦、玉甃银屏。烈士心边,佳人肌上,一种晶莹仿佛曾。还应似、飞同剑侠,灰冷万缘僧。都只被、奇寒苦冻,锻炼才成。　记前冬、芦沟南下,归舟却阻河凌。四弦弹、颇黎劈裂,万椎击、琴筑琮琤。玉骇蛟愁,珠飞兕吼,篷窗千里梦魂清。回头笑、京华炙手,岁岁火云蒸。还亏煞、沿街六月,唤买凉冰。"该词意象繁复,有如天外,人间罕有,恰如评语所云:"瑶翻玉滟,鼍吼鲸哤,绝非人间

---

①[清]陈维崧著,叶嘉莹主编《康熙年间手抄稿本三色汇评迦陵词》(下),天津:南开大学出版社2009年版,第233页。

②[清]陈维崧著,叶嘉莹主编《康熙年间手抄稿本三色汇评迦陵词》(上),天津:南开大学出版社2009年版,第45页。

恒境。"①又如土册《绮罗香》(离墨山前)一词,也因具有"清芬扑人"的意境而被评论者盛赞"何处着人间烟火"②。评者所谓"不食人间烟火"即仙境也,神境也,乃是对陈维崧词境的最精妙的譬喻,亦是对他最高的评价。

陈维崧的确在词境创造上成绩斐然,词人往往站在主观的角度审视着他眼前的景、物、人,或是融情入景,或是以景衬情,或是情景交融,亦或直抒胸臆以寄寓高远,然而这些都是作者为自己内心情感的喷涌而精心"谋划"的。我们从手稿本《迦陵词》中的大量评语可以发现,陈维崧在意境营造时,审美主体的主观情感和审美客体是相互依赖、相互作用、相互促进的,即词人的内心情感是借助他眼前所见之景而外化表达的,从而创造出具有迦陵独特品格的场域风神——陈维崧乃诗禅融通者也,词中善画者也,其词有情感,表达有意境,读之有回味。

四、词史论

陈维崧作为清初"三大词人"之一,在继承和发展了苏轼、辛弃疾词风的基础之上,以其豪迈奔放的词风卓立于清初词坛。作为阳羡词派的代表人物,陈维崧写景如画,言情入骨,堪称词坛圣手,而在立意填词方面,陈维崧更是"意新语艳",不仅以大量的词章再现了明清易代的历史,其新颖深刻的作词立意也为后世词坛提供了诸多的写作范式,亦极大促进了阳羡词派的进步与发展。

---

① [清]陈维崧著,叶嘉莹主编《康熙年间手抄稿本三色汇评迦陵词》(上),天津:南开大学出版社 2009 年版,第 219 页。
② [清]陈维崧著,叶嘉莹主编《康熙年间手抄稿本三色汇评迦陵词》(上),天津:南开大学出版社 2009 年版,第 220 页。

赵吉士《万青阁诗余》中有一首《沁园春·题〈迦陵词〉》盛赞陈维崧道："疑有五丁,驱来双腕,重辟词家混沌天。"①这是同代词人对陈维崧做的最高评价。谭献《箧中词》中亦高度评价了清代词坛双子星朱彝尊、陈维崧:"锡鬯、其年出,而本朝词派始厉。顾朱伤于碎,陈厌其率,流弊亦百年而渐变。锡鬯情深,其年笔重,固后人所难到。嘉庆以前,为二家牢笼者,十居七八。"②胡薇元《岁寒居词话》亦云:"倚声之学,国朝为盛,竹垞、其年、容若鼎足词坛。"③陈维崧作为国初词家巨擘,其地位不言而喻,诚如谢章铤《赌棋山庄词话》卷四所说:"怪国初渔洋、羡门、迦陵、竹垞诸老,南北提唱,一时飚发泉涌,电掣云屯,倚声一途,称为极盛。"④陈维崧平生所作词一千八百余首,一反"词乃小道"和"词为艳科"的传统观念,认为词与"经""史"同等重要,可与"诗"比肩。他继承了《诗经》和白居易"新乐府"的现实主义精神,歌诗合为时、为事而作,其词中本身就反映了明末清初的国事,带有强烈的现实主义色彩,有"词史"之称。如手稿本石册《南乡子·江南杂咏》六首总评即曰:"老杜以古乐府直叙时事,此词可与千载竞美。"⑤

　　以史入词、以词记史的功能在陈维崧词中占重要一支,陈维崧曾在《词选序》中将词提到了与经史并列的高度:"为经为史,曰

---

① 孙克强等编著《清人词话》(上),天津:南开大学出版社 2012 年版,第 231 页。
② 谭献《箧中词》,见唐圭章《词话丛编》,北京:中华书局 1986 年版,第 4008 页。
③ 胡薇元《岁寒居词话》,见唐圭章《词话丛编》,北京:中华书局 1986 年版,第 4038 页。
④ 谢章铤《赌棋山庄词话》卷四,清光绪十年(1884)刻赌棋山庄全集本。
⑤ [清]陈维崧著,叶嘉莹主编《康熙年间手抄稿本三色汇评迦陵词》(上),天津:南开大学出版社 2009 年版,第 234 页。

诗曰词……选词所以存词,其即所以存经存史也夫。"①该段文字指出陈维崧具有开放文体观念,在其创作中直接表现为内容的拓展,这就使得陈维崧词中呈现的是丰富多彩的社会生活,如其系列词作中存在着大量对清初百姓艰难生活的实录,此即迦陵词拓展词境的一个重要方面,这也是其"存经存史"观念的具体表现。基于此,陈维崧词中有史,以史寓今,词史结合,取得巨大的成绩,如手稿本丝册《贺新郎》一词云:

> 梅瘦侵墙罅。趁闲窗、椒觞泛蚁,辛盘盛鲊。抖擞门丞秦叔宝,贝带璘斑光射。笑公等、寄人檐下。镜听灶前占吉语,愿今年、烽火无惊怕。双彩燕,钗梁挂。　　轩墀未扫先宜洒。待春来,桃须杏脸,雨梳烟画。五十过头吾竟老,说甚高车驷马。任街鼓、群儿戏打。天意萧萧偏酿雪,小楼前、已有纷披者。拂帘幌,萦茵藉。

该词作者慨古思今,情真意切,极为自然,没有一点矫饰,尤其"五十过头吾竟老,说甚高车驷马",这种功业未成、年华易老的无奈悲凉感人至深,如评语所云:"真切不浮,可作词家信史。"②又如手稿本金册《望海潮》一词云:"西子笑时,包胥哭后,霸吴入郢徒劳。"作者在对古人功业未成的慨叹中实现自我凭吊,如评语所云:"临流唱叹,胥江欲沸,史识诗才,可补《吴越春秋》。"③可以说,迦陵词所含思想内容触及了社会生活的各个方面,更具"词史"特质。陈维

---

① [清]陈维崧著,陈振鹏标点,李学颖校补《陈维崧集》(上),上海:上海古籍出版社 2010 年版,第 54 页。
② [清]陈维崧著,叶嘉莹主编《康熙年间手抄稿本三色汇评迦陵词》(上),天津:南开大学出版社 2009 年版,第 549 页。
③ [清]陈维崧著,叶嘉莹主编《康熙年间手抄稿本三色汇评迦陵词》(上),天津:南开大学出版社 2009 年版,第 178 页。

崧以史笔入词,实现了词与史的双不朽。

陈维崧在清初词坛,无论在词集文献的保存上(词选),还是在对词体的认知阐发上(词学理论),亦或在词的研磨推敲上(创作实践),都有着不可替代的重要词史贡献,正如杜文澜《憩园词话》序言所说:"我朝振兴词学,国初诸老辈,能矫明词委靡之失,铸为伟词。如朱竹垞、陈迦陵、厉樊榭诸先生,均卓然大雅,自成一家。"①陈维崧在词史上能够独树一帜,还在于其擅长寓情于史,在平淡中有寄托,平常事翻出新意,如手稿本石册《五福降中天》词云:

> 翩何青帝姗姗也,将近江南几驿。娄尾深杯,换头小令,冶习那能销得。任他仙释。算换民年光,也应沾臆。慵倚阑干侧帽,不忍弄烟色。　　差喜渐无人识。楞严才注罢,门庭寂。三径苔铺,一篱梅绽,相与从无疏密。鹤窥草阁,雀啄柴门,宜春休帖。爱煞溪痕,斜桥成小立。

该词中意象较多,"青帝""江南驿""楞严""三径""鹤雀""斜桥"等,更兼众多文史典故,全词从语到情,由表至里,立意深邃,有着极为深刻的寓意表达,如评语所云:"寄托遥深,辞旨高壮,一洗彩娥春燕、儿女小窗之语。"②又如手稿本丝册《贺新郎·九日后一日为吕含章姬人催妆》一词云:"侠少两河谁不识,独跨马中赤兔。马上者、人中之布。"该词将思绪发散至历史之中,遥想马中赤兔、人中吕布,进而慨叹自己虽然品质高洁,却一身抱负无法实现,空留遗憾,如评语所云:"催妆词多近香艳,此独慷慨豪壮,

---

①孙克强等编著《清人词话》(中),天津:南开大学出版社2012年版,第794页。
②[清]陈维崧著,叶嘉莹主编《康熙年间手抄稿本三色汇评迦陵词》(上),天津:南开大学出版社2009年版,第345页。

髯公所以出群。"①催妆词一般为香艳,但陈维崧能于催妆词中脱去脂粉气,实为难得,正如陈匪石《旧时月色斋词谭》所说:"《湖海楼》(指《迦陵词》)崛起清初,导源幼安,极纵横跌宕之妙,至无语不可入词,而自然浑脱。"②陈匪石所论就是强调迦陵词的内容丰富,不受传统题材的束缚,于平凡事中蕴含深刻史观。

以词史地位而论,陈维崧作为阳羡派的领袖和代表人物,他的词风以豪放雄健而闻名于世人。陈维崧已经将豪迈之风发挥到极致,阳羡派的崛起因此也与其豪放词风的倡导和实践有着直接的关联。他的词境界开阔,一扫清初词坛呈现出的积弱不振的现状,如手稿本金册《念奴娇》一词云:

> 霆轰电掣,算君才、真似怒涛千斛。百感淋漓风骤起,劈裂满堂桦烛。公醒而狂,人憎欲杀,抵鹊何须玉。春衫老泪,鲛珠瓣瓣堪掬。　　不记三十年前,灌夫使气,嗢啮惊邻屋。弹指蓬莱今又浅,短发可能长绿。诗酒前缘,莺花小劫,世事弹棋局。关山笛破,欲吹吹不成曲。

该词驱鬼神,驭雷电,激情勃发,读之令人振奋,如评语所云:"此等词真是石破天惊,确于此道中另开世界,而或妄拟之辛、苏、周、柳间,先生安得不闻而捧腹也。"③陈维崧以其真情独抒、风格独具、词体独到等贡献被尊为"词坛神手",他的很多词也被认为是"词家神品",在词史上确立了极高的地位。

---

① [清]陈维崧著,叶嘉莹主编《康熙年间手抄稿本三色汇评迦陵词》(上),天津:南开大学出版社 2009 年版,第 614 页。

② 孙克强等编著《清人词话》(中),天津:南开大学出版社 2012 年版,第 1037 页。

③ [清]陈维崧著,叶嘉莹主编《康熙年间手抄稿本三色汇评迦陵词》(上),天津:南开大学出版社 2009 年版,第 136 页。

　　时代的巨变为陈维崧提供了作词的灵感,而陈维崧又通过词作记录了时代的动荡。无论是苏轼还是辛弃疾,陈维崧与他们都能产生心灵上的共鸣,进而发扬光大并超越之,诚如陈廷焯《词坛丛话》所评:"陈其年词,纵横博大,海走山飞,其源亦出苏辛。而力量更大,气魄更胜,骨韵更高,有吞天地走风雷之势,前无古,后无今。"①陈廷焯鲜明地指出了陈维崧的生命气质与其所处的时代巨变之间的内在联系,即时代巨变造成陈维崧心头的深哀巨痛,这也是迦陵词与稼轩词内在相似原因之所在。近人王煜《清十一家词钞》自序亦评述道:"其年以胜朝世家,不忘故国,雄才盛气,追步苏辛,镗鞳辉煌,清词初大。"②王煜所言正是指出了陈维崧对苏轼、辛弃疾的继承及对清词的开拓性影响。纵使迦陵词豪放中缺少沉郁,但"存经存史"的理论建树以及对阳羡派所做的贡献作用,都足以让他成为中国词史不可或缺的建筑者、塑造者、传承者、发展者,而手稿本中的系列评语即是对陈维崧词史贡献的最好注脚。

五、章法论

　　陈维崧作词善于谋篇布局,十分讲究结构章法,有如散文之序(即以文为词),这一点绝似韩柳,如金册《新雁过妆楼》一词云:"昨梦偷归,栏干外、雪花吹满帘衣。门庭萧寂,绿窗景未全非。榾柮乍红茶半熟,山妻绕膝小牢之(谓兰甥)。剧喧阗,竞询狂客,江畔归期。　槛前小梅映水,被谁弹香粉,浅著横枝。佛灯傩鼓,想应岁序旋移。景阳钟声暗动,又官烛、更深欲灭时。蘧然醒,笑红炉纵好,却不成围。"该词随物赋形,情随景迁,如同一篇记叙

①孙克强等编著《清人词话》(上),天津:南开大学出版社2012年版,第249页。
②孙克强等编著《清人词话》(上),天津:南开大学出版社2012年版,第260页。

文,结构有序,章法井然,如其评曰:"通首说梦,至末略露本题,韩柳文法,不意见于填词。"①又如手稿本石册《多丽》一词云:"弄微风,城南卖酒旗偏。且屏当、笛床棋局,停桡第五桥边。岭濛濛、如将著雨,波细细、尚未成烟。妙欲生香,空能酿翠,人家四月焙茶天。迤逦处、松脂石骨,碧暗寺门前。僧寮好、窗中篱笋,厨下山泉。　试低回、亭台金粉,曾经烘染多年。画廊敧、半龛佛火,雕栏换、一抹寒田。谁向行人,频提往事,小楼莺语最轻圆。支颐久、危冈乱木,暝色渐苍然。徐归去、群峰殢我,晚髻尤妍。"词人笔触随着眼目所见移步换景,万般物象尽收眼底,极有章法,如其评语云:"前段写景入画,后段感旧生嗟,一篇绝妙纪游文。"②词人由写景而引发无限感叹,加之用语自然流畅,除却形式外俨然一篇散文。再如手稿本竹册《一剪梅》一词云:"客里流光迅逝波,五日才过,七夕将过。殊乡令节巧蹉跎,星渡银河,人渡黄河。剧怜良夜不如他,天上情多,地上离多。红闺两地蹙愁蛾,大妇停梭,小妇停梭。"词人笔触由"星渡银河,人渡黄河"到"天上情多,地上离多",章法安排新颖独到,从景到情,不禁让凡间之人怅然若失,如其评语所云:"星渡银河,人渡黄河是此词本兴,前后皆蔓引耳,可悟文家结构之法。"③陈维崧在词中善于谋布结构,章法井然有序,上述词作及评语即可见陈维崧以文为词的创作笔法。

　　迦陵词的构思铺排极具艺术风神,词人能够调动诸多客观事

---

①[清]陈维崧著,叶嘉莹主编《康熙年间手抄稿本三色汇评迦陵词》(上),天津:南开大学出版社 2009 年版,第 116 页。

②[清]陈维崧著,叶嘉莹主编《康熙年间手抄稿本三色汇评迦陵词》(上),天津:南开大学出版社 2009 年版,第 437 页。

③[清]陈维崧著,叶嘉莹主编《康熙年间手抄稿本三色汇评迦陵词》(上),天津:南开大学出版社 2009 年版,第 692 页。

物服务自己的主观情思，这些都为评者所称道，如手稿本木册《蝶恋花》一词云："五月荆南蒸湿翠。墙角苔生，础润垣衣腻。院静日长沉水费，曹腾兀坐思陈事。　忆看京江江万里。烂若银盘，倒插金山寺。雪片崩涛飞彩帜，妙高台下龙舟戏。"词人思绪纷沓，从"墙角"到"院静"，从"京江"到"龙舟"，章法严谨有度，如其评语所云："想穷天际，章法之妙，丝丝入扣。"①该词前后结构上的紧密联系如丝如绢，"京江倒插金山寺"的想象语出思至，令人拍案叫绝。又如手稿本丝册《莺啼序》一词，其题目为《兰陵邵子湘有画像五帧，一展书，一课耕，一垂竿，一游岳，一蕉团，索余题词，因赋是篇》，由题目可知，该词是陈维崧为友人五幅画所作题词。该词为长调，共二百三十五字：

　　一图执卷，堂前后、蕉黄竹翠。环墙隙、激水锵鸣，瀹瀹声循檐际。中有一人摊卷读，不知所读何经史。想读当佳处，时复奋袂抵几。　其一江村，涤场纳稼，仿佛紫桑里。敞村扉、箕踞松根，挥斥田奴疆以。映斜阳、老犉驱来，漾新蟾、雏兔惊起。芍陂鄠杜，足平生，千场硠碚。　一图泛艇，湿遍船头绿筈，是洞庭烟水。软幔障疏棂，斜裹茶烟，细萦溪尾。钓得鳌来，晒将网去，拨棹入、江乡渔市。其一图，竹杖还棕履。层峦叠嶂，秋深槲叶参天，夜静松花满地。　废箸沈吟，辍耕太息，往事都非矣。何苦上书北阙，侘傺无成，种豆南山，芜荒不治。龙争七泽，虎斗千山，钓名钓国终非计。便终南、捷径徒为尔。亟图翠蔓青藤，峭厂枯团，放吾鼾睡。

该词实则为一组词，即为介绍评述五幅画之所作，形虽敷陈蔓衍,但内涵神聚,可谓词中赋体,如其评语所云:"叙列绮绣参错,雕绩满眼,烂若披锦,无处不善,可谓赋家之心包罗天地者矣。""章法谲变,墨采飞骞,如陟武夷,风云路绝;如入蛟宫,奇珍异宝,令人目摇魂荡,观止矣! 此调梦窗、升庵奇倔矣,至于灵隽疏宕,不得不逊美吾髯。"①该词为长篇绝调,的确展现出曲折层深的章法之美,因而颇受评家称道。

好词要有精妙的结构布局,其中处理好词的前后阕关系就是很深奥的艺术技巧,唐圭章在《论词之作法》一文中就谈到如何构建词之章法,把上下片关系梳理归纳成"上景下情""上情下景""上今下昔""上昔下今""上外下内""上去下来""上昼下夜""上问下答""上虚下实""上下相连""上下不连""上下相反"十二种类型②。综观对手稿本《迦陵词》中的评点,对于上下阕关系这方面的章法评语亦不在少数,"上景下情"如手稿本革册《潇湘逢故人慢》(冰轮将满)词评云:"前段写景超旷,后段写怀骯髒,觉稼轩诸作无此全美。"③"上昔下今"如手稿本竹册《添字昭君怨》(今夜月明)词评云:"前阕怀古,后阕感今,尽堪咀味。"④"上去下来"如手稿本丝册《贺新郎》(生入榆关)词评云:"前段出塞入塞曲,后段入

---

①[清]陈维崧著,叶嘉莹主编《康熙年间手抄稿本三色汇评迦陵词》(上),天津:南开大学出版社 2009 年版,第 624 页。

②唐圭章《论词之作法》,《中国学报》1943 年第 1 期。

③[清]陈维崧著,叶嘉莹主编《康熙年间手抄稿本三色汇评迦陵词》(下),天津:南开大学出版社 2009 年版,第 474 页。

④[清]陈维崧著,叶嘉莹主编《康熙年间手抄稿本三色汇评迦陵词》(上),天津:南开大学出版社 2009 年版,第 651 页。

世出世歌,词中胜场,一至于此。"①其中"上下不连""上下相反"
颇为手稿本评者所青睐,这也是其章法之妙的绝佳体现。如手稿
本金册《念奴娇》一词云:

> 平生谩骂,笑纷纷眼底,汝曹何物。醉后擘窠盘硬句,浣
> 遍倡楼粉壁。柳絮萦鞭,花枝低帽,狂煞何曾歇。侧身攫翅,
> 角鹰飒爽毛骨。　谁料同学少年,半封侯去,剩我渔舠只。
> 击碎唾壶颠欲死,往事明明如月。君赋离鸾,仆歌老骥,一样
> 关情切。中秋近矣,人间万顷晴雪。

该词上阕宛然一睥睨万物的布衣狂士,下阕却似贬谪流放的
老骥,其评语云:"前阕陡健,后阕萧骚,笔端变化乃尔。"②又如手
稿本土册《大圣乐》一词评语云:"前半神情怡荡,后半俯仰凄凉,
一唱三叹,心有余感。"③此人通过物是人非的哀叹,也令读者深
感昨是而今非。此外,还有大量相关评论,如手稿本石册《无愁可
解》(记少日从)评语云:"读前阕如欲楣上磨墨,作檄文读;后阕如
松风谡谡,清磬数声,想见才人跌宕如意之乐。"④手稿本革册《瑶
花》(无瑕虢国)一词评语云:"前半阕从牡丹伴写芍药,是用仄笔;
后半阕写粉芍药,不浑红紫色样,是完正面。起处固单枪直入,结

---

① [清]陈维崧著,叶嘉莹主编《康熙年间手抄稿本三色汇评迦陵词》(上),天
　　津:南开大学出版社2009年版,第540页。
② [清]陈维崧著,叶嘉莹主编《康熙年间手抄稿本三色汇评迦陵词》(上),天
　　津:南开大学出版社2009年版,第143页。
③ [清]陈维崧著,叶嘉莹主编《康熙年间手抄稿本三色汇评迦陵词》(下),天
　　津:南开大学出版社2009年版,第240页。
④ [清]陈维崧著,叶嘉莹主编《康熙年间手抄稿本三色汇评迦陵词》(上),天
　　津:南开大学出版社2009年版,第350页。

处更深无限幽情,那得不令人服膺。"①手稿本革册《念奴娇》(吾生诓料)一词有邹程村云:"前段惝恍,后段道紧,至'非月非烟'二句,写得神光离合,载阴载阳,令我虽未闻清歌,亦唤奈何矣。"②稿本土册《鹊桥仙》(天边枕簟)一词评语云:"前阕品题东君,何啻水镜当年;后阕出脱尘诠,愈觉婆心如割,真词家补天手也。"③稿本革册《感皇恩》(记在涌金)一词评语云:"前半阕感怆悲歌,冬青义士;后半阕龙蟠凤舞,割据英雄,可以想见文心之变幻。"④此类评语直言陈维崧词打破上下片一体关系,于灿然出新中又章法严谨,结构缜密,真为妙手。

　　陈维崧打破文体间的界限,以文为词,词作有着散文化倾向,一个鲜明的特点就是议论性的加强,如手稿本土册《一萼红》一词云:"屐初停,见乱杉深巷,门境已空幽。一派风廊,几层钓槛,微茫人在沧洲。轩子外、苍皮怒裂,更红鱼、碧鸭漾铜沟。屋小如艒,斋虚似舫,万籁飕飀。　到便捶琴啜茗,向水边企脚,林下科头。卿论殊佳,吾衰已甚,世间一笑浮沤。且尽日、谈空说鬼,豆花棚上月如钩。再喷数声风笛,吹动新秋。"该词主观色彩浓烈,含有很强的议论语气,词人驱遣诸多客观物象,而组织有序,如其评语所云:"后阕议论风生,胸襟海阔,想见景略当年,不啻视群豪

①〔清〕陈维崧著,叶嘉莹主编《康熙年间手抄稿本三色汇评迦陵词》(下),天津:南开大学出版社2009年版,第460页。
②〔清〕陈维崧著,叶嘉莹主编《康熙年间手抄稿本三色汇评迦陵词》(下),天津:南开大学出版社2009年版,第448页。
③〔清〕陈维崧著,叶嘉莹主编《康熙年间手抄稿本三色汇评迦陵词》(下),天津:南开大学出版社2009年版,第387页。
④〔清〕陈维崧著,叶嘉莹主编《康熙年间手抄稿本三色汇评迦陵词》(下),天津:南开大学出版社2009年版,第397页。

如犟虱也。"①此外，陈维崧词内善于使用文言虚词，而虚词的使用也使其词更具散文味道，有利于其词更好展现章法之妙，如《沁园春》（半亩之宫）其词评曰："'其'、'然'、'真'、'竞'，善用虚字，不独衬贴精工。"②陈维崧善用文言虚词，正是其以文为词的体现。

陈维崧是文章高手，骈散俱佳，兼善诗词，因而他的词章法有度，收放自如，成词自然。他在词中或起承转合圆润流畅，或前后勾连有序，或以文为词，或发议论，或用虚词，或收或放，或铺或排，章法精妙，叹为观止。陈维崧成功地将其辞赋古文的章法、句式使用以及议论对话等具体文章手法移植于词之创作，这就为散文章法与词体创作之间打通了道路，极大地扩大了词的表现方法，手稿本中诸多评语对此无不高度称赞。可以说，手稿本中关于陈维崧词章法理论的这些词评，向人们揭示了一个重要现象，即陈维崧虽然以词名世，但他在诗歌、散文（骈散两类）创作方面都堪称大家，所以，迦陵词是打通了诗、词、文、赋之后的高级创作境界，这也是陈维崧之所以在词坛取得巨大成就的根本原因。

六、语言论

陈维崧还是一位语言大家，其词的语言之美深为词家所称赞，如胡薇元《岁寒居词话》评其曰："清初词人，如吴骏公、梁玉立、龚孝升、曹洁躬、陈其年、朱竹垞、严荪友诸家，词采精善，美不

①［清］陈维崧著，叶嘉莹主编《康熙年间手抄稿本三色汇评迦陵词》（下），天津：南开大学出版社 2009 年版，第 316 页。
②［清］陈维崧著，叶嘉莹主编《康熙年间手抄稿本三色汇评迦陵词》（下），天津：南开大学出版社 2009 年版，第 720 页。

胜收。"①王士禛《花草蒙拾》亦有言曰:"友人中,陈其年工哀艳之辞,彭金粟擅清华之体,董文友善写闺襜之致,邹程村独标广大之称,仆所云,近愧真长矣。"②陈维崧词语言风格多样,如其在《董文友文集序》中所论:"夫言者,心之声也。其心慷慨者,其言必磊落而英多,其心窈爱者,其言必和平而忠厚。偏狭之人其言狷,佚荡之人其言靡,诞逸之人其言乐,沉郁之人其言哀。要而论之,性情之际微矣。"③陈维崧是一位语言大家,因而其词辞采婉丽多姿,如手稿本石册《还京乐》一词云:

> 碧苔纸,更用,成都粉水桃浪研。斗松绫纤腻,韭花字格,闲吟闲写。恰翠承朱亚。澄心纸镇铜台瓦。孝穆管,争愿化作,珊瑚为架。　　想僧庐暇。竹篱边、行散闲招,仁甫酸斋,水际月下。共取趁拍牌名,与三唐、较量声价。似缤纷,簇蕃锦成纨,侯鲭制鲊。历乱红么点,江村蛮豆盈把。

该词评语云:"辞如丽锦,可坐五花簟上。"④无论是意象的选择还是色彩的点染,"丽锦"一语实在是恰切。又如手稿本石册《梦扬州》一词云:"蜀冈头。记狂夫、旧日曾游。薄倖樊川,一梦三年青楼。红桥上、藕丝菱蔓,当时费尽凝眸。平陈业,烟花记,可怜逝水悠悠。　　老矣先生何求。也雨楫烟帆,北谒诸侯。鹤发开元,老泪铜仙争流。红衣落尽西风起,怕隋堤、最不宜秋。隐隐

---

①孙克强等编著《清人词话》(中),天津:南开大学出版社 2012 年版,第 1001 页。

②孙克强等编著《清人词话》(中),天津:南开大学出版社 2012 年版,第 358 页。

③[清]陈维崧著,陈振鹏标点,李学颖校补《陈维崧集》(上),上海:上海古籍出版社 2010 年版,第 42 页。

④[清]陈维崧著,叶嘉莹主编《康熙年间手抄稿本三色汇评迦陵词》(上),天津:南开大学出版社 2009 年版,第 370 页。

见，一江灯火，人隔扬州。"该词评语云："慨慨悲歌，都是奇情艳色。"①情感上的低落本会习惯性使语言变得灰白，可在这逝水西风中却依然有一江灯火的绚烂。又如手稿本木册《水调歌头》一词云："蹑屩上灵隐，吹笛下吴淞。送君恰值新爽，纤月印船篷。犹忆冷泉亭上，百道跳珠喷雪，飞瀑挂杉松。一别十八载，吾老渐成翁。　故人去，携笔墨，写空濛。不知老已将至，挥洒醉偏工。为讯盐桥毛子，果否别来无恙，底事断诗筒。人世作达耳，长邑郁焉穷。"该词言简意真，如词评所云："一起轩然，盐桥讯数，语真如面谈，结二语尤为高达。"②结语二句使整首词带有了哲理色彩，深刻表达了作者的穷达观。

　　陈维崧虽然语言风格多样，但其各类风格实际上有比例多少之区别，如陈廷焯《白雨斋词话》卷十所言："其年能作壮语，然悲者多而丽者少。"③评其"悲"的风格多用"奇峭苍劲"，如手稿本金册《水调歌头》（有客向余）评语云："题藻缛极矣，词以古峭取之，使读者耳目一新。"④手稿本石册《月当厅》（碧海此夜）一词言语表现力生动，波心竟可吹裂，半塘也能哗笑，如蓬庵评语云："造语奇峭，运笔孤清，梅溪尤当逊席。"⑤再如手稿本革册《念奴娇》（归

---

①［清］陈维崧著，叶嘉莹主编《康熙年间手抄稿本三色汇评迦陵词》（上），天津：南开大学出版社 2009 年版，第 307 页。

②［清］陈维崧著，叶嘉莹主编《康熙年间手抄稿本三色汇评迦陵词》（下），天津：南开大学出版社 2009 年版，第 757 页。

③［清］陈廷焯《白雨斋词话》，上海：上海古籍出版社 2009 年版，第 235 页。

④［清］陈维崧著，叶嘉莹主编《康熙年间手抄稿本三色汇评迦陵词》（上），天津：南开大学出版社 2009 年版，第 96 页。

⑤［清］陈维崧著，叶嘉莹主编《康熙年间手抄稿本三色汇评迦陵词》（上），天津：南开大学出版社 2009 年版，第 356 页。

兮何暮)一词感叹世事悲凉,旧日归尘,引发词人无限喟叹,刘峻度评语云:"序次辛苦,情事调笑,几于颊上三毛。结语苍劲,巴峡崩涛,至于一束。"①陈维崧词用语除了"奇峭苍劲"的豪壮特点外,亦还有一个特点,即其词读后能令人反复回味,可谓韵味隽永,而手稿本评点者尤喜此种格调。如手稿本金册《大有》一词云:

> 亚字墙边,楝花风大,小楼中、帘捲(同"卷")人瘦。满圆林、参差绿草谁斗。屏山水鸟背人数,也何曾、爱单嫌偶。恼恨柳色空濛,和烟锁画栏口。　　灯前忏,花底咒。小鸭恋红衾,清清坐守。好梦曹腾,愁到醒时依旧。自谢了丁香后。受无限、蜂僝蝶僽。十年事、凝想如无,闲思恰有。

该词思与境偕,语言清丽,反复咀嚼越发有韵致,如其评语云:"语语新隽,结二语尤耐人思。"②又如手稿本石册《天香》(灵隐门前)一词,该词写花无艳丽之感,却能留下花般芳香余味,如其评语云:"幽芳袭人衣裾。""实实咏桂,无饾饤气,天风缥缈时应听广寒宫雅奏。""极意说桂而语致幽隽,是能操吴刚之斧而修月中桂者。"③陈维崧有些词一首之中能含多种语言特点,如手稿本金册《慢卷绸》词云:

> 长城西去,峻关一望,万古消魂地。怅汉苑秦宫,陇树洮云,栈连梁益,阁通燕魏。绣岭浑河,灞陵红树,鸟鼠山如髻。

---

① [清]陈维崧著,叶嘉莹主编《康熙年间手抄稿本三色汇评迦陵词》(下),天津:南开大学出版社 2009 年版,第 444 页。

② [清]陈维崧著,叶嘉莹主编《康熙年间手抄稿本三色汇评迦陵词》(上),天津:南开大学出版社 2009 年版,第 118 页。

③ [清]陈维崧著,叶嘉莹主编《康熙年间手抄稿本三色汇评迦陵词》(上),天津:南开大学出版社 2009 年版,第 313 页。

有六郡良家,四姓小侯,尽隶都尉。　金鸿嘹唳。萧闺忽忆寒衣事。刀尺拟裁量,怕带围难记。砧响秋宵逾霁。捣瘦银蟾,敲残木叶,叠在红箱里。倘寄到军前,验取嬴楼,翠绡封泪。

该词既可古奥幽深,又能藻耀瑰奇,如其评语云:"前阕则水经山志,古奥幽深;后阕则藻耀瑰奇,汉魏古乐府也。"①词人将山水描写与古乐府相接配合,形成多种语言风格。陈维崧词语言艺术高超,十分重视字句的雕琢和锤炼,正如蒋景祁所评"皆含咀酝酿而后出"②。如手稿本金册《满庭芳》一词云:

碧筱(同"筱")千竿,红兰一架,松涛韵杂笙竽。科头箕踞,旁置小风炉。回首文贞旧业,凄凉绝、绿野荒芜。牢之好,家传宅相,名已动京都。　踟蹰。当日事,记曾抚掌,为我披图。拟闲题数语,貌尔清癯。讵料山邱华屋,重来处、此诺还逋。徐君墓,未成挂剑,聊报秣陵书。

该词乃陈维崧怀念云郎(徐紫云)之作,作者情真意切,遂遣词造句字字珠玑,一气呵成之后,往往一字不可刊,如其评曰:"如此题像,一字移与他人不得。其老之笔直可当延陵之剑矣。"③又如石册《潇湘逢故人慢》(今秋吟艇)评语云:"语语精琢,纪游绝调。"④除遣词造句的修饰外,陈维崧也运用多种修辞手法,常用到的有比拟、

---

① [清]陈维崧著,叶嘉莹主编《康熙年间手抄稿本三色汇评迦陵词》(上),天津:南开大学出版社 2009 年版,第 391—392 页。

② [清]蒋景祁《陈检讨词钞序》,见冯乾编校《清词序跋汇编》第一册,南京:凤凰出版社 2013 年版,第 94 页。

③ [清]陈维崧著,叶嘉莹主编《康熙年间手抄稿本三色汇评迦陵词》(上),天津:南开大学出版社 2009 年版,第 86 页。

④ [清]陈维崧著,叶嘉莹主编《康熙年间手抄稿本三色汇评迦陵词》(上),天津:南开大学出版社 2009 年版,第 372 页。

比喻、夸张、用典、比兴等,这类手法也为评点者所重视。如手稿本竹册《醉花阴》一词云:"簟纹柳浪相零乱,浅立烟廊畔。徙倚早凉天,斗茗搥琴,短幨由他岸。　南华手注才逾半,听得提壶唤。一醉莫思乡,只恐江东,莼脍招张翰。"该词评语云:"但使主人能醉客,不知何处是他乡。复以莼鲈作结,庾子山暮年诗赋意也。"①作者在词中运用了"莼鲈"的典故,增加了情感深度表达。又如手稿本金册《浪淘沙》一词云:"枯柳挂疏汀,夜火星星。昨宵西水驿边停。犹记津楼绡幔底,谁唤银瓶。　寒气逼空舲,客梦初醒。乱帆又过语儿亭。我与六花同一例,随路飘零。"该词评语曰:"前兴后比,风人之遗。"②陈维崧词在语言上驾驭自然,能于平常物、家常语中深蕴情味,达到追魂摄魄的艺术效果。如手稿本金册《木兰花慢》(正三更打)评语云:"吴语、蛮语镕入化工之笔,总协宫商。"③手稿本石册《长亭怨》(有墙外紫)评语云:"字字生新,却字字稳押,如游化人宫阙,触目都非凡境,是具和韵中追魂摄魄手段。"④陈维崧工于骈文,在其心中,辞藻丰富而生动,因而他的词作在语言上也独树一帜,可谓神笔马良,活灵活现,堪称清词一代语言大家,正如陈廷焯所言"迦陵精于炼句"(《白雨斋词话》卷六)。正是由于陈维崧精湛的语言功夫,助推了其词被广泛

---

①[清]陈维崧著,叶嘉莹主编《康熙年间手抄稿本三色汇评迦陵词》(上),天津:南开大学出版社 2009 年版,第 664 页。

②[清]陈维崧著,叶嘉莹主编《康熙年间手抄稿本三色汇评迦陵词》(上),天津:南开大学出版社 2009 年版,第 31 页。

③[清]陈维崧著,叶嘉莹主编《康熙年间手抄稿本三色汇评迦陵词》(上),天津:南开大学出版社 2009 年版,第 148 页。

④[清]陈维崧著,叶嘉莹主编《康熙年间手抄稿本三色汇评迦陵词》(上),天津:南开大学出版社 2009 年版,第 323 页。

接受传播，手稿本上的系列评语即是形象说明。

七、比较论

陈维崧在清初词坛中占有重要地位，其词自然也不可避免地会与他人的词作进行比较。很多品评者在阅读迦陵词的过程中不自觉地将陈维崧与其他人进行比较，他们通过对比的维度反观陈维崧词的艺术成就特点。这种比较包括与前代人的比较，也包括与同时代人的比较，手稿本评语中大多数是将陈维崧与前代的个体比较，如曹操、杜甫、周邦彦、柳永、苏轼、辛弃疾等，我们从这些比较中可以印证前文所言陈维崧在词风、词境、语言等方面的特点以及词史地位。

手稿本评语中为了说明陈维崧词的某方面特点，往往会将他与一位前代名贤加以比较，如手稿本金册《雪狮儿》（雕霜捏粉）一词评语指出陈维崧慷慨雄峭处与曹操颇有几分相似，如其所评：“狮子搏象，具用全力，吾于此词亦云然。悲歌慷慨，想见孟德当年。”[①]又如手稿本丝册《贺新郎》（炊熟黄粱）一词评语云：“雄峭英砢，有魏武横槊之风，大江东词未易方也。”[②]评者认为，该词豪迈奔放，有武帝横槊之雄风，可谓极为中肯。

陈维崧豪放之风源于苏、辛，学界已成定论，所以在手稿本评点中，将陈维崧与苏轼、辛弃疾对比亦是最多，东坡之气、稼轩之雄在陈维崧词中也屡见不鲜，如陈廷焯《白雨斋词话》卷十即言：

---

① ［清］陈维崧著，叶嘉莹主编《康熙年间手抄稿本三色汇评迦陵词》（上），天津：南开大学出版社 2009 年版，第 74 页。

② ［清］陈维崧著，叶嘉莹主编《康熙年间手抄稿本三色汇评迦陵词》（上），天津：南开大学出版社 2009 年版，第 558 页。

"东坡一派,无人能继。稼轩同时,则有张、陆、刘、蒋辈,后起则有遗山、迦陵、板桥、心余辈。"①如手稿本革册《念奴娇》一词云:"无枝乌鹊,记前年此日,翻飞京阙。曾预群公萸酒谶,玉佩珠袍齐列。白月千门,青天万帐,笳盖真轩豁。彭城南郡,坐中多少人物。　今夜故国荒原,长江怒浪,悲啸鱼龙发。生怕西风吹破帽,我有鬓丝新雪。何处登高,无人送酒,俗煞重阳节。纵然高望,战旗一片明灭。"该词为陈维崧豪放词风的经典代表,尤其词中"纵然高望,战旗一片明灭"一句将该词的境界推向有如苏轼"大江东去"之豪宕,诚如徐喈凤(竹逸)所评云:"旷怀豪气,定与坡仙赤壁词争雄千古。"②又如手稿本丝册《贺新郎》(万斛金波)一词评语云:"中秋词从来说东坡'高处不胜寒'一阕。今得此词,坡公应亦让席。"在相似的社会背景下,陈维崧在心灵上与辛弃疾亦产生了强烈的共鸣,这种共鸣直接表现在二者风格上的相通,正如陈廷焯《白雨斋词话》卷四所说:"其年《水调歌头》诸阕,英姿飒爽,行气如虹,不及稼轩之神化,而老辣处时复过之,真稼轩后劲也。"③又如手稿本革册《夜合花》一词云:

> 青漆门边,碧油坊底,一庭霜月初浓。邻家夜赛,春灯社火攒空。傲越觑,舞巴童。飐灵旗、不满微风。正无聊赖,听歌帘罅,冲酒阑东。　神弦一曲才终。更有梨园杂䶊,院本丝桐。岳家遗恨、夜堂一片刀弓。悲曼衍,啸鱼龙。惹当场、泪洒鹃红。须行乐耳,何知底事,且醽金钟。

---

① [清]陈廷焯《白雨斋词话》,上海:上海古籍出版社2009年版,第240页。

② [清]陈维崧著,叶嘉莹主编《康熙年间手抄稿本三色汇评迦陵词》(下),天津:南开大学出版社2009年版,第433页。

③ [清]陈廷焯《白雨斋词话》,上海:上海古籍出版社2009年版,第87页。

　　该词有稼轩词之气韵,如评语所云:"岁时记、风土记,合成一阕,跌宕慷慨,旁若无人,应驾辛、秦之上。"①可以说,该条评语与陈廷焯《白雨斋词话》"稼轩后劲"之评价有异曲同工之妙。手稿本评语中还有一篇之中将陈维崧与多人进行比较的情况,如手稿本竹册《水调歌头》一词云:

　　　　我住太湖口,四面匝烟鬟。周回萦青缭黛,中托白银盘。且纵龙宫一苇,耕破琼田万亩,笑傲水云宽。篷背唱铜斗,沙尾辨金坛。　　雪浪吼,大鱼出,矗如山。茅家兄弟笑我,前路足风湍。君自骖鸾骖鹤,我自骑鲸跨鲤,各自不相关。挥手谢之去,吹笛弄潺湲。

　　该词同时将陈维崧与苏轼、李白、杜甫三位大诗人进行比较,如其评语云:"气概雄迈,可敌坡公《赤壁赋》。""豪逼青莲,雄齐子美。"②评者直言陈维崧可与李、杜、苏三人抗衡或已经超越,可见陈维崧创作功力之深厚。尤其需要指出的是,手稿本中经常将陈维崧与杜甫放在一起对比,二人的确在很多方面有着极为相似的人生经历:他们都经历了时代动荡变革,出身世家却科场失意,人生多颠沛漂泊,同时,他们能够深入社会底层,饱尝人间各种心酸,感受并洞察到各种社会矛盾,进而在创作中体现出一种强烈的现实主义精神,直面问题,抒写己怀。正如陈廷焯《词坛丛话》所云:"词中陈其年,犹诗中之老杜也。风流悲壮,雄跨一时。"又

---

① [清]陈维崧著,叶嘉莹主编《康熙年间手抄稿本三色汇评迦陵词》(下),天津:南开大学出版社 2009 年版,第 454 页。
② [清]陈维崧著,叶嘉莹主编《康熙年间手抄稿本三色汇评迦陵词》(上),天津:南开大学出版社 2009 年版,第 757 页。

说:"以诗中老杜较之,固非虚美。"①手稿本革册《采桑子》(何人又唱)一词即有杜甫悲沉之特点,如其评语云:"雄丽深厚,如杜工部歌行。"②从某种程度上说,手稿本中多处将陈维崧与杜甫放在一起进行比较品评,就是在肯定赞扬迦陵词的艺术风神,进而奠定陈维崧的词史地位。

手稿本中评者不仅关注陈维崧豪壮之风,对其温婉深沉之作亦有佳评,一些评者认为陈维崧与柳永、周邦彦亦有相同气质,可相媲美,更有甚者认为迦陵词比前代二者更具风韵。比柳词者如手稿本金册《摸鱼儿》(记年来百)一词评语云:"数语写生,可当春风原上吊柳七也。"③又如手稿本木册《师师令》(匀红剔翠)一词评语云:"绘出妖冶之态,笔笔欲飞,柳屯田善为曼声,恐未臻此妙境。"④手稿本丝册《琐窗寒》(今岁元宵)评语云:"幽思缥缈,着纸欲飞。柳屯田不得专美于前矣。"⑤比周词者如手稿本丝册《琐窗寒》(今岁元宵)评语云:"音辞韶丽,较《片玉》为胜。"⑥手稿本竹

①孙克强等编著《清人词话》(中),天津:南开大学出版社 2012 年版,第 249
　－250 页。
②[清]陈维崧著,叶嘉莹主编《康熙年间手抄稿本三色汇评迦陵词》(下),天
　津:南开大学出版社 2009 年版,第 384 页。
③[清]陈维崧著,叶嘉莹主编《康熙年间手抄稿本三色汇评迦陵词》(上),天
　津:南开大学出版社 2009 年版,第 215 页。
④[清]陈维崧著,叶嘉莹主编《康熙年间手抄稿本三色汇评迦陵词》(下),天
　津:南开大学出版社 2009 年版,第 704 页。
⑤[清]陈维崧著,叶嘉莹主编《康熙年间手抄稿本三色汇评迦陵词》(上),天
　津:南开大学出版社 2009 年版,第 457 页。
⑥[清]陈维崧著,叶嘉莹主编《康熙年间手抄稿本三色汇评迦陵词》(上),天
　津:南开大学出版社 2009 年版,第 457 页。

册《师师令》(宣和天子)评语云:"柔倩纤婉,《片玉集》中不多得也。"①陈维崧与柳永有很多相似之处,故词风接近。陈维崧与周邦彦在词之雅正方面也极为相似,如陈廷焯《白雨斋词话》就认为陈维崧"淋漓飞舞中,仍不失为雅正,于宋人中逼近美成"②。

　　手稿本评语中还有将陈维崧与一个时代作比较的,如评其具有魏晋风度,手稿本涂册《沁园春》(濒死三秋)一词宋实颖(既庭)即评:"巧不累雅,隽不入纤,真觉晋人风流未远。"③该评直言陈维崧词中体现出有晋一代清雅纤巧的特点。在与当代词人的比较中,评者多有认为陈维崧是当代词坛成就最高者,其他人不可能达到陈其年的高度,如下所论:"平叙中峰峦忽起,力量最雄。板桥、心余辈,极力腾踔,终不能望其项背。"④"至清初陈迦陵,纳雄奇万变于令慢之中,而才力雄富,气概卓荦。苏辛派至此可谓竭尽才人能事。后之人无可措手,不容作、亦不必作也。"⑤"毗陵邹、董,各以词名,文友词淫言媟语,不免秀铁面所呵。邹词亦未为工,难与迦陵并称也。"⑥"梅伯用意与迦陵同,而措辞何啻霄壤。"⑦的确,作为"清词三大家"之一的陈维崧,以其绝对的文学

---

① [清]陈维崧著,叶嘉莹主编《康熙年间手抄稿本三色汇评迦陵词》(上),天津:南开大学出版社 2009 年版,第 725 页。

② [清]陈廷焯《白雨斋词话》,上海:上海古籍出版社 2009 年版,第 83 页。

③ [清]陈维崧著,叶嘉莹主编《康熙年间手抄稿本三色汇评迦陵词》(下),天津:南开大学出版社 2009 年版,第 209 页。

④ [清]陈廷焯《白雨斋词话》,上海:上海古籍出版社 2009 年版,第 84 页。

⑤ [清]蒋兆兰《词说》,见唐圭章《词话丛编》,北京:中华书局 1986 年版,第 4632 页。

⑥ [清]郭麐《灵芬馆词话》卷二,民国铅印词话丛编本。

⑦ [清]谢章铤《赌棋山庄词话》卷四,清光绪十年(1884)刻赌棋山庄全集本。

实力铸就了词坛领袖的词史地位,一般人很难与之比肩。陈维崧作为清代词坛标杆人物,倘若同时代有词家可得其一点神妙处便应当给以极大的称道,如陈廷焯在《词坛丛话》中就将蒋士铨与陈维崧对比:"心余词,取法其年。虽未入室,然亦骎骎乎升其年之堂矣。"①夏敬观《忍古楼词话》亦云:"上海郑翼谋永诒,别号质庵,能诗,偶为长短句,妙似迦陵。"②综上所述,如果说在与前代诗词名家如李白、杜甫、苏轼、辛弃疾、柳永、周邦彦等比较中,陈维崧并不显得低矮卑微,那么陈维崧在与同时代的词人对比中则可谓鹤立鸡群,一骑绝尘。在种种对比中,陈维崧词所达到的艺术高度以及在词史上的地位便可一目了然地突显出来。尤需指出的是,手稿本中的评语将陈维崧与众多诗词名家对比,一方面说明了迦陵词所达到的艺术高度,另一方面也揭示出陈维崧多元艺术风格的客观现实。这就纠正了词界往往以"粗豪""欠沉郁""缺少含蓄"等标签化评价陈维崧其人其词的认知局限,从而树立了陈维崧在词坛上应有的形象与地位。

第三节　手稿本《迦陵词》评语的意义与影响

手稿本《迦陵词》作为一部珍贵的清代抄本词集,本身就价值巨大,更珍贵的地方还在于那些遍布全书字里行间的评语。手稿本上的评语共一千八百余条,三色评点,数量巨大。需要特别指出的是,手稿本中的评点者很多都是与陈维崧同时的词坛精英,手稿本《迦陵词》中的系列评语即是这些词坛名宿词学理论的集

---

① 孙克强等编著《清人词话》(中),天津:南开大学出版社 2012 年版,第 878 页。
② 孙克强等编著《清人词话》(下),天津:南开大学出版社 2012 年版,第 2115 页。

中体现,反映了强烈的当时意识与即时效应。正如叶嘉莹所言:
"那些评点的人都是当时有名的词人,在他们的评语里边,可以看
到当时词的风格及理论,是非常珍贵的词学资料。"①能把这些评
语进行深入的研究并公诸于世,必然对清代词学研究产生极大的
学术影响。

一、清人评点的经典样本意义

评点在清代极为盛行,清人意在从批评实践上对当代创作加
以经典化。陈维崧是清初词坛一位具有引领方向作用的领袖级
人物,因而人们对其词的评点不仅仅是一种审美批评而已,而能
够上升为清初词学思想的重要组成部分。陈维崧是清代词坛成
就最高的作家,参与手稿本评点的很多人物也都是当时词坛名
家,所以,这部词本可以说代表了当时词学评点的最高水平。手
稿《迦陵词》内附存一千八百余条评语,成为清代词坛所存评语
最多的一部词本。考量手稿本评点价值高低主要取决于其评点
的质量,即评语的精准生动度、读者的信服赞叹度、词史上的认同
接受度。与诗歌相比,词在很长一段时间内都处于从属地位,"词
为小技"是人们的一种普遍认知,但陈维崧以其骨力绝遒之功于
清初倡导"存经存史"(《词选序》)之说,引领词坛走向。如手稿本
竹册《虞美人》词云:"帘栊水浸刚初夏,夏浅胜春也。数枝白白与
红红,飘到一双蛱蝶粉濛濛。　愁看刘项兴亡史,且读南华子。
漆园栩栩过墙来,笑尔闲花还傍月明开。"该词为陈维崧题徐渭文
画花卉翎毛便面(即扇面),作者在尺幅之间道出恢弘的历史场

---

① 叶嘉莹《陈维崧词讲稿之一:从云间到阳羡词风的转变》,《西北大学学报》
　2014年第2期。

境,表达兴亡之感,寄寓惆怅惋惜,做到了情真意切,自然无痕,遂能感染人情。所附评语即云:"扇头小画,发出刘项兴亡之感,谁谓填词为小文章?"①该条评语很短,但却提出了"填词非小文章"的理论观点,这正代表了清初词坛正确的发展方向,因而极具词史价值。该条评语说明词评者具备很高的理论水准,所论极具说服力。

陈维崧词风豪宕,具龙跳虎卧之奇,常有惊人语,如手稿本丝册《鹧鸪天》一词云:"曾倚瑶台喝月行,嗔他鸾鹤不相迎。当时酒态公然好,今日诗狂太瘦生。　　千百辈,尽容卿,问谁堪与耦而耕。灌夫已去袁丝死,沦落人间少弟兄。"作者在横跨古今的比较中不甘沉寂,吐露狂傲之气,如评语所说:"傲岸自雄,目无千古。"②基于相似的豪放词风,在词学发展史上,人们经常将陈维崧与辛弃疾作比,手稿本评语中亦存在着大量的迦陵、稼轩之比较,如金册《下水船》一词云:"风吼嵚亭树,曛黑难投逆旅。径诣君家,呼酒喃喃尔汝。此间路,一派涛轰沙莽,几阵烟凄风苦。凭栏顾,霸气荒终古。笑问寄奴何处。若为吾歌,吾为若拍张舞。天将曙。起扫车箱冰花,争火仆夫寒语。"这首词笔重情深,气魄绝大,而又不失浑厚沉郁,与辛稼轩《桂枝香·金陵怀古》有着异曲同工的共通情愫,即如评语所云:"羁孤况味,写来悲壮,旁睨无人。"③关于陈维崧词风与辛弃疾的关系,笔者曾经有专文论述,

---

① [清]陈维崧著,叶嘉莹主编《康熙年间手抄稿本三色汇评迦陵词》(上),天津:南开大学出版社 2009 年版,第 687 页。

② [清]陈维崧著,叶嘉莹主编《康熙年间手抄稿本三色汇评迦陵词》(上),天津:南开大学出版社 2009 年版,第 683 页。

③ [清]陈维崧著,叶嘉莹主编《康熙年间手抄稿本三色汇评迦陵词》(上),天津:南开大学出版社 2009 年版,第 57 页。

具见《试论陈维崧对辛弃疾豪放词风的承继》(《名作欣赏》2016 年第 8 期)一文,兹处不再赘述。

手稿本中评点除了质量高超令人信服的特点外,还存在很多的独特之处,如评语的先后累积性特点、评语的生动深情性特点、评点与批注结合性特点、评者与作者心理共鸣性特点、评点方式的灵活随意性特点等。以手稿本石册中《愁春未醒》(攀来尚隔)一词为例,该词乃陈维崧绝笔之词,所以手稿本所存评语最多,共有五条:"是词谶"(黑色墨笔)、"悔庵云:檐前空有丁香结,不见扬花扑面飞"(黑色墨笔,留有词评者姓名,悔庵即尤侗)、"花月迷离,情思惝恍,抚弦按节,殊难为怀"(朱红墨笔)、"此先生四月十三日作,绝笔也。先生三年冷署,人情炎凉,往往托之笔墨,此词其一也。时先生索予辈属和,予草草命笔,实不知先生意指所在。不意此篇而后,遂如《广陵散》不复弹矣。噫!壬戌端阳后三日京少记"(黑色墨笔)、"三载联吟,一宵歇绝,梦回酒醒,不堪再读。戬山"(黑色墨笔,留有词评者姓名,戬山即黄庭)①。这五条评语共一红四黑形成汇评,先后累积于词后。通过比较,四条黑色评语书体相似,可能为一人所写(即蒋景祁),其中"京少记"三字被涂掉,"花月迷离,情思惝恍,抚弦按节,殊难为怀"一句评语被勾划掉。数条评语感念陈维崧绝笔之作,引以共鸣,用语怀念极为情深。尤其所存"京少记"这条评语,批注结合,含很多重要信息,即该词为陈维崧绝笔之词,交代陈维崧卒年信息,"京少记"三字可以确认该条评语为蒋景祁(字京少)所评。蒋景祁是陈维崧的学生,所以京少所评充满感情是出于感念师恩之故。这几条评语

---

① [清]陈维崧著,叶嘉莹主编《康熙年间手抄稿本三色汇评迦陵词》(上),天津:南开大学出版社 2009 年版,第 281—282 页。

有的留有词评者姓名,有的则没有,书写自由,笔体多样,诸多方面均没有统一规范,说明手稿本评点具有很大的灵活性、随意性。通观全部手稿本评语,还有一个重要特点,就是所有评语均为赞扬称颂之语,鲜有批评不足之语,说明当时评点具有群体唱和特点,求同是其共同目标,因而将主要评点放在称赞表扬之上,而至于词家的不足则学司马迁"互见法"避之于稿本之上,除了出于"为尊者讳耻,为贤者讳过,为亲者讳疾"①的考虑,盖还与众评家共同推崇迦陵词风的时代词学审美风范有着密切关系。

　　人们通过研究手稿本的评点,就可以系统地考察清初词坛的人员构成和总体特征,以及当时词坛对词体的认识与评价,可以体察那个时代词学品评家的审美倾向。尤其是,手稿本《迦陵词》中的系列评语,形象地展示了清人评点的理论高度与艺术素养,以及评点方式方法和用语特点。阅读手稿本中的这些评语,仿佛让人们跨越时空回到陈维崧的那个时代,近距离、立体地感受到清初词坛的方方面面情况。可以说,手稿本《迦陵词》中的评点是清代词学评点的一部经典样本,不仅对陈维崧极为重要,对整个清初词坛都极为重要,对后世词学研究都具有重要的意义。

二、丰富细化了对陈维崧及其词作的认识体系

　　清代词学评点丰富多彩,角度多样,如前所论,情感、风格、词史、词境、章法、语言等方面均可入评。尤其是,有些评点者甚至在一语之中点出陈维崧词的多方面的特点,这些都为人们提供了认识陈维崧及其词的重要参考依据。人们可以在浩繁的评语中

---

① 承载译注《春秋穀梁传译注》(下),上海:上海古籍出版社 2016 年版,第603 页。

提炼出陈维崧的一系列词学思想，如推尊词体、以文为词、构思技巧、意境营造等。陈维崧推尊词体并自觉以词记录历史事件和社会现实，打破"诗庄词媚"的限制，发挥词的社会功用。如手稿本石册《八声甘州》词云：

> 说西江、近事最消魂，啼断竹林猿。叹灌婴城下，章江门外，玉碎珠残。争拥红妆北去，何日遂生还。寂寞词人句，南浦西山。　谁向长生官殿，对君王试鼓，别鹄离鸾。怕未终此曲，先已惨天颜。只小姑、端然未去，伴彭郎、烟水月明间。终古是，银涛雪浪，雾鬓风鬟。

该词作者感时伤怀，寄寓遥深，如其评语云："感时伤事，奇快至此，杜老《垂老》《无家》诸作方斯蔑矣。""少陵云'妇女多在官军中'，古今同叹。只有小姑未去，寄慨愈深。"①又如手稿本土册《沁园春》一词评语亦云："词中寓史，惟吾其年擅长。"②陈维崧在《词选序》中将词提到了与经史并列的高度："为经为史，曰诗曰词……选词所以存词，其即所以存经存史也夫。"③陈维崧本人的创作实践严格遵循这样的词学思想指导。

　　手稿本《迦陵词》所附存评语数量巨大，分布集中，很多词评者都是词坛名家，因而评点质量极高，他们从各个方面对陈维崧词作进行了全面深度的解读，尤其那些多人汇评，更是极为可贵。这些评语与陈维崧原词交相辉映，妙合无垠，恰到好处。如手稿

---

① [清]陈维崧著，叶嘉莹主编《康熙年间手抄稿本三色汇评迦陵词》（上），天津：南开大学出版社 2009 年版，第 316 页。
② [清]陈维崧著，叶嘉莹主编《康熙年间手抄稿本三色汇评迦陵词》（下），天津：南开大学出版社 2009 年版，第 180 页。
③ [清]陈维崧著，陈振鹏标点，李学颖校补《陈维崧集》（上），上海：上海古籍出版社 2010 年版，第 54 页。

本匏册有一首《水龙吟》咏白莲,其词云:"水明楼下相看,凉荷一色珑松地。赤栏低压,绿裳轻蘸,月明千里。小苑梨花,重门柳絮,算来相似。傍前汀白鹭,几番飞下,寻不见,迷花底。　无数弄珠人戏。小酥娘、水天闲倚。明妆束素,非关只爱,把秾华洗。为怕秋来,满湖红粉,惹人憔悴。拚年年玉貌,江潭夜悄,凝如铅泪。"白莲清香雅淡,非俗物可近,其冰玉之质难以绘状。陈维崧不愧有清一代词家代表,语言功力深厚,他紧紧抓住白莲"明妆束素,非关只爱,把秾华洗"之风姿展开词境塑造。该词清新畅达,淡雅自然,不失真挚与隽永,如其评语云:"清丽大似淮海本色,真香最不易及。""有风人之遗,淡而能隽。"①秦观是宋代著名婉约词人,号淮海居士,其词取象幽美,风格含蓄隐丽,绘自然景物极为精致,《满庭芳·山抹微云》丹青之手清丽入画意乃成其名篇。该词评者可谓懂迦陵者也,既能形象概括出该词情系"风人""淡而能隽"的词风表现,又能准确把握陈维崧与秦观于婉约方面的相似之处。迦陵之雄豪慷慨已深为人知,但迦陵之婉约清丽多被词坛忽略,该词展现了其年深厚婉约之功,而评语正好对陈维崧沉郁婉丽之词风给以正面观照和赞赏。人们结合手稿本上的评点妙语,不仅可以辅助赏析迦陵词,还能从中归纳提炼出陈维崧的系列词学思想,这就使人们对陈维崧及其词的理解不再浮于表面,而是有了更体系化的认识。因而可以说,手稿本这些评语使人们对陈维崧的认识更加全面、深化,这对于研究陈维崧及其词作无疑具有巨大的借鉴意义。

---

① [清]陈维崧著,叶嘉莹主编《康熙年间手抄稿本三色汇评迦陵词》(下),天津:南开大学出版社2009年版,第49页。

三、清代词坛活动的生动形象记录

在某种程度上说,手稿本《迦陵词》评语亦是清代词坛生态的一种诗性记录,尤其那些留下词评者姓名的评语,多方面揭示了陈维崧的词艺人生的发展轨迹。张宏生在其编纂的《清词珍本丛刊》序言中指出,清词评点"除了有审美的阐发之外,还会有诸如群体活动、创作本事之类的信息,对认识清词发展的生态,也非常重要,因而应该予以充分关注"①。评点的生成方式有刊刻者索评,友朋日常互评,社集、唱和群体共评三种方式②。其中,在友朋日常互评和社集、唱和群体共评中,我们可以在他人视角下还原陈维崧思想性格特点、人生历程、创作环境以及他的交游经历。例如手稿本匏册《木兰花慢》(举觞浮皓)一词记录了作者的创作环境及交游过程,宋实颖(既庭)评语交代:"去秋八月之望,余偕其年、九来、立斋诸公酾饮于马鞍山之麓。明月如水,天香拂拂,尔时觉兴致豪上,旁若无人。词云:'对丹崖翠瀑,狂歌曼啸,漏尽才还',乃实录也。"③这则评语交代了该词的创作背景,人们从中可知宋实颖与陈维崧的交游经历。

手稿本《迦陵词》之中有五个单行词集,即:《岁寒词》《病余词》《广陵倡和词》《乌丝词三集》《乌丝词第三集》。这五个词集记录了陈维崧词的发展历程及结集情况,尤其是里面记录了很多清

---

① 张宏生《清词珍本丛刊序》,张宏生编《清词珍本丛刊》,南京:江苏教育出版社 2007 年版,第 1—2 页。
② 参见朱秋娟《清初清词评点的风尚成因与原生面貌》,《文艺研究》2008 年第 11 期。
③ [清]陈维崧著,叶嘉莹主编《康熙年间手抄稿本三色汇评迦陵词》(下),天津:南开大学出版社 2009 年版,第 43—44 页。

代词坛活动。以倡和为例，手稿本中的《岁寒词》和《广陵倡和词》都记载了大量清初词坛的词人唱和活动情况，如阳羡词人的规模、活动流程、用韵结集情况等。从这些宝贵信息中人们可以观鉴清初词人对词体的理论认知及实践探讨。如手稿本石册卷尾的《岁寒词》，共收录十一首词作，经考，这十一首词与陈维崧表弟曹亮武组织的一次阳羡词人宴集倡和活动密切相关。这次群体倡和活动参与人数众多，活动时节是在冬日，所作多为描写岁寒景物，因而结集名曰《岁寒词》，曹亮武将这些倡和作品收集整理并最终刊行于世，如《四库提要》所述：“《岁寒词》则康熙癸亥、甲子两年所作。”①陈维崧亲为该词集作序，即《岁寒词小序》，其年云：“斗室恒关，双扉久墐。饧香豆软，正当祀灶之辰；醸熟鸡肥，恰值消寒之会……传诸好事，目以词豪；播在通都，资为谈助。属鄙人之技痒，更我友之神来，和有数家，锓成一集。”②由此可知，手稿本中的《岁寒词》十一首即是陈维崧在阳羡岁寒雅集中的倡和作品。

　　而手稿本革册中的《广陵倡和词》，更是清初词坛词人群体倡和活动的经典代表。该词集题名下题有“念奴娇”三字，说明此次雅集的词调为《念奴娇》，其下题有“乌丝”二字，说明该词集属于陈维崧《乌丝词》之后的作品，可算其《乌丝》系列的组成部分。清初的广陵词坛引领当时词林创作的潮流风尚，一时名家云集，群贤毕至，尤其是王士禛主政扬州后，环绕其身形成了广陵词作家

①［清］纪昀总纂《四库全书总目提要》（1—4册），石家庄：河北人民出版社2000年版，第5516页。
②［清］陈维崧著，陈振鹏标点，李学颖校补《陈维崧集》（上），上海：上海古籍出版社2010年版，第398页。

群,而陈维崧当时正居扬州,于是成为这个词人群体中的活跃分子与系列倡和活动的主要参与者。经笔者考证,康熙六年(1667),陈维崧等四十六位身在扬州的词人宴集红桥,大家以《念奴娇》为题,以"屋"为韵,填词唱和,之后结集《红桥倡和集》刊刻行世。陈维崧在本次广陵倡和活动中作词十二首,完整保存在手稿本《迦陵词》之中。尤为重要的是,手稿本《迦陵词》在收录这十二首词的同时,每首词后还附存诸家评语,这是手稿本中评语最为集中之处(每首词作之后都附有评语三条,共计三十六条)。而且所有评语均有具体署名:曹顾庵、王西樵、陈散木、宋荔裳、季沧苇、邓孝威、冒巢民、汪舟次、范汝受、宗梅岑、季希韩、冒青若、沈方邺、孙豹人、李云田、杜于皇、纪伯紫、谈长益、方楼冈、张樨恭、刘峻度、雷伯籲、费此度、王筑夫、尤悔庵、宋既庭、董文友、邹程村、陈半雪(陈维崧二弟)、陈纬云(陈维崧三弟)、程穆倩、□□□(涂污)、孙无言诸人。这些评语为人们形象生动地还原了广陵倡和的盛状,因而有着极为重要的词史价值。国家图书馆藏有《广陵倡和词》七卷,集中有孙金砺所作《广陵倡和词序》,结合手稿本《迦陵词》中所附评语,人们就可以体察到广陵红桥之集的人员构成、词家籍贯属地、倡和用韵情况、得词数量等信息,这就很大程度上还原了广陵词坛倡和的生态状貌。陈维崧是清初三大词家之一,他为人中正,与人友善,故其交友广泛,而他的很多词都是写于宴集雅聚之时,酬唱应和之作极多。我们从手稿本所存词集及评语中可以看出陈维崧参加了哪些词坛活动、和哪些人交结往来、为谁写了赠答之词等重要信息。

手稿本《迦陵词》之中还存在大量他人附词,据笔者统计,手稿本《迦陵词》内附录词作共五十八首,其中有十八首不见于任何其他典籍的佚词,文献价值宝贵。具体附词作者包括顾贞观、梁清标、宋实颖、徐釚、曹贞吉、纳兰性德、汪懋麟、杜濬、宋琬、王士禄、曹尔堪、龚鼎孳、钱芳标、纪映钟、吴本嵩、周绚、任绳隗、史惟圆、史惟玄、史鉴宗、蒋景祁、储贞庆、潘眉、徐喈凤、黄锡朋、史可程、王干臣等人。这些附词全面详细地记录了陈维崧与当时词坛其他人物的交往倡和情况,我们将陈维崧原词和附词放在一起观照,再结合系列评语,对作品就会有更加深刻全面的认识。手稿本《迦陵词》记录了陈维崧在世时期的大量词坛活动,在陈维崧去世后,手稿本亦得到很好的保护和传承,在其流传的过程中,手稿本上不断增加评点、批注、印章等内容,如手稿本金册卷首李放题记云:"乙丑四月十九日词龛小集,踽公丈携先集见过。与归安朱彊村侍郎、宛平查查湾观察、遵化李舲庵提学、开州胡憺仲阁丞、番禺黎潞庵参议、顺德温檗庵副宪同观。义州李放写记。"①以上诸多方面都说明,手稿本及所附评语在很多方面形象记录了清代词坛活动的方方面面,而这些都是学界研究清词的珍贵资料。

四、有利于提高陈维崧的词史地位

手稿本评语数量极多,质量在整个清代词坛文献中都堪称上乘。通过前文所述"词史论""比较论"等内容的盘点评述,可知手稿本很多评点者都认为陈维崧词在诸多方面都开一代之风气,词以评传,这些盛赞对提高陈维崧的词史地位助益极大。手稿本评语关注点很多,不仅对陈维崧人格品质极为称赞,更有大量内容是针对陈维崧词体艺术成就的评点。这些评点新见迭出,不拘于以往词坛名家故论,提出很多具有理论启发高度的认知见解。如

---

① [清]陈维崧著,叶嘉莹主编《康熙年间手抄稿本三色汇评迦陵词》金册卷首,天津:南开大学出版社 2009 年版,第 3 页。

手稿本革册《水调歌头·东海黄门老》一词,追悼了明末清初著名诗人姜埰:

> 东海黄门老,疾革话悲酸。呼儿吾骨累汝,霜剪一灯寒。休返田横岛上,何用要离冢侧,莫恤道途艰。忆奉重华命,遣往敬亭山。　三十载,怜弱水,几回干?铁衣生既未著,鬼亦成其间。此地层崖沓嶂,正接蒋陵钟阜,紫翠涌千盘。若有人兮在,竦剑守重关。①

姜埰是明末清初著名学者,为崇祯间进士,为人忠直抗上,明亡后入清不仕,以遗民终老吴下。该词颇涉前明旧事,用语极为诚切。我们都知道,清初康熙朝文字狱颇多,陈维崧敢于在这样的社会背景下回顾前朝遗老并一抒崇敬之情,着实令人佩服其胆识与魄力。前文已有详细记述,自南宋陈傅良开始,陈氏家族由永嘉至宜兴,再由陈宗石入商丘,忠义一门,累世清华。而本词正可观迦陵忠孝节义之品,如该词评语即如此云:“凡忠孝节义题,其年即以史笔填词,遂使词与事俱堪不朽。”该评语对陈维崧的人格品质给以高度肯定,并赞扬其史笔填词,其人其事皆因词而不朽,这样高度的评语提升了人们对陈维崧形象的认知,必然有利于他词史地位的提高。

陈维崧不仅自己品行高洁,引以为同道者均为高洁雅士,凡所赠答往往也以高洁之物譬喻象征,如手稿本石册《玉女摇仙佩·咏水仙花和蓬庵先生原韵》一词:

> 海国春深,洞天日晚,飘下几枝仙蕊。望去疑无,看来入画,朵朵风前拥髻。欲取余花比,奈绯桃绿柳,大都难似。仿

---

①〔清〕陈维崧著,叶嘉莹主编《康熙年间手抄稿本三色汇评迦陵词》(下),天津:南开大学出版社2009年版,第413页。

佛是、楚天如梦,湘水如苔,月明千里。有三两鲛人,群弄明珠,凌波游戏。　今夜空廊单枕,酒冷香焦,忽堕花前闲泪。忆得年辰,那家庭院,细雨帘垂丁字。人与花同倚。说不尽此夜,一栏空翠。谁信道、画楼天远,绿窗人去,看花长恁恹恹地。料花也、旧情还记。①

蓬庵是史可程的号,史可程,字赤豹,是著名的抗清英雄史可法之弟,明崇祯十六年(1643)进士,晚年客居宜兴,常与陈维崧切磋诗词,时有唱和。在该词中,陈维崧以花喻人,水仙花是中国传统名花,水仙花顾名思义超凡脱俗,此花有品,常生长暮冬岁首,当群芳俱寂百花凋谢时,它依然亭亭玉立,傲立于水石之上,并且清香四溢,雅韵悠长。水仙花还具高洁之姿,它不像牡丹花那样雍容华贵,也不像太阳花那样红艳似火,无菊花之傲,无腊梅之香,但它坚韧不拔,寓意美好,赏之令人顿生敬佩之情。陈维崧以水仙花赠答史可程(蓬庵),可见对其之尊重。翻检《迦陵词》,可观同为阳羡词人的陈维崧和史可程之间彼此倡和之作极多,在手稿本之中蓬庵所留评语也最多。该词作者心有所指,意有所寄,艺术造诣极高,正如评语所云:"形容观阁,突造五凤琼楼;凭吊吴宫,遥惜三千犀甲。学仙者未免艳心,达官者可以悟道。"这样的评语极具说服力,评点者势必是一位学养深厚、理论功力极深的词坛宿老,这样的评语必然也极大地提升了陈维崧的影响。

需要指出的是,手稿本《迦陵词》中存有朱彝尊、纳兰容若、王士禛、王士禄、龚鼎孳、尤侗、邹祗谟等五十余位留有姓名的超一流词家的系列评点,当然还有大量无从考证的评点者。这些人物

①〔清〕陈维崧著,叶嘉莹主编《康熙年间手抄稿本三色汇评迦陵词》(上),天津:南开大学出版社2009年版,第434页。

在互相交游或理论交流中生发品评,他们对迦陵词的评点、鉴赏以及赞誉都具有极大的词史意义,而随着这些评点的广泛传播,陈维崧本人知名度和称誉度也就越来越高,他在词坛的地位也就越发显著。无论后人研究陈维崧本人,还是研究其他人物,都可以从这些评点中汲取重要的养分。

五、丰富和推进清代词学理论的建构

通过手稿本评语可知,参与评点的词家人数众多,大家相互评点,相互启发,可以达到集思广益的效果,这在相当程度上丰富和推进了词学理论的建构。如前文所述,在真情论、风格论、词境论、词史论、章法论、辞采论、比较论等方面,手稿本评点均有深刻而精彩的评论,这些评论不仅仅是一种简单感悟,而是含有极高的理论素养。需要指出的是,手稿本评语中不仅有对迦陵词好的评价,也有一些评点者会指出陈维崧在炼字及音韵方面的不足之处。如手稿本木册《沁园春》(四十诸生)评曰:"'红烛'与'烛花'犯重。"①手稿本土册《锁窗寒》(雪洒红窗)评曰:"'淡'按谱此字宜平。"②这些有益的评价均可为当代词家的创作实践提供指导,即对陈维崧词获得的赞誉之处多加学习,受批评之处极力避免,有助于词家创作水准的提高。诚如冯金伯辑《词苑萃编》卷八所说:"国初以来,江左言词者,无不以迦陵为宗,家娴户习,一时称盛。"③陈维崧词在清初词

---

①［清］陈维崧著,叶嘉莹主编《康熙年间手抄稿本三色汇评迦陵词》(下),天津:南开大学出版社 2009 年版,第 549 页。

②［清］陈维崧著,叶嘉莹主编《康熙年间手抄稿本三色汇评迦陵词》(下),天津:南开大学出版社 2009 年版,第 270 页。

③［清］冯金伯辑《词苑萃编》卷八,清嘉庆刻本。

坛乃至整个诗歌史上都有着经典模范意义,清人对其词的评点同样如此。以手稿本《迦陵词》评语为出发点,人们可以深刻探求陈维崧词的艺术风神,而迦陵词亦借助这些评点越发熠熠生辉。

陈维崧作为清初词坛大家,开创了重要的阳羡词派。阳羡词人总体特点为,情感慷慨悲昂,崇尚苏、辛,词风雄浑粗豪。阳羡词派以陈维崧为领袖,在其周围聚集了一大批风格相近的词人,光是宜兴陈氏家族之中就词人辈出,诚如谢章铤《赌棋山庄词话》卷四指出的:"陈氏门材最盛,《乌丝》一编既推老手,而半雪(维嵋)有《亦山草堂词》,纬云(维岳)有《红盐词》,鲁望(维岱)有《石闾词》,皆迦陵兄弟行,莫不含宫咀商,埙篪迭奏……盖定生先生为党人魁首,名在三公子之列,文采炳蔚,贻为渊源。故不独迦陵有凤凰之誉。"①除此之外,宜兴陈氏词人还包括陈其年的从侄陈枋,著有《香草亭词》,陈维嵋的长子陈履端,著有《爨余词》,真可谓填词世家,承继有人。目前学界对阳羡词派研究的专著和论文蔚为大观,取得了可喜的学术成果,其中最具代表性的成果为清词研究专家严迪昌先生所著《阳羡词派研究》一书(齐鲁书社 1993年版)。另外,严先生还作有《论阳羡词派》一文,他从地域、意趣格调、渊源三个方面②充分全面地阐释了阳羡词派的诸多理论问题。严迪昌先生关于阳羡词派的研究,在学界已经堪为经典。手稿本《迦陵词》中的很多评点都与阳羡词派有着密切的关系,如手稿本中宜兴籍评点者极多,光留存有署名的就包括徐喈凤、

①〔清〕谢章铤著,陈庆元主编,陈庆元、陈昌强、陈炜点校《谢章铤集》,长春:吉林文史出版社 2009 年版,第 555 页。

②严迪昌《论阳羡词派》,见《严迪昌自选论文集》,北京:中国书店 2005 年版,第 167—177 页。

曹亮武、史惟圆、史可程(流寓宜兴)、陈维岳、储贞庆、蒋景祁、陈宗大、陈维嵋等人,这些人堪称手稿本评点的主体力量。人们从手稿本评点中可以审观阳羡词派的人员构成(人际关系)、词坛活动(交游倡和)、词学主张(评语理论)、审美风格(豪放或婉约)、师承关系、接受影响等系列重要问题。可以说,手稿本中宝贵的评点资料反映着阳羡词派的群体特征,丰富了阳羡词派的理论深度和表现形式,可以揭开阳羡词派的诸多奥秘。由于手稿本《迦陵词》的稀缺性,目前能够接触到手稿本的研究者并不多,所以利用手稿本评点资料研究阳羡词派的力度还不够,这也是笔者将来重要的研究方向。

　　需要指出的是,清代词坛对陈维崧的评价已经有定型化之趋势,尤其是陈廷焯《白雨斋词话》《词坛丛话》最为集中系统,其所评陈维崧几成词界研究的圭臬箴言,被广泛征引使用。而手稿本《迦陵词》中的评语则呈现出更加多元化色彩,进而丰富了人们对陈维崧及其词的认识。手稿本《迦陵词》中的评语数量更多,观察角度更加立体综合,共鸣感悟更加诚挚细腻,如此人们对陈维崧及其词的认识就必然更加全面系统。尤其是手稿本中很多词评者与陈维崧极为交善友好,他们对陈维崧的理解认识也就更加深刻,所以评语中不乏深情体悟,更兼很多具有理论高度的真知灼见。通过手稿本评语还可以看出陈维崧词的传播和接受情况,可以说,陈维崧不断被评点的过程就是迦陵词逐渐被经典化的过程。陈维崧在其词中记述了他的喜怒哀乐,评点者在评点中向陈维崧表达了心理共鸣及由衷赞赏之情,在这样的精神互动中,实现了陈维崧词的传播与接受。系统全面梳理研究手稿本《迦陵词》的评语,必然能够丰富和推进清代词学理论的建构,从而为陈维崧研究做出新的贡献。

主要参考文献

一、基本典籍类

[南北朝]迦叶摩腾《大智度论》,大正新修大藏经本。

[唐]释澄观《华严大疏钞》,大正新修大藏经本。

[宋]释法云《翻译名义集》,《四部丛刊》影宋刊本。

[清]陈廷焯《白雨斋词话》,上海:上海古籍出版社 2009年版。

[清]陈维崧《湖海楼全集》,乾隆二十年(1755)浩然堂刻本。

[清]陈维崧《乌丝词》四卷本,见孙默《十五家词》,四库全书本。

[清]陈维崧著,陈振鹏标点,李学颖校补《陈维崧集》,上海:上海古籍出版社 2010年版。

[清]陈维崧著,陈宗石编《迦陵词全集》,康熙二十八年(1689)患立堂刻本。

[清]陈维崧著,叶嘉莹主编《康熙年间手抄稿本三色汇评迦陵词》,天津:南开大学出版社 2009年出版。

[清]陈重《花著龛诗存》,高洪钧编《明清遗书五种》,北京:北京图书馆出版社 2006年版。

[清]顾贞观、纳兰性德编选《今词初集》,清康熙刻本。

〔清〕何文焕辑《历代诗话》，北京：中华书局 1981 年版。

〔清〕侯方域《壮悔堂文集》，北京：中华书局《四部备要》本。

〔清〕蒋景祁编《瑶华集》，天藜阁影印本，北京：中华书局 1982 年版。

〔清〕李放《皇清书史》，金毓绂辑《辽海丛书》第五集，沈阳：辽沈书社 1933 年版。

〔清〕聂先、曾王孙编《百名家词钞》一百卷，清康熙绿阴堂刻本。

〔清〕钱仪吉《碑传集》，清道光刻本。

〔清〕王国维《人间词话》，苏州：古吴轩出版社 2013 年版。

〔清〕王士禛《王士禛全集》，济南：齐鲁书社 2007 年版。

〔清〕吴伟业《吴梅村诗集笺注》，上海：世界书局 1936 年版。

〔清〕永瑢、纪昀等《四库全书总目》，北京：中华书局 1965 年版。

〔清〕章学诚《校仇通义》，北京：古籍出版社 1956 年版。

《亳里陈氏家乘》，现馆藏于宜兴市档案，民国二十九年（1940）开远堂藏本。

费县地方史志编纂委员会办公室《费县简志》，临沂：山东省费县印刷厂 1987 年印刷。

《高塍镇志》编纂委员会编《高塍镇志》，北京：方志出版社 2005 年版。

郭则沄著，曲兴国点校《清词玉屑》，杭州：浙江古籍出版社 2014 年版。

江苏省宜兴市地方志编纂委员会编《宜兴县志》，上海：上海人民出版社 1990 年版。

《康熙商丘县志》，清康熙四十四年（1705）刻本。

《康熙重修宜兴县志》,清康熙二十五年(1686)刻乾隆二年(1737)增刻本。

南京大学中国语言文学系《全清词》编纂研究室编《全清词·顺康卷》,北京:中华书局 2002 年版。

山东省临朐县史志编纂委员会编《临朐县志》,济南:山东人民出版社 1991 年版。

宜兴市政协文史资料委员会编《宜兴人物志》,江苏政协宜兴市文史资料研究委员会 1995 年印刷。

赵尔巽等《清史稿》,北京:中华书局 1976 年版。

朱祖谋辑《烟沽渔唱》,须社 1933 年铅印本。

二、学术专著类

艾治平《清词论说》,上海:学林出版社 1999 年版。

陈水云《清代前中期词学思想研究》,武汉:武汉大学出版社 1999 年版。

范凤书《中国著名藏书家与藏书楼》,郑州:大象出版社 2013 年版。

冯乾编校《清词序跋汇编》,南京:凤凰出版社 2013 年版。

高阳《明末四公子》,北京:华夏出版社 2008 年版。

柯愈春《清人诗文集总目提要》(全三册),北京:北京古籍出版社 2002 年版。

李丹《顺康之际广陵词坛研究》,上海:上海古籍出版社 2009 年版。

李宗泉等编《中州艺文录校补》,郑州:中州古籍出版社 1995 年版。

刘东海《顺康词坛群体步韵唱和研究》,上海:上海古籍出版社 2013 年版。

刘荣平校注《赌棋山庄词话校注》，厦门：厦门大学出版社 2013 年版。

龙榆生《近三百年名家词选》，上海：上海古籍出版社 1979 年版。

陆勇强《陈维崧年谱》，北京：中国社会科学出版社 2006 年版。

吕友仁主编《中州文献总录》，郑州：中州古籍出版社 2002 年版。

马宪丽、邹宝库编著《王尔烈史料集》，长春：吉林文史出版社 2009 年版。

马祖熙《陈维崧年谱》，上海：上海古籍出版社 2007 年版。

钱实甫编《清代职官表》，北京：中华书局 1980 年版。

钱仲联主编《清诗纪事·明遗民卷》，南京：江苏古籍出版社 1987 年版。

尚起兴、尚骥《商州史话》，北京：新华出版社 2001 年版。

史挥戈、吴腾凰《秦淮名艳李香君》，合肥：安徽文艺出版社 2005 年版。

孙克强《清代词学》，北京：中国社会科学出版社 2001 年版。

孙克强等编著《清人词话》，天津：南开大学出版社 2012 年版。

谭新红《清词话考述》，武汉：武汉大学出版社 2009 年版。

吴宏一、叶庆炳编《清代文学批评资料汇编》（全二册），台北：成文出版社 1979 年版。

严迪昌《清词史》，南京：江苏古籍出版社 1990 年版。

严迪昌《阳羡词派研究》，济南：齐鲁书社 1993 年版。

严迪昌《严迪昌自选论文集》，北京：中国书店 2005 年版。

赵敏俐《中国诗歌史通论》，北京：人民文学出版社 2013年版。

张宏生编《清词珍本丛刊》（全二十四册），南京：江苏教育出版社 2007 年版。

张宏生主编《全清词·顺康卷补编》（全四册），南京：南京大学出版社 2008 年版。

张璋等编纂《历代词话续编》，郑州：大象出版社 2005 年版。

张连生《扬州名人传》，扬州：广陵书社 2013 年版。

周绚隆《陈维崧年谱》，北京：人民出版社 2012 年版。

朱信泉《民国人物传》第四卷，北京：中华书局 1984 年版。

三、学术论文类

白静《手抄稿本〈迦陵词〉研究》，南开大学 2007 年博士论文。

蔡国声《明末四公子陈贞慧的水坑端砚》，《检察风云》2007 年第 7 期。

陈水云《论清代词选的编纂及其意义》，《沧州师范专科学校学报》2002 年第 1 期。

陈水云《评康熙时期的选词标准》，《武汉大学学报》1998 年第 1 期。

陈水云《清代的"词史"意识》，《武汉大学学报》2001 年第 5 期。

杜桂萍《"名士牙行"与清初文学生态》，《文学评论》2010 年第 5 期。

冯乾《序跋书写与清代词学生态》，《南京大学学报》2018 年第 4 期。

江晓敏《南开大学图书馆古籍藏书概览》，《津图学刊》1996 年第 3 期。

江晓敏《手稿本〈迦陵词〉校读记》，《古籍整理出版情况简报》第 166 期，1986 年 11 月 10 日。

李睿《论陈维崧词在清代的接受》，《中国韵文学刊》2012 年第 3 期。

闵丰《〈百名家词钞〉版刻源流探考》，《古典文献研究》2007 年辑。

沙先一《〈倚声初集〉与明清之际词学的建构》，《徐州师范大学学报》2007 年第 3 期。

沈松勤《明清之际词集评点的理论意义与认识价值》，《文学遗产》2017 年第 4 期。

孙克强《清代词学流派论》，《文艺理论研究》2002 年第 1 期。

王惠敏《清代商丘家族文学著述考》，《商丘师范学院学报》2008 年第 4 期。

吴晓亮《论陈维崧词对稼轩词的继承与创新》，《文学遗产》1998 年第 3 期。

邢蕊杰《清代阳羡文化家族文学活动研究》，苏州大学 2008 年博士论文。

叶嘉莹《陈维崧词讲稿之一：从云间到阳羡词风的转变》，《西北大学学报》2014 年第 2 期。

叶嘉莹《记南开大学图书馆所藏手抄稿本〈迦陵词〉——为南大图书馆八十周年馆庆作》，《南开大学图书馆建馆八十周年纪念集》，天津：南开大学出版社 1999 年版。

张宏生《〈倚声初集〉的文献价值》，《古籍整理研究学刊》1996 年第 1 期。

张宏生《论清词复兴之端绪》，《江海学刊》2004 年第 3 期。

张一民《"桃花扇"真迹考》,《淮阴师范学院学报》2013 年第 6 期。

周绚隆《陈维崧与"迦陵词"研究》,山东大学 1997 年博士论文。

周绚隆《论迦陵词的多样化风格及其形成》,《西北师大学报》1999 年第 4 期。

周绚隆《论迦陵词以文为词的倾向——兼评陈维崧革新词体的得失》,《文史哲》2002 年第 1 期。

朱君、刘伟《试论陈维崧对辛弃疾豪放词风的承继》,《名作欣赏》2016 年第 8 期。

后　记

　　陈维崧(1625—1682)，字其年，号迦陵，江苏宜兴人，康熙十八年(1679)举博学鸿词科，官翰林院检讨。陈维崧其词宗苏、辛二家，语多豪壮，终成清初词坛阳羡派领袖，被尊为清代词人大家。陈维崧极工于词，《乌丝词》是其刊行的第一部词集，后来他将自己《乌丝词》之后所存全部词集和作品汇校成编，定名为《迦陵词》(共八册)。由于诸多复杂的原因，这部《迦陵词》并没有付梓刊印成书，而是一直以手抄稿本的形式在陈氏后世子孙家中流传承继，直到1949年后，这个稿本流落到民间，最终被南开大学图书馆收购馆藏。

　　此部《迦陵词》产生于清康熙年间，因其为手抄稿本，其上留存一千八百余条由红、黑、蓝三色墨笔书写的珍贵评语，因而学界称其为康熙年间三色汇评手稿本《迦陵词》。南开大学在90年校庆之际，将这套珍贵的手稿本《迦陵词》付印出版(南开大学出版社2009年出版)，此书一经出版即成为研究陈维崧的权威词本文献。我于2007—2010年在南开大学攻读博士学位，冥冥之中与陈维崧及这部手稿本《迦陵词》结下深厚的机缘。2013年本人获批国家社科基金项目"康熙年间三色汇评手抄本《迦陵词》研究"，于是开始系统研究陈维崧这部珍贵的词集。本人通过查阅大量的文献资料，对手稿本《迦陵词》进行了全面深入的整理爬梳和分析考辨,厘清了以下几个重要问题:一、手稿本《迦陵词》版本的形成、传播路径以及其重要的文献价值;二、借助考证手稿本《迦陵词》中的大量汇评、批注、印章以及内附词集和附带他人词作,以陈维崧为中心,开展清初词人群体研究;三、以手稿本《迦陵词》为研究操作平台,探寻陈维崧与阳羡词派的形成,还原那一时代的文人结社倡和之风,借以窥探当时的世风与文风;四、从手稿本《迦陵词》中所附珍贵汇评资料归纳陈维崧的词学理论思想和审美风尚,真正地走进清初词人的精神世界和情感世界,拓宽清代词学的研究视域。

但由于受资料查询、文字辨识以及地域限制等因素的影响,对手稿本《迦陵词》研究亦存在一系列难点:一、研究资料稀少;二、手稿本《迦陵词》校勘研究难度大;三、由于《迦陵词》是手抄稿本,笔迹辨识极为困难,生字、偏字极多,众多批注及评语不署姓名无从考究;四、以陈维崧为中心,从手稿本评语入手研审其与阳羡词派的内部学术关联,探寻清初词风的形成原因,需要较深的理论素养。本人在许多专家学者的帮助指导下,克服重重困难,在文学、文献学、批评学视野下,结合考古学、传播学知识,坚持用材料说话,对手稿本《迦陵词》进行了全景式文献梳理与历史探源,即详细考释了手稿本的传播轨迹,认真梳理了手稿本的校勘信息,深入挖掘了手稿本的文献价值,全面总结了陈维崧的词史地位。本书的研究虽然还存在着一些问题,但铅刀贵一割,系列研究理念及研究方法,依然可以为学界陈维崧研究提供一种新的视角,产生些许借鉴作用。

本书历经六年的学术积累、繁琐的资料查阅、艰苦的论证分析、精心的撰写修订,五易其稿,几经酝酿,终于定稿结集。杜甫诗云:"文章千古事,得失寸心知。"在本书即将付梓出版之际,笔者感慨万千,由衷感谢那些为本书出版提供帮助的热心人士:感谢内蒙古师范大学科技处和文学院领导的大力支持并为本书提供学术出版基金资助;感谢吾师志民先生,近九十高龄欣然为本书作序;感谢中华书局罗华彤老师、吴爱兰老师的耐心指导与辛勤编辑,你们的专业水准与敬业精神极大地增添了本书的厚重与光彩;感谢国家图书馆张伟丽师姐对本书稿的关心帮助与文献指导;感谢我的研究生隋天天、魏若男、陈晶晶、石艳丽、胡晓宇、刘春娜、姜玲等为本书查阅资料和文字校对;感谢我的本科弟子李雯、徐丽等帮助整理文献材料。最后,还要由衷感谢妻子洪梅女士和女儿灵霏的全力支持,这六年来为了完成国家社科基金项目,为了写作这部书稿,我是一个不称职的丈夫、不合格的爸爸,唯望此书完成之后为你们多买买菜、做做饭、洗洗碗……

记得当年在南开读博士时的清苦且充实,还记得当年获批国家社科基金项目时的欣喜与兴奋,也记得当年在北京住地下室、每天挤地铁奔赴国家图书馆古籍部查阅陈维崧资料时的汗流浃背,更记得六年艰辛一夕成愿、国家社科项目结稿之时的狂喜泪奔……遥忆当年往事,思绪起伏难平! 通过本书研究,神交古人,我与陈维崧实现了跨越三百年的心灵触碰。壮哉迦陵,湖海气象,阳羡词宗! 悲哉髯生,一生飘零,有谁知音! 试赋《三叹迦陵》,兼怀著书心意,是为后记:

虎咒囚笼省慧心,

青蝇吊祭叹岖嵚。

千古长殇诚遗恨,

尤待迦陵解妙音!

2020 年 3 月于青城